國家社科基金重大項目《巴蜀全書》（10@zh005）

四川省重大文化工程《巴蜀全書》（川宣〔2012〕110號）

才 調 集 補 注

吳洪澤　點校

巴蜀書社

圖書在版編目（CIP）數據

才調集補注/吳洪澤點校. — 成都：巴蜀書社，2022. 12
ISBN 978－7－5531－1904－5

Ⅰ. ①才… Ⅱ. ①吳… Ⅲ. ①唐詩－詩集 Ⅳ. ①I222. 742

中國國家版本館 CIP 數據核字（2023）第 011874 號

CAIDIAOJI BUZHU

才 調 集 補 注

吳洪澤　點校

責任編輯	且志宇	
出　版	巴蜀書社	
	成都市錦江區三色路 238 號新華之星 A 座 36 層	
	郵編：610023　總編室電話：（028）86361843	
網　址	http：//www. bsbook. com	
發　行	巴蜀書社	
	發行科電話：（028）86361857	
經　銷	新華書店	
印　刷	成都東江印務有限公司	
版　次	2023 年 12 月第 1 版	
印　次	2023 年 12 月第 1 版印刷	
成品尺寸	185mm×260mm	
印　張	33. 25	
字　數	580 千	
書　號	ISBN 978－7－5531－1904－5	
定　價	198. 00 圓	

本書若有印裝質量問題，請與工廠調換。

《巴蜀全書》出版説明

　　《巴蜀全書》是收録和整理巴蜀歷史文獻的大型叢書。該項工作二〇一〇年一月經由中共四川省委常委會議批准爲四川省重大文化工程；同年四月又獲國家哲學社會科學規劃辦公室批准，列爲國家社科基金重大委托項目。該計劃將對現今四川省、重慶市及其週邊亦屬傳統"巴蜀文化"區域内的各類古典文獻進行系統調查、整理和研究，實現對巴蜀文獻有史以來規模最大、體例最善、編纂最科學、使用最方便的著録和出版。

　　《巴蜀全書》編纂工程，將收集和整理自周秦以下至民國初年歷代巴蜀學人撰著的重要典籍以及其他作者撰著的反映巴蜀歷史文化的作品，編纂彙集成巴蜀文獻的大型叢書。主體工作將分"巴蜀文獻聯合目録""巴蜀文獻精品集萃""巴蜀文獻珍本善本"三大類型，計劃對兩千餘種巴蜀文獻編製聯合目録和撰寫内容提要，對五百餘部、二十餘萬篇巴蜀文獻進行精心校點或注釋、評析，對百餘種巴蜀善本、珍本文獻進行考察和重版。

　　通過編纂《巴蜀全書》，希望打造出巴蜀文化的"四庫全書"，爲保存和傳播巴蜀歷代的學術文化成果，促進當代"蜀學"振興與巴蜀文化建設，奠定堅實的文獻基礎；爲提升中華民族的文化自覺和文化自信、建設文化强國貢獻力量。

《巴蜀全書》編纂領導小組

整理巴蜀文獻　傳承優秀文化

——《巴蜀全書》前言

舒大剛　萬本根

中華民族，多元一體；中國文化，群星璀璨。在祖國大西南，自古就傳承着一脉具有深厚歷史底藴和鮮明個性的文化，即巴蜀文化。巴蜀地區山川秀麗，物産豐富，自古號稱"陸海""天府"；巴蜀文化源遠流長，内涵豐富，是古代長江文明的源頭，與"齊魯文化""荆楚文化""吴越文化"等同爲中華文化之瑰寶。整理和研究巴蜀文化的載體——巴蜀文獻，因而成爲研究中國歷史和中華文化不可或缺的内容。

一、綜覽巴蜀文化　提高文化自覺

巴蜀地區氣候宜人，資源豐富，是人類早期的發祥地之一。考古發現，這裏有距今二百零四萬年的"巫山人"，有距今三萬五千年的"資陽人"。這裏不僅有大禹治水、巴族廩君、蜀國五主（即蠶叢、柏灌、魚鳧、杜宇、開明五個王朝）等優美動人的歷史傳説，也有寶墩文化諸古城遺址、三峽考古遺址、三星堆遺址、金沙遺址、小田溪遺址、李家壩遺址等重大考古發現。商末周初，庸、蜀、羌、髳、微、盧、彭、濮，以及勇鋭的巴師，曾參與武王伐紂。春秋戰國，巴濮楚鄧、秦蜀苴羌，雖互有戰伐，亦相互交流。秦漢以降，巴蜀的地利和物産，更是抵禦强侮、周濟天下、維護祖國統一、實現持久繁榮的戰略屏障和天然府庫。

在祖國"多元一統"的文化格局中，巴蜀以其豐富的自然和人文資源，哺育出一批又一批傑出人物和文化精英，既有司馬相如、王褒、嚴遵、揚雄、陳壽、常璩、陳子昂、趙蕤、李白、蘇軾、張栻、李心傳、魏了翁、虞集、楊慎、唐甄、李調元、楊鋭、劉光第、廖平、宋育仁、謝無量、郭沫若、巴金等文化巨擘，也有朱之洪、張瀾、謝持、張培爵、吴玉章、楊庶堪、黃復生、尹昌衡、鄒容、熊克武、朱德、劉伯承、聶榮臻、陳毅、趙世炎、鄧小平等革命英傑，他們超拔倫輩，卓然振起，敢為天下先，勇為蒼生謀，創造了輝煌燦爛的思想文化，也推動了中國社會的歷史巨變，演繹出一幕幕驚心動魄的歷史大劇。

歷代巴蜀學人在祖國文化的締造中，成就良多，表現突出，許多文化人物和文明成果往往具有先導價值。巴蜀兒女銳意進取的創新精神，使這種創造發明常常居於全國領先地位，成為祖國文化寶庫中耀眼的明珠。

在傳統思想、文化和宗教領域，中國素號"三教互補"，"儒""釋""道"交互構成中華思想文化的主要內容，而儒學是其主幹。從漢代開始，巴蜀地區的儒學就十分發達，西漢蜀守文翁在成都創建當時全國首個郡國學校——石室學宮，推行"七經"教育，實行儒家教化，遂使蜀地民風丕變，并化及巴、漢，促成中國儒學重要流派——"蜀學"的形成，史有"蜀學比於齊魯"之稱。巴蜀地區是"仙道"派發源地，東漢張陵在蜀中創立"天師道"，中國道教正式誕生。東漢佛教傳入中國後，四川也是其重要傳播區域。

巴蜀"易學"源遠流長，大師輩出。自漢胡安（居邛崍白鶴山，以《易》傳司馬相如）、趙賓（治《易》持論巧慧，以授孟喜）、嚴遵（隱居成都，治《易》《老》）、揚雄（著《太玄》）而下，巴蜀治《易》之家輩出。晋有范長生（著《周易蜀才注》），唐有李鼎祚（著《周易集解》），宋有蘇軾（著《東坡易傳》）、房審權（撰《周易義海》）、張栻（著《南軒易說》）、魏了翁（撰《周易集義》《周易要義》）、李石（著《方舟易說》）、李心傳（著《丙子學易編》），元有趙采（著《周易程朱傳義折衷》）、黃澤（著《易學濫觴》）、王申子（著《周易輯說》），明有來知德（撰《周易集注》）、熊過（著《周易象旨決錄》），清有李調元（著《易古文》）、劉沅（撰《周易恒解》），皆各撰《易》著，發明"四聖"（伏羲、文王、周公、孔子）之心。巴蜀易學，普及面廣，自文人雅士、方術道流，以至引車賣漿之徒、箍桶織履之輩，皆有精於易理、善於測算者。理學大師程頤兩度入蜀，得遇奇人，遂有感悟，因生"易學在蜀"之嘆。

巴蜀"史學"名著迭出，斐然成章。陳壽《三國志》雅潔典要，名列"前四史"；常璩《華陽國志》體大思精，肇開方志體；譙周《古史考》，開古史考證之先聲；蘇轍《古史》，成舊史重修之名著。至於范祖禹（撰

《唐鑑》，助司馬光修《通鑑》）、李燾（撰《續資治通鑑長編》）、王偁（撰《東都事略》）、李心傳（撰《建炎以來繫年要錄》及《朝野雜記》《宋會要》），更是宋代史學之巨擘，故劉咸炘有"唐後史學，莫隆於蜀"之說。

蜀人"好文"，巴蜀自古就是歌賦詩詞的沃壤。禹娶塗山（今重慶南岸真武山，常璩《華陽國志·巴志》、酈道元《水經注·江水一》），而有"候人兮猗"的"南音"，周公、召公取之"以爲《周南》《召南》"（《呂氏春秋·音初》）。西周江陽（今瀘州）人尹吉甫亦善作詩，《詩經》傳其四篇（曹學佺《蜀中廣記》卷九一）。"文宗自古出巴蜀"，"漢賦四家"，司馬相如、揚雄、王褒居其三。陳子昂、李太白首開大唐雄健浪漫詩風，五代後蜀《花間集》與北宋東坡詞，開創宋詞婉約、豪放二派。"三蘇"（蘇洵、蘇軾、蘇轍）父子，同時輝耀於"唐宋八大家"之林；楊慎著作之富，位列明代儒林之首。"自古詩人例到蜀"，漢晉唐宋以及明清，歷代之遷客騷人，多以巴蜀爲理想的避難樂土，而巴蜀的山水風物又豐富其藝情藻思，促成創作高峰的到來。杜甫、陸游均以巴蜀爲第二故鄉，范成大、王士禎亦寫下千古流芳的《吳船錄》和《蜀道驛程記》。洎乎近世，郭沫若、巴金，蔚爲文壇宗匠；蜀謳川劇，技壓梨園群芳。

"三蘇"父子既是文學大家，也是"蜀學"領袖；綿竹張栻，不僅傳衍南宋"蜀學"之道脉，而且創立"湖湘學派"之新範。明末唐甄撰《潛書》，斥責專制君主，提倡民本思想，被章太炎譽爲"上繼孟、荀、陽明，下啓戴震"的一代名著。晚清廖平撰書數百種，區分今學古學，倡言托古改制。錢基博、范文瀾俱譽其爲近代思想解放之先驅。新都吳虞，批判傳統道德，筆鋒犀利，被胡適譽爲"思想界的清道夫"。

在科技領域，秦蜀守李冰開建的都江堰，是至今還在使用的人類最古老的水利工程；漢代臨邛人民，開創了人類歷史上最早使用天然氣煮鹽的記錄。漢武帝徵閬中落下閎修《太初曆》，精確計算回歸年與朔望月，是世界上首部"陰陽合曆"的範本。楊子建《十產論》異胎轉位術領先歐洲五百年。北宋唐慎微《證類本草》，將本草學與方劑學相結合，是世界上第一部大型藥典和植物志。王灼《糖霜譜》詳錄蔗糖製作工藝，是世界上有關製糖技術的首部專書。南宋秦九韶《數書九章》，將中國數學推向古代科學頂峰，其"大衍求一術""正負開方法"俱領先西方世界同類算法五百年。

至於巴蜀地區的鄉村建設和家族文化，也是碩果累累，佳話多多。他們或夫婦齊名、比翼雙飛（司馬相如與卓文君，楊慎與黃娥）；或兄弟連袂，花萼齊芳（蘇軾、蘇轍，蘇舜欽、蘇舜元，李心傳、李道傳、李性傳等）。更有父子祖孫，世代書香，奕世載美，五世其昌：閬中陳省華及其子堯佐、堯叟、堯咨等，"一門二相，四世六公，昆季雙魁多士，仲伯繼率百僚"（霍松林語）；眉山蘇洵、蘇軾、蘇轍及子孫輩過、籥，并善撰文，號稱"五蘇"；梓州蘇易簡及其孫舜欽、舜元，俱善詩文，號稱"銅山三蘇"；井研李舜臣及其子心傳、道傳、性傳，俱善史法、道學，號稱"四李"；丹稜李燾與其子壁、鼌，俱善史學、文學，時人贊"前有三蘇，後有三李"。降及近世，雙流劉沅及其孫咸滎、咸炘、咸焌，長於經學、道學與史學，號稱"槐軒學派"。如此等等，不一而足。

綜觀巴蜀學術文化，真可謂文章大雅，無奇不有！其先於天下而創者，則有導夫先路之功；其後於天下而作者，則有超邁古今之效！先天後天，不失其序；或創或繼，各得其宜。

二、整理巴蜀文獻　增強文化自信

歷史上的四川，既是文化大省，也是文獻富省。巴蜀上古歷史文化，在甲骨文、金文和《尚書》《春秋》等華夏文獻中都有記錄，同時巴蜀大地還孕育形成了別具特色的"巴蜀文字"。秦漢統一後，歷代巴蜀學人又爲我們留下了汗牛充棟、豐富多彩的古典文獻。唐代中後期（約八世紀初），成都誕生了"西川印子"，北宋初期（十世紀後期）又出現了"交子雙色印刷術"，標志着雕版印刷的産生、成熟和創新，大大推動了包括巴蜀文獻在内的古典文獻的保存與傳播。據不完全統計，歷史上産生的巴蜀古文獻不下萬餘種，現在依然存世的也在五千種以上。

巴蜀文獻悠久綿長，影響深遠，上自先秦的陶字、金文，下迄漢晋的竹簡、石刻，以及唐刻、宋槧、明刊、清校，經史子集，三教九流，歷歷相續不絶，熠熠彪炳史册。巴蜀文獻體裁多樣，内容豐富，舉凡政治之興替、經濟之發展、文化之繁榮、兵謀之奇正、社會之變革，以及思想學術之精微、高人韵士之風雅、地理民族之風貌、風俗習慣之奇特，都應有盡有，多彩多姿。它們是巴蜀文化的載體，也是中華文明的重要表徵。

對巴蜀文獻進行調查整理研究，一直是歷代巴蜀學人的夢想。在歷史上，許多學人曾對巴蜀文獻的整理和刊印付出過熱情和心血，編纂有各類巴蜀總集、全集和叢書。《漢書·藝文志》載"揚雄所序三十八篇：《太玄》十九、《法言》十三、《樂》四、《箴》二"。或許是巴蜀學人著述的首次彙集。五代的《花間集》和《蜀國文英》，無疑是輯錄成都乃至巴蜀作品的最早總集。宋代逐漸形成了"東坡七集"（蘇軾）、"欒城四集"（蘇轍）、"鶴山大全集"（魏了翁）等個人全集，以及《三蘇文粹》《成都文類》等文章總集。明代出現楊慎的個人全集《升庵全集》和四川文章總集《全蜀藝文志》。入蜀爲官的曹學佺還纂有類集巴蜀歷史文化掌故而成的資料大全——《蜀中廣記》。清代，李調元輯刻以珍稀文獻和巴蜀文獻爲主的《函海》，可視爲第一部具體而微的"巴蜀文獻叢書"。近代編有各類"蜀詩""蜀詞""蜀文"和"川戲"等選集。這些都爲巴蜀文獻的系統編纂、出版做出了有益嘗試。

二十世紀初，謝無量曾提出編纂《蜀藏》的設想，因社會動盪而未果。胡淦亦擬編《四川叢書》，然僅草成"擬收書目"一卷。一九八一年中共中央《關於整理我國古籍的指示》下達，國家成立"全國古籍整理出版規劃領導小組"和"全國高等院校古籍整理工作委員會"，四川也成立了"四川省古籍整理出版規劃小組"，製定出《四川省古籍整理出版規劃》（一九八四——一九九〇）。可惜這個規劃并未完全實施，巴蜀文獻仍然處於分散收藏甚至流失毀損的狀態。

二〇〇七年初，國務院下發《關於進一步加強古籍保護工作的意見》，全國各省紛紛編纂地方文獻叢書。四川大學和四川省社科院的學人再度激起整理鄉邦文獻的熱情，向四川省委、省政府提交"編纂《巴蜀全書》，振興巴蜀文化"的建議，四川省委、省政府再度將整理巴蜀文獻提到議事日程。經過多方論證研究，二〇一〇年一月中共四川省委常委會議批准"將四川大學申請的《巴蜀全書》納入全省古籍文獻整理規劃項目"；四月又獲得國家哲學社會科學規劃辦公室批准，將《巴蜀全書》列爲"國家社科基金重大委託項目"。千百年來巴蜀學人希望全面整理鄉邦文獻的夢想終於付諸實施。

三、編纂《巴蜀全書》　推動文化自强

《巴蜀全書》作爲四川建省以來最大的文獻整理工程，將對自先秦至

民國初年歷代巴蜀學人的著作或内容爲巴蜀文化的文獻進行全面的調查收集和整理研究，并予以出版。本工程將采取以下三種方式進行：

一是編製《巴蜀文獻聯合目録》。古今巴蜀學人曾經撰有大量著作，這些文獻在歷經了歷史的風風雨雨後，生滅聚散，或存或亡，若隱若現，已經面目不清了。該計劃根據“辨章學術，考鏡源流”的旨趣，擬對巴蜀文獻的歷史和現狀進行全面普查和系統考證，探明巴蜀文獻的總量、存佚、傳承和收藏情況，以目録的方式揭示巴蜀文獻的歷史和現狀。

二是編纂《巴蜀文獻精品集萃》。巴蜀文獻，汗牛充棟，它們是研究和考述巴蜀歷史文化的重要資料。對這些文獻，我們將采取三種方式處理：首先，建立“巴蜀全書網”，利用計算機和網絡技術對現存巴蜀文獻進行掃描和初步加工，建立“巴蜀文獻全文資料庫”，向讀者和研究者提供盡可能集中的巴蜀文化資料。其次，本着“去粗取精，古爲今用”的宗旨，按照歷史價值、學術價值、文化價值“三結合”的原則，遵循時間性、代表性、地域性、獨特性“四統一”的標準，從浩繁的巴蜀古籍文獻中認真遴選五百餘種精品文獻，特別是要將那些在中華傳統文化體系中具有首創性和獨特性的巴蜀古籍文獻彙集起來，進行校勘、標點或注釋、疏證，挖掘其中的思想内涵和治蜀經驗，爲當代社會、經濟、政治、文化建設服務。第三，根據巴蜀文化的歷史實際，收集各類著述和散見文獻，逐漸編成儒學、佛學、道教、民族、地理等專集。

三是重版《巴蜀文獻珍本善本》。成都是印刷術發祥地，巴蜀地區自古以來的刻書、藏書事業都很發達，曾産生和收藏過數量衆多的珍本、善本，“蜀版”書歷來是文獻家收藏的珍品。這些文獻既是見證古代出版業、圖書館業發展的實物，也是進行文獻校讎的珍貴版本，亟待開發，也需要保護。本計劃將結合傳統修復技藝和現代印刷技術，對百餘種巴蜀文獻珍稀版本進行修復、考證和整理，以古色古香的方式予以重印。

通過以上三個系列的研究，庶幾使巴蜀文獻的歷史得到彰顯，内涵得到探究，精華得到凸顯，善本得到流通，從多個角度實現對巴蜀文獻的當代整理與再版。

盛世修書，傳承文明；蜀學復興，文獻先行。“《巴蜀全書》作爲川版的‘四庫全書’，蘊含着歷代巴蜀先民共同的情感體驗和智慧結晶，昭示着今天四川各族人民共有的文化源流和精神家園。”（《巴蜀全書》編纂領導小組會議文件。下同）《巴蜀全書》領導小組要求，"我們一定要從建設中華民族共有精神家園、打牢四川人民團結奮鬥共同思想基礎的高度，來深刻認識《巴蜀全書》編纂出版工作的重大意義。特別要看到，這不是一件簡單的古籍整理出版工作，而是一件幾百年來巴蜀學人一直想做而没有條件做成的文化盛事，是四川文化傳承史上的重要里程碑"。無論是中國古代的文化發展，還是世界近世的文明演進，都一再證明：任何一次大的文化復興活動，都是以歷史文獻的系統收集整理爲基礎和先導的。我們希望通過對巴蜀文獻的整理出版，給巴蜀文化的全面研究和當代蜀學復興帶來契機，爲"發掘和保護我國豐厚的歷史文化遺産，提升我國文化軟實力，推動中華優秀傳統文化走向世界"做一些基礎性工作。

有鑒於此，《巴蜀全書》領導小組明確要求，要廣泛邀請省内外專家學者參與編纂，共襄盛舉。這一決策，實乃提高《巴蜀全書》學術水準和編纂質量的根本保障。領導小組還希望從事此項工作的學人，立足編纂，志在創新，從文獻整理拾級而上，自編纂而研究，自研究而弘揚，自弘揚而創新，"利用編纂出版《巴蜀全書》這個載體，進一步健全研究巴蜀傳統文化的學術體系，以編促學、以纂代訓，大力培養一批精通蜀學的科研帶頭人和學術新人"。可謂期望殷切，任務艱巨，躬逢其盛，能不振起？非曰能之，唯願學焉。

希望《巴蜀全書》的編纂能爲巴蜀文化建設和"蜀學"的現代復蘇擁篲前趨，掃除蓁蕪；至於創新發展，開闢新境，上繼前賢，下啓來學，固非區區之所能。謹在此樹其高標，以俟高明云爾！

二〇一四年五月
二〇一七年十二月修訂

前　言

在中國文學史上，素有“唐詩宋詞”之稱，“唐詩”代表着中國詩歌創作的顛峰水準。唐人不僅喜歡作詩，談詩選詩之風也常盛不衰，據陳尚君先生統計，唐人編選的唐詩多達 130 餘種[①]，延至五代，餘韵猶存，仍有 20 多種選集問世。即蜀一隅，也有《蜀國文英》八卷（劉贊）、《烟花集》五卷（王衍）、《國風總類》五十卷（王仁裕）、《備遺綴英》二十卷（王承範）等總集知名於世。流傳至今的十多種唐五代人選唐詩集，後蜀韋縠所輯《才調集》作爲相對晚出且規模最大的一種，在清代曾産生過較大影響，不僅有好幾個翻刻本，還有評點本和校注本及删節本。然而當今學界對《才調集》的研究却相對薄弱，許多問題懸而未决，如對編纂時期及編選標準與體例這些難以回避的問題，也存在一定争議，因此，很有必要對《才調集》加以整理，并促進更深層次的研究。

一、韋縠其人與《才調集》的編纂時間

有關韋縠生平事迹的傳述，僅見於清人吴任臣所著《十國春秋》卷五六《後蜀九》：

> 韋縠少有文藻，夢中得軟羅纐巾，由是才思益進。仕高祖父子，累遷監察御史，已又陞□部尚書。縠常輯唐人詩千首，爲《才調集》十卷，其書盛行當世（下載韋縠《才調集序》，不録）。

據此，韋縠爲後蜀監察御史，有才思，輯《才調集》，取材於韋氏自序及《直齋書録解題》等書，信實有據。然“夢中得軟羅纐巾，由是才思益進”及陞尚書之説，儘管很難從現存載籍中覓得佐證，仍然作爲“記載韋縠生平最早亦最詳細的文字”，既受前人推舉，也爲當代學者肯定，如傅璇琮、龔祖培先生認爲“根據《十國春秋》所述韋縠仕宦的概略，則書

---

① 參陳尚君《唐人編選詩歌總集叙録》，《唐代文學叢考》，北京：社會科學出版社，1997年版，第 136 頁。

當編成於五代孟蜀時，而且是韋知爲□部尚書之前"[1]，并據以推測《才調集》編纂的時間。劉瀏、桂天寅認爲"其所述韋縠之宦歷當可從"[2]，同時認爲所載夢"軟羅纈巾"而"才思益進"，"謬不可信"，并考證韋縠與京兆韋縠同係一輩，當後蜀建立時（934 年）年方"50 歲上下"，卒年在943 至 960 年之間，進而推得《才調集》當完成於 943 年之後"，結論新穎，認爲韋縠爲後蜀人及係京兆韋氏，有一定道理。但因《十國春秋》之說而推測"韋縠在升監察御史不久後又升某部尚書"，"最後以某部尚書致仕（或卒於任上）"，這一説法却值得商榷了。

首先，《十國春秋》關於韋縠任某部尚書的記載，雖有所據依，但所據載籍是否可靠呢？

在《十國春秋》之前，稱韋縠爲尚書的有兩處記載。一是明顧起元《説略》卷二三有"韋縠尚書夢中所得軟羅纈巾"的記載，出自"唐李濬紀物之异聞"；二是明徐應秋《玉芝堂談薈》卷二六"奇寶雷公璅"條，也有相同的記載，而出處則是"李濬《松窗雜録》記物之异聞"。《説略》成書于萬曆三十三年（1605）前，刊刻於萬曆四十一年（1613）；《玉芝堂談薈》記事止於崇禎十年（1637），當成書於崇禎年間。從撰著時間上看，雖有《玉芝堂談薈》鈔録《説略》的可能，但各據李濬原著摘録的可能性更大，且所據版本很可能不同，一稱《松窗雜録》，一據《摭异記》，這同書异稱的兩個版本幸存於《説郛》三種（一百二十卷本之卷五二作《摭异記》、一百卷本之卷四六作《松窗雜録》）中，可爲輔證。吳元任撰著《十國春秋》時，應該見過二書，故僅稱"尚書"而闕某部，因"得軟羅纈巾"而聯想江郎才盡的掌故，敷演出"才思益進"一句，并非難事。因此，我們完全有理由相信，《十國春秋》關於韋縠"又陞□部尚書"及"夢中得軟羅纈巾"的記載，是出自上述二書或李濬《松窗雜録》。

《松窗雜録》又名《松窗録》《松窗小録》（《四庫全書總目》卷一四一），記事及于李德裕（衛公）卒（850）後，作者當非卒於開元八年（720）之李濬，而應是唐宰相李紳（772－846）之子李濬。李濬或作李璿、韋濬、韋叡，傳刻不同，莫衷一是。宋周南《山房集》卷五《跋松窗

① 傅璇琮，龔祖培：《才調集考》，《唐代文學研究》，1994 年 10 月，第 683 頁。
② 劉瀏，桂天寅：《才調集編選者韋縠生平考略》，《貴州師範大學學報》（社會科學版）2013 年第 6 期，第 112 頁。

雜録》云："《松窗雜録》一十六條，唐人韋濬志玄宗、中宗、德宗、文宗、狄梁公、姚崇、李衛公遺事，與物之異聞者十餘件。"該書記事既未下及五代後蜀，所述"韋轂尚書"必非《才調集》之作者。爰考《説郛》（一百二十卷本）卷五二録唐李濬《摭異記》"物之異聞"條，"韋轂尚書"作"韋殻尚書"，明顧氏文房小説本《松窗雜録》"物之異聞"條，也作"韋殻尚書"，"轂"極有可能是"殻"之形誤。然韋殻事迹，史無記載。《四庫全書》本《松窗雜録》作"韋愨"，宋曾慥《類説》卷一六引作"韋愨夢中所獲軟羅蜀纈巾"，"韋殻""韋愨"當爲"韋愨"之形誤。韋愨，《舊唐書》卷一七七附《韋保衡傳》，爲保衡父，"字端士，太和初登第，後累佐使府，入朝，亟歷臺閣。大中四年，拜禮部侍郎。五年，選士頗得名人。載領方鎮節度，卒。"韋愨自會昌年間（841－846）爲尚書户部、吏部員外郎，至大中五年（851）爲尚書禮部侍郎，任職尚書六部的時間近十年，并於大中年間卒於武昌軍節度使任上。《松窗雜録》既言及李衛公卒事，且於韋愨既稱尚書而不稱節度使，則成書當在大中四年（850）、五年之間。因此，《松窗雜録》其他版本所載"韋殻"或"韋愨"，應是"韋愨"之誤。最有可能的是，"韋愨"先誤爲"韋殻"，《説略》與《玉芝堂談薈》或據以摘録的底本再誤爲"韋轂"。吳元任撰寫韋轂傳時，徑取二書而略加潤色，無暇細考，以致張冠李戴，并未做到"采擇詳博而精於辨核"（魏禧《十國春秋序》），令人遺憾。

其次，對《十國春秋》關於韋轂是後蜀人且"仕高祖父子"的記載，歷來有不同看法。

《崇文總目》卷一一有"《才調集》十卷"的最早著録，可惜没有韋轂的相關信息。吳曾《能改齋漫録》卷四有"及觀五代韋轂所編《唐賢才調集詩》"的記載，可以明瞭兩點：一是韋轂是五代人，而非唐人或宋人；二是《才調集》又名《唐賢才調集詩》，這與《遂初堂書目》著録之"《唐才調詩》"，《宋史·藝文志》著録之"韋轂《唐名賢才調詩集》十卷"，較爲接近，説明宋代曾有名爲《唐名賢才調詩集》的版本存在。《能改齋漫録》成書於紹興二十三年（1153）前後，而成書稍晚于此的《唐詩紀事》，在卷六一引宋邕《春日》詩後云"僞蜀韋轂取此詩爲《才調集》"，而同書卷七〇稱張蠙"王蜀時爲金堂令"，卷七一"張道古"條稱王建爲"蜀主"，可見，計氏所稱"僞蜀"，當指後蜀。至陳振孫著《直齋書録解題》，則明言"後蜀韋轂集唐人詩"（卷一五）。嗣後，馬端臨《文獻通考》、曹學佺《蜀中廣記》均稱"後蜀韋縠"，韋縠爲五代後蜀人之説，遂成主流。

不過，成書時間與《能改齋漫録》差不多的鄭樵《通志》，著録"《才調集》《天歸集》十卷，唐韋縠集"（卷七〇），同時著録"《又玄集》一卷，僞蜀韋莊集"，兩相參照，可見其視韋縠爲唐人，而《天歸集》不見他書記載，未知詳情。明高棅《唐詩品彙》卷五五稱"才調詩，見《才調集》，唐韋縠編"，焦竑《國史經籍志》卷五著録"《才調集》十卷，唐韋縠集"，清費經虞《雅倫》卷二稱"才調體，唐韋縠選元、白、溫、李諸公之詩"，王太岳《四庫全書考證》卷八九亦稱"《才調集》，唐韋縠撰"，可見韋縠爲唐人之説亦不乏受衆。究其原因，可能與另一版《才調集》題署"唐韋縠"有關，如汲古閣本、四庫本等。

那麼，究竟韋縠是唐人，還是後蜀人呢？抑或是四庫館臣所稱"縠仕王建爲監察御史"（《四庫全書總目》卷一八六）呢？要回答這個問題，應該通過《才調集》所收作家作品加以考察。

經傅璇琮等先生研究，《才調集》采自韋莊《又玄集》的作品多達百首，約占原書的三分之一，説明韋縠曾參照《又玄集》，而《又玄集》成書於光化三年（900）。另外，《才調集》選録韋莊詩作 63 首，其中《贈峨嵋山彈琴李處士》《奉和觀察郎中春暮憶花言懷見寄四韵之什》《奉和左司郎中春物暗度感而成章》《傷灼灼》《漢州》等篇當作於天復元年（901）韋莊再度入蜀之後，武成三年（910）韋莊去世之前。據此可以斷言，編纂《才調集》的時間上限不會早於天復元年。

參考陳尚君等先生的研究成果，《才調集》收入的五代詩人還有熊皎、江爲、沈彬、張泌等，其中張泌當與《花間集》所收詞人張泌爲同一人，非南唐人張佖[①]。沈彬雖公元 961 年仍存世，然其從虛中、齊己、貫休"以詩名相吹噓"[②]，又與韋莊、貫休、杜光庭唱和[③]，當在公元 910 年韋莊去世前。《才調集》完全可以"唐人"的身份，選入其詩一首。熊皎與黄損、齊己師事陳沆[④]，選入本書的《早梅》詩，有"一夜欲開盡，百花猶

---

　　① 李定廣：《千年張泌斷案是非——各家張泌考證平議》，《汕頭大學學報》，2004 年第 4 期，第 8 頁。

　　② 《唐詩紀事》卷七一。

　　③ 《郡齋讀書志》卷四。

　　④ 《詩話總龜》卷一三引《雅言雜載》。

未知"之句，爲陳沆激賞道："太妃容德，於是乎在。"① 此詩應作於從學陳沆期間，後唐清泰二年（935）熊皎進士及第之前。《直齋書録解題》卷一九稱："熊皦《屠龍集》一卷，五代晉九華熊皦撰。後唐清泰二年進士，集中多下第詩，蓋老於場屋者。"熊皎既"老於場屋"，及第之時估計已超過 40 歲了。其後仕于後晉，於開運三年（946）被貶上津令後，即亡匿山中。至於江爲，嘗從陳眈學詩二十餘年，南唐中主時累舉進士不第，以謀奔吳越被殺，時在公元 950 年前後。綜合以上所録作家作品而言，《才調集》不可能成於唐末。所録作家生平既及後唐、後晉甚至宋初，而仍以"唐賢"標榜，當因後唐滅前蜀并加封孟知祥的緣故，因此書前所署"蜀監察御史"之"蜀"，必指孟蜀而言，而不會是王蜀。

二、《才調集》的編纂體例

上文已經談到，《才調集》選録詩家 180 人，貫穿初盛中晚四期，而中、晚唐詩人居十之七八，晚唐詩人更占多數，間有入五代甚至卒於宋際者。其間不録杜甫、韓愈、柳宗元等大家，其序所謂"諸賢達章句不可備録"，可見其選旨在詩作而不在詩人，重在作品風格而不局於詩人所處時代。至詩歌體裁，則不拘古體律詩，歌行宮詞，而所選近體詩居多，可見其不囿一體而追逐格調之選詩旨趣。不過，前人對此書的選詩標準及編纂體例，看法并不一致，甚至完全相反。褒揚的一派，以馮氏兄弟爲代表，評點推賞，發掘微言大義，在清初形成才調派，試圖借以抵消江西詩風的影響。如吳五倫序稱："穀生五代文敝之際，惟以濃麗秀發救當時粗俚之習，故所録多晚唐，而不及少陵，義各有當。《四庫全書》稱其'於詩教有益'，洵定評也。"清馮武在《二馮評閱才調集凡例》中，對韋縠編選《才調集》的體例有所揣測：

> 韋君所取以此，故其爲書也，以白太傳壓通部，取其昌明博大，有關風教諸篇，而不取其閒適小篇也；以溫助教領第二卷，取其比興邃密，新麗可歌也；以韋端己領第三卷，取其氣宇高曠，辭調整贍也；以杜樊川領第四卷，取其才情橫放，有符《風》《雅》也；以元相領第五卷，取其語發乎情，風人之義也；

---

① 《郡齋讀書志》卷四。

以太白領第六、第七卷，而以玉溪生次之，所以重太白而尊商隱也；以羅江東領第八、第九卷，取其才調兼擅也。其他如司空表聖非不超逸，而不取，以其取材不文也；李長吉歌行非不峭媚，而不取，以其著意險怪，性情少也；韓退之非不協《雅》《頌》，而不取，以其調不穩也；柳柳州非不細麗，而不取，以其氣不揚而聲不暢也；高達夫、孟浩然非不高古，而所取僅一二篇，以其堅意不同也；韓致光《香奩》非不艷冶，而不取，以其發乎情而不能止乎禮義也；襄陽、東野非不奇，而所取亦僅一二，以其艱澀也。餘不可殫述。要之，韋君此書，非謂可盡一代之人，亦非謂所選可盡一人之能事，合者取之，不合者棄之，亦自成韋氏之書云爾。①

在馮氏看來，《才調集》不僅選詩有標準，而且還有精心布局的編排體例。不過，清紀昀認為："韋亦就一時習尚，集為此書，初無別裁諸家之意，此等皆馮氏鑿出。"②"此書只一時隨手排成"③。在紀昀之前，明胡震亨即認為《才調集》係"隨手成編，無倫次"④。當代著名學者傅璇琮、龔祖培先生在認真研究《才調集》選錄作家作品之後，認為此書編選體例存在不少問題：同一詩人的同一體裁的詩篇分置兩處或兩處以上，編者的意圖也完全令人不解"；對作者或稱名或稱字，"違背統一體例"等，馮氏"壓卷"論難以自圓其說；所收詩篇錯亂失考甚多，難稱"選擇精當"；按整數分卷，勉強湊合，有拼湊、抄襲的痕迹；選擇詩人不當，所收詩篇多寡不一。可見"《才調集》編者的意圖主要不在於選詩，更談不上選擇精審，或者編者的主要意圖就是匯總、集結詩篇"⑤，進而否認《才調集》具有固定的選詩標準與編纂體例。

分歧如此之大，自然不會是《才調集》本身的問題，而是研究視角不同所致。應該說，馮氏一派從韋序入手，着眼於"才調"，認為《才調集》所選作品獨具特色，有助於矯正江西詩派之弊，因而摹仿創作，形成"才調派"，雖然揚之太過，却非全無道理；傅、龔二先生着眼於《才調集》

① （清）馮武：《二馮先生評閱才調集凡例》，清康熙四十三年垂雲堂刻本《才調集》卷首。
② 《删正二馮評閱才調集》卷上溫庭筠名下評馮班"韋君微旨"。
③ 《删正二馮評閱才調集》卷下許渾名下評馮班"選用晦詩，去取不可解"。
④ 《唐音癸籤》卷三一。
⑤ 傅璇琮、龔祖培：《才調集考》，《唐代文學研究》，1994年10月，第393頁。

所選作品，從唐詩整體角度考察，指責其選録不當乃至編例舛誤諸多問題，都是客觀存在，不容否認，但進而否認《才調集》作爲選集的屬性，否認其具有一定的選旨和編排體例，似乎又抑之太過。因此，考察《才調集》序中所謂"才調"與所選作品是否相符，以及韋氏選旨之時代色彩與區域文化特色，對考察《才調集》的編纂體例，便具有十分重要的意義了。

韋氏編纂《才調集》的時間，難以確定在某一年，但與《花間集》相後先却是學界比較一致的看法。《花間集》成書於後蜀廣政三年（940），後蜀主孟昶即位的第六年。孟昶棄武尚文，喜好"歌酒自娛"，他對唐末以來流行的淫靡之聲，是厭棄的，曾說"王衍浮薄而好輕艷之辭，朕不爲也。"① 帝王好尚必然影響一時習氣，《才調集》《花間集》的相繼出現，書序中均有張揚大雅而黜棄俗艷的意旨，堪稱與時俱進之作了。但從南朝宮體到唐末五代的艷詩，長久養成的文壇習氣，并不是想改就能改得徹底的，尤其是風氣初變時期，詩選家們尚在摸索之中，所選作品存在選旨與選材的不統一、編例的前後參差不齊等問題，應該算是正常。或許出於迎合新文化政策的考慮，韋氏匆忙間編成《才調集》，以韋莊《又玄集》等唐詩選集爲藍本，無暇精校細刻，以致錯誤百出。但其拈出"才調"二字，作爲結集標準，其選集屬性是應肯定的。也正因爲這點，受到清人喜愛，被推崇到極高的位置。那麼，韋氏所舉"才調"的内涵是什麼呢？

據韋縠自序，此集采録李、杜、元、白并諸賢達章句，"但貴自樂所好"。所謂"自好"，即是那些"閑窗展卷""月榭行吟"之作，頗具間適色彩，而選録詩作以"韵高""詞麗"爲準，"總一千首，每一百首成卷，分之爲十，目曰《才調集》"。"才調"爲標目，也成爲是集選録詩歌的特色，明焦竑稱"其一本才情，盡鏟支蔓，成一家之言"②。清馮武云："惟韋縠《才調集》才情横溢，聲調宣暢，不入於風雅頌者不收，不合於賦比興者不取，猶近選體氣韵，不失《三百》遺意，爲易知易從也。"③ 自馮舒、馮班兄弟評點後，《才調集》爲人所宗，形成所謂"才調體"④，一時效仿成風。所謂"才調"，韋縠雖没有明確加以詮釋，但從"韵高而桂魄

---

① 《蜀檮杌》卷下。
② 《焦氏澹園續集》卷九《題錦研齋集》。
③ （清）馮武《二馮評閱才調集凡例》。
④ （清）費經虞《雅倫》卷二。

争光，詞麗而春色鬥美"中仍不難揣測其意，而唐人黃滔《答陳磻隱論詩書》一文，庶幾可爲注脚，兹録於下：

> 大唐前有李、杜，後有元、白，信若滄溟無際，華嶽干天。然自李、飛數賢，多以粉黛爲樂天之罪，殊不謂《三百五篇》多乎女子，蓋在所指説如何耳。至如《長恨歌》云："遂令天下父母心，不重生男重生女。"此刺以男女不常，陰陽失倫，其意險而奇，其文平而易，所謂言之者無罪，聞之者足以自戒哉。逮賈浪仙之起，諸賢搜九仞之泉，唯掬片冰，傾五音之府，只求孤竹，雖爲患多之所少，奈何孤峰絶鳥，前古之未有。咸通、乾符之際，斯道隟明，鄭、衞之聲鼎沸，號之曰"今體才調歌詩"，援雅音而聽者憎，語正道而對者睡。噫，王道興衰，幸蜀移洛，兆於斯矣。詩之義大矣哉！①

書中言及唐末盛行的"鄭、衞之聲"，背離雅正之道，號稱"今體才調歌詩"，可見唐末詩道沉淪，有識之士無不爲之憂慮而設法拯救。此書明確自《詩經》以至李、杜、元、白諸賢，其詩皆"多乎女子"，因此詩歌品格高下，不在是否以"粉黛"爲題材，而在"所指説如何"，可見作者并不排斥當時流行的詩風。韋縠標舉"才調"，也是針對當時詩風，黃書韋序正可互相發明。韋縠編選"唐賢才調詩"，就是要改變"今體才調歌詩"，其選詩注重"詞麗""春色"，正要改造那種多言粉黛而流於綺靡的詩風，力圖導引向上，達到清麗脱俗而"韵高"的境界，正如四庫館臣所説："縠生於五代文敝之際，故所選取法晚唐，以穠麗宏敞爲宗，救粗疏淺弱之習，未爲無見。"② 基於此説，應能明白韋縠此集并非率意而爲，而是經過自少而長的積累，有"采擷奥妙"并揀擇"賢達章句"的用心，且以"韵高""詞麗"作爲"才調"的標準，既着眼於當時的詩風，又指出向上一路，故自問世以來，影響不斷擴大，自有其過人之處，并非胡亂編排之作。細揣"才調"之旨，一是"春色"，即以女性爲吟咏題材；二是格調，他標舉"唐賢"以對"今體"，正是要借唐賢的"韵高""詞麗"來提振當時的詩格，使背離"雅音""正道"的詩壇回歸正統。

既以"才調"作爲選旨，而且基於"自好"，自然不必對唐詩做出整

---

① （唐）黃滔：《答陳磻隱論詩書》，《黃御史集》卷七，四部叢刊景明本。
② 《四庫全書總目》卷一八六。

體的裁剪，這是韋氏聰明之處，後人也不必從衡鑒唐詩的高度加以苛責。韋自云"暇日因閱李、杜集，元、白詩，其間天海混茫，風流挺特，遂采摭奧妙，并諸賢達章句，不可備錄，各有編次"，既言及"李杜"，而韋莊《又玄集》已經采入杜詩，摘録《又玄集》中詩多達三分之一的《才調集》，反而不收杜詩，因此頗遭後人非議。但個中緣由，或許正透出韋氏的玄機，其所謂"奧妙"，正在"才調"，即歌咏粉黛而格高調雅，不入鄭、衛之聲者。關於此點，我們可從《又玄集》與《才調集》所選李白詩的情況，窺其一斑。《又玄集》選録李白《蜀道難》《古意》《長相思》《金陵西樓月下吟》四首，正所謂"天海混茫，風流挺特"，"奇中又奇"者，《才調集》録李白詩 28 首，而不録上舉四詩，馮班所謂："序言李、杜、元、白，今選太白，不選子美，杜不可選也。選李亦只就此書體裁而已，非以去取爲工拙也。"紀昀所謂："杜亦非不可選，但與此書門徑不合耳。""此書門徑"四字，正道出《才調集》自有選旨，是從"才調"的角度選詩，而不是以選唐詩的角度選擇李、杜詩。其序言及杜甫詩，而正集不入杜詩，應當是韋氏刻意爲之，正如《花間集序》言及李白應制《清平樂》詞，而正集不選李太白詞一樣，不是不知杜詩李詞精妙，而是刻意强調"此書門徑"不同的緣故。正因爲此，雖其大量選取《又玄集》中詩，但并非剽竊，而實自成一書，在唐詩選集中，自成特色，應佔有一席之地。據鄧煜先生統計，《才調集》所選詩歌内容包涵"旅況、朝宦、感懷、宴集、送別、閨怨、寄贈、咏物、遊仙"九類[1]。

韋序云："今纂諸家歌詩，總一千首，每一百首成卷，分之爲十，目曰《才調集》。"清宋邦綏稱："唐御史韋公縠所選《才調集》十卷，選擇精當，大具手眼，當時稱善，後代服膺。"[2] 稱十卷、一千首、每卷百首，如此整齊劃一的分卷方式，與《花間集》分十卷、每卷收詞五十首左右的編纂方式如出一轍，兩書均編於後蜀時期，針對當時俗艷泛濫的詩詞創作，都在高唱孟氏紬俗崇雅的文化政策。《花間集》推出以温、韋爲代表的花間詞派而名垂千古，《才調集》推舉元、白、温、李爲代表的才調體也在清代大放異彩。因此，以整數分卷的編纂方式，既便於操作，又符合

---

① 鄧煜：《〈才調集〉選詩是"各有編次"還是"隨手排成"》，《現代語文》（學術綜合版）2014 年第 6 期，第 22—24 頁。

② （清）宋邦綏：《才調集序》，《才調集補注》卷首，《續修四庫全書》本。

組隊立派的思維，説韋氏精心布局，也非全無道理。又此書分十卷，或亦仿《玉臺新咏》而爲之。徐陵編《玉臺新咏》，即是稟承梁簡文帝旨意要光大其艷體詩，韋氏是否奉旨不得而知，但其編《才調》一集，亦有光大"才調體"之意，模仿《玉臺》，自在情理之中。

總集對作家作品的編排方式，或按文體將作家作品編録於下，或按作者將其所有作品匯聚一集。不論哪種方式，涉及作家編序時，或以時代年齒先後，或依職位高低。《才調集》既按詩人結集，而以白居易、溫庭筠、韋莊、杜牧、元稹、李白、李宣古、羅隱、劉商、張夫人分列各卷之首，明顯不按年齒或職位編序，甚至有作家作品重收及張冠李戴等諸多粗疏之處，不免讓人懷疑是"隨手排成"了。儘管如此，仍不足以否認該書是爲"才調體"而編的事實。標榜"才調"一格，并推舉代表作家，對改革蜀中詩風的意義不言而喻，可見馮氏所謂"壓通部""壓卷"之説，并非鑿空之論。至於末二卷，一卷收録隱士、道士、僧侶之詩，一卷收録婦女之詩，皆是前人關注不多的作者，雖然繼承了韋莊《又玄集》的衣鉢，但單立成卷，開創了後世蜀詩總集的嶄新模式，韋氏當有發凡起例之功。

三、《才調集》的流傳與影響

《才調集》是現存唐人選唐詩中規模最大的一書，儘管存在不少錯誤，但文獻價值仍不容忽視。正如《四庫全書總目》所説："其中頗有舛誤，如李白録《愁陽春賦》是賦非詩，王建録《宮中調笑詞》，是詞非詩，皆乖體例。賀知章録《柳枝詞》，乃劉采春女所歌，非知章作。其曲起於中唐，知章時亦未有。劉禹錫録《別蕩子怨》，乃隋薛道衡《昔昔鹽》；王之涣録《惆悵詞》，所咏乃崔鶯鶯、霍小玉事，之涣不及見，實王涣作，皆姓名訛异。然頗有諸家遺篇，如白居易《江南贈蕭十九》詩、賈島《贈杜駙馬》詩，皆本集所無。又沈佺期《古意》，高棅竄改成律詩；王維《渭城曲》'客舍青青楊柳春'句，俗本改爲'柳色新'；賈島《贈劍客》詩'誰爲不平事'句，俗本改爲'誰有'。如斯之類，此書皆獨存其舊，亦足資考證也。"① 除了在校勘、輯佚等方面具有重要價值外，《才調集》的文學史料價值也應受到重視。首先，《才調集》收録了中晚唐大量的小集作家作品，成爲研究唐代文學史與中晚唐作家群體的重要史料，清人輯録

---

① 《四庫全書總目》卷一八六。

《全唐詩》，多自本書采錄。其次，作爲在後蜀文化政策指引下編纂的一部詩歌總集，對研究西蜀文學與文化史的發展變化，具有重要的參考價值。再次，《才調集》收錄了大量的女性題材以及神話、民俗題材的詩歌，是研究晚唐及西蜀俗文學與民俗文化的重要史料，如通過卷八吉師老《看蜀女轉昭君變》，可見《昭君變文》在蜀地演唱的情景。此外，因《才調集》標榜"才調"，在清代更形成"才調體"，《才調集》也成了考察晚唐體、西崑體、江西詩派、臺閣體等文學流派起承轉合的關鍵文獻。

《才調集》成編後，最初或以鈔本流傳，北宋《崇文總目》卷一一著錄"《才調集》十卷"。南宋尤氏《遂初堂書目》著錄"唐《才調集》"，《直齋書錄解題》卷一五總集類著錄"《才調集》十卷，後蜀韋縠集唐人詩"。南宋時期，徵引《才調集》的筆記、詩話漸次增多，《才調集》的關注度有所增高，當與南宋人推崇晚唐體密切相關，陳起刊刻的書棚本《才調集》也出現在這一時期，并成爲後世各版的祖本。至明代推尊唐詩，有著名的毛氏汲古閣刊本傳世。胡震亨《唐音癸籤》卷三一稱："《名賢才調集》，蜀監察御史韋縠編唐人詩一千首，每一百首爲一卷，隨手成編，無倫次。其所宗者雖李青蓮及元、白，而晚唐人詩十居其七八。"胡氏可能是較早對《才調集》做系統研究者。明清之際，隨着馮舒、馮班兄弟推尊晚唐才調以對抗江西詩派，出現了評點、箋注《才調集》的高潮。康熙四十三年，新安汪文珍垂雲堂精刻《二馮評點才調集》十卷問世，後又收入《四庫全書》，一時評注成風，出現了王士禛《才調集選》、趙執信《才調集批校》、周禎《才調集注》、何焯《批才調集》、吳兆宜《才調集箋注》、紀昀《刪正二馮先生評閱才調集》、殷元勳《唐詩才調集箋注》、宋邦綏《才調集補注》、天闕山人《才調集七律詩選》、佚名《才調集補》等十多種，而于鵬舉編刊《玉堂才調集》，選錄唐七律詩多達 3000 首。對《才調集》的研究、傳播，達到了歷史的高峰。此後，對《才調集》的重視大不如前，出現了一些翻刻本和影印本，當代學者有標點整理本問世，但重拾明清以來詆斥《才調集》的論調，產生了一定影響。

《才調集》早期刊刻的南宋書棚本，傳至明代中葉僅剩殘卷，明清之際有孫研北家藏宋鈔本、徐玄佐鈔補本等。萬曆年間，有沈春澤重刊本。天啓間，錢允治以其"譌謬實甚"而成校勘修補本。崇禎初，毛晉以汲古閣藏影寫宋刊本爲底本，參照各校補本及文集等，刊入《唐人選唐詩八種》。崇禎年間，又有馮舒、馮班先後校補評閱本。清順治年間，錢曾又據汲古閣藏影寫宋刊本（徐玄佐抄補本）影印，是爲述古堂影宋抄本。《四部叢刊》初編據述古堂影宋抄本景印，是即傅璇琮主編《唐人選唐詩（十種）》（上海古籍出版社 1958 年）所據之底本。新安汪文珍垂雲堂以汲古閣影宋本爲底本，參校二馮評閱本及錢允治校正沈春澤本，于清康熙四十三年（1704）付梓。在諸本中，述古堂影宋本、汲古閣刻本和垂雲堂刻本較重要，傅璇琮《唐人選唐詩新編》（陝西人民教育出版社 1996 年）即以《四部叢刊》本爲底本，并參校汲古閣刻本和垂雲堂刻本等多種版本，是目前校勘精審的本子。

宋邦綏《才調集補注》是對殷元勳箋注本的訂補，并參考二馮評閱本，采其評語入集，每卷首題“虞山馮默庵、鈍吟先生評閱，古吳殷元勳于上箋注，長洲宋邦綏況梅補注”，由其子宋思仕刊刻於乾隆五十八年，光緒二十年，江蘇書局重刻。今以乾隆原刻本爲底本，校以光緒重刻本（省稱“光緒本”），參校《四部叢刊》本、清康熙四十三年汪文珍垂雲堂刻本（省稱“垂雲堂本”）、影印文淵閣《四庫全書》本《才調集》，凡校改底本文字，均於脚注中説明。原書注文采用雙行小字排印，今統一逐録於每首詩後，并添加對應注碼，以便檢閱；原書批注之二馮評語等，今統一處理爲脚注，并據《叢書集成》三編影印清鏡煙堂刻本《删正二馮評閱才調集》，逐録紀昀評語（省稱“紀昀評”）於脚注中。原書中清人避諱改字，如“玄”改作“元”之類，除首見處加注説明外，其他徑予回改，不再加注。正文中異體字、古今字，一仍原書，注釋詞頭與正文不對應者一仍原文。書後附録有關《才調集》的“題跋”“評述”類資料，以及本書“參考文獻”，以方便讀者使用。

本書整理過程中，參閱了傅璇琮《唐人選唐詩新編》中的一些校勘成果，特此致謝。

吳洪澤

2019 年 5 月

目　録

才調集補注卷八

附錄

才調集叙

蜀監察御史韋縠　撰

余少博羣言，常所得志，雖秋螢之照不遠，而雕蟲之見自佳。古人云
"自聽之謂聰，內視之謂明"也①，又安可受誚於愚鹵，取譏於書廚者哉！
鈍吟云：作書主意。暇日因閱李、杜集，元、白詩，其間天海混茫，風流挺
特②，遂採摭奥妙，并諸賢達章句，不可備録③，各有編次。鈍吟云：序云李、
杜，卷中無杜老，不欲杜詩非不取也，蓋是崇重芟擇耳④。

或閒牕展卷，或月榭行吟，韻高而桂魄争光，詞麗而春色鬭美。但貴
自樂所好，豈敢垂諸後昆？今纂諸家歌詩，總一千首，每一百首成卷，分
之爲十，目曰《才調集》。庶幾來者，不誚多言，他代有人，無嗤薄鑒
云爾。

---

①　"內視之謂明也"下，《删正二馮評閲才調集》紀昀評（以下省稱"紀昀評"）：其能成一
家之言在此，其不能兼括諸家之妙亦在此。

②　特：原作"時"，據《四部叢刊》本、垂雲堂本改。

③　"不可備録"下，紀昀評：言不能臚列姓名。

④　紀昀評：唐人多不選李、杜詩，不但此集。正以門徑不同，不必强附。此不古人不肯自
誣處。

序

　　稽古載籍垂世，選集專集，或用事繁富，或取材奧博，閱之者望洋向若儻恍失據，必有藉於牋注之家，搜羅攷訂，始有眉目可辨。選集如《昭明文選》，專集如杜少陵、李玉溪、蘇眉山諸集，注不一家，經歷多人，始克成書。或前人有志未逮，後人足而成之；或前人解説舛譌，後人攷而正之。固不能成於一時，亦不限出於一手也。

　　唐御史韋公縠所選《才調集》十卷，選擇精當，大具手眼，當時稱善，後代服膺。國朝馮默菴、鈍吟兩先生加以評點，遂爲學詩者必讀之書。第引用廣博，初學讀之，尚昧津梁。偶檢敝籠，得抄本數卷，係我郡殷君于上牋注，爲蠹魚所蝕者過半。余深惜焉，因廣搜博採，補其殘缺，正其舛譌，閱數年而告成。

　　韋公原序暨二馮先生評點，俱仍原本，不敢妄自增易。就正四方博學君子，頗示許可。公餘采摭，稍有微勞，雖不敢儗李善、山谷諸公之注《選》注集，而於殷君發明前賢、啓迪後學之功，庶不致於泯没也。遂綴數語，弁諸簡端。囑思仁復加校讐，以付剞劂。若夫補輯未週，尚多典與陶陰之誤，是余考核未精，固陋之誚，知所不免爾。

　　乾隆二十九年歲次甲申嘉平月，長洲宋邦綏。

　　先司農公由詞臣敭歷中外數十年，思仁始補博士弟子員，隨侍任所，晨昏定省之餘，見先司農公聽政理事，稍有餘暇，或流覽羣書，或勤心著述，凡篇帙壞舛，輯襖刊正，始快心焉。同郡殷于上先生注唐韋御史縠《才調集》一編，尤爲愜意之書。因惜其散帙不完，乃研精覃思，博考經史，采摭羣言，足而成之。而於馮氏二先生評點，暨殷于上先生箋注，俱爲載列，不敢泯滅，蓋不欲襲美前人，如郭象之竊向秀《莊子解義》以爲己説，貽嗤後世，此先司農公之志也。

　　思仁謹志於心，流光迅駛，不覺又歷二十餘年，猶未謀諸梓人者。緣遭先司農公見背後，中間多故，嗣亦遠宦粤、蜀，鹿鹿輪蹄，有志未逮。每憶庭訓，不覺潸然泣下。去冬量移山左糧道，持節督運，鷁頭鴻遵而進，無事催償，頗獲暇晷。披篋陳簡，細爲揣摩，逾月而竣，即付梨棗。
非敢自附不朽，聊以追終先志云爾。

　　乾隆五十八年癸丑仲夏，男宋思仁謹識。

才調集序

從來説經之家，窮理與箋疏並重，誠以理歸於約，必先義詳於博。我夫子詔小子以學詩，鳥獸草木之名，於興觀羣怨而遞及焉。即元公作《爾雅》，亦釋《詩》者居多，不獨陸璣一疏，開後世釋名物者數十家也。風騷而後，詩學莫盛於唐，前後選本不一，於蜀則有監察御史韋縠《才調集》十卷，詩千首，一百七十餘家，大約導源漢、魏，沿溯六朝，如原叙所云“韻高而桂魄争光，詞麗而春色鬬美”者。相傳始刻於宋時沈氏，前明則有臨安陳氏刻本、華亭徐氏鈔本，虞山馮定遠復得錢、葉、趙、宋諸家鈔本，印證校勘，加以評點，蔚爲完書。而箋注猶闕，讀者惜焉。

今天子振興雅化，鼓吹休明，特開四庫館，購訪遺書。此集仰邀睿定收集，部之總集類，用廣流傳，誠稽古盛事也。吾友汝和宋君以甲午春赴選來京，出《才調集》一編示予，曰：“此先大夫所箋釋，蓋就同郡殷君于上本爲之廣輯成書，予小子竊亦增注一二，藏諸篋中有年矣。請叙而付諸梓。”予於是受而讀焉。

或有以是集載李與元、白，不載杜，且多以一人互見各卷，及叙次諸人不拘時代，爲説者自屬擇精語詳之義。然縠生五代文敝之際，惟以濃麗秀發救當時粗俚之習，故所録多晚唐，而不及少陵，義各有當。《四庫全書》稱其“於詩教有益”，洵定評也。

至於傳抄日久，間有凌佚，存參考而寄幽情，好古者往往如斯。況緣殷本而增之又增，其徵引也博，其辨晰也精，此真藝林之大觀，庶幾接箋注於《選》《騷》者矣。且予有取於兹集之箋注，豈徒循誦章句，掇拾故事，誇多鬬艷，以矜其才富調高云爾哉！將由是而沿流溯源，綜覽三唐升降，從漢魏六朝上探《騷》《雅》，本温柔敦厚之教以和聲鳴盛，察貞淫正變之原以善俗宜民，當有措之裕如者。

子行矣，異日用絃歌報最，與古所謂登高作賦、遇物能名者，其從政可媲美焉。於以宣上德而繼家聲，未必不有得於兹編。是爲序。

乾隆三十九年甲午仲春穀旦，古蓼吴五綸。

才調集補注卷一

虞山馮^{鈍吟}_{默庵}先生評閱　　古吳殷元勳于上箋注
長洲宋邦綏况梅補注①

古律雜歌詩一百首

　　鈍吟云：家兄看詩，多言起承轉合，此教初學之法。如此書，正要脱盡此板法，方見才調。

白居易一十九首

　　《唐書》：白居易字樂天，其先太原人，徙下邽。居易敏悟絶人，工文章，貞元中擢進士拔萃，補校書郎。元和元年對策一等，調盩厔尉。召入翰林，爲學士，遷左拾遺，論執强梗。歲滿當遷，帝以其家貧，聽自擇官。居易請如姜公輔，以學士兼户曹參軍以便養，詔可。明年，以母喪解還，拜左贊善大夫。俄有言居易浮華無實行，貶江州司馬。久之，徙忠州刺史。入爲司門員外郎，以主客郎中知制誥。穆宗好畋遊，獻《虞人箴》以諷。俄轉中書舍人，爲杭州刺史，以太子左庶子分司東都，復拜蘇州刺史，病免。文宗立，以秘書監召，遷刑部侍郎，封晉陽縣男。大和初，二李黨事興，乃移病還東都，除太子賓客，分司。踰年，即拜河南尹。開成初，改太子少傅，進馮翊縣侯。會昌初，以刑部尚書致仕。六年卒，年七十五，贈尚書右僕射。宣宗以詩哭之。

　　鈍吟云：此卷以白公爲首，惟選長律及諷刺，不選小律及閒適詩，蓋以白公爲大詩之式也。閒適詩與此詩體不合②，小律却博取諸家。○長律倡和，盛於元、白，其妍媸正是一例。此選白不選元，非不選也，舉白以例元也。元却選艷體。

代書一百韻寄微之

　　《舊唐書》：元稹字微之，以俊爽不容於朝，流放荆蠻者十年。俄而白居易

---

① 原本各卷首均有評、注者署名，今删去其餘九處，存此以備參閲。
② 詩體：垂雲堂本作"書體"。

貶江州司馬，積量移通州司馬，雖通江懸邈，而二人來往贈答，凡所爲詩，有三十、五十韻乃至百韻者。江南人士傳道諷誦，流聞闕下，里巷相傳，爲之紙貴。觀其流離放逐之意，靡不悽惋。

鈍吟云：勻細整贍，力自有餘。〇長詩有叙置次第，此文章自然之勢，其妙處全不在此。《品彙》之作，高棟不解聲病，便以長詩爲排律，無識妄作。今人則排字已入骨矣，板拙不貫穿，只被排字誤了。〇起承轉合，不可不知，却拘不得，須變化飛動爲佳①。此二篇勻整之至，却細膩省净，無叠辭累句、妃紅媲紫之病。長詩忌詞太煩，如此最善②。

憶在貞元[一]歲，默云：直起③。俱昇典校司。身名同日授，心事一言知。元注：貞元中，與微之同登科第，俱授秘書省校書郎，始相識也。肺腑都無隔，形骸兩不羈。疎狂屬年少，默云：總二句。閑散爲官卑。分定金蘭[二]契，言通藥石[三]規。交賢方汲汲，友直每偲偲。有月多同賞，無杯不共持。秋風拂琴匣，夜雪卷書帷[四]。高上慈恩塔[五]，幽尋皇子陂[六]。唐昌玉蕊[七]會，崇敬牡丹[八]期。元注：唐昌觀玉蕊，崇敬寺牡丹花，時多與微之有期。笑勸迂辛酒，閑吟短李詩。元注：辛大立度性迂嗜酒，李二十紳形短能詩，故當時有“迂辛短李”之號。儒風愛敦質，佛理賞玄師④。元注：劉三十二敦，質雅有儒風。庾七玄師，談佛理有可賞者。度日曾無悶，默云：總。通宵靡不爲。雙聲聯律句[九]，八面數宮棋[一〇]。元注：雙聲、聯句、八面、宮棋，皆當時事。往往遊三省[一一]，騰騰出九逵[一二]。寒銷直城路[一三]⑤，春滿曲江池[一四]。樹暖枝條弱，山晴彩翠奇。峯攢石綠點，柳惹鞠塵[一五]絲。岸草煙鋪地，園花雪壓枝。早光紅照耀⑥，新溜[一六]碧逶迤。幄幕[一七]分堤布，盤筵[一八]占地施。徵伶求絶藝，迎伎選名姬⑦。鈍云：叠韻對雙聲。鉛粉[一九]凝春豔，金鈿[二〇]耀水嬉[二一]。風流誇墮髻，時世鬪

---

① “爲佳”下，紀昀評：短章可擺脱蹊徑，長篇却離不得起承轉合。所謂變化飛動者，正從起承轉合處做出。

② “最善”下，紀昀評：詞忌太煩，正謂無意貫之，無氣運之，宜若筆有爐錘，旋轉如意，即句句用事亦不礙。

③ 默云直起：原爲句旁注，今統一移作句末小字注。

④ 玄：原作“元”，清人避諱改字，據《四部叢刊》本回改。下同，徑改。“佛理賞玄師”句下，垂雲堂本注：“默云：辛玄度、李紳、劉敦質、庾玄師。”

⑤ 銷：《四部叢刊》本、垂雲堂本作“消”。

⑥ 耀：《四部叢刊》本、垂雲堂本作“曜”。

⑦ 伎：《四部叢刊》本、垂雲堂本作“妓”。

愁眉〔二二〕①。元注：貞元末，城中復爲墮馬髻、啼眉妝也。密坐隨歡促，華尊逐勝移②。香飄歌袂動，翠落舞釵遺③。籌插紅螺〔二三〕椀，觥飛白玉卮〔二四〕。打嫌調笑易，飲訝卷波〔二五〕遲。元注：《抛打曲》有《調笑令》，《飲酒曲》有《卷白波》。殘席諠譁散，歸鞍酩酊〔二六〕騎。酡顏〔二七〕烏帽側，醉袖玉鞭垂。紫陌〔二八〕傳鐘鼓，紅塵〔二九〕塞路岐④。幾時曾暫別，默云：總結。何處不相隨。荏苒〔三〇〕星霜換，默云：又轉。廻環節候推。兩衙〔三一〕多請告，三考〔三二〕遂成資。運啓千年聖，天成萬物宜。皆當少壯日，同惜盛明時。光景嗟虛擲，雲霄竊暗窺。攻文朝矻矻〔三三〕⑤，講學夜孜孜。策目穿如札，元注：時微之集策略之目，其數至百十。毫鋒銳若錐。元注：時與微之各有纖鋒細管筆，携之以就試，相顧輒笑，目爲毫錐。繁張獲鳥網，堅守釣魚坻。元注：謂自冬至夏，頻改試期，竟與微之堅待制試也。並受夔龍〔三四〕薦，默云：轉。齊登晁董〔三五〕詞。萬言經濟略，三道太平基。取第爭無敵，專場〔三六〕戰不疲。輔車〔三七〕排勝陣，掎角〔三八〕奪降旗。元注：並謂同鋪席，共筆研。雙闕紛容衛〔三九〕，千僚儼等衰⑥。元注：謂制舉人欲唱第之時也。恩隨紫泥〔四〇〕降，名向白麻〔四一〕披。既在高科選，默云：轉。還從好爵〔四二〕縻。東垣君諫諍，西邑我驅馳。元注：元和元年，同登制科，微之拜拾遺，予授盩厔尉。再喜登烏府〔四三〕，多慚侍赤墀〔四四〕。元注：四年，微之復拜監察，予爲拾遺學士也。官班分內外，遊處遂參差。每列鵷鸞〔四五〕序，偏瞻獬豸〔四六〕姿。默云：起下。簡威霜〔四七〕凜冽，衣彩繡〔四八〕葳蕤〔四九〕。鈍云：雙聲。正色摧强禦，剛腸疾喔咿〔五〇〕。常憎持祿位，不擬保妻兒。養勇期除惡，輸忠在滅私。下韝〔五一〕驚燕雀，當道〔五二〕懾狐狸。南國人無枉，東臺吏不欺。元注：微之使東川，奏冤八十餘家，詔從而平之，因分司東都。雪冤多定國〔五三〕，犯諫甚辛毗〔五四〕。造次行於是，平生志在斯。道將心共直，言與行相危。水暗波翻覆，默云：結上轉下。山藏路嶮巇〔五五〕。未爲明主識，已被幸臣疑。鈍吟云：前叙風流，無此一段剛正，是狎邪所爲矣。古人云“窗前閑詠鴛鴦句，壁上時看獬豸圖”，即此意也。大家式樣，

---

① 世：《四部叢刊》本、垂雲堂本作“勢”，光緒本作“事”。
② 尊：《四部叢刊》本作“鐏”，垂雲堂本作“罇”。
③ 翠：《四部叢刊》本、垂雲堂本作“醉”。
④ 岐：《四部叢刊》本、垂雲堂本作“歧”。
⑤ 矻矻：《四部叢刊》本、垂雲堂本作“吃吃”。
⑥ 僚：《四部叢刊》本、垂雲堂本作“寮”。

應如此參究①。木秀[五六]遭風折，蘭芳遇霰萎。千鈞勢易壓，一柱力難搘[五七]。騰口[五八]方成痏[五九]，吹毛[六〇]遂得疵。憂來吟貝錦[六一]，讁去詠江蘺[六二]。邂逅塵中遇，殷勤馬上辭。賈生[六三]離魏闕[六四]，王粲[六五]向荆夷。默云：以下俱說江陵。水渡清源寺[六六]，山經綺里祠[六七]。心搖漢皋珮[六八]，淚墮峴山碑[六九]。元注：並途中所經歷者也。驛路緣雲際，城樓枕水湄。思鄉多繞澤，望國獨登陴[七〇]。林晚青蕭索，鈍云：雙聲。江平綠渺瀰[七一]。野秋鳴蟋蟀[七二]，沙冷聚鶺鴒[七三]。官舍黃茅屋，人家苦竹籬。白醪[七四]充夜酌，紅粟[七五]備晨炊。寡鶴摧風翮，鰥魚[七七]失水鬐[七六]。闇雛啼鶻旦[七八]，涼葉[七九]墜相思[八〇]。元注：此四句兼含微之鰥居之思。一點秋燈滅，三聲曉角吹。籃衫經雨故，驄馬[八一]卧霜羸。念涸誰濡沫[八二]，嫌醒自啜醨[八三]。耳垂[八四]懷伯樂[八五]，舌在[八六]感張儀。負氣衝星劍[八七]，傾心向日葵[八八]。金言[八九]自銷鑠[九〇]，玉性肯磷緇[九一]？伸屈[九二]須看蠖，窮通莫問龜。定知身是患[九三]，默云：起。應用道爲醫。想子今如彼，默云：醒江陵。嗟予獨在兹。無悰[九四]當歲杪，有夢到天涯。坐阻連襟[九五]帶，行乖接履綦[九六]。潤銷衣上霧[九七]②，香散室中芝[九八]。念遠傷遷貶，驚時歎別離。素書三往復，明月七盈虧。元注：自與微之別，經七月，三度得書。舊里非難到，餘歡不易追。樹依興善[九九]老，草傍靖安[一〇〇]衰。元注：微之宅在靖安坊西，近興善寺。前事思如昨，默云：總結。中懷寫向誰？北村尋古柏，南宅訪辛夷[一〇一]。元注：開元觀西北院，即隋時龍村佛堂，有古柏一株，至今存焉。微之宅中有辛夷兩樹，常與微之游息其下。此日徒搔首[一〇二]，何人共解頤[一〇三]。病多知夜永，年長覺秋悲。不飲長如醉，加餐亦似饑。狂書一千字，因使寄微之。默云：代書寄微之，作結③。

〔一〕貞元　《唐書·德宗本紀》：貞元元年正月丁酉，大赦，改元。

〔二〕金蘭　《易》：二人同心，其利斷金。同心之言，其臭如蘭。《世說》：山公與嵇、阮一面，契若金蘭。

〔三〕藥石　《左傳》：臧孫曰："季孫之愛我，疾疢也；孟孫之惡我，藥石也。"

---

① "參究"下，紀昀評：此論自是。然此所叙皆實迹，非故作莊語見身分，必以爲詩之式樣，殊不書。然即以《逢蕭九》詩論之，曰自不合此式樣。詩須自然有身分，不在曉曉自鳴，潦倒人好作厓岸語，瑣細題好作莊重語，皆詩家最鄙陋處。

② 銷：《四部叢刊》本、垂雲堂本作"消"。

③ "作結"下，紀昀評：結句太佻，學元、白者忌此種。一意衍至千言，雖李、杜亦不能。力餘於詞，但首尾妥帖，即是難事，勿概以元輕白俗忽之。長篇作古體，方翕張如意，限以聲病，但有修詞工夫矣。此種只備詩家一體，無煩專意爲之。

〔四〕**書帷**　《東方朔傳》：文帝集上書囊，以爲殿帷。

〔五〕**慈恩塔**　《長安志》：慈恩寺，隋無漏寺故地。高宗在春宮時，爲文德皇后立，故名"慈恩"。浮圖六級，崇三百尺。永徽三年，沙門玄奘所立。

〔六〕**皇子陂**　《雍録》：皇子陂在萬年縣西南二十里。《長安志》：秦葬皇子，起冢于陂之北原，故曰皇子陂。

〔七〕**唐昌玉蕊**　《劇談録》：上都安業坊唐昌觀，舊有玉蕊花甚繁，每發若瑶林瓊樹。元和中，春物方盛，車馬尋玩者相繼。忽一日，有女子年可十七八，容色婉約，迥出于衆。從以二女冠，三女僕。既下馬，以白角扇障面，直造花所，異香芬馥，聞于數十步之外。停立良久，令小僕取花數枝而出。將乘馬，廻謂黃冠者曰："囊者玉峯之約，自此可以行矣。"時觀者咸覺煙霏鶴唳，景物輝焕，舉轡百步，有輕風擁塵，隨之而去。須臾塵滅，望之已在半天，方悟神仙之遊。餘香不散者，經月餘日。

〔八〕**崇敬牡丹**　《長安志》：靖安坊西南隅，有崇敬尼寺，本僧寺，隋文帝所立。《霍小玉傳》：時三月，人多春遊。李生與同輩詣崇敬寺，翫牡丹花。

〔九〕**雙聲律句**　雙聲叠韻者，韻之子母，正切回切也。如龍字，乃盧容切，反云盧零連龍，龍字爲韻之子，容字爲韻之母，零連字爲韻之祖。雙聲者，乃子正切得母，母回切得子，而且同祖，是之謂雙聲。叠韻者，乃子正切得子，母回切得母，而不同祖，是謂之叠韻。劉禹錫詩云："出谷嬌鶯新睍睆，營巢乳燕舊呢喃。"睍睆與呢喃，乃雙聲也。正切睍睆，睍興掀睆，回切睆睍，睆興掀睍；正切呢喃，呢寧年喃，回切喃呢，喃寧年呢。此則雙聲之説明矣。又杜甫詩云："卑枝低結子，接葉暗巢鶯。"卑枝與接葉，乃叠韻也。正切卑枝，卑賓邊卑，枝真匜枝①；正切接葉，接精箋接，回切葉接，葉寅延葉。此叠韻之説明矣。

〔一〇〕**八面宮棊**　古者宮中象棊式樣八面，内鑴四言二句，每字居一面。至今猶有其遺製，名曰宮棊。又一説：宮棊，古宮中所着，其法下子枰上，各擲色起子，數其多少爲勝負。

〔一一〕**三省**　《唐百官志》：唐省有三，中書省、尚書省、黃門省。

〔一二〕**九逵**　《三輔黃圖》：長安城面三門，四面十二門，皆通達九逵，以相經緯。衢路平正，可並列車軌。

〔一三〕**直城路**　《寰宇記》：按《三輔黃圖》，南頭第二門名直城，王莽改曰端路，今名直城路，是。

〔一四〕**曲江池**　《劇談録》：曲江池，本秦世隑洲。開元中疏鑿，遂爲勝境，花卉

---

① 按文例，"枝真匜枝"前疑脱"回切枝卑"四字。

環周，煙水明媚。都人遊翫，盛于中和、上巳之節，綵幄翠幬，匝于堤岸，鮮車健馬，比肩擊轂。

〔一五〕鞠塵　《月令》：“天子乃薦鞠衣于先帝。”注：“鞠衣，黃桑之服。”鄭注内司服云：“色如鞠塵。”

〔一六〕新溜　盧思道詩：新溜濕輕紗。

〔一七〕幄幕　《左傳》：子產以幄幕九張行。

〔一八〕盤筵　韓維詩：光彩生盤筵。

〔一九〕鉛粉　《博物志》：燒鉛成胡粉。

〔二〇〕金鈿　徐陵《玉臺新詠序》：反插金鈿，橫抽寶樹。

〔二一〕水嬉　張景陽《七命》：乘黿舟兮爲水嬉。

〔二二〕墮髻愁眉　《後漢·梁冀傳》：冀妻孫壽色美而善爲妖態，作愁眉啼妝、墮馬髻、折腰步、齲齒笑以爲媚惑。

〔二三〕紅螺　《嶺表録》：異紅螺，類鸚鵡螺，殼薄而紅，堪爲酒器。

〔二四〕玉巵　《韓非子》：“今有白玉之巵而無當。”賓王曰：“當，底也。”

〔二五〕卷波　《資暇録》：飲酒之卷白波，東漢擒白波賊，戮之如捲席，故酒席倣之，以快人情氣也。

〔二六〕酩酊　《晉·山簡傳》：兒童歌曰：“山公出何許，往至高陽池。日夕倒載歸，酩酊無所知。時時能騎馬，倒著白接䍦。”酩酊，醉貌。

〔二七〕酡顔　《招魂》：美人既醉，朱顔酡些。

〔二八〕紫陌　《海録碎事》：天有紫微垣，人主象之。宮曰紫宮，殿曰紫宸，京都之衢曰紫陌。

〔二九〕紅塵　李陵詩：紅塵閉天地。

〔三〇〕荏苒　《韻府羣玉》：荏苒，猶侵尋也。

〔三一〕兩衙　本集詩：朝衙復晚衙。所謂兩衙也。

〔三二〕三考　《唐六典》：每經三考聽轉選，量其才能而進之。

〔三三〕矻矻　王褒《聖主得賢臣頌》：勞筋苦骨，終日矻矻。

〔三四〕夔龍　《書》：讓于夔龍。

〔三五〕晁董　《漢·晁錯傳》：詔有司舉賢良文學士，錯在選中，對策者百餘人，惟錯高第。《董仲舒傳》：武帝即位，仲舒以賢良對策。對畢，天子以仲舒爲江都相。

〔三六〕專場　應瑒詩：專場驅衆敵。

〔三七〕輔車　《左傳》：“諺所謂輔車相依，唇亡齒寒者，其虞虢之謂也。”杜注：輔，頰輔。車，牙車。

〔三八〕**掎角** 《左傳》："譬如捕鹿，晋人角之，諸戎掎之。"林注：角者，當其頭也。掎者，踏其足也。

〔三九〕**容衛** 庾信詩：南宮容衛疏。

〔四〇〕**紫泥** 《西京雜記》：漢以武都紫泥爲璽室，加緑綈其上。《隴右記》：武都紫水有泥，其色紫而粘，用封璽書。

〔四一〕**白麻** 《唐會典》：凡赦書、德音，立后、建儲、大誅、封拜免三公、宰相、命將，並用白麻，不用印。

〔四二〕**好爵** 《易》：我有好爵，我與爾縻之。

〔四三〕**烏府** 《漢·朱博傳》：御史府中列柏樹，常有野烏數十栖宿其上，晨去暮來，號曰朝夕烏。

〔四四〕**赤墀** 《漢·梅福傳》："陟赤墀之塗。"注：以丹淹泥，塗殿上也。

〔四五〕**鵷鸞** 郭璞曰："鵷雛，鳳屬也。"《瑞應圖》："鸞，鳳之佐。"劉禹錫詩："雲路鵷鸞想退朝。"

〔四六〕**獬豸** 《後漢·輿服志》 獬，神羊，能別曲直。楚王嘗獲之，以爲冠。秦滅楚，以其君服賜執法近臣御史服之。

〔四七〕**簡霜** 崔篆《御史箴》：簡上霜凝。

〔四八〕**衣繡** 《漢·百官公卿表》：侍御史有繡衣直指，出討奸猾。

〔四九〕**葳蕤** 古詩《爲焦仲卿妻作》：妾有繡腰襦，葳蕤自生光。

〔五〇〕**喔咿** 《楚辭·卜居》注：聲在喉舌間也。

〔五一〕**下韝** 《東觀漢記》：桓虞曰："善吏如良鷹，下韝即中。"《説文》：韝，臂衣也。

〔五二〕**當道** 《後漢·張綱傳》：安帝遣八使徇行風俗，張綱獨埋其車輪于洛陽都亭，曰："豺狼當道，安問狐狸？"遂奏大將軍冀無君十五事。《北史·王羆傳》：神武遣韓軌襲羆，羆不覺。比曉，軌衆入城，羆袒身露髻，徒跣持棒，大呼而出，謂曰："老羆當道臥，貉子那得過。"敵見驚退。當道慴狐狸，乃合用侯文、王羆二人語。若竟作"豺狼當道"解，語意未妥。○《漢書·孫寶傳》：寶署侯文東部督郵，入見，曰："豺狼當道，不宜復問狐狸。"語在綱前。

〔五三〕**定國** 《漢書》：于定國爲廷尉，民自以不冤。

〔五四〕**辛毗** 《魏志》評曰：辛毗、楊阜，剛亮公直，正諫匡躬，亞乎汲黯之高風焉。

〔五五〕**嶮巇** 傅毅賦"丹崖嶮巇"注：傾側貌。

〔五六〕**木秀** 李康《運命論》：木秀于林，風必摧之。

〔五七〕**一柱難揩** 《博物志》：《南荆賦》"江陵有臺甚大，而一柱"。《文中子》：

大厦之颠，非一木所支。

〔五八〕騰口　《易》：咸其輔頰舌，騰口説也。

〔五九〕成痏　張衡賦：所惡成瘡痏。

〔六〇〕吹毛　《韓非子》：不吹毛而求小疵。

〔六一〕貝錦　《詩》："萋兮斐兮，成是貝錦。"毛傳："貝錦，錦文也。"鄭箋："喻讒人集作已過以成于罪，猶女工集采色以成錦文。"

〔六二〕江蘺　《離騷》：扈江蘺與薜芷兮。

〔六三〕賈生　《史記·賈誼傳》：天子議以賈生任公卿之位，絳、灌、東陽侯、馮敬之屬盡害之，短賈生，乃以賈生爲長沙王太傅。

〔六四〕魏闕　《莊子》"身在江湖之上，心居魏闕之下"注：魏闕，人君門。

〔六五〕王粲　《魏志》：王粲字仲宣，山陽人。獻帝西遷，粲從至長安，以西京擾亂，乃之荆州，依劉表。

〔六六〕清源寺　《唐國史補》：王維得宋之問輞川別業，山水勝絶，今清源寺是也。

〔六七〕綺里祠　《商州志》：四皓祠在州西四里。

〔六八〕漢臯珮　《韓詩外傳》：鄭交甫將南適楚，遵彼漢臯，遇二女，佩兩珠，如荆雞之卵。

〔六九〕峴山碑　《晋·羊祜傳》：襄陽百姓於峴山祜平生游憩之所建碑，望其碑，莫不流涕，杜預因名爲墮淚碑。

〔七〇〕登陴　《釋名》：陴，裨也，裨助城之高也，亦曰女墻。丘遲書：撫絃登陴。

〔七一〕渺瀰　木華《海賦》注：渺瀰，曠遠貌。

〔七二〕蟋蟀　《詩》疏：陸機云："蟋蟀，似蝗而小，正黑有光澤如漆。"

〔七三〕鸕鷀　《爾雅》：鷧鸕，郭璞注："即鸕鷀也，觜頭曲如鈎，食魚。"

〔七四〕白醪　《齊民要術》有作白醪酒法。

〔七五〕紅粟　《食物本草》：赤黍米，人謂之紅蓮米。

〔七六〕寡鶴　王褒《洞簫賦》：孤雌寡鶴，娛遊乎其下。

〔七七〕鰥魚　《本草》：鰥性獨行，故曰鰥。

〔七八〕鶡旦　《月令》"鶡旦不鳴"注：鶡旦夜鳴，求旦之鳥也。以得所不鳴，此言啼以見其不得所也。

〔七九〕涼葉　謝莊詩：秋風散兮涼葉稀。

〔八〇〕相思　《吴都賦》"相思之樹"注：相思，大樹也，可作器，其實如珊瑚。

〔八一〕驄馬　《後漢·桓典傳》：典爲侍御史，執法無所回避，常乘驄馬，京師畏憚。時人爲之語曰：“行行且止，避驄馬御史。”

〔八二〕濡沫　《莊子》：泉涸，魚相處于陸，陸相煦以濕，相濡以沫。

〔八三〕啜醨　《楚詞》：屈原云：“衆人皆醉我獨醒。”漁父曰：“衆人皆醉，何不餔
其糟而啜其醨？”

〔八四〕耳垂　賈誼《弔屈原文》：驥垂兩耳，服鹽車兮。

〔八五〕伯樂　《戰國策》：驥服鹽車而上太行，中阪遷延，負轅不能上。伯樂遭之，
下車而哭之，驥于是仰而鳴，彼見伯樂之知己也。

〔八六〕舌在　《史記》：張儀爲楚相所笞辱，謂其妻曰：“視吾舌在否？”曰：“舌在
也。”曰：“足矣。”

〔八七〕衝星劍　《晋書》：斗牛之間，常有紫氣。張華要雷煥登樓仰觀，曰：“是
何祥也？”煥曰：“寶劍之氣，上徹于天耳。”

〔八八〕向日葵　《淮南子》：葵之向日。

〔八九〕金言　《荀子·非相篇》：贈人以言，重于金石珠玉。

〔九〇〕銷鑠　《楚辭》“故衆口其鑠金兮”，王逸注：鑠，銷也。

〔九一〕磷緇　《論語》：不曰堅乎，磨而不磷。不曰白乎，涅而不緇。

〔九二〕伸屈　《易》：尺蠖之屈，以求伸也。

〔九三〕身患　《老子》：吾所以有大患者，爲吾有身。

〔九四〕無悰　謝朓詩“戚戚苦無悰”，韋昭曰：悰，樂也。

〔九五〕連襟　杜甫詩：人生意氣合，相與襟袂連。

〔九六〕履綦　綦，鞋口帶也。班婕妤賦：思君兮履綦。

〔九七〕衣上霧　《初學記》：《列女傳》：“南山有玄豹，霧雨七日不下食，欲澤其
衣毛而成文章。”

〔九八〕室中芝　《家語》：與善人居，如入芝蘭之室，久而不聞其香，即與之
化矣。

〔九九〕興善寺　《酉陽雜俎》：靖善坊大興善寺，不空山藏塔，塔前多老松。東廊
之南素和尚院，有青桐四株，皆素手植。

〔一〇〇〕靖安坊　《長安志》：靖安坊在朱雀街東永樂坊之次南，唐元慎、張籍皆
居此坊。

〔一〇一〕辛夷　《本草》：辛夷花二月開，初發如筆，北人呼爲木筆。

〔一〇二〕搔首　《詩》：愛而不見，搔首踟蹰。

〔一〇三〕解頤　《西京雜記》：匡鼎能説詩，人爲之語曰：“無説詩，匡鼎來。匡説
詩，解人頤。”

東南行一百韻

《長慶集》作《東南行一百韻寄通州元九侍御、澧州李十一舍人、果州崔二十二使君、開州韋大員外、庾二十二補闕、杜十四拾遺、李二十助教員外、竇七校書》。

鈍吟云：元公云排比聲律，即沈休文云一簡兩韻，輕重聲韻不同者也，非排敘之謂。如四句一絕，亦須排比，豈但長詩。今人并不知絕句是律詩，唐、宋人舊集不經後人改定者可考。今《白集》郭武定刻本，已更其次第矣①。恐再經數十年，古人文集爲癡人改盡，後學將何所取正乎？○二篇俱勻整，佳句相接，斐娓可誦。長詩不可亂，不可排。高棅排字，最害事。

默庵云：先叙東南行情景，因情景追念前時，以見題之後先輕重，與前篇體勢殊甚，各致其情。文章變化，因物賦形，多類此也②。

南去經三楚〔一〕，默云：東南行。東來過五湖〔二〕。山頭看候館〔三〕，水面問征途。地遠窮江界，天低接海隅。飄零同落葉，浩蕩似乘桴。漸覺鄉原異，默云：起。深知土俗殊。夷音語嘲哳〔四〕，蠻態笑睢盱〔五〕。水市通閭闠〔六〕，煙村混舳艫〔七〕。吏徵魚户稅，人納火田〔八〕租。亥日〔九〕饒蝦蟹，寅年〔一〇〕足虎貙。成人男作卂〔一一〕，事鬼女爲巫。樓暗攢倡婦，堤長簇販夫。夜船〔一二〕論鋪賃③，春酒斷瓶沽。見果皆盧橘〔一三〕，聞禽悉鷓鴣〔一四〕。山歌猿獨叫，野哭鳥相呼。嶺微雲成棧，江郊水當郛。月移翹柱鶴〔一五〕，風泛颭檣烏〔一六〕。鰲〔一七〕礙潮無信，鈍云：雙聲。鮫〔一八〕驚浪不虞。鼉鳴〔一九〕江攦鼓〔二〇〕，蜃氣〔二一〕海浮圖〔二二〕。樹裂山魈〔二三〕穴，沙含水弩〔二四〕樞。喘牛犁紫芋〔二五〕，羸馬放青菰〔二六〕。繡面〔二七〕誰家婢，鴉頭〔二八〕幾歲奴。泥中採菱芡〔二九〕，燒後拾樵蘇〔三〇〕。鼎膩愁烹鼈，盤腥厭膾鱸。鍾儀〔三一〕徒戀楚，張翰〔三二〕浪思吳。氣序涼還熱，光陰旦復晡。身方逐萍梗〔三三〕，年欲近桑榆〔三四〕。渭北〔三五〕田園廢，江西〔三六〕歲月徂。憶歸恒慘澹，懷舊忽踟躕。默云：一結便渡。自念咸秦客〔三七〕，嘗爲鄒魯儒。蘊藏經國術，輕棄度關繻〔三八〕。賦力凌鸚鵡〔三九〕，詞鋒敵轆轤〔四〇〕。戰文重掉鞅〔四一〕，射策一彎弧〔四二〕。

---

① "次第矣"下，紀昀評：此論甚是。然凡諧聲病者即近體，不諧者即古體，絕句入律，故爲律詩。其實漢以來即有絕句，概名絕句是律詩，亦未盡然。

② "多類此也"下，紀昀評：詩最忌自落窠臼，故變化不可少。

③ 論鋪：原作"鋪論"，據《四部叢刊》本乙。

崔杜鞭齊下，元韋轡並驅。名聲敵楊馬〔四三〕，交分過蕭朱〔四四〕。世務經摩揣，周行竊覬覦。風雲皆會合，雨露各霑濡。共偶昇平代，偏慚固陋軀。承明〔四五〕連夜值①，建禮〔四六〕拂晨趨。美服頒王府，珍羞降御廚。議高通白虎〔四七〕，諫切伏青蒲〔四八〕。柏殿〔四九〕行陪宴，花樓〔五〇〕走看酺。神旗張鳥獸，天籟動笙竽。九劍〔五一〕星芒耀，魚龍〔五二〕電策驅。定場排越妓，促座進吳歈〔五三〕。縹緲疑仙樂，嬋娟勝畫圖。歌鬟低翠羽〔五四〕，舞汗墜紅珠〔五五〕。別選閒遊伴，潛招小飲徒。一杯愁已破，三盞氣彌粗。軟美〔五六〕仇家酒〔五七〕，幽閒葛氏姝。十千〔五八〕方得斗，二八〔五九〕正當壚〔六〇〕。論笑杓〔六一〕胡觕，談憐聱囁嚅〔六二〕。李〔六三〕酣尤短竇，庾〔六四〕醉更蔫迂〔六五〕②。鞍馬〔六六〕呼交住，骰盤〔六七〕喝遣輸。急驅波卷白，元注：骰盤、卷白波、莫走鞍馬，皆當時酒令。連擲彩成盧〔六八〕。籌併頻逃席，觥嚴別置盂。漏巵〔六九〕那可灌，頹玉〔七〇〕不勝扶。入視中樞草〔七一〕，歸乘內廄駒。醉曾衝宰相，驕不揖金吾〔七二〕。日近恩雖重，默云：轉。雲高勢易孤。翻身落霄漢，失腳倒埏塗。博望〔七三〕移門籍，潯陽〔七四〕佐郡符。元注：予自太子贊善大夫出為江州司馬。時情變寒暑，世利算錙銖。望日辭雙闕，明朝別九衢。播遷分郡國，次第出京都。元注：十年春，微之移佐通州。其年秋，予出佐潯陽。明年冬，杓直出牧澧州，崔二十一出牧果州，韋大出牧開州。秦嶺〔七五〕馳三驛，商山〔七六〕上二邘。元注：商山險道中，有東西二邘。峴陽亭〔七七〕寂寞，夏口〔七八〕路崎嶇。大道全生棘，中丁盡執殳。江關未撤警，淮寇尚稽誅〔七九〕。元注：時淮西未平，路經襄、鄂二州界③，所見如此。林到東西寺〔八〇〕，山分大小姑〔八一〕。元注：東林、西林寺在廬山北，大姑、小姑山在廬山南，彭蠡湖中。爐峰蓮刻削，溢水帶縈紆。元注：蓮花峯在廬山外，溢水在江城南。何遜詩云："溢城對溢水，溢水縈如帶。"九派吞青草，元注：潯陽江九派，南通青草、洞庭湖。孤城覆綠蕪。元注：南方城壁，多以草覆。黃昏鍾寂寂，清曉角嗚嗚。春色辭門柳〔八二〕，秋聲到井梧〔八三〕。殘芳怨鶗鴂〔八四〕，暮節感茱萸〔八五〕。蕊折金英菊〔八六〕，花飄雪片蘆。波紅日斜沒，沙白月平鋪。幾見林抽笋，頻驚燕引雛。歲華何倏忽，年少不須臾。眇默思千古，默云：轉。蒼茫想八區。孔窮緣底事，顏夭有何辜？龍聖猶遭醢〔八七〕，龜靈〔八八〕未免刳。窮通應已定，聖哲不能踰。況我謀身拙，逢他厄運拘。漂流從大海，鎚鍛任洪

---

① 值：《四部叢刊》本、垂雲堂本作"直"。

② "庾醉更蔫迂"下，紀昀評：此四句究是長慶運詞。

③ 鄂：原作"郡"，據《白香山詩集》卷一六改。

爐。險阻嘗之矣，棲遲命也夫。沈冥消意氣，窮餓耗肌膚。防瘴和殘藥，迎寒補舊繻。書床鳴蟋蟀，琴匣網蜘蛛〔八九〕。貧室如懸磬〔九〇〕，端憂極守株〔九一〕。時遭客答難〔九二〕，數被鬼揶揄〔九三〕。兀兀都疑夢，昏昏半似愚。女驚朝不起，妻怪夜長吁。萬里離朋執〔九四〕，三年隔友于〔九五〕。自然悲聚散，不是恨榮枯。去夏微之瘧，今春席八〔九六〕殂。天涯書達否，泉下哭知無。元注：去年聞元九瘴瘧，書去竟未報。今春聞席八歿，久與還往，能無慟矣！謾寫詩盈軸，空盛酒滿壺。只添新悵望，豈復舊歡娛。壯志因愁減，衰容與病俱。相逢應不識，滿頷白髭鬚。

〔一〕三楚　《史記·貨殖傳》：楚有三俗，自淮北沛、陳、汝南、南郡，此西楚也；彭城以東，東海、吳、廣陵，此東楚也；衡山、九江、江南、豫章、長沙，是南楚也。

〔二〕五湖　《周禮》：東南曰揚州，其浸五湖，注：彭蠡、洞庭、巢湖、太湖、鑑湖。

〔三〕候館　《周禮·遺人》：凡國野之道，五十里有市，市有候館，候館有積。

〔四〕嘲哳　《集韻》：哳音扎，嘲哳，鳥聲。

〔五〕睢盱　《集韻》：小人喜悅貌。

〔六〕闤闠　崔豹《古今注》：闤，市垣也。闠，市門也。

〔七〕舳艫　郭璞《江賦》注：舳，舟尾也。艫，船頭也。

〔八〕火田　梁元帝賦：人腰水心之劍，家給火耕之田。按：南方火燎草以肥田，謂之火耕。

〔九〕亥日　吳曾曰：豫章《古漁父》詩云：“魚收亥日妻到市，醉臥水痕船信風。”張籍《江南曲》云：“江村亥日長爲市，落帆渡橋來浦裏。”後見李淳風《易鏡·占漁獵勝負篇》云：“取魚卦宜二水。”又云：“魚宜見水忌土。”蓋亥子屬水，乃知魚收亥日所自。

〔一〇〕寅年　寅屬虎歲，當令而其物盛。

〔一一〕丱　《詩》：總角丱兮。

〔一二〕夜船　《中吳紀聞》：夜航船，其名舊矣。古樂府有《夜航船曲》。皮日休詩：“明朝有物充君信，檇酒三瓶寄夜航。”

〔一三〕盧橘　《上林賦》“盧橘夏熟”注：盧，黑也。

〔一四〕鷓鴣　《桂海虞衡志》：鷓鴣，大如竹雞而差長，頭如鶉，身文亦然，惟臆前白點正圓如珠。

〔一五〕翹柱鶴　《錦帶補注》：晉蘇卓道成而化鶴歸，立于橋畔華表柱頭。

〔一六〕檣烏　丁静山云：檣烏，刻木爲之，以候風者。陰鏗詩："檣轉向風烏。"

〔一七〕鰲　《説文》：鰲，海大鼈也。《玉篇》：傳有神靈之鰲，背負蓬萊，山在海中。

〔一八〕鮫　《説文》：鮫，海魚，皮可餙刀。

〔一九〕鼉鳴　《續博物志》：鼉長一丈，一名土龍，其聲如鼓。

〔二〇〕攂鼓　本集作"攂"爲是。《楊升菴詩話》："岑參歌'鳴笳攂鼓擁回軍'，急引聲謂之鳴，疾擊鼓謂之攂。"按此則鼉鳴之振奮猛厲，正當似攂鼓聲矣。

〔二一〕蜃氣　林景熙《蜃説》曰：避寇海濱，僮報海中忽湧數山。予登聚遠樓，見奇峯叠巘，城郭臺樹中，有浮圖、老子宫，詭異千狀，近晡而滅。○《史記·天官書》：海旁蜃氣象樓臺。《埤雅》：蜃形如蛇而大，腰以下鱗盡逆。一曰狀似螭龍，噓氣成樓臺，望之丹碧隱然，如在煙霧。高鳥倦飛，就之以息氣，輒吸之而下。今俗謂之蜃樓，《筆談》謂之海市。

〔二二〕浮圖　《洪武正韻》：浮圖，塔也。《唐書》：太宗復立浮圖。

〔二三〕山魈　《南康記》：山間有木客，形骸皆人也，但鳥爪耳。巢于高樹，伐樹必害人，一名山魈。

〔二四〕水弩　《漢·五行志》注：射工亦呼水弩。丁静山云：能含沙射人。

〔二五〕紫芋　杜甫詩：紫收岷嶺芋，白種陸池蓮。

〔二六〕青菰　《爾雅翼》：苽者，蔣草也。生水中，葉如蔗荻，江南人呼爲茭草。苽，同菰。

〔二七〕繡面　《桂海虞衡志》：黎人女及笄，即黥頰爲繡花紋①，謂之繡面。

〔二八〕鴉頭　《詩話類編》：杜牧游湖州，張水嬉于叢人中。有里姥引鴉頭，年十餘歲，牧熟視，曰："此真國色矣。"

〔二九〕菱芰　《武陵記》：四角、三角曰芰，兩角曰菱。《説文》："芰，蔆豆也。"

〔三〇〕樵蘇　《漢書》"樵蘇後爨"，晋灼曰：樵，取薪也。蘇，取草也。

〔三一〕鍾儀　《左傳》：晋侯觀于軍府，見鍾儀，問之曰："南冠而繫者，誰也？"有司對曰："鄭人所獻楚囚也。"使稅之召而弔之，問其族，對曰："伶人也。"使與之琴，操南音。

〔三二〕張翰　《世説》：張季鷹在洛，見秋風起，因思吴中菰菜羹、鱸魚鱠，曰："人生貴適意爾，何能羈宦數千里，以要名爵？"遂命駕歸。

〔三三〕萍梗　《後漢·鄭玄傳》：浮萍南北。《戰國策》：土偶與桃梗語曰："子，東國之桃梗也，刻削子爲人，淬水下，流子而去，則子漂漂者將何如耳？"

---

① 繡：《桂海虞衡志》作"細"。

〔三四〕桑榆　《後漢·馮異傳》：失之東隅，收之桑榆。桑榆，晚景也。

〔三五〕渭北　江總詩①：渭北雨聲過。

〔三六〕江西　武德四年，置江州，屬江南西道，見《舊唐書》。

〔三七〕咸秦客　居易，下邽人。按《舊唐書》，同州下邽縣，垂拱元年割屬華州，屬關內道，故云“咸秦客”。

〔三八〕度關繻　《漢·終軍傳》：軍入關，關吏予軍繻，軍問何爲，曰：“以復傳還，當以合符。”軍曰：“大丈夫西游，終不復傳還。”棄繻而去。

〔三九〕賦鸚鵡　《後漢·彌衡傳》：人有獻鸚鵡者，衡攬筆而賦，文無加點，辭采甚麗。

〔四〇〕轆轤　謂劍首以玉作井轆轤形。《琴女歌》：“鹿盧之劍，可負而拔。”

〔四一〕掉鞅　《左傳》“掉鞅而還”注：掉，正也。

〔四二〕彎弧　班孟堅《幽通賦》：管彎弧欲斃譬兮。

〔四三〕楊馬　楊子雲、司馬相如。

〔四四〕蕭朱　《漢書》：蕭育少與朱博爲友，著聞當世。往者有王陽、貢公，故長安語曰：“蕭、朱結綬，王、貢彈冠。”言其相薦達也。

〔四五〕承明　《西都賦》“有承明金馬著作之庭”注：承明廬，在石渠門外。

〔四六〕建禮　《晉·職官志》：尚書郎主作文書起草，更直五日于建禮門內②。

〔四七〕白虎　《後漢·班固傳》：天子會諸儒，講論五經，作《白虎通德論》，令固撰集其事。

〔四八〕青蒲　《漢·史丹傳》：上寢疾，欲廢太子丹，直入臥內，頓首伏青蒲上，流涕而言。

〔四九〕柏殿　庾信詩：非是金鑪氣，何關柏殿香。

〔五〇〕花樓　《明皇十七事》：上性友愛，立樓于興慶宮之西南垣，署曰花萼相輝，與諸王遊，或置酒爲樂。

〔五一〕九劍　《西京賦》：跳九劍之揮霍。

〔五二〕魚龍　《漢·西域傳》：作魚龍角抵之戲。

〔五三〕吳歈　宋玉《招魂》“吳歈蔡謳”注：歈，歌也。

〔五四〕翠羽　梁費昶詩：“風搖翡翠簪。”按《後漢·輿服志》，簪上爲鳳凰雀，以翡翠爲毛羽。

---

① 江總：原作“江淹”，據《漢魏六朝百三家集》卷一〇五《陳江總集·秋日遊昆明池》改。

② 內：原作“外”，據《晉書》卷二四《職官志》改。

〔五五〕紅珠　《開元遺事》：貴妃每至夏月，常衣輕綃，使侍兒交扇鼓風，猶不解其熱。每有汗出，紅膩而多香，或拭之于巾帕之上，其色如桃紅也。陳李變詩："自有汗成珠。"

〔五六〕軟美　蕭誠軟美可喜，見《李泌傳》。

〔五七〕仇家酒　微之有《和樂天仇家酒》詩。

〔五八〕十千　王維詩：新豐美酒斗十千。

〔五九〕二八　《招魂》：二八齊容，起鄭舞些。

〔六〇〕當鑪　《史記》：司馬相如之臨邛，買一酒舍酤酒，而令文君當鑪。

〔六一〕杓　《舊唐書》：李建字杓直。

〔六二〕囁嚅　《舊唐書》：竇鞏字友封，不能持論，吻動而不發，居易等目爲"囁嚅翁"。

〔六三〕李　即李紳。

〔六四〕庾　即庾玄師。

〔六五〕蔫迂　《韻會》：蔫，物不鮮也。迂，即迂辛。

〔六六〕鞍馬　《醉鄉日月》：骰子令中，改易不過三章。次改鞍馬令，不過一章。又有旗旛令、閃擪令、拋打令。

〔六七〕骰盤　本集詩：紅袖拂骰盤。

〔六八〕成盧　《晋書》：劉毅在東府，聚樗蒲大擲，餘人並黑犢，惟劉裕及毅在後。毅次擲，得雉大喜，褰衣繞床，叫曰："非不能盧，不事此耳。"裕因撽五木，久之曰："老兄試爲卿答。"既而四子俱黑，一子轉躍未定，裕屬聲喝之，即成盧焉。

〔六九〕漏巵　曹子建文：飲若灌漏巵。

〔七〇〕頹玉　《世説》：嵇叔夜巖巖若孤松之獨立，其醉也，傀然若玉山之將頹。

〔七一〕視草　李肇《翰林志》：唐至德後，天子召集賢學士于禁中草書詔，雖宸翰所揮，亦資其檢討，謂之視草。

〔七二〕金吾　《漢·百官表》注：金吾，鳥名，主辟不祥。天子出行，職主先導以禦非常，故執此鳥之象，因以名官。

〔七三〕博望　《三輔黃圖》：武帝爲太子，開博望苑，通賓客。

〔七四〕潯陽　《舊唐書》：江州領溢城、潯陽、彭城三縣。

〔七五〕秦嶺　《唐六典》：秦嶺在秦州上邽縣。

〔七六〕商山　《郡國志》：商山在商州，即四皓隱處。

〔七七〕峴陽亭　歐陽脩《峴山亭記》：山故有亭，世傳以爲叔子所遊止也。

〔七八〕夏口　《寰宇記》：鄂州，春秋時爲夏汭。《漢志》應邵注云：沔水自江別至南郡華容，爲夏水，過郡入江，故曰江夏，今州即江夏郡之沙羨縣地。《江夏記》云：一名夏口。

〔七九〕淮寇稽誅　《舊唐書》：淮右自少誠阻兵已來三十餘年，王師加討，未嘗及其城下。嘗走韓全義，敗于頔，故驕悍無忌，且恃城池重固，故以天下兵環攻三年，所尅者一縣而已。

〔八〇〕東西寺　《入蜀記》：東林寺正對香爐峯，峯分一支東行，自北而西，環合四抱，有如城郭，東林在其中，相地者謂之倒掛龍格。西林在東林之西，晋陶範捨地建寺。流泉泠泠，殊有幽趣。

〔八一〕大小孤　《入蜀記》：小孤屬舒州宿松縣，峭拔秀麗。自數十里外望之，碧峰巉然孤起，上干雲霄，已非他山可擬。愈近愈秀，冬夏晴雨，姿態萬變，信造化之尤物也。大孤雖不可擬小孤之秀麗，然小孤之旁，有沙洲葭葦，大孤則四面渺瀰皆大江，望之如浮水面，亦一奇也。

〔八二〕門柳　江總詩：看柳尚知門。

〔八三〕井梧　庾肩吾詩：銀床落井梧。

〔八四〕鵜鴂　《離騷》：恐鵜鴂之先鳴兮，使百草爲之不芳。

〔八五〕茱萸　《西京雜記》：九月九日，佩茱萸，食蓬餌，飲菊華酒，令人長壽。

〔八六〕金英菊　《埤雅》：蘜，如聚金鞠而不落，故字從鞠，花大氣香。

〔八七〕龍醢　《左傳》有夏孔甲，帝賜之乘龍。有劉累學擾龍于豢龍氏，以事孔甲，能飲食之。龍一雌死，潛醢以食夏后。

〔八八〕龜靈　《禮記》：麟鳳龜龍，謂之四靈。

〔八九〕蜘蛛　《埤雅》：蜘蛛布網如罾，其絲右繞。

〔九〇〕懸磬　《國語》：室如懸磬。

〔九一〕守株　《韓非子》：宋有耕者，兔走觸株死，因釋耒守株，冀復得兔。

〔九二〕客難　東方朔作《客難》。

〔九三〕鬼揶揄　《世說》注：羅友曰："旦出門，逢一鬼，大見揶揄，云我只見汝送人爲郡，不見人送汝爲郡。"

〔九四〕朋執　《禮記》：執友稱其仁也。

〔九五〕友于　《詩》：友于兄弟。

〔九六〕席八　韓詩注：席八是席蘷，按《諢行錄》，席蘷行八，貞元十年進士。

四不如酒

　　鈍吟云：諷刺體。

莫買金剪刀，徒費千金直。我有心中愁，知君翦不得。莫磨解結錐，徒勞費心力。我有腸中結，知君挑不得。莫染紅素絲，徒誇好顏色。我有雙淚珠，知君穿不得。莫近紅爐火，炎氣徒相逼。我有鬢邊霜，知君銷不得。刀不能翦心愁，錐不能解腸結，絲不能穿淚珠，火不能銷鬢雪。不如且飲長命杯〔一〕，萬恨千愁一時歇。

〔一〕長命杯　庾信詩"正旦辟惡酒，新年長命杯"注：崔寔《月令》：元旦進酒降神畢，室家尊卑次列于几之前，各上椒酒於家長，稱觴舉壽，欣欣如也。

江南喜逢蕭九徹因話長安舊遊戲贈五十韻

憶昔嬉遊伴，默云：直起。多陪歡宴場。寓居同永樂〔一〕，幽會共平康〔二〕。師子尋前曲〔三〕，默云：長安舊游共叙二十五韻。聲兒出內坊〔四〕。花深態奴宅，竹錯得憐堂〔五〕。庭晚開紅藥〔六〕，門閒蔭綠楊。經過悉同巷，居處盡連牆。時世〔七〕高梳髻〔八〕，風流澹作妝。戴花紅石竹〔九〕，帔暈〔一〇〕紫檳榔〔一一〕。鬟動懸蟬〔一二〕翼，釵垂小鳳〔一三〕行。拂胸輕粉絮〔一四〕，暖手小香囊〔一五〕。選勝移銀燭〔一六〕，邀歡舉玉觴。爐煙凝麝氣〔一七〕，酒色注鵝黃〔一八〕。急管停還奏，繁絃慢更張。雪飛〔一九〕迴舞袖〔二〇〕，塵起繞歌梁〔二一〕。舊曲翻調笑〔二二〕，新聲打義陽〔二三〕①。多情推阿軟〔二四〕，巧語許秋娘〔二五〕。風暖春將暮，星廻夜未央。宴餘添粉黛，坐久換衣裳。結伴歸深院，分頭入洞房。綵帷開翡翠〔二六〕，羅薦拂鴛鴦〔二七〕。留宿爭牽袖，貪眠各占牀。綠窗〔二八〕籠水影，紅壁〔二九〕背燈光。索鏡收花鈿〔三〇〕，邀人解袷襠〔三一〕。暗嬌妝靨〔三二〕笑，私語口脂〔三三〕香。怕曉聽鐘坐，羞明映幔藏。眉殘蛾翠〔三四〕淺，鬟解綠雲〔三五〕長。聚散知無定，默云：轉。憂歡事不常。離筵開夕宴，別騎促晨裝。去住青門〔三六〕外，留連溵水〔三七〕旁。車行遙寄語，馬駐共相望。雲雨〔三八〕分何處，山川各異方。野行初寂寞，店宿乍悽惶。別後嫌宵永，愁來厭歲芳。幾看花結子，頻見露為霜。歲月何超忽，音容坐渺茫。往還書斷絕，來去夢遊揚。自我辭秦地，默云：題面②。逢君客楚鄉。默云：江南。常嗟異岐路，忽喜共舟航。話舊堪垂淚，思鄉數斷腸。愁雲接巫峽〔三九〕，淚竹近瀟湘〔四〇〕。月落江湖闊，天高節候凉。浦深煙漠漠，沙冷月蒼蒼。紅

---

① 陽：《四部叢刊》本、垂雲堂本作"揚"。
② 此處及以下三處旁批，原無，據垂雲堂本補。

葉江楓^{〔四一〕}老，青蕪驛路荒。野風吹蟋蟀，湖水浸菰蔣^{〔四二〕}。帝路何由見，_{默云：長安。}心期不可忘。舊遊千里外，_{默云：舊遊。}往事十年強^{〔四三〕①}。春晝提壺飲，秋林摘橘嘗。強歌還自感，縱酒不成狂。永夜長相憶，逢君各共傷。殷勤萬里意，併寫贈蕭郎^②！

〔一〕**永樂**　見前"靖安坊"注。

〔二〕**平康**　《開元天寶遺事》：長安有平康坊，妓女所居之地，京都俠少萃集于此，兼每年新進士以紅牋名紙遊謁其中，時人謂此爲風流藪澤。

〔三〕**前曲**　按《北里志》，前曲、南曲、北曲，俱妓女所居，謂之三曲。又平康里南曲、中曲，居者皆堂宇寬静，各有三數廳事，前後植花卉，有怪石盆池，左右對設小堂，垂簾、茵榻、帷幌之類稱是。

〔四〕**内坊**　按《教坊記》，有右教坊、左教坊、内教坊。

〔五〕**師子、聲兒、態奴、得憐**　俱是當時名妓。

〔六〕**紅藥**　謝玄暉詩^③：紅藥當階翻。

〔七〕**時世**　《因話録》：崔樞夫人治家整肅，貴賤皆不許時世妝。

〔八〕**高髻**　漢時童謡：城中好高髻，四方高一尺。

〔九〕**紅石竹**　王建詩：添紅石竹晚花新。《吴郡志》：石竹草花，花之狀如金錢。

〔一〇〕**帔暈**　《釋名》：帔，披也，披之肩背，不下及也。《正韻》：暈，日旁氣也，言帔之色如日旁氣也。

〔一一〕**紫檳榔**　《雲南志》：紫檳榔，即馬金囊，狀類白荳蔻。

〔一二〕**蟬鬢**　《古今注》：魏文帝宫人莫瓊樹制蟬鬢，縹眇如蟬翼，故曰蟬鬢。

〔一三〕**鳳釵**　《中華古今注》：釵子，古笄之遺象也。始皇以金銀作鳳頭，玳瑁爲脚，號曰鳳釵。

〔一四〕**拂胸粉絮**　《天禄識餘》：劉緄云"綴金翠于足跗，靚粉澤于胸臆"，喻失其所施也。後世妓女金翠綴足，粉澤觀胸，蓋恒飾耳。

〔一五〕**煖手香囊**　《開元遺事》：岐王少惑女色，每至冬寒，手冷不近火，惟于妙妓懷中揣其肌膚，稱爲煖手。○《林下詩談》：齊凌波以藕絲連螭錦作囊，四角以鳳毛金飾之，實以辟寒香，以寄鍾觀玉。觀玉方寒夜讀書，一佩而徧室俱煖，芳香襲人。

〔一六〕**銀燭**　《穆天子傳》：銀有精光如燭。周興嗣《千字文》：銀燭輝煌。

---

① "往事十年強"下，紀昀評：此四句總收前二段。

② "併寫贈蕭郎"下，紀昀評：結語與《代書寄微之》詩同，而字句較雅，故不礙格。

③ 玄：原作"元"，避諱改字，據《四部叢刊》本、垂雲堂本回改。下同改。

〔一七〕麞氣　《爾雅》"麞父麖足"注：脚似麖，而臍甚香。

〔一八〕鵝黄　杜詩：鵝兒黄似酒。

〔一九〕雪飛　《洛神賦》：飄颻兮若流風之迴雪。

〔二〇〕舞袖　《韓子》：長袖善舞。

〔二一〕歌梁　劉向《别録》：善歌者虞公，發聲清哀，遠動梁塵。

〔二二〕調笑　見前。

〔二三〕義陽　《雲溪友議》：裴誠與温岐爲友，好作歌曲，迄今飲席多是其詞。二人又爲新添聲《楊柳枝》詞，飲筵競唱其詞。打，令也。按：此《義陽》當亦是飲席曲名，《稗史彙編》有義陽子。《國史補》：駙馬王士平與義陽公主反目觸死，申叔推爲此曲。《唐書》：義陽公主係德宗女，此曲正居易時之新聲也。外間刻作"義揚"，則與"來往夢遊揚"韻複矣，恐是傳寫之悮。

〔二四〕阿軟　《白氏長慶集》：微之到通州，見壁間有數行，落句云："緑水紅蓮一朵開，千花百草無顔色。"録寄僕，乃是十五年前贈長安伎人阿軟絶句。

〔二五〕秋娘　本集詩：聞道秋娘猶且在，至今時復問微之。微之詩：競添錢貫定秋娘。

〔二六〕翡翠帷　王僧儒詩：風吹翡翠帷。

〔二七〕鴛鴦薦　李嶠《被》詩：象筵分錦繡，羅薦合鴛鴦。

〔二八〕緑窗　《西京雜記》：昭陽殿窗扉，多是緑琉璃。《煙花記》：隋文帝爲蔡容華作瀟湘緑綺窗。

〔二九〕紅壁　宋玉《招魂》：紅壁沙版，玄玉之梁些。

〔三〇〕花鈿　《説文》：鈿，金華也。《六書故》：金華爲飾，田田然。

〔三一〕襠　《西京雜記》：趙飛燕女弟遺飛燕金錯繡襠、合歡圓襠。《玉篇》：袴，襠也。

〔三二〕靨　《楚辭·大招》"靨輔奇牙，宜笑嫣只"，王逸曰：美人頰有靨輔也。

〔三三〕口脂　《二儀録》：燕脂，亦曰口脂。

〔三四〕蛾翠　傅玄《明月篇》①：翠彩發蛾眉。

〔三五〕緑雲　《阿房宫賦》：緑雲擾擾，梳曉鬟也。

〔三六〕青門　《三輔黄圖》：長安城東，出南頭第一門，曰霸城門。民見門色青，名曰青城門。

〔三七〕滻水　《三輔黄圖》：滻水出藍田谷，北至霸陵入霸。

〔三八〕雲雨　王粲詩：風流雲散，一别如雨。

---

①　月：原脱，據《樂府詩集》卷六五、《漢魏六朝百三家集》卷三九補。

〔三九〕**巫峽雲**　宋玉《高唐賦序》：昔者先王嘗遊高唐，夢見一婦人，曰："妾，巫山之女也。旦爲朝雲，暮爲行雨。"

〔四〇〕**瀟湘竹**　《述異記》："湘水去岸三十里許，有相思室、望帝臺。昔舜南巡，而葬于蒼梧之野。堯之二女娥皇、女英追之不及，相與慟哭，淚下沾竹，竹文上爲之斑斑然。"餘見第二卷。

〔四一〕**江楓**　《招魂》：湛湛江水兮上有楓，目極千里兮傷春心。

〔四二〕**菰蔣**　見前"青菰"注。

〔四三〕**强**　算家以有餘爲强。江淹詩："策勳十二轉，賞賜百千强。"

楊柳枝二十韻

元注：《楊柳枝》，洛下新聲也。洛之小妓有善歌之者，詞章音韻，聽可動人，故賦之。

小妓攜桃葉〔一〕，新歌踏〔二〕柳枝。妝成篝燭後，醉起拂衫時。繡履〔三〕嬌行緩，花筵笑上遲。身輕委廻雪，羅薄透凝脂〔四〕。笙引簧頻暖〔五〕，箏催柱〔六〕數移。樂童翻怨調，才子與妍詞。便想人如樹〔七〕，先將髮比絲〔八〕。風條垂兩帶〔九〕，煙葉帖雙眉〔一〇〕。口動櫻桃〔一一〕破，鬟低翡翠〔一二〕垂。枝柔腰裊娜〔一三〕，荑嫩手葳蕤〔一四〕。鶴唳晴呼伴，猿哀夜叫兒。玉敲音歷歷，珠貫〔一五〕字纍纍。袖爲收聲點，釵因赴節遺。重重遍頭〔一六〕別，鈍云：說柳枝，妙。一一拍〔一七〕心知。塞北愁攀折，江南苦別離〔一八〕。黃遮金谷〔一九〕岸，綠映杏園〔二〇〕池。春惜芳華好，秋憐翠色衰。取來歌裏唱，勝向笛中吹〔二一〕。曲罷那能別，情多不自持。纏頭〔二二〕無別物，一首斷腸詩。

〔一〕**桃葉**　《樂府集》：桃葉者，王獻之愛妾名也，其妹曰桃根。詞曰："桃葉復桃葉，桃葉連桃根。"今秦淮口有桃葉渡，即其事也。

〔二〕**踏**　《西京雜記》：漢宮内以十月十五日共入靈女廟，相與連臂，踏地爲節，歌《赤鳳來》，此所謂踏歌也。

〔三〕**繡履**　《中華古今注》：漢有繡鴛鴦履。

〔四〕**凝脂**　《詩》：膚如凝脂。

〔五〕**簧暖**　《潛確類書》：樂府有簧暖笙清之語，蓋簧暖則字正而聲清越，故必用火炙之。

〔六〕**箏柱**　阮瑀《箏賦》："柱三寸，三才具也。"王臺卿《詠箏》詩："促調移輕柱。"

〔七〕人如樹　《三輔故事》：漢苑中有柳，狀如人形，號曰人柳，一日三眠三起。

〔八〕髮比絲　《南史》：僧伽經佛髮青而細，如藕莖絲。

〔九〕帶　李賀詩：官街柳帶不堪折，早晚菖蒲勝綰結。

〔一○〕眉　仰桃花之類錦，笑柳葉之齊眉，見魏文帝《詩格》。

〔一一〕櫻桃　李賀詩：注口櫻桃小。

〔一二〕翡翠　宋玉賦：以其翡翠之釵，掛臣冠纓。

〔一三〕腰褭娜　杜甫詩："隔户楊柳弱嫋嫋，恰似十五女兒腰。"李白詩①："花腰呈褭娜。"

〔一四〕手葳蕤　《詩》："手如柔荑。"謝混《黃生曲》："石榴花葳蕤。"《說文》："蕤，花垂貌。"此言手似荑垂也。

〔一五〕珠貫　《樂記》：歌者上如抗，下如隊，曲如折，止如槁木；倨中矩，句中鉤，纍纍乎端如貫珠。

〔一六〕遍頭　劉言史《觀舞胡騰》詩："橫笛琵琶遍頭促。"丁靜山云："遍頭，謂曲徧，如叠徧、哨徧之徧。"

〔一七〕拍　《廣雅》："拍，打也。"晋、魏之間，有宋纖善擊節，以拍板代之。

〔一八〕攀折別離　梁岑之敬《折楊柳曲》：塞門交度葉，谷口暗橫枝。曲成攀折處，唯言怨別離。

〔一九〕金谷　見第七卷。

〔二○〕杏園　《一統志》：杏園，在曲江池西，長三十里。唐進士錫宴于此。

〔二一〕笛中吹　李延年《橫吹三十八解》中有《折楊柳》一曲，《夢溪筆談》："橫笛，太常鼓吹部中謂之橫吹。"

〔二二〕纏頭　《御覽》：舊俗，賞歌舞人錦綵，置之頭上，謂之纏頭。

初與元九別後，忽夢見之。及寤而書適至，兼寄桐花詩，悵然感懷，因以此寄　元注：時元九初謫江陵〔一〕。

默庵云：將題面匀匀，作一首起結。

永壽寺〔二〕中語，默云：別。新昌坊〔三〕北分。歸來數行淚，默云：初別。悲事不悲君。悠悠藍田路〔四〕，自去無消息。計君食宿程，已過商山〔五〕北。昨

———————————

①　李白：李白集未見"花腰呈褭娜"詩句，而見於宋歐陽修《歐陽文忠公集》外集卷三《依韻和聖俞見寄》一詩，似爲注家誤記。

夜雲四散，千里同月色。曉來夢見君，應是君相憶。夢中握君手，問君意何如？君言苦相憶，無人可寄書。覺來未及説，默云：及寤。叩門聲冬冬。言是商州[六]使，送君書一封。枕上忽驚起，顛倒著衣裳。開緘見手札，一紙十三行。上論遷謫心，下説離別腸。心腸都未盡，不暇叙炎涼。云作此書夜，夜宿商州東。獨對孤燈坐，陽城[七]山館中。夜深作書畢，山月向西斜。月下何所有，一樹紫桐花[八]。桐花半落時①，復道正相思。殷勤書背後，兼寄桐花詩。默云：寄桐花詩。桐花詩八韻，思緒一何深。以我今朝意，想君前夜心。一章三遍讀，一句十廻吟。珍重八十字，字字化爲金。

〔一〕謫江陵　《唐書》：元稹自河南尉召還，次敷水驛，中人仇士良夜至，不讓，中人擊稹，敗面。宰相以稹年少，輕樹威，失憲臣體，貶江陵。士曹參軍李絳、崔羣、白居易皆論其枉。

〔二〕永壽寺　《京洛寺塔記》：永安坊永壽寺三門，吳道子畫。

〔三〕新昌坊　《長安志》：新昌坊，在朱雀街東，第五街之第八坊。

〔四〕藍田路　《唐·地理志》：京兆府有藍田縣。又商州上洛郡，貞元七年，刺史李西華自藍田至内鄉，開新道七百餘里，廻山取塗，人不病涉，謂之偏路，行旅便之。

〔五〕商山　見前。

〔六〕商州　《寰宇記》：商州，古商于之地，《禹貢》梁州之域，周爲豫州之境。

〔七〕陽城　驛名，詳見二卷“富水驛”注。

〔八〕紫桐花　陳翥《桐譜》：紫桐花，文理細而體堅，生朝陽之地。其葉三角而圓，大如白桐，色青微赤，先花後葉，花色紫。其實同白桐而微尖，狀如訶子而粘，房中肉黄色。

秦中吟　并序

　　貞元、元和之際，予在長安，聞見之間，有足悲者，略舉其事，因命爲《秦中吟》焉。

　　鈍吟云：諷刺體。○元、白諷刺，意周而語盡，文外無餘意，異于古人也。大略亦是《小雅》之遺。○白公諷刺詩，周詳明直，娓娓動人，自創一體，古人無是也。凡諷諭之文，欲得深隱，使言者無罪，聞者足戒。白公盡而露，其妙處正在周詳，讀之動人，此亦出于《小雅》也。

---

①　時：原闕，據《四部叢刊》本、垂雲堂本、光緒本補。

貧家女 《長慶集》作"議婚"。

天下無正聲，悦耳則爲娱。人間無正色，悦目則爲姝。顔色非相遠，貧富則有殊。貧爲時所棄，富爲時所趨。紅樓[一]富家女，金縷[二]繡羅襦[三]。見人不斂手，嬌癡二八初。母兄未開口，言嫁不須臾。綠窗貧家女，寂寞二十餘。荆釵[四]不直錢，衣上無真珠。幾回人欲聘，臨日又踟蹰。主人會良媒，置酒滿玉壺。四座且勿飲，聽予歌兩途。富家女易嫁，嫁早輕其夫。貧家女難嫁，嫁晚孝於姑。聞君欲娶婦，娶婦意何如？

〔一〕紅樓　江總《長相思》：紅樓千愁女，玉筯兩行垂。

〔二〕金縷　劉孝威詩：瓊筵玉笥金縷衣。

〔三〕繡羅襦　《採桑度》古詞：養蠶不滿百，那得羅繡襦。

〔四〕荆釵　《古今原始》：女媧之女以荆釵及竹爲簪，此簪釵之始也。

無名税 《長慶集》作"重賦"。

厚地植桑麻，所用濟生民。生民理布帛，所求活一身。身外充征賦，上以奉君親。國家有兩税[一]，本意在憂人。厥初防其淫，明敕内外臣。税外加一物，皆以枉法論。奈何歲月久，貪吏得因循。役我以求寵，斂索無冬春。織絹未成匹，繰絲未盈斤。里胥逼我納，不許暫逡巡。歲暮天地閉[二]，陰風生破村。夜深煙火盡，霰雪[三]白紛紛。幼者形不蔽，老者體無温。悲啼與寒氣，并入鼻中辛。昨日輸餘税，因窺官庫門。繒帛如山積，絲絮似雲屯。號爲羨餘物，隨日獻至尊。奪我身上暖，買爾眼前恩。進入瓊林庫[四]，歲久化爲塵。

〔一〕兩税　《唐書·食貨志》：德宗相楊炎，作兩税法，夏輸無過六月，秋輸無過十一月，置兩税使以總之，量出制入。户無主客，以居者爲簿；人無中丁，以貧富爲差。商賈税三十之一，與居者均役，田税視大曆十四年墾田之數爲定。遣黜陟使，按比諸道丁産等級，免鰥寡孤獨不濟者，敢有加斂，以枉法論。

〔二〕天地閉　《月令》：天氣上騰，地氣下降，天地不通，閉塞而成冬。

〔三〕霰雪　《詩》：如彼雨雪，先集維霰。

〔四〕瓊林庫　《潛碓類書》：唐德宗起瓊林、大盈等庫以貯私財，陸贄諫不聽。後亂，馨于兵火。

傷大宅

誰家起甲第，朱門[一]當道邊。豐屋[二]中櫛比，高牆外廻環。纍纍六七堂，簷宇相連延。一堂費百萬，鬱鬱〔三〕起青煙〔四〕。洞房温且清，寒暑不能干。高亭虛且迥，坐臥見南山。繞廊紫藤〔五〕架，夾砌紅藥闌。攀枝摘櫻桃〔六〕，帶花移牡丹。主人此中坐，十載爲大官。厨有臭敗肉，庫有朽貫錢。誰能將我語，問爾骨肉間。豈無貧賤者，忍不救飢寒？如何奉一身，直欲保千年。不見馬家宅，今作奉誠園〔七〕。

〔一〕朱門　《晋書》：麹允，金城人也，與游氏世爲豪族。西州爲之語曰：“麹與游，牛羊不數頭。南開朱門，北望青樓。”

〔二〕豐屋　《易》：豐其屋，蔀其家。

〔三〕鬱鬱　《光武紀》：望氣者蘇伯爲王莽使，至南陽，望見春陵郭，曰：“氣佳哉，鬱鬱蔥蔥然。”

〔四〕青煙　古詩：青煙颺其間。

〔五〕紫藤　《南方草木狀》：紫藤，葉細長，莖如竹根，極堅實，重重有皮花白，子黑。其莖截置煙炱中，經時成紫香，可降神。

〔六〕櫻桃　《月令》“羞以含桃”鄭注：含桃，櫻桃也。

〔七〕奉誠園　《唐書》：馬暢善殖財，貞元末，神策中尉楊志廉諷使約田産。順宗時，復賜之。中官往往逼取，暢畏不敢受，以至困窮，諸子無室廬自託。奉誠園亭觀，即其安邑里舊第云。故當世視暢，以厚蓄爲戒。

膠漆契〔一〕　《長慶集》作“傷友”，又云“傷苦節士”。

陋巷飢寒士，出門甚栖栖。雖然志氣高，豈免顔色低。平生同袍友，通籍在金閨〔二〕。昔爲膠漆契，邇來雲雨暌〔三〕。正逢下朝歸，軒騎五門〔四〕西。是時天久陰，三日雨凄凄。蹇驢避路立，肥馬當風嘶。廻頭望相識，占道上沙堤〔五〕。昔年洛陽社〔六〕，貧賤相提攜。今日長安道，對面隔雲泥〔七〕。近日多如此，非君獨慘悽。死生不變者，惟聞任與黎。默云：任公達、黎逢〔八〕。

〔一〕膠漆契　古詩：“以膠投漆中，誰能别離此。”《漢書》：雷義字仲公，豫章鄱陽人。舉茂才，讓于陳重，刺史不聽，義遂佯狂不應命。鄉里爲之語曰：“膠漆自謂堅，不如雷與陳。”

〔二〕金閨籍　謝朓詩“既通金閨籍”注：“金閨，金馬門也。籍者爲二尺竹牒，記其年紀、名字、物色，懸之宫門，案省相應，乃得入也。”

〔三〕雲雨暌　顔延之詩：朋友雲雨暌。

〔四〕五門　鄭玄《禮記注》：天子五門，皋、雉、庫、應、路也。

〔五〕**沙堤** 《唐國史補》：凡拜相，府縣載沙填路，自私第至子城東街，名曰沙堤。

〔六〕**洛陽社** 謝朓詩："方憩洛陽社。"《晉書》：董威輦初至洛陽，被髮而行，逍遙吟咏，常宿白社中。

〔七〕**雲泥** 杜甫詩：雲泥相望懸。

〔八〕**黎逢** 《唐詩紀事》：黎逢登大曆十二年進士。

合致仕 《長慶集》"合"作"不"。

七十而致仕〔一〕，禮法有明文。何乃貪榮貴，斯言如不聞。可憐八九十，齒落雙眸昏。朝露貪名利，夕陽憂子孫。掛冠〔二〕顧翠緌〔三〕，懸車〔四〕惜朱輪〔五〕。金章〔六〕腰不勝，傴僂入君門。誰不愛富貴，誰不戀君恩。年高須請老，名遂合退身。少時共嗤笑，晚歲多因循。賢哉漢二疏〔七〕，彼獨是何人。寂寞東門路，無人繼去塵。

〔一〕**致仕** 《曲禮》：大夫七十而致仕。

〔二〕**掛冠** 《後漢書》：王莽殺其子宇，逢萌謂友人曰："三綱絕矣！不去，將及人。"即解冠掛東都門，將家屬浮海，客于遼東。

〔三〕**翠緌** 《拾遺記》：帝以翠緌結飛燕之裙。

〔四〕**懸車** 《漢書》：薛廣德乞骸骨，賜安車駟馬歸沛，懸車傳子孫。

〔五〕**朱輪** 楊惲《報孫會宗書》"乘朱輪者十人"注：二千石皆得乘朱輪。

〔六〕**金章** 《北山移文》：紐金章，綰墨綬。

〔七〕**二疏** 《漢書》：疏廣謂受曰："仕宦至二千石，宦成名立，如此不去，懼有後悔。豈如父子相隨出關，歸老故鄉，以壽命終乎？"受叩頭曰："從大人議。"即日父子俱移病上疏乞骸骨，上許之。公卿故人設祖道供張東門外，道路觀者皆曰："賢哉二大夫。"

古碑 《長慶集》作"立碑"。

勛德既已衰，文章亦陵夷。但見南山石，刻作路旁碑。勛名悉太公，德教皆仲尼。復以多爲貴，千言直萬貲。爲文彼何人，想見下筆時。但欲愚者悅，不思賢者嗤。豈獨賢者嗤，仍傳後代疑。古石蒼苔字，焉知是媿詞。我聞望江縣，麹令〔一〕麹云：名信陵。撫孤煢。在官有仁政，名不聞京師。身殁欲歸葬，百姓遮路岐。攀轅不得去，留葬此江湄。至今道其名，男女皆涕垂。無人立碑碣，惟有邑人知。

〔一〕麴令　《寰宇記》：麴令祠堂在望江縣北三百五十步。按《唐登科記》，麴信陵，貞元元年進士擢第。本縣《圖經》云：爲兹邑令，時亢旱，精誠祈禱，刊文于石，沈于江中，神明立降甘雨。貞元五年，百姓感其惠，立祠祭祀。

江南旱　《長慶集》作《輕肥》。

意氣驕滿路，鞍馬光照塵。借問何爲者，人稱是近臣。朱紱〔一〕皆大夫，紫綬〔二〕悉將軍。誇赴中軍會，走馬疾如雲。罇罍溢九醞〔三〕，水陸羅八珍〔四〕。果擘洞庭橘〔五〕，膾切天池〔六〕鱗。食飽心自若，酒酣氣益振。是歲江南旱，衢州〔七〕人食人。

〔一〕朱紱　朱紱，朱裳也。《易》：朱紱方來。

〔二〕紫綬　《漢官儀》：綬長一丈二尺，法十二月；廣三尺，法天地人。此佩印之組也。《古今注》：公侯將軍紫綬。

〔三〕九醞　《西京雜記》：以正月旦作酒，八月成，名曰酎，一曰九醞。

〔四〕八珍　八珍：淳熬、淳母、炮豚、炮牂、擣珍、漬、熬、肝膋①，詳見《內則》。

〔五〕洞庭橘　《山海經》：洞庭之山，其木多柤梨橘櫾。《文昌雜錄》：南方柑橘雖多，然亦畏霜，每霜時，亦不甚收。惟洞庭霜雖多，無所損。詢彼人，云洞庭四面皆水也，水氣上騰，尤能辟霜，所以洞庭柑橘最佳，歲收不耗。

〔六〕天池　《莊子》：南冥者，天池也。《初學記》：海名天池。

〔七〕衢州　《一統志》：越西鄙姑蔑之地，唐置衢州。

五絃琴

《長慶集》無"琴"字。《唐·禮樂志》："五絃如琵琶而小，北國所出。舊以木撥彈，樂工裴神符初以手彈。"按：《樂府雜錄》："貞元中，有趙璧者，妙于此伎。白傅諷諫有《五絃彈》。"今觀此詩，即《五絃彈》，趙璧即詩中趙叟，題從《長慶集》爲是。

清歌且停唱，紅袂亦停舞。趙叟抱五絃，宛轉胸前撫。大聲徂—作"粗"。若散，颯颯風和雨。小聲細欲絶，切切鬼神語。又如鵲報喜〔一〕，轉作猿啼苦。十指無定音，顛倒宮商羽。坐客聞此聲，形神若無主。行客聞此聲，駐足不能去。嗟嗟俗人耳，好今不好古。所以北窗琴〔二〕，日日生塵土。

〔一〕鵲報喜　《拾遺記》：漢章帝永寧元年，條支國來貢鵶鵲，解人語。其國太

---

① "豚炮牂"三字原脱，"漬"下原衍"爲"字，據《禮記·內則》補、删。

平，則鵃鵲羣翔。昔漢武時，四夷賓服，有獻馴鵲，若有喜事，則鼓翼翔鳴。按：莊周云"雕陵之鵲"，蓋其類也。《淮南子》云"鵲知人善"，今之所記，大小雖殊，遠近爲異，故略舉焉。

〔二〕北窗琴　《晋書》：陶潛嘗言："夏月虛閑，高卧北窗之下，清風颯至，自謂羲皇上人。性不解音，而蓄琴一張，絃徽不具。每朋酒之會，則撫而和之，曰：'但識琴中趣，何勞絃上聲。'"

傷閿鄉縣〔一〕囚　《長慶集》作"歌舞"

秦中歲曰暮，大雪滿皇州〔二〕。雪中退朝者，朱紫〔三〕盡公侯。貴有風雪興，富無飢寒憂。所營惟甲第，所務在追遊。朱輪車馬客，紅燭歌舞樓。歡酣促密坐，醉飽脱重裘①。秋官〔四〕爲主人，廷尉〔五〕居上頭。日中爲樂飲，夜坐不能休。豈知閿鄉獄，中有凍死囚。

〔一〕閿鄉縣　《唐·地理志》虢州宏農郡有閿鄉縣，按："閿"即"聞"字，音焚。

〔二〕皇州　謝玄暉詩：春色滿皇州。

〔三〕朱紫　《晋書·夏侯湛傳》：羣公百辟，卿士常伯，被朱佩紫，耀金帶白。

〔四〕秋官　《周禮·秋官》：大司寇掌建邦之三典，以佐王刑邦國，詰四方。

〔五〕廷尉　《後漢·光武紀》注：廷尉，秦官，聽獄必質于朝廷，與衆共之。

牡　丹〔一〕　《長慶集》作"買花"

帝城春欲暮，喧喧車馬度。共道牡丹時，相隨買花去。貴賤無常價，酬直看花數。灼灼〔二〕百朵紅，戔戔〔三〕五束素。上張帷幄庇，傍織笆籬護。水灑復泥封，遷來色如故。家家皆爲俗，人人迷不誤。有一田舍翁，偶來買花處。低頭獨長歎，此歎無人諭。一叢深色花，十户中人賦！

〔一〕牡丹　《通志略》：牡丹，初無名，依芍藥得名，故其初曰木芍藥。牡丹晚出，唐始有聞，貴游競趍云。《唐國史補》：京城貴游尚牡丹，每暮春，車馬若狂，種以求利，一本有直數萬者。

〔二〕灼灼　《詩》：灼灼其華。

〔三〕戔戔　《易·賁卦》：賁于丘園，束帛戔戔。

---

①　飽：《四部叢刊》本、垂雲堂本作"暖"。

祓禊〔一〕日遊於斗門〔二〕亭

留守晋公首創一篇，鏗然玉振。居易若無酬和，爲洛無人。

三月草萋萋，鈍云：如畫。黃鸝〔三〕又欲啼。柳橋〔四〕晴有絮，沙路潤無泥。禊事脩初畢，遊人到欲齊。金鈿耀桃李，絲管駭鳧鷖〔五〕。轉岸廻船尾，臨流簇馬蹄。閙於楊子渡〔六〕，踏破魏王堤〔七〕。妓接謝公宴〔八〕，詩陪江令題〔九〕。舟同李膺〔一○〕泛，醴爲穆生〔一一〕攜。水引春心蕩，花牽醉眼迷。塵街從鼓動，煙樹任鴉棲。舞急紅腰〔一二〕凝〔一三〕，歌遲翠黛低。夜歸何用燭，鈍云：結有餘味。新月鳳樓〔一四〕西。

〔一〕祓禊　《風俗通》：按《周禮》，女巫掌歲時以祓除疾病。禊者，潔也，水上盥潔之也。

〔二〕斗門　《唐會要》：開元十五年，令將作大匠范安及檢行鄭州河口斗門。先是，洛陽人劉宗器言，請塞汜水舊汴河，于下流塞滎陽界開渠公堰，置斗門，通淮、汴。

〔三〕黃鸝　《廣韻》：鸝，黃鸝也，或作鶯。又黃鶯，一名金衣公子。

〔四〕柳橋　《一統志》：柳橋在鞏縣東市橋河。

〔五〕鳧鷖　《詩》"鳧鷖在涇"注：鳧，水鳥如鴨者。鷖，鷗也。

〔六〕楊子渡　《方輿勝覽》：瓜洲渡在江都縣南四十里，蓋楊子江中之沙磧也。接連江口，民居其上。唐時爲鎮，今有石城三面，瓜洲爲渡于江、淮之間，南之瀟湘，北走秦隴。

〔七〕魏王堤　《河南志》：洛水經尚善、旌蓋二坊之北，南溢爲池，深處至數頃，水鳥洋泳，荷芰翻覆，爲都城之勝。貞觀中，以賜魏王泰，故號"魏王池"。

〔八〕謝公宴　《晋書》：謝安每游賞，必以妓女從。

〔九〕江令題　《南史》：江總爲尚書令，遊宴後庭，多爲艷詩，好事者相傳諷玩。

〔一○〕李膺　《後漢書》：郭泰與李膺同舟而濟，衆賓望之，以爲神仙。

〔一一〕穆生　《漢書》：穆生不嗜酒，楚元王每置酒，爲穆生設醴。

〔一二〕紅腰　《中華古今注》：襪肚，文王所製，謂之腰巾。官人以綵爲之，名曰腰綵。紅腰，當即是腰巾之紅者。

〔一三〕凝　何遜詩："歌黛慘如愁，舞腰凝欲絕。"凝音佞。

〔一四〕鳳樓　《晋宮闕名》：洛陽有鳳皇樓、總章觀，儀鳳樓在觀上。廣望觀之南，又別有翔鳳樓。

玩半開花贈皇甫郎中

《唐闕史》：皇甫郎中湜，氣貌剛質，爲文古雅，恃才傲物，性復愎而直。爲郎南宮時，乘酒使氣，忤同列者。及醒，不自適，求分務溫洛，時相允之。值伊瀍仍歲歉食，正郎滯曹不遷，省俸甚微，困悴且甚。晋公時保釐洛宅，人有以爲言者，由是卑辭厚禮，辟爲留守府從事。

鈍吟云：詩以諷刺爲本，尋常嘲風弄月，雖美而不關教化，只是下品。此書純取才調，惟以白老數章冠篇首。自後所選，頗亦裁去奇怪淫曖，其文格大意可見。

勿訝春來晚，無嫌花發遲。人憐全盛日，我愛半開時。紫蠟粘爲蒂，紅蘇點作蕤。成都新夾纈[一]，梁漢碎燕脂[二]。櫻樹真珠顆[三]，牆頭小女兒[四]。淺深妝剥落，高下火參差。蝶戲爭香朵，鸎啼選穩枝。好教郎作伴，合共酒相隨。醉玩無勝此，默云：轉。狂嘲更讓誰。猶殘少年興，不似老人詩。西日憑輕照，東風莫暇[五]吹。明朝應爛漫，後夜即離披。枝下遙相憶，尊前暗有期。銜盃嚼蕊[六]思，默云：贈。惟我與君知。

[一] 夾纈　《秋林伐山》："夾纈，錦之別名。"《唐·地理志》劍南道成都府"土貢錦、單絲羅、高杼布麻"，薛濤詩："夾纈籠裙繡地衣。"○《潘氏記聞》云："唐明皇柳婕好適趙氏，性巧慧，鏤板爲雜花，打爲夾纈。代宗賞之，命宮中依樣製造。"又《西湖記》："西河婦女無桑蠶，皆着碧纈。"

[二] 燕脂　《古今注》：燕支花出西方，土人謂之紅藍，以染粉爲面色，謂爲燕支。今人以重絳爲燕支，非燕支花所染也。燕支花所染，自爲紅藍爾。"支"一作"脂"。《唐·地理志》：劍南古梁州之域，漢州德陽郡，土貢紅藍。

[三] 櫻珠　《埤雅》：櫻桃顆小者如珠，南人呼櫻珠。

[四] 小女兒　小女兒爲半開，寫嫩也。

[五] 暇　一作"殺"。《丹鉛録》："白詩自注'殺，去聲'，俗語太甚曰'殺'。《容齋隨筆序》'殺有好處'，元人傳奇'忒風流''忒殺思'。"

[六] 嚼蕊　郭璞《遊仙詩》：嚼蕊把飛泉。

題令狐家木蘭花

《本草綱目》：木蘭枝葉俱疎，其花内白外紫，亦有四季開者。深山生者尤大，可以爲舟。按《白集》，木蘭花如蓮花，香色艷膩皆同，獨房蕋有異。

鈍吟云①：小詩只此一絕。○白公詩體，與元相大同小異。第五卷元相，惟選艷詩。此卷白公不選小律詩。元、白唱和長篇次韻，止選白，不選元，皆有深意可參。

膩如玉指塗朱粉，光似金刀翦紫霞。從此時時春夢裏，應添一樹女郎花〔一〕。

〔一〕女郎花　《木蘭詩》云：“同行十二年，不知木蘭是女郎。”故以木蘭爲女郎花。《妝樓記》詩：“木蘭開遍女郎花。”

薛能七首

《全唐詩話》：能字大拙，汾州人。會昌六年進士。大中八年，書判入等，補盩厔尉，辟太原、陝虢、河陽從事。李福鎮滑州，表觀察判官，歷侍御史、都官、刑部員外郎。福徙西川，取爲節度副使。咸通中，攝嘉州刺史。歸朝，遷主客、度支、刑部郎。俄刺同州，京兆尹溫璋貶，命權知尹事，出領感化節度。入授工書，復節度徐州，徙忠武。廣明元年，徐兵赴溵水，經許，能以前帥徐，軍吏懷恩，館之州內。許軍懼徐人見襲，大將周岌因眾怒逐能②，自稱留後。能全家遇害。

牡　丹

鈍吟云：牡丹詩多富艷，此却清遠，文家翻新法也③。

去年零落暮春時，淚濕紅牋怨別詩。鈍云：二句領起別路，便不駭詠牡丹。常恐便同巫峽〔一〕鈍云：雲。散，默云：從去年生下。因何重有武陵〔二〕鈍云：桃花。期。傳情每向馨香得，不語還應彼此知。見欲闌邊安枕席，默云：結去年。夜深閑共說相思。

〔一〕巫峽　見前。

〔二〕武陵　《搜神後記》：晋太元中，武陵人捕魚爲業，緣谿行，忘路遠近，忽逢桃花，夾岸數百步，芳華鮮美，落英繽紛，漁人甚異之。

---

① “鈍吟云”一則，原無，據垂雲堂本補。

② 怒：原無，據《全唐詩話》卷五補。

③ “翻新法也”下，紀昀評：詠物詩須有爲而作，其次亦須自尋別徑以脫塵封，否則不作可也。若搜求典故以爲切，刻畫形似以爲肖，或依稀比擬以爲善離善脫，吾皆無取焉。而所謂善離善脫者，自矜高韻，魔障尤深矣。

蜀黄蔡^①

《説略》：黄蜀葵與蜀葵頗相似，葉尖狹，多刻缺，夏末開花，淺黄色，蕊心下作紫檀色^②。

鈍吟云：與前詩一決^③。

嬌黄初綻欲題詩，<small>鈍云：倒起。</small>盡日含毫有所思。記得玉人春病校，<small>默云：</small>
<small>"校"猶可也，妄人不知，改作"後"。</small>道家裝束厭穰〔一〕時。

〔一〕厭穰　《集韻》作"攊穰"。《説文》："磔穰，祀除癘殃也。"徐曰："穰之爲
言讓也。"

贈歌妓　<small>妓能詩</small>

同有詩情自合親，不須歌調更含嚬。<small>默云：歌妓。</small>朝天御史非韓壽〔一〕，
莫竊香來帶累人。

〔一〕韓壽　《世説》：韓壽美姿容，賈充辟以爲掾。賈女于青璅中見壽，悦之，恒
懷存想，發于吟詠。後婢往壽家，具述如此，并言女光麗。壽聞之心動，遂請
婢潛修音問。及期，踰墙而入。自是充覺女盛自拂拭，悦暢有異于常。後聞壽
有奇香之氣，是外國所貢，一著人衣，則歷月不歇。充計武帝唯賜己及陳騫，
疑壽與女通，取婢考問，即以狀對，充以女妻壽。

晚　春

惡憐風景極交親，每恨年年作瘦人。卧晚不曾抛好夜，情多惟欲哭殘
春。陰成杏葉纔通日，雨著楊花已汙塵。無限後期知有在，只愁還作總
戎〔一〕身。

〔一〕總戎　杜甫詩：總戎存大體。

---

① 蜀黄：汲古閣本、四庫本作"黄蜀"，是。
② 色：原脱，據《説略》卷二八補。
③ 此則原本無，據垂雲堂本補。下條旁批同據垂雲堂本補。

贈歌者

鈍吟云：中四句似拙。

一字新聲一顆珠，囀喉疑是擊珊瑚[一]。聽時坐部[二]音中有，唱後櫻花葉裏無[三]。漢浦蔑聞虛解珮[四]，臨邛焉用枉當壚[五]。誰人得向青樓[六]宿？便是仙郎不是夫。

[一]擊珊瑚　《世説》：石崇與貴戚王愷爭豪，武帝每助愷，嘗以珊瑚樹高二尺許賜愷，愷以示崇，崇以鐵如意擊之。

[二]坐部　《唐·禮樂志》：分樂爲二部，堂下立奏，謂之立部伎；堂上坐奏，謂之坐部伎。

[三]唱後花無　《洞冥記》：麗娟於芝生殿唱《廻風》之曲，庭中花皆翻落。

[四]解珮　《列仙傳》：江妃二女出遊于江漢之湄，鄭交甫見而悦之，遂與之言曰："二女勞矣。"一女口："客子有勞，妾何勞之有？"交甫曰："橘是柚也，我盛之以筥。令附漢水，將流而下，我遵其傍，采其芝而茹之，以知爲不遜也。願請子之佩。"二女遂手解佩與交甫，交甫受而懷之。去數十步，視佩，空懷無佩，顧二女，忽不見。

[五]當壚　見前。

[六]青樓　妓館雪簑子有《青樓集》。

舞　者

綠毛釵動小相思，一唱南軒日午時。慢靸[一]輕裙行欲近，待調諸曲起來遲。筵停匕筯無非聽，鈍云：二句似拙。吻帶宮商盡是詞。爲問傾城年幾許，更勝瓊樹是瓊枝[二]。

[一]靸　丁静山云：靸，輕舉貌。相如賦"泪減靸以偕逝"是也。

[二]瓊樹瓊枝　《古今注》：魏文帝宮人，絶所愛幸者有莫瓊樹、薛夜來、陳尚衣、陳巧笑。《祖台志怪》：建康小吏曹著見廬山夫人，夫人命女婉出與著見。女欣然命婢瓊枝，令取琴出。婉撫琴而歌，既畢，婉便回去。《雲溪友議》：蔡京假節邕郊，道經湘口。零陵鄭太守與京同年，遠以酒樂相迓。座有瓊枝者，鄭君之所愛，而席之最姝也，蔡強奪之而行。

楊柳枝

《教坊記》曲名有《楊柳枝》。

鈍吟云：太拙。《楊柳枝》，集中多佳句，選此一首，不取太新也。

數首新詞帶恨成，柳絲牽我我傷情。柔娥幸有腰肢穩，試踏歌聲作唱聲。

崔國輔 六首

《唐詩紀事》：吳郡人。明皇時，應縣令舉，授許昌令，累遷集賢直學士、禮部員外郎。後坐王鉷近親，貶晉陵郡司馬。

雜　詩

《文選》注：雜者，不拘流例，遇物即言，故云雜也。

逢著平樂[一]兒，論交鞍馬前。與沽一斗酒，恰用十千錢。鈍云：二句不好，在"恰用"二字，算帳在豪人面上使不得。後余在關內，作事多迍邅[二]。何處肯相救，徒聞《寶劍篇》[三]。

[一] 平樂　《東京賦》"其西則有平樂都場示遠之觀"注：平樂，觀名，都，謂聚會也。爲大場于上以作樂，使遠觀之，謂之平樂。曹植《名都篇》："歸來宴平樂，美酒斗十千。"按《名都篇》首聯"名都多妖女，京洛出少年"，則此平樂應指在東京者，觀下"後余在關內"句，益明。有引《西京賦》"大駕幸乎平樂"者，非。

[二] 迍邅　《易》：迍如邅如。

[三] 寶劍篇　《唐書·郭震傳》：武后召與語，奇之，索所爲文章，上《寶劍篇》。

魏宮詞

《樂府遺聲》宮苑十九曲，有《魏宮辭》。

鈍吟云：樂府本色。○四絕妙極。崔公長于五言小詩。

朝日點紅粧[一]，擬上銅雀臺[二]。畫眉[三]猶未了，魏帝使人催。

〔一〕紅粧　古詩：娥娥紅粉粧。

〔二〕銅雀臺　《鄴中記》：鄴城西北立臺，皆因城爲基趾，中央名銅雀臺，北則冰
　　　井臺。西臺高六十七丈，上作銅鳳窗，皆銅籠疏、雲母幌，日之初出，流光照
　　　耀。《魏書·武帝紀》：建安十五年冬，作銅雀臺。

〔三〕畫眉　《古今注》：魏宮人好畫長眉。

怨　　詞

　　　　《樂府遺聲》怨思二十五曲，有《怨詞》。

　　妾有羅衣裳，秦王〔一〕在時作。爲舞春風多，秋來不堪著①。

〔一〕秦王　吳兢《樂府古題要解》：《秦王卷衣曲》，言咸陽春景及宮闕之美，秦王
　　　卷衣以贈所歡也。

少年行

　　　　《樂府遺聲》游俠二十一曲，有《少年行》。

　　遺却珊瑚鞭〔一〕，白馬驕不行。章臺折楊柳〔二〕，春日路旁情〔三〕。

〔一〕珊瑚鞭　《涼州記》：咸寧中，發張駿陵，得鞭，飾以珊瑚。

〔二〕章臺柳　《事文類聚》：張敞走馬街有柳，唐時謂之章臺柳。韓翃《寄柳氏》
　　　詩："章臺柳，昔日青青今在否?"

〔三〕路旁情　章臺是妓女所托之地，遺鞭折柳，總爲情繫，路旁徘徊不忍去，故
　　　借以駐馬也。

中流曲

　　　　《樂府遺聲》山水二十四曲，有《中流曲》。

　　歸時日尚早，更欲向芳洲。渡口水流急，廻船不自由。

對酒吟　雜言

　　　　《古今樂録》：張永《元嘉技録》相和十五曲，十曰《對酒》。

---

　　①　紀昀評：詩得新舊乘除，恰應如此，怨而不怒，風人之旨。

行行日將夕，荒村古塚無人跡。蒙籠荆棘一鳥鳴①，屢勸提壺沽酒〔一〕
喫。古人不達酒不足〔二〕，遺恨精靈傳此曲。寄語當代諸少年，平生且盡
杯中醁〔三〕。

〔一〕提壺沽酒　《馬莊父詞》“聽得提壺沽美酒”注：提胡蘆，沽美酒，皆鳥名。

〔二〕酒不足　陶潛《挽歌》：但恨在世時，飲酒恒不足。

〔三〕盃中醁　王僧孺詩：“何因送欵欵，伴飲杯中醁。”《廣韻》：“醁，美酒。”

孟浩然 二首

《唐‧文藝傳》：孟浩然字浩然，襄陽人。隱鹿門山，年四十，遊京師，
張九齡、王維雅稱之。維私邀入內署，俄而玄宗至，浩然匿床下。維以實對，
帝詔浩然出，再拜，自誦所爲詩，至“不才明主棄”之句，帝曰：“卿不求仕，
朕未嘗棄卿，奈何誣我？”因放還。採訪使韓朝宗約浩然偕至京師，欲薦諸朝，
會故人至，劇飲歡甚。或曰：“君與韓公有期。”浩然叱曰：“業已飲，遑恤
他！”卒不赴。年五十，病疽卒。

春　怨

鈍吟云：此即詩人言懷春之意也。領聯怨而不淫，便曉得不是邪濫
之女。作詩須如此。○連用二“春”字，文勢便活用，意只在領聯。

閨人能畫眉②，粧罷出簾帷。照水空自愛，拆花將遺誰？鈍云：二句見品。
春情多逸艷，春意倍相思。愁心極楊柳，一種亂如絲〔一〕③。

〔一〕亂如絲　沈約詩：楊柳亂如絲。

送杜十四之江南

荆吳相接水爲鄉，戲云：江南。君去春江正淼茫〔一〕。日暮征帆泊何處，
天涯一望斷人腸。

〔一〕淼茫　淼，音眇。郭璞《江賦》：“狀滔天以淼茫。”

---

① 鳴：《四部叢刊》本、垂雲堂本作“吟”。

② 閨：《孟浩然集》卷四作“佳”。

③ 紀昀評：畢竟大雅。

劉長卿 六首

《全唐詩話》：劉長卿字文房。至德監察御史①，以檢校祠部員外郎爲轉運使判官，知淮南，鄂岳觀察使吳仲孺誣奏，貶播州南巴尉。會有爲之辨者，除睦州司馬，終隨州刺史。以詩馳聲上元、寶應間。

揚州雨中張十七宅觀妓

《唐·地理志》：揚州廣陵郡江都縣。

夜色滯春煙②，鈍云：好起。燈花拂更燃。默云：雨中。殘粧添石黛〔一〕，艷舞落金鈿。掩笑頻欹扇，迎歌乍動絃。不知巫峽雨〔二〕，何事海西邊〔三〕③。

〔一〕石黛　徐孝穆《玉臺新詠序》：南都石黛，最發雙蛾；北地燕支，偏開兩靨。

〔二〕巫峽雨　見前"巫峽雲"注。

〔三〕海西邊　《書》"淮海惟揚州"，蔡《傳》：揚州之域，北至淮東，南至于海，故謂揚州在海西。

赴潤州使院留別鮑侍御 六言

《唐·地理志》：潤州丹陽郡，武德三年，以江都郡之延陵縣地置，取潤浦爲州名。《唐六典》：侍御史四人，從六品以下，掌糾舉百僚，推鞫獄訟。

對酒看山別離④，孤舟日暮行遲。江南江北春草，獨向金陵〔一〕去時⑤。

默云：赴潤州。

〔一〕金陵　《六朝事迹序》：楚威王因山之號，置金陵邑。或云以此地有王氣，因埋金以鎮之。或云地接金壇之陵，故謂之金陵，今石頭城是也。

---

① 德：原脱，據《全唐詩話》卷二補。

② "夜色滯春煙"下，紀昀評："滯"字甚佳，本集訛爲"帶"字，即少味。

③ 紀昀評：起二句極佳，中四句亦不傷雅，末二句有意關合，反落小巧，語意亦未自然。

④ 酒：《四部叢刊》本、垂雲堂本作"水"。

⑤ 紀昀評：妙於竟住。

北歸次秋浦界青谿館^①

《唐·地理志》：池州，武德四年，以宣州之秋浦、南陵二縣置。貞觀元年州廢，還隸宣州。永泰元年，復析宣州之秋浦、青陽，饒州之至德置。

萬古啼猿後，孤城落日依^②。雁廻初日暮，<small>純云：名句。</small>人向宛陵^{〔一〕}稀。舊路青山^{〔二〕}在，餘生白首歸。漸知行近北，不見鷦鴂飛^{〔三〕③}。

〔一〕宛陵　《寰宇記》：宣州，《禹貢》揚州之域，漢爲宛陵縣。

〔二〕青山　《一統志》：青山，在太平府府城東南三十里。謝朓嘗築室山南，又名謝公山。

〔三〕鷦鴂飛　《禽經》：“鷦鴂飛必南翥。”《廣志》云：“鷦鴂似雌雉飛，但南不北徂。”

登餘干古城

《唐·地理志》：江南道饒州鄱陽郡餘干縣。

孤城上與白雲齊，<small>默云：登城。</small>萬古蕭條楚水西。官舍已空秋草綠，女牆^{〔一〕}猶在夜烏啼^④。平江渺渺來人遠，落日亭亭^{〔二〕}向客低。沙鳥不知陵谷^{〔三〕}變，朝來暮去弋陽溪^{〔四〕⑤}。

〔一〕女牆　《釋名》：城上垣曰女墻，言其卑小，比之于城，若女子之于丈夫。

〔二〕亭亭　謝靈運詩：亭亭曉月映。

〔三〕陵谷　《詩》：高岸爲谷，深谷爲陵。

〔四〕弋陽溪　《一統志》：弋陽江，在弋陽縣東，又名弋溪，源出靈山西，流入葛溪。

若耶溪酬梁耿別後見寄　六言

《水經注》：若耶溪孤潭周數畝，甚清深。有孤石臨潭，垂崖俯視，猿犾驚

---

① 谿：原脱，據《劉隨州文集》卷二補。

② 孤城落日依：紀昀從原集改作“孤村客暫依”，注云：“原作‘孤城落日依’，與‘暮’字重複，從本集改。”

③ 紀昀評：前四句次秋浦，後四句北歸。

④ “女牆猶在夜烏啼”下，紀昀評：所謂陵谷變也。

⑤ 紀昀評：落句從對面用筆。

心，寒木被潭，森沉駭觀。上有櫟樹，謝靈運與惠連作連句，題刻樹側。麻潭下注，若耶溪水至清，照衆山倒影，窺之如畫。《書史會要》："梁耿行篆甚善，真草相敵。"《金石錄》："唐宓子賤碑，天寶三載賈至撰，梁耿篆書。"《洞天福地記》："若耶溪在會稽縣。"

晴川落日初低，惆悵孤舟解攜。默云：若耶溪別後。鳥去平蕪遠近，人隨流水東西。白雲千里萬里，明月前溪後溪。獨恨長沙謫[一]去，江潭春草萋萋。

[一] 長沙謫　《全唐詩話》：文房詩云："漢文有道恩還薄，湘水無情弔豈知。"宅在今湖廣長沙府城中，蓋被誣南遷，過此自傷而作也。

《劇談錄》：玄宗《謫仙怨》，其旨屬馬嵬事後，以亂離隔絕，有人自西川傳得者，無由知，但呼爲《劍南神曲》，其音怨切。大曆中，江南人盛爲此曲。隨州刺史劉長卿左遷陸州司馬，祖筵之內，吹之爲曲，長卿遂撰其詞，意頗自得，蓋亦不知本事。今按其詞即此詩。

別蕩子怨①

鈍云："薛道衡作，誤入。"勳按《樂苑》，薛作名《昔昔鹽》，羽調曲。《小說舊聞》：隋煬帝善屬文，不欲人出其右，薛道衡由是得罪。後因事誅之，曰："更能作'空梁落燕泥'否？"《丹鉛餘錄》：梁樂府《夜夜曲》，或名《昔昔鹽》。昔即夜也，《列子》"昔昔夢爲君"，鹽亦曲之別名。

垂柳拂金堤[一]，蘼蕪[二]葉正齊。默云：首四句怨之候。水溢芙蓉沼[三]，花飛桃李蹊[四]。採桑秦氏女[五]，怨之人。織錦竇家妻[六]。關山別蕩子，二句怨之故。風月守空閨。恒斂千金笑[七]，長垂雙玉啼[八]。八句怨之景狀。盤龍[九]隨鏡隱，舞鳳[一〇]逐雲低。驚魂同野鶴，倦寢憶晨雞。暗牖懸蛛網，空梁落燕泥。前年過岱北[一一]，今歲往遼西[一二]。一去無還意，默云："無還意"妙甚，若作無消息，則上二句頂接不緊。那能惜馬蹄。

[一] 金堤　《子虛賦》：婆娑勃窣，上乎金隄。

[二] 蘼蕪　蘼同蘪。《爾雅》"蘄茝蘪蕪"，郭注：香草。古詩："上山採蘼蕪，下山逢故夫。"

[三] 芙蓉沼　晉張駿《東門行》：芙蓉覆靈沼。

---

① 蕩：《四部叢刊》本、垂雲堂本作"宕"。下同。

〔四〕**桃李蹊**　《史記·李將軍贊》：桃李不言，下自成蹊。

〔五〕**秦氏女**　《古今注》：邯鄲秦氏女羅敷，爲邑人千乘王仁妻，出採桑于陌上。趙王見而欲奪焉，乃彈箏，作《陌上歌》以自明。

〔六〕**寶家妻**　《晉書》：寶滔妻蘇氏，始平人也，名蕙，字若蘭，善屬文。滔，符堅時爲秦川刺史，被徙流沙，蘇氏思之，織錦爲廻文旋圖詩以贈。滔宛轉循環以讀之，詞甚悽惋。凡八百四十字。

〔七〕**千金笑**　《賈子說林》：武帝與麗娟看花，而薔薇始開，態若含笑。帝曰："此花絕勝佳人笑也。"麗娟戲曰："笑可買乎?"帝曰："可。"麗娟遂命侍者取黃金百斤，作買笑錢。薔薇名賣笑花，自麗娟始也。庾信詩："無復千金笑。"

〔八〕**雙玉啼**　《魏書》：甄后面白，淚雙垂如玉筯。

〔九〕**盤龍**　《鄴中記》：石季龍三臺及內宮中鏡，有二三尺者，下有純金盤龍雕飾。

〔一〇〕**舞鳳**　此謂鳳釵，言逐雲鬢而低垂也。隋羅愛愛詩："金釵逐鬢斜。"

〔一一〕**岱北**　《禹貢》"海岱惟青州"，蔡《傳》：青州之域，東北至海，西南距岱，是青州在岱北。

〔一二〕**遼西**　《水經注》：秦始皇分燕置遼西郡。

韋應物一首

《唐詩紀事》：韋應物，周逍遥公之後。其詩言天寶時扈從遊幸事，疑爲三衞。永泰中，任洛陽丞，京兆府功曹。大曆十四年，自鄠縣令制除櫟陽令，以疾辭不就。建中二年，由比部外郎出刺滁州，改刺江州，追赴闕，改左司郎中。貞元初①，歷蘇州，罷守，寓蘇臺永定精舍。

西　澗

《一統志》：西澗在滁州城西，俗名烏土河。

獨憐幽草澗邊生，上有黃鸝遠樹鳴。默云："遠"字上下映發，若作"深"，則幽草深樹，便嫌犯重。春潮帶雨晚來急，野渡無人舟自橫。

---

① 貞：原作"正"，避諱改字，據《唐才子傳》卷四回改。

王　維二首

《唐詩紀事》：維字摩詰，爲給事中，遇禄山反，賊平，下遷太子中允，三遷尚書右丞。喪妻不娶，孤居三十年。母亡，表輞川第爲寺，終葬其西。寶應中，代宗語王縉曰："朕嘗于諸王座聞維樂章，今傳幾何？"遣中人往取，縉裒集數十篇上之。

送元二使安西

《唐·地理志》：安西大督護府初治西州，顯慶二年平賀魯，析其地置濛池、崑陵二都護府，分種落列置州縣，西盡波斯國，皆隸安西。

何義門云：首句藏行塵，次句藏折柳，兩面皆畫出，妙不露骨。

渭城[一]朝雨裛輕塵，客舍青青楊柳春[二]。默云："楊柳春"妙於"柳色新"多矣。勸君更盡一盃酒，西出陽關[三]無故人。何義門云：從休文"莫言一杯酒，明日重持來"。

　[一] 渭城　《漢·地理志》：右扶風縣渭城，故咸陽。高帝元年，更名新城，七年，罷屬長安。武帝元鼎三年，更名渭城。

　[二] 楊柳春　吳均詩：不見楊柳春，徒看桂枝白。

　[三] 陽關　《唐·地理志》：沙州壽昌縣西有陽關。

徐而菴云：此詩之妙，只是一個真，真則能動人。後維偶于路旁聞人唱此詩，爲之下淚。後人送行，多唱此，謂之陽關三疊。

隴頭吟

《古今注》：橫吹，胡樂也。李延年因胡曲更造新聲二十八解，以爲武樂。後漢以給邊將萬人將軍用之。魏、晉以來世用者，《黃鶴》《隴頭》等十曲。

長安少年游俠客①，夜上戍樓看太白[一]。隴頭[二]明月迥臨關，隴上行人夜吹笛。關西老將[三]不勝愁，驅馬聽之雙淚流。身經大小百餘戰，麾下偏裨萬户侯[四]。蘇武[五]纔爲典屬國，節旄空盡海西頭②。

　[一] 太白　《史記·天官書》：察日行以處位，太白當出不出，當入不入，是謂失

---

① 安：《四部叢刊》本、垂雲堂本作"城"。

② 旄：原作"毛"，據《四部叢刊》本、垂雲堂本改。《删正二馮評閱才調集》卷上紀昀評此詩："少年慷慨，老將蹉跎，兩相對照，寓慨自深。"

舍。不有破軍，必有國君之纂。

〔二〕隴頭　《辛氏三秦記》：隴右西關，其阪九廻，不知高幾里，欲上者七日乃越。上有清水，四注流下。俗歌曰：“隴頭流水，鳴聲幽噎。遥望秦川，心肝斷絶。”

〔三〕關西老將　《後漢書·虞詡傳》：諺曰：“關西出將，關東出相。”

〔四〕萬户侯　《史記·李廣傳》：文帝曰：“子當高帝時，萬户侯豈足道哉！”

〔五〕蘇武　《漢書》：蘇武仗漢節牧羊，卧起操持，節旄盡落。始元六年，至京師，拜爲典屬國。師古曰：“典屬國掌歸義蠻夷。”

賈　島七首

《唐書》：島字浪仙，范陽人。初爲浮屠，名无本。來東都，時洛陽令禁僧午後不得出，島爲詩自傷。韓愈憐之，因教其爲文，遂去浮屠，累舉不中第。文宗時，坐飛謗貶長江主簿。會昌初卒。

鈍吟云：浪仙不取奇澀詩。○長江詩多奇句，然才不逮思，依于僻澀，方見工夫。此却選其平易者。

寄　遠

鈍吟云：擬古詩①。

別腸長鬱紆，豈能肥肌膚？始知相結密，不及相結疎。疎別恨應少，密別恨難袪②。門前南去水，中有北飛魚。魚飛向北海〔一〕，鈍云：古體。此情復何如！欲翦衣上襟，書作寄遠書。不惜寄遠書，故人今在無③？華山〔二〕岩嶤〔三〕形，遥望齊平蕪④。況此數尺身，阻彼萬里途。自非日月光，難以知子軀⑤。

〔一〕飛魚向海　後魏延興初，文安縣人孫顧捕魚于五渠水，有羣魚自西來，共以

---

① “擬古詩”下，紀昀評：音節純是古詩，而曲折劖刻，自存浪仙本色。譬之米臨王帖，鋒鋩微露，神采轉增。嘉隆諸子，字櫛句比，學漢魏直雙鉤填廓耳。凡擬古須識此意。

② “密別恨難袪”下，紀昀評：語語剥入一層，曲折沉摯。

③ “故人今在無”下，紀昀評：頓挫入古。

④ “遥望齊平蕪”下，紀昀評：別本或無此二句，遂令下句“況此”二字無根。

⑤ “難以知子軀”下，紀昀評：“此種是郊、島所獨詣。”又評全詩：“語語深至，尤妙於一氣渾成，無斧鑿之迹。閬仙才不及東野，此詩則東野得意之筆亦不過如此。”

柴塞之。忽有人謂願曰：“須臾當得大魚，若欲求多，宜勿殺也。”願下網，果得大魚，狀如鯉而頭大，殺食之。俄風雨晝昏，唯聞鳥飛聲。比風息雨霽，有人乘船至，云見羣魚無數，飛入于海，願遂不復漁矣。因呼入海之處爲飛魚口也。見《三郡記》。

〔一〕華山　《禹貢》：至于太華。《地理志》①：在京兆華陰縣南。

〔二〕岧嶤　《集韻》：山高貌。

代舊將

舊事說如夢，誰當信老夫。戰場幾處在，部曲〔一〕一人無。落日收病馬②，晴天曬陣圖〔二〕。猶希聖朝用，自鑷白髭鬚③。

〔一〕部曲　司馬彪《續漢書》：大將軍營，伍部校尉一人，部有曲，曲有軍候一人。

〔二〕陣圖　《風后握奇經》“八陣，四爲正，四爲奇”注：天地風雲爲四正，龍虎鳥蛇爲四奇。獨孤及有《風后八陣圖記》曰：“握機制勝，作爲陣圖。”

春　行

去去行人遠，塵隨馬不窮。默云：春行。旅情斜日後，春色早煙中④。流水穿空館，閒花發故宮。舊鄉千里思，池上綠楊風⑤。

述　劍

十年磨一劍，默云：劍。兩刃未曾試。默云：“兩”今作“霜”，“兩”字勝。今

---

① 理：原脱，據《尚書注疏》卷五補。

② “落日收病馬”下，紀昀評：本集注曰：“病，一作疲。”按：唐人拗句出句，不諧二四平仄者，對句第三字以平聲收之，乃定格也。此聯“曬”字既用仄聲，則此句宜是“疲”字，且“疲”字於舊將尤切。

③ “自鑷白髭鬚”下，紀昀評：後四句忠厚之至，不愧詩人。

④ “春色早煙中”下，紀昀評：五字絕佳。

⑤ 紀昀評：只第二句露本色，其餘不減錢郎。

日把示君，誰有默云：本集“有”作“爲”，“爲”更勝①。○鈍云：“有”字是賣身奴。不平事。

古　意

《樂府遺聲》古調二十四曲中，有《古意》。

碌碌〔一〕復碌碌，百年雙轉轂。志士中夜心，良馬白日足。俱爲不等閒，誰是知者目。別來兩淚盡，誰弔荊山哭〔二〕？

〔一〕碌碌　見第二卷。

〔二〕荊山哭　《韓非子》：楚人和氏得玉璞于楚山之中，獻之武王。武王使玉人相之，玉人曰：“石也。”刖和氏左足。武王薨，成王即位，又獻之。玉人又曰：“石也。”刖其右足。成王薨，文王即位，和乃抱璞而哭于楚山之下。王乃使玉人理其璞而得寶焉，遂名曰和氏之璧。《寰宇記》：南漳縣荊山，韓子卞和得玉于楚荊山，頂上有池水，喬松翠柏，列繞其旁。并有石室，相傳是卞和宅。

上杜駙馬　元注：即杜悰也。

勱按《舊唐書》，杜悰以蔭三遷太子司議郎。元和九年，選尚公主，召見于麟德殿。尋尚岐陽公主，加銀青光禄大夫，殿中少監，駙馬都尉。

默庵云：集無此詩，體亦不類，但此選此題甚稱。

玉山〔一〕突兀壓乾坤，出得朱門入戟門〔二〕。妻是九重〔三〕天子女，身爲一品令公孫〔四〕。鴛鴦殿〔五〕裏參皇后，龍鳳堂〔六〕前賀至尊。今日澧陽〔七〕非久駐，佇爲霖雨拜新恩。

〔一〕玉山　《晉書》：裴楷字叔則，風神高邁，儀容俊爽，時謂之玉人。又稱：“見叔則如近玉山，照映人也。”

〔二〕戟門　《唐六典》：凡太廟太社及諸宮殿門，東宮及一品已下諸州門，施戟有差。

〔三〕九重　宋玉《九辨》：君之門以九重。

〔四〕令公孫　《舊唐書》：杜佑冊贈太傅，諡曰安簡。按：悰乃其孫也。

〔五〕鴛鴦殿　《三輔黃圖》：武帝後宮八區，有鴛鴦殿。

---

① “更勝”下，紀昀評：“爲”字意深，“有”字意淺。“爲”字是英雄壯懷，“有”字是遊俠客氣。

〔六〕**龍鳳堂** 《唐六典》注：有翔鳳、乘龍等殿。《蒼頡篇》：殿，大堂也。

〔七〕**澧陽** 《唐書》：杜悰以檢校司徒爲鳳翔、荆南節度使。《廣輿記》：岳州府澧州，唐澧陽。

蚤秋題天台靈隱寺①

　　台一作竺。楊守陳《遊天竺山記》：杭多名刹，天竺爲稱首。靈隱寺靜潔幽勝，睹其南高峰，勢若飛舞，巖壁奇峭，乃昔西僧謂自靈鷲飛來者，即天竺山也。

　　鈍吟云：長江體。○此書不取韓門諸公②。

峯前峯後寺新秋，絕頂高牕見沃洲〔一〕。人在定中聞蟋蟀，鶴曾棲處掛獼猴。山鐘夜渡空江水，汀月寒生古石樓。心憶掛帆身未遂，謝公〔二〕此地昔年遊③。

〔一〕**沃洲** 《寰宇記》：沃州在剡縣東七十二里。白居易有《沃州記》。

〔二〕**謝公** 即靈運。舊圖經：飛來峯怪石森羅，青蒼玉削。其頂有蓮花泉，謝靈運翻經臺在焉。

李　廓—十六首

　　《全唐詩話》：廓，李程之子也。登元和進士第，大中中，拜武寧節度使，不能治軍，既而軍亂逐廓。舊史，廓有詩名，大中末，累官至鄆州刺史，再爲觀察使。

長安少年行十首

　　《樂府遺聲》游俠二十一曲，有《長安少年行》。

金紫〔一〕少年郎，繞街鞍馬光〔二〕。身從左中尉〔三〕，官屬右春坊〔四〕。劃戴揚州帽〔五〕，重熏異國香〔六〕。垂鞭踏青草，來去杏園〔七〕芳。

---

　　① 紀昀注：本集作"早秋寄題天竺靈應寺"，以詩句證之，二本皆誤，當作"早秋寄題天台靈應寺"。

　　② "諸公"下，紀昀評：門徑不同，不以名流而依附，此古人學問不苟處。

　　③ "此地昔年遊"下，紀昀評："寄題結。"又評全詩："三四劖削而自然，五六亦好。

〔一〕金紫　《白孔六帖》："紫爲三品之服，金玉帶銙十三。"《唐六典》：正三品曰金紫光禄大夫。

〔二〕鞍馬光　鮑照詩：鞍馬照地光。

〔三〕左中尉　《漢百官公卿表》：中尉，秦官，掌徼循京師。

〔四〕右春坊　《唐六典》注：龍朔二年，改典書坊爲右春坊，右庶子爲太子右中護。咸亨元年，復爲右庶子。

〔五〕揚州帽　《河東記》：李敏求暴卒，至柳判官處，柳謂敏求曰："非故人莫能致此，更欲奉留，恐誤足下。"握手叙別。又謂敏求曰："此間甚難得揚州氈帽子，他日請致一枚。"

〔六〕異國香　章孝標詩：異國名香滿袖薫。

〔七〕杏園　《秦中歲時記》：唐人擧進士，會杏園，謂之探花宴。以少年二人爲探花使，徧遊名園。

追逐輕薄伴，閒遊不著緋。長攏〔一〕出獵馬，數換打毬〔二〕衣。晚日尋花去，春風帶酒歸。青樓〔三〕無晝夜，歌舞歇時稀。

〔一〕攏　《集韻》：攏，理也。

〔二〕打毬　《荆楚歲時記》：寒食爲打毬、鞦韆、藏鉤之戲。

〔三〕青樓　《南齊書》：世祖興光樓上施青漆，世謂之"青樓"。

日高春睡足，帖馬〔一〕賞年華。倒插銀魚袋〔二〕，行隨金犢車〔三〕。還攜新市酒〔四〕，遠醉曲江花〔五〕。幾度歸侵黑，金吾〔六〕送到家。

〔一〕帖馬　庾信詩："據鞍垂玉帖，橫腰帶錦心。"帖馬或是鞍馬之意。

〔二〕銀魚袋　《唐六典》注：隨身魚符，並以袋盛。其袋三品以上飾以金，五品以上飾以銀。

〔三〕金犢車　《朝野僉載》：龐帝師養一牸牛，一赤犢子，前後生五犢，得絹一百匹。及翻轉至萬匹，時號"金犢子"。緑珠《懊儂歌》："黃牛細犢車，遊戲出孟津。"

〔四〕新市酒　庾信《春賦》："入新豐而酒美。"新市即新豐市也。

〔五〕曲江花　見前。

〔六〕金吾　《漢百官表》：中尉，武帝更名執金吾。

好勝耽長夜〔一〕，鈍云：長夜，《文苑英華》作"長行"。長行是唐人戲名，不知者改

"夜"字。○按《五雜組》云：雙六，又名長行。雙六一名握槊，本胡戲也，云胡王有弟一人得罪，將殺之，其弟于獄中爲此戲以獻，其意言"孤則爲人所擊"，以諷王也。天明燭滿樓。留人看獨脚，鈍云：不解。賭馬換偏頭。樂奏曾無歇，盃巡不暫休。時時遙冷笑，怪客有春愁。

〔一〕長行 《唐國史補》：今之博戲，有長行最盛。其具有局有子，子有黃黑各十五。擲采之骰有二，強名爭勝，謂之撩零，假借分畫，謂之囊家，什一而取，謂之乞頭。

遨遊攜艷妓，裝束似男兒。盃酒逢花住〔一〕，笙歌簇馬吹。鸎聲催曲急，春色訝歸遲。不以聞街鼓〔二〕，華筵待月移。

〔一〕逢花住 《開元遺事》：長安俠少每至春時，結朋聯黨，各置矮馬，飾以錦韉金絡，並轡于花下，往來使僕從執酒皿而隨之，遇好園則駐馬而飲。

〔二〕街鼓 《大唐新話》：舊制，京城內金吾曉暝傳呼，以戒行者。馬周獻封章，始置街鼓，俗號鼕鼕鼓，公私便焉。

賞春惟逐勝，大宅可曾歸。不樂還逃席，多狂慣裋〔一〕衣。歌人踏日起，鈍云：起晏日影至床前，故云"踏日起"也。語燕捲簾飛。好婦唯相妒，倡樓不醉稀。

〔一〕裋 《海篇》：裋，衣袒也。

戟門連日閉，苦飲惜殘春。開鎖通新客，教姬屈醉人。請歌牽白馬〔一〕，自舞踏紅茵〔二〕。時輩皆相許，平生不負身。

〔一〕白馬 《獨異記》：魏曹彰偶逢駿馬，愛之，彰曰："有美妾可換。"遂換之。馬號曰白鵠。《纂異記》：鮑生家富畜妓，外弟韋生得良馬數匹，韋謂鮑曰："能以人換，任選殊尤。"鮑密遣四絃更衣盛粧，頃之乃至，命捧酒勸韋生，歌一曲以送之，云："白露濕庭砌，皓月臨前軒。此時頗留恨，含思獨無言。"又歌送鮑生酒云："風颭荷珠難暫圓，多生信有短因緣。西樓今夜三更月，還照離人泣斷絃。"韋生乃召御者牽紫叱撥以酬之。"請歌"句，疑是指韋生事，而借用"白鵠"字面。按："請"一作"清"。

〔二〕紅茵 此是舞單。張子野詞：垂螺近額。走上紅茵初赴拍。

新年高殿上，始見有光輝。玉鴈〔一〕排方〔二〕帶，金鵞〔三〕立仗〔四〕衣。酒深和椀賜，馬疾打珂〔五〕飛。朝下人爭看，香街意氣歸。

〔一〕玉鴈　張子野《咏箏》云"鴈柱十三行"，此言玉帶排列十三銙，如鴈行也。

〔二〕排方　李賀詩"金魚公子夾衫長，密裝腰鞓割玉方"注：鞓，皮帶也。割玉方，帶銙也。王建詩：銀帶排方獺尾長。

〔三〕金鵞　《李德裕傳》：立鵞天馬，盤絛掬豹，文彩怪麗。韋莊詩：紫袍日照金鵞鬭。

〔四〕立仗　《唐·儀衞志》：有千牛仗，以千牛備身、備身左右爲之。千牛備身冠進德冠，服袴褶；備身左右服如三衞。皆執御刀、弓箭，升殿列御座左右。内外諸門以排道人帶刀執仗而立，號曰立門仗。

〔五〕珂　《舊唐書·輿服志》：馬珂，一品以下九子，四品七子，五品五子。按：珂，勒飾也。《字書》：石之似玉，與瑪瑙之白者，皆可爲之。

　　遊市慵騎馬，隨姫入坐車。樓邊聽歌吹，簾外見鸎花〔一〕①。樂眼從人閙，歸心畏日斜。蒼頭〔二〕來去報，飲伴到倡家。

〔一〕鸎花　邱遲《與陳伯之書》：雜花生樹，羣鸎亂飛。

〔二〕蒼頭　《漢·鮑宣傳》注：孟康曰："漢名奴爲蒼頭，非純黑，以別于良人也。"

　　小婦教鸚鵡〔一〕，頭邊喚醉醒。犬嬌眠玉簟〔二〕，鷹掣撼金鈴。碧地攢花障〔三〕，紅泥待客亭〔四〕。雖然長按曲，不飲不曾聽。

〔一〕鸚鵡　《禽經》注：鸚鵡出隴西，能言鳥也。

〔二〕玉簟　《洞冥記》：神明臺上有金床、象席、虎珀鎮、雜玉爲簟。

〔三〕花障　白居易詩：歌舞屏風花障上，幾時曾畫白頭人。

〔四〕紅泥亭　李白詩："紅泥亭子赤闌干。"《開天遺事》：王元寶，都中巨豪，常以金銀疊爲屋壁，上以紅泥泥之。于宅中置一禮賢堂，四方賓客所至如歸。

雞鳴曲

　　《古今樂録》：張永《元嘉技録》相和十五曲，十一曰《雞鳴》。

　　星稀月没入五更，膠膠角角〔一〕雞初鳴。征人牽馬出門立，辭妾欲向安西行。再鳴引頸簷頭下，日中角〔二〕聲催上馬。纔分地色〔三〕第二鳴，旌旆紅塵已出城。婦人上城亂招手，夫壻不聞遥哭聲。長恨雞鳴別時苦，不

---

　　① 見鸎：《四部叢刊》本、垂雲堂本作"中釵"。

遣雞棲近窗户。

〔一〕膠膠角角　《詩》："雞鳴膠膠。"韓愈詩："角角雄雞鳴。"角音谷,見《集韻》。

〔二〕角　《晋·樂志》：蚩尤帥魑魅與黄帝戰于涿鹿,命吹角爲龍鳴以禦之。

〔三〕分地色　王褒詩：曙影初分地,暗色始成光。

鏡聽詞

《賈子説林》：鏡聽呪曰："並光類儷,終逢協吉。"先覓一古鏡,錦囊盛之,獨向竈前,勿令人見。雙手捧鏡誦呪出,聽人言以定吉凶。又閉目信足走七步,開眼照鏡,隨其所照以合人言,無不驗也。昔有女子卜一行人,聞人言曰："樹邊兩人。"照見簪珥,數之得五,因悟曰："樹邊兩人,非來字乎？五數,五日必來也。"至期果至。

默庵云：古之鏡聽,猶今之瓢卦也。

鈍吟云：要用俗語,與題相稱,樂府一體也。

匣中取鏡辭竈王〔一〕,羅衣掩盡明月光。昔時長著照容色,今夜潜將聽消息。門前地黑人未稀,無人錯道朝夕歸。更深弱體冷如鐵,繡帶〔二〕菱花〔三〕懷裏熱。銅片銅片如有靈,願得照見行人千里形①。

〔一〕竈王　《淮南子》"炎帝於火而死爲竈",高誘注：炎帝神農,以火德王天下,死託祀于竈神。

〔二〕繡帶　王建《老婦嘆鏡》：憶昔咸陽初買來,燈前自繡芙蓉帶。

〔三〕菱花　《飛燕外傳》：飛燕始加大號婕妤,上二十六物以賀,有七尺菱花鏡一奩。

猛士行

戰鼓驚沙惡天色,猛士虬鬚〔一〕眼前黑。單于〔二〕衣錦日行兵,陣頭走馬生擒得。幽并〔三〕少年不敢輕,虎狼窟裏空手行。

〔一〕虬鬚　《酉陽雜俎》：太宗、虬鬚,嘗戲張弓挂矢。

〔二〕單于　《漢書》：單于姓攣鞮氏,其國稱之曰撑犁孤塗單于。匈奴謂天爲撑犁,謂子爲孤塗。單于者,廣大之貌也,言其象天單于然也。

〔三〕幽并　《尚書》注：舜分冀東爲并州,其東北爲幽州。

---

① 紀昀評：佳處不減張、王。

送振武將軍

《唐·地理志》：隴右道鄯州鄯城縣西南，有天威軍，開元十七年置，初曰振武軍。

葉葉歸邊騎，風頭[一]萬里乾。金裝腰帶[二]重，鐵一作錦。縫耳衣[三]寒。蘆酒[四]燒蓬煖，霜鴻[五]撚箭看。黃河[六]古城道，秋雪白漫漫①。

[一]風頭　岑參詩：雨過風頭黑。

[二]腰帶　杜甫詩：百寶裝腰帶。

[三]耳衣　《丹鉛總録》：耳衣，今之煖耳也。

[四]蘆酒　《雞肋篇》：關右塞上造嗜酒，以荻管吸于瓶中。杜詩“蘆酒還多醉”，謂此。

[五]霜鴻　鮑照詩：霜高落塞鴻。

[六]黃河　《地志》：黃河由積石至潼關，凡五大折。

落　第

榜前潛制淚，衆裏自嫌身。氣味如中酒[一]，情懷似別人。暖風張樂席，晴日看花塵。盡是添愁處，默云：頂次聯。深宮乞過春。

[一]中酒　《史記·樊噲傳》“項羽既饗軍士，中酒”注：酒酣也。

贈商山東于嶺僧②

商嶺東西路欲分，兩間茅屋一溪雲。師言耳重[一]知師意，人是人非不欲聞。鈍云：商山是入關要路，人是人非，聒人者多矣③。

[一]耳重　《漢書》：黃霸爲太守，長吏許丞老病聾，督郵白欲逐之，霸曰：“許丞廉吏，雖老尚能拜起送迎，重聽何傷?”

---

① 紀昀評：通體俊爽，結亦壯瀾。

② 此詩《又玄集》卷中載韋蟾名下，《全唐詩》卷五六六韋蟾名下、卷四七九李廓名下並載是詩。《記纂淵海》卷二四引作韋蟾《贈商山僧》。

③ “多矣”下，紀昀評：從《鶡冠子》喜此慣慣意化出，正恨己多聞是非也。已是宋格，佳在不俚不纖。

常　建一首

《三體詩·唐人爵里》：開元十五年進士，大曆中，爲盱眙尉。

弔王將軍

《唐詩解題》作“弔王將軍墓”①。

鈍吟云：名篇。

票姚〔一〕北伐時，深入幾千里②。戰餘落日黄，軍敗鼓聲死〔二〕③。常聞漢飛將〔三〕，可奪單于壘。今與山鬼〔四〕鄰，殘兵哭遼水〔五〕。

〔一〕票姚　《史記》：霍去病爲剽姚校尉，與輕勇騎棄大軍數百里赴利，斬捕首虜過當。

〔二〕鼓聲死　《漢書》：李陵兵敗，夜半擊鼓起士，鼓不鳴。

〔三〕漢飛將　《史記》：李廣爲右北平太守，匈奴號曰漢之飛將軍。

〔四〕山鬼　《九歌》有《山鬼》，唐汝詢曰：“今雖與山鬼隣，而麾下猶哀之，深得士心者矣。”

〔五〕遼水　《山海經》：潦水出衛皋東，東南注渤海，入潦陽。潦，同遼。

劉禹錫五首

《唐詩紀事》：禹錫字夢得，附叔文，擢度支員外郎。憲宗立，禹錫貶連州，未至，斥朗州司馬，作《竹枝詞》。久之召還，出爲播州，易連州，徙夔州。由和州入爲主客郎中，俄分司東都。裴度薦爲集賢學士，度罷，出刺蘇州，徙汝、同二州。會昌時，檢校禮部尚書，卒。

夢得《金陵五題序》：余少爲江南客，而未遊秣陵，嘗有遺恨。後爲歷陽守，跂而望之，適有客以《金陵五題》相示，逌爾生思，欻然有得。他日，友人白樂天掉頭苦吟，歎賞良久，且曰：“《石頭》詩云‘潮打空城寂寞回’，吾知後人不復措詞矣。餘四詠雖不及此，亦

---

① 紀昀注：萬歲通天中，王孝傑北討契丹，再敗没於東峽石。此詩蓋爲孝傑作。

② “深入幾千里”下，紀昀評：幾，一作“强”。“强”字勝。

③ “軍敗鼓聲死”下，紀昀評：二句警策。“死”字險而穩。

不孤樂天之言耳。

臺　城

《六朝事迹》:《建康實錄》:"晋成帝咸和七年,新宫成,名建康宫。"注:
即今之所謂臺城也,在縣東北五里,周回八里。元和初,陸喬家于丹陽。一夕,
有叩門者曰:"我沈約也,呼左右召青箱來。"俄一兒至,約指謂曰:"此吾子
也。近從吾過臺城。"命爲《感舊》詩,因諷曰:"六代舊山川,興亡幾百年。
繁華今寂寞,朝市昔喧闐。夜月瑠璃水,春風柳色天。傷時與懷古,垂淚國
門前。"

鈍吟云:陳亡則江南王氣盡矣。首句自六朝説起,不止傷陳叔寶也。
○六朝盡于陳亡,末句可歎可恨。

臺城六代[一]競豪華,結綺臨春[二]事最奢。萬户千門[三]成野草,只緣
一曲《後庭花》[四]。

[一] 六代　吴、東晋、宋、齊、梁、陳爲六朝。

[二] 結綺臨春　《陳書》:後主至德二年,起臨春、結綺、望仙三閣。其窗牖、
壁帶、懸楣、欄檻之類,並以沉檀香木爲之。又飾以金玉,間以珠翠外施珠
簾,内有寶牀寶帳。每微風暫至,香聞數里,朝日初照,光映後庭。

[三] 萬户千門　《漢書》:建章宫左鳳闕,右神明,號稱千門萬户。

[四] 後庭花　《陳書》:後主以宫人袁大捨等爲女學士,每引賓客,對貴妃游宴,
則共賦新詩,采其尤艷麗者,以爲曲調,被新聲。其曲有《玉樹後庭花》《臨
春樂》等。其略云:"璧月夜夜滿,瓊樹朝朝新。"大旨美張貴妃、孔貴嬪之容
色也。

烏衣巷

《世説》:王公曰:"元規欲來,吾角巾徑選烏衣。"孝標注:《丹陽紀》曰:
"烏衣之起,吴時烏衣營所也。江左初立,琅邪諸王所居。"《南史》:謝宏微叔
父混,與族子靈運、瞻、晦、曜以文義賞會,常共宴處,居在烏衣巷,故謂之
"烏衣之游"。

朱雀橋[一]邊野草花,烏衣巷口夕陽斜。舊時王謝堂前燕[二],飛入尋

常百姓家①。

〔一〕朱雀橋　《六朝事迹》：晋咸康二年，作朱雀門。新立朱雀浮航，在縣城東南四里，對朱雀門，南渡淮水，亦名朱雀橋。

〔二〕王謝堂前燕　此謂江左王、謝二家，爲當時名閥，多居烏衣巷，甲第連雲。今時移世變，斷井頹垣中，爲百姓所居。燕子歸來，非復舊觀，令人有繁華如夢之感耳。唐仲言亦云："不言王、謝堂爲百姓家，而借言於燕，正詩人托興玄妙處。後人以小説荒唐之言解之，便索然無味矣。"

石頭城

　　《水經注》：石頭，吳時悉土塢。義熙十年，加磚累石，因山以爲城，因江以爲池，地形險固，有奇勢。《六朝事迹》：孫權沿淮立栅，又於江岸必争之地築城，名曰石頭。

　　山圍故國周遭〔一〕在，鈍云：名句。潮打空城寂寞廻〔二〕。淮水東邊舊時月〔三〕，夜深還過女牆〔四〕來②。

〔一〕周遭　徐云："遭，币也。周遭，周币也。"

〔二〕寂寞廻　徐而菴曰：石頭臨江，潮來水激城，城空則有聲，"打"字從"城"字上生來。潮回則城寂然無聲矣，見其不成一個城。

〔三〕舊時月　月生于東，故在淮水東邊。月猶是舊時月，人無復舊時人，每至夜深，還照女墻，一片迷離慘淡，月若有情，亦應深今昔之感矣。

〔四〕女牆　見前。

生公講堂

　　《蓮社高賢傳》：道生還都，止青霞寺。宋文帝大會沙門，龍御地筵，食至良久。衆疑過中，帝曰："始可中耳。"生乃曰："白日麗天，天言中，何得非中。"遂舉箸而食，一衆從之，莫不嘆其機辯。按自序，此講堂當在金陵。落句"可中"，正用道生語，與虎邱無涉。

　　生公説法鬼神聽〔一〕，身後空堂夜不扃。高座〔二〕寂寥塵漠漠，一方明月可中庭。

---

① 紀昀評：言王、謝舊宅已爲民居，措語特蘊藉。

② 紀昀評：五咏以此爲第一，《烏衣巷》次之，餘不及也。中山自序，亦自矜此首。

〔一〕**鬼神聽** 歐陽炯《暎車志》：生公説法時，有鬼來聽。生公識之，喝曰："何不爲人去?"鬼以詩對曰："做鬼今經五十秋，也無煩惱也無愁。生公勸我爲人去，只恐爲人不到頭。"

〔二〕**高座** 《金陵世紀》：高座寺在今南門外雨花臺側，晋咸康中造。嘗有靈光法師講經于此，天散奇花，故名其臺。又曰法師竺道生所居，故名高座寺。

江令宅

《南史》：江總字總持，篤學有文詞。後主即位，歷吏部尚書、僕射、尚書令，日與後主遊宴後庭，多爲艷詩。好事者相傳諷翫，于今不絶。陳亡入隋，拜上開府。開皇中，卒于江都。《京都記》：京師鼎族多在青溪，溪北有江總宅。

南朝詞臣北朝客，歸來惟見秦淮〔一〕碧。池臺竹樹三畝餘，至今人道江家宅。

〔一〕**秦淮** 《六朝事迹》：秦始皇東巡會稽，經秣陵，因鑿鐘山，斷金陵長隴以疏淮。按：此水以秦開，故曰秦淮。

宋 濟 二首

《唐詩解注》：德宗時人，不第。後禮部上甲乙名。

東鄰美女歌

花暖江城斜日陰，鷰啼繡户〔一〕曉雲深①。春風不道珠簾〔二〕隔，傳得歌聲與客心②。

〔一〕**繡户** 鮑照樂府：文窗繡户垂羅幕。

〔二〕**珠簾** 《西京雜記》：昭陽殿織珠爲簾，風至則鳴，如珩珮之聲。

塞上聞笛③

胡兒吹笛戍樓間，樓上蕭條海月閒。借問梅花何處落〔一〕？風吹一夜

---

① 紀昀評：二句景中有情。

② 紀昀評：格不甚高，妙不猥褻。

③ 此篇爲高適詩，見《河嶽英靈集》卷上。《國秀集》卷下仍屬高適，題作《和王七度玉門關上吹笛》，《高常侍集》卷八題作《塞上聽吹笛》。

滿關山^①。

〔一〕梅花落　《樂府雜録》：笛，羌樂也。古有《落梅花》曲。

王　建——十三首

郝天挺曰：建字仲初，大曆十年進士，授渭南尉。歷秘書丞、侍御史，太和中，出爲陝州司馬。從軍塞上，弓劍不離身，數年後歸，卜居咸陽原上。有集，今傳。

華清宮感舊

《舊唐書》：天寶六載十月，幸溫泉宮，改爲華清宮。《雍録》：華清宮在驪山，最爲奢盛，百司皆有邸第。玄宗常以十月往幸，歲竟乃歸。

塵到朝元〔一〕邊使急〔二〕，千官夜發六龍〔三〕廻。輦前月照羅衣淚，宮裏風吹蠟燭灰。公主〔四〕粧樓金鎖澀，貴妃〔五〕湯殿〔六〕玉蓮〔七〕開。有時雲外聞天樂，疑是先皇沐浴來^②。

〔一〕朝元　《雍録》：華清宮有朝元閣。

〔二〕邊使急　胡煥亭云：《本紀》天寶十四載十月壬辰，明皇幸華清宮，聞安禄山反之信，故云邊使報時，塵到朝元閣也。

〔三〕六龍　《易》"時乘六龍以御天"，因以天子之六馬爲六龍。

〔四〕公主　《唐六典》：皇女封公主，視正一品。

〔五〕貴妃　《唐六典》：貴妃爲夫人，正一品。

〔六〕湯殿　《開天遺事》：華清宮中，除供奉兩湯外，別有湯十六所，嬪御之類浴焉。《雍録》：御湯九龍殿，亦名蓮花湯。又玉女殿，今名星痕湯，玉石甕湯所出也。

〔七〕玉蓮　《開天遺事》：奉御湯中，甃以文瑶密石，中央有玉蓮花，捧湯泉湧以成池。又縫錦繡爲鳧雁於水中，帝與貴妃施鈒鏤小舟，戲玩于其間。《談賓録》：禄山以白玉石爲魚龍鳧雁，仍爲石梁及石蓮花以獻，雕鐫巧妙，殆非人工。上命陳于湯中，以石梁横亘湯中，而蓮花纜出于水際。上因幸華清宮，至其所，解衣將入，而魚龍鳧雁皆若奮鱗舉翼，狀欲飛動。上恐，命撤之。其蓮

---

① 紀昀評：落句深遠。

② 疑：《四部叢刊》本、垂雲堂本作"即"，他本多作"知"。

花至今存。

宮前早春^①

酒幔高樓一百家，宮前楊柳寺〔一〕前花。内園分得溫湯水，三月中旬已進瓜〔二〕^②。三月，一作"二月"。

〔一〕寺　《三體唐詩》注：尚書御史所止，皆曰寺。天寶四載，置百司于湯所，故有寺。

〔二〕二月進瓜　《三體》注：按：秦始皇密令人種瓜驪山硎谷中，實成，使人上書曰："瓜冬有實。"乃詔諸生往視，因坑之。則溫泉地暖，冬日可瓜，不必二月爲疑也。

宮中三臺詞二首　六言

《資暇録》：今之催酒三十拍促，曲名三臺。昔鄴中有三臺，石季龍游宴之地。樂工倦怠，造此以促飲也。

《樂苑》：唐天寶中，羽調有《三臺曲》，又有《急三臺》。

魚藻池〔一〕邊射鴨，芙蓉園〔二〕裏看花。日色柘黃〔三〕相似，不著紅鸞扇〔四〕遮。

〔一〕魚藻池　《舊唐書·穆宗紀》：八月，幸魚藻宮，發神策軍二千人，浚魚藻池。九月，大合樂于魚藻宮，觀競渡。

〔二〕芙蓉園　《景龍文館記》：芙蓉園在京羅城東南隅，有青林重複，緑樹瀰漫，蓋帝城勝景，駕時幸之。

〔三〕柘黃　《説文》："柘，桑也。"《本草》："其本染黃赤色，謂之柘黃，天子服。"

〔四〕紅鸞扇　《南史》：梁武帝太清元年，海中浮鵠山，去餘姚岸可千餘里。上有女人，年三百歲，有女官道士四五百人，年並出百，但在山學道，遣使獻紅草云。此草嘗有紅鳥居下，故以爲名。觀其圖狀，則鸞鳥也。庾信詩："思爲鸞翼扇，願借明光宫。"

池北池南草緑，殿前殿後花紅。天子千秋萬歲，未央明月清風。

---

① 紀昀評：格意頗高，以爲寫富貴之景，可以爲感恩澤之偏，亦可。

② 進：宋本注："一作'破'。"

江南三臺詞四首

揚州橋[一]邊小婦，長安市[二]裏商人。三年不得消息，各自拜鬼求神。

[一]揚州橋 《一統志》：揚州二十四橋，在府城，隋置，並以城門坊市爲名。後
韓令坤築州城，別立橋梁。所謂二十四橋，存廢莫考矣。又一説，二十四橋乃
聚二十四美于一橋，故名。詳見第四卷。

[二]長安市 《雍錄》：漢都長安，其城在渭之南，而咸陽之東南也。隋都亦在長
安，實漢城東南十三里。隋文名其城爲大興城，唐高祖因之，遂以爲都。凡其
宮朝城市，悉用隋舊，第稍更易故名而已。

青草湖[一]邊草色，飛猿嶺[二]上猿聲。萬里三湘[三]客到，有風有雨人行。

[一]青草湖 《荆州記》：巴陵南有青草湖，周廻百里，日月出没其中。湖南有青
草山，故以爲名。

[二]飛猿嶺 《寰宇記》：飛猿嶺在建州邵武縣西一百七十里。《建安記》云：飛
猿嶺喬木參天，猿猱之所飛走，故曰飛猿。

[三]三湘 《寰宇記》：湘潭、湘鄉、湘陰爲三湘。

樹頭花落花開，道上人去人來。朝愁暮愁即老，百年幾度三臺。即，
宋本作“郎”。

聞身强健且爲，頭白齒落難追。準擬百年千歲，不知幾許多時。聞，
一作聞。

宮中調笑詞四首 雜言

《樂苑》商調曲，一名《古調笑》，單調三十二字，八句，四仄韻，兩平
韻，兩叠韻。○此詞凡三換韻，起用叠句，第六、七句即倒叠。第五句末二字，
轉以應之。

團扇[一]團扇，美人病來遮面。玉容憔悴三年，誰復商量管絃。絃管
絃管，春草昭陽[二]路斷。

[一]團扇 《舊唐書·音樂志》：晉中書令王珉，與嫂婢有情，愛好甚篤。嫂捶婢
過苦，婢素善歌，而珉好持白團扇，故云：“團扇復團扇，持許自遮面。憔悴

無復理，羞與郎相見。"

〔二〕昭陽　《三輔黃圖》：武帝後宮八區，有昭陽殿。

蝴蝶〔一〕蝴蝶，飛上金花枝葉。君前對舞春風，百葉桃花〔二〕樹紅。紅樹紅樹，燕語鶯啼日暮。

〔一〕蝴蝶　《杜陽雜編》：唐穆宗殿前種千葉牡丹，花始開，香氣襲人。常夜有黃白蝴蝶萬數，飛集花間，輝光照耀，達曉方去。宮人競以羅巾撲之，無有獲者。上令張羅于空中，遂得數百，置于殿內，縱妃妾追捉，以爲娛樂。遲明視之，皆金玉也。其狀工巧無比，內人爭用絲縷絆其脚，以爲首飾，夜則光起妝奩中。其後開寶廚，視金屑玉屑藏，內有化爲蝶者，宮中始覺焉。

〔二〕百葉桃花　韓愈有《題百葉桃花》詩。

羅袖〔一〕羅袖，暗舞春風已舊。遥看歌舞玉樓，好日新粧坐愁。愁坐愁坐，一世浮生虛過。

〔一〕羅袖　楊玉環詩：羅袖動香香不已，紅蕖嫋嫋秋烟裏。

楊柳楊柳，日暮白沙渡〔一〕口。船頭江水茫茫，商人小婦斷腸。腸斷腸斷，鷓鴣夜啼失伴。

〔一〕白沙渡　《方輿勝覽》：白沙渡屬劍州。

贈樞密

　　《唐書》：王守澄弑帝于中和殿，以暴崩告天下，定册立穆宗，俄知樞密事。

　　《雲溪友議》：王建先與內官王樞密盡宗人之分，然彼我不均，後懷輕謗之色，因過飲，語及桓靈任中官，遭黨錮，而起興廢之事。樞密深憾其譏，詰曰："吾弟所有《宮詞》，天下皆誦于口，禁掖深邃，何以知之？"建不能對，因爲詩以讓之，乃脱其禍。

三朝行坐鎮相隨，今上春宮〔一〕見小時。脱下御衣先賜着，進來龍馬〔二〕便教騎。長承密旨歸家少，獨奏邊庭出殿遲。不是當家〔三〕偏向説，九重爭得外人知？

〔一〕春宮　《初學紀》：青宮，一曰春宮，太子宮也。
〔二〕龍馬　《東京賦》注：馬八尺曰龍。

〔三〕當家　《酉陽雜俎》：魏貞謂周皓曰："汴州周簡，老義士也。復與郎君當家。"當家謂同姓。

李　端一首

《唐書》：端，趙州人。始郭曖尚昇平公主，主賢明，招納士，故端從郭曖遊，嘗進官，大集賓客，端詩最工。錢起曰："素爲之，請賦起姓。"端立獻一章，又工于前，客乃服，主賜帛百匹。後移疾江南，終杭州司馬。

蕪城懷古①

蕪城，揚州古邗溝城也。漢以後荒蕪，鮑照爲賦②，即此。

風吹城上樹，草没城邊路。城裏月明時，精靈自來去③。

耿　緯④二首

緯，亦作"偉"。《唐詩紀事》：偉，寶應元年進士，爲左拾遺。

秋　日

反照入閭巷，憂來誰與語⑤？古道無人行，秋風動禾黍⑥。

---

①　此本律詩，《全唐詩》卷二八四題作《蕪城》，前四句云："昔人登此地，丘隴已前悲。今日又非昔，春風能幾時？"《四庫全書總目》卷一九一《風林類選小詩提要》云："凄凉類中《蕪城曲》，韋縠《才調集》删前四句，實無端緒。升因之取爲絕句，亦殊未協。"

②　鮑照："照"原作"昭"，本書二字混用，今依《宋書》卷五一《鮑照傳》統作"照"。以下徑改。

③　紀昀評：原集本尚有前四句曰："昔人登此地，邱隴已前悲。今日又非昔，春風能幾？"此本删去，文意未足，或以爲簡净勝原詩，非也。

④　緯：《極玄集》卷上、《全唐詩》卷二六九作"湋"，是。

⑤　誰與：《四部叢刊》本、垂雲堂本作"與誰"。

⑥　紀昀評：此種在當日自佳，然後來摹擬虛鋒，已成窠臼。夫撦實流爲滯相，不得不變以清微；蹈空漸入浮艷，亦不得不救以深至。神奇腐臭，轉易何常。虞山痛詆滄浪，要非無見。耳食者倚傍門墻，自矜妙悟，遂令馬首之絡，處處可移，亦可謂桃花作飯矣。

巴蜀全書　才調集補注　58

送王潤①

相送臨寒水，蒼然望故關。江蕪連夢澤〔一〕，楚雪入商山。話我他年舊，看君此日還。因將自悲淚，一灑別離間②。

〔一〕夢澤　《周官·職方》：荊州，其澤藪曰雲夢，方八九百里，跨江南北。《左傳》：楚子濟江，入于雲中。又，楚子以鄭伯田于江南之夢。合而言之則爲一，分而言之則二澤也。

李　華 一首

《唐書》：華字遐叔，趙州贊皇人。累中進士、宏辭科，天寶十一載，遷監察御史。爲權幸見疾，徙右補闕。玄宗入蜀，百官解竄。母在鄴，欲間行華母以逃，爲盜所得。賊平，貶杭州司户參軍。大曆初卒。

長門怨

《樂府古題要解》：《長門怨》，爲漢武陳皇后作也。后，長公主嫖女，字阿嬌。及衛子夫得幸，后退居長門宫，愁悶悲思。聞司馬相如工文章，奉黄金百斤，令爲解愁之辭。相如作《長門賦》，帝覽而傷之，復得幸。後人因其賦，爲《長門怨》。

弱體鴛鴦薦〔一〕，啼粧翡翠衾〔二〕。鴉鳴秋殿曉，人静禁門深。每憶椒房〔三〕寵，那堪永巷〔四〕陰。日驚羅帶緩，非復舊來心③。

〔一〕鴛鴦薦　見前。

〔二〕翡翠衾　《招魂》"翡翠珠被爛齊光"注：被，衾也，言床上之被，飾以翡翠之羽與珠璣。

〔三〕椒房　《爾雅翼》：椒實多而香，漢世皇后稱椒房，取其實蔓延盈升，以椒塗屋，亦取其温煖。

〔四〕永巷　《爾雅》"宫中衖謂之壺"注：衖，宫中道名，故後宫稱永巷。

——————————

① 《删正二馮評閲才調集》卷上紀昀注：一作戴叔倫詩。潤，一作閏。

② 紀昀評：一氣渾成，風骨絶高，於此書爲别調。

③ 紀昀評：不失雅音。

錢　翊七首

翊，一作"珝"。《全唐詩話》：珝字瑞文，吏部尚書徽之子。善文辭，宰相王溥薦知制誥，進中書舍人。溥得罪，珝貶撫州司馬。

客舍寓懷

灑灑灘聲晚霽時，客亭風袖半披垂。默云：客舍。野雲行止誰相待，言懷。明月襟懷我自知。無伴偶吟溪上路，默云：客舍。有花偷笑臘前枝。牽情景物潛惆悵，忽似傷春遠別離。言懷。

春恨三首

負罪將軍[一]在北朝，秦淮芳草綠迢迢。高臺愛妾[二]魂銷盡，始得邱遲爲一招。

〔一〕負罪將軍　《南史》：梁武帝遣王茂討陳伯之，敗走亡命，出江北，入魏。天監四年，臨川王宏北侵，宏命記室邱遲私與之書，伯之乃擁衆八千歸降。

〔二〕高臺愛妾　邱遲《與伯之書》：將軍松柏不翦，親戚安居；高臺未傾，愛妾尚在。

久戍臨洮[一]報未歸，篋香銷盡別時衣。身輕願比蘭堦蝶，萬里還尋塞草飛。

〔一〕臨洮　《漢·地理志》：隴西郡臨洮縣。

永巷頻聞小苑遊，舊恩如淚亦難收。君前願報新顏色，團扇[一]須防白露秋。

〔一〕團扇　班婕妤《怨歌行》：新裂齊紈素，皎潔如霜雪。裁爲合歡扇，團團似明月。出入君懷袖，動搖微風發。常恐秋節至，凉風奪炎熱。棄捐篋笥中，恩情中道絕。

蜀國偶題

忽憶明皇西幸[一]時，默云：題目。暗傷潛恨竟誰知。佩蘭[二]應語宮臣道，莫向金盤進荔枝[三]。

[一]西幸　《舊唐書》：哥舒翰爲賊所敗，關門不守，國忠諷玄宗幸蜀。

[二]佩蘭　《西京雜記》：戚夫人侍兒賈佩蘭。今詩指唐宮女言。

[三]荔枝　《太真外傳》：妃子生于蜀，嗜荔枝。南海荔枝勝于蜀者，故每歲馳驛以進。及妃子縊于佛堂前之梨樹下，纔絶而南方進荔枝至。上觀之，長號數息，使力士曰：“與我祭之。”妃子時年三十八。上持荔枝，于馬上謂張野狐曰：“此去劍門，烏啼花落，水綠山青，無非助朕悲悼妃子之由也。”

送王郎中

《唐·百官志》：六部郎中各一人，從五品上。

惜別遠相送，却成惆悵多。獨歸回首處，爭那暮山何①！

未展芭蕉

《南方草木狀》：甘蕉，一名芭蕉。蘇頌曰：“大者二三尺圍，重皮相裹，葉如扇，生花葶如倒垂菡萏。”

冷燭無煙綠蠟乾，芳心猶卷怯春寒。一緘書札藏何事，會被東風暗拆看。

李　遠二首

《全唐詩話》：遠字求古，大中時，爲建州刺史。

失　鶴

秋風吹起九皋[一]禽②，一片閒雲萬里心。碧落[二]有情應悵望，瑶

---

①　紀昀注：“那”字作“奈”字解。

②　起：宋本注：“一作‘却’。”

臺〔三〕無路可追尋。來時白雪翎猶短，去日丹砂頂漸深。華表柱〔四〕頭留語後，不知消息到如今。起，一作"却"。

〔一〕九臯　《詩》：鶴鳴于九臯。

〔二〕碧落　度人紅注：東方第一天有碧霞徧滿，是名碧落。

〔三〕瑶臺　《拾遺記》：崑崙山，西方曰須彌山，上有層城九重，傍有瑶臺十二，各廣千步，皆五色玉爲臺基。

〔四〕華表柱　《搜神記》：丁令威，遼東人，學道于靈虛山，後化鶴歸遼，集城門華表柱。有少年欲射之，乃徘徊空中而言曰："有鳥有鳥丁令威，去家千年今始歸。城郭如故人民非，何不學仙冢纍纍。"遂高上冲天。

贈寫御真李長史

玉座煙銷硯水清，龍髯不動彩毫輕。初分隆準〔一〕山河秀，再點重瞳〔二〕日月明。宮女卷簾皆暗認，侍臣開殿盡遥驚。三朝供奉應無敵，始覺僧繇〔三〕浪得名。

〔一〕隆準　《史記》："高祖爲人，隆準而龍顏。"注：準，鼻也。

〔二〕重瞳　《史記》：太史公曰："吾聞舜目蓋重瞳子。"

〔三〕僧繇　《宣和畫譜》：張僧繇，吳人，以丹青馳譽于時。武帝以諸王居外，每想見其面目，即遣僧繇乘傳寫之以歸，對之如見其人。又閻立本作《醉道圖》，或以張僧繇《醉僧圖》比。立本嘗至荆州，視僧繇畫曰："定虛得名耳。"明日又往，曰："猶是近代佳手。"明日又往，曰："名下定無虛士。"坐卧觀之，留宿其下，十日不能去。

才調集補注卷二

古律雜歌詩一百首

鈍吟云：此書第一卷至八卷，皆取一人壓卷，去取多有微旨，不專在工拙也。宜取各家全集參看。

溫飛卿 六十一首①

《北夢瑣言》：溫庭雲，字飛卿，或云作“筠”。舊名岐，與李商隱齊名，時號曰“溫李”。才思艷麗，工于小賦。每入試，押官韻作賦，凡八叉手而八韻成。多爲鄰鋪假手，曰救數人。按《舊唐書》，庭筠累年不第，徐商鎮襄陽，署爲巡官。咸通中，失意歸江東。後貶爲方城尉，再遷隋縣尉，卒。

鈍吟云：歌行只取溫。○歌行選飛卿，不取長吉。艷體取微之，不取致光。致光惟取《香奩》一篇。○溫、李詩，句句有出，而文氣清麗②。多看六朝書，方能作之。楊、劉已後，絕響矣③。元人效之，終不近。○七言歌行盛于梁末，至天寶而變④。杜子美《題新樂府》，前無古人，自開一體。李太白則自《小雅》《楚詞》至于三祖樂府、漢人歌謠、鮑明遠之遒逸、徐庾之綺麗，并而有之，奇變忽怳，以爲創格。凡一句一字，皆有依據，以爲倣效古人，則又過于古人，真千古絕唱也。大略歌行之法，變于李、杜，亦成于李、杜，後人無能出其範圍矣。飛卿學太白，有其一體；視之長吉，奇峭不如，而波瀾稍寬。韋君不取小李，只有一篇，又是五言，專取飛卿。第六卷選太白，有歌行數篇，其奇中又奇，如《蜀道難》之類，皆不取，意頗不可解。蓋後人學太白有二病：

---

① 紀昀評：茲獨書字，體例不一。
② “文氣清麗”下，紀昀評：麗而能清，方非俗艷。
③ “絕響矣”下，紀昀評：溫、李遭逢坎坷，故詞雖華艷，而寄託常深。玉溪尤比興纏綿，性情沉摯。楊、劉優遊館閣，賓興唱酬，徒獵溫、李之字句，故浮華易竭，數見不鮮，漸爲後人之所厭。歐、蘇起而變之，西崑遂絕，非由於人不能作也。
④ “至天寶而變”下，紀昀評：當曰始於漢，成就於魏，至鮑明遠而變，至梁、陳而靡，至天寶而始振。

一恐傷于詭譎，如孫光憲議長吉以爲無理是也；二者傷于粗險，唐人多有此病。若自溫入，則流麗平典，都無此矣①。韋君微旨，倘在此也②？

過華清宮二十二韻

《南部新書》：驪山華清宮，毀廢已久，今所存唯繚垣耳。天寶所植松栢，遍滿巖谷，雖經兵火，而不被砍伐。朝元閣在山嶺之上，最爲嶄絶，柱礎尚有存者。山腹即長生殿，殿東西盤石道，自山麓而上。道側有飲酒亭子、明皇吹笛樓、宮人走馬樓，故基猶存繚垣之内。

《容齋三筆》：唐人畫《驪山宮殿圖》，華清宮居山巔，殿外垂簾，宮人無數。穴簾隙而窺，一時伶官劇戲，品類雜沓，皆列于下。

默庵云：此是過華清宮，故如此起。若牧之直咏華清宮，則以繡嶺明朱殿起矣。

鈍吟云：此篇着意，只在開元盛時。禄山亂後，便略與《華清》《長恨》不同。

憶昔開元[一]日，承平事勝遊。貴妃[二]專寵幸，天子富春秋。月白霓裳殿[三]，風乾羯鼓樓[四]。鬭雞[五]花蔽膝，騎馬[六]玉搔頭[七]。繡轂[八]千門妓，金鞍[九]萬户侯。薄雲歆雀扇[一〇]，輕雪犯貂裘[一一]。過客聞韶濩，居人識冕旒[一二]。氣和春不覺，煙暖[一三]霽難收。澁浪[一四]涵瑶甃[一五]，晴陽上綵斿[一六]。卷衣輕鬢[一七]嬾，窺鏡淡蛾[一八]羞。屏掩芙蓉帳[一九]，簾褰玳瑁鈎[二〇]。重瞳[二一]分渭曲[二二]，纖手[二三]指神州[二四]。御案迷萱草[二五]，天袍妬石榴[二六]。深巖藏浴鳳[二七]，鮮隰媚潛虬[二八]③。不料邯鄲蝨[二九]，默云：蟠。俄成即墨牛[三〇]。劍鋒揮太皞[三一]，旗熖拂蚩尤[三二]。内嬖[三三]陪行在[三四]，孤臣預坐籌[三五]。瑶簪遺翡翠[三六]，鈍云：四句隱極。霜仗[三七]駐驊騮[三八]。艷笑[三九]雙飛斷[四〇]，香魂[四一]一哭休[四二]。蚤梅[四三]悲蜀道，高樹[四四]隔昭邱[四五]。朱閣[四六]重霄近，蒼崖[四七]萬古愁。默云：四

---

① "都無此矣"下，紀昀評：元人學飛卿歌行，漸入惡道，只爲流麗處受病。平典亦非歌行之極則。

② "倘在此也"下，紀昀評：韋亦就一時習尚，集爲此書，初無别裁諸家之意，此等皆馮氏鑿出。

③ "鮮隰媚潛虬"下，紀昀評：六句平，頭並聯。

句收得住。至今湯殿水〔四八〕，嗚咽縣前流①。

〔一〕開元　《舊唐書》：玄宗立，改元開元。

〔二〕貴妃　《長恨歌傳》：詔高力士潛搜外宮，得弘農楊元炎女于壽邸，既笄矣，鬒髮膩理，纖穠中度，舉止閑冶，別疏湯泉，詔賜澡瑩。既出水，體弱力微，若不勝羅綺，光彩煥發，轉動照人。上甚悅，冊爲貴妃，與上行同輦，止同室，宴專房，寢專席，六宮無復幸者。

〔三〕霓裳殿　《龍城錄》：開元六年八月望日，上因申天師作術遊月宮，見一大宮府，榜曰"廣寒清虛之府"，守衛甚嚴，不得入。天師引上皇躍身，如在煙霧中步向前，覺翠色冷光相射，目眩極寒。下見有素娥十餘人，皆皓衣乘白鸞，往來舞笑于廣庭大桂樹之下。又聽音樂甚清麗，頃若旋風，忽悟。上皇因想素娥風中飛舞，編律成音，製《霓裳羽衣》。沈約詩："霓裳拂瑶殿。"

〔四〕羯鼓樓　《羯鼓錄》：羯鼓出外夷，其聲焦殺鳴烈，宜高樓晚景，明月清風，破空透遠，特異衆樂。玄宗洞曉音律，尤愛羯鼓。《雍錄》：羯鼓樓在朝元閣東，近南繚墙之外。

〔五〕鬪雞　《東城父老傳》：玄宗治雞坊，以賈昌爲五百小兒長，衣鬪雞服，會玄宗于溫泉。昌冠雕翠金華冠，錦袖繡襦袴。

〔六〕騎馬　《舊唐書》：玄宗凡有遊幸，貴妃無不隨侍，乘馬則力士執轡授鞭。又張祜《咏虢國夫人》云："平明騎馬入宮門。"

〔七〕玉搔頭　《西京雜記》：武帝過李夫人，就取玉簪搔頭，自此後宮搔頭皆用玉。

〔八〕繡轂　張正見樂府：相逢夾繡轂。

〔九〕金鞍　古詩：流蘇金鏤鞍。

〔一〇〕雀扇　按《唐六典》：孔雀扇一百五十有六，分居左右。舊翟尾扇，開元初，改爲繡孔雀扇。

〔一一〕貂裘　《戰國策》：蘇秦初説趙相李克，克送黑貂之裘。

〔一二〕韶濩冕旒　《韶》，舜樂。《濩》，湯樂。《禮記》：天子之冕十有二旒。曾益云："在途中，故過客得聞《韶》《濩》，而居人認識冕旒。"

〔一三〕氣和煙暖　玄宗常以十月幸驪山，歲竟則歸。其在華清，未春也。以溫泉地暖，故春氣先至，而不覺其中暖煙，雖開霽亦難收也。

---

①　紀昀評："至今"二字，回應"憶昔"二字，首尾完密。收到"過華清宮"四字，如畫龍點睛。先有此四句，乃有此一首詩。"不料"以下，淋漓飛動，前半爲此一段蓄勢，又爲末四句備勢，此等亦得杜籓籬者。

〔一四〕澀浪　《丹鉛總録》：蔡衡仲一日舉温庭筠《華清宮》詩“澀浪涵瑶甃，晴陽上彩斿”之句，問予曰：“澀浪，何語也？”予曰：“子不觀《營造法式》乎？宮墙基自地上一丈餘，叠石凹入，如崖險狀，謂之叠澀石。多作水文，謂之澀浪。”衡仲歎曰：“不通《水經》，知澀浪爲何等語耶？”

〔一五〕瑶甃　甃，音縐，結砌。《開天遺事》：“奉御湯中，甃以文瑶密石。”此言温泉池中之砌，有澀浪之文也。

〔一六〕綵斿　劉孝威詩：巖花映綵斿。

〔一七〕輕鬟　沈滿願《映水曲》：輕鬟學浮雲。

〔一八〕淡蛾　張祜詩：淡埽蛾眉朝至尊。

〔一九〕芙蓉帳　鮑照詩①七綵芙蓉之羽帳。

〔二〇〕玳瑁鉤　《漢武故事》：上起神屋，真珠爲簾，玳瑁押之。

〔二一〕重瞳　《史記》：舜目蓋重瞳子，項羽亦重瞳子。

〔二二〕分渭曲　曾益云：謂玄宗不御朝而之華清。

〔二三〕纖手　《詩》：纖纖女手。

〔二四〕指神州　曾益云：謂貴妃鼓天下于掌上。

〔二五〕迷萱草　《天寶遺事》：明皇與妃子幸華清宫，宿酒初醒，憑妃子肩，同看木芍藥。上親折一枝與妃子，遞嗅其艷，曰：“不惟萱草忘憂，此花無能醒酒。”按：御案指玄宗迷萱草，迷色忘憂。

〔二六〕妬石榴　萬楚詩：“紅裙妬殺石榴花。”今詩言天袍之紅，見妬于石榴。天袍亦指玄宗，妬石榴謂玄宗見妬于貴妃，觀梅妃之事可知。

〔二七〕浴鳳　《初學記》：鳳，神鳥也。天老曰：“鳳過崑崙，飲砥柱，濯羽弱水，暮宿丹宫。”曾益曰：“浴鳳，貴妃浴也。”

〔二八〕潛虬　謝靈運詩：“潛虬媚幽姿。”曾益云：“潛虬謂玄宗潛往華清。”勳按：“深巖”二句，總收明皇、貴妃游幸華清事，下乃叙禄山亂後事。

〔二九〕邯鄲蝨　《韓非子》：應侯謂秦王曰：“弛上黨，在一而已，以臨東陽，則邯鄲口中蝨也。”

〔三〇〕即墨牛　《史記》：田單以即墨距燕，收城中，得牛千餘頭，爲絳繒衣，畫以龍文，束兵刃于其角，而灌脂束葦于尾，燒其端，夜縱牛。牛尾炬火，光明炫耀，燕軍視之皆龍文，所觸盡傷死。

〔三一〕太皥　《月令》：孟春之月，其帝太皥。《拾遺記》：春皇庖犧，禮義文物，於兹始作。去巢穴之居，變茹腥之食，立禮教以導文，造干戈以飾武，是太皥

---

①　鮑照：原作“鮑昭”，唐人避武后諱改，今回改。下同。

實爲造兵之祖，而蚩尤特踵而增之也。"劍鋒揮太皞"，不過言其動兵耳。

〔三二〕**蚩尤** 《皇覽》：蚩尤塚在東郡壽張縣闞鄉城中，高七丈，民常十月祀之。有赤氣，出如匹絳帛，民名爲蚩尤旗。按：此正十一月初，借蚩尤喻兵象也。

〔三三〕**內釁** 《雍錄》：天寶十四載十一月，安祿山反。十二月，陷東都。至德元載六月，潼關失守。上與貴妃等以乙未黎明出延秋門，過便橋，至咸陽望賢宮，丙申至馬嵬。

〔三四〕**行在** 《三輔黃圖》：天子車輿所至，奏事皆曰行在。

〔三五〕**坐籌** 《舊唐書》：陳元禮密啓太子，誅國忠父子。

〔三六〕**遺翡翠** 《長恨歌傳》：國忠死，左右意未愜。上問之，請以貴妃塞天下怒，上知不免，反袂掩面，使牽而去之，絶于尺組之下，遺翡翠。即《長恨歌》"花鈿委地無人收，翠翹金雀玉搔頭"意也。

〔三七〕**霜仗** 言兵仗白如霜，李白詩："霜仗縣秋月。"

〔三八〕**驊騮** 《穆天子傳》"華騮"注：色如華而赤。駐驊騮，謂六軍不發，上馬不能前也。

〔三九〕**艷笑** 《詩》"艷妻煽方處"，指褒姒艷笑，殆本驪山烽火戲諸侯致褒姒笑事，以比"一騎紅塵妃子笑"也。

〔四〇〕**雙飛斷** 衛敬瑜妻王氏《孤燕》詩："故人恩義重，不忍復雙飛。"雙飛斷，謂獨行入蜀也。

〔四一〕**香魂** 徐陵詩：香魂何處來。

〔四二〕**一哭休** 《太真外傳》：妃子縊于佛堂前之梨樹下，纔絶而南方進荔枝至。上觀之，長號數息，使力士曰："與我祭之。"妃子時年三十八。

〔四三〕**蚤梅** 盧渼詩："君不見巴鄉氣候與華別，年年十月梅花發。"言上感時物而悼妃子。

〔四四〕**高樹** 《楊太真外傳》：妃縊于佛堂前梨樹下，瘞于西郊之外一里許道北坎下。上發馬嵬，行至扶風道，見石楠樹團圓，愛玩之，因呼爲端正樹，蓋有所思也。

〔四五〕**昭邱** 《舊唐書》：文德順聖皇后葬於昭陵。昭邱即昭陵，借言貴妃葬處。《舊唐書》：貴妃死，瘞于驛西道側。上皇自蜀還，令中使祭奠，詔令改葬，李揆諫而止。上皇密令中使改葬于他所。初瘞時，以紫褥裹之，肌膚已壞，而香囊仍在。內官以獻，上視之悽惋。隔昭邱，言望之不見而暗傷神也。

〔四六〕**朱閣** 收到華清之高閣接天。

〔四七〕**蒼崖** 收到驪山之陵谷荒涼。

〔四八〕**湯殿水** 《雍錄》：溫湯在臨潼縣南一百五十步，至今猶鳴咽，流恨無窮。

結意即《長恨歌》之“天長地久有時盡，此恨綿綿無絶期”也。

洞户二十二韻

　　俞焬云：追憶昔遊而作，只拈起二字爲題，亦義山《錦樞》之類耳。

　　洞户[一]連珠網[二]，方疏[三]隱碧潯[四]。燭盤[五]煙墜燼，簾壓[六]月通陰。粉白仙郎署[七]，霜清玉女磋[八]。醉鄉[九]高窈窈[一〇]，棊陣[一一]静愔愔[一二]。素手[一三]琉璃扇[一四]，玄鬒玟瑂簪[一五]。昔邪[一六]看寄迹，梔子[一七]詠同心。樹列千秋勝[一八]，樓懸七夕針[一九]。舊詞翻白紵[二〇]，新賦換黄金[二一]。唳鶴調蠻皷[二二]，驚蟬應寶琴[二三]。舞疑繁[二四]易度，歌轉斷難尋。露委花相妬，風欹柳不禁。橋彎雙表迥，池漲一篙深。清蹕[二五]傳恢囿[二六]，黄旗幸上林[二七]。神鷹[二八]參翰苑，天馬[二九]破蹄涔[三〇]。武庫[三一]方題品，文園[三二]自好音①。朱莖[三三]殊菌蠢[三四]，丹桂[三五]欲蕭森[三六]。黼帳[三七]回瑶席[三八]，華燈[三九]對錦衾[四〇]。畫圖驚畏獸②，鈍云：衛協有《畏獸圖》。書帖得來禽[四一]。河曙秦樓[四二]映，山晴魏闕[四三]臨。綠囊[四四]逢趙后，青瑣[四五]見王沉[四六]。任達嫌孤憤[四七]，疏慵倦九箴[四八]。若爲南遁客，猶作卧龍吟[四九]。“自好音”一作“有好音”，“畏獸”一作“走獸”。

　　[一]洞户　《後漢·梁冀傳》“連房洞户”注：洞，通也，謂相當也。

　　[二]珠網　《招魂》：網户朱綴，刻方連些。

　　[三]方疏　張協《七命》“方疏含秀”注：疏，刻鏤也。

　　[四]碧潯　陳子昂詩：蜻蜓愛碧潯。

　　[五]燭盤　庾信賦：還却燈檠下燭盤。

　　[六]簾壓　壓押通，見前注。

　　[七]仙郎署　《漢官儀》：省中皆胡粉塗壁，故曰粉署。白帖：郎官稱仙郎。

　　[八]玉女磋　《水經注》：《紀異志》：嵩山有玉女擣帛石，立秋前一日，中秋聞杵聲。

　　[九]醉鄉　《唐書》：王績著《醉鄉記》，以次劉伶《酒德頌》。

　　[一〇]窈窈　《長門賦》：天窈窈而晝陰。

　　[一一]棊陣　《採蘭雜志》：吳耽不好碁，輒曰：“汝非死將軍，奈何以鬼陣相攻？”

---

　　①　自：宋本注：“一作‘有’。”

　　②　畏：宋本注：“一作‘走’。”

故後人名碁曰“鬼陣”。

〔一二〕憪憪　嵇康《琴賦》：憪憪琴德。

〔一三〕素手　古詩：纖纖出素手。

〔一四〕琉璃扇　《洞冥記》：元鼎元年，起招仙閣，編翠羽麟毫爲簾，青琉璃爲扇。

〔一五〕玳瑁簪　古絶句：蓮花玳瑁簪。

〔一六〕昔邪　《廣雅》：昔邪，烏韭也，在屋曰昔邪，在墻曰垣衣。

〔一七〕梔子　庾信詩：不如山梔子，猶解結同心。

〔一八〕千秋勝　景龍四年正月八日立春，上令侍臣迎春，内出彩花樹，人賜一枝，令學士賦詩。唐制，立春賜三省官彩勝有差，見《文昌雜録》。千秋勝，似只言年歷之長耳。

〔一九〕七夕針　《開天遺事》：宮中以錦結成樓殿，高百尺，上可以勝十人，陳以瓜果酒炙，設坐具，以祀牛、女二星。嬪妃各以九孔針、五色線向月穿之，過者得巧，動清商之曲，宴樂達旦。士民之家皆效之。

〔二〇〕白紵　《樂府古題要解》：《白紵歌》，按舊史，白紵，吳地所出。《白紵舞》，本吳舞也。梁武令沈約改其詞爲四時歌。

〔二一〕黃金　見第一卷《長門怨》注。

〔二二〕鶴調蠻鼓　《寰宇記》：《會稽記》：雷門上有大鼓，圍二丈八尺，聲聞洛陽。孫恩之亂，軍人斫破，有雙鶴飛出，後不鳴。《詩律武庫》：蠻夷之樂有銅鼓，形如腰鼓，擊之響亮，不下鳴鼉。

〔二三〕蟬應寶琴　《後漢書》：鄰人以酒食召蔡邕，客彈琴于屏，邕至門潛聽之，曰：“以樂召我而有殺心，何也?”遂反。主人追問其故，邕具以告。彈者曰：“我見螳螂方向蟬，蟬將去而未飛，螳螂爲一前一却，吾惟恐螳螂之失之也。此豈爲殺心，而見于聲者乎?”《西京雜記》：趙后有寶琴曰鳳凰，皆以金玉隱起爲龍鳳螭鸞，古賢列女之象。

〔二四〕舞繁　舞曲歌辭。《淮南王篇》：繁舞寄聲無不泰。

〔二五〕清蹕　《漢儀注》：皇帝輦，左右侍帷幄者稱警出殿，則傳蹕止行人清道也。

〔二六〕恢囿　韋孟《諷諫》詩：“惟囿是恢。”師古曰：恢，大也。

〔二七〕上林　《三輔故事》：上林苑連綿四百餘里。

〔二八〕神鷹　《宣室志》：鄞郡人有好育鷹者，有人持鷹來告鄞人，鄞人遂市之。鷹甚神駿。

〔二九〕天馬　《漢歌》：天馬徠，龍之媒。

〔三〇〕蹄涔　《淮南子》“牛蹄之涔，無尺之鯉”注：涔，道上之積水。

〔三一〕武庫　《晋書》：杜預號曰"杜武庫"，言其無所不有也。

〔三二〕文園　《司馬相如傳》：爲文園令。

〔三三〕朱莖　《抱朴子》：草芝有獨搖芝，無風自動，其莖大如手，赤如丹。

〔三四〕菌蠢　張衡《南都賦》"芝房菌蠢生其隈"注：菌蠢，芝貌。

〔三五〕丹桂　《南方草木狀》：桂有三種，葉如柏葉，皮赤者爲丹桂。

〔三六〕蕭森　潘岳賦：蕭森繁茂。

〔三七〕黼帳　沈約詩：凝華入黼帳。

〔三八〕瑤席　《九歌》：瑤席兮玉瑱。

〔三九〕華燈　劉楨詩：華燈散炎輝。

〔四〇〕錦衾　《詩》：錦衾爛兮。

〔四一〕來禽　《尚書故實》：王内史書帖中有《與蜀郡守書》"求櫻桃來禽，日給藤子"注：來禽，言味甘來衆禽。

〔四二〕秦樓　李白詞：簫聲咽，秦娥夢斷秦樓月。餘見第六卷。

〔四三〕魏闕　見第一卷。

〔四四〕綠囊　《漢外戚傳》：許美人生子，昭儀頭擊壁户柱，啼泣不肯食。帝詔使靳嚴，持綠囊書予許美人。美人以葦篋一合盛所生兒，緘封及綠囊報書予嚴昭儀，害之。按此殺兒是昭儀，而言趙后，后與昭儀一體也。故童謠有云："燕飛來，啄皇孫。皇孫死，燕啄矢。"亦映趙后。

〔四五〕青瑣　《漢官儀》：黃門郎日暮入，對青瑣門拜。

〔四六〕王沉　《晋書》：劉聰中常侍王沉，寵幸用事。沉養女年十四，有妙色，聰立爲左皇后。

〔四七〕孤憤　《史記》：韓非悲廉直不容于邪枉之朝，作《孤憤》《五蠹》《内外儲》《説林》《説難》十餘萬言。

〔四八〕九箴　《漢·楊雄傳》：箴莫善于《虞箴》，作《州箴》。晋灼曰："九州之箴也。"

〔四九〕卧龍吟　《三國志》：諸葛孔明躬耕畎畝，好爲《梁父吟》。徐庶謂先主曰："諸葛孔明，卧龍也。"

　　杜紫綸云：唐宣宗愛唱《菩薩蠻》，令狐丞相託飛卿撰進，宣宗使宫嬪歌之。又宣宗好微行，遇温于逆旅，温不識龍顔，辭意傲慢，遂有方城之謫。玩詩中"舊詞翻白紵，新賦換黄金"及"任達嫌孤憤，疎慵倦九箴"等語，全是追賦艷情，自傷流落。或云此篇與前《華清宫》詩意相同，恐非篤論。

握柘詞

握，《樂府詩集》作“屈”。《樂府雜録》軟舞曲有《凉州》《緑腰》《蘇合香》《屈柘》等。

楊柳縈橋緑，玫瑰〔一〕拂地紅。繡衫金騕褭〔二〕，花髻〔三〕玉瓏璁〔四〕。宿雨香潛潤，春流水暗通。畫樓初夢斷，曉日照湘風〔五〕。

〔一〕玫瑰　《西京雜記》：樂遊苑自生玫瑰樹。

〔二〕金騕褭　杜甫詩“細馬時鳴金騕褭”注：黃希曰：馬謂之金騕褭，因漢武帝鑄金爲麟趾馬蹄，詩人遂用之。

〔三〕花髻　《中華古今注》：魏文帝令宫人梳百花髻、芙蓉歸雲髻。

〔四〕玉瓏璁　《攬轡録》：京師婦人多綰髻，貴人家用珠瓏璁冒之，謂之方髻。唐人玉瓏璁，當亦是冒髻之物。又曾南豐詩“記得集英深殿裏，舞人齊插玉籠髻”，更可參看。

〔五〕湘風　《山海經》：洞庭之山，帝之二女居焉。是常遊于江、湖、沅、澧之風，交瀟湘之淵，出入多飄風暴雨。

碧澗驛曉思

香燈〔一〕伴殘夢，楚國在天涯。月落子規〔二〕歇，滿庭山杏〔三〕花。

〔一〕香燈　《孝經援神契》：古者祭祀有燔燎，至漢武祠太乙，始用香燈。

〔二〕子規　《埤雅》：杜鵑，一名子規。

〔三〕山杏　蘇頌《圖經》：杏有數種，黃而圓者名金杏，扁而青者名木杏，山杏不堪入藥。

送人東遊

荒戍落黃葉，浩然離故關。高風漢陽渡〔一〕，初日郢門山〔二〕。江上幾人在，天涯孤棹還。何當重相見，尊酒慰離顔①。

〔一〕漢陽渡　《一統志》：漢陽渡在漢陽府城東。

---

① 紀昀評：蒼蒼莽莽，高調入雲。溫、李有此筆力，故能鎔鑄一切濃艷之詞，無堆排之迹。學溫、李者，盍於根本求之？

〔二〕郢門山　即荆門山。《一統志》：荆門山在宜都縣西北五十里大江南，與虎牙
　　　山相對。

偶　題

孔雀〔一〕眠高閣，櫻桃拂短簷。畫明金冉冉〔二〕，箏語〔三〕玉纖纖。細雨
無妨燭，輕寒不隔簾。欲將紅錦段，因夢寄江淹〔四〕。

〔一〕孔雀　《桂海虞衡志》：孔雀生高山喬木之上，人探其雛育之，喜臥沙中。

〔二〕金冉冉　《畫苑》：唐人畫工，多用泥金塗之。冉，同"毵"。《説文》："毛毵
　　　毵也。"徐曰："毵，弱也。"

〔三〕箏語　李白詩：絃將手語彈鳴箏。

〔四〕江淹　《南齊書》：江淹夢一人，自稱張景陽，曰："前以一匹錦相寄，今可
　　　見還。"淹探懷中，得數尺與之，自爾文章躓矣。

贈知音

翠羽〔一〕花冠〔二〕碧樹雞〔三〕，鈍云：直叙。未明先向短牆啼。窗間謝女〔四〕青
娥斂，門外蕭郎〔五〕白馬嘶。星漢漸移庭竹影，露珠猶綴野花迷。景陽宮
裏鐘〔六〕初動，不語垂鞭上柳堤。

〔一〕翠羽　劉孝威詩：丹雞翠翼張。

〔二〕花冠　《南越志》：雞冠四開如蓮花。

〔三〕碧樹雞　陶潛詩："雞鳴桑樹巔。"本集詩："碧樹一聲天下曉。"

〔四〕謝女　李賀詩："檀郎謝女眠何處。"《樹萱録》：昔有人飲于錦城謝氏，其女
　　　窺而悦之。其人聞子規啼，心動，即謝去。女恨甚，後聞子規啼，則怔忡若豹
　　　鳴，使侍女以竹杖驅之，曰："豹，汝尚敢至此啼乎！"故名子規爲"謝豹"。

〔五〕蕭郎　《窮怪録》：蕭總字彦先，遊明月峽，神女從之，謂總曰："蕭郎過此，
　　　未曾見邀。今幸良辰，有同宿契。"恍惚行十餘里，有宮闕臺殿，其寢臥服玩
　　　之物，俱非世有。一夕綢繆，以至天曉，謂總曰："人間之人，神中之女，此
　　　夕歡會，萬年一時也。"贈玉環而別。下山數步，廻顧宿處，宛是巫山神女
　　　祠也。

〔六〕景陽鐘　《南史·裴皇后傳》：上數幸諸苑囿，載宮人從後車，宮内深隱，不
　　　聞端門鼓漏聲。置鐘于景陽樓上，應五鼓及三鼓，宮人聞鐘聲，早起莊餙。

鄠杜郊居

《雍録》：宣帝微時，上下諸陵，尤愛鄠、杜之間。杜即杜縣也，鄠即鄠縣也。

槿籬[一]芳援[二]近樵家，隴麥青青一逕斜。寂寞遊人寒食[三]後，夜來風雨送梨花。

[一] 槿籬　沈約詩：槿籬疎復密。

[二] 芳援　援，衛也。《南史》：謝靈運穿池植援，種竹樹果。芳援，以芳樹爲衛。

[三] 寒食　《荊楚歲時記》：去冬至一百五日，即有疾風甚雨，謂之寒食。

送李億東歸　六言

李億字近仁，詳見十卷。

黃山[一]遠隔秦樹，紫禁斜通渭城[二]。別路青青柳弱，前溪漠漠苔生。和風澹蕩歸客，落月殷勤早鶯。灞上[三]金尊未飲，讌歌已有餘聲。

[一] 黃山　《羽獵賦》"北繞黃山"，善曰："《漢書》：槐里有黃山之宮。"

[二] 渭城　見第一卷。

[三] 灞上　《漢書·高帝紀》注：應邵曰：霸上在長安東三十里，古曰滋水，秦穆公更名霸水。《三輔黃圖》：霸橋，跨水作橋，送客至此橋，折柳贈別。

陳宮詞

雞鳴人草草[一]，鈍云：如畫。香輦[二]出宮花。妓語細腰[三]轉，馬嘶金面[四]斜。鵁鶄隨綵仗，驚雉避凝笳[五]。淅瀝湘風外，紅輪[六]映曙霞。

[一] 草草　《詩》：勞人草草。

[二] 香輦　《唐書》：公主出降，乘七香步輦，四面垂玉香囊，貯辟邪香。

[三] 細腰　《後漢·馬廖傳》：楚王好細腰，宮中多餓死。

[四] 金面　飛卿《湖陰曲》：鐵驄金面青連錢。

[五] 凝笳　謝玄暉詩"凝笳翼高蓋"，李注：徐引聲謂之凝。

[六] 紅輪　丁靜山云：紅輪，日也。唐太宗詩曰："紅輪不暫駐。"

春日野行

　　騎馬踏煙莎，青春奈怨何。蝶翎朝一作"胡"。粉〔一〕盡①，鴉背夕陽多②。柳艷欺芳帶，山愁縈翠娥〔二〕。別情無處說，方寸〔三〕是星河〔四〕。

〔一〕蝶粉　《鶴林玉露》：《道藏經》云："蝶交則粉退，蜂交則黃退。"周美成詞："蝶粉蜂黃渾退了。"正用此也。

〔二〕山蛾　《詩》：螓首蛾眉。《西京雜記》：文君皎好，眉色如望遠山，臉際常若芙蓉，肌膚柔滑如脂。

〔三〕方寸　《列子》：方寸之地虛矣。

〔四〕星河　古詩：迢迢牽牛星，皎皎河漢女。

西州詞　吳聲

　　　　鈍吟云：猶有太白之意③。

　　悠悠復悠悠，昨日下西州。西州風色好，遙見武昌樓〔一〕。武昌何鬱鬱〔二〕，儂〔三〕家定無匹。小婦〔四〕被流黃〔五〕，登樓撫瑤瑟〔六〕。朱弦〔七〕繁復輕，素手直淒清。一彈三四解〔八〕，掩抑似含情。南樓〔九〕登且望，西江〔一○〕廣復平。艇子〔一一〕搖兩槳，催過石頭城〔一二〕。門前烏臼樹〔一三〕，慘澹天將曙。鸂鶒〔一四〕飛復還，郎隨早帆去④。回頭語同伴，定復負情儂。去帆不安幅，作抵〔一五〕使西風。他日相尋索，莫作西州客〔一六〕。西州人不歸，春草年年碧。

〔一〕武昌樓　《唐·地理志》：江南道鄂州江夏郡有武昌縣。《楚小志》：武昌樓巍峩壯麗，第覺西門柳色，蕭索無聊，惟有隔江漢陽樹，猶歷歷如故耳。

〔二〕鬱鬱　古詩：洛中何鬱鬱。

〔三〕儂　《正韻》：俗謂我為儂。又渠儂，他也。古樂府有《懊儂歌》。

〔四〕小婦　《樂府古辭·相逢行》：大婦織綺羅，中婦織流黃，小婦無所為，挾瑟上高堂。

---

①　"蝶翎朝粉盡"下，紀昀評：盡，一作重。蝶交則粉退，作"盡"字好。

②　"鴉背夕陽多"下，紀昀評：五字警策。

③　"太白之意"下，紀昀評：其妙不減晉曲水詞，不但有太白意。

④　"郎隨早帆去"下，紀昀評：四句景中有情。

〔五〕**流黄**　《環濟要略》：間色有五：紺、紅、縹、紫、流黄也。

〔六〕**瑶瑟**　陸機詩：佳人理瑶瑟。

〔七〕**朱弦**　《禮記》：清廟之瑟，朱絃而疏越。

〔八〕**解**　《古今樂録》：倡歌以一句爲一解，中國以一章爲一解。

〔九〕**南樓**　即武昌樓。《晋書》：庾亮在武昌，諸佐吏秋夜登南樓，俄而亮至，諸
人將起避之，亮徐曰："諸君少住，老子于此處興復不淺。"便據胡床，與浩等
談詠竟坐。

〔一〇〕**西江**　《楚小志》：漢川門與武昌門，東西對峙，江面七里三分，望大別、
小别之勝，便思褰裳。

〔一一〕**艇子**　《石城樂》中《莫愁聲》曰：莫愁在何處，莫愁石城西。艇子打兩
槳，催送莫愁來。

〔一二〕**石頭城**　杜紫綸云：起從武昌説來，石頭城當不指金陵。《一統志》：石城
在湖廣承天府，城西有莫愁村。樂府所云"莫愁家在石城西"是也。

〔一三〕**烏臼樹**　《西洲曲》：西洲在何處，兩槳橋頭渡。日暮伯勞飛，風吹烏臼
樹。樹下即門前，門中露翠鈿。開門良不至，出門採紅蓮。

〔一四〕**鸂鶒**　《續博物志》：鸂鶒能敕水，故宿水而物不害。"飛復還"，反起郎之
一去不還也。

〔一五〕**作抵**　《野客叢書》：吴人以"作"爲"佐"音。《説文》：抵，側擊也。大
抵帆之使風，風順則帆正，風橫則帆側，言欲去之速，故使橫風而帆作側擊之
勢，所謂去帆不安幅，以此知其必負儂也。

〔一六〕**西州客**　即指負情郎，相戒莫效之也。

春洲曲

　　韶光染色如蛾翠，緑濕紅鮮水容媚。蘇小〔一〕慵多蘭渚〔二〕閒，融融浦
日鸂鶒〔三〕寐。紫騮蹀躞〔四〕金銜嘶，岸上揚鞭煙草迷。門外平橋連柳堤，
歸來晚樹黄鶯啼。

〔一〕**蘇小**　見後。

〔二〕**蘭渚**　《寰宇記》：《輿地志》：山陰郭西有蘭渚，渚有蘭亭。

〔三〕**鸂鶒**　《禽經》"鸂鶒睛交乃孕"，張華注：狀類鳧而足高，相視而睛不轉，
孕而生雛。

〔四〕**蹀躞**　陳後主詩：蹀躞紫騮馬。

陽春曲

《樂府遺聲》時景二十五曲，有《陽春歌》，楚曲也。

雲母[一]空窗曉煙薄，香昏龍氣[二]凝輝閣[三]。霏霏霧雨杏花天，簾外春寒著羅幕。曲闌伏檻金麒麟[四]，沙苑[五]芳郊連翠茵。廄馬何能齧芳草，路人不敢隨流塵。

[一]雲母　《漢武故事》：上起神屋，有雲母窗、珊瑚窗。

[二]龍氣　《酉陽雜俎》：天寶末，交趾貢龍腦，如蟬蠶形，波斯言老龍腦樹節中方有，禁中呼爲瑞龍腦。上惟賜妃子十枚，香氣徹十餘步。上嘗與親王碁，令賀懷智獨彈琵琶，貴妃立于局前觀之。上將輸，貴妃放康國猧子上，局子亂，上大悅。時風吹貴妃領巾于賀懷智巾上，回身方落。懷智歸，覺滿身香氣非常，乃卸幞頭貯于錦囊中。及上皇復宮闕，追思貴妃不已，懷智乃進所貯幞頭，具奏他日事。上皇發囊，泣曰："此瑞龍腦香也。"

[三]凝暉閣　《玉海》：唐凝暉閣，在太極殿。

[四]金麒麟　見第八卷"瑞獸"注。

[五]沙苑　《元和郡國志》：沙苑在同州馮翊縣南二十里，其處宜六畜，置沙苑監。

錢塘曲

《九域志》：錢塘，在餘杭，初爲潮水所損，州人華信自以私錢作塘捍水，因名錢塘。

錢塘岸上春如織[一]，森森寒潮帶晴色。淮南遊客馬連嘶，碧草迷人歸不得。風飄客意如吹煙，纖指殷勤傷雁弦[二]。一曲堂堂[三]紅燭筵，金鯨[四]瀉酒[五]如飛泉。

[一]如織　李太白詞：平林漠漠煙如織。

[二]雁弦　張子野《咏箏》詩"雁柱十三弦，一一春鶯語"，蓋箏柱斜列如雁飛，故云雁絃。

[三]堂堂　《唐·五行志》：自隋以來，樂府有《堂堂曲》。再言堂者，唐再受命之象。《樂苑》云：《堂堂》，角調曲。

[四]金鯨　金，一作"長"。杜甫詩："飲如長鯨吸百川。"

[五]瀉酒　李賀《秦王飲》：龍頭瀉酒邀酒星。

春日將欲東歸，寄新及第苗紳先輩

幾年辛苦與君同，得喪悲歡盡是空。猶喜故人先折桂〔一〕，默云：新及第。
自憐羈客尚飄蓬〔二〕。默云：將欲。三春月照千山道，十日花開一夜風〔三〕。知
有杏園〔四〕無路入，馬前惆悵滿枝紅。默云：東歸。

〔一〕折桂① 杜甫詩：折桂早年知。

〔二〕飄蓬 范雲詩：秋蓬飄秋旬。

〔三〕花開一夜風 武后詩："花須連夜發，莫待曉風吹。"章孝標詩："千里花開
一夜風。"

〔四〕杏園 見第一卷。

經李徵君故居

露濃煙重草萋萋，樹映闌干柳拂堤。一院落花無客醉，五更殘月有鶯
啼。芳筵想像情難盡，故榭荒涼路已迷。惆悵羸驂往來慣，每經門巷亦長
嘶〔一〕。

〔一〕驂馬長嘶 晏叔原詞"紫騮認得舊遊踪，嘶過畫橋東畔路"，本此。

懷真珠亭

珠箔〔一〕銀鈎〔二〕近綵橋〔三〕，昔年曾此見嬌饒〔四〕。香燈〔五〕悵望飛瓊〔六〕
鬢，涼月殷勤碧玉〔七〕簫。屏倚故窗山六扇〔八〕，柳垂寒砌露千條。壞牆經
雨蒼苔遍，拾得當時舊翠翹〔九〕。

〔一〕珠箔 《三秦記》：明光殿皆金玉珠璣爲簾箔，晝夜光明。

〔二〕銀鈎 《北史》：蘇威見宮中以銀爲幔鈎，因盛陳節儉之美諭帝。

〔三〕綵橋 李白詩：雙橋落彩虹。

〔四〕嬌饒 《集韻》：嬌饒，妍媚貌。

〔五〕香燈 見第一卷。

---

① 折桂：原作"折枝"，據光緒本及《杜工部集》卷一八《同豆盧峰貽主客李員外賢子棐知
字韻》改。下同。

〔六〕飛瓊　《漢武內傳》：王母命侍女許飛瓊鼓震靈之瑟。

〔七〕碧玉　《樂苑》：《碧玉歌》者，宋汝南王之所作。碧玉，汝南王妾，寵愛之甚，所以歌之。

〔八〕六扇　古詩：“山屏六曲郎歸夜。”《晋東宮舊事》：太子納妃，有梳頭屏風，二合四疊。

〔九〕翠翹　《炙轂子》：高髻，名鳳髻，上有雙翠翹，翠鳥名翹羽也。

李羽處士故居

柳不成絲草帶煙，海槎〔一〕東去鶴歸天。愁腸斷處春何限，病眼開時月正圓。花若有情應悵望，水應無事莫潺湲。須知此恨銷難得，辜負南華〔二〕第一篇。

〔一〕海槎　《博物志》：有人居海渚者，年年八月，有浮槎去來，不失期。《拾遺記》：堯時有巨槎浮于西海上，光若星月。十二年一周天，名貫月槎，又名掛星槎，羽仙棲其上。

〔二〕南華　《莊子》，號“南華真經”，第一篇，《逍遙遊》也。按《逍遙遊》郭注：“悲生于累，累絕則悲去。”今悲如此，是辜負第一篇之意也。

夜看牡丹

高低深淺一闌紅，鈍云：一句便是牡丹。把火殷勤遶露叢。希逸〔一〕近來成嬾病，不能容易向春風。

〔一〕希逸　《南史》：謝莊字希逸，拜吏部尚書。莊案：多疾不願居選部，與江夏王義恭牋自陳，後坐疾多免官。

池塘七夕

月出西南露氣秋，綺寮〔一〕河漢在針樓〔二〕。楊家〔三〕繡作鴛鴦幔〔四〕，張氏金爲翡翠鈎〔五〕。銀燭〔六〕有光妨宿燕，畫屏〔七〕無睡待牽牛。萬家砧杵三篙〔八〕水，一夕橫塘〔九〕是舊遊。

〔一〕綺寮　《魏都賦》“皎日籠光于綺寮”注：交結綺紋而爲寮也。寮，窗也。

〔二〕針樓　庾肩吾詩：針樓開夜扉。

〔三〕**楊家張氏**　郝天挺云：《白孔六帖》：唐楊國忠、張宏靖第宅，服用甲于當時。

〔四〕**鴛鴦幔**　王勃《春思賦》：水精却挂鴛鴦幔。

〔五〕**翡翠鈎**　梁簡文帝詩：銀縷翡翠鈎。

〔六〕**銀燭**　見第一卷。

〔七〕**畫屏**　梁簡文帝詩："宵床悲畫屏。"《西京雜記》：昭陽殿中設木畫屏風，文如蜘蛛絲縷。

〔八〕**三篙**　潘岳詩：楚浪漲三篙。

〔九〕**橫塘**　吳筠《古意》：妾家橫塘北。

和友人悼亡

　　玉貌潘郎〔一〕淚滿衣，畫羅輕鬢雨霏微。紅蘭委露〔二〕愁難盡，白馬朝天〔三〕望不歸。寶鏡塵昏鸞影〔四〕在，鈿箏弦斷雁行〔五〕稀。春來多少傷心事，碧草侵堦粉蝶飛。

〔一〕**潘郎**　《晋書》：潘岳美姿儀，少時常挾彈出洛陽道，婦人遇之者，皆連手縈繞，投之以果，遂滿車而歸。

〔二〕**紅蘭委露**　《述異記》：紅蘭香，一名金桂香草，出蒼梧桂林上郡界。鮑照詩"歸花先委露"，言不受露而謝也。

〔三〕**白馬朝天**　《吳地志》：支遁隱支硎山得道，乘白馬昇雲。《集仙錄》：明星玉女居華山，服玉漿，白日昇天。玉女祠前，有五石白，號玉女洗頭盆。祠內玉石馬一匹。詩似用玉女事，而借用"白馬"字。

〔四〕**鸞影**　見後"鸞不住"注。

〔五〕**雁行**　見前"雁絃"注。

和友人傷歌姬

　　月缺花殘莫愴然，花須終發月終圓。更能何事銷芳念，亦有濃華委逝川。一曲艷歌留婉轉〔一〕，九原〔二〕春草葬嬋娟〔三〕。王孫莫學多情客，自古多情損少年。

〔一〕**婉轉歌**　《續齊諧記》：晋有王敬伯者，遇吳維舟中渚，登亭望月，悵然有懷，乃倚琴歌《法露》之詩。俄見一女子雅有容色，謂敬伯曰："女郎悅君之琴，願共撫之。"敬伯許焉。既而女郎至，姿質婉麗，綽有餘態，從以二少女。女郎乃揮絃，調韻哀雅，命大婢酌酒，小婢彈箜篌，作《婉轉歌》。女郎脫頭上金釵，扣琴絃而和之，音韻繁諧。歌凡八曲，將去，留錦卧具、繡香囊併佩一雙，以遺敬伯。敬伯報以牙火籠、玉琴軫。時吳令劉惠明有愛女早世，舟中亡卧具，於敬伯船獲焉。敬伯具以告，果於帳中得火籠、琴軫。女郎名妙容，字稚華。大婢名春條，小婢名桃枝，皆善彈箜篌及《婉轉歌》，相繼而卒。

〔二〕九原　《檀弓》：趙文子與叔向遊于九原，文子曰："死者如可作也，吾誰與歸？"注：九原，晉卿大夫葬地。

〔三〕嬋娟　謝朓詩"嬋娟空復情"，嬋娟，美好貌。

春暮宴罷寄宋壽先輩

斜掩朱門花外鐘，曉鶯時節好相逢。窗間桃蘂宿粧在，雨後牡丹春睡濃。蘇小風姿迷下蔡〔一〕，馬卿〔二〕才調似臨卭〔三〕。誰憐芳草生三徑〔四〕，參佐〔五〕橋西陸士龍。

〔一〕下蔡　宋玉賦"嫣然一笑，惑陽城，迷下蔡"注：陽城、下蔡，二縣名，楚之貴介所封。

〔二〕馬卿　《史記》：司馬相如字長卿。

〔三〕臨卭　《史記》：臨卭富人卓王孫，有女文君，新寡，好音。相如之臨卭，從車騎，雍容閑雅甚都。及飲卓氏，弄琴。文君竊從户窺之，心悅而好之，恐不得當也。既罷，相如乃使人重賜文君侍者，通殷勤，文君夜亡奔相如。

〔四〕三徑　嵇康《高士傳》：蔣詡歸杜陵，荆棘塞門，舍中三徑，終身不出。

〔五〕參佐　《世説》：蔡司徒在洛，見陸機兄弟住參佐廨中，三間瓦屋，士龍住東頭，士衡住西頭。

《貫珠解》曰：題云"宴罷"，是歇後語，乃宴罷而宋壽留席上之妓也。首言掩朱門之際，業已鳴鐘相逢而聽曉鶯矣。窗間相對，如桃蘂之嬌，還是隔宿粧而爲雨之後，牡丹其濃睡乎？原是極無賴語，因雨與花草相通，遂成藴藉，後方從實地寫，言妓有蘇小丰姿，可迷下蔡；君有相如才調，樂抵臨卭。若我則誰憐乎？有妬意。而陸士龍之三間瓦屋，一庭芳草，荒涼特甚，正以擊朱門花外，總是調笑之意。

題　柳

楊柳千條拂面絲，緑煙金穗〔一〕不勝吹。香隨静婉〔二〕歌塵起，影伴嬌饒〔三〕舞袖垂。羌管〔四〕一聲何處曲，流鶯百轉最高枝。千門〔五〕九陌〔六〕花如雪，飛過宮牆兩不知。

〔一〕金穗　《憶乘》：柳花與柳絮迥然不同，生葉間成穗，作鵝黃色者，花也。葉既褪，就帶結實，其實之熟，亂飛如綿者，絮也。杜工部詩："有雀啄江頭，黃柳花又生。"憎柳絮白于綿之句，則花與絮不同，顯然可見。又曰"糝徑楊花鋪白氈"，非一時鹵莽而然耶？

〔二〕靜婉　見後《採蓮曲序》。

〔三〕嬌饒　宋子侯有《董嬌饒》詩。

〔四〕羌管曲　《夢溪筆談》：笛有雅笛，有羌笛。或云漢武帝時，仲邱始作笛，又云起于羌人。按：羌笛即羌管，詳見第一卷"笛中吹"注。

〔五〕千門　王維詩：鑾輿迥出千門柳。

〔六〕九陌　《三輔舊事》：長安城中，八街九陌。

春日偶成

西園一曲艷陽〔一〕歌，擾擾車塵負薜蘿。自欲放懷猶未得，不知經世竟如何？夜聞猛雨判〔二〕花盡，寒戀重衾覺夢多。釣渚〔三〕別來應更好，春風還爲起微波。

〔一〕艷陽　鮑照詩：艷陽桃李月。

〔二〕判　杜甫詩"縱飲久判人共棄"注：判，普官切。《方言》："楚人揮棄物謂之拌。"拌，與"判"同，俗作"拚"，非。

〔三〕釣渚　《水經注》：綠蘿山頰巖臨水，懸蘿釣渚，漁詠幽谷，浮響若鐘。

途中偶作

石路荒涼接野蒿，默云：途中。西風吹馬利如刀〔一〕。暮程投驛蕙蘭〔二〕静，廢寺入門禾黍高。雞犬夕陽喧縣市，鳧鷖秋水曝城壕〔三〕。故山有夢不歸去，官樹陌塵何太勞？

〔一〕風如刀　《漢書》：熱風如燒，寒風如刀。

〔二〕蕙蘭　朱子《離騷辨證》：古之香草，必花葉俱香而燥濕不變，故可刈佩。今之蘭蕙，但花香而葉乃無氣，質弱易萎，不可刈佩，必非古人所指。古之蘭似澤蘭，而蕙即今之零陵香。今之似茅而花有兩種者，不知何時悞也。

〔三〕**城壕**　江淹詩：飲馬出城壕。

贈彈箏人

《急就篇》注：箏瑟類本十二絃，今則十三。《釋名》：箏，施絃高急，箏
箏然也。○《麗情集》：薛瓊瓊理箏，開元宮中第一手也。清明日，上令宮伎踏
青，有狂生崔懷玉窺見之，作詞以寄意。未知即此人否？

天寶〔一〕年中事玉皇〔二〕，曾將新曲教寧王〔三〕。鈿蟬金雁〔四〕皆零落，一
曲伊州〔五〕淚萬行。

〔一〕**天寶**　《舊唐書》：玄宗二十九年，改元天寶。

〔二〕**玉皇**　《雲笈七籤》：玉清文始東王金暉仙公，號曰玉皇二道君。詩以指唐
　　玄宗。

〔三〕**寧王**　義門云：玄宗兄，開元四年封寧王。《舊唐書》：讓皇帝憲，睿宗長子，
　　封爲寧王。

〔四〕**鈿蟬金雁**　鈿蟬，箏餙。金雁，箏柱。李端詩："鳴箏金粟柱。"或云鈿蟬、
　　金雁皆伎人名。

〔五〕**伊州**　《祀饗別聲》唐坐部伎曲有《涼州》《伊州》《甘州》，並明皇朝所作。

瑤瑟怨

《世本》："庖羲氏作瑟。"崔融歌："挾寶書與瑤瑟。"《瑤瑟怨》，所鼓
曲也。

冰簟〔一〕銀床〔二〕夢不成，碧天如水夜雲輕。雁聲遠過瀟湘〔三〕去①，十
二樓〔四〕中月自明。

〔一〕**冰簟**　杜甫詩：恩分夏簟冰。

〔二〕**銀床**　江總樂府：銀床金屋挂流蘇。

〔三〕**瀟湘**　《水經注》：二妃神遊洞庭之淵，出入瀟湘之浦。瀟者，水清深也。
　　《湘中記》：湘川清照五六丈，下見底石，如樗蒲矣。五色鮮明，白沙如霜雪，
　　赤崖若朝霞。

〔四〕**十二樓**　《史記·孝武紀》：方士言，黃帝時，爲十二樓以候神人。《十州
　　記》：崑崙天墉城安金臺五所、玉樓十二所。

———————————

①　過：宋本注："一作'向'。"

春日野步

日西塘水金堤〔一〕斜，碧草芊芊晴吐芽。野岸明媚山芍藥〔二〕，水田叫噪官蝦蟇〔三〕。鏡中有浪動菱蔓，陌上無風飄柳花。何事輕橈句溪〔四〕客，綠萍方好不歸家。句，一作"向"。

〔一〕金堤　見第一卷。

〔二〕山芍藥　《名醫別錄》：芍藥，生中岳川谷及邱陵。二月、八月采根暴乾。

〔三〕官蝦蟇　《晉書》：惠帝在華林園，聞蝦蟇鳴，問曰："爲官乎，私乎？"或對曰："在官地爲官，在私地爲私。"

〔四〕句溪　《南畿志》：句溪出寧國，與宛水合，其交流爲九曲。

和友人溪居別業

積潤初銷碧草新，鳳陽〔一〕晴日帶雕輪〔二〕。絲飄弱柳平橋晚，雪點寒梅小院春。屏上樓臺陳后主〔三〕，鏡中金翠李夫人〔四〕。花房露透紅珠落①，蛺蝶〔五〕雙雙護粉塵。

〔一〕鳳陽　《詩》：鳳凰鳴矣，于彼高岡。梧桐生矣，于彼朝陽。

〔二〕雕輪　《楞嚴經》：明還日輪，暗還黑月。

〔三〕陳后主　見第一卷《臺城》詩注。

〔四〕李夫人　《漢書》本傳：李夫人本以倡進，妙麗善舞，得幸而早卒。

〔五〕蛺蝶　《古今注》：蛺蝶，一名野蛾，一名風蝶，色白背青，其大如蝙蝠者，或黑色，或青斑。名爲鳳子，一名鳳車。

宿城南亡友別墅

水流花落歎浮生，默云：亡友。又伴遊人宿杜城〔一〕。默云：宿城南。還似昔年殘夢裏，透簾斜月獨聞鶯。

〔一〕杜城　《長安志》：下杜城在長安縣南一十五里秦杜縣。宣帝脩杜之東原爲陵，曰杜陵，縣更名，此爲下杜城，東有杜原城，在下故曰"下杜"。

---

① 露透：《四部叢刊》本、垂雲堂本作"透露"。

偶　遊

曲巷斜臨一水間，鈍云：破偶遊。小門終日不開關。鈍云：二句宛然一妓家，畫出狹邪光景。紅珠斗帳〔一〕櫻桃熟，金尾屏風〔二〕孔雀閒。雲髻〔三〕幾迷芳草蝶，額黃〔四〕無限夕陽山。與君便是鴛鴦〔五〕侶，休向人間覓往還。

〔一〕紅珠斗帳　《女紅餘志》：吳絳仙有夜明珠，赤如丹砂，恒繫於蓮花帶上，著胸前。《長樂佳曲》：紅羅複斗帳，四角垂珠璫。《釋名》：小帳曰斗，形如覆斗也。櫻珠，見第一卷。

〔二〕金尾屏風　《海南志》：孔雀尾作金色，五年而後成，長六七尺，展開如屏。

〔三〕雲髻　《中華古今注》：始皇詔后梳凌雲髻，魏文帝令宮人梳歸雲髻，隋有凌虛髻、祥雲髻。大業中，令宮人梳朝雲近香髻。

〔四〕額黃　《幽怪錄》：神女智瓊額黃。○庾信樂府：眉心濃黛直點，額角輕黃細安。

〔五〕鴛鴦　《古今注》：鴛鴦，水鳥，鳧類也。雌雄未嘗相離，人得其一，則一思而至死，故曰匹鳥。

郭處士擊甌歌

《樂府雜録》：武宗朝，郭道源善擊甌，率以邢甌、越甌十二隻旋加減水其中，以箸擊之。

鈍吟云：句句襯出，温、李皆如此。○歌行多取飛卿，不取長吉。

佶栗〔一〕金虬〔二〕石潭古，勺陂〔三〕激濰〔四〕幽俶語。湘君〔五〕寶馬〔六〕上神雲，碎珮〔七〕叢鈴滿煙雨。吾聞三十六宮〔八〕花離離，軟風吹春星斗稀。玉晨〔九〕冷磬破昏夢，天路未乾香着衣。蘭釵委墜垂雲髮〔一〇〕，小響丁當逐回雪。晴碧煙滋〔一一〕重叠山〔一二〕，羅屏半掩〔一三〕桃花月〔一四〕。太平天子駐雲車〔一五〕，龍爐〔一六〕勃鬱雙蟠挐。宮中近臣抱扇立，侍女低鬟落翠花。亂珠〔一七〕觸續正跳蕩，傾頭不覺金烏斜〔一八〕。我亦爲君長歎息，緘情遠寄愁無色。莫沾香夢綠楊絲，千里春風正無力。

〔一〕佶栗①　《韻會》：佶，正也。《韻府》：栗，堅也。皮日休詩："佶栗烏皮几。"

〔二〕金虬　杜庭珠云：虬龍無角者。此言甌之製。

〔三〕勺陂　《中庸》：一勺水之多。《月令》"仲春，毋漉陂池"注：畜水曰陂。曾

---

①　此注原在"金烏斜"注後，今依原詩移此。

益云：勺陂，明器小。

〔四〕**潋灩**　《集韻》：潋灩，水溢貌。

〔五〕**湘君**　《九歌·湘君》：銑曰：湘水之神。

〔六〕**寶馬**　《九歌·湘夫人》：朝馳余馬兮江皋。

〔七〕**碎珮**　《九歌·湘君》：捐余玦兮江中，遺余珮兮澧浦。

〔八〕**三十六宮**　《西都賦》：西郊則有離宮三十六所。

〔九〕**玉晨**　元稹詩"最憶西樓人靜後，玉晨鐘磬兩三聲"注：玉晨觀，在紫宸殿
之後。

〔一〇〕**垂雲髮**　李賀《美人梳頭歌》：一編香絲雲撒地，玉釵落處無聲膩。

〔一一〕**晴碧煙滋**　曾益云：言天時正晴，忽水噴而成潤。

〔一二〕**重叠山**　曾益云：甌轉擊而重叠。

〔一三〕**羅屏半掩**　曾益云：擊再轉而甌掩映。

〔一四〕**桃花月**　曾益云：喻甌之圓。

〔一五〕**雲車**　《漢武故事》：帝乘小車，畫雲其上。

〔一六〕**龍爐**　劉繪《詠博山香爐》：下刻盤龍勢。

〔一七〕**亂珠**　白居易《琵琶行》：嘈嘈切切錯雜彈，大珠小珠落玉盤。

〔一八〕**金烏斜**　隋孟康《詠日》詩："金烏升曉氣。"杜庭珠曰：自"三十六宮"
句至此，皆追溯往事，總言擊甌之聲，滿宮傾聽，不覺日之斜也。下爲處士
生慨。

　　杜紫綸曰：處士在武宗朝，嘗供奉內廷。其後淪落不偶，故爲之歎
息。"金烏斜"謂武宗崩，江淹所云"宮車晚出"也。"愁無色"憐其顛
頓，春風無力，振拔爲難，亦寓自傷意。

錦城曲

　　《一統志》：錦官城在萬里橋南，因其有錦官，故名。錦官，猶合浦之有珠
官也。

蜀山攢黛留晴雪〔一〕，簇筝〔二〕蕨〔三〕芽縈九折〔四〕。江風吹巧翦霞綃，花
上千枝杜鵑〔五〕血。杜鵑飛入巖下叢，夜叫思歸〔六〕山月中。巴水漾情情不
盡，文君織得春機紅〔七〕。怨魄未歸芳草死〔八〕，江頭學種相思子〔九〕。樹成
寄與望鄉〔一〇〕人，白帝荒城〔一一〕五千里〔一二〕。

〔一〕**晴雪**　《三峽記》：峨嵋積雪，經時不散。

〔二〕簝笋　李賀歌"勸我將金換簝竹"注：簝竹，名簝笋，竹萌也。

〔三〕蕨　《爾雅》"蕨，鱉"，郭注：初生無葉可食。

〔四〕九折　《水經注》：邛崍山南有九折坂。

〔五〕杜鵑　曾益云：杜鵑含二意，言錦中之紋千枝盤錯，如杜鵑之花之紅，如杜鵑之鳥口血之紅。"飛入巖下"，止言鳥。

〔六〕思歸　《華陽國志》：蜀有王曰望帝，禪位于開明，升西山隱焉。時適二月，子鵑鳥鳴，故蜀人悲子鵑鳥鳴也。○《留青日札》：因其聲曰歸去了，故又名思歸。

〔七〕春機紅　《水經注》：錦工織錦，則濯之江流，而錦至鮮明，濯以他江，則錦色弱矣，遂名之爲錦里。

〔八〕芳草死　《揚雄傳》注：鵾鳺，一名子規，一名杜鵑，常以立夏鳴，則衆芳死。

〔九〕相思子　《古今詩話》：相思子，圓而紅。故老言，昔有人没于邊，其妻思之，哭于樹下而卒，因以名之。

〔一〇〕望鄉　《益州記》：升遷亭，夾路有二臺，一名望鄉，在華陽縣北九里。

〔一一〕白帝城　《郡國志》：公孫述至魚復，有白龍出井中，因號魚復爲白帝城。

〔一二〕五千里　《蜀都賦》：經途所亘，五千餘里。

張静婉採蓮曲 并序

　　静婉，羊侃妓也，其容絶世。侃自爲《採蓮》二曲，今樂府所存，失其故意，因歌以俟採詩者。事具載梁史。侃，同侃。《南史》：羊侃豪侈，善音律，自造《采蓮》《棹歌》兩曲，甚有新致。舞人張淨琬，腰圍一尺六寸，時人咸推能掌上舞。

蘭膏〔一〕墜髮〔二〕紅玉〔三〕春，燕釵〔四〕拖頸抛盤雲。城西楊柳向橋晚，門前溝水波粼粼。麒麟〔五〕公子朝天客，珂馬〔六〕堂堂渡春陌①。掌中無力舞衣輕，翦斷鮫綃〔七〕破春碧〔八〕。抱月飄煙一尺腰，麝臍龍髓〔九〕憐嬌饒〔一〇〕。秋羅〔一一〕拂水碎光動，露重花多香不銷。鸂鶒〔一二〕交交〔一三〕塘水滿②，綠芒如粟蓮莖短。一夜西風送雨來，粉痕零落愁紅〔一四〕淺。船頭折藕絲暗牽，藕根蓮子〔一五〕相留連。郎心似月月未缺，十五十六清光圓。

〔一〕蘭膏　香油以潤髮。《招魂》：蘭膏明燭，華容備些。

---

① "珂"字下宋本注："一作'珮'。"

② 交交：宋本注："一作'膠膠'。"

〔二〕墜髪　李賀《美人梳頭歌》：香鬟墮髻半沉檀。

〔三〕紅玉　《西京雜記》：趙后、昭儀並色如紅玉。

〔四〕燕釵　《洞冥記》：元鼎元年，起招仙閣。有神女留玉釵贈帝，帝以賜趙婕好。元鳳中，宮人發匣，有白燕升天。宮中學作此釵，因名玉燕釵。

〔五〕麒麟　《舊唐書·輿服志》：左右衛飾以麒麟。

〔六〕珂馬　《西京雜記》：長安盛飾鞍馬，皆以南海白蜃爲珂，紫金爲莘，以飾其上。

〔七〕鮫綃　《述異記》：南海出鮫綃，泉先潛織，一名龍紗，其價百餘金。以爲服，入水不濡。

〔八〕春碧　李賀《難忘曲》：拂蛾學春碧。

〔九〕麝臍龍髓　俱香。

〔一〇〕憐嬌饒　曾益云：以靜婉腰細，故香亦若憐而馥郁。

〔一一〕秋羅　梁元帝《蕩婦秋思賦》：秋水文波，秋雲似羅。〇《麗情集》：賈知微遇曾城夫人杜蘭香，以秋雲羅帕裹丹五十粒與生，曰：“此羅是織女採玉蠶織成。”

〔一二〕鸂鶒　見前。

〔一三〕交交　《詩》“交交黃鳥”注：交交，飛而往來之貌。

〔一四〕粉紅　杜甫詩：露冷蓮房墜粉紅。

〔一五〕藕根蓮子　《玉臺新詠·青陽歌曲》：下有並根藕，上有同心蓮。

照影曲

景陽〔一〕粧罷瓊窗暖，欲照澄明〔二〕香步〔三〕嬾。橋上衣多抱綵雲〔四〕，金鱗〔五〕不動春塘滿。黃印額山〔六〕輕爲塵，翠鱗紅稯〔七〕俱含嚬。桃花〔八〕百媚〔九〕如欲語〔一〇〕，曾爲無雙今兩身〔一一〕。

〔一〕景陽　見前。

〔二〕澄明　孟浩然詩：澄明愛水物。

〔三〕香步　班倢好賦：笑笑移妍，步步生芳。〇江總《宛轉歌》：步步香飛金薄履，盈盈扇掩珊瑚脣。

〔四〕綵雲　江淹詩：參差綵雲重。

〔五〕金鱗　杜甫詩：丹砂作尾黃金鱗。

〔六〕額山　見前。

〔七〕翠鱗紅稞　謝宗可《水紋》詩："千疊翠鱗風更微。"曾益云：稞言小，紅言
粧，言于綠水盛杳中，而微紅輕漾俱含嚲，水處而影亦嚲。

〔八〕桃花　周弘正詩：婦色勝桃花。

〔九〕百媚　古樂府：思我百媚娘。

〔一〇〕如欲語　曾益云：言影之所欠止一語，以今觀之，如欲語矣。

〔一一〕無雙兩身　曾益云：言貌之美，曾是無匹。今以照而得影，美兩擅矣。

塞寒行

燕弓〔一〕弦勁霜封瓦，樸簌寒雕〔二〕睇平野。一點黃塵起雁喧，白龍
堆〔三〕下千蹄馬。河源〔四〕怒觸風如刀，剪斷朔雲天更高。晚出榆關〔五〕逐征
北，驚沙〔六〕飛进衝貂袍。心許凌煙〔七〕名不滅，年年錦字〔八〕傷離別。彩毫
一畫竟何榮，空使青樓〔九〕淚成血〔一〇〕。鈍云：結句太舊。

〔一〕燕弓　《列子》"燕角之弧"注：以燕之角爲弓。

〔二〕雕　《爾雅》：雕，似鷹而大，黑色，俗呼皂雕。其飛上薄雲漢。

〔三〕白龍堆　《漢書·匈奴傳》注：龍堆形似土龍，在西域中。

〔四〕河源　《水經注》：河源出崑崙之墟。

〔五〕榆關　《廣輿記》：榆關在永平府，一名臨間關。

〔六〕驚沙　鮑照賦：驚沙坐飛。

〔七〕凌煙　《唐書·太宗紀》：貞觀十七年二月，圖功臣于凌煙閣。

〔八〕錦字　王筠詩："爾時思錦字，持製行人衣。"詳見第一卷"寶家妻"注。

〔九〕青樓　謝混《西洲曲》：望郎上青樓。

〔一〇〕淚成血　吳均《古意》：非獨淚成珠，亦見淚成血。

湖陰詞 并序

王敦舉兵至湖陰，明帝微行視其營伍，由是樂府有《湖陰曲》而亡其詞，
因作而附之。《晋書》：王敦將舉兵內向，帝乘巴滇馬，微行至于湖陰，察敦營壘而出。
楊慎曰："至于湖"爲句，"陰察敦營壘"爲句，"溫"作"湖陰"，誤也。丹陽郡有于湖縣，
見《晋·地理志》。

祖龍〔一〕黃鬚〔二〕珊瑚鞭，鐵驄〔三〕金面青連錢〔四〕。虎髯拔劍欲成夢，日
壓賊營如血鮮。海旗風急驚眠起，甲重光搖照湖水。蒼黃追騎塵外歸，森

索妖星〔五〕陣前死。五陵〔六〕愁碧春萋萋，灞川玉馬空中嘶〔七〕。羽書〔八〕如電入青瑣，雪腕如槌催畫鞞〔九〕①。白虹〔一〇〕天子金煌銧，高臨帝座回龍章〔一一〕。吳波不動楚山晚，花壓闌干春晝長。

〔一〕祖龍　《史記·始皇紀》注：祖，始也。龍，人君象，謂始皇也，今指明帝。

〔二〕黃鬚　《晋書》：明帝陰察敦營壘，敦晝寢，夢日環其城，驚起曰："此必黃鬚鮮卑奴來也。"使騎追之。帝見逆旅嫗，以七寶鞭與之。追者至，嫗以鞭示之，傳玩良久，帝僅而獲免。

〔三〕鐵驄　《爾雅》"青驪駽"，郭注：今之鐵驄。

〔四〕青連錢　《爾雅》"青驪驎驒"注：色有深淺，班駮隱粼，今之連錢。

〔五〕妖星　《晋書》：敦遣其兄含及錢鳳等水陸五萬至南岸，帝親率六軍，出次南皇堂，夜遣甲卒千人，掩其未備，平旦戰于越城②，大破之，王敦憤惋而死。故借用《晋·宣帝紀》斬公孫淵于長星墜處之事。

〔六〕五陵　《西都賦》"北眺五陵"，謂高帝葬長陵、惠帝葬安陵、景帝葬陽陵、武帝葬茂陵、昭帝葬平陵。

〔七〕茂陵馬嘶　李賀《金銅仙人辭漢歌》：茂陵劉郎秋風客，夜聞馬嘶曉無跡。

〔八〕羽書　王褒詩：羽書占警急。

〔九〕鞞　《月令》：命樂師脩鞀鞞鼓。

〔一〇〕白虹　《晋書·天文志》："白者，金色，國之行也。"《甘泉賦》："駟蒼螭兮六素虯。"白虹天子，謂天子駕白虹也。

〔一一〕龍章　《郊特牲》：龍章而設日月。

　　　杜詔云：五陵、灞川，皆長安地，時爲劉曜所據。羽書鼙鼓，遠震江東，未可以敦死而遽宴衍也。下正議之。

晚歸曲

格格〔一〕水禽飛帶波，孤光〔二〕斜起夕陽多。湖西山淺似相笑〔三〕，菱刺惹衣攢黛蛾〔四〕。青絲〔五〕繫船向江木，蘭芽〔六〕出土吳江曲。水極晴搖泛灩紅，草平春染煙綿綠。玉鞭騎馬楊叛兒〔七〕，刻金作鳳〔八〕光參差。丁丁暖漏滴花影，催入景陽人不知。彎堤弱柳遥相矚〔九〕，雀扇〔一〇〕團團掩香

---

① 鞞：原作"鼙"，據後注及《四部叢刊》本改。
② 備平：原作"畢"，據《晋書》卷六《元帝紀》改。

玉〔一〕①。蓮塘艇子歸不歸〔一二〕，柳暗桑濃聞布穀〔一三〕。

〔一〕**格格**　《荊楚歲時記》：春分曰：有鳥如烏，先雞而鳴。架架格格，民候此鳥
　　則入田。

〔二〕**孤光**　沈約《詠湖中雁》：單泛逐孤光。

〔三〕**山似笑**　《畫苑》：春山澹冶而如笑。

〔四〕**黛蛾**　《煙花記》：隋煬帝宮人畫長蛾眉，日給螺子黛五斛。攢黛蛾，起欲
　　歸意。

〔五〕**青絲**　梁元帝詩：向解青絲纜，將移丹桂舟。

〔六〕**蘭芽**　鮑照《白紵歌》：桃含紅蕚蘭紫芽。

〔七〕**楊叛兒**　《舊唐書·音樂志》：楊伴，齊隆昌時女巫之子曰楊白文，隨母入
　　內。及長，爲何后所寵。童謠云："楊婆兒，共戲來。"而歌語譌，遂成楊伴
　　兒。伴，《新唐書》作"叛"。

〔八〕**金鳳**　庾信詩：細錦鳳凰花。

〔九〕**遥相矚**　曾益云：是采菱者與冶遊者。

〔一〇〕**雀扇**　見前。又《南史》：宋孝武賜何戢蟬雀扇，善畫者顧景秀所畫。

〔一一〕**掩香玉**　曾益云：以扇掩而偷望。

〔一二〕**歸不歸**　言情相牽，故欲歸而猶不歸。

〔一三〕**布穀**　《爾雅》"鳲鳩鵠鵴"，郭注："即今之布穀。"張華云："農事方起，
　　此鳥飛鳴于桑間，若曰五穀可布種也。"曾益云：聞布穀之聲，而情愈動。

湘東宴曲

　　　《水經注》：臨承即故酈縣，縣即湘東郡治也。郡治舊在湘水東，故以名
郡。按：梁有湘東王繹，南齊有湘東王建，此擬湘東王作樂宴客而餞別之作。
　　湘東夜宴金貂〔一〕人，楚女含情嬌翠顩。玉管將吹插鈿帶〔二〕，錦囊〔三〕
斜拂雙麒麟〔四〕。重城漏斷孤帆去，唯恐瓊籤〔五〕報天曙。萬户沉沉碧樹圓，
雲飛雨散知何處。欲上香車俱脉脉，清歌響斷銀屏〔六〕隔。堤外紅塵蠟炬
歸②，樓前澹月連江白。

〔一〕**金貂**　蔡邕《獨斷》：武冠，侍中、中常侍加黄金，附貂蟬鼠尾飾之。

〔二〕**鈿帶**　玉具裝珠寶鈿帶，見《唐書·車服志》

―――――――――――

① 團團：《四部叢刊》本、垂雲堂本作"圓圓"。

② 蠟：宋本注："一作'蜜'。"

〔三〕錦囊　　《漢武内傳》：珊瑚爲牀，紫錦爲囊。

〔四〕麒麟　　《韻府續編》：漢武帝時，日本貢麒麟錦十端，金花炫目。

〔五〕瓊籤　　《陳書‧世祖紀》：每難人伺漏傳更籤于殿中，勑送者必投于階石上，
　　令鏘然有聲，云：“吾雖眠，亦令驚覺。”

〔六〕銀屏　　《清異録》：王元寶起高閣，以銀鏤三稜屏風代籬落。

碌碌詞

　　　　碌，與“禄”通。碌碌，隨從之貌。《史記‧酷吏傳贊》：“九卿碌碌奉
　　其官。”

　　左亦不碌碌，右〔一〕亦不碌碌。野草白根肥，羸牛生健犢。融蠟〔二〕作
杏蔕，男兒不戀家。春風破紅意，女頰如桃花〔三〕。忠言不見信，巧語翻
咨嗟。一鞘無兩刀①，徒勞油壁車〔四〕。鞘無，一作“鞘没”。

　〔一〕左右　　曾益云：左右，以興男女。不碌碌，自矜也。

　〔二〕蠟　　《玉篇》：“蠟，蜜滓也。”曾益云：融蠟作蔕，喻不牢，猶之男兒之不
　　戀家。

　〔三〕桃花　　《高陽樂人歌》：何處踥蹀來，兩頰色如火。自有桃花容，莫言人
　　勸我。

　〔四〕油壁車　　《蘇小小歌》：“妾乘油壁車，郎騎青驄馬。何處結同心，西陵松柏
　　下。”曾益云：此言室難共居，則女雖乘車而欲與之結同心，未能也。此爲男女
　　各各自矜，兩不相顧之詞。

春野行　雜言

　　草淺淺，春如蒨。花壓李娘〔一〕愁，飢蠶〔二〕欲成繭。東城少年氣堂堂，
金丸〔三〕驚起雙鴛鴦。含羞更問衛公子，月到枕前春夢長。

　〔一〕李娘　　《北史‧后妃傳》：李娘者，廷實從妹也。初爲魏城陽王妃。

　〔二〕飢蠶　　梁武帝《子夜歌》：妾去蠶欲飢。

　〔三〕金丸　　《西京雜記》：韓嫣好彈，常以金爲丸，所失者日有十餘。長安爲之語
　　曰：“苦飢寒，逐彈丸。”京師兒童每聞嫣出彈，輒隨之，望丸之所落拾焉。

────────────────

　　①　無：宋本注：“一作‘没’。”

醉　歌

黙云：此做樊川。

鈍云：全效太白。

簷柳初黃燕新乳，曉碧芊綿過微雨。樹色深含臺榭情，鶯聲巧作煙花主。錦袍公子陳盃觴，撥醅〔一〕百甕春酒香。入門下馬〔二〕問誰在，降階握手登華堂。臨卭美人連山眉〔三〕，鈍云：連字有味，溫、李不直用一事，多以襯貼見奇。低抱琵琶〔四〕含怨思。朔風繞指〔五〕我先笑，明月入懷〔六〕君自知。勸君莫惜金罇酒①，年少須臾如覆手〔七〕。辛勤到老慕簞瓢，於我悠悠竟何有。洛陽盧仝〔八〕稱文房②，妻子腳禿舂黃糧。阿犖光顏〔九〕不識字〔一〇〕，指麾豪雋如驅羊。天犀〔一一〕壓斷朱鼷鼠〔一二〕，瑞錦〔一三〕驚飛金鳳凰〔一四〕。其餘豈足霑牙齒，欲用何能報天子。駑馬垂頭搶暝塵，騄駬一日行千里。但有沉冥醉客家，支頤瞪目持流霞〔一五〕。惟恐南園風雨作，碧蕪狼籍棠梨〔一六〕花。

〔一〕撥醅　《廣韻》：醅，酒未漉也。李白詩："恰是葡萄新撥醅。"

〔二〕入門下馬　李賀詩：入門下馬氣如虹。

〔三〕連山眉　《西京雜記》：文君皎好，眉色如望遠山。《漢武故事》：一畫連心細長，謂之連頭眉。

〔四〕琵琶　《樂府雜錄》：琵琶始自烏孫公主造，馬上彈之。開元中，有賀懷智，其樂器以石爲槽，鵾雞筋作絃，鐵撥彈之。

〔五〕朔風繞指　劉琨詩："何意百鍊鋼，化爲繞指柔。"劉禹錫《泰娘歌》："低鬟緩視抱明月，纖指破撥生胡風。"

〔六〕明月入懷　吳均《行路難》："洛陽名工見咨嗟，一剪一刻作琵琶。白璧規心學明月，珊瑚映面作風花。"《北史》：魏主脩之在洛也，從妹不嫁者三，一曰平原公主明月，脩內宴，令諸婦人詠詩。或詠鮑照樂府曰："朱門重關閉九閨，願逐明月入君懷。"

〔七〕覆手　《史記》：陸賈說尉陀曰："越殺王降漢，如反覆手耳。"

〔八〕盧仝　韓愈《寄盧仝》詩：玉川先生洛城裏，破屋半間而已矣。一

① 金：宋本注："一作'芳'。"

② 仝：宋本注："一作'生'。"

奴長鬚不裹頭，一婢赤脚老無齒。

〔九〕阿鼇光顏　《唐書》：李光進，其先河曲諸部，姓阿跌氏。弟光
顏，性忠義，善撫士，其下樂爲用。鼇、跌同音。

〔一○〕不識字　韓愈詩：阿買不識字。

〔一一〕天犀　陳藏器《本草》："通天犀者，角經千歲，白星徹端，能出
氣通天。"《白孔六帖》："左軍中尉馬元贄，帝賜通天犀帶。"

〔一二〕朱鼲鼠　鼲，同貛。《録異紀》：貛鼠，首尾如鼠，色青黑，重千
餘斤，出零陵郡界。或捕得，治其皮爲帶，頗能澀匆，爲其三毛出
于一孔，與常皮有異。按：宋待制服紅鞓犀帶。鞓帶，質之用皮者，
染紅爲飾也。犀帶，以犀爲帶胯也。"天犀"句言以天犀角胯壓于鼲
鼠皮紅鞓上也。

〔一三〕瑞錦　《唐詩紀事》：帝親誦馮定《送客江西》詩，賜禁中瑞錦。

〔一四〕金鳳凰　《鄴中記》：有鳳凰、朱雀錦。

〔一五〕流霞　《抱朴子》：項曼都入山學道，十年而歸，曰："仙人迎我
到天上，以流霞一杯與我，飲之輒不飢渴。"

〔一六〕棠梨　《詩》"蔽芾甘棠"，《草木疏》：甘棠，今棠梨子，色白少
酢滑美。

織 錦 詞

丁東〔一〕細漏侵瓊瑟，影轉高梧月初出。簇簌〔二〕金梭〔三〕萬縷紅，鴛鴦
艷錦〔四〕初成匹。錦中百結皆同心〔五〕，蘂亂雲盤〔六〕相間深。此意欲傳傳不
得，玫瑰作柱〔七〕朱絃琴。爲君裁破合歡被〔八〕，星斗迢迢共千里①。象齒熏
爐〔九〕未覺秋，碧池已有新蓮子〔一○〕。

〔一〕丁東　漏聲。

〔二〕簇簌　織作聲。

〔三〕金梭　《誠齋雜記》：蔡氏、丁氏女精于女紅，每七夕，禱以酒果，忽見流星
墜筵中。明日，瓜上有金梭，自是巧思益進。

〔四〕鴛鴦錦　《趙后外傳》：后始加大號婕妤，奏上二十六物，有鴛鴦萬金錦一
匹。《子夜歌》："晝夜理殘絲，知欲早成匹。"

〔五〕結同心　梁武帝詩：腰中雙綺帶，夢爲結同心。

---

① 迢迢：宋本注："一作'寥寥'。"

〔六〕蘂亂雲盤　杜甫《白絲行》："萬草千花動凝碧。"《拾遺記》：因祇國有雲崑
　　錦，文似雲從山岳中出。

〔七〕玫瑰柱　《司馬相如傳》："其石則赤玉玫瑰。"沈約詩："寶瑟玫瑰柱。"

〔八〕合歡被　王僧儒詩：已親芙蓉褥，方開合歡被。

〔九〕象齒熏籠①　《西京雜記》：天子以象牙爲火籠，籠上皆散花文。

〔一〇〕蓮子　謝混《秋歌》：處處種芙蓉，婉轉得蓮子。

蓮浦謠

　　鳴橈軋軋〔一〕溪溶溶〔二〕，廢綠平煙吳苑〔三〕東。水清蓮媚兩相向，鏡裏〔四〕見愁愁更紅。白馬金鞭大堤上，西江日夕多風浪。荷心〔五〕有露似驪珠〔六〕，不是真圓亦搖蕩。

〔一〕軋軋　《韻會》：軋，音扎，軋軋，鳴橈聲。

〔二〕溶溶　《説文》：溶，水盛也。

〔三〕吳苑　《華林園記》：園在臺城内，本吳舊宮苑也。《建業宮闕簿》：宋元嘉
　　中，築疏圃、池臺、樓觀。齊、梁增盛。陳亡，悉廢。

〔四〕鏡裏　李白詩：荷花鏡裏香。

〔五〕荷心　梁簡文帝樂府：日落荷心香。

〔六〕驪珠　《莊子》：大珠也，在驪龍頷下。

達摩支曲　雜言

　　《樂府雜録》：《達摩支》，健舞曲也。天寶十三載，改《達摩支》爲《泛蘭叢》。

　　擣麝成塵香不滅，拗蓮作寸絲難絶。紅淚〔一〕文姬〔二〕洛水春，白頭蘇武天山雪〔三〕。君不見無愁高緯〔四〕花漫漫，漳浦〔五〕晏餘清露寒。一旦臣僚共囚虜〔六〕，欲吹羌管先汍瀾〔七〕。舊臣頭鬢霜華早，可惜雄心醉中老。萬古春歸夢不歸，鄴城〔八〕風雨連天草②。

〔一〕紅淚　《拾遺記》：薛靈芸容貌絶世，選以獻文帝。別父母，歔欷累日，淚下

---

①　籠：原詩作"爐"。

②　紀昀評：此却悲壯，異乎他篇之靡靡。

霑衣。至升車就路，以玉唾壺盛淚則紅色。既發常山，及京師，壺中淚凝如血。

〔二〕**文姬**　《後漢書》：陳留董祀妻者，蔡邕之女也。名炎，字文姬，博學有才辨，又妙于音律，適衞仲道，夫亡無子，歸寧于家。天下喪亂，文姬爲胡騎所獲，曹操贖之，而重嫁董祀。言文姬没虜而不忘故鄉，故神依洛水之春也。

〔三〕**天山雪**　《西河舊事》：白山冬夏積雪，故曰白山，匈奴謂之天山。《漢書》：單于幽武，置大窖中，絶不飲食。天雨雪，武卧嚙雪，與旃毛并咽之。此與上句，俱申明不滅不絶意。

〔四〕**無愁高緯**　《北齊書》：後主諱緯，字仁綱，常爲無愁之曲，自彈胡琵琶而唱之，侍御和之者以百數，人間謂之無愁天子。

〔五〕**漳浦**　即今彰德府之漳河也。高齊舊都于此。

〔六〕**囚虜**　《北齊書》：周軍奄至青州，太上將遜于陳，爲周將所獲，送長安，封溫國公。至建德七年，誣與穆提婆謀反，及延宗等咸賜死。

〔七〕**汍瀾**　《正韻》：汍瀾，泣貌。

〔八〕**鄴城**　《唐書》：相州鄴郡，本魏郡，天寶元年更名。

三洲詞

《唐書·禮樂志》：《三洲》，商人歌也。

團圓莫作波中月，潔白莫爲枝上雪。月隨波動碎潾潾，雪似梅花不堪折。李娘十六青絲髮〔一〕，畫帶雙花爲君結〔二〕。門前有路輕別離，惟恐歸來舊香滅。

〔一〕**青絲髮**　《謝氏詩源》：輕雲髩髮甚長，每梳頭，立于榻上，猶拂地。已綰髻，左右餘髮，各粗一指，結束作同心帶，垂于兩肩，以珠翠飾之，謂之流蘇髻。于是富家女子多以青絲效其制，亦自可觀。

〔二〕**帶結**　梁武帝《秋歌》：繡帶合歡結。

舞衣曲

藕腸〔一〕纖縷抽輕春〔二〕，默云：先咏纖衣。煙機漠漠嬌蛾顰。金梭淅瀝〔三〕透空薄，翦落交刀〔四〕吹斷雲。又咏纖衣。張家公子〔五〕夜聞雨，夜向蘭堂〔六〕思楚舞〔七〕。蟬衫〔八〕麟帶〔九〕壓愁香〔一〇〕，偷得鴛簧〔一一〕鎖《樂府詩集》作"銷"。金縷。然後說舞人。管含蘭氣〔一二〕嬌語悲，胡槽〔一三〕雪腕〔一四〕鴛鴦絲〔一五〕。芙蓉〔一六〕力弱應難定，楊柳風多不自持。回嚬笑語〔一七〕西牕客，星斗寥寥波脈脈。不逐秦王卷象床〔一八〕，滿樓明月梨花白。

〔一〕藕腸　曾益云：藕絲也。

〔二〕抽輕春　束晳詩：芔以春抽。

〔三〕淅瀝　夏侯孝若《寒雪賦》："集洪霰之淅瀝。"今借以言金梭聲。

〔四〕交刀　《東宮舊事》：太子納妃，有龍頭金縷交刀四。

〔五〕張公子　《漢書外戚傳》：童謠："燕燕尾涎涎，張公子時相見。"謂富平侯張放也。

〔六〕蘭堂　《漢郊祀歌》：祓蘭堂。

〔七〕楚舞　《史記》：漢祖謂戚夫人曰："爲我楚舞，我爲若楚歌。"

〔八〕蟬衫　梁簡文帝詩：衫薄擬蟬輕。

〔九〕麟帶　李賀詩：玉刻麒麟腰帶紅。

〔一〇〕壓愁香　言以麟帶壓于香衫。

〔一一〕鸎簧　曾益云：鸎善鳴，音如笙簧，人呼金衣公子。舞先之歌，故云"偷鸎簧"。

〔一二〕蘭氣　宋玉《神女賦》：吐芬芳其若蘭。

〔一三〕胡槽　《樂府雜錄》：鄭中丞善胡琴，即琵琶也。餘見前。

〔一四〕雪腕　《晉樂府·雙行纏》：朱絲繫腕繩，真如白雪凝。

〔一五〕鴛鴦絲　李白詩："蜀琴欲奏鴛鴦絃。"曾益云：鴛鴦絲，二色合成者。

〔一六〕芙蓉　屈原《離騷》"集芙蓉以爲裳"注：芙蓉，蓮華也。

〔一七〕回嚬笑語　曾益云：舞人回嚬作笑以語客下，皆是其語。客謂觀舞者月白而滿，將曙時，梨花祇形其白，言賓客滿堂，值此夜闌，云胡不寐，而觀舞以達旦，代爲妓人之致語也。

〔一八〕象床　《六逸清談》：梁魚容性侈靡，以象齒檀沉造床，周匝用銀鏤、金花、寶鈿、金蓮花。

惜春詞

百舌〔一〕問花花不語，低回似恨橫塘雨。蜂爭粉蘂蝶分香，不似垂楊惜金縷〔二〕。願君留得長嬌饒①，莫逐東風還蕩搖。秦女〔三〕含嚬向煙月，愁

---

①　嬌：《四部叢刊》本作"妖"。

紅帶露空迢迢。一作“寥寥”。

〔一〕**百舌** 《月令》注：百舌鳥，春始鳴，五月則反其舌。

〔二〕**金縷** 金穗也。見前。

〔三〕**秦女** 簡文帝詩：倡樓秦女乍相値。

春愁曲

紅絲穿露〔一〕珠簾冷，百尺啞啞〔二〕下纖綆〔三〕。遠翠愁山入臥屏，兩重雲母〔四〕空烘影〔五〕。涼簪墜髮春眠重，玉兔〔六〕氤氳柳如夢。錦叠空牀委墜紅，颸颸掃尾〔七〕雙金鳳〔八〕。蜂喧蝶駐俱悠揚①，柳拂赤闌纖草長。覺後梨花委平綠，春風和雨吹池溏。

〔一〕**露** 梁武帝《子夜歌》：簾上露如珠。

〔二〕**啞啞** 《韻會》：啞，音雅。《淮南·原道訓》：烏之啞啞。今以烏聲比汲井聲。

〔三〕**綆** 《説文》：綆，汲井索也。

〔四〕**雲母屏** 《西京雜記》：趙飛燕爲皇后，其女弟上襚有雲母屏風。

〔五〕**烘影** 李賀詩：“琉璃叠扇烘。”曾益云：屏用雲母，則日透而影重，故云“烘”云“兩”。

〔六〕**玉兔** 本集作“玉兔熖香柳如夢”，言香兔。

〔七〕**颸颸掃尾** 《吳都賦》注：“颸，疾風。”曾益云：尾，鳳尾，尾如掃，云“颸颸”。

〔八〕**金鳳** 《洞冥記》：招仙閣有走龍錦，有雲鳳錦。

蘇小小歌

《樂府廣題》：蘇小小，錢唐名倡也，蓋南齊時人。西陵在錢唐江之西，歌云“西陵松栢下”是也。

《堅瓠集》：蘇小小，一名簡簡。

買蓮〔一〕莫破券〔二〕，買酒莫解金〔三〕。酒裏春容〔四〕抱離恨，水中蓮子懷芳心〔五〕。吳宮女兒〔六〕腰似束〔七〕，家住錢塘小江曲。一自檀郎〔八〕逐便風，

---

① 俱：宋本注：“一作‘戲’。”

門前春水年年緑〔九〕。

〔一〕蓮　《子夜歌》"霧露隱芙蓉"，見蓮不分明。此以蓮代"憐"。

〔二〕莫破券　北齊謡："千金買果園，中有芙蓉樹。破券不分明，蓮子隨他去。"莫破券，言憐非可買者。

〔三〕解金　唐賀知章解金龜換酒。

〔四〕春容　《子夜歌》：郎懷幽閨性，儂亦恃春容。

〔五〕懷芳心　《謝氏詩源》：漢上有女子舒襟，爲人聰慧，事事有意。與元羣通，嘗寄羣以蓮子，曰："吾憐子也。"羣曰："何以不去其心？"使婢答曰："正欲使汝知心内苦。"此言相憐結于心裹。

〔六〕吳宮女兒　《吳地記》：漢順帝詔司空襲封，從錢唐江中分，向東爲會稽郡，向西爲吳郡。小小住錢唐江西，故云"吳宮女兒"。

〔七〕似束　宋玉賦：腰如束素。

〔八〕檀郎　潘安小字檀奴，故婦人呼所歡爲檀郎。

〔九〕年年緑　江淹《別賦》："春水緑波。"結言相憐人去，抱恨年年也。

春江花月夜詞

《古樂苑》：《春江花月夜》，屬清商曲。

杜紫綸云：《古樂苑》：《春江花月夜》，隋煬帝所作。觀此詩，蓋全賦隋煬玉樹後庭，不過借作比興耳。

玉樹〔一〕歌闌海雲黑，花庭忽作青蕪國。秦淮有水水無情，還向金陵漾春色。楊家二世〔二〕安九重，鈍云：字法。不御華芝〔三〕嫌六龍〔四〕。百幅錦帆〔五〕風力滿，連天展盡金芙蓉〔六〕。珠翠〔七〕丁星復明滅，龍頭劈浪哀笳〔八〕發。千里涵空澄水魂〔九〕，萬枝〔一〇〕破鼻團香雪。漏轉霞高滄海西〔一一〕，玻璨枕〔一二〕上聞天雞〔一三〕。蠻弦代雁曲如語，一醉昏〔一四〕昏天下迷。四方傾動煙塵起，猶在濃香夢魂〔一五〕裹。後主〔一六〕荒宮有曉鶯，飛來只隔西江水。
鈍云：陳後主起，後主結，好諷刺。

〔一〕玉樹　見第一卷"後庭花"注。

〔二〕楊家二世　謂煬帝。

〔三〕華芝　《甘泉賦》"登鳳凰而翳華芝"，服虔曰：華芝，華蓋也。

〔四〕六龍　見第一卷。

〔五〕錦帆　《大業拾遺記》：大業十二年，煬帝幸江都，至汴，帝御龍舟，蕭妃乘鳳舸，錦帆綵纜，窮極侈靡。

〔六〕金芙蓉　《子夜歌》：“玉藕金芙蓉。”今以指錦帆。

〔七〕珠翠　言女飾之盛。《大業拾遺記》：每舟擇妙麗長白女子千人，執雕板鏤金楫，號爲殿脚女。

〔八〕哀筇　庾信詩：“哀筇關塞曲。”《隋·樂志》：煬帝製艷篇，令樂正白明達造新聲，創《泛龍舟》等曲，掩抑摧藏，哀音斷絕。

〔九〕沉水魂①　曾益云：謂江沉水魂帶月而夜在其中矣。

〔一〇〕萬枝　《隋書》：煬帝自板渚引河作街道，植以楊柳，名曰隋堤，一千三百里。

〔一一〕滄海西　煬帝《泛龍舟曲》：借問揚州在何處，淮南江北海西頭。

〔一二〕玻瓈枕　《酉陽雜俎》：頗梨，千歲冰所化也。本集詩“水精簾動玻瓈枕”。

〔一三〕天雞　《天中記》：桃都山有大樹，曰桃都。上有天雞，日出即鳴，天下雞皆隨之。

〔一四〕醉昏　《大業拾遺記》：帝自達廣陵，沉湎失度，每睡須搖頓四體，或鼓吹齊發，方就一夢。侍兒韓俊娥尤得帝意，每寢必召，令振聳支節，然後成寢，賜名爲來夢兒。

〔一五〕濃香夢魂　《大業拾遺記》：迷樓上張四寶帳，一名散春愁，二名醉忘歸，三名夜酣香，四名延秋月。

〔一六〕後主　《大業拾遺記》：帝遊吳公宅雞臺，恍惚與陳後主相遇。後主舞女數十，中一人迥美，帝屢目之。後主云：“此即麗華也。”帝請麗華舞《玉樹後庭花》，麗華徐起，終一曲。後主問：“龍舟之遊，樂乎？始謂殿下致治堯舜之上，今日復此逸游。大抵人生各圖快樂，曩時何見罪之深耶？”帝忽悟，叱之，恍然不見。

　　杜詒穀云：金陵、廣陵，隔江相望，與義山《隋宮》詩結語同意，所謂後人哀之而不鑒之也。

懊惱歌

　　《宋書·五行志》：“晉安帝隆安中，民忽作《懊惱歌》。”《樂府正聲》：“懊儂，‘儂’亦作‘惱’，齊高帝謂之中朝散。”按：此屬清商曲。

藕絲〔一〕作線難勝針，藥粉染黃〔二〕那得深②。玉白蘭芳不相顧，青

① 沉：原詩作“澄”，當是所據底本不同。
② 黃：原作“衣”，據注文及《四部叢刊》本改。

樓〔三〕一笑輕千金①。莫言自古皆如此，健劍刜鐘〔四〕鉛繞指〔五〕。三秋庭綠〔六〕盡迎霜，惟有荷花守紅死。盧江小吏〔七〕朱斑輪②，柳縷吐芽香玉春。兩股〔八〕金釵已相許，不令獨作空城塵。悠悠楚水流如馬，恨紫愁紅滿平野。野土千年怨不平，至今燒作鴛鴦瓦〔九〕。青樓，一作“倡樓”。

〔一〕藕絲　隋殷英童詩：藕絲牽作縷。

〔二〕染黃　鮑照詩：剉蘗染黃絲。

〔三〕青樓　見第一卷。

〔四〕刜鐘　《說苑》：干將、鏌鋣，刜鐘不錚。《說文》：“刜，擊也。”

〔五〕繞指　劉琨詩：何意百鍊剛，化爲繞指柔。

〔六〕庭綠　張景陽詩：“庭草萋以綠。”王融詩：“秋風下庭綠。”

〔七〕盧江小吏　《古詩爲焦仲卿妻作·序》：漢末建安中，盧江府小吏焦仲卿妻劉氏，爲仲卿母所遣，自誓不嫁。其家逼之，乃投水而死。仲卿聞之，亦自縊于庭樹。時人傷之，爲詩云爾。

〔八〕兩股　兩枝也。

〔九〕鴛鴦瓦　《三國志》：文帝夢殿屋兩瓦墮地，化爲雙鴛鴦。吳均詩：“屋曜鴛鴦瓦。”

　　杜紫綸曰：晋《懊懷歌》第十四首云：“懊懷奈何許，夜聞家中論，不得儂與汝。”今借以詠仲卿夫妻偕死之事，故以“懊惱”名篇。“健劍”“繞指”“庭綠”“迎霜”，比失節也。末言水流花謝，遺恨千年，而冢土成灰，依然作偶，即古詩之意而究言之也。

邊笳曲

　　此後齊梁體七首。○《琴集》：《大胡笳十八拍》《小胡笳十九拍》，蔡琰作，後人本此爲《胡笳曲》。

　　鈍吟云：齊梁體，今人不知矣③。

朔管迎秋動，雕陰〔一〕雁來早。上郡隱黃雲〔二〕，天山〔三〕吹白草

---

① 青：宋本注：“一作‘倡’。”

② 盧：宋本注：“一作‘西’。”

③ “不知矣”下，紀昀評：齊即所謂永明體，梁即所謂宮體，後人總謂之齊梁體。玉溪詩有《齊梁晴雲》是也。其體於聲偶之中，時有拗字，乃五言律之變而未成者。喜用新字而乏性情，喜作艷詞而乏風旨，求思甚淺，用事甚拙，乃詩道之極弊，無用知之。

〔四〕。嘶馬渡寒磧〔五〕，朝陽照霜堡〔六〕。江南戍客心，門外芙蓉老〔七〕^①。

〔一〕雕陰　《唐·地理志》：關內道綏州上郡，本雕陰郡地。

〔二〕黃雲　《淮南子》：黃泉之埃，上爲黃雲。

〔三〕天山　見前。

〔四〕白草　見第五卷"青塚"注。

〔五〕磧　《說文》：沙漠爲磧。

〔六〕堡　《廣韻》："堢障，小城也。"或作"堡"

〔七〕芙蓉老　李賀樂府：鯉魚風起芙蓉老。

春曉曲

此曲選入《草堂詩餘》，調名《玉樓春》。

家臨長信〔一〕往來道，乳燕雙雙拂煙草。油壁車〔二〕輕金犢〔三〕肥，流蘇帳〔四〕曉春雞早。籠中嬌鳥暖猶睡，簾外落花閑不掃。衰桃〔五〕一樹近前池，似惜紅顏鏡中老。

〔一〕長信　《三輔黃圖》：長信宮，漢太后常居之后宮，在西秋之象也。秋主信，故宮殿以"長信"爲名。

〔二〕油壁車　見前。

〔三〕金犢　見第一卷。

〔四〕流蘇帳　《海錄碎事》：流蘇者，盤線繪繡之毬，五色錯爲之，同心而下垂者也。○《鄴中記》：石虎冬日施熟錦流蘇斗帳。

〔五〕衰桃　張正見有《衰桃賦》。

俠客行

鈍吟云：落想如畫，字字生動。

欲出鴻都門〔一〕，陰雲蔽城闕。寶劍黯如水，微紅濕餘血。白馬夜頻驚，三更灞陵〔二〕雪^②。

---

① 紀昀評：結有深情。

② 紀昀評：純於慘淡處，但神節短而意境甚濶。此詩本集亦注"齊梁體"字，然終不類，疑集本誤題。

〔一〕鴻都門　《寰宇記》：鴻都門，洛陽北宮門也。

〔二〕灞陵　《一統志》：霸陵城，在西安府城東二十五里，文帝葬其地，因置霸陵縣。按《一統志》，河南府與陝西西安府接壤，故出鴻都門而三更之灞陵。

春　日

柳暗杏花稀，梅梁〔一〕乳燕飛。美人鸞鏡笑，嘶馬雁門〔二〕歸。楚宮〔三〕雲影薄，臺城〔四〕心賞違。從來千里恨，邊色滿戎衣。

〔一〕梅梁　《金陵覽古》：謝安作新宮，有梅木流至石頭城下。太和殿欠一梁，取用之，畫梅花于上表瑞。

〔二〕雁門　《唐·地理志》：代州雁門郡，屬河東道。

〔三〕楚宮　《寰宇記》：楚宮在巫山縣西二百步陽臺古城內，即襄王所遊之地。

〔四〕臺城　見第一卷。

咏　顰

《正字通》："顰，眉蹙貌。"《通鑑》：韓昭侯曰：明主愛一顰一笑。

毛羽斂愁翠〔一〕，黛嬌〔二〕攢艷春。恨容偏落淚，低態定思人。枕上夢隨月〔三〕，扇邊歌繞塵〔四〕。玉鈎〔五〕鸞不住〔六〕，波淺白粼粼〔七〕①。

〔一〕愁翠　王筠詩：愁縈翠羽眉。

〔二〕黛嬌　《釋名》：黛，代也。滅眉毛去之，以此畫代其處也。《言鯖》：婦人眉最善蠱人，故比女比眉曰媚。

〔三〕夢隨月　似暗用姮娥奔月，意謂夢中亦只孤單，玉溪詩"歸去定知還向月"是也。此寫顰之情。

〔四〕歌繞塵　沈君攸詩："歌音出扇繞梁塵。"大抵歌者必顰眉，玉溪詩"斂笑凝眸意欲歌"是也。此寫顰之事。

〔五〕玉鈎　指眉。邵清溪《美人眉》詞"新月橫鈎"是也。

〔六〕鸞不住　《異苑》：罽賓王獲一鸞鳥，三年不鳴。夫人曰："聞鸞見其類則鳴，何不懸鏡照之？"王從其言，鸞覩影悲鳴，冲霄一奮而絕。以此鏡名"鸞鏡"。鸞不住，未詳，或言所歡不在。邵清溪詞"雙尖鎖，試臨鸞一展，依舊風流"，乃翻轉說也。

---

①　粼粼：《四部叢刊》本、垂雲堂本作"磷磷"。

〔七〕白粼粼 曾益云：粼粼，言盛；白，以盛處在眉心也。

太子西池二首

《世説》：晉明帝欲起池臺，元帝不許。帝時爲太子，好養武士，一夕中作池，比曉便成，今太子西池是也。

默庵云：題未解，應是其人所居。

鈍吟云：太子西池，事見《晉書》。

鈍吟云：此書極重溫、李，有好詩便選，他人只截取一路，不必所長。○飛卿文不如長吉，正以理勝，此選者之旨也。

梨花雪壓枝，鶯囀柳如絲。嬾逐粧成曉，春融夢覺遲。鬢輕全作影，嚬淺未成眉。莫信張公子，窗間斷暗期。

花紅蘭紫莖〔一〕，愁草雨新晴。柳占三春色，鶯偷百鳥聲〔二〕。日長嫌輦重，風暖覺衣輕。薄暮香塵起，長楊〔三〕落照〔四〕明。

〔一〕紫莖 《九歌》：秋蘭兮青青，綠葉兮紫莖。

〔二〕百鳥聲 韋應物《聽鶯曲》：流音變作百鳥喧。

〔三〕長楊 《六朝事迹》：《南史》：宋前廢帝景和六年，以南第爲長楊宮。按《晉書》，太子西池在金陵長楊，當指此。舊注謂盩厔縣南之長楊宮，悮。

〔四〕落照 朱超道詩：落照依山盡。

顧　況——十一首

《全唐詩話》：顧況字逋翁，姑蘇人，至德進士。性詼諧，與柳渾、李泌爲方外友。德宗時，渾輔政，以秘書郎召。及泌相，自謂當得達官，久之，遷著作郎。況坐詩語調謔，貶饒州司户。居茅山，以壽終。

默庵曰：此公詩出於太白，一轉而爲樂天。

悲歌六首　並序①

情思發動，聖賢所不能免也。師乙陳其宜，延州審其音，理亂之所

---

① 紀昀注：一本以“臨春風”一章接“畏花落”下爲一首，以“越人翠被”一章接“水泉遙”下爲一首，文義較爲完足，或《才調集》誤分矣。

經，王化之所興也。信無逃於聲教，豈徒文彩之麗，遂作此歌。

默庵云：此真風人。

鈍吟云：全似鮑參軍①。

臨春風，聽春鳥。別時多，見時少。愁人一夜不得眠，瑤井〔一〕玉繩〔二〕相向曉②。

〔一〕瑤井　謂井星也。《詩》"維南有箕"疏：參傍有玉井，則井星在參傍，故曰東井。

〔二〕玉繩　《春秋元命苞》：玉衡北兩星，爲玉繩星，鮑照詩"差池玉繩高，掩靄瑤井没"是也。

城邊路，今日耕田昔人墓。岸上沙，昔日江水今人家。今人昔人長共歡，四氣相催節廻換。明月皎皎入華池，白雲離離渡霄漢。

我欲昇天隔霄漢，我欲渡水水無橋。我欲上山山路險，我欲汲水水泉遥。

越水翠被〔一〕今何寂，獨立江邊莎草碧。紫燕西飛欲寄書〔二〕，白雲何處逢來客。

〔一〕翠被　《説苑》：鄂君乘青翰之舟，張翠蓋，越人擁楫而歌曰："山有木兮木有枝，心悦君兮君不知。"于是鄂君舉繡被而覆之。

〔二〕燕寄書　江淹詩："袖中有短書，願寄雙飛燕。"《開天遺事》：長安女子郭紹蘭，適任宗，宗爲賈于湘中，數年音問不達。紹蘭覩雙燕戲于梁間，長吁而語于燕曰："我婿不歸數歲，生死存亡未可知，欲憑爾附書投我婿。"言訖淚下，燕子飛鳴上下，似有所諾。蘭復問曰："爾若相允，當泊我懷中。"燕遂飛于膝上，蘭吟詩曰："我婿去重湖，臨窗泣血書。慇懃憑燕翼，寄與薄情夫。"遂小書其字，繫于燕足，燕遂飛鳴而去。任宗時在荆州，燕泊于肩上，見一小封，乃妻所寄之詩，宗感而泣下。次年歸，首出詩示蘭。

新結青絲百尺繩，心在君家轆轤〔一〕上。我心皎潔君不知，轆轤一轉

---

① "鮑參軍"下，紀昀評：頗有神骨，然不似鮑有矯介氣，此絢密多。

② "瑤井玉繩相向曉"下，紀昀評：語外有情。

一惆悵①。

〔一〕轆轤　《廣韻》：轆轤，圓轉木也。梁簡文帝《雙桐生空井行》："銀牀牽
轆轤。"

　　何處風光驚曉幕，江南綠水通珠閣〔一〕。美人二八顔如花，泣向春風
畏花落。

〔一〕珠閣　《天台山賦》：珠閣玲瓏于林間，玉堂陰映于高隅。

梁廣畫花歌

　　　　《宣和畫譜》：梁廣，不知何許人也。善畫花鳥，名載《譜録》，爲一時所
稱。故鄭谷作《海棠》詩，有"梁廣丹青點筆遲"之句。

　　王母〔一〕欲過劉徹〔二〕家，飛瓊夜入雲軿〔三〕車。紫書〔四〕分付與青鳥，却
向人間求好花。上元夫人〔五〕最小女，頭面端正能言語。手把梁生畫花看，
凝睇掩笑心相許。心相許，爲白阿孃從嫁與？

〔一〕王母　《酉陽雜俎》：西王母姓楊，諱回，治崑崙西北隅，以丁丑日死，一曰
婉妗。《博物志》：漢武帝好仙道，時西王母遣使乘白鹿告帝當來，乃供張九華
殿以待之。七月七日夜漏七刻，王母乘紫雲車而至于殿西，南面東向，有三青
鳥，如烏大，使侍母傍。

〔二〕劉徹　《漢武内傳》：阿母相邀詣劉徹家。

〔三〕雲軿　李太白詞：河漢女，玉練顔，雲軿往往在人間。

〔四〕紫書　劉孝綽詩：紫書時不至。

〔五〕上元夫人　《漢武内傳》：帝問王母："上元何真？"曰："是三天上元之官，
統領十萬玉女名籙者也。"俄而夫人至，從官千餘，是女子年皆十八九許，形
容明逸，多服青衣。上元夫人年可二十餘，天姿精耀，靈眸絶朗，服青霜之
袍，雲彩亂色，非錦非繡，不可名字。頭作三角髻，餘髮散垂至腰，戴九雲夜
光之冠，曳六出火玉之珮，垂鳳文林華之綬，腰流黃揮精之劍。

送別日晚歌

　　日淒淒兮下山，望佳人兮不還。花落兮屋上，草生兮墀前。日日兮春

---

① 紀昀評：此略近鮑。

風，芳菲兮欲滅。老不可兮更少，君何爲兮輕別。

行路難

《樂府遺聲》道路六曲，有《行路難》。

默庵云：風人之詩，太白嫡派。

君不見擔雪塞井空用力，炒沙作飯豈堪食！一生肝膽向人盡，相識不如不相識。冬青樹上挂凌霄〔一〕①，歲晏花凋樹不凋。凡物各自有根本，種禾終不生豆苗。行路難，何處是平道？中心無事當富貴，今日看君顏色好。

〔一〕凌霄　即陵苕，《詩》：苕之華，芸其黃矣。

棄婦詞②

默庵云：直逼太白。

鈍吟云：何如太白？

古來有棄婦〔一〕，棄婦有歸處。今日妾辭君，遣妾何處去。舊家零落盡，慟哭來時路。憶昔初嫁君，聞君甚周旋。綺羅錦繡段，有贈黃金千。十五許嫁君，二十移所天〔二〕。結髮〔三〕日未久，離居緬〔四〕山川。家家盡歡樂，賤妾空自憐。幽閨多沉思，盛事無十年。相思若循環〔五〕，枕席生流泉。流泉咽不燥〔六〕③，獨夢關山道。及此見君還，君歸妾已老。物華惡衰賤，新寵芳妍好。掩淚出故房，傷心極秋草。自妾爲君妻，君東妾在西。紅顏到曉恨，玉貌一生啼〔七〕。妾有嫁時服，輕雲淡翠霞。琉璃作斗帳〔八〕，四角〔九〕金蓮花〔一〇〕。自從別離後，不覺塵埃厚。常嫌玳瑁孤〔一一〕，獨恨梧桐偶〔一二〕。玉顏遂霜霰，賤妾何能守？寒沼落芙蓉，秋風散楊柳。以此憔悴顏，空將舊物還。餘生欲有寄，誰肯相牽攀。君恩既斷絕，相見何年月？悔傾連理盃，虛作同心結〔一三〕。女蘿〔一四〕附青松，貴在相依投。浮萍共綠水，教作若爲流。不憤君棄妾，自歎妾緣業。憶昔初嫁君，小姑才倚

① 凌：宋本及《四部叢刊》本作“菱”。

② 此詩又見《分類補注李太白詩》卷六，題注云：“士贇曰：此篇即顧況《棄婦詞》也，後人添增數句而竄入於《太白集》中，語俗意重，斧鑿之痕，斑斑可見，可謂作僞心勞日拙者矣。”

③ 燥：《四部叢刊》本、垂雲堂本作“操”，《李太白集》卷六作“掃”。按：當作“掃”。

牀[一五]。今日辭君去，小姑如妾長。回頭語小姑，莫嫁如兄夫。

[一] 棄婦　《家語》：婦有七出，不順父母者、無子者、淫僻者、嫉妒者、惡疾者、多口舌者、竊盜者；有三不去，有所娶無所歸與更三年喪、前貧賤後富貴。

[二] 所天　蔡伯喈女賦：當三春之嘉月，將言歸于所天。

[三] 結髮　蘇武詩：結髮爲夫婦。

[四] 緬　韋昭《國語注》：緬，邈也。

[五] 循環　傅玄詩：情思如循環。

[六] 不燥　江總詩：自羞淚無燥，翻覺夢成虛。

[七] 一生啼　梁簡文帝詩：紅臉脈脈一生啼。

[八] 琉璃帳　《拾遺記》：董偃以畫石爲床，上設紫琉璃帳。

[九] 四角　《古詩爲焦仲卿妻作》：紅羅複斗帳，四角垂香囊。

[一〇] 金蓮花　《鄴中記》：石虎冬月施熟錦流蘇斗帳，四角安純金銀鑿香爐，燒集和名香帳，頂安金蓮花，中懸金簿織成椀囊。

[一一] 玳瑁孤　《諸蕃志》：玳瑁形似龜黿，首、嘴似鸚鵡，背負十二葉，黑白斑文間雜。○《列子》“純雌其名大腰”注：大腰，龜黿之屬，而應邵謂“雄曰瑇瑁”，則介屬玳瑁爲純雄矣，此所謂玳瑁孤也。

[一二] 梧桐偶　魏文帝詩：雙桐生空井，枝葉自相加。

[一三] 連理杯同心結　江總《雜曲》：未眠解著同心結，欲醉那堪連理杯。

[一四] 女蘿　《詩》：蔦與女蘿，施于松栢。

[一五] 小姑倚牀　《古詩爲焦仲卿妻作》：新婦初來時，小姑始扶牀。今日被驅遣，小姑如我長。勤心養公姥，好自相扶將。

送行歌

送行人，歌一曲，何者爲泥何者玉。年華已向秋草衰，春夢猶傳故山綠。

吳　融二首

《唐書》：吳融字子華，越州山陰人。龍紀初及進士第，韋昭度討蜀，表掌書記。累遷侍御史，坐累去官，久之召爲左補闕，以禮部郎中爲翰林學士，拜中書舍人。昭宗反正，進户部侍郎。鳳翔劫遷，融不克從。俄召，遷翰林承旨，卒官。

浙東筵上有寄

鈍吟云：艷詩妙語，然取此而去韓致光，何也？

襄王〔一〕席上一神仙，眼色相當語不傳。見了又休真似夢，坐來雖近遠於天。隴禽〔二〕有意猶能説，江月〔三〕無心也解圓。鈍云：上四句已盡，下四句平結。更被東風勸惆悵，落花時節蝶翩翩。

〔一〕襄王　謂楚襄王，用陽臺神女事。

〔二〕隴禽　李昉名鸚鵡曰隴客。

〔三〕江月　何遜詩：江月初三五。

富水驛東楹有人題詩　筆跡柔媚，出自纖指。

杜牧之有《題商山富水驛》詩，原注：“驛本名與陽諫議同姓名，因此改爲富水驛。”按此則驛在商州東，白詩所云“獨對孤燈坐，陽城山館中”是也。

繡纓〔一〕霞翼兩鴛鴦，金島銀川是故鄉。只合雙飛便雙死，豈悲相失與相忘。煙花夜泊紅蕖〔二〕膩，蘭渚〔三〕春遊碧草芳。何事遽驚雲雨別，秦山楚水兩乖張。

〔一〕繡纓　纓頸毛，鮑照《雉朝飛》云：“刎繡頸。”

〔二〕紅蕖　《爾雅》：“荷，芙渠。”郭注：“別名芙蓉，江東呼荷。”

〔三〕蘭渚　梁元帝《鴛鴦賦》：蘭渚兮相依。

崔　塗 六首

《全唐詩話》：塗字禮山，光啓進士也。

夕次洛陽道中

河南道河南郡有洛陽縣，見《唐·地理志》。

秋風吹故城，城下獨行吟。高樹鳥已息，默云：夕次。古原人尚耕。流年川暗度，往事月空明。不復歎岐路，_{默云：道中。}馬前塵夜生。

巴南道中

嶺南道潘州南潘郡有南巴縣，見《唐·地理志》。

久客厭岐路，_{默云：道中。鈍云：奇句。}出門吟且悲。平生未到處，_{道中。}落日獨行時。芳草不長綠，故人難重期。那堪更南渡，鄉國是天涯。

巴陵夜泊

《岳陽風土記》："巴陵本下雟縣之巴邱。"《漢·地理志》："下雟縣屬長沙郡。"今按：在鄂州蒲圻縣，《水經》所謂"本吳之巴邱邸閣城也"。晉平康元年，立巴陵縣于此。

家依楚塞窮秋別，身逐孤舟萬里行。一曲巴歌〔一〕半江月，便應銷得二毛〔二〕生。

〔一〕巴歌　劉希夷詩：巴歌不可聽，聽此益潺湲。

〔二〕二毛　《左傳》：君子不重傷，不禽二毛。

春夕旅遊

水流花謝兩無情，送盡東風過楚城。蝴蝶〔一〕夢中家萬里，_{默云：春旅游，春夕。}子規〔二〕枝上月三更。故園書動經年絕，_{旅。}華髮春移滿鏡生①。自是不歸歸便得，_{旅游。}五湖煙景有誰争？

〔一〕蝴蝶　《莊子》：昔者莊周夢爲蝴蝶，栩栩然蝴蝶也。

〔二〕子規　《成都記》：望帝死，其魂化爲鳥，名曰杜鵑，亦曰子規。韓退之詩："喚起窗全曙，催歸日未西。"以子規聲似不如歸去也。

放鸂鶒

《異物志》：鸂鶒，水鳥，有五色。

———————————

① 移：宋本注："一作'唯'。"

秋入池塘風露微，曉開籠檻看初飛。默云：放。滿身金翠畫不得，無限煙波何處歸。

巫峽旅別

《荆州記》：沿江二十里，有新崩灘，至巫峽，因山名也，首尾一百六十里。

五千里外三年別①，十二峯〔一〕前一望秋。多少別魂招不得，夕陽西下水東流。

〔一〕十二峯　《一統志》：十二峯在巫山，曰望霞、翠屏、朝雲、松巒、集仙、聚鶴、淨壇、上昇、起雲、飛鳳、登龍、聖泉。

盧綸 七首

《唐書》：綸字允言，河中蒲人。避天寶亂，客鄱陽。大曆初，數舉進士不第。元載取其文以進，補閿鄉尉，累遷監察御史，輒稱疾去。與吉中孚、韓翃、錢起、司空曙、苗發、崔峒、耿緯、夏侯審、李端皆能詩齊名，號大曆十才子。

春詞

北苑〔一〕羅裙帶〔二〕，塵衢〔三〕錦繡鞋〔四〕。醉眠芳樹下，半被落花埋。

〔一〕北苑　《明皇雜録》：天寶中，上命宫女數百人爲梨園弟子，皆居宜春北苑。

〔二〕羅裙帶　梁簡文帝詩：“羅裙宜細簡，畫屧重高牆。”《教坊記》曲名有《羅裙帶》。

〔三〕塵衢　《拾遺記》：石崇沉屑水之香，如塵末，布象床上，使所愛者踐之，無迹者賜以真珠百斛。○《南部煙花記》：宫人皆以沉香屑裹履中，以薄玉爲底，行則香痕印地，名曰香塵。

〔四〕錦繡鞋　《中華古今注》：鞋子自古即有，謂之履，至漢加以錦飾，又有繡鴛鴦履。《唐音癸籤》：從來婦人足履之制，惟《晋書》之《五音志》附見兩言，云：“男子屨方頭，婦人圓頭。”夫圓頭適足小之用，纏足可知。大抵有男女

---

① 別：《四部叢刊》本、垂雲堂本作“客”。

來，便分男女體態，婀娜細步，纖小玉趺，古人定早鑿此竅，不待今日。"鈿尺裁量減四分，纖纖玉笋裹春雲。五陵年少欺他醉，笑把花前出畫裙"，杜牧之有詩。"新羅繡行纏，足趺如春妍"，見晋清商曲。"纖纖作細步，精妙世無雙"，見漢焦仲卿妻詩。

早春歸盩厔別業寄耿拾遺[①]

盩厔縣，屬關内道鳳翔府扶風郡，見《唐·地理志》。耿拾遺，即耿緯，詳第一卷注。

野日初晴麥壠分，默云：早春。竹園村伴鹿成羣。默云：五句俱別業。幾家廢井生春草，一樹繁花對古墳。引水忽驚冰滿澗，默云：早春。向田空見石和雲。可憐芳歲青山裏，默云：緊結盩厔別業。唯有松枝好寄君。

晚次鄂州

本集自注云："至德中作。"蓋允言，河中人，時安史方亂三河。《唐·地理志》：鄂州江夏郡，縣七：江夏、永興、武昌、蒲圻、唐年、漢陽、汉川。

雲開遠見漢陽城[一]，默云：鄂州。猶是孤帆一日程。賈客晝眠知浪静，舟人夜語覺潮生。三湘衰鬢逢秋色，萬里歸心對月明。舊業已隨征戰盡，更堪江上鼓鼙聲。

[一] 漢陽城　朱東岩云：崔公《黃鶴樓》詩云："晴川歷歷漢陽樹，芳草萋萋鸚鵡洲。"蓋鄂州即今武昌府黃鶴樓，在武昌城上。武昌在江南，漢陽在江北，隔江對峙，然非順風不能飛渡。明明望見漢陽城，不能即至，"浪静""潮生"等語，非泛泛也。

古艷詞

《雜曲歌辭》有《古艷歌》。

殘粧色淺髻鬟開，笑映珠簾覷客來。推醉唯知弄花鈿，潘郎不敢使人催。

---

① 《文苑英華》卷二五五題作《早春歸盩厔舊宇却寄耿拾遺緯李校書端》。

髻　鬟

《説文》云：總髮也。

自拈裙帶結同心〔一〕，暖處偏知香氣深。愛捉狂夫問閒事，不知歌舞用黃金。

〔一〕結同心　謝混《江陵女子歌》：拾得娘裙帶，同心結兩頭。

代員將軍罷戰歸故里寄朔北故人

結髮〔一〕事疆場，全生到海鄉。默云：罷戰歸。連雲防鐵嶺〔二〕，同日破漁陽〔三〕。牧馬胡天曉，默云：朔北故人。移軍磧路長。枕戈眠古戍，吹角立繁霜。歸老勳仍在，酬恩虜未亡。獨愁過邑里，默云：歸。多病對農桑。雄劍〔四〕依塵席，陰符〔五〕寄藥囊。空餘麾下士，猶逐羽林郎〔六〕。

〔一〕結髮　《史記》：李廣曰："廣結髮與匈奴大小七十餘戰。"

〔二〕鐵嶺　鐵嶺，縣名，屬盛京奉天府，見《廣輿記》。

〔三〕漁陽　《唐·地理志》：河北薊州漁陽郡，開元十八年析幽州置。

〔四〕雄劍　《吳越春秋》：干將作劍二枚，陽曰干將，陰曰莫耶，陽作龜文，陰作漫理，謂雌雄劍。

〔五〕陰符　《戰國策》"得太公《陰符》之謀"，《索隱》云：《陰符》是太公兵法。

〔六〕羽林郎　《漢書·百官公卿表》注：師古曰：羽林宿衞之官，言其如羽之疾，如林之多也。

送南中使寄嶺外故人

見説南來處，默云：南。蒼梧〔一〕接桂林〔二〕。過秋天更暖，默云：嶺外，俱説嶺外。近海日長陰。巴路緣雲出，蠻鄉入洞深。信廻人自老，夢到月應沉①。碧水通春色，青山寄遠心。炎方無久客②，默云：寄故人結。莫使鬢毛侵。

〔一〕蒼梧　《唐·地理志》：嶺南道梧州蒼梧郡，武德四年，以靜州之蒼梧、豪

---

① "夢到月應沉"下，紀昀評：二句沉着而沉穩，或議其語未自然，亦好高之論。

② "炎方無久客"下，紀昀注：無，一本作"難"，"難"字是。

静、開江置。

〔二〕桂林　《唐•地理志》：嶺南道連州連山郡桂陽縣，有桂林山。

無名氏一十三首

雜　詞

勸君莫惜金縷衣〔一〕，勸君須惜少年時。有花堪折直須折，莫待無花空折枝①。洪遂《侍女小名録》：唐杜秋娘，金陵女子也。年十五，爲浙西觀察使李錡妾，嘗爲錡辭云爾。

〔一〕金縷衣　見第一卷。

青天無雲月如燭〔一〕，露泣梨花白如玉。子規一夜啼到明，美人獨在空房宿。

〔一〕月如燭　《唐書》：張志和云：太虚爲室，明月爲燭。

石沉遼海〔一〕闊，劍別楚山〔二〕長。會合知無日，離心滿夕陽。

按：李章武與王氏子婦情好殊篤，章武別去，子婦結念而死。後幽
魂兩會，鳴咽悲切，抱恨終天。隴西李助感而賦此。

〔一〕石沉遼海　《山海經》：發鳩之山，有鳥名曰精衛，是炎帝之少女娃遊于東
海，溺而不返，故爲精衛。常銜西山之木石，以堙于東海。桓温表"管
寧之默遼海"，見第一卷中"遼水"注。

〔二〕劍別楚山　鮑照詩：雙劍將離別，先在匣中鳴。煙雨交將夕，從此遂分形。
雌沉吴江裏，雄飛入楚城。

空賜羅衣不賜恩，一薰香後一銷魂。雖然舞袖何曾舞，常對春風裛淚痕。

不洗殘粧凭繡牀，却嫌鸚鵡繡鴛鴦〔一〕。廻針刺到雙飛處，憶着征夫

---

① 紀昀評：此杜秋娘秘歌，見杜牧《杜秋》詩自注。

淚數行。

〔一〕繡鴛鴦　《杜陽雜編》：同昌公主有神絲繡被，繡三千鴛鴦。

眼想心思夢裏驚，無人知我此時情。不如池上鴛鴦鳥，雙宿雙飛過一生。

一去遼陽〔一〕繫夢魂，忽傳征騎到中門。紗窗不肯施紅粉，圖遣蕭郎問淚痕。

〔一〕遼陽　《漢·地理志》：遼東郡有遼陽縣。

鶯啼露冷酒初醒，罨畫〔一〕樓西曉角鳴。鈍云：香奩體。翠羽帳〔二〕中人夢覺，寶釵〔三〕斜墜枕函聲。

〔一〕罨畫　《丹鉛總録》：畫家有罨畫，雜綠色畫也。吳興有罨畫溪。

〔二〕翠羽帳　范靜妻沈氏詩：明珠翠羽帳，金薄綠綃帷。

〔三〕寶釵　秦嘉《與婦徐淑書》：今致寶釵一隻，價值千金，可以耀首。

行人南北分征路，流水東西接御溝。終日坡前怨離別，謾名長樂〔一〕是長愁。

詩見《白氏長慶集》中，題云"長樂坡送人，賦得愁字"。

〔一〕長樂坡　《雍録》：長樂坡下臨滻水，自其北可望長樂宮，故名長樂坡也。

《舊唐書》：賀知章還鄉，遣左右相以下祖別于長樂坡，上賦詩贈之。

偏倚繡牀愁不起，雙垂玉筯〔一〕翠環〔二〕低。卷簾相待無消息，夜合花〔三〕前日又西。

鈍吟云：白詩只四字不同，却妙。

勣按：樂天詩云："倦倚繡牀愁不動，緩垂綠帶髻鬟低。遼陽春盡無消息，夜合花前日又西。"好事者畫爲《倦繡圖》，見《娛書堂詩話》。

〔一〕玉筯　見第一卷。

〔二〕翠環　《粧樓記》：何充妓於後閣以翡翠指環換刺繡筆，充知，急以蜻蜓帽贖之。

〔三〕夜合花　《説略》：嵇康："合歡蠲忿，萱草忘憂。"《詩話》："其葉至夜即合，故曰合昏。"杜子美詩："合婚尚知時，鴛鴦不獨宿。"故《圖經》曰"夜合"也。

悔將淚眼向東開，特地愁從望裏來。三十六峯[一]猶不見，況伊如燕[二]
這身材。<small>鈍云："這"字僅見。</small>
　[一]三十六峯　《一統志》：嵩山三十六峯，東太室，西少室，相去七十里。
　[二]如燕　《趙飛燕傳》：宜主纖便輕細，舉止翩然，人謂之飛燕。

滿目笙歌一段空，萬般離恨總隨風。多情爲謝殘陽意，與展晴霞片
片紅。

兩心不語暗知情，<small>鈍云：香奩體。</small>燈下裁縫月下行。<small>默云：兩心。</small>行到堦前知
未睡，夜深聞放剪刀聲。

才調集補注卷三

古律雜歌詩一百首

韋　莊六十三首

《全唐詩話》：韋莊字端己，杜陵人，見素之後。曾祖少微，宣宗中書舍人。莊疎曠，不拘小節。李詢爲西川宣諭和協使，辟爲判官。以中原多故，潛欲依王建，建辟爲掌書記，尋召爲起居舍人，表留之。後相建，爲偽平章事。

鈍吟云：韋相詩聲調高亮，不用晚唐人細碎苦澀工夫，是此書律詩法也①。〇韋詩調響②，與晚唐諸家不同，大略不宜，多才弱也。七言四韻，平平說去，遒警動人。

關　山

鈍吟云：七言近體。

馬嘶煙岸柳陰斜，東去一作"回首"。關山路轉賒。到處因循緣嗜酒，一生惆悵爲判〔一〕花。危時祇合身無著，白日那堪事有涯。正是灞陵〔二〕春酎〔三〕綠，仲宣〔四〕何事獨辭家？

〔一〕判　見第二卷。

〔二〕灞陵　見第二卷。

〔三〕春酎　《左傳》杜注：酒之新熟，重者爲酎。春酎，春酒也。

〔四〕仲宣　王仲宣《七哀詩》："南登灞陵岸，回首望長安。"庾子山《哀江南賦》："逢赴洛之陸機，見離家之王粲。"

---

①　"律詩法也"下，紀昀評：律詩但求聲調，即是驅救工夫也。明七子摹擬之弊，唯剩膚詞。近時神龍之宗，但存空想，各現鼻祖，同一病源。

②　"調響"下，紀昀評：亦雄大響，即是浮聲。鈴鐸之音，不如鐘鏞之沉厚，其質薄也；筝琶之響，不如琴瑟之雅淡，其弦么也。凡詩氣太緊峭，調太圜脆者，皆由於醞釀不深。

舊　里

滿目牆匡春草深，傷時傷事更傷心。車輪馬跡一時盡，十二玉樓何處尋。

〔一〕十二玉樓　見第二卷。

思　歸

暖絲無力自悠揚，牽引東風斷客腸。外地見花終寂寞，異鄉聞樂更淒涼。紅垂野岸櫻還熟，綠染廻汀草又芳。舊里若爲歸去好，子期凋謝呂安亡。

〔一〕子期　《晋書》：向秀字子期。秀《思舊賦·序》云：與嵇康、呂安居止接近。

與東吳生相遇　及第後，出關作①

十年身事各如萍，白首相逢淚滿纓。老去不知花有態，亂來唯覺酒多情。貧疑陋巷春偏少，貴想豪家月倍明②。且對一尊開口笑〔一〕③，未衰應見泰階平〔二〕④。

〔一〕開口笑　《莊子》：人上壽百歲，中壽八十，下壽六十，除病瘦死喪，憂患其中，開口而笑者，一月之中，不過四五日而已矣。

〔二〕泰階平　《長楊賦》："玉衡正而太階平。"《晋·天文志》：三台爲天階，一曰泰階。上階上星爲天子，下星爲女主；中階上星爲諸侯三公，下星爲卿大夫；下階上星爲士，下星爲庶人，所以和陰陽而理萬物也。君臣和集，如其常度，有變則占其人。

章臺夜思

陸機《羽扇賦》：昔楚襄王會于章臺之上，山西與河右諸侯在焉。

---

① 紀昀注：按：端己乾寧元年及第，即授校書郎，尋轉補闕，不應出關。且詩皆不得志之詞，"及"字恐是"下"字之訛。

② 倍：《四部叢刊》本作"最"。

③ 且：宋本注："一作'獨'。"

④ 紀昀評：詩特深穩，結句尤爲忠厚。

清瑟怨遙夜，遠弦風雨哀①。孤燈聞楚角，殘月下章臺。芳草已云暮，故人殊未來。鄉書不可寄，秋雁[一]又南廻②。

〔一〕寄書雁　《漢書》：漢求蘇武等，匈奴詭言武死。後漢使復至匈奴，常惠請其守者與俱，見漢使，教使者言：「天子射上林中，得雁足有繫帛書，言武等在某澤中。」

延興門外作

《長安志》：延興門爲京城東面三門之一。

芳草五陵[一]道，美人金犢車[二]。綠奔穿內水，紅落過牆花。馬足倦游客，鳥聲歡酒家。王孫歸去晚，宮樹欲棲鴉。

〔一〕五陵　見第二卷。

〔二〕金犢車　《逸史》：盧杞少時窮居東都，鄰有麻氏嫗，晚從外歸，見金犢車子在麻婆門外，窺之，見一女郎年十四五，真神人也。

關河道中作

槐陌蟬聲柳市[一]風，驛樓高倚夕陽東。往來千里路長在，聚散十年人不同。但見時光流似箭，豈知天道曲如弓[二]。平生志業匡堯舜，又擬滄浪學釣翁。

〔一〕槐陌柳市　沈約樂府：「青槐金陵陌。」《漢·萬章傳》注：師古曰：「細柳倉有柳市。」按：此詩非必實指其地，不過言道中槐陰柳下耳。

〔二〕天道如弓　《老子》：「天道其猶張弓與？高者抑之，下者舉之，有餘者損之，不足者補之。」郝天挺云：反其意用之，蓋怨之之詞也。

秋日蚤行

程湘蘅云：一氣寫六句，字字切秋日早行，絕佳。結始見早行之苦，便覺野風蓮蕚，殘月露華，都非佳境。製格遣詞，彌加工妙。

---

① 「遠弦風雨哀」下，紀昀評：狀瑟之聲如風雨。

② 紀昀評：高調，晚唐所少。

馬上蕭蕭襟袖涼[①]，路穿禾黍遶宮牆。半山殘月露華冷，一岸野風蓮葀香。煙外驛樓紅隱隱，渚邊雲樹暗蒼蒼。行人自是心如火，兔走烏飛[一]不覺長。

〔一〕兔走烏飛　《觀象玩占》：日者陽精之宗，積而成烏，有三趾，陽之精，其數奇。月者陰精之宗，積而成兔，陰之精，其數偶。

歎落花

一夜霏微露濕煙，曉來和淚喪嬋娟。不隨殘雪埋芳草，盡逐香風上舞筵。西子[一]去時遺笑靨[二]，謝娥[三]行處落金鈿。飄紅墮白堪惆悵，少別穠華又隔年。

〔一〕西子　《孟子疏》：西子，越之美女，吳王夫差大幸之。每入市，人願見者，先輸金錢一文。《吳越春秋》：越得苧蘿山鬻薪之女，曰西施。鄭旦餙以羅穀，教以容步，三年學服而獻於吳。

〔二〕笑靨　《錦帶》：啼鶯出谷，爭得求友之音；笑蕊飛林，競散佳人之靨。

〔三〕謝娥　見第二卷"謝女"注。

灞陵道中

灞陵，見二卷。

春橋[一]南望水溶溶，一桁[二]晴山倒碧峯。秦苑[三]落花零露濕，灞陵新酒撥醅[四]濃。青龍[五]夭矯[六]盤雙闕，丹鳳[七]褵褷[八]隔九重[九]。萬古行人離別地，不堪吟罷夕陽鐘。

〔一〕橋　《開天遺事》：長安東灞陵有橋，來迎去送皆至橋，爲離別之地，故人呼之爲銷魂橋。

〔二〕桁　衣架。庾信《對燭賦》："燈前桁衣疑不亮。"按：水溶溶，不興波也，故碧峯倒影，如一衣桁然。

〔三〕秦苑　見後。

〔四〕撥醅　見第二卷。

〔五〕青龍闕　《古今注》：闕，觀也。古每門樹兩觀於其前，所以標表宮門也。人

臣至此，則思其所闕，故謂之闕。蒼龍闕，畫蒼龍。

〔六〕夭矯　《尚書故實》：曹不興嘗於溪中見赤龍夭矯波間，因寫以獻，孫皓歎賞珍藏之。

〔七〕丹鳳　《雍録》：大明宮南端門，名丹鳳。

〔八〕襂褷　《木華海賦》："鳬雛離褷。"離褷，毛羽貌。

〔九〕九重　見第一卷。

貴公子

大道青樓〔一〕御苑東，玉闌〔二〕仙杏〔三〕壓枝紅。金鈴犬吠梧桐院〔四〕，默云：院，一作"影"。"影"妙於"院"，"院"字今人改"月"字，不知下有"夕陽"字，則"月"字説不去。朱鬣馬〔五〕嘶楊柳風。流水帶花穿巷陌，夕陽和樹入簾櫳。鈍云：何言夕陽耶？又云："夕陽"句寒。瑶池〔六〕宴罷歸來醉，笑説君王在月宮〔七〕。

〔一〕青樓　曹植《美女篇》：青樓臨大路。

〔二〕玉闌　庾肩吾詩：秦王金作柱，漢帝玉爲闌。

〔三〕仙杏　《述異記》：東海郡尉于台有杏一株，花雜五色六出，號六仙人杏。

〔四〕梧桐影　吕逸人詩：今夜故人來不來，教人立盡梧桐影。

〔五〕朱鬣馬　《山海經》："犬戎有文馬，縞身朱鬣。"《左傳》："宋公子地有白馬四，公嬖向魋，魋欲之，公取而朱其尾鬣以與之。"

〔六〕瑶池　《穆天子傳》：天子觴西王母於瑶池之上。

〔七〕月宮　《煙花記》：陳後主爲貴妃造桂宮，作圓門如月，障以水晶，庭中植一桂樹，下置藥杵白，使麗華恒馴一白兔。麗華被素袿裳，梳凌雲髻，插白通草、蘇孕子，靸玉華飛頭履。時獨步於中，謂之月宮。帝每入宴樂，呼麗華爲張嫦娥。

憶　昔

昔年曾向五陵遊，默云：昔。子夜〔一〕歌清月滿樓。銀燭〔二〕樹前長似晝，露桃〔三〕花裏不知秋。西園公子〔四〕名無忌，南國佳人號莫愁〔五〕。今日亂離俱是夢，默云：憶昔。夕陽唯見水東流。鈍云：韋公詩篇，篇有"夕陽"。

〔一〕子夜　子夜者，子時之夜，謂半夜也。《鼓吹》作"午夜"，意同，故下云"月滿樓"。

〔二〕銀燭　邢邵詩：夕宴銀爲燭。

〔三〕露桃　《雞鳴曲》：桃生露井上。

〔四〕西園公子　《文選》曹子建《公讌》詩：“公子敬愛客，終夜不知疲。清夜遊西園，飛蓋相追隨。”公子當是曹丕，今日無忌，蓋以當時公子縱心於遊樂，可直名之爲無忌耳，非誤認曹丕爲信陵君也。

〔五〕莫愁　《容齋三筆》：莫愁者，郢州石城人。今郢有莫愁村，畫工傳其貌，好事者多寫寄四遠。

　　　　程湘蘅云：“不知秋”，謂不知有秋也。飫膏粱則不知藜藿之味，厭文繡則不知布褐之溫，樂朝夕者不知鐘鳴漏盡之隨其後也，哀哉！

春　日

忽覺東風景漸遲①，野梅山杏暗芳菲。落星樓〔一〕上吹殘角，偃月營〔二〕中掛夕暉。旅夢亂隨蝴蝶散，離魂漸逐杜鵑〔三〕飛②。紅塵遮斷長安陌③，芳草王孫〔四〕暮不歸。離魂，一作“離情”。

〔一〕落星樓　《吳都賦》“饗戎旅乎落星之樓”，劉淵注：落星樓，在建鄴東北十里。

〔二〕偃月營　陸士衡論：孫權聞曹公來，築營於濡須塢以拒之，狀如偃月，號偃月營。

〔三〕蝴蝶杜鵑　俱見第二卷。

〔四〕王孫　《楚辭》：王孫遊兮不歸，芳草生兮萋萋。

對梨花贈皇甫秀才

林上梨花雪壓枝，獨攀瓊艷不勝悲。依前此地逢君處，還是去年今日時。且戀殘陽留綺席〔一〕，莫推紅袖訴金卮〔二〕。騰騰戰鼓正多事，須信明朝難重持〔三〕。

〔一〕綺席　《西京雜記》：鄒陽《酒賦》：“絹綺爲席，犀璩爲鎭。”

〔二〕訴金卮　韋相《菩薩蠻》詞云：“須愁春漏短，莫訴金盃滿。”訴金卮，亦謂

---

① 風：宋本注：“一作‘君’。”

② 魂：宋本注：“一作‘情’。”

③ 遮：宋本注：“一作‘望’。”

訴説酒滿而辭之也。

〔三〕**難重持**　沈約詩：勿言一樽酒，明日難重持。

立　春

青帝〔一〕東來日馭〔二〕遲，暖煙輕逐曉風吹。罽袍〔三〕公子樽前覺，錦帳〔四〕佳人夢裏知。雪圃乍開紅菜甲〔五〕，綵幡〔六〕新翦綠楊絲。殷勤爲作宜春〔七〕曲，題向花牋帖繡楣〔八〕。

〔一〕**青帝**　《後漢書·祭祀志》：立春之日，迎春於東郊，祭青帝勾芒。

〔二〕**日御**①　《廣雅》：日御，謂之羲和。

〔三〕**罽袍**　罽，織毛爲之，一作"罿"。杜牧之《少年行》："春風細雨走馬去，珠絡璀璨白罽袍。"

〔四〕**錦帳**　《飛燕外傳》：婕妤上二十六物，后報以雲錦五色帳、沉水香玉壺。

〔五〕**菜甲**　《四時寶鏡》：立春日，作春餅生菜，號爲春盤。

〔六〕**綵幡**　《後漢·禮儀志》：立春之日，夜漏未盡五刻，郡國縣道下至斗食令史，皆服青幘，立春幡。

〔七〕**宜春**　《荆楚歲時記》：立春日，帖"宜春"二字。

〔八〕**繡楣**　《西京賦》"繡栭雲楣"，栭，斗也。楣，梁也。皆雲氣，畫如繡也。○《釋名》：楣，眉也，近前若面之有眉也。

春陌二首

滿街芳草卓〔一〕香車，仙子門前白日斜。腸斷東風各迴首，一枝春雪凍梅花。

〔一〕**卓**　持立也。牛嶠詞："晴街春色香車立。"

嫩煙輕染柳絲黃，勾引花枝笑凭牆。馬上王孫莫迴首，好風今逐羽林郎〔一〕。

〔一〕**羽林郎**　見第二卷。

---

①　御：原詩作"馭"。

春愁二首

自有春愁正斷魂，不堪芳草思王孫。落花寂寂黃昏雨，深院無人獨倚門。

寓思本多傷，逢春恨更長。露啼湘竹淚[一]，花墮越梅粧[二]。睡怯交加夢，閒傾瀲灩觴。後庭人不到，斜日上松篁。

〔一〕湘竹淚　見第一卷“瀟湘竹”注。

〔二〕越梅粧　《煙花記》：宋武帝女壽陽公主，人日臥含章殿檐下，梅花落公主額上，成五出之花，拂之不去。自後宮人效之，爲梅花粧。

陪金陵府相中堂夜宴

金陵，見第一卷。

滿耳笙歌滿眼花，滿樓珠翠勝吳娃。因知海上神仙窟，只似人間富貴家。繡户夜攢紅燭市，舞衣晴曳碧天霞。却愁宴罷青娥[一]散，揚子江[二]頭月半斜。默云：金陵。

〔一〕青娥　江淹賦：青娥羞豔，素女慚光。

〔二〕揚子江　《一統志》：大江源出四川岷山，來自都城之西南，過鎮江，東流之海。在本府界者，凡二百餘里，名揚子江。

臺　城

見第一卷。

江雨霏霏江草齊，六朝如夢鳥空啼。無情最是臺城柳[一]，依舊煙籠十里堤[二]①。

〔一〕臺城柳　迎新送舊，柳之常態。賢如王祥，不肖如馮道，皆臺城柳也。端己此詩，殆爲唐臣附梁者發乎？

〔二〕十里堤　《括地志》：金堤一名十里堤，在白馬縣東五里。此借用。

---

① 紀昀評：末二句亦是對面寫法。

歲宴同左生作

歲暮鄉關遠，_{默云：歲晏}①天涯手重攜。雪埋江樹短，雲壓夜城低。寶瑟[一]湘靈[二]怨，清砧[三]杜魄[四]啼。不須臨皎鏡[五]，年長易凄凄。

〔一〕寶瑟　《漢書》：莽何羅行觸寶瑟，僵。

〔二〕湘靈　《楚辭》：使湘靈兮鼓瑟。

〔三〕清砧　杜甫詩：秋至拭清砧。

〔四〕杜魄　《蜀都賦》：碧出萇弘之血，鳥生杜宇之魄。

〔五〕皎鏡　沈約詩：皎鏡無冬春。

夜雪汎舟遊南溪

大江西面小溪斜，入竹穿松似若耶[一]。兩岸嚴風吹玉樹，_{默云：夜雪。}一灘明月曬[二]銀砂。因尋野渡逢漁舍，_{汎舟南溪。}更泊前灣近酒家②。去去不知歸路遠，棹聲煙裏獨嘔啞。

〔一〕若耶　見第一卷。

〔二〕曬　《唐韻》：曬，所寄切。《說文》：暴也，方音讀砂，去聲。

謁巫山廟

《水經注》：宋玉所謂天帝之季女，名曰瑤姬，未行而亡，封於巫山之臺，精魂爲草，實爲靈芝。所謂巫山之女，高唐之姬，旦爲行雲，暮爲行雨，朝朝暮暮，陽臺之下。旦早視之，果如其言，故爲立廟。

亂猿啼處訪高唐[一]，_{默云：謁巫山廟。}路入煙霞草木香。_{鈍云：只一句領起。}山色未能忘宋玉，水聲猶似哭襄王。朝朝暮暮陽臺下，爲雨爲雲楚國亡。惆悵廟前無限柳[二]，春來空鬬畫眉長。_{無限，一作"多少"。}

〔一〕高唐　《漢書》注：雲夢中，有高唐之臺。宋玉《襄王神女賦序》："楚襄王與宋玉遊於雲夢之浦，使玉賦高唐之事。其夜王寢，果夢與神女遇，其狀甚

---

①　默云歲晏：原無，據垂雲堂本補。

②　近：《四部叢刊》本、垂雲堂本作"上"。

麗，王異之。明日以白玉，使賦之。"

〔二〕柳　梁元帝詩：山高巫峽長，垂柳復垂楊。

鷓鴣

　　見第一卷。

　　南禽〔一〕無侶似相依，錦翅雙雙傍馬飛。孤竹廟〔二〕前啼夜雨，汨羅祠〔三〕畔弔殘暉。秦人只解歌爲曲〔四〕，越女空能畫作衣。懊惱澤家〔五〕非有恨①，年年長憶鳳城〔六〕一作"凰"。歸。

　〔一〕南禽　《嶺表録異》：鷓鴣雖東西廻翔，開翅之始，必先南翥。

　〔二〕孤竹廟　胡變亭云：孤竹廟，似即黃陵廟，湘夫人祠也。少陵《湘夫人祠》詩云："蒼梧恨不淺，染淚在叢筠。"即孤竹之義。

　〔三〕汨羅祠　《水經注》：汨水又西，爲屈潭，即羅淵也。屈原懷沙，自沉於此，故淵潭以"屈"爲名。淵北有屈原廟，廟前有碑。

　〔四〕歌爲曲　《教坊記》曲名有《山鷓鴣》。

　〔五〕懊惱澤家　元注：鷓鴣之音也。又唐史，韓建發兵圍十六宅，諸王被髮升屋，呼曰："宅家救兒。"建盡殺之。時昭宗爲建逼，幸華州。按：天子以天下爲宅，四海爲家，故曰宅家。"澤"與"宅"同音，如樂府思絲、悲碑通用。韋相蓋因鳥音感觸，而傷天子之流離孤獨，正與起句"無侶"照應。中間啼夜雨、弔殘暉，俱衰晚之景。"歌爲曲""畫作衣"以比藩鎮之歡歌樂禍，而無匡復之實功耳。昭宗在華州，登齊樓，西北顧望京師，作《菩薩蠻》詞三章以思歸，其卒章曰："野煙生碧樹，陌上行人去，安得有英雄，迎歸大內中。"酒酣，與從臣悲歌泣下，與詩落句正符。

　〔六〕鳳城　戴嵩樂府"丹鳳俯臨城"，趙次公《杜注》："秦穆公女吹簫，鳳降其城，因號丹鳳城。其後言京都之盛，曰鳳城。"

歲除對王秀才作

　　《唐六典》：諸州每歲貢人，其類有六，一曰秀才。

　　我惜今宵促，君愁玉漏頻。豈知新歲酒，猶作異鄉身。雪向寅前〔一〕凍，花從子後〔二〕春。到明追此會，俱是隔年人。

---

　　① 宋本注："懊惱澤家，鷓鴣之音也。"

〔一〕寅前　建寅月之前。

〔二〕子後　夜半子時之後。

章江作

《漢書》：豫章郡贛縣，豫章水出西南，北入大江。

《通典》：虔州贛縣有章水、貢水合流，故曰贛。

杜陵〔一〕歸客正徘徊，玉笛誰家叫落梅〔二〕。之子棹從天外去，故人書自日邊〔三〕來。楊花漫惹霏霏雨，竹葉〔四〕閑傾滿滿盃。欲問旌陽〔五〕舊風月，下江紅樹亂猿哀。

〔一〕杜陵　莊，京兆杜陵人。

〔二〕落梅　見第一卷。

〔三〕日邊　《晋書·明帝紀》：帝幼而聰哲，元帝所寵異數。嘗置膝前，屬長安使來，因問帝曰："汝謂日與長安孰遠？"對曰："長安近。不聞人從日邊來，居然可知也。"元帝異之。明日宴群臣，又問之，對曰："日近。"元帝失色，曰："何乃異間者之言乎？"對曰："舉目見日，不見長安。"後人因謂帝所爲日邊。

〔四〕竹葉　張衡《七辨》：玄酒白醴，葡萄竹葉。

〔五〕旌陽　《一統志》：許遜，南昌人。晋初爲旌陽令，大施濟利。尋棄官歸，遇諶姆，傳其道術，遂斬蛇誅蛟，悉除民害，精修至道。年一百三十歲，舉家同昇，谿犬亦隨去。按：章江在今江西南昌府西，故用旌陽事。一作維揚者，非。

南昌晚眺

《唐·地理志》：洪州豫章郡有南昌縣。

南昌城郭枕江煙，章水悠悠浪拍天。芳草綠遮仙尉宅〔一〕，落霞紅襯賈人船。霏霏閣上千山雨，嘈嘈〔二〕雲中萬樹蟬。怪得地多章句客，庾家樓〔三〕在斗牛〔四〕邊。

〔一〕仙尉宅　《水經注》：南昌左尉廨，西漢九江梅福爲南昌尉，居此。後福一旦捨妻子去九江，傳云得仙。

〔二〕嘈嘈　《詩》：鳴蜩嘈嘈。

〔三〕庾樓　《入蜀記》：庾樓正對廬山之雙劍峯，北臨大江，氣象雄麗。自京口以西，登覽之地多矣，無出庾樓右者。樓不甚高，而覺江山煙雲，皆在几席間，真絕景也。庾亮嘗爲江、荆、豫州刺史，其實則治武昌。若武昌南樓名庾樓，猶有理。今江州治所，晉時柴桑縣之溢口關耳，此樓附會甚明。然白樂天詩固云"潯陽欲到思無窮，庾亮樓南溢口東"，則承誤亦久矣。

〔四〕斗牛　《廣輿記》：九江府，天文斗牛分野。按：九江府即江州，與南昌俱屬江西。

衢州江上別李秀才

《唐·地理志》：衢州信安郡，武德四年，析婺州之信安縣置。

千山紅樹萬山雲，把酒相看日又曛。一曲離歌兩行淚，更知何地再逢君。

癸丑年下第獻新先輩

五更殘月省牆邊，絳斾〔一〕霓旌〔二〕卓曉煙。千炬火中驅出谷，一聲鐘後鶴沖天。皆乘駿馬先歸去①，獨被羸童笑晚眠。對酒暫時情豁爾，見花依舊涕潸然。未酬闞澤〔三〕傭書債，猶欠君平〔四〕賣卜錢。何事欲休休不得，來年公道似今年。

〔一〕斾　《説文》：斾，繼旐之旗，沛然而垂。

〔二〕霓旌　《高唐賦》："蜺爲旌。"按：析羽染采，有似虹蜺之氣也。

〔三〕闞澤　《三國志》：闞澤字德潤，好學，居貧無資，常爲人傭書，以供紙筆。所寫既畢，誦讀亦遍。

〔四〕君平　《高士傳》：嚴遵字君平，嘗賣卜於成都市，日得百錢以自給。卜訖則閉肆下簾，以著書爲事。

咸陽懷古

《三輔黄圖》：咸陽在九嵕山渭水北，山水俱在南，故名咸陽。

城邊人倚夕陽樓，城上雲凝萬里愁②。山色不知秦苑〔一〕廢，默云：咸陽。

---

① 先歸去：宋本注："一作'爭先到'。"

② 里：《四部叢刊》本、垂雲堂本作"古"。

水聲空傍漢宮〔二〕流。懷古。李斯〔三〕不向倉中悟，徐福〔四〕應無物外遊〔五〕。莫怪楚吟偏斷骨，野煙蹤跡似東周①。

〔一〕秦苑　《三輔黃圖》：咸陽故城，自秦孝公至始皇帝、胡亥並都此城，諸廟乃臺苑皆在渭南。

〔二〕漢宮　長樂宮、未央宮、建章宮、桂宮、北宮、甘泉宮，詳《三輔黃圖》。

〔三〕李斯　《史記》：李斯爲郡小吏，見厠中鼠食不潔，人犬數驚之。觀倉中鼠食積粟，居大廡之下，不見人犬之憂，乃歎曰：「人之賢不肖如鼠，在所自處耳。」乃從荀卿學帝王之術。

〔四〕徐福　《十洲記》：東海祖洲上有不死之草，生瓊田中。始皇使徐福發童男女五百，入海尋祖州，不返。福字君房，後亦得道。

〔五〕物外遊　《開天遺事》：王休高尚，不親勢利，常與名僧數人，或跨驢，或騎牛，尋訪山水，自謂結物外遊。

此詩借秦以喻唐，漢宮特陪説耳。腹聯言李斯以荀卿學術禍秦，肆然破壞典型，焚書坑儒，故致徐福輩避禍而逃於物外耳。以比朱溫清流白馬之禍，名士幾盡，而己不得不避禍，而遠依王建也。人之云亡，邦國殄瘁，眼看朝市宮室有黍離之痛矣。是以哀吟斷骨，而寄慨於咸陽之蔓草荒煙，如周既東遷，離離禾黍時也。

綏州作

《寰宇記》：唐武德三年，於延州豐林縣置綏州總管府，管十一州。其綏州領上、大斌、城平、綏德、延福五縣。六年，移治於延川縣界。七年，又移治城平縣界。貞觀二年，平梁師都，罷府，移州治上縣。其城則據山，四面甚險，真邊陲之地也。

雕陰〔一〕無樹水南流〔二〕，雉堞連雲古帝州〔三〕。帶雨晚馳鳴遠戍，望鄉孤客倚高樓。明妃〔四〕去日花應笑，蔡炎〔五〕歸時鬢已秋。一曲單于〔六〕暮風起，扶蘇城〔七〕上月如鈎〔八〕。

〔一〕雕陰　《寰宇記》：雕陰山在甘泉縣南二十里，山夾土石，爲鷹雕之所居。

〔二〕水南流　《寰宇記》：盟津黃河在延水縣東八里。《山海經》云「河出崑崙」，其水從綏德縣界南流入縣界。

---

① 紀昀評：此唐末傷亂之作，託其詞於懷古。末二句自分明，五六言任用非人，致有識者遠遁，亦借比也。默庵以三四句爲詠咸陽，五六句爲懷古，二句即轉接不來。　勝許渾處，在五六不蹈空。

〔三〕古帝州　郝天挺云：橋山在南，黃帝冢在焉，故云古帝州。

〔四〕明妃　《舊唐書·音樂志》：明君即昭君也。晋文王諱昭，故晋人謂之明君。

〔五〕蔡炎　見第二卷"文姬"注。

〔六〕單于　曲名。李益詩："秋風吹入小單于。"

〔七〕扶蘇城　《一統志》：上郡城在綏德州城北，即扶蘇監蒙恬軍處。

〔八〕月如鈎　梁簡文帝《烏棲曲》：浮雲似障月如鈎。

和同年韋學士華下途中見寄

《舊唐書》：自武德已來，皆妙簡賢良爲學士，五品已上稱學士，六品已上爲直學士。

綠楊城郭雨淒淒，過盡千輪與萬蹄。送我獨遊三蜀〔一〕路，羨君新上九霄〔二〕梯。馬驚門外山如活，花笑尊前客似泥〔三〕。正是清和好時節，不堪離恨劍門〔四〕西。

〔一〕三蜀　《華陽國志》：益州以蜀郡、廣漢、捷爲三蜀，土地沃美，人士俊乂，爲一州稱望。

〔二〕九霄　道書：天有九霄，赤霄、碧霄、青霄、玄霄、絳霄、黃霄、紫霄、練霄、縉霄也。又謝靈運詩："共登青雲梯。"

〔三〕似泥　一日不齋，醉如泥，見《漢官儀》。

〔四〕劍門　《寰宇記》：劍州劍門縣，諸葛武侯相蜀，於此立劍門，以大劍山至此有隘束之路，故曰劍門。

丙辰年鄜州遇寒食城外醉吟七言五首

《寰宇記》：鄜州，《禹貢》雍州之域。春秋時白翟國，秦始皇時地屬上郡，漢爲上郡雕陰地。

滿街楊柳綠絲煙，畫出清明二月天。好是隔簾花樹動，女郎撩亂送鞦韆〔一〕。

〔一〕鞦韆　《荆楚歲時記》：寒食有打毬、鞦韆之戲。

雕陰〔一〕寒食〔二〕足遊人，金鳳羅〔三〕衣濕麝薰。腸斷入城芳草路，澹紅香白一羣羣。

〔一〕雕陰① 見前《綏州作》注。

〔二〕寒食 《荊楚歲時記》：去冬節一百五日，即有疾風甚雨，謂之寒食，禁火三日。

〔三〕金鳳羅 《中華古今注》：隋大業末，煬帝宮人、百官母妻，緋羅蹙金飛鳳背子以爲朝服，及禮見賓客、舅姑之長服。王建《宮詞》：“羅衫葉葉綉重重，金鳳銀鵝各一叢。每遍舞時分兩向，太平萬歲字當中。”

開元坡〔一〕下日初斜，拜掃歸來走鈿車〔二〕。可惜數枝紅艷好，不知今夜落誰家？

〔一〕開元坡 《一統志》：開元坡在郫州城北。

〔二〕鈿車 《搜神記》：杜蘭香數詣張碩，有婢子二人，大者萱枝，小者松枝，鈿車青牛上，飲食皆備。

馬驕風疾玉鞭長，過去惟留一陣香。閑客不須燒破眼，好花皆屬富家郎。

感慨無聊之甚！後端已到蜀，纏得一美姬，又被王建奪去。何才人薄福至此！

雨絲煙柳欲清明，默云：寒食。金屋人閑煖鳳笙〔一〕。永日迢迢無一事②，隔街聞築氣毬〔二〕聲。默云：築，今人改作“蹴”，不知古人打毬用馬用杖。

〔一〕煖鳳笙 《風俗通》：隨作笙長四寸，十二簧，像鳳之身，正月之音也。物生故謂之笙。《齊東野語》：笙簧必用高麗銅爲之，融以綠蠟，簧暖則字正而聲清越，故必用焙而後可。陸天隨詩云：“妾思冷如簧，時時望君煖。”樂府亦有“簧暖生清”之語。

〔二〕築毬 即打毬。楊巨源《觀打毬有作》曰：欲令四海氛煙静，杖底纖塵不敢生。

郫州留別張員外

《唐六典》：員外郎，從六品上。

---

① 此注原置“金鳳羅”條下，今依原詩移此。

② 日：宋本注：“一作‘畫’。”

江南相送君山[一]下，塞北相逢朔漠中。三楚[二]故人皆是夢，十年塵事只如風。莫言身世他時異，且喜琴尊數日同。惆悵却愁明日別，馬嘶山店雨濛濛。

[一]君山　《水經注》：洞庭湖中有君山，湘君之所遊處，故曰君山。

[二]三楚　見第一卷。

汧陽縣[一]閣

默云：臨水大橋橫截數里者，兩岸及橋俱有數閣。土人即稱曰閣，浙、閩皆然。

汧水[二]悠悠去似絣[三]，遠山如畫翠眉橫。僧尋野渡歸吳嶽[四]，雁帶斜陽入渭城[五]。邊靜不收蕃帳馬，地貧惟賣隴山鸚[六]。牧童何處吹羌笛，一曲梅花[七]出塞[八]聲。

[一]汧陽縣　《唐·地理志》：隴州有汧陽縣。

[二]汧水　《漢·地志》：汧水出扶風汧縣吳山西北，入渭。

[三]絣　補耕切。《廣韻》：絣，振繩墨也。喻汧水之直也。

[四]吳嶽　《後漢·郡國志》：右扶風汧縣有吳嶽山。

[五]渭城　見第一卷。

[六]隴山鸚　見第一卷“鸚鵡”注。

[七]梅花　見第一卷。

[八]出塞　《古今注》：橫吹胡樂也，有《出塞》《入塞曲》。

傷灼灼

元注：灼灼，蜀之麗人也。近聞貧且老，殂落於成都酒市中①，因以四韻弔之。

嘗聞灼灼[一]麗於花，雲髻盤時未破瓜[二]。桃臉曼長[三]橫綠水[四]，玉肌香[五]膩透紅紗[六]。多情不住神仙界，薄命曾嫌富貴家。流落錦江[七]無處問，斷魂飛作碧天霞。

[一]灼灼　《麗情集》：灼灼，錦城官妓也。善舞《柘枝》，能歌《水調》。相府筵

---

① 成都：原作“城都”，據《四部叢刊》本改。

中，與河東人座接，神通目授，如舊相識，自此不復面矣。灼灼以軟綃帕裹淚，密寄河東人。

〔二〕破瓜　《堅瓠集》：破瓜者，謂二八也。蓋以瓜剖四界，其形如兩八字，故女子初破體曰破瓜，年當二八也。

〔三〕曼長　王逸《楚詞注》曰：曼，澤也。庾子山詩：“向人長曼臉。”

〔四〕橫綠水　鄭雲叟《詠西施》云：臉橫一寸波，浸破吳王國。

〔五〕肌香　《杜陽雜編》：趙娟生瑤英，幼以香啗之，故肌香。

〔六〕透紅紗　梁徐防樂府：“小婦多姿媚，紅紗映削成。”李珣詞：“縷金衣透雪肌香。”

〔七〕錦江　《華陽國志》：錦江，織錦濯其中則鮮明，濯以他江則不好，故命曰錦里。

漢　州

《唐·地理志》：劍南道漢州德陽郡，垂拱三年，析益州置。

北儂〔一〕初到漢州城，郭邑樓臺觸目驚。松桂影中旌斾色，芰荷風裏管絃聲。人心不似經離亂，時運還應却太平。十日醉眠金雁驛〔二〕，臨歧無限臉波橫①。

〔一〕儂　《六書》：吳人謂人儂，即人聲之轉。

〔二〕金雁驛　郝天挺注：漢州驛名也。

長安清明

《唐·地理志》：京兆府有長安縣。

早是傷春夢雨〔一〕天，　原云：清明。　可堪芳草正芊芊。內官初賜清明火〔二〕，上相閑分白打錢〔三〕。紫陌亂嘶紅叱撥〔四〕，綠楊高映畫鞦韆。遊人記得承平事，暗喜風光似昔年。

〔一〕夢雨　郝天挺注：夢雨，出《高唐賦》，如杜牧之“夢雲”字意。

〔二〕清明火　《春明退朝錄》：《周禮》四時變火，唐惟清明取榆柳火以賜近臣戚里，順陽氣也。

〔三〕白打錢　《唐·百官志》：中尚署獻毬，寒食新進士於月燈閣置打毬宴。王建

---

①　紀昀評：傷時危而佚樂也，語特渾厚。　“臉波”字未雅。

詩："寒食內人長白打，庫中先散與金錢。"齊雲論："白打，蹴踘戲也。兩人對踢爲白打，三人角踢爲官場。"

〔四〕**紅叱撥**　《續博物志》：天寶中，大宛進汗血馬，一曰紅叱撥，二曰紫叱撥，三曰青叱撥，四曰黃叱撥，五曰丁香叱撥，六曰桃花叱撥。

秋霽晚景

秋霽禁城晚，六街〔一〕煙雨殘。牆頭山色健，林外鳥聲歡。翹日〔二〕樓臺麗，清風劍珮寒。玉人襟袖薄，斜凭翠闌干。

〔一〕**六街**　長安六街，曰香室街，曰夕陰街，曰尚冠前街，曰華陽街，曰章臺街，曰藁街，見《三輔黃圖》。

〔二〕**翹日**　《廣韻》：翹，懸也。

和人春暮書事寄崔秀才

半掩朱門白日長，晚風輕墮落梅粧〔一〕。不知芳草情何限，只怪遊人思易傷。纔見蚤春鸎出谷〔二〕，已驚新夏燕巢梁。相逢只賴如澠〔三〕酒，一曲狂歌入醉鄉〔四〕。

〔一〕**落梅粧**　見前"越梅粧"注。

〔二〕**鸎出谷**　《嘉話錄》：今謂進士登第爲遷鸎者久矣，蓋自《毛詩·伐木篇》。詩云："伐木丁丁，鳥鳴嚶嚶。出自幽谷，遷於喬木。"又曰："嚶其鳴矣，求其友聲。"並無"鸎"字。頃歲試《早鸎求友》詩，又《鸎出谷》詩，別書固無證據，豈非誤歟？

〔三〕**如澠**　《左傳》：有酒如澠。

〔四〕**醉鄉**　見第二卷。

多　情

一生風月供惆悵，默云：多情。到處煙花恨別離。止竟〔一〕多情何處好，少年長抱長年悲。

〔一〕**止竟**　即至竟意。《言鯖》云：即今俗言到底也。

邊上逢薛秀才話舊

前年同醉武陵亭，<small>默云：話舊①。</small> 絶倒〔一〕閑譚坐到明。也有絳脣歌白雪〔二〕，更憐紅袖奪金觥。秦雲一散〔三〕如春夢，楚市千燒〔四〕作故城。今日幡然對芳草，不勝東望涕交橫。

〔一〕絶倒　《世説》：王敦鎮豫章，衛玠從洛投敦，談話彌日，敦曰："不意永嘉之中，復聞正始之音。阿平若在，當復絶倒。"

〔二〕白雪　宋玉《對楚王文》：客有歌於郢中者，其始曰《下里》《巴人》，國中屬而和者數千人；其爲《陽阿》《薤露》，國中屬而和者數百人；其爲《陽春》《白雪》，國中屬而和者，不過數十人。

〔三〕秦雲散　《吕氏春秋》："秦雲如行人。"王粲詩："風流雲散，一別如雨。"

〔四〕楚市燒　《史記》：白起攻楚，拔郢燒夷陵，遂東至竟陵。

飲散呈主人

夢覺笙歌散，空堂寂寂秋。更聞城角暮，煙雨不勝愁。

使院黄葵花

見第一卷"蜀黄葵"注。

薄粧新著澹黄衣，對捧金爐〔一〕侍醮遲。向日〔二〕似矜傾國〔三〕貌，倚風如唱步虛詞〔四〕。乍開檀炷〔五〕疑聞語，試與雲和〔六〕必解吹。爲報同人看來好，不禁秋露即離披。

〔一〕金爐　《羣芳譜》：秋葵一名側金盞。故詩以金爐擬之。

〔二〕向日　《燕閒清暇》：秋葵花色密，心紫，秋花朝暮傾陽。

〔三〕傾國　李延年歌：北方有佳人，絶世而獨立。一顧傾人城，再顧傾人國。豈不知傾城與傾國？佳人難再得。

〔四〕步虛詞　《樂府解題》：步虛詞，道觀所唱，備言衆仙飄紗輕舉之美。

〔五〕檀炷　謂檀香一炷，白居易詩"惟燒一炷降真香"，陳克詞"檀炷繞窗燈背

---

① 默云話舊：原無，據垂雲堂本補。

壁”是也。宗奭《本草衍義》：黃蜀葵葉心下有紫檀色，蘇東坡《黃葵》詩
“檀心自成暈”，故此以檀炷擬之，而玩味“疑聞語”三字，又與檀口映合。閨
選云“臂留檀印齒痕香”，毛熙震云“歌聲慢發開檀點”，伊孟昌《黃葵》詩云
“檀點佳人噴異香意”，可互發。

〔六〕雲和　《漢武內傳》：西王母命侍女董雙成吹雲和之笙。詩意謂道家裝束如王
　　母之侍女雙成，故必解吹雲和也。晏元獻《秋葵》詞“插向綠雲鬟，便隨王母
　　仙”，似於此觸發。

搖　落

搖落秋天酒易醒，凄凄長似別離情。黃昏倚柱不歸去，腸斷綠荷風
雨聲。

奉和觀察郎中春暮憶花言懷見寄四韻之什

天畔峩眉〔一〕簇簇青，楚雲何處隔重扃。落花帶雪埋芳草，春雨和風
濕畫屏。對酒莫辭衝暮角，望鄉誰解倚高亭。唯君信我多惆悵，只願陶陶
不願醒。

〔一〕峩眉　《水經注》：《益州記》：平鄉江東迳峩眉山，在南安縣界，去成都南千
　　里。然秋日清澄，望見兩山相峙，如峨眉焉。

奉和左司郎中春物暗度感而成章

　　《舊唐書·職官志》：尚書都省有左、右司郎中各一員，左司郎中副左丞所
管諸司事。

纔喜新春已暮春，夕陽吟殺倚樓人。錦江風散霏霏雨，花市〔一〕香飄
漠漠塵。今日尚追巫峽夢〔二〕，少年應遇洛川神〔三〕。有時自患多情病，莫
是生前宋玉身？鈍云：結句頗劣。

〔一〕花市　《成都古今記》：正月燈市，二月花市，三月蠶市，四月錦市，五月扇
　　市，六月香市，七月七寶市，八月桂市，九月藥市，十月酒市，十一月梅市，
　　十二月桃符市。

〔二〕巫峽夢　見第一卷“巫峽雲”注。

〔三〕洛川神　《漢書音義》：如淳曰：宓妃，宓羲氏之女，溺死洛水爲神。

少年行

五陵豪客〔一〕多，買酒黃金觥〔二〕。醉下酒家樓，美人雙翠幰〔三〕。揮劍邯鄲市〔四〕，走馬梁王苑〔五〕。樂事殊未央，年華已云晚。

〔一〕五陵豪客　《原涉傳》：諸豪及長安五陵諸爲氣節者，皆歸陵墓也。

〔二〕觥①　同"觥"。韓愈《祭張員外文》："把觥相飲。"

〔三〕翠幰　車上張繒曰幰。盧照鄰詩："隱隱朱城臨玉道，遥遥翠幰没金堤。"

〔四〕邯鄲市　王建詩：遠客無主人，夜投邯鄲市。

〔五〕梁王苑　《史記》：梁孝王築東苑，方三百餘里。《西京雜記》：梁孝王好宮室苑囿之樂，築兔園，園有雁池，池間有鶴洲、鳧渚。

令狐亭絕句

若非天上神仙宅，須是人間將相家。想得當時好煙月，管絃吹殺後庭花〔一〕。

〔一〕後庭花　見第一卷。

閏　月

鈍吟云：清迥。

明月照前除〔一〕，煙花蕙蘭濕。默云：閏。清風行處來，白露寒蟬急。美人情易傷，閏。暗上紅樓立。欲言無處言，但向姮娥〔二〕泣。

〔一〕除　《説文》：殿陛也。

〔二〕姮娥　《淮南子》：羿請不死之藥於西王母，姮娥竊以奔月。許慎曰："姮娥，羿妻也。"

閨　怨

戚戚彼何人，明眸〔一〕利於月。啼粧〔二〕曉不乾，素面〔三〕凝香雪。良人

---

①　此注原在"梁王苑"條後，今依原詩移此。

去淄右〔四〕，鏡破〔五〕金簪折〔六〕。空藏蘭蕙心〔七〕，不忍琴中説。

〔一〕明眸　《洛神賦》：明眸善睞。

〔二〕啼粧　劉孝威詩：啼粧落紅粉。

〔三〕素面　《楊貴妃外傳》：封三姨爲虢國夫人，不施粧粉，自衒美艷，常素面朝天。

〔四〕淄右　《別賦》“君居淄右”注：《漢書》有淄川國。

〔五〕鏡破　見第七卷《惆悵》詩注。

〔六〕簪折　《誠齋雜記》：女子吳淑姬未嫁夫亡，時晨興靧面，玉簪墜地而折。已而夫亡，其父以其少年，欲嫁之，女誓曰：“玉簪重合則嫁。”居久之，見士子楊子治詩，諷而悦之，使侍兒用計覓得一卷，心動，欲與之合。啓奩視之，簪已合矣。遂以寄子治，結爲夫婦焉。

〔七〕蘭蕙心　《蕪城賦》：蕙心紈質，玉貌絳唇。

上春詞

《別賦》：羅與綺兮嬌上春。

曈曨〔一〕赫日東方來，禁城煙爰蒸青苔。金樓〔二〕美人花屏開，晨粧未罷車聲催。幽蘭報暖紫芽坼，天花愁艷蝶飛廻。五陵年少惜花落，酒濃歌極翻如哀。四時輪環終又始，百年不見南山摧。遊人陌上騎生塵，顔子門前吹死灰〔三〕。

〔一〕曈曨　曈，音通。《説文》：曈曨，日欲明也。

〔二〕金樓　梁武帝《歡聞歌》：艷艷金樓女。

〔三〕死灰　《莊子》：“心固可使如死灰乎？”宋玉《風賦》：“吹死灰。”

擣練篇

《正字通》：練，熟素繒。

月華吐艷明燭燭〔一〕，青樓婦唱擣衣曲。白袊〔二〕絲光織魚目〔三〕，菱花綬帶鴛鴦簇。臨風縹緲疊秋雪，月下丁冬〔四〕擣寒玉〔五〕。樓蘭〔六〕欲寄在何鄉，憑人與繫征鴻足。

〔一〕燭燭　蘇子卿詩“燭燭晨明月”注：《蒼頡篇》：燭，照也。

〔二〕袊　音領。揚子《方言》“袒飾謂之直袊”注：婦人初嫁上服，一曰繞袊，江東通言下裳曰衿。

〔三〕魚目　《述異記》：南海有明珠，即鯨魚目瞳。鯨死而目皆無精，夜可以鑒，
謂之夜光。鄭玄曰：“魚目亂珍珠。”詩言白衿絲之光，織來如魚目之光也。

〔四〕丁冬　《詩輯》：丁當，佩聲，或謂丁冬。

〔五〕寒玉　李賀《江南弄》：江上團團帖寒玉。

〔六〕樓蘭　《唐·地理志》：石城鎮，漢樓蘭國也，亦名鄯善，在蒲昌海三百里，
康艷典爲鎮使以通西域者。

雜體聯錦①

攜手重攜手，夾江金線柳。江上柳能長，行人戀尊酒。尊酒意何深，
爲郎歌玉簪。玉簪〔一〕聲斷續，鈿軸鳴雙轂。雙轂去何方，隔江春樹綠。
樹綠酒旗高，淚痕沾繡袍。袍縫紫鵝濕，重持金錯刀〔二〕。錯刀何燦爛，
使我腸千斷。腸斷欲何言，簾動真珠〔三〕繁。真珠綴秋露，秋露沾金盤〔四〕。
金盤湛瓊液〔五〕，仙子無歸跡。無跡又無言，海煙空寂寂。寂寂古城道，
馬嘶芳岸草。岸草接長堤，長堤人解攜。解攜忽已久，緬邈空回首。回首
隔天河，恨唱蓮塘歌。蓮塘在何許，日暮西山雨②。

〔一〕玉簪　《三夢記》：張氏《夢中》詩：手把玉簪敲砌竹，清歌一曲月如霜。

〔二〕金錯刀　張衡《四愁詩》：美人贈我金錯刀。

〔三〕真珠簾　《杜陽雜編》：同昌公主堂中設連珠之帳，續真珠爲之也。

〔四〕露盤　《三輔故事》：武帝作銅露盤，承天露，和玉屑飲之，欲以求仙。

〔五〕瓊液　太真夫人傳仙方，有九品，一名太和自然龍胎之醴，二名玉胎瓊液
之膏。

長安春

長安二月多香塵，六街〔一〕車馬聲轔轔〔二〕。家家樓上如花人，千枝萬
枝紅艷新。簾間笑語自相問，何人占得長安春？長安春色本無主，古來盡
屬紅樓女。如今無奈杏園〔三〕人，駿馬輕車擁將去。

---

① 紀昀評：“聯錦”字鄙。

② 紀昀評：從中即《飲馬長城窟行》化出，自成別調。　此首自佳，然效之便成惡趣，姚
源再至，村落不殊矣。

〔一〕六街　見前。

〔二〕轔轔　《詩》有“車轔轔”。

〔三〕杏園　見第一卷、第二卷。

撫楹歌①

《左傳》：崔武子見棠姜而美之，遂取之，莊公通焉。崔子稱疾不視事，公問崔子，遂從姜氏。姜入於室，與崔子自側户出。公撫楹而歌。

鈍吟云：不好。○此首不知何所刺？若直詠崔子，不應用漳浦事。“鑾輿”“翠華”等字，亦用不得也。

鳳穀〔一〕兮鴛綃〔二〕②，霞疎〔三〕兮綺寮〔四〕。玉庭〔五〕兮春晝，金屋〔六〕兮秋宵。愁瞳兮月皎，笑頰兮花嬌。輕羅兮濃麝，室煖兮香椒。鑾輿去兮蕭屑〔七〕，七絲〔八〕斷兮沈寥。主父〔九〕卧兮漳水，君王幸兮雲軺。鉛華宛兮穠姿，棠公〔一〇〕肹蠁〔一一〕兮靡依。翠華長逝兮莫追，晏相〔一二〕望門兮空悲。

〔一〕穀　《釋名》：穀，粟也。其形足足，而跳視之如粟也。又謂沙穀，亦取跳跳如沙也。

〔二〕綃　《急就篇》注：綃，生白繒，似縑而疎者，一名鮮支。

〔三〕霞疎　《禮記》：疏屏，天子廟飾也。鄭玄曰：屏謂之樹，刻之爲雲氣。

〔四〕綺寮　見第二卷。

〔五〕玉庭　《齊南郊歌》：設業設簴，展容玉庭。

〔六〕金屋　見第五卷。

〔七〕蕭屑　韋應物詩：蕭屑杉松聲。

〔八〕七絲　即七絃，見七卷“七絃”注。

〔九〕主父　春秋時，稱大夫爲主，故以主父指崔子。

〔一〇〕棠公　齊棠公之妻，東郭偃之姊也。東公偃臣崔武子，棠公死，偃御武子以弔焉，見棠姜而美之。

〔一一〕肹蠁　蠁，知聲蟲。肹，過也。相如《上林賦》“肹蠁布寫”，言芬芳之過，若蠁之布寫也。

〔一二〕晏相　《左傳》：甲興公請，弗許，遂弑之。晏子立於崔氏之門外。

---

① 楹歌：《四部叢刊》本作“盈謌”。

② 綃：原作“銷”，據注文及《四部叢刊》本、光緒本改。

贈峨嵋山彈琴李處士　元注：識者咸云數百歲，有常建贈詩在。

鈍吟云：唐季歌行，多不耐看。此書所存皆有致，此太白、飛卿所未有也。

峨嵋山下彈琴客①，似醉似狂人不測。何須見我眼偏青〔一〕，未見我身頭已白。茫茫四海本無家，一片愁雲颺秋碧。壺中〔二〕醉臥日月明，一作"長"。世上長遊天地窄。晉朝叔夜〔三〕舊相知，蜀郡文君〔四〕小來識。後生常建〔五〕彼何人，贈我篇章苦雕刻。名卿名相盡知音，遇酒遇琴無間隔。如今世亂獨翛然，天外鴻飛招不得。余今正泣楊朱淚〔六〕，八月邊城風刮地。霓旌絳斾忽相尋，爲我罇前橫綠綺〔七〕。一彈猛雨隨手來，再彈白雪連天起。凄凄清清松上風，咽咽幽幽隴頭水。吟蜂繞樹去不來，別鶴引雛飛又止。錦鱗不動惟側頭，白馬仰聽空豎耳〔八〕。廣陵故事〔九〕無人知，古人不說今人疑。子期〔一〇〕子野〔一一〕俱不見，烏啼鬼哭空傷悲。坐中詞客悄無語，簾外月華庭欲午〔一二〕。爲君吟作聽琴歌，爲我留名係仙譜。

〔一〕眼青　《晉書》：阮籍母終，嵇喜來弔，籍作白眼，喜不懌而退。喜弟康聞之，乃齎酒挾琴造焉。籍大悅，乃見青眼。

〔二〕壺中　《後漢書》：費長房爲市掾，市中有老翁賣藥，懸一壺於市頭，市罷輒入壺中，人莫之見。唯長房於樓上覩之，異焉，因往拜翁，乃與之俱入壺中，見玉堂嚴麗，旨酒甘肴，共飲畢而出。

〔三〕叔夜　即嵇康。此句爲下"廣陵"伏案。

〔四〕文君　見第二卷"臨卭"注。

〔五〕常建　見第一卷。

〔六〕楊朱淚　《淮南子》：楊子見岐路而哭之，爲其可以南，可以北。按：韋相在蜀，雖位望通顯，未嘗忘唐室。觀其《鐘陵夜闌作》曰"流落天涯誰見問，少卿應識子卿心"，其本心可知矣。

〔七〕綠綺　《稗史彙編》：司馬相如作《玉如意賦》，梁王悅之，賜以綠綺之琴，文木之几，扶餘之珠。

〔八〕惟側頭空豎耳　《荀子·勸學篇》：瓠巴鼓瑟而流魚出聽，伯牙鼓琴而六馬仰秣。《禮記》："知聲而不知音者，禽獸是也。"惟側頭空豎耳，借以見知音者希，以引起下"無人知"也。

---

①　彈：《四部叢刊》本、垂雲堂本作"能"。

〔九〕**廣陵故事**　《晉書》：嵇康嘗遊乎西洛，暮宿華陽亭，引琴而彈。夜分，忽有客詣之，稱是古人。與康共談音律，辭致清辨，因索琴彈之，而爲《廣陵散》，聲調絕倫。遂以授康，仍誓不傳人，亦不言其姓氏。後康將刑東市，索琴彈之，曰：“昔袁孝尼嘗從吾學《廣陵散》，吾每固靳之。《廣陵散》於今絕矣！”《唐書》：韓皋知音律，聞鼓琴，至《止息》，歎曰：“美哉，嵇康之爲是曲也！其當魏、晉之際乎？其音主商，商爲秋，秋者天將搖落肅殺，其歲之晏乎？晉乘金運，商又金聲，此所以知魏方季而晉將代也。緩其商絃，與宮同音，臣奪君之義，知司馬氏之將篡也。王陵、毌邱儉、文欽、諸葛誕繼爲揚州都督，咸有興復之謀，皆爲司馬懿父子所殺。康以揚州故廣陵地，陵等皆魏大臣，故名其曲曰《廣陵散》，言魏散亡自廣陵始。‘止息’者，晉雖暴興，終止息於此。其哀憤躁蹙，惛痛迫脅之音，盡於此矣。永嘉之亂，其兆乎？康避晉、魏之禍，託以鬼神，以俟後世知音云。”按此則“廣陵故事”數語，殆有無窮亡國之感，莫可告訴者。楊朱之泣，非止爲一身悲也！

〔一〇〕**子期**　《列子》：伯牙善鼓琴，子期善聽。

〔一一〕**子野**　《左傳》：叔向曰：“子野之言，君子哉。”杜注：子野，師曠字。

〔一二〕**庭午**　言庭中之月，如日之午時。

江皋贈別

　　金管多情恨解攜，一聲歌罷客如泥〔一〕。江亭繫馬綠楊短，野岸維舟春草齊。帝子〔二〕夢魂煙水闊，謝公〔三〕詩思碧雲低。風前不用頻揮手〔四〕，我有家山白日西。韋相，京兆杜陵人，故云爾。

〔一〕**如泥**　《墨莊漫錄》：南海有蟲無骨，名曰泥，水在則活，失水則醉，如一堆泥然。

〔二〕**帝子**　《九歌》：帝子降兮北渚，目眇眇而愁余。

〔三〕**謝公**　言謝玄暉“澄江淨如練”之句，詩思致高，出於雲上也。

〔四〕**揮手**　劉琨《扶風歌》：揮手長相謝。

李山甫 八首

　　《全唐詩話》：咸通中，數舉進士被黜，依魏博樂彥禎幕府①，因樂禍且怨

---

① 博：原作“府”，據《唐詩紀事》卷七四改。

中朝大臣，導彥禎子從訓伏兵殺王鐸，劫其家。嘗有詩云："勸君莫用誇頭角，夢裏輸贏總未真。"譏執政也。

寒食二首

寒食，見前。

柳凝東風一向斜，春陰澹澹濛人家。有時三點兩點雨，<small>鈍云：畫出寒食。</small>到處十枝五枝花。萬井樓臺疑繡畫，九原〔一〕松栢似煙霞①。年年今日誰相問，獨臥長安泣歲華。

〔一〕九原　見第二卷。

風煙放蕩花披猖，鞦韆〔一〕女兒飛出牆。繡袍馳馬掇遺翠，錦袖鬥雞〔二〕喧廣場。天地氣和融霽色，池臺日暖燒春光。自憐塵土無多事，空脫荷衣〔三〕泥醉鄉。

〔一〕鞦韆　《天寶遺事》：宮中至寒食節，競豎鞦韆，令宮嬪戲笑以爲樂，帝呼爲半仙之戲。

〔二〕錦袖鬥雞　《東城父老傳》：玄宗樂民間清明鬥雞戲，立雞坊於兩宮間。詳見第二卷。

〔三〕荷衣　《離騷》：製芰荷以爲衣兮。

牡　丹

鈍吟云：名篇。司空表聖極稱此首。○洗拔之極。

邀勒春風不蚤開，衆芳飄後上樓臺。數苞仙艷火中出，一片異香天上來。曉露精神妖欲動，暮煙情態恨成堆。知君也解相輕薄，斜凭欄干〔一〕首重廻。

〔一〕欄干　花闌也。《開天遺事》：楊國忠因貴妃專寵，上賜以木芍藥數本，國忠以百寶粧餙欄楯。

寓　懷

鈍吟云：今日光景，寫出宛然。

---

① 松栢：《四部叢刊》本、垂雲堂本作"珠翠"。

萬古交馳一片塵，思量名利孰如身。長疑好事皆虚事，却恐閑人是貴人。老逐少來終不放，辱隨榮後直須匀。勸君莫謾誇頭角，夢裏輸贏總未真。

公子家二首

曾是皇家幾世侯，入雲高第照神州。柳遮門户橫金鎖，花擁絃歌咽畫樓。錦袖妒姬争巧笑，玉銜驕馬索閑遊。麻衣酷獻平生業，醉倚春風不點頭。

柳底花陰露壓塵，瑞煙輕罩一園春。鴛鴦占水能嗔客，鸚鵡嫌籠解罵人。轡裏似龍[一]隨日换，輕盈如鷰[二]逐年新。不知買盡長安笑，活得蒼生幾户貧？

[一]**轡裏似龍** 《淮南子》“夫待轡裏飛菟而駕之，則世莫乘車矣”注：轡裏飛菟，日行千里，龍馬也。

[二]**輕盈如鷰** 見第二卷。

上元懷古二首

《舊唐書》：上元，楚金陵邑，秦爲秣陵，吳名建業，宋爲建康，晉爲江寧。

南朝天子愛風流，盡守江山不到頭。總是戰争收拾得，却因歌舞破除休[一]。堯將道德終無敵，秦把金湯[二]可自由？試問繁華何處在，雨苔煙草石城[三]秋。

[一]**戰争歌舞** 南朝自劉裕至霸先，皆以兵力得之；如東昏侯、陳後主輩，皆以荒滛失國。

[二]**金湯** 《貴粟論》：雖有金城湯池而無粟，弗能守。

[三]**石城** 石頭城，見第一卷。

争帝圖王德盡衰，驟興馳霸亦何爲。君臣都是一場笑，家國共成千載悲。排岸遠檣森似槊，落波殘照赫如旗。今朝城上難迴首，不見樓船[一]索戰時。

〔一〕樓船　《隋書》：文帝將伐陳，命大作戰船。

李　洞五首

《全唐詩話》：洞，唐諸王孫也。嘗遊西川，慕賈浪仙爲詩，鑄銅像，其儀事之如神。時人但誚其僻澀，而不能貴其奇峭，唯吳子華深知之。

終南山二十韻

杜氏《通典》：長安縣南有終南山，在武功縣東，一名南山。

鈍吟云：不讓孟郊。○此亦長江語，以長篇見取。

關內〔一〕平田窄，東西截杳冥。雨侵諸縣黑，雲破九門〔二〕青。暫看猶無暇，長栖信有靈。古苔秋漬斗〔三〕，積霧夜昏螢〔四〕。怒恐撞天漏，深疑隱地形。鈍云：韓、孟語。盤根連北岳〔五〕，轉影落南溟〔六〕。窮穴何山出，遮蠻上國寧。殘陽高照蜀，敗葉遠浮涇。斸竹〔七〕煙嵐凍，偷湫〔八〕雨雹腥。閑房僧灌頂〔九〕，浴澗鶴遺翎。鈍云：灌頂是僧法。梯滑危緣索，雲深静唱經。放泉驚鹿睡，聞磬得人醒。踏着神仙宅〔一〇〕，鈍云：韓句。敲開洞府扃〔一一〕。棊殘秦士〔一二〕局，字缺晋公〔一三〕銘。一谷劈〔一四〕開午〔一五〕，孤峯聳起丁〔一六〕。遠平丹鳳闕①，冷射五侯〔一七〕廳。萬丈冰聲折，千尋樹影亭〔一八〕。望中仙島動，行處月輪馨。疊石移臨砌，研膠潑上屏。明時獻君壽〔一九〕，不假老人星〔二〇〕。

〔一〕關內　《雍録》：終南山橫亘關中南面，西起秦隴，東徹藍田，凡雍、岐、郿、鄠、長安、萬年，相去且八百里，而連綿峙據其南者，皆此一山也。既高且廣，多出物産。

〔二〕九門　《禮·月令》陳注：路門、應門、雉門、庫門、皋門、城門、近郊門、遠郊門、關門，凡九門。

〔三〕斗　《急就篇》注：科斗，蝦蟇所生子也。未成蝦蟇之時，身及頭並圓而尾長，漸乃變耳。

〔四〕螢　《月令》：腐草化爲螢。

〔五〕北岳　杜光庭《中國五岳記》：北岳恒山，岳神安天王，領仙官玉女五萬人，山周廻二千里。

───────────────

① 闕：《四部叢刊》本作“案”，注：“一作‘闕’。”

〔六〕**南溟** 見第一卷"天池"注。

〔七〕**斸竹** 《法苑珠林》：終南山大秦嶺竹林寺者，至貞觀初，採蜜人山行聞有鐘聲，尋聲而往至焉，寺舍二間，有人住處，傍大竹，可有二頃。其人斷二節竹以盛蜜，可得五升許。兩人負下，尋路而至大秦戍，具告防人，從林至此，可十五里。戍主利其大竹，將往伐取，遣人依言往覓。過小竹谷，達於崖下，有鐵鏁長三丈許，防人曳鏁掣之大牢。將上，有二虎踞崖頭向下大呼，其人怖，急返走。又將十人重尋，值大洪雨，便返。

〔八〕**偷湫** 韓愈有《龍移》詩，注：此詩謂南山湫也。湫初在平地，一日風雨，移居山上。其山下湫，遂化爲乾土，長安人至今謂之乾湫。蘇詩："春旱憂無麥，山靈喜有湫。蛟龍猶懶睡，餅罐小容偷。"注：方言取龍水謂之偷湫。

〔九〕**灌頂** 《法苑珠林》：過去佛初成道時，咸昇金剛壇，金瓶盛水，用灌佛頂，成就法王位。

〔一〇〕**神仙宅** 《福地記》：終南有廣堂，上下有穴，高數丈，水從孔內出，深尺餘。從孔入百步，便得仙人玉女之堂，亦或見仙人，傳道得矣。

〔一一〕**洞府扃** 《三秦記》：終南山有石室靈芝，有一道士不食五穀，自言太乙之精，齋潔乃得見之，而所居地名地肺。

〔一二〕**秦士** 《三秦記》：秦時四皓隱於終南山。

〔一三〕**晋公** 庾信《終南山義谷銘序》：周保定二年，大冢宰晋國公命鑿石關之谷，下南山之材。

〔一四〕**剺** 音黎。《説文》：劃也。

〔一五〕**開午** 《風土記》：王莽以皇后有子，通子午道，從杜陵直抵終南。師古曰："今京城直南山，有谷通梁、漢道，名子午谷。"

〔一六〕**丁** 韓愈《南山》詩"藩都配德運，分宅占丁戊"注：丁戊，謂西南。

〔一七〕**五侯** 《漢書》：上封舅王譚爲平阿侯，商成都侯，立紅陽侯，根曲陽侯，逢時高平侯，世謂之五侯。

〔一八〕**亭** 直也。又亭亭，聳立貌。《世説》："孝伯亭亭直上。"

〔一九〕**獻君壽** 丁静山云：暗用"如南山之壽"句。

〔二〇〕**老人星** 《晋書》：老人一星，在弧南，見則治平，主壽昌。

斃驢

蹇驢秋斃瘞荒田，忍把敲吟舊竹鞭。三尺桐輕背殘月，一條藤〔一〕瘦歔寒煙。通吳白浪寬圍國，倚蜀青山峭入天。如畫海門〔二〕揹肘看，阿誰〔三〕教賣釣魚船？ 看，一作"望"。教賣，一作"家賣"。

〔一〕三尺桐一條藤 趙二安注：三尺桐，謂琴。一條藤，謂杖。

〔二〕海門 《潛確類書》：海門第一關，在安慶府宿松縣小孤山上。

〔三〕阿誰 《紫騮馬古辭》：道逢鄉里人，家中有阿誰？

贈龐鍊師

《唐六典》：道士德高思精，謂之鍊師。玩詩意，是女冠。

鈍吟云：此君詩學賈長江，多新意，此書皆不取，此篇却有艷麗
之致。

家住涪江〔一〕漢語嬌，一聲歌戛玉樓簫。睡融春日柔金縷，粧發秋霞
戰翠翹。兩臉酒釅紅杏妒，半胸蘇嫩白雲饒。若能攜手隨仙令〔二〕，皎皎
銀河渡鵲橋。

〔一〕涪江 《水經》：涪水出廣漢涪縣西北，南至小廣魏與梓潼合。

〔二〕仙令 《風俗通》：孝明時，尚書郎王喬遷為葉縣令。喬月朔常詣臺朝，帝怪
其來數而無車騎，密令候望，言其臨至時，常有雙鳧從東南飛來。因伏伺，見
鳧舉羅，但得一隻舄。使尚方識視，四年中所賜尚書官屬履也。按：葉令即仙
人王喬。

客亭對月

遊子離魂隴上花，風飄浪卷遠天涯。一年十二度圓月，十一廻圓不
在家。

病　猿

瘦纏金鎖惹朱樓，一別巫山樹幾秋。寒想蜀門清露滴，暖懷湘岸白雲
流。罷捐簷果沉僧井，休捯崖冰濺客舟。啼過三聲〔一〕應有淚，畫堂深不
徹王侯。

〔一〕三聲 《宜都記》：峽中猿鳴至清，山谷傳其響，泠泠不絕，行者歌之曰：
"巴東三峽猿鳴悲，猿鳴三聲淚沾衣。"

薛 逢一首

《唐書》：逢字陶臣，蒲州河東人。會昌初，擢進士第。崔鉉鎮河中，表在幕府。鉉復宰相，引爲萬年尉，直宏文館，歷侍御史、尚書郎，遷秘書監，卒。

題昭華公主廢池館

《韓詩外傳》：齊景公出弋昭華之池。未知即此池否？

曾發簫聲水檻前，_{默云：公主}①夜蟾〔一〕寒沼兩嬋娟。微波有恨終歸海，_{默云：廢池。}明月無情却上天。白鳥帶將簾外雪②，綠蘋枯盡渚中蓮。_{池館。}浮華不向莊周住，須讀南華齊物篇〔二〕。

〔一〕夜蟾 《淮南子》："月中有蟾蜍。"《爾雅》注："似蝦蟆。"

〔二〕齊物篇 《莊子》有《齊物篇》。

裴廷裕一首

《唐詩紀事》：廷裕字膺餘，昭宗翰林學士、左散騎常侍。乾寧中，在內庭，文書敏捷，號"下水船"。後貶湖南，卒。

偶 題

微雨微風寒食節，半開半合木蘭花。看花倚柱終朝立，却似淒淒不在家。

李 昂一首

《唐詩紀事》③：開元中，爲考功員外郎。性剛急，不容物。嘗典試事，不

---

① 本詩評注，並據垂雲堂本補。

② 鳥：《四部叢刊》本、垂雲堂本作"馬"。

③ 事：原脫，依全書體例及《唐詩紀事》卷一七補。

受囑請。

戚夫人楚舞歌

《史記》：上欲易太子，留侯畫計，使人奉太子書，卑辭厚禮，迎四人及燕，置酒。太子侍，四人從，髮眉皓白，衣冠甚偉。上怪問曰："彼何爲者？"四人各言名姓，曰東園公、甪里先生、綺里季、夏黃公。上驚曰："吾求公數歲，公避我。今何自從吾兒遊乎？"四人曰："陛下輕士善罵，臣等義不受辱。竊聞太子爲人仁孝，恭敬愛士，天下莫不延頸欲爲太子死者，故臣等來耳。"上曰："煩公幸卒調護太子。"四人爲壽已畢，趨去。上目送之，召戚夫人，指示四人者曰："我欲易之，彼四人輔之，羽翼已成，難動矣！"戚夫人泣，上曰："爲我楚舞，吾爲若楚歌。"歌數闋，戚夫人噓唏流涕。上起去，罷酒，竟不易太子。

鈍吟云：歌行自太白、飛卿外，又存此一體。○此亦似白①。

定陶〔一〕城中是妾家，妾年二八顏如花。閨中歌舞未終曲，天下死人如亂麻。漢王此地因征戰，未出簾櫳人已薦。風花菡萏落轅門，雲雨徘徊入行殿。日夕悠悠非舊鄉，飄颻處處逐君王。玉關門裏通歸夢，銀燭迎來在戰場。從來顧恩不顧己，何異浮萍寄深水！逐戰曾迷隻輪下，隨君幾陷重圍裏。此時平楚復平齊，咸陽宮闕到關西。珠簾夕殿聞鐘鼓，白日秋天憶鼓鼙。君王縱恣翻成悞，呂后由來有深妒。不奈君王容鬢衰，相存相顧能幾時？黃泉白骨不可報，雀釵〔二〕翠羽從此辭。君楚歌兮妾楚舞②，脉脉相看兩心苦。曲未終兮袂更揚，君流涕兮妾斷腸。已見謀臣〔三〕歸惠帝，徒留愛子付周昌〔四〕③。

---

① "似白"下，紀昀評：漢氏七言，大抵騷體、《郊祀》諸什，亦皆雜言，《柏梁》等詩，又出偽託。其全篇成就七言者，平子《四愁詩》、魏文《燕歌行》實肇其端。晉《白苧詞》調漸宛轉，參軍《行路難》氣始縱橫。其後《陳安歌》《木蘭詩》及《東飛伯勞》《河中之水》諸篇，最爲高唱，然偶一見之，不以名家。沿及陳、隋，漸多偶句。景龍以後，遂創唐音，排比成章，宛轉換韻。四傑出之以筆路，高、岑出之以樸健，王、李出之以舂容，元、白出之以平易。才性不同，故面貌各異，按其節奏，實一格也。至李、杜、昌黎，始以拗句單行，別開門徑耳。究極論之，李、杜、昌黎如詞家蘇、辛，不得不謂之高調；此種如詞家周、柳，亦不得不謂之正聲。李、杜、昌黎如書家歐、顏，不得不謂之絕藝；此種如書家趙、董，亦不得竟謂之別派也。鈍吟未悉沿流，謂之曰"又一體"，又以開元中人謂之曰"似白"，語皆鹵莽。

② 楚歌：原作"歌歌"，據《四部叢刊》本、垂雲堂本改。

③ "付周昌"下，紀昀評：竟住好。

〔一〕定陶 《史記》：高祖爲漢王時，得定陶戚姬，愛幸，生趙王如意。戚姬幸，嘗從上至關東，日夜哭，欲立其子。

〔二〕雀釵 陳王《美女篇》："頭戴金雀釵。"陸機樂府："金雀垂藻翹。"詳見第一卷。

〔三〕謀臣 《留侯世家》：孫通叔爲太傅，留侯行少傅事。

〔四〕周昌 《漢書》：徙御史大夫周昌爲趙相。高祖崩，太后使使召趙王，其相昌令王稱疾不行。使者三返，太后怒，乃使使召趙相。相至，而使使召趙王，王果來。至長安月餘，見鴆殺。

沈佺期二首

《唐書》：佺期字雲卿，相州内黄人。及進士第，歷官中書舍人，太子少詹事①開元初卒。

《全唐詩話》：張燕公説嘗謂佺期曰："沈三兄詩，須還他第一。"

古意呈喬補闕知之

《舊唐書》：喬知之以文詞知名，則天時，累除右補闕，遷左史郎中。知之有侍婢曰窈娘，美麗善歌舞，爲武承嗣所奪。知之怨恨，因作《綠珠篇》以寄情，密送與婢，婢感憤自殺。承嗣大怒，因諷酷吏羅織知之。

默庵云：古意原是樂府，故平仄不叶。《品彙》派爲律詩，故改却許多字②。

鈍吟云：此歌行也。〇此是樂府，不可作律詩。〇此詩被《品彙》改壞，依此爲是。

織錦—作"盧家"。少婦鬱金堂〔一〕，海燕雙棲玳瑁梁〔二〕。默云："鬱金堂"故粘"玳瑁梁"，若香字，則不相屬矣。九月寒砧催下葉〔三〕，默云：下葉，寒砧催之也。作"木"字，呆而可笑。此亦《品彙》所改，意以對下句，然"木葉"可對"遼陽"，"征戍"如何對"寒砧"？〇鈍吟云："下"字是。十年征戍憶遼陽。白狼河〔四〕北音書斷③，丹鳳城〔五〕南秋夜長。誰知含愁獨不見，使妾明月對流黃〔六〕。默云：落句"誰知"

———————

① 詹事：原作"簽事"，據《新唐書》卷二〇二《沈佺期傳》改。

② "許多字"下，紀昀評：郭茂倩《樂府詩集》收此詩於雜歌曲詞中，題曰《獨不見》，首句作"盧家少婦鬱金香"，五句作"白狼"爲是，餘並與此本同，知此爲舊本。

③ 狼、音：《四部叢刊》本、垂雲堂本作"駒""軍"。

"使妾"文理甚明,一改"誰"爲"更教",便不通矣。

〔一〕鬱金堂 堂是以鬱金塗壁,如椒房之類。梁武帝《河中之水歌》:"盧家蘭室桂爲梁,中有鬱金蘇合香。"庾信詩:"然香鬱金屋。"

〔二〕玳瑁梁 傅縡《雜曲》:翠帳金屏玳瑁梁。

〔三〕下葉 陰鏗詩:林寒正下葉。

〔四〕白狼河 《魏氏土地記》:黃龍城西南有白狼河。

〔五〕丹鳳城 見前。

〔六〕流黃 周王褒詩:"淮南桂中明月影,流黃機上織成文。"詳見第二卷。

雜 詩

鐵馬三軍去,金閨二月還〔一〕。邊愁歸上國,春夢入陽關〔二〕。池水瑠璃色〔三〕,園花玳瑁斑〔四〕。歲華空自擲,愁黛不勝顏。

〔一〕二月還 言二月復來,正是閨中風暖時。彼從軍遠別者,徒有神歸上國,夢入陽關耳。

〔二〕陽關 見第一卷。

〔三〕瑠璃水 簡文帝詩:雲開瑪瑙葉,水淨琉璃波。

〔四〕玳瑁斑 上官昭容詩:"玳瑁凝春色,琉璃漾水波。"《杜陽雜編》:却寒簾,類玳瑁斑,有紫色。

王泠然一首

《王邱傳》云:開元初,爲吏部典選,奬用孫逖、張鏡微、張進明,進士王泠然,皆一時茂秀。見《唐詩紀事》①。

汴河柳

《開河紀》:龍舟既成,泛江沿淮而下,於是吳越收民女年十五六歲者五百人,謂之殿脚女。至於龍舟御楫,每船用綵纜十條,每條用殿脚女十人,嫩羊十口,令殿脚女與羊相間而牽之。時恐盛暑,翰林學士虞世基請用垂柳栽於汴渠兩隄上,一則樹根四散,鞠護河隄,二乃牽舟之人獲其陰,三則牽舟之羊食

---

① 詩:原作"書",據《唐詩紀事》卷二四改。

其葉。上大喜，詔民間有柳一枝賞一縑，百姓獻之。又令親種，帝自種一株，羣臣次第種，方及百姓。時有謠言曰："天子先栽，然後百姓栽。"栽畢，帝御筆寫垂楊柳姓楊，曰楊柳也。

　　隋家天子憶揚州[一]，厭坐深宮傍海遊。穿地鑿山[二]開御路，鳴箛疊鼓[三]泛清流。流一作"自"。從鞏[四]北分河口，直到淮南種官柳。功成力盡人旋亡，代謝年移樹空有。當時綵女侍君王[五]，繡帳旌門對柳行。青葉交垂連幔色，白花飛度染衣香。今日摧殘何用道，數里曾無一枝好。驛騎征帆損更多，山精[六]野魅藏應老。涼風八月露爲霜，日夜孤帆入帝鄉。河畔時時聞木落，客中無不淚沾裳①。

〔一〕憶揚州　《開河記》：煬帝遊木蘭庭，命袁寶兒歌《柳枝詞》，因觀殿壁上有《廣陵圖》，帝瞪目視之，移時不能舉步。時蕭后在側，謂帝曰："知他是甚圖畫，何消皇帝如此掛意？"帝曰："朕不愛此畫，只爲思舊遊之處。"於是帝以左手凭后肩，右手指圖上山水及人煙村落寺宇，歷歷皆如目前，謂后曰："朕昔征陳主時遊此，豈期萬機在躬，便不能豁於懷抱也。"言訖，聖容慘然。

〔二〕穿地鑿山　《隋書》：大業元年，發河南諸郡男女七百萬，開通濟渠，自西苑引穀、洛水達於河，自板渚引河通於淮。

〔三〕鳴箛疊鼓　謝玄暉《鼓吹曲》"凝箛翼高蓋，疊鼓送華輈"，李善注：徐引聲謂之凝，小擊鼓謂之疊。

〔四〕鞏　《一統志》：河南府鞏縣，在府城東一百三十里，周鞏伯邑，漢置鞏縣，屬南郡。

〔五〕綵女侍君王　《隋書·后妃傳》：采女三十七員，品正第七，是爲女御。《大業拾遺記》：上至汴，御龍舟，蕭妃乘鳳舸，每舟擇妙麗女子千人，執雕板鏤金楫，號爲殿脚女。一日，帝將登鳳舸，凭殿脚女吳絳仙肩，喜其柔麗，愛之甚，久不移步。絳仙善畫長娥眉，帝色不自禁，回輦召絳仙，將拜婕好。適絳仙下嫁爲玉工萬群妻，故不克諧。帝寢興罷，擢爲龍舟首楫，號曰"崆峒夫人"。帝每倚簾視絳仙，移時不去，顧內侍者曰："古人言秀色若可飱，如絳仙真可療飢矣。"

〔六〕山精　《抱朴子》：山精之形如小兒，而獨足向後，喜來犯人。

何　扶一首

　　《唐詩紀事》：何扶，太和九年及第。明年捷三篇，因以一絕寄舊同年曰：

---

① 紀昀評：絕用唱嘆之法，格在不高不卑間。

"金榜題名墨尚新，今年依舊去年春。花間每被紅粧問，何事重來只一人？"

送閬州妓人歸老

《唐·地理志》：山南道閬州，本隆州，先天二年，避玄宗諱更名。

貫珠解：月明露冷在庭，而室無華筵紅燭，所以梁塵獨暗。初看似兩截，然有"暗"字，玉蟾激射便妙。花與鬢共爲秋匀膩，成名句。蓋秋白色，若正說鬢白，覺殺風景矣。以秋代之，又與鳳仙關合。

竹翠嬋娟[一]草逕幽，佳人歸老傍汀洲。玉蟾露冷梁塵暗，金鳳[二]花開雲鬢秋。十畝稻香新綠野，一聲歌斷舊青樓。芭蕉半卷西池雨，日暮門前雙白鷗。

[一]嬋娟　左思《吳都賦》"檀欒嬋娟，玉潤碧鮮"注：嬋娟，竹妍雅也。

[二]金鳳　《本草》：鳳仙，一名金鳳花。

汪　遵一首

《全唐詩話》：遵，宣城人，登咸通七年進士第。

題太尉平泉莊

《劇談錄》：李德裕平泉莊，去洛城三十里，卉木臺榭，若造仙府。有虛檻，前引泉水，縈廻穿鑿，像巴峽、洞庭、十二峯、九派，迄於海門，皆隱隱見雲霞、龍鳳、草樹之形。

水泉花木好高眠①，嵩少[一]縱橫滿目前。悵惘人間不平事，今朝身在海南邊[二]。

[一]嵩少　《初學記》：嵩高山者，五嶽之中嶽也。戴延之《西征記》云："其山東謂太室，西謂少室，相去十七里，嵩其總名也。"

[二]海南邊　《摭言》：德裕頗爲寒畯開路。及南遷，或有詩曰："八百孤寒齊下淚，一時南望李崖州。"按《唐書》，大中初，德裕貶崖州司戶。

---

① 水：汲古閣本、《四庫全書》本作"平"。

高　適 一首

《唐書》：適字達夫，滄州渤海人。少落託，不治生産。刺史張九皋奇之，舉有道科中第。後哥舒翰表爲參軍，官至刑部侍郎，左散騎常侍，封渤海縣侯。卒，贈禮部尚書，謚曰忠。

燕歌行　并序

開元二十六年①，客有從御史大夫張公出塞而還者②，作《燕歌行》以示，適感征戌之事，因而和焉。

漢家煙塵在東北，漢將辭家破殘賊。男兒本自重橫行，天子非常賜顏色〔一〕③。摐金〔二〕伐鼓下榆關〔三〕，旌旆逶迤碣石〔四〕間。校尉羽書飛瀚海〔五〕，單于獵火照狼山〔六〕。山川蕭條極邊土，胡騎憑陵雜風雨〔七〕。戰士軍前半死生，美人帳下猶歌舞〔八〕。大漠窮秋塞草衰，孤城落日鬭兵希。身當恩遇恒輕敵，力盡關山未解圍。鐵衣遠戌辛勤久，玉筯〔九〕應啼別離後④。少婦城南欲斷腸，行人薊北空廻首。邊庭飄飄那可度⑤，絕域蒼茫無所有⑥。殺氣三時作陣雲〔一〇〕，寒聲一夜傳刁斗〔一一〕。相看白刃血紛紛，死節從來肯顧勳⑦。君不見沙場征戰苦，至今猶憶李將軍〔一二〕⑧。

〔一〕賜顏色　曹植詩：長者賜顏色。

〔二〕摐金　《子虛賦》"摐金鼓吹鳴籟"，韋昭曰：摐，擊也。

〔三〕榆關　枚乘《諫吳王書》"北備榆中之關"，善注：金城郡有榆中縣。

〔四〕碣石　《書》："夾右碣石入於河。"《地志》：碣石在北平郡驪城縣西南河口之地。

---

① 二：原脱，據《高常侍集》卷五補。
② 從：原脱，據《高常侍集》卷五補。
③ "賜顏色"下，紀昀評：入手即矯健。
④ 筯：《四部叢刊》本、垂雲堂本作"節"。
⑤ "庭"字下，紀昀注：一作"風"，"風"字是。
⑥ "無"字下，紀昀注：一作"何"，"何"字是。
⑦ "肯"字下，紀昀注：一作"豈"，"豈"字是。
⑧ 紀昀評：刺邊將佚樂，不恤士卒。通首序關塞之苦，只以"戰士"二句、"君不見"二句點睛，運意絕高。　元、白時放此格，終於不近，筆力不可強也。

〔五〕**瀚海** 《史記》："驃騎封狼居胥山，禪姑衍，臨瀚海而還。"如淳曰："瀚海，北海名。"

〔六〕**狼山** 《一統志》：狼山在寧夏衛城東南二百九十里。

〔七〕**風雨** 劉向《新序》：韓安國曰：匈奴來若風雨，解若收電。

〔八〕**美人猶歌舞** 此言主將不恤士卒。如驃騎在塞外，卒乏糧，或不能自振，而驃騎尚穿域蹋鞠之類。

〔九〕**玉筯** 見第一卷。

〔一〇〕**陣雲** 《史記》：陣雲如立垣。

〔一一〕**刁斗** 《史記》"刁斗"注：孟康曰：以銅作鐎器，受一斗，晝炊飲食，夜擊持行，名曰刁斗。

〔一二〕**李將軍** 《史記》：李將軍廣得賞，輒分其麾下，飲食與士共之。廣之將兵，乏絕之處，見士卒不盡飲，廣不飲水。士卒不盡食，廣不嘗食。寬緩不苛，士以此愛，樂爲用。贊曰："死之日，天下知與不知，皆爲盡哀。"

孟 郊一首

《唐書》：郊字東野，湖州武康人。年五十，得進士第，調溧陽尉。鄭餘慶鎮興元，奏爲參謀。卒年六十四。

古結愛

默庵云：隘太白而峭之。

　鈍吟云：東野詩苦澀，今只存此章，却稱此集中語，選法妙甚。

心心復心心，結愛務在深。一度欲離別，千迴結衣襟。結妾獨守志，結君蚤還意。始知結衣裳，不如結心腸。坐結行亦結，結盡百年月。

陸龜蒙五首

《唐詩紀事》：龜蒙字魯望，父虞賓，浙東從事，居蘇臺。龜蒙攻文，與顏堯、皮日休、羅隱、吳融友善。龜蒙少高放，從張搏遊，歷湖、蘇二州，辟以自佐。嘗至饒州，三日無所詣。刺史蔡京率官屬就見之，龜蒙不樂，拂衣去。不喜交流俗，不乘馬升舟。設蓬席，齎束書、茶竈、筆床、釣具往來。時謂江湖散人，或號天隨子、甫里先生，自比涪翁、漁父、江上丈人。

女墳湖

即吳葬女之地也。《吳越春秋》：闔廬女媵玉自殺，葬於閶門外，舞白鶴於吳市，令萬民隨而觀之。《吳地記》云：後陷成湖，號女墳湖。

水平波澹遶廻塘，鶴往人沈萬古傷。應是離魂雙不得，至今沙上少鴛鴦。

和人宿木蘭院

《一統志》：石塔寺在揚州府城內，舊名木蘭院。

苦吟清漏迢迢極，月過花西尚未眠。猶憶故山敧警枕〔一〕，夜來嗚咽似流泉。

〔一〕警枕　蔡邕有《警枕銘》。《吳越備史》：武肅王錢鏐在軍中，用圓木小枕，睡熟則敧，觸是得寤，名曰警枕。

薔　薇①

《蜀本草》：薔薇，蔓生，莖間多刺。其花有百葉，八出六出，或赤或白。子若杜棠子。

濃似猩猩〔一〕初染素，輕於燕燕〔二〕欲凌空。可憐細麗難勝日，照得深紅作淺紅。

〔一〕猩猩　《華陽國志》：猩猩血可以染朱厴。
〔二〕燕燕　《詩》：燕燕于飛。

春夕酒醒②

幾年無事傍江湖，醉倒黃公舊酒壚〔一〕。覺後不知新月上，滿身花影

---

① 此爲皮日休詩，見《松陵集》卷六，題作《重題薔薇》，下有陸龜蒙《奉和次韻》："穠華自古不得久，況是倚春春已空。更被夜來風雨惡，滿堦狼藉没多紅。"
② 夕：原作"日"，據《四部叢刊》本、垂雲堂本及《松陵集》卷六皮日休《春夕酒醒》改。《甫里先生文集》卷一〇題作《和春夕酒醒》，是。

倩人扶。

〔一〕黃公酒壚　《晋書》：王戎嘗經黃公酒壚下，謂客曰：“吾昔與嵇、阮酣暢於
　　　　此，今日視之雖近，邈若山河。”

齊梁怨別

　　　　　　　鈍吟云：齊梁體。

　　寥寥缺月看將落，簷外霜華染羅幕。不知蘭棹〔一〕到何山，應倚相思
樹〔二〕邊泊。《吳都賦》“楠、榴之木，相思之樹”，劉淵林注：相思樹，可作器，實如珊瑚。

〔一〕蘭棹　《洞冥記》：虬泉池中有追雲舟、起風舟、待仙舟、含煙舟，或以沙棠
　　　　為枻檝，或以木蘭、文柘為櫓棹。

〔二〕相思樹　《搜神記》：宋康王舍人韓憑，娶妻何氏美，王奪之，憑自殺。其妻
　　　　乃陰腐其衣，王與之登臺，遂投臺，左右攬其衣，不中手而死。遺書於帶，曰：
　　　　“願以屍賜憑合葬。”王弗聽，使里人埋之，冢相望也。宿昔之間，有梓生於二
　　　　冢，旬日盈抱，屈體相就，根交於下，枝錯於上。又有鴛鴦，雌雄各一，恒棲
　　　　樹上，交頸悲鳴。宋人哀之，號其木曰相思樹。

張　籍七首

　　　　《全唐詩話》：籍字文昌，和州人。歷水部員外郎，終主客郎中。姚合讀
　　　　籍詩，有詩云：“妙絕江南曲，凄涼怨女詩。古風無敵手，新語是人知。”
　　　　鈍吟云：水部五言，多名句。○張君破題極用意，不似他人直下。

寄遠客①

　　野橋春水清，鈍云：好起。橋上送君行。去去人應老，年年草自生。出門
看遠道，無路向邊城。楊柳別離處，秋蟬今復鳴。

宿溪中驛②

　　楚驛南渡口，夜深來客稀。月明見潮上，江靜覺鷗飛。旅宿今已遠，

————————

　① 《張文昌文集》卷一題作《思遠人》。
　② 《張文昌文集》卷一題作《宿臨江驛》。

此行獨未歸。離家久無信，又見搗寒衣。

惜　別①

遊人欲別離，半醉對花枝。看着春又晚，_{默云：惜。}莫輕年少時。臨行記分處，回面是相思。各向天涯去，重來不可期。

襄國別人②

襄國，趙地。《漢書》：項羽分趙地，立張耳爲常山王，居信都，改曰襄國。
晚色荒城下，相看秋草時。獨遊無定計，不欲道來期。別處去家遠，愁中驅馬遲。人歸渡煙水，遙映野棠〔一〕枝。

〔一〕野棠　《爾雅》“杜，甘棠”，郭注：“今之杜棃。”沈休文詩：“野棠開未落。”

送蜀客

蜀客南行過碧溪③，木綿〔一〕花發錦江西。山橋日晚人來少④，時見猩猩〔二〕樹上啼⑤。

〔一〕木綿　《本草綱目》：杜仲，其皮中有銀絲如綿，故曰木綿。按《名醫別錄》，杜仲出漢中。

〔二〕猩猩　《爾雅》：猩猩小而好啼。

送友人遊吳越⑥

羡君東去見殘梅，_{默云：吳越。鈍云：此破太平直。}惟有王孫獨未回。吳苑〔一〕夕陽明古堞，越宮〔二〕春草上高臺。波生野水雁初下，風滿驛樓潮欲來。

---

① 《張文昌文集》卷一題作《春日留別》。
② 《張文昌文集》卷一題作《襄國別友》。
③ 過碧溪：《張文昌文集》卷一、《御覽詩》作“祭碧雞”。
④ 人來：《張文昌文集》卷一、《御覽詩》作“行人”。
⑤ 樹上：《四部叢刊》本、垂雲堂本作“上樹”。
⑥ 此首誤入，當爲溫庭筠詩，見《溫飛卿詩集箋注》卷八，題作《送盧處士游吳越》。

試問漁舟看雪浪，幾多江燕荇花〔三〕開。

〔一〕吳苑　《吳都賦》“佩長洲之茂苑”，又“闔閭間之所營，采夫差之遺法”，善
　　注：闔閭造吳城郭宮室，其子夫差嗣增崇侈靡。

〔二〕越宮　《吳越春秋》：琅琊東武海中山，一夕自來。起游臺其上，東南爲司馬
　　門，立增樓冠其山巔，以爲靈臺。

〔三〕荇花　《圖經本草》：處處池澤有之，葉似蓴而莖澀，根甚長，花黃色。

蘇州江岸留別樂天

此詩見《白氏長慶集》，題作《武邱寺路宴留別諸妓》①，極合詩意。

銀泥裙〔一〕映錦障泥〔二〕，畫舸停橈馬簇蹄。清管曲終鸚鵡語，紅旆影
動薄寒〔三〕嘶。漸消酒色朱顔淺，欲話離情翠黛低。莫忘使君吟詠處，女
墳湖〔四〕北武邱〔五〕西。

〔一〕銀泥裙　《仙傳拾遺》：益州士曹某妻李氏，容色絕代。章仇公欲窺之，乃令
　　夫人特設筵會，府縣之妻，罔不畢集，李着黃羅銀泥裙，五暈羅銀泥衫子。

〔二〕錦障泥　《西京雜記》：武帝得貳師天馬，以綠地五色錦爲蔽泥。按：蔽泥即
　　障泥。

〔三〕薄寒　朣庵表叔云：薄寒，一作“駊騀”爲是。按：《長慶集》自注云“蕃中
　　馬”。

〔四〕女墳湖　見前。

〔五〕武邱　《吳地記》：虎邱山，避唐太祖諱改爲武邱，又名海勇山，在吳縣西北
　　九里二百步。《吳越春秋》云：闔廬葬虎邱，經三日，金精化爲虎，蹲其上，
　　因號虎邱。秦始皇東巡至虎邱，求吳王寶劍。其虎當墳而踞，始皇以劍擊之，
　　悞中於石，其虎西走，劍無復獲，乃陷成池，號劍池。有石可坐千人。其山本
　　晋王珣與弟珉之別墅，咸和二年，舍山爲東、西二寺，立祠於山寺側。有真娘
　　墓，吳國之佳麗也。行客才子，多題詩墓上。

曹　鄴 二首

《全唐詩話》：鄴字業之，大中進士也。唐末，以祠部郎中知洋州。

---

① 宴：原脱，據《白氏長慶集》卷二四補。

故人寄茶①

劍外〔一〕九華〔二〕英，緘題下玉京〔三〕。開時微月上，碾處亂泉聲。半夜招僧至，孤吟對月烹。碧沉霞腳碎，香泛乳花〔四〕輕。六腑〔五〕睡神去，數朝詩思清。月餘不敢費，留伴肘書〔六〕行。

〔一〕劍外　《唐國史補》：劍南有蒙頂石花。

〔二〕九華　《一統志》：九華山在池州青陽縣南。茶，青陽縣出。

〔三〕玉京　《太霄隱書》：無上大道君治無極大羅大中玉京之上，七寶玄臺，金牀玉几。

〔四〕霞腳乳花　《茶寮記》：煎用活火，候湯眼鱗鱗起，沫餑鼓泛，投茗器中。初入湯少許，候湯茗相投，即滿注。雲腳漸開，乳花浮面，則味全。蓋古茶用團餅碾屑，味易出。葉茶驟則乏味，過熟則味昏底滯。注沫餑湯，細花也。

〔五〕六腑　《書》“今予其敷心腑腎腸”疏：心爲五臟之主，腹爲六腑之總。

〔六〕肘書　《晋書》：葛洪有《肘後要急方》四卷。

始皇陵下作

《皇覽》：秦始皇冢在驪山之右。

《拾遺記》：始皇爲冢，斂天下瓌異，傾遠方奇寶，於冢中爲江海川瀆及山岳之形，以沙棠、沈檀爲舟楫，金銀爲鳧雁，以瑠璃雜寶爲龜魚。又於海中作玉象鯨魚，銜火珠爲星，以代膏燭。

千金買魚燈〔一〕，泉下照狐兔。行人上陵過，却弔扶蘇墓〔二〕。纍纍壙中物，多於養生具。若使山可移，應將秦國去。舜歿雖在前，今猶未封樹〔三〕。

〔一〕魚燈　《水經注》：始皇冢以人魚膏爲燈燭，度其不滅者久之。

〔二〕扶蘇墓　《一統志》：扶蘇墓在綏德州城中。

〔三〕未封樹　《漢書·劉向傳》注：《淮南子》云：“舜葬蒼梧，不變其肆。”師古曰：肆者，故也，言山川田畝皆如故耳。

---

① 此首誤入，《又玄集》卷中署爲李德裕作，是。參傅璇琮《唐人選唐詩新編》校記。

才調集補注卷四

古律雜歌詩一百首

杜　牧_{三十三首}

《唐書》：牧字牧之，善屬文。第進士，復舉賢良方正，爲江西團練府巡官，又爲淮南節度府掌書記，擢監察御史。移疾分司東都，復爲宣州團練判官，拜殿中侍御史，内供奉。歷黄、池、睦三州刺史，入爲司勳員外郎，兼史職。改吏部，復乞爲湖州刺史。踰年，以考功郎知制誥，遷中書舍人。牧剛直有奇節，不爲齷齪小謹，敢論列大事，指陳病利尤切，以疏直時無右援者。卒年五十。牧於詩情致豪邁，人號爲"小杜"，以别杜甫。

題桐葉

鈍吟云：七言長律。

去年桐落故溪上，把葉因題歸燕詩。江樓今日送歸燕，正是去年題葉時。葉落燕歸真可惜，東流玄髮且無期。笑筵歌席反惆悵，朗月清風見别離。莊叟彭殤〔一〕同在夢，陶潛〔二〕身世兩相遺。一丸〔三〕五色成虚語，石爛〔四〕松薪〔五〕更不疑。哆侈〔六〕不勞文似錦①，進趨何必利如錐〔七〕。錢神〔八〕任爾知無敵，酒聖〔九〕_{默云：聖，集作"量"。}於吾亦庶幾。江畔秋光蟾閣鏡〔一○〕，檻前山色茂陵眉〔一一〕。醵香輕泛數枝菊，簷影斜侵半局棊。休指宦遊論巧拙，只將愚直禱神祇。三吳〔一二〕煙水平生願②，寧向閑人道所之。

〔一〕彭殤　《莊子》：莫壽乎殤子，而彭祖爲夭。

〔二〕陶潛　《晋書》：陶潛字元亮，少懷高尚，博學善屬文。爲彭澤令，素簡貴，

---

① 哆：《四部叢刊》本作"奢"。

② 願：《四部叢刊》本、垂雲堂本作"念"。

不事上官。郡遣督郵至縣，吏白應束帶見之，潛嘆曰："吾不能爲五斗米折腰，拳拳事鄉里小人。"即解印去縣，乃賦《歸去來辭》，有云："世與我而相遺，復駕言兮焉求。"

〔三〕一丸　魏文帝樂府："與我一丸藥，光耀有五色。"按：此指橋、順二子飛龍丸也。

〔四〕石爛　甯戚《飯牛歌》曰：南山矸，白石爛。

〔五〕松薪　古詩：松栢催爲薪。

〔六〕哆侈　《小雅》："哆兮侈兮，成是南箕。萋兮菲兮，成是貝錦。"此以哆侈與貝錦合用，悮。

〔七〕利如錐　《晉書·祖納傳》：汝、潁之士利如錐。

〔八〕錢神　《晉書》：魯褒傷時之貪鄙，著《錢神論》以刺之。

〔九〕酒聖　《魏志·徐邈傳》：酒客謂酒清者爲聖人，濁者爲賢人。

〔一〇〕蟾閣鏡　《洞冥記》：鉤影山有望蟾閣，十二丈，上有金鏡，廣四尺。元封中，有祇園獻此鏡，照見魑魅，不獲隱形。

〔一一〕茂陵眉　《史記》：相如既病免，家居茂陵。"茂陵眉"，謂文君眉也。見第二卷"山蛾"注。

〔一二〕三吳　《指掌圖》以蘇、常、湖爲三吳。《圖經》：漢高祖分會稽爲吳郡，與吳興、丹陽爲三吳。

題齊安城樓

《唐書》：黄州齊安郡，本永安郡，天寶元年更名。

鳴軋〔一〕江樓角一聲，微陽瀲瀲落寒汀。不用憑闌苦迴首，故鄉七十五長亭〔二〕。

〔一〕軋　音扎。《六書故》："車重載，轆軋有聲也。"此以擬角聲。

〔二〕長亭　《漢書》："十里一亭，亭有長。"《白孔六帖》："十里一長亭，五里一短亭。"

揚州二首

煬帝雷塘〔一〕土，迷藏有舊樓〔二〕。誰家唱《水調》〔三〕，明月滿揚州。煬帝開汴渠成，自作《水調》。駿馬宜閑出，千金好暗遊。喧闐醉年少，半脱紫茸〔四〕裘。

〔一〕雷塘　《唐書》：揚州廣陵郡江都縣東十一里，有雷塘。

〔二〕迷樓　《煙花記》：迷樓，凡役夫數萬，經歲而成，樓閣高下，軒窗掩映，幽
　　　房曲室，玉欄朱楯，互相連屬。帝大喜，顧左右曰："使真仙遊其中，亦當自
　　　迷也。"故云。

〔三〕水調　《樂苑》：《水調》，商調曲，隋煬帝幸江都所製，聲韻怨切。

〔四〕紫茸　《席上腐談》：北方毛段，細軟者曰子氄，《書》"鳥獸氄毛"是也。今
　　　訛爲紫茸。

秋風放螢苑〔一〕，春草鬭雞臺〔二〕。金絡〔三〕擎雕去，鸞鬟〔四〕拾翠〔五〕來。
蜀船紅錦〔六〕重，越橐水沉〔七〕堆。處處皆華表〔八〕，淮王〔九〕奈却廻。

　　　　落句言淮王仙去，倘如令威、蘇卓化鶴，而歸集於華表，見此繁華
　　　美景，亦當喚奈何耳。牧之縱遊揚州，楚腰掌内，玉笋裙前，老猶戀戀，
　　　其亦有只合揚州死之意乎？

〔一〕放螢苑　《隋書·煬帝紀》：大業二年五月壬午，上於景華宮徵求螢
　　　火，得數斛，夜出遊山放之，光遍巖谷。七月甲子，幸江都。豈至江都又爲之，而
　　　有其苑耶？《揚州鼓吹詞序》："螢苑在隋苑東南二里。"

〔二〕鬭雞臺　《大業拾遺記》：帝自達廣陵，昏湎滋深，往往爲妖祟所惑。嘗遊吳
　　　公宅雞臺，恍惚間與陳後主遇。

〔三〕金絡　陸機樂府：驄馬金絡頭。

〔四〕鸞鬟　《類篇》：鬟，屈髮爲髻。段柯古《髻鬟品》云："秦始皇有望仙髻、
　　　參鸞髻、凌雲髻。"

〔五〕拾翠　《洛神賦》：或採明珠，或拾翠羽。

〔六〕蜀錦　《蜀錦譜》：蜀以錦擅名天下，故城名以錦官，江名以濯錦，而《蜀都
　　　賦》云："貝錦斐成，濯色江波。"《蜀記》云："成都有九璧村，出美錦，
　　　歲充貢。"

〔七〕水沉　《南越志》：交趾蜜香樹，先斷其老木根，經年其外皮幹俱朽欄，木心
　　　與枝節不壞，堅黑沉水者，即沉香也。

〔八〕華表　橋柱。揚州在唐最爲富盛，城中可紀者，有二十四橋，華表之多可知。

〔九〕淮王　《神仙傳》：淮南王劉安折節下士，於是有八公詣門，授《玉丹經》三
　　　十六卷。後八公使安登山大祭，埋金地中，即白日昇天。

九日登高

《續齊諧記》：汝南桓景隨費長房遊學，長房謂之曰："九月九日，汝南當有大災厄，急令家人縫囊，盛茱萸，繫臂上，登山飲菊花酒，此禍可消。"景如言，舉家登山。夕還，見雞犬牛羊，一時暴死。長房聞之，曰："此可代也。"今世人九日登高飲酒，婦人帶茱萸囊，蓋始於此。

《鼓吹》題作《九日齊山登高》。

江涵秋影雁初飛，與客攜壺上翠微〔一〕。塵世難逢開口笑〔二〕，菊花須插滿頭歸。但將酩酊酬佳節，不用登臨嘆落暉。古往今來只如此，牛山〔三〕何必獨沾衣。

〔一〕翠微　《爾雅疏》：山氣青縹色曰翠微。凡山遠望則翠，近之則翠漸微。

〔二〕開口笑　見第三卷。

〔三〕牛山　《列子》：齊景公遊於牛山，北臨其國城而流涕，曰："美哉國乎！鬱鬱芊芊，若何去此而死乎？"

《九華山録》云：九月乙丑朔，入清溪，泊弄水亭。入門即池州。池州齊山，山脚插入清溪，石色青蒼可畫，洞穴半出水中，清溪直接大江，眼界豁然。又其旁拔起數峯，奇甚，謂之小九華，皆齊山最勝處也。又其上即翠微亭，是爲山巔。杜牧之云"江涵秋影雁初飛"，此地此時也。

早　雁

金河〔一〕秋半虜弦開，雲外驚飛四散哀。仙掌〔二〕月明孤影過，長門〔三〕燈暗數聲來。須知胡馬紛紛在，豈逐春風一一廻？莫厭瀟湘〔四〕少人處，水多菰米〔五〕岸莓苔〔六〕①。

〔一〕金河　《地理志》：雲中郡有金河，泥色似紫金。

〔二〕仙掌　郝天挺以爲指華山仙人掌。

〔三〕長門　《三輔黃圖》：長門宮在長安城。

〔四〕瀟湘　見第二卷。

〔五〕菰米　《西京雜記》：太液池邊，皆是雕胡、紫籜、綠節之類。菰之有米者，謂之雕胡。葭蘆之未解葉者，謂之紫籜。菰之有首者，謂之綠節。

---

① 紀昀評：後半深遠勝前半，但五句少複首句耳。

〔六〕莓苔 《通雅》：澤葵，莓苔也。鮑照賦："澤葵依井。"

舊　遊

閑吟芍藥詩〔一〕，悵望久嚬眉。盻眄〔二〕默云："盻眄"對"纖衫"。妄混盻、眄爲一，并"纖衫"爲"纖纖"，可笑。回眸遠，纖衫〔三〕整鬢遲。重尋春晝夢，笑把淺花枝①。小市〔四〕長陵住，非郎爭得知？

〔一〕芍藥詩 《別賦》：下有芍藥之詩，佳人之歌。

〔二〕盻眄 《説文》："盻，目好流視。"又云："眄，邪視也。"

〔三〕纖衫，"衫"一作"摻"，《魏風》"摻摻女手"朱《傳》：摻摻，猶纖纖也。

〔四〕小市 《漢書·外戚傳》：皇太后微時，生在民間，武帝自往迎之，其家住長陵小市。

村舍燕

漢宮一百四十五〔一〕，多下珠簾閉瑣窗。何處營巢夏將半，茅簷煙裏語雙雙。

〔一〕百四十五 《西京賦》：郡國宮館，百四十五。

題宣州開元寺水閣 閣下宛溪②，夾溪居人。

《一統志》：寧國府，唐置宣州。又景德寺，在寧國府城內，本晋永安寺，唐改開元寺，宋又改今名。

六朝文物草連空，天淡雲閑今古同。鳥去鳥來山色裏，人歌人哭水聲中。深秋簾幕千家雨，落日樓臺一笛風。惆悵無因見范蠡〔一〕，參差煙樹五湖東。

〔一〕范蠡 《國語》：越滅吳，范蠡乘輕舟以浮於五湖，莫知其所終極。按《一統志》，五湖在寧國縣北四里。

---

① 笑：宋本注："一作'凝'。"

② 溪：原作"陵"，據《樊川文集》卷三改。

爲人題二首①

我乏凌雲〔一〕稱，君無買笑〔二〕金。虚傳南國貌，爭奈五陵心。桂席〔三〕
塵瑶珮，瓊爐爇水沉。凝魂輕薦夢，低珥悔聽琴。日落珠簾卷，春寒錦
幕〔四〕深。誰家樓上笛，何處月明砧。蘭徑〔五〕飛蝴蝶，筠籠語翠禽。和簪
抛鳳髻〔六〕，將淚入鴛衾〔七〕。的的〔八〕添新恨，迢迢絶好音。文園〔九〕終病
渴〔一〇〕，休咏白頭吟〔一一〕。

〔一〕凌雲　《史記》：相如既奏《大人》之頌，天子大説，飄飄有凌雲之氣，似遊
　　天地之間意。

〔二〕買笑　見第一卷“千金笑”注。

〔三〕桂席　謝朓《送遠曲》：桂席羽觴陳。

〔四〕錦幕　江淹《别賦》：撫錦幕而虚凉。

〔五〕蘭徑　江淹詩：蘭徑少行迹。

〔六〕鳳髻　段柯古《髻鬟品》：髻始自燧人氏，以髮相纏，而無繫縛。周文王加珠
　　翠翹花，名曰鳳髻。

〔七〕鴛衾　《西京雜記》：趙飛燕爲皇后，女弟昭儀上襚三十五條，有鴛鴦被，被
　　即衾也。

〔八〕的的　《廣韻》：“的，實也。”《子夜歌》：“我念歡的的，子行由豫情。”

〔九〕文園　見第二卷。

〔一〇〕病渴　《史記》：相如常有消渴疾。

〔一一〕白頭吟　見第六卷。

綠樹鷺鷺語，平江燕燕飛。枕前聞雁去，樓上送春歸。半月緪〔一〕雙
臉，凝腰素〔二〕一圍。西牆苔漠漠，南浦夢依依。有恨簪花懶，無憀鬭草
稀。雕籠長慘澹，蘭畹謾芳菲。鏡斂青蛾黛，燈抛皓腕肌。避人勻迸淚，
拖袖倚殘暉。有貌雖桃李，單棲〔三〕足是非。雲軿〔四〕載取去，寒夜看裁
衣〔五〕。

〔一〕緪　《韻會小補》：緪，通作“恒”。《詩》“如月之恒”，陸德明《釋文》：
　　“恒，本作‘緪’。”疏云：月體正半，昏而中，似弓之張而弦直，謂上弦。望

---

① 《樊川文集》第四“題”下有“贈”字。

後漸虧，至二十三日、二十四日亦正半，謂下弦。"半月緪雙臉"，言月體半
明，上弦之時，如臉兩邊也。

〔二〕素　《釋名》：素，朴素也。已織則供用，不復加巧餙也。

〔三〕單棲　李澄之詩①：單栖百慮違。

〔四〕雲軿　見第二卷。

〔五〕裁衣　張正見詩：時忿年移竟不歸，偏憎寒急夜縫衣。

池州春日送人②

《唐·地理志》：江南道池州，武德四年，以宣州之秋浦、南陵置。貞觀元
年州廢，縣還隸宣州。永泰元年，復析宣州之秋浦、青陽，饒州之至德置。

芳草復芳草，斷腸還斷腸。自然堪下淚，何必更殘陽。楚岸千萬里，
燕鴻三兩行。有家歸未得，況舉別君觴③。

長安送人④

子性極弘和，愚衷深褊狷。相捨囂譊中，吾過何由鮮。楚南饒風煙，
湘岸苦縈宛。山密夕陽多，人稀芳草遠。青梅繁枝低，斑笋新梢短。莫哭
葬魚人〔一〕，酒醒且眠飯。

〔一〕葬魚人　丁静山云：葬魚人指屈原，《楚詞》："葬於江魚之腹中。"

驪山感舊二首⑤

《一統志》：驪山在臨潼東南二里，山之麓，溫泉所出。

新豐〔一〕綠樹起黃埃，數騎漁陽探使〔二〕廻。霓裳〔三〕一曲千峯上，舞破
中原始下來。

〔一〕新豐　《西京雜記》：太上皇徙居長安，深宮不樂。高帝命匠營新豐，移諸故

---

①　之：原作"詩"，據《文苑英華》卷一五二李澄之《秋庭夜月有懷》、《全唐詩》卷一〇一
改。

②　《樊川文集》卷三題作《池州春送前進士蒯希逸》。

③　紀昀評：前四句自成別調，送意於末句倒點，亦別致。

④　《樊川文集》卷一題作《長安送友人遊湖南》。

⑤　《樊川文集》卷二題作《過華清宮絕句三首》。

人實之，衢巷棟宇，物色惟舊。

〔二〕漁陽探使　安禄山爲漁陽太守。《大唐新語》：韋見素陳安禄山反狀，玄宗遣中使輔璆琳送甘子，且觀其變。璆琳受賂而還，因言無反狀。

〔三〕霓裳　見第二卷。

長安廻望繡成堆，山頂千門次第開。一騎紅塵妃子笑，無人知道荔枝〔一〕來。

〔一〕荔枝　蔡君謨《荔枝譜》：貴妃嗜涪州荔枝，歲命驛致。東坡亦云：“天寶歲貢取之涪。”蓋當時南海與涪州並進也。《方輿紀勝》：妃子園在涪州之西，去城十五里。當時以馬遽馳載，七日七夜至京，人馬斃者甚衆。

街　西①

《隋三禮圖》：長安領街西五十四坊及西市，多王公貴戚之第。

碧池新漲浴嬌鴉，深鎖長安富貴家。遊騎偶逢人鬭酒，名園相倚杏交花。銀鞍〔一〕騕褭嘶宛馬〔二〕，繡鞅〔三〕瓏瓏〔四〕走鈿車〔五〕。一曲將軍〔六〕何處笛，連雲芳樹日將斜。

〔一〕銀鞍　辛延年詩：銀鞍何煜爚。

〔二〕宛馬　《史記》：初，天子得烏孫馬好，名曰“天馬”。及得大宛血汗馬益壯，更名烏孫馬曰“西極”，名大宛馬曰“天馬”。天子好宛馬，使者相望於道。

〔三〕鞅　央上聲。《釋名》：鞅，嬰也，喉下稱嬰，言纓絡之也。

〔四〕瓏瓏　郝天挺注：瓏瓏，車上刻色鮮明也。

〔五〕鈿車　見第三卷。

〔六〕一曲將軍　《古今注》：橫吹，胡樂也。張博望入西域，傳其法於西京，唯得《摩訶》《兜勒》二曲。李延年因胡曲，更造新聲二十八解，乘輿以爲武樂。後漢以給邊將軍，和帝時，萬人將軍用之。按：橫吹即笛。

江南春

周敬曰：小李將軍畫山水人物，色色爭妍，真好一幅江南春景圖。

千里鶯啼綠映紅，水村山郭酒旗〔一〕風。南朝四百八十寺，多少樓臺

---

① 《樊川文集》卷二題作《街西長句》。

煙雨中^①。

〔一〕酒旗　《酒譜》：韓非子云：宋人沽酒，懸幟甚高，酒市有旗，始見於此。

寄　人

《唐詩紀事》題作《寄揚州韓綽判官》。

青山隱隱水迢迢，秋盡江南草木凋〔一〕。二十四橋〔二〕明月夜，玉人何處教吹簫^②？

〔一〕草木凋　《升菴詞品》：賀方回作《太平時》一詞，衍杜牧之詩也。"秋盡江南葉未凋^③，晚雲高。青山隱隱水迢迢，接亭皋。二十四橋明月夜，弭蘭橈。玉人何處教吹簫，可憐宵。"按此則牧之本作"葉未凋"，今妄改作"草木凋"，與上下意不相接矣。幸有此，可正其悮。

〔二〕二十四橋　《揚州鼓吹詞序》：出西郭二里許，有小橋，朱欄碧甃，題曰"煙花夜月"。相傳爲二十四橋舊址，蓋本一橋，而會集二十四美人於此，故名。郡志謂城內有廿四橋，今不可考。然禁籞繁華，風流盛事，尚可想見。

寄遠三首

前山遠極碧雲合〔一〕，清夜一聲白雪〔二〕微。欲寄相思千里月，傍溪殘照雨霏霏。

〔一〕碧雲合　江淹《擬休上人》詩：日暮碧雲合，佳人殊未來。

〔二〕白雪　司馬相如《美人賦》：設旨酒，進鳴琴，臣遂撫弦，爲《幽蘭》《白雪》之曲。

南陵〔一〕水面謾悠悠^④，風緊雲輕欲變秋。正是客心孤迥處，誰家紅袖倚江樓？

〔一〕南陵　《唐·地理志》：宣州宣城郡有南陵縣。

---

① 紀昀評：此種純以姿調勝。
② 紀昀評：情韻極佳。
③ 葉：原作"草"，據《詞品》卷一改。
④ 此首《樊南外集》題作《南陵道中》。

隻影隨驚雁，單棲鎖畫籠。向春羅袖薄，誰念舞臺風？

赤　壁

《水經注》：江水左經百人山南，右逕赤壁山北，昔周瑜與黃蓋詐魏武處也。

《方輿勝覽》：赤壁山在蒲圻西百二十里，北岸烏林，與赤壁相對。今江漢間言赤壁者五，漢陽、漢川、黃州、嘉魚、江夏，惟江夏之説爲近。

折戟沉沙鐵未銷，自將磨洗認前朝。東風不與周郎〔一〕便，銅雀〔二〕春深鎖二喬。

〔一〕周郎　《三國志》：瑜年二十四，吳中皆呼爲"周郎"。從策攻皖，得喬公二女，皆國色。策納大喬，瑜納小喬。後與曹公遇於赤壁，曹次江北，瑜在南岸。瑜將黃蓋取鬭艦數十，實以薪草，同時發火。時東南風盛猛，悉延燒岸營落，操軍敗退。

〔二〕銅雀　臺名，見第一卷。

《選脉》云：此詩評者紛紛，如許彦周曰："赤壁之戰，孫氏霸業係此一舉，社稷存亡，生靈塗炭，都不問，只恐捉了二喬，可見措大不識好惡。"似是道學正論，然作詩有翻案法，在擘空架出新意，不涉頭巾爲妙。所謂"鎖二喬"，非專惜二喬也。意此戰不勝，吳之君臣受虜，即室家妻孥，俱不能保，不必論到社稷生靈。末句甚言，所關非小，可也。正道人所不道，乃妙思入微處。

月

三十六宮〔一〕秋夜深，昭陽〔二〕歌斷信沉沉。惟應獨伴陳皇后〔三〕，照見長門〔四〕望幸心。

〔一〕三十六宮　見第二卷。

〔二〕昭陽　《漢書》：孝成皇后弟絶幸爲昭儀，居昭陽舍。《西都賦》："昭陽特盛隆乎孝成。"

〔三〕陳皇后　見第一卷"長門怨"注。

〔四〕照長門　《長門賦》：懸明月以自照兮，徂清夜於洞房。

定　子①

　　默云：牛相小青。

　　黃九煙曰：小青者，小青衣也。

濃檀一抹〔一〕廣陵春，定子初開睡臉新。却笑喫虛〔二〕隋煬帝，破家亡國爲何人？

〔一〕濃檀一抹　謂額黃。虞世南《嘲司花女》云：“學畫鴉黃半未成，垂肩嚲袖太憨生。綠憨却得君王惜，長把花枝傍輦行。”王荊公詩“漢宮嬌額半塗黃”，晏幾道詞“一抹濃檀秋水畔”，本此。

〔二〕喫虛　《北里志》：劉泰娘門有檸樹，贈詩云：“尋常凡木最輕檸，今日尋檸桂不如。漢高初破咸陽後，莫使奔波遂喫虛。”《言鯖》：喫虛，即今之喫虧，音相同，或傳寫之悞耳。

題揚州②

　　《揚州夢記》：杜牧少有逸才，性疎蕩。牛僧孺鎮揚州，辟節度掌書記。牧供職之外，惟以宴遊爲事。揚州，勝地也。每重城向夕，倡樓之上，常有絳紗燈萬數，輝耀空中，九里三十步街中，珠翠填咽，邈若仙境。牧常出没其間，所至成歡，無不會意，如是且數年。及徵拜侍御史，久之分務洛陽，自以年漸遲暮，常追賦感舊詩云云。

落托〔一〕江南載酒行，楚腰纖細掌中輕。十年一覺揚州夢，贏得青樓〔二〕薄倖名。

〔一〕落托　《續玄怪錄》：杜子春落托，不事家產。

〔二〕青樓　梁劉邈詩：“倡妾不勝愁，結束下青樓。”詳見第一卷。

題水口草市③

　　倚溪侵嶺多高樹，誇酒書旗有小樓。驚起鴛鴦豈無恨，一雙飛去却

---

①　此詩或謂李商隱作，見《李義山詩集》卷六。又收入《樊川外集》，題作《隋苑》，注云：“一云定子牛相小青。”

②　《樊川外集》題作《遣懷》。

③　《樊川文集》卷三題作《入茶山下題水口草市絶句》。

回頭。

漢　江

《禹貢》："嶓冢導漾，東流爲漢。"孔安國曰：泉始出爲漾，東南流爲河，
至漢中東行爲漢。

溶溶漾漾白鷗飛，緑淨春深好染衣。南去北來人自老，夕陽長送釣
船歸。

柳

鈍吟云：唐人咏物，不刻畫自好，至宋人而變矣。然在今日，宋體
亦免不得要做。

日落水流西復東，春光不盡柳何窮。巫娥廟〔一〕裏低含雨，宋玉宅〔二〕
前斜帶風。不將榆莢共爭翠，深感杏花相映紅。灞上〔三〕漢南〔四〕千萬樹，
幾人遊宦別離中。

〔一〕巫娥廟　見第三卷"巫山廟"注。

〔二〕宋玉宅　《西溪叢語》：唐余知古《渚宫故事》曰①："庾信因侯景之亂，自
　　建康遁歸江陵，居宋玉故宅。"宅在城北三里，故其賦曰："誅茅宋玉之宅，穿
　　徑臨江之府。"老杜《送李功曹歸荆南》云"曾聞宋玉宅，每欲到荆州"是也。
　　又在夔府咏古迹云"摇落深知宋玉悲，江山故宅空文藻"，然子美《移居夔府
　　入宅》詩云"宋玉歸州宅，云通白帝城"，蓋歸州亦有宋玉宅，非止荆州也。
　　云，一作"雲"。

〔三〕灞上　《雍録》：灞陵在白鹿原，亦名霸上。又漢世凡東出函、潼，必自霸陵
　　始，故贈行者於此折柳爲別也。李白詞曰"年年柳色，霸陵傷別"是也。

〔四〕漢南　庾信賦：昔年楊柳，依依漢南，今看摇落，悽愴江潭。樹猶如此，人
　　何以堪！

悼吹簫妓②

玉簫聲斷歿流年，滿眼春愁隴上煙。艷質已隨雲雨散，鳳樓〔一〕空鎖

---

①　知：原脱，據《四部叢刊》本、垂雲堂本作"揚"。
②　《樊川別集》題作《傷友人悼吹簫妓》。

月明天。

〔一〕鳳樓　江總《簫史曲》：弄玉秦家女，簫史仙處童。來時兔月滿，去後鳳樓空。

題贈二首①

《留青日札》：張好好年十三，杜牧以善歌置樂籍中，所云"婷婷嫋嫋十三餘，荳蔻梢頭二月初"者是也。

娉娉裊裊十三餘，荳蔻〔一〕梢頭二月初。春風十里揚州郭，卷上珠簾總不如。

〔一〕荳蔻　《桂海虞衡志》：荳蔻花，春末發。初開花，先抽一幹，有大籜包之。籜解花見，一穗數十蕊，每蕊心有兩瓣相並。詞人托興比目、連理云。《丹鉛總錄》：牧之詩詠娼女，言其美而且少未經人事，如荳蔻花之未開。

多情却是總無情②，但覺尊前笑不成。蠟燭有心〔一〕還惜別，替人垂淚到天明。

〔一〕燭心　梁簡文帝《對燭賦》：挂同心之明燭，施雕金之麗盤。

秦　淮③

見第一卷。

何義門云：發端寫盡一片亡國恨。

吳山民曰：國亡矣，而靡靡之曲，深溺人心。孤泊驟聞，自然興感。

煙籠寒水月籠沙，夜泊秦淮近酒家。商女不知亡國恨，隔江猶唱《後庭花》〔一〕。

〔一〕後庭花　陳後主《玉樹後庭花曲》："麗宇芳林對高閣，新妝艷質本傾城。映戶凝嬌乍不進，出帷含態笑相迎。妖姬臉似花含露，玉樹流光照後庭。"餘詳第一卷。

---

① 《樊川文集》卷四題作《贈別》。
② 是：《四部叢刊》本、垂雲堂本作"似"。
③ 《樊川文集》卷四題作《泊秦淮》。

代人寄遠二首 六言

一本作"一首"。

鈍云：似是一首。

河橋酒斾風軟，候館梅花雪嬌。宛陵樓〔一〕上春晚，我郎何處情饒。

〔一〕宛陵樓　《一統志》：寧國府宣城縣，漢宛陵縣地。北樓在府治北，南齊守謝朓建。

繡領〔一〕任垂蓬髻，丁香〔二〕閑結〔三〕春梢。賸肯新年歸否，江南綠草迢迢。

〔一〕繡領　《女紅餘志》：承雲，衣領也。昔姚夢蘭贈東陽以領邊繡、脚下履，領邊繡即承雲也。

〔二〕丁香　《本草拾遺》：雞舌香，與丁香同種，花實叢生，其中心最大者，爲雞舌。擊破有順理而解爲兩向，如雞舌，故名，乃是母丁香也。

〔三〕結　《碎錄》：丁香，一名百結。陳藏器曰："丁香，擊之則順理而解爲兩向。"義山詩"本是丁香樹，春條結始生"，其合則爲結也。

張　泌 一十八首

泌，當作"似"。陸游《南唐書》①：開寶五年，内史舍人張似知禮部貢舉，放進士楊遂等三人。清輝殿學士張洎言似多遺才，國主命洎考覆不中第者，於是又放王倫等五人。

默庵云：此君端己對手。

惜　花

蝶散鶯啼尚數枝，日斜風定更離披。看多記得傷心事，金谷樓前委地〔一〕時。

〔一〕樓前委地　用綠珠墮樓事，詳見第七卷。

寄　人

　　虛樓《續本事詩》：張泌與鄰女浣衣相善，經年不復覯，精神凝一，夜必夢
之。嘗有詩寄之云云，浣衣計無所出，流淚而已。

　　鈍吟云：唐人絕句，上二句多着意。

　　別夢依依到謝家，小廊廻合曲闌斜。多情只有春庭月，猶爲離人照落花。

　　酷憐風月爲多情，還到春時別恨生。倚柱尋思倍惆悵。一場春夢不分明。

邊　上

　　戍樓吹角起征鴻，默云：題。獵獵[一]寒旌背晚風。千里暮煙愁不盡，一川秋草恨無窮。山河慘澹關城閉，人物蕭條市井空。只此旅魂招不得，更堪回首夕陽中。

　　[一]獵獵　鮑照詩：獵獵晚風遒。

長安道中蚤行作

　　客離孤館一燈殘，牢落[一]星河欲曙天。雞唱未沈函谷[二]月，雁聲新度灞陵煙。浮生已悟莊周蝶[三]，壯志仍輸祖逖鞭[四]。何事悠悠策羸馬，此中辛苦過流年。

　　[一]牢落　《魏都賦》“臨淄牢落”注：牢落，猶遼落也。

　　[二]雞唱函谷　《史記》：孟嘗君至關，關法雞鳴出客，孟嘗君客之居下者，有能爲雞鳴，遂發傳出。按：關名函谷。

　　[三]莊周蝶　見二卷“蝴蝶夢”注。

　　[四]祖逖鞭　《晉書》：劉琨與祖逖友，聞祖逖被用，與親故書曰：“吾枕戈待旦，常恐祖生先我着鞭。”

洞庭阻風

《岳陽風土記》：澧、鼎、沅、湘合諸蠻黔南之水，匯爲洞庭，至巴陵，與荆江合。《水經》云：「湖水廣五百里，日月出没其中。大抵湖上舟行，雖泝流而遇順風，加之人力，自旦及暮，可行二百里。」按：此蓋阻於逆風，而泊舟以候之也。

空江浩蕩景蕭然，盡日菰蒲〔一〕泊釣船。默云：阻風。青草〔二〕浪高三月渡，綠楊花撲一溪煙。情多莫舉傷春目，愁極兼無買酒錢。猶有漁人數家住，不成村落夕陽邊。

〔一〕菰蒲　《圖經本草》：菰根，江湖陂澤中皆有之，生水中，葉如蒲葦。

〔二〕青草　《岳陽風土記》：青草湖在疊石山，與洞庭湖相通。

春日旅泊桂州

《唐·地理志》：嶺南道桂州始安郡，至德二載，更郡曰建陵，後復故名。

暖風芳草竟芊綿，默云：春日。多病多愁負少年。弱柳未勝寒食雨，好花爭奈夕陽天。溪邊物色宜圖畫，林畔鶯聲似管絃。默云：旅色。獨有離人開淚眼，強憑盃酒亦潸然。

晚次湘源縣

湘源縣屬江南道永州零陵郡，見《唐·地理志》。

煙郭遙聞向晚雞，水平舟靜浪聲齊。高林帶雨楊梅〔一〕熟，曲岸籠雲謝豹〔二〕啼。二女廟〔三〕荒汀樹老，九疑山〔四〕碧楚天低。湘南〔五〕自古多離怨，莫動哀吟易慘悽。

〔一〕楊梅　《南方草木狀》：楊梅，其子如彈丸正赤，五月中熟。熟時似梅，其味甜酸。《湘潭記》：陸展郎中見楊梅，嘆曰：「此果恐是日精。」即以竹絲籃貯千枚，并茶花密送衡山道士。

〔二〕謝豹　《禽經》：「江介曰子規。」張華注：「啼苦則倒懸於樹，自呼曰謝豹。」

〔三〕二女廟　《水經注》：大舜陟方，二妃從征，溺於湘江，神遊洞庭之淵，出入瀟湘之浦，民爲立祠於水側焉。

〔四〕九疑山　《水經注》：九疑山盤基蒼梧之野，峰秀數郡之間，羅巖九舉，各導
　　　　一谿，岫壑負阻，異嶺同勢，遊者疑焉，故曰九疑。《集仙錄·王妙想傳》：九
　　　　疑山有九峯，一曰長安，二曰萬年，三曰宗正，四曰大理，五曰天寶，六曰廣
　　　　德，七曰宜春，八曰宜城，九曰行化。

〔五〕湘南　《漢書》：長沙國有湘南縣。按：湘源，秦時之湘南地。

惆悵吟

秋風丹葉動荒城，慘澹雲遮日半明。晝夢却因惆悵得，晚愁多爲別離
生。江淹〔一〕彩筆空留恨，莊叟〔二〕玄譚未及情。千古怨魂銷不得，一江寒
浪若爲平。

　〔一〕江淹　《南史》：江淹宿冶亭，夢一丈夫自稱郭璞，曰："有筆在卿處多年，
　　　　可見還。"乃探懷中，得五色筆一以授之。爾後爲詩，絕無美句，人謂之"才
　　　　盡"。江淹有《恨賦》。

　〔二〕莊叟　《莊子》：莊子妻死，惠子弔之，則方箕裾鼓盆而歌。惠子曰："不哭
　　　　則亦已足矣，又鼓盆而歌，不已甚乎？"莊子曰："不然。是其始死也，我獨何
　　　　能無槩。然察其始而本無生，非獨無生，而本無形。非獨無形，而本無氣。人
　　　　且偃然寢于巨室，而我嗷嗷隨而哭之，自以不通乎命，故止。"《世說》：王戎
　　　　喪兒，山簡往省之，王悲不自勝。簡曰："孩抱中物，何至於此？"王曰："聖
　　　　人忘情，最下不及情，情之所鍾，正在我輩。"按：此詩言未及情，指鼓盆事。

秋晚過洞庭

征帆初挂酒初酣，暮景離情兩不堪。千里晚霞雲夢〔一〕北，一洲霜
橘〔二〕洞庭南。溪風送雨過秋寺，默云：過洞庭。碉石驚龍落夜潭。莫把羈魂弔
湘魄〔三〕，九疑〔四〕愁絕鎖煙嵐。龍，《鼓吹》作"瀧"，奔湍。

　〔一〕雲夢　見第一卷。

　〔二〕一洲橘　《水經注》：湘水又北逕南津城西，西對橘洲。《海錄碎事》：《圖
　　　　經》：橘洲在長沙縣，周圍五里，有橘千株。

　〔三〕湘魄　指二妃。

　〔四〕九疑　《水經注》：九疑山，大舜窆其陽，商均葬其陰，山南有舜廟。《彥周
　　　　詩話》：有客泊舟湘妃廟，夜半不寐，見輿衛入廟中，置酒鼓琴，心悸不敢窺。
　　　　殆明方散，隱隱絕水浮空去。因入廟中，見詩四句，墨色未乾，云："碧杜紅蘅

縹紗香，冰絲彈月弄新涼。峰巒向曉渾相似，九處堪疑九斷腸。"

題華嚴寺木塔

郝天挺注：宇文愷以京城之西近昆明池，地勢微下，乃以永陽坊莊嚴寺建木浮圖，高三百三十尺，周一百二十步，今謂木塔。

六街晴色動秋光，雨霽漻高只自傷①。默云：木塔。一曲晚煙浮渭水〔一〕，半橋斜日照咸陽〔二〕。休將世路悲塵事，莫指雲山認故鄉。回首漢宮樓閣暮，數聲鐘鼓自微茫〔三〕。默云：寺。

〔一〕渭水　《一統志》：渭河在西安府府城北五十里。

〔二〕咸陽　《一統志》：西渭橋在舊長安城西，漢武造，跨渭水以通茂陵，唐名咸陽橋。

〔三〕微茫　李白詩：寒松蕭颯如有聲，陽臺微茫如有情。

經舊遊

暫到高唐〔一〕曉又還，丁香結〔二〕夢水潺潺。不知雲雨歸何處，歷歷空留十二山〔三〕。

〔一〕高唐　見第三卷。

〔二〕丁香結　見前。

〔三〕十二山　見第二卷。

碧　戶

碧戶扃魚鏁〔一〕，蘭窗〔二〕掩鏡臺〔三〕。落花疑悵望，歸燕自徘徊。咏絮〔四〕知難敵，傷春不易裁。恨從芳草起，愁爲晚風來。衣惹湘雲薄，眉分楚岫開。香濃眠舊枕，夢好醉春盃。小障明金鳳〔五〕，幽屏點翠苔〔六〕。寶箏橫塞雁〔七〕，怨笛落江梅〔八〕。卓氏仍多酒，相如正富才。莫教琴上意，翻作鶴聲哀〔九〕。

〔一〕魚鏁　《芝田錄》：鏁必魚者，取其不瞑目守夜之義。

---

① 自：《四部叢刊》本、垂雲堂本作"易"。

〔二〕蘭窗　《述異記》：潯陽江中多木蘭樹，昔吳王闔閭植木蘭於此，用搆宮殿。
　　　蘭窗，以木蘭爲窗也。

〔三〕鏡臺　《魏武雜物疏》曰：鏡臺出魏宮中，有純銀參帶鏡臺一，純銀七子公
　　　主鏡臺四。

〔四〕咏絮　《晉書》：謝安嘗內集，俄而雪驟下，安曰：“何所似也？”兄子朗曰：
　　　“撒鹽空中差可擬。”道韞曰：“未若柳絮因風起。”安大悅。

〔五〕金鳳　《拾遺記》：石虎爲浴室，引鳳文錦步障縈蔽浴所。

〔六〕翠苔　《漢史》：杜林高節不仕，居一室，有綠苔，甚愛之。輒謂人曰：“此
　　　可以當鋪翠耳。”人有躡屐者，每曰：“勿印破之。”

〔七〕塞雁　見第二卷“雁弦”注。

〔八〕落梅　見第一卷“梅花落”注。

〔九〕鶴聲哀　《古今注》：《別鶴操》，商陵牧子所作也。娶妻五年而無子，父兄將
　　　爲之改娶，妻中夜倚戶而悲嘯。牧子聞之，愴然而悲歌。後人因爲樂章焉。

芍　藥

　　　　黙云：芍藥一名可離，故以贈別。

　　香清粉澹怨殘春〔一〕，蝶翅蜂鬚戀藥塵。閑倚晚風生悵望，靜留遲日
學因循。休將薜荔爲青瑣〔二〕，好與玫瑰〔三〕作近鄰。零落若教隨暮雨，又
應愁殺別離〔四〕人。

〔一〕殘春　《清異錄》：唐末文人，有謂芍藥爲婪尾春者，婪尾酒乃最後之盃，芍
　　　藥殿春亦得是名。

〔二〕青瑣　胡燧庭云：青瑣，省禁中門。謝朓在中書省中詩：“紅藥當階翻，蒼苔
　　　依砌上。”今用此，言不植省中，休認薜荔成幃爲青瑣。

〔三〕玫瑰　花名。玫瑰與芍藥同時開，故云與作近鄰。

〔四〕別離　《古今注》：將離贈芍藥，芍藥一名可離，亦名當歸。

春晚謠

　　雨微微，煙霏霏，小庭半拆紅薔薇。鈿箏斜倚畫屏曲，零落幾行金
雁〔一〕飛。蕭關〔二〕夢斷無尋處，萬疊春波起南浦。凌亂楊花撲繡簾，晚窗
時有流鶯語。

〔一〕金雁　箏柱，見第二卷。

〔二〕蕭關　《武帝紀》：元封四年，行幸雍祠五時，通回中道，遂北出蕭關。如淳曰：“蕭關在安定朝那。”

所　思

　　　　默庵云：通篇俱説所思。

　　空塘水碧春雨微，東風散漫楊花飛。依依南浦夢猶在，脉脉高唐雲不歸。江頭日暮多芳草，極目傷心煙悄悄。隔江紅杏一枝明，似玉佳人俯清沼。休向春臺〔一〕更廻望，銷魂自古因惆悵。銀河〔二〕碧海〔三〕共無情，兩處悠悠起風浪。

〔一〕春臺　《老子》：衆人熙熙，如享太牢，如登春臺。

〔二〕銀河　《河圖括地象》：河精上爲天漢，亦曰銀河。

〔三〕碧海　《十洲記》：東海之東有碧海，水不鹹苦，正作碧色，甘香味美。

春夕言懷

　　風透疎簾月滿庭，倚闌無事倍傷情。煙垂柳帶纖腰〔一〕軟，露滴花房怨臉明。愁逐野雲銷不盡，情隨春浪去難平。幽窗謾結相思夢，欲化西園蝶未成。

〔一〕纖腰　《趙飛燕合德別傳》：趙后腰骨尤纖，善踽步行，若人手執花枝顫顫然。

春江雨

　　雨溟溟，風零零，老松瘦竹臨煙汀。空江冷落野雲重，雲中孤燭微如星。夜驚溪上漁人起，滴瀝蓬聲滿愁耳。子規叫斷獨未眠，罛岸〔一〕春濤打船尾。

〔一〕罛岸　丁静山云：罛，《説文》“水中魚罟”，“罛岸”謂春濤之布滿於岸，如魚網遮岸也。

戴叔倫四首

《全唐詩話》：戴叔倫字幼公，潤州人。劉晏管鹽鐵，表主管河南。至雲安，楊惠琳反，劫之，曰：“歸我金幣，可緩死。”叔倫曰：“身可殺，財不可得。”乃捨之。累遷至容管經略。

秋日行

《唐詩紀事》作“早行寄朱放，放隱居剡溪”。

山曉旅人去，<small>默云：秋日。</small>天高秋氣悲。明河川上沒，芳草露中衰。此別又千里，少年能幾時。心知剡溪〔一〕路，聊且寄前期①。

〔一〕剡溪　《潛確類書》：剡溪在嵊縣，王徽之雪夜從此訪戴逵。

漸次空靈戍

《一統志》：空靈岸在湘潭縣西一百六十里。

寒盡鴻先至，春回客未歸。畲知名是病，不敢繡爲衣。<small>繡爲衣，言表暴其才於外也。奔走天涯，春歸而未得歸，俱爲虛名所累，故深悔從前表暴之誤耳。</small>霧積川原暗，山多郡縣稀。明朝下湘岸，更逐鷓鴣飛。

贈韓道士

日暮秋風吹野花，上清〔一〕歸客意無涯。桃源〔二〕寂寂煙雲閉，天路悠悠星漢斜。還似世人生白髮，定知仙骨變黃芽〔三〕。東城南陌頻相見，應是壺中〔四〕別有家。

〔一〕上清　《雲笈七籤》：上清者，宮名也。明乎混沌之表，煥乎大羅之天，高浮澄淨，乃衆真之所處，大聖之所經也。

〔二〕桃源　《述異記》：武陵源在吳中，山無他木，盡生桃，土俗呼爲桃李源。源上有洞，洞中有乳水。世傳秦末喪亂，吳中人於此避難，食桃李，食者皆得

---

① “聊且寄前期”下，紀昀注：一作“青冥剡溪路，心與謝公期”，較更渾成。

仙。又武陵漁人入桃源。

〔三〕黄芽　《道書》：河車是水，朱雀是火，取水一斗鐺中，以火炎之令沸，致聖
　　石九兩其中，初成姹女，次謂之玉液。後成紫色，謂紫河車，白色曰白河車，
　　青色曰青河車，赤色曰赤河車，亦名黄芽。

〔四〕壺中　見第三卷。

潭州使院書情寄江夏賀蘭副端

　　《唐·地理志》：江南道潭州長沙郡，又鄂州江夏郡。

　　《唐·百官志》：侍御史，久次者一人知雜事，謂之雜端。分京城諸司及諸
州爲東西，次一人知西推，號副端；次一人知東推。

　　雲雨一蕭散，悠悠關復河。俱從汎舟役〔一〕，近隔洞庭波。楚水去不
盡，默云：潭州江夏。秋風今又過。無因得相見，却恨寄書多①。

〔一〕汎舟役　《左傳》：秦輸粟於晋，自雍及絳相繼，命之曰"汎舟之役"。

宋　邕一首

　　《唐詩紀事》：宋邕，唐末五雲溪人。

　　范攄云：宋邕初無令譽，及嬰瞽疾，而詩名始彰。或戲其詩曰"緑
楊宜向雨中看"，所謂"無眼作有眼"之詩。

春　日

　　輕花細葉滿林端，默云：春日。昨夜春風曉色寒。黄鳥不堪愁裏聽，緑楊
宜向雨中看。

曹　唐二十四首

　　《唐詩紀事》：唐字堯賓，桂州人。初爲道士，後爲使府從事。咸通中卒。
作《遊仙詩》百餘首。

　　鈍吟云：此君思壯而詞麗，細看却似才少。

―――――――――――――

　　①　紀昀評：二詩皆氣韻渾成，無細碎雕琢之習。

病馬五首呈鄭校書章三吳十五先輩

《唐·百官志》：校書郎二人，從九品上，掌校理典籍，刊正錯謬。

鈍吟云：寓托慷慨。

騄駬[一]何年別渥洼[二]，病來顏色半泥沙。四啼不鑿金砧[三]裂，雙眼慵開玉筯[四]斜①。墮月兔[五]毛乾瞉觫，失雲龍骨瘦查牙[六]。平原好牧無人放，嘶向秋風苜蓿[七]花。

〔一〕騄駬　《穆天子傳》：天子之駿，赤驥、盜驪、白義、踰輪、山子、渠黃、華騮、騄駬。

〔二〕渥洼　《史記》：得神馬渥洼水中。

〔三〕金砧　《漢天馬曲》：足銀砧兮破層冰。

〔四〕玉筯　見第一卷。

〔五〕兔　《古今注》：秦始皇有七名馬，追風、白兔、躡景、犇電、飛翮、銅爵、神鳧。

〔六〕查牙　李賀《馬》詩：飢臥骨查牙。

〔七〕苜蓿　馬嗜苜蓿，漢使取其實來，種肥饒地，見《史記》。

壟上沙蔥[一]葉正齊，騰黃[二]猶自跼羸蹄。尾蟠夜雨紅絲[三]脆，頭捽秋風白練[四]低。力憊未思金絡腦[五]，影寒空望錦障泥[六]。階前莫怪垂雙淚，不遇孫陽[七]不敢嘶。捽，一作“掉”。

〔一〕沙蔥　《北征錄》：金剛阜地生沙蔥，皮赤氣辛臭。

〔二〕騰黃　《孫氏瑞應圖》：騰黃者，神馬也。其色黃，一名乘黃，亦曰飛黃。其狀如狐，背上有兩角，出白氏之國，乘之壽三千歲。

〔三〕紅絲　岑參《衛節度赤驃馬歌》：尾長窣地如紅絲。

〔四〕白練　《論衡》：顏淵與孔子俱上太山，孔子東南望，吳闔門外有繫白馬，淵曰：“有如繫練之狀。”

〔五〕金絡腦　李賀《馬》詩：何當金絡腦。

〔六〕錦障泥　詳第三卷、第六卷。

〔七〕孫陽　《楚辭·七諫》：“驥躊躇於弊輂兮，遇孫陽而得代。”王逸注：“孫陽，

---

① 筯：《四部叢刊》本、垂雲堂本作“燭”。

伯樂姓名。"

不翦焦毛鬣半翻，何人別是古龍孫〔一〕。風吹_{鈍云：一作"霜侵"。}病骨無
驕氣，土蝕驄花〔二〕見卧痕。未噴斷雲〔三〕歸漢苑，曾追輕練過吳門。一朝
千里心猶在，爭肯潛忘餧飼恩。

〔一〕龍孫　《魏書》：青海内有小山，每冬冰合後，以良牝馬置此。來春牧之，馬
　　皆有孕，所生號爲龍種，必多駿異，李商隱詩"至今青海有龍孫"是也。

〔二〕驄花　驄，同"驄"，《説文》"青白雜毛色也"。

〔三〕斷雲　《漢書·郊祀歌》"籋浮雲兮晻上馳"，蘇林曰：言天馬上躡浮雲也。

空被秋風吹病毛，無因濯浪刷洪濤。卧來總怪龍蹄跙〔一〕，瘦盡誰驚
虎口〔二〕高。追電有心猶欵段〔三〕，逢人相骨強嘶號。欲將鬐鬣重裁翦，乞
借新成利鉸刀〔四〕。

〔一〕龍蹄跙　《周禮》：馬八尺以上爲龍。《類篇》：跙，行不進也。一曰馬蹄病。

〔二〕虎口　《酉陽雜俎》：馬名有輪鼠、外髟、烏頭、龍翅、虎口。

〔三〕欵段　《後漢·馬援傳》"御欵段"注：欵，猶緩也，言形段緩也。

〔四〕鉸刀①　李賀歌：細束龍鬐鉸刀翦。

病久無人着意看，玉華衫色欲凋殘。飲驚白露泉花冷，喫怕清秋豆葉
寒。長襜〔一〕敢辭紅錦重，舊韁寧畏紫絲蟠。王良〔二〕若要相擡舉，千里追
風〔三〕也不難。

〔一〕襜　昌艷切。《後漢·劉盆子傳》"絳襜絡"注：襜，帷也。車上施帷以屏蔽
　　者，交絡之以爲餙。

〔二〕王良　即郵良。《左傳》：郵良曰："我兩靷將絶，吾能止之，我御之上也。"
　　駕而乘材，兩靷皆絶。

〔三〕追風　《洛陽伽藍記》：河間王琛遣使遠至波斯國，得千里馬，號曰"追風
　　赤"。

大遊仙劉晨阮肇遊天臺②

　　《寰宇記》：天臺山在臺州西一百一十里。《太平廣記》：《神仙記》：劉晨、

① 鉸：原作"駁"，據原詩、光緒本及《昌谷集句解》卷四改。下同。
② 阮肇：原作"院肇"，據《四部叢刊》本、垂雲堂本改。

阮肇入天台採藥，遠不得返，山上有桃樹，子熟，躋險登嘅，饑止體充。渡出山一大溪，溪邊有二女，色甚美。見二人，忻然如舊相識，曰："來何晚耶？"因邀還家，西壁東壁，各有絳羅帳，帳角懸鈴，上有金銀交錯。各有數侍婢，使令具饌，胡麻飯，山羊脯，食畢行酒。俄有羣女持桃子，笑曰："賀汝壻來。"酒酣作樂，夜各就一帳宿，婉態殊絕。留半年，氣候草木，常是春時。百鳥啼鳴，歸思甚苦，女遂相送，指示還路。鄉邑零落，已七世矣。

樹入天台石路新，雲和草靜迥無塵。煙霞不省生前事，水木空疑夢後身。往往雞鳴巖下月，時時犬吠洞中春。不知此地歸何處，須就桃源問主人。

劉阮洞中遇仙人

王君與太元女脩煉天台，有二女曰麗英、霄貞，即配劉、阮者。見《同原錄》。

天和樹色靄蒼蒼，霞重嵐深路渺茫。雲實[一]滿山無鳥雀，水聲沿澗有笙簧。碧沙洞裏乾坤別[二]，紅樹枝邊日月長[三]。願得花間有人出，免令仙犬吠劉郎。

[一] 雲實　《廣雅》："天豆，雲實也。"《唐本草》：雲實大如黍及大麻子等，黃黑似豆，故名"天豆"。

[二] 乾坤別　謂洞中氣候草木常是春時也。

[三] 日月長　洞裏半年，而人間七世，可見其日月長。

仙子送劉阮出洞

殷勤相送出天台，仙境那能却再來。雲液[一]既歸須强飲，玉書[二]無事莫頻開。花當洞口應長在，水到人間定不廻。惆悵溪頭從此別，碧山明月照蒼苔。

[一] 雲液　《抱朴子》：鄭君言先釀好雲液，勿壓漉，因以桂、附子、甘草五六種末合丸之，曝乾，以一丸如雞子許，投一斗水中，立成美酒。

[二] 玉書　《雲笈七籤》：元始天尊告西王母曰："太上紫微宮中，金格玉書、靈寶真文篇目，有十部妙經，合三十六卷。"

仙子洞中有懷劉阮

不將清瑟理霓裳，塵夢那知鶴夢長。洞裏有天春寂寂，人間無路月茫茫。玉沙瑤草[一]連溪碧，流水桃花滿澗香。曉露風燈[二]易零落，此生無處訪劉郎。

〔一〕瑤草　《廣輿記》：天台山有瓊樓玉闕，碧林醴泉，瑤草神奇，莫可名狀，舊稱“金庭洞天”。《山海經》：姑摇之山，帝女死焉，化爲瑤草，服者媚於人。

〔二〕風燈　《傳燈録》：十年一覺紅塵夢，不定風燈是此身。

劉阮再到天台不復見諸仙子

再到天台訪玉真[一]，青苔白石已成塵。笙歌寂寞惟深洞，雲鶴蕭條絶舊隣[二]。草樹總非前度色，煙霞不似往年春。桃花流水依然在，不見當時勸酒人。

〔一〕玉真　《艮嶽記》：有閣曰巢鳳，堂曰三秀，以奉九華玉真安妃聖像。

〔二〕舊隣　言當時來賀婿之人。

張碩重寄杜蘭香

《搜神記》：漢有杜蘭香者，以建業四年數詣張碩，可十六七，説事邈然久遠。有婢子二人，大者萱枝，小者松枝，鈿車青牛上，飲食皆備。其年八月復來，言本爲君作妻，情無曠遠，以年命未合，其小乖①，太歲東方卯，當還求君。

碧落香銷蘭露秋，星河無夢夜悠悠。靈妃[一]不降三清[二]駕，仙鶴空成萬古愁。皓月隔花追欵別，飛煙籠樹省淹留②。人間何事堪遺恨，海色西風十二樓[三]。

〔一〕靈妃　郭璞《遊仙詩》：靈妃顧我笑。

〔二〕三清　《雲笈七籤》：洞真法天寶君住玉清境，洞元法靈寶君住上清境，洞神法神寶君住太清境，此爲三清妙境，乃三洞之根源，三寶之所立也。

---

① 其：《搜神記》卷一作“且”，較佳。
② 飛：《四部叢刊》本、垂雲堂本作“瑞”。

〔三〕十二樓 《雲笈七籤》：崑崙山在八海之間，有金臺五所，玉樓十二，金城千里。

玉女杜蘭香下嫁於張碩

《墉城仙錄》：杜蘭香者，有漁父於湘江之岸，聞啼聲，四顧無人，惟三歲女子，憐而舉之。十餘歲，天姿奇偉，靈顔姝瑩，天人也。忽有青童下集其家，攜女去。臨升天，謂漁父曰："我仙女也，有過，謫人間，今去矣。"其後降於洞庭包山張碩家，蓋碩修道者也，受之，以舉行飛化之道。久之，碩仙去。漁父以學道不食，後不知所之。

天上人間兩渺茫，不知誰嫁杜蘭香〔一〕。來經玉樹〔二〕三山〔三〕遠，去隔銀河一水長。怨入清塵愁錦瑟〔四〕，酒傾玄露〔五〕醉瑤觴。遺情更説何珍重，擘破〔六〕雲鬟金鳳凰。

〔一〕嫁蘭香 曹毗《杜蘭香傳》：杜蘭香自稱南陽人，詣張碩婢，通言："阿母所生，遣配君。"作詩曰："阿母處靈岳，時遊雲霄際。衆女侍羽儀，不出墉宮外。飈輪送我來，且復恥塵穢。從我與福俱，嫌我與禍會。"按此則嫁蘭香者，王母也。

〔二〕玉樹 《山海經》"崑崙開明北，有珠樹、文玉樹、玗琪樹、不死樹"注：開明，天獸也。

〔三〕三山 《史記》：海中有三神山，名曰蓬萊、方丈、瀛洲，仙人居之。

〔四〕錦瑟 郝天挺曰：瑟，繪紋如錦，故曰錦瑟。

〔五〕玄露 《洞冥記》：東方朔得玄露、青露，盛青琉璃，各受五合獻帝，遍賜羣臣。羣臣得嘗，老者皆少，疾者皆愈。

〔六〕擘破 白樂天《長恨歌》：釵留一股合一扇，釵擘黄金合分鈿。

簫史攜弄玉上昇

《列仙傳》：簫史善吹簫，秦穆公女弄玉好之，公遂妻之。日教弄玉作鳳鳴，鳳凰來止其屋，公爲作鳳臺。夫婦止其上不下，一旦皆隨鳳凰飛去，故秦人爲鳳女祠於雍宮中，時有簫聲而已。

豈是丹臺〔一〕歸路遥，紫鸞煙駕〔二〕不同飄。一聲洛水〔三〕傳幽咽，萬片宮花共寂寥。紅粉〔四〕美人愁未散，清華公子笑相邀。緱山〔五〕碧樹青樓〔六〕月，腸斷春風爲玉簫。

〔一〕丹臺　《續仙傳》：司馬承貞名在丹臺，身居赤城。

〔二〕鸞駕　江淹詩：畫作秦王女，乘鸞向煙霧。

〔三〕洛水　胡鸞亭云：《史記》：秦文公移邑汧、渭。十六年，伐戎地，至岐。三傳至德公，卜居雍。雍蓋今鳳翔縣，傳至穆公，俱在雍。故志載鳳女臺在寶雞縣，而洛谷水亦在寶雞，俱東南六十里，則詩中“洛水”，蓋洛谷之水耳。

〔四〕紅粉　《續博物志》：簫史鍊飛雪丹，第一轉與弄玉塗之，今之女銀膩粉也。三代以降，塗紫草爲胭脂，周以紅花爲之。江總《簫史曲》：“相期紅粉色，飛向紫煙中。”

〔五〕緱山　《廣輿記》：緱山在河南府偃師，周靈王太子升仙之所。上有石室、飲鶴池。

〔六〕青樓　李白詩：瑤臺有黃鶴，爲報青樓人。

黃初平將入金華山

《神仙傳》：黃初平年十五，家使牧羊。有道士將至金華石室中，其兄索初平不得，後見市中有一道士，問之，得相見，問初平：“羊何在？”初平乃叱白石，皆變爲羊。

《一統志》：金華山在金華府城北二十里。

莫道真遊煙景賒，瀟湘有路入金華。溪頭鶴樹〔一〕春常在，洞口人間〔二〕日易斜。一水〔三〕暗鳴閑繞澗，五雲〔四〕長往不還家。白羊成隊難收拾，喫盡溪邊巨勝〔五〕花。

〔一〕溪頭鶴樹　宋方鳳《金華遊錄》：雙龍洞口石室明淨，洞穴如蠶頤，水淙淙從中出，即流入右偏，暗出洞外溪澗。又山西有一怪松，偃蹇如盤龍。

〔二〕洞口人間　《金華遊錄》：金華觀之左爲椒亭，所從入洞路也。觀之前，居民成聚，此乃洞天之趾爾。

〔三〕一水　《金華遊錄》：至中洞，視深處乃暗穴，但聞潺潺水聲。至水簾，自高巖噴出，下有巨石承之。

〔四〕五雲　《金華遊錄》：洞中雲霞五色欲飛。

〔五〕巨勝　《抱朴子》：巨勝，一名胡麻，餌服之不老，耐風濕，補衰老。

織女懷牽牛

《續齊諧記》：桂陽成武丁有仙道，謂其弟曰：“七月七日，織女當渡河。”

弟問曰："織女何事渡河?"答曰："織女暫詣牽牛。"世人至今云織女嫁牽牛。

北斗佳人雙淚流,眼穿腸斷爲牽牛。對題錦字[一]凝新思,抛擲金梭[二]織舊愁。桂樹三春煙漠漠,銀河一帶水悠悠①。欲將心向仙郎説,借問榆花[三]早晚秋。

[一]錦字　見第一卷"竇家妻"注。

[二]金梭　見第二卷。

[三]白榆　郝天挺云:古樂府"天上何所有,歷歷種白榆",謂星也。廖文炳云:榆星,初秋乃見。

漢武帝思李夫人

《漢書》:李夫人妙麗善舞,得幸而早卒,圖畫其形於甘泉宮,上思念不已。方士少翁言能致其神,乃夜張燭設帳,而令上居他帳,遥望見好女如李夫人之貌。還幄坐而步,又不得就祝,上愈相思悲感。

惆悵冰顏[一]不復歸,晚秋黃葉滿天飛。迎風細荇傳香粉,隔水殘霞見畫衣。白玉帳[二]寒鴛夢[三]絶,紫陽宮[四]遠雁書[五]稀。夜深池上[六]蘭橈歇,斷續歌聲徹太微[七]。

[一]冰顏　《拾遺記》:洞庭山有靈洞,衆女霓裳,冰顏艷質,與世人殊。

[二]白玉帳　《漢武故事》:上以琉璃珠玉,明月夜光,雜錯天下珍寶爲甲帳,次爲乙帳,甲以居神,乙以自居。

[三]鴛夢　《拾遺記》:帝息於延凉室,臥夢李夫人授帝蘅蕪之香。帝驚起,而香氣猶著衣枕,歷月不歇。帝彌思求,終不復見,涕泣洽席,遂改"延凉室"爲"遺芳夢室"。

[四]紫陽宮　《雲笈七籤》:葛衍山爲紫陽宮。

[五]雁書　見第三卷"寄書雁"注。

[六]池上　《拾遺記》:漢武帝思李夫人,不可得,時穿昆靈池,泛翔禽之舟,帝自造歌曲,使女伶歌之。時日已西傾,凉風激水,女伶歌聲甚道,因賦《落葉哀蟬》之曲。帝聞唱動心,悶悶不自支,命龍膏燈以照舟内,悲不自止。

[七]太微　《晋·天文志》:太微,天子庭也,五帝之座也。

---

① 帶水:《四部叢刊》本、垂雲堂本作"水夜"。

小遊仙詩三首

鈍吟云：《小遊仙》，俱取平易者。

偷來洞口訪劉君，緩步輕擡玉線裙。細擘桃花擲流水，更無言語倚彤雲[一]。

[一] 彤雲　孫綽賦：彤雲斐亹以翼櫺，曒日炯光於綺疎。

風動閑天青桂陰，水晶簾箔[一]冷沉沉。西妃[二]少女多春思，斜倚彤雲盡日吟。

[一] 水晶簾箔　崔顥《盧姬篇》：水晶簾箔繡芙蓉。

[二] 西妃　《清虛真人王君內傳》：靈歌九真，雅吟空無，玉華作唱，西妃折腰。

方士飛軒住碧霞[一]，酒寒風冷月初斜。不知誰唱歸春曲[二]，落盡溪頭白葛花[三]。

[一] 碧霞　《雲笈七籤》：九陽元皇玉帝君，時乘碧霞九鳳飛輿。又《太平御覽》，元始天尊居紫雲之閣，碧霞爲城。

[二] 歸春曲　《洞冥記》：元光中，帝起壽靈壇，壇上列植垂龍木。此壇高八尺，帝使董謁乘雲霞之輦。至夜三更，西王母駕玄鸞，歌春歸樂，謁乃聞王母歌聲，而不見其形，歌聲繞梁三匝乃止。壇傍草樹枝葉，或翻或動，歌之感也。

[三] 白葛花　杜甫詩：韶州白葛輕。

長安春舍叙邵陵舊宴，懷永門蕭使君五首

《春秋》"盟於召陵"，杜注：召陵，潁川縣也。"召"與"邵"通。按：召陵屬楚地，故第五首以蕭使君爲楚諸侯。

默庵云：五首中，題面俱出，但少《長安春舍》。

鈍吟云：五首只一意。

邵陵佳樹碧葱蘢，河漢西沉宴未終。殘漏五更傳海月，清箎三會揭天風。香薰舞席雲鬟[一]綠，光射頭盤[二]蠟燭紅。今日却懷行樂處，兩牀絲竹水樓中。

[一] 雲鬟　見第一卷"綠雲"注。

〔二〕頭盤　丁靜山云：頭，亦作"骰"。白居易詩："紅袖拂骰盤。"

不知何路却飛翻，虛受賢侯鄭重恩。五夜〔一〕清歌敲玉樹，一作"筯"〔二〕。三年洪飲倒金尊。招攜永感雙魚〔三〕在，報答空知一劍存。狼籍梨花滿城月，當時長醉信陵〔四〕門。

〔一〕五夜　見第三卷"子夜歌"注。

〔二〕玉筯　筯可節歌，李咸用象筯擊歌勿休是也。

〔三〕雙魚　《飲馬長城窟行》：客從遠方來，遺我雙鯉魚。呼兒烹鯉魚，中有尺素書。

〔四〕信陵　《史記》：魏公子無忌者，魏昭王少子，安釐王異母弟，封爲信陵君。爲人仁而下士，士無賢不肖，皆謙而禮交之，致食客三千人。

粉疊彤軒畫障西，水雲紅樹窣〔一〕璇題〔二〕。鸕鶿欲絶歌〔三〕聲定，鸜鵒初驚舞〔四〕袖齊。坐對玉山〔五〕空甸線〔六〕，戲云：疊韻對。細聽金石怕低迷。東風夜月三年飲，不省非時不似泥。

〔一〕窣　《説文》：窣，穴中卒出也。

〔二〕璇題　《甘泉賦》"璇題"注：應邵曰："題，頭也。榱椽之頭，皆以玉餙。"

〔三〕鸕鶿歌　見第三卷"歌爲曲"注。

〔四〕鸜鵒舞　《晋書》：王導辟謝尚爲掾，謂曰："聞君能作《雛鵒舞》，一坐傾想，寧有此理不?"尚便著衣幘而舞，傍若無人。

〔五〕玉山　見第一卷"頹玉"注。

〔六〕甸線　廖解謂迷亂。

木魚金鑰鎖重城，夜上紅樓縱酒情。竹箭水繁〔一〕更漏促，桐花風軟管弦清。百分散打〔二〕銀船〔三〕溢，十指寬催〔四〕玉筯輕。星斗漸稀賓客散①，碧雲猶戀艷歌聲〔五〕。

〔一〕竹箭水繁　《周禮》"挈壺氏"注：鄭司農曰：懸壺以爲漏，以水守壺者，爲沃漏也。漏之箭畫夜共百刻。

〔二〕百分散打　杜牧詩"觥船一掉百分空"，散打似謂行抛打令以促飲也。

〔三〕銀船　《閑情小品·酒考》：酒船，古以金銀爲之，內藏風帆十幅。酒滿一

---

① 散：《四部叢刊》本、垂雲堂本作"醉"。

分，則一帆舉；飲乾一分，則一帆落。

〔四〕**十指寬催**　丁靜山云：謂輕敲玉筋以促飲也。

〔五〕**雲戀歌聲**　《列子》：秦清撫節悲歌，聲振林木，響遏行雲。

三年身逐楚諸侯，賓榻容居最上頭。飽聽笙歌陪痛飲，熟尋雲水縱閑遊。朱門鎖閉煙嵐暮，鈴閣〔一〕清泠水木秋。月滿山前圓不動，更邀詩客上高樓。

〔一〕**鈴閣**　《晉書・羊祜傳》：“鈴閣之下，侍衛不過十數人。”按：都督閣內置鈴架，以警防不虞，故曰“鈴閣”。

施肩吾二首

《全唐詩話》：肩吾，洪州人。元和十年登第，以洪州西山羽化之地，慕其真風，高蹈於此。爲詩奇麗，著《百韻山居詩》，才情富贍，如“荷翻紫蓋搖波面，蒲瑩青刀插水湄”，又“煙粘薛荔龍鬚軟，雨壓芭蕉鳳翅垂”。

夜讌曲①

蘭缸〔一〕如畫曉不眠，玉堂〔二〕夜起沉香煙。青娥一行十二仙，欲笑不笑桃花燃〔三〕。碧窗弄粧梳洗晚，戶外不知銀漢轉。被郎嗔罰屠蘇〔四〕盞，酒入四肢紅玉軟。

〔一〕**蘭缸**　蘭膏之缸也。王融詩：“蘭缸當夜明。”

〔二〕**玉堂**　宋玉《風賦》：北上玉堂。

〔三〕**桃花燃**　《高陽之人歌》：“自有桃花容”。梁元帝詩：“盃間花欲然。”

〔四〕**屠蘇**　《荊楚歲時記》：正月一日，長幼以次拜賀，進屠蘇酒。

代征婦怨

《樂府遺聲》怨思二十五曲，內有《征婦怨》。

寒窗羞見影相隨，嫁得五陵輕薄兒。長短艷歌君自解，淺深更漏妾偏

---

① 此篇卷七施肩吾名下重收，題作《夜宴詞》。

知。畫裙多淚鴛鴦濕[一]，雲鬟慵梳玳瑁垂[二]。何事不看霜雪裏，堅貞惟有古松枝。

[一]鴛鴦濕　梁張率樂府："方領備蟲彩，曲裙雜鴛鴦。"武后《如意曲》："不信比來常下淚，開箱驗取石榴裙。"

[二]玳瑁垂　《中華古今注》：釵子，秦穆公以象牙爲之，敬王以玳瑁爲之，始皇又金銀作鳳頭，以瑁玳爲脚，號曰"鳳釵"。陳後主有《金釵兩鬢垂曲》。

趙光遠三首

大中時人。

鈍吟云：趙、孫詩，俱出《北里志》，甚淺薄。

題北里妓人壁

《北里志》：萊兒字蓬仙，該諧臻妙，陳設居止處，如好事士流之家。進士天水光遠一見溺之，終不能捨。萊兒亦以光遠聰悟俊少，尤附之。又以俱善章程，愈相知愛。光遠嘗以長句題萊兒室云。

魚鑰[一]獸環[二]斜掩門，萋萋芳草憶王孫。醉凭青瑣窺韓壽[三]，閑擲金梭惱謝鯤[四]。不夜珠[五]光連玉匣，辟寒釵[六]影落瑤尊。欲知腸斷相思處，役盡江淹別後魂[七]。

[一]魚鑰　梁簡文帝詩：夕門掩魚鑰。

[二]獸環　門上銅環啣獸也。

[三]韓壽　見第一卷。

[四]謝鯤　《晋書》：謝鯤隣家高氏女，有美色，鯤常挑之，女投梭，折其兩齒。時人爲之語曰："任達不已，幼輿折齒。"

[五]不夜珠　《飛燕外傳》：真臘夷獻萬年蛤不夜珠，光彩皆若月，照人無妍醜皆美艷。

[六]辟寒釵　《拾遺記》：魏明帝二年，昆明國貢嗽金鳥，常吐金屑如粟。此鳥畏霜雪，乃起小屋處之，名曰"辟寒臺"。宮人爭以鳥吐之金餙釵，謂之"辟寒金"。

[七]別魂　江淹《別賦》：黯然銷魂者，惟別而已矣。

咏手二首

粧成皓腕洗凝脂，背接紅巾掬水時。薄霧袖中拈玉斝〔一〕，斜陽屏上撚青絲〔二〕。喚人急拍臨前檻，摘杏高揎〔三〕近曲池。好是琵琶弦畔見，細圓無節玉參差。

〔一〕斝　《禮·明堂位》：爵，夏后氏以琖，殷以斝。音稼，畫爲禾稼。

〔二〕撚青絲　以花屏上花枝捺髮，故撚之。

〔三〕揎　音宣，出臂也。

撚玉磋瓊〔一〕軟復圓①，緑窗〔二〕誰見上琴弦。慢籠彩筆閑書字，斜指瑶堦笑打錢〔三〕。指面試香添麝炷，舌頭輕點貼金鈿。象床〔四〕珍簟〔五〕宫棊處，拈定文楸〔六〕占角邊。

〔一〕撚玉磋瓊　言手似以瓊玉造出。

〔二〕緑窗　見第一卷。

〔三〕打錢　《開天遺事》：内庭嬪妃每至春時，各於禁中結伴擲金錢爲戲，蓋孤悶無所遣也。

〔四〕象床　見第二卷。

〔五〕珍簟　謝靈運詩：珍簟清夏室。

〔六〕文楸　《埤雅廣要》：楸，莖幹喬聳，至秋條垂如線，俗名楸線材。宜棊枰，謂之楸枰。杜牧詩："玉子紋楸一路饒，最宜簷雨竹蕭蕭。"

孫棨②四首

《唐詩紀事》：鄭谷有《寄臺院孫端公棨》詩。按：棨嘗作《北里志》。

贈妓人

《北里志》：王團兒假女福娘，字宜之，甚明白，豐約合度，談論風雅。次

---

① 玉：原作"出"，據注文及《四部叢刊》本、垂雲堂本、光緒本改。

② 棨：原作"啟"，據《北夢瑣言》卷四改。下徑改。

曰小福，字能之，亦甚慧黠。予在京師習業，倦時詣此處，與二福環坐，清談雅飲，尤見風態。予嘗贈宜之詩云。

綵翠仙衣紅玉膚，輕盈年在破瓜[一]初。霞盃[二]醉喚劉郎賭，雲鬟慵邀阿母梳。不怕寒侵[三]緣帶寶，每憂風舉倩持裾[四]。謾圖西子爲粧樣[五]，西子元來未得如。

〔一〕**破瓜**　見第三卷。

〔二〕**霞盃**　劉孝綽詩：同舉霞紋盃。

〔三〕**不怕寒侵**　《開天遺事》：開元二年冬至，交趾國進犀一株，色黃如金。使者請以金盤置於殿中，温温然有煖氣襲人。使者曰："此辟寒犀也。"

〔四〕**持裾**　《飛燕外傳》：帝於太液池作舟，后歌舞，《歸風》《送遠》之曲。帝以文犀簪擊玉甌中流，歌酣，風大起，后揚袖曰："仙乎仙乎，去故而就新，寧忘懷乎！"帝令馮無方持后裾。久之風霽，后泣曰："帝恩我，使我仙去不得。"悵然曼嘯，泣數行下。他日，宮姝或襞裙爲綷，號曰"留仙裙"。綷，類書作"縐"。

〔五〕**西子粧**　《拾遺記》：越有美女二人，夷光、脩明，以貢於吳。吳處以椒華之房，貫細珠爲廉幌，朝下以蔽景，夕捲以待月。二人當軒並坐，理鏡靚粧於珠幌之内，竊窺者莫不動心驚魂，以爲神人。夷光即西子。

題北里妓人壁三首

《北里志》：宜之持前詩，於窗左紅牆，請予題之。題畢，以未滿壁，請更作一兩篇，且見戒無艷，因題三絕，如其自述。

移壁廻窗費幾朝，指環偷解博紅椒[一]。無端鬬草[二]輸隣女，便被拈將玉步搖[三]。

〔一〕**紅椒**　范子《計然》：蜀椒，出武都，赤色者善。杜甫詩："椒實兩新紅。"

〔二〕**鬬草**　《荆楚歲時紀》：三月三日，四民踏百草。今人因有鬬百草之戲。

〔三〕**步搖**　《中華古今注》：殷后服盤龍步搖，以其步步而搖，故曰"步搖"。

寒繡衣裳飾阿嬌[一]，新團香獸[二]不禁燒。東隣起樣裙腰闊，剩[三]蹙黃金[四]一兩條。

〔一〕**阿嬌**　見第一卷"長門怨"注。

〔二〕**香獸**　《晋書》：羊琇性豪侈，屑炭和作獸形以温酒。但此乃炭，而今云"香獸"，想此炭和香也。按：楊國忠家以炭屑用蜜捏成雙鳳，至冬月則燃於爐中。

先以白檀鋪於爐底，香靄一室，亦此類也。

〔三〕剩　《唐韻》：“長也。”《玉篇》：“不啻也。”

〔四〕蹙金　杜甫《麗人行》：繡羅衣裳照暮春，蹙金孔雀銀麒麟。

　　試共卿卿語笑麤，畫堂連遣侍兒呼。寒肌不耐金如意，白獺爲膏〔一〕郎有無。

〔一〕白獺膏　《拾遺記》：吳孫和於月下舞水晶如意，悞傷鄧夫人頰，醫云：“得白獺髓，雜玉與琥珀屑，當滅此痕。”和乃命合此膏，琥珀太多及差而有赤點，更益其妍。

崔　珏七首

《唐詩紀事》：珏字夢之，登大中進士第。

鈍吟云：此公詩甚淺。

和友人鴛鴦之什三首

　　翠鬣〔一〕紅毛舞夕暉，水禽情似此禽稀。暫分煙島猶回首，只渡寒塘亦共飛。映霧乍迷珠殿瓦〔二〕，逐梭齊上玉人機〔三〕。採蓮無限蘭橈女，笑指中流羨爾歸。

〔一〕翠鬣　枚乘《七發》：鵷鶵鵁鶄，翠鬣紫纓。

〔二〕珠殿瓦　王融詩：“珠殿秋風廻。”《晉書》：鄴都銅雀臺，皆鴛鴦瓦。

〔三〕機　梁元帝《鴛鴦賦》：魂上相思之樹，文生新市之機。

　　寂寂春塘煙晚時，兩心如影共依依。溪頭日暖眠沙穩，渡口風寒浴浪稀。翡翠〔一〕莫誇饒彩飾，鸂鶒〔二〕須羨好毛衣。蘭深芷密無人見，相逐相呼何處歸。

〔一〕翡翠　《説文》：翡，赤羽雀。翠，青羽雀也。

〔二〕鸂鶒　《方言》曰：野鳧，其小而好没水中者，南方之外，謂之鸂鶒。

　　舞鶴翔鸞俱別離，可憐生死兩相隨〔一〕。紅絲毵落眠汀處，白雪花成蹙浪時。琴上只聞交頸〔二〕語，窗前空展共飛〔三〕詩。何如相見長相對，肯羨人間多所思。

〔一〕生死相隨　《情史》：劉世用嘗在高郵湖見漁者獲一鴛鴦，其一飛鳴，逐舟
　　不去。舟人殺獲者而烹之，將熟揭釜，其一亦即飛入揭湯而死。

〔二〕交頸　司馬相如《鳳求凰操》：何緣交頸爲鴛鴦。

〔三〕共飛　《詩》：“鴛鴦于飛，畢之羅之。”鄭玄曰：“言其止則相偶，飛則
　　爲雙。”

有贈二首

莫道粧成斷客腸，粉胸綿手白蓮香。煙分頂上三層綠，劍截眸中一寸
光。舞勝柳枝腰更軟，歌嫌珠貫〔一〕曲猶長。雖然不似王孫女〔二〕，解愛臨
邛賣賦郎〔三〕。

〔一〕珠貫　見第一卷。

〔二〕王孫女　謂卓王孫之女文君也。

〔三〕賣賦郎　謂相如也。

錦里〔一〕芬芳少佩蘭〔二〕，風流全占似君難。心迷曉夢窗猶暗，粉落香
肌汗未乾。兩臉夭桃從鏡發，一眸春水照人寒。自嗟此地非吾土，不得如
花歲歲看。

〔一〕錦里　見第二卷“錦城曲”注。李義山有《送珏往西川》詩。此在蜀中時
　　作也。

〔二〕佩蘭　《左傳》：“濟澤之阿，行潦之蘋藻，置諸宗室，季蘭尸之，敬也。”
　　注：季蘭，服蘭之女。

和人聽歌二首

氣吐幽蘭〔一〕出洞房，樂人先問調宮商。聲和細管珠纔轉，曲度〔二〕沉
煙雪更香。公子不隨腸萬結，離人須落淚千行。巫山唱罷行雲〔三〕過，猶
自微塵舞畫梁〔四〕。

〔一〕幽蘭　《洛神賦》：含辭乍吐，氣若幽蘭。

〔二〕曲度　《西京賦》：“度曲未終，雲起雪飛。”善曰：“漢帝自度曲。”瓚曰：
　　“度曲，謂歌終更授其次。”

〔三〕行雲　見前"雲戀歌聲"注。

〔四〕梁塵　《女紅餘志》：沈約《白紵歌》五章，舞用五女，中間起舞，四角各奏
　　一曲。至"翡翠群飛"以下，則合聲奏之，梁塵俱動。舞已，則舞者獨歌末曲
　　以進酒。

　　紅臉初分〔一〕翠黛愁，錦筵〔二〕歌板拍清秋。一樓春雪〔三〕和塵落，午
夜〔四〕寒泉帶雨流〔五〕。座上美人心盡死，尊前旅客淚難收。莫辭更送劉郎
酒，百斛明珠異日酬。

〔一〕分　謂分明，乍見面也。

〔二〕錦筵　鮑照樂府：臥對錦筵空。

〔三〕春雪　《天錄閣外史》：秦王與徵君飲，觀雪於庭。有姬臥貂帷，賦《白雪》
　　之歌，起而覓瑟不得，倚帷而詠之，聲繞殿閣，積雪倒飛。

〔四〕午夜　見第三卷"子夜歌"注。

〔五〕流泉　見第十卷。

司空曙 三首

　　《唐詩紀事》：曙字文初，廣平人。登進士第，從韋皋於劍南。貞元中①，
爲水部郎中，終虞部。

病中遣妓

　　萬事傷心在目前，一身垂淚對花眠。黃金用盡教歌舞，留與他人樂
少年。

江村即事

　　何義門云：正與宦海風波相反，言外示人，自擇所安也。

　　罷釣歸來不繫船，江村月落正堪眠。縱然一夜風吹去，只在蘆花淺
水邊。

---

　　①　貞：原作"正"，避諱改字，據《新唐書》卷二〇三改。下徑改。

峽口送友人

《一統志》：瞿唐峽在夔州府城東，舊名西陵峽，乃三峽之門。兩崖對峙，中貫一江，灩澦堆當其口。

峽口花飛欲盡春，天涯去住淚沾巾。來時萬里同爲客，今日翻成送故人。

項　斯一首

《全唐詩話》：斯字子遷，江東人。始未爲聞人，因以卷謁楊敬之。楊苦愛之，贈詩云："幾度見詩詩盡好，及觀標格過於詩。平生不解藏人善，到處逢人説項斯。"未幾詩達長安，明年，擢上第[1]。

咸陽送處士

《唐·地理志》：咸陽，武德元年，析涇陽始平置，有便橋。

古道白迢迢[2]，咸陽離別橋。越人無水處[3]，秦樹帶霜朝。騎馬言難盡[4]，分程望易遥。秋來未相見[5]，此意各蕭條[6]。

---

① 擢上：原作"上擢"，據光緒本及《唐詩紀事》卷四九、《全唐詩話》卷四乙。
② 白：《石倉歷代詩選》卷八一、《全唐詩》卷五五四作"自"。
③ 無：上引二書作"聞"。
④ 騎：上引二書作"駐"。
⑤ 來：上引二書作"前"。
⑥ 各：上引二書作"轉"。

才調集補注卷五

古律雜歌詩一百首

元　稹五十七首

《唐書》：元稹字微之，河南人。幼孤，母鄭賢而文，親授書傳。九歲工屬文，十五擢明經，判入等，補校書郎。元和元年，舉制科，對策第一，拜左拾遺。性明銳，遇事輒舉，當路惡之，出爲河南尉。以母喪解，服除，拜監察御史，再貶江陵士曹參軍。元和末，召拜膳部員外郎。稹尤長於詩，與居易名相得，天下傳諷，號“元和體”，往往播樂府。穆宗在東宫，妃嬪近習皆誦之，宫中呼“元才子”。長慶初，崔潭峻歸朝，出稹歌詞數十篇奏御，帝大悦，問：“今安在？”即擢祠部郎中，知制誥。俄遷中書舍人，翰林學士。未幾，進同中書門下平章事。太和三年，爲尚書左丞，俄拜武昌節度使。卒年五十三，贈尚書右僕射。

鈍吟云：唐人詩全作艷體，自爲一集者，止元、韓二家。元有啓與令狐殼士，自叙其艷體之法甚悉。〇元公過於韓致光，《香奩》太褻，元差有骨。韓末篇自悔之詞，亦賦家曲終奏雅也。

夢遊春七十韻

鈍吟云：此即《會真記》也①。

昔歲夢遊春，默云：直起。夢遊何所遇？夢入深洞中，遂果平生趣。遂果，一本作“果遂”。《會真記》：朝隱而出，暮隱而入，同安於西廂者幾一月。以下細細叙出。清冷淺漫流，畫舫蘭篙渡。過盡萬株桃，盤旋竹林路。長廊抱小樓，門牖相廻互。樓下雜花叢，叢邊遶鸂鷿。池光漾霞影，曉日初明煦。未敢上階行，

---

① “會真記也”下，紀昀評：亦是鋪叙，而步步有筋節，段段有波瀾，無平衍散亂之病，亦焦長房俚詞。　此是元相艷詩總序，他詩總不出此意。

頻移曲池步。烏龍[一]不作聲，碧玉[二]曾相慕。漸到簾幕間，徘徊意猶懼。閑窺東西閣，奇玩參差布。隔子碧油糊，馳鉤[三]紫金鍍[四]。逡巡日漸高，影響人將寤。鸚鵡飢亂鳴，嬌娃睡猶怒。簾開侍兒起，見我遙相諭。鋪設繡紅茵，施張鈿裝具。潛褰翡翠帳，瞥見珊瑚樹。不辨花貌人，空驚香若霧。身廻夜合偏，態斂晨霞聚。睡臉桃破風[五]，汗粧蓮委[六]露。叢梳百葉髻，時勢頭。金蔑重臺屨[七]。踏殿樣。紙軟鈿頭裙[八]，琴瑟色。玲瓏合歡袴[九]。夾纈名。鮮妍脂粉薄，暗澹衣裳故。最似紅牡丹，雨來春欲暮。夢魂良易驚，靈境難久寓。《會真記》：張以文調及期又西去，明年，文戰不利，遂止於京。因貽書於崔，以廣其意。崔氏報書，所善楊巨源爲賦《崔娘》詩一絶云："清潤潘郎玉不如，中庭蕙草雪銷初。風流才子多春思，腸斷蕭娘一紙書。"後歲餘，崔已委身於人，張亦有所娶。夜夜望天河，無由重沿泝。結念心所期，返如禪頓悟。覺來八九年，不向花廻顧。雜合兩京春，喧闐衆禽護。我到看花時，但作懷仙句。浮生轉經歷，道性尤堅固。近作夢仙詩，亦知勞肺腑。一夢何足云，良時事婚娶。當年二紀初，嘉節三星[一〇]度。朝蕣[一一]玉佩迎，高松女蘿[一二]附。韋門[一三]正全盛，出入多歡裕。甲第漲清池，鳴騶引朱輅。廣榭舞萋菶，長筵賓雜厝。青春詎幾日，華實潛幽蠹。以下悼韋氏之亡。秋月照潘郎[一四]，空山懷謝傅[一五]。紅樓嗟壞壁，金谷迷荒戍。石壓破闌干，門摧舊楗柮[一六]。雖云覺夢殊，同是終難駐。惊緒竟何如，梦絲不成絢[一七]。卓女白頭吟[一八]，阿嬌金屋賦[一九]。重璧[二〇]盛姬臺，青塚[二一]明妃墓。盡委窮塵骨，皆隨流波注。幸有古如今[二二]，何勞縑比素[二三]。況余當盛時，蚤歲諧時務。詔册冠賢良，諫垣陳好惡。三十再登朝，一登還一仆。寵榮非不蚤，遭廻亦云屢。直氣在膏肓[二四]，氛氳日沉痼。不言意不快，快意言多忤。忤誠人所賊，性亦天之付。乍可沉爲香[二五]，不能浮作瓠[二六]。誠爲堅所守，未爲明所措。事事身已經，營營計何誤。美玉琢文珪，良金填武庫。徒謂自堅貞，安知受鑪鑄。長絲羈野馬，密網羅陰兔。物外各迢迢，誰能遠相錮。野馬不受羈絆，陰兔巧脫網羅，故下接言不能相錮，嘆己之轉不如也。時來既若飛，禍速當如騖。曩意自未精，此行何所愬。努力去江陵，《唐書》本傳：宰相以稹失憲臣體，貶江陵士曹參軍，詳見第一卷。笑言誰與晤？江花[二七]縱可憐，奈非心所慕。石竹[二八]逞姦黠，蔓菁[二九]誇畝數。一種薄地[三〇]生，淺深何足妬。荷葉水上生，團團水中住。瀉水置葉中，君看不相污。默云：奇妙之語。

〔一〕烏龍　《搜神後記》：會稽句章民張然滯役在都，婦與奴宏通。然養一狗甚快，名曰烏龍。後假歸，婦與奴謀殺然，然拍膝大呼曰："烏龍與手。"狗應聲傷奴，奴失刀杖，然因殺奴，以婦付縣殺之。

〔二〕**碧玉**　庾信詩："定知劉碧玉，偷嫁汝南王。"詳見第二卷。

〔三〕**馳鉤**　丁靜山云：馳鉤，以馳骨餙鉤。

〔四〕**鍍**　以金餙物也。

〔五〕**桃破風**　爲風吹開。

〔六〕**委**　《韻會》：委，任也，屬也。

〔七〕**重臺屨**　《留青日札》：高底鞋，即古之重臺屨也。

〔八〕**鈿頭裙**　元注"琴瑟色"，當是"瑟瑟"之悮。《博雅》："瑟瑟，碧珠也。"《杜陽雜編》有瑟瑟幕，其色輕明虛薄，無與爲比。《通幽録》有一婦人可四十餘，著瑟瑟裙。

〔九〕**合歡袴**　《鄴中記》：石虎時着金縷合歡袴。

〔一〇〕**三星**　《詩》"綢繆束薪，三星在天"注：三星，心也，昏始見於東方建辰之月也。

〔一一〕**朝蕣**　《詩》"有女同車，顏如舜華。將翱將翔，佩玉瓊琚"注：舜，木槿也。其花朝生暮落。

〔一二〕**女蘿**　見第二卷。

〔一三〕**韋門**①　白居易作墓誌：前夫人京兆韋氏，淑懿有聞。

〔一四〕**潘郎**　潘岳《悼亡》詩：皎皎窗中月，照我室南端。清商應秋至，溽暑隨節闌。

〔一五〕**謝傅**　《晋書》：羊曇爲謝安所愛重，安薨後，輟樂彌年，行不由西州路。嘗因石頭大醉，扶路唱樂，不覺至州門，左右白曰："此西州門。"曇悲感不已，以馬策扣扉，誦子建詩曰："生存華屋處，零落歸山丘。"慟哭而去。詩以謝傅比韋公。

〔一六〕**梐枑**　《周禮》"設梐枑再重"注：謂行馬，枑者，交互其木，遮欄於門。漢三公門視行馬。

〔一七〕**絢**　《爾雅》"絢，謂之救"，郭注：救絲以爲絢。

〔一八〕**白頭吟**　見第六卷。

〔一九〕**金屋賦**　《漢武故事》：帝爲膠東王時，長公主問："兒欲得婦否?"曰："欲得。"指女："阿嬌好否?"笑曰："若得阿嬌，當以金屋貯之。"餘見第一卷"長門怨"注。

---

①　此注原在"潘郎"注後，今依原詩互乙。

〔二〇〕**重璧**　《穆天子傳》：盛姬，盛伯之子也。天子爲之臺，曰重璧之臺。

〔二一〕**青塚**　《歸州圖經》：胡地多白草，王昭君塚獨青。

〔二二〕**古如今**　言古來紅粉盡委黃泥，亦如今日，此聚散之常，聊遣悲懷也。朱希真詞：“浮生事，長江水，幾時閑，幸是古來如此，且開顔。”即幸有古如今意也。

〔二三〕**縑比素**　古詩：“新人工織縑，故人工織素。織縑日一匹，織素五丈餘。將縑來比素，新人不如故。”“何勞縑比素”，言不欲再妻，蓋此時尚未續裴柔之也。

〔二四〕**膏肓**①　《左傳》：晉侯疾病，求醫於秦。秦伯使醫緩爲之，未至，公夢疾爲二豎子，曰：“彼良醫也，懼傷我焉，逃之。”其一曰：“居肓之上，膏之下，若我何？”杜注：肓，鬲也。心下爲膏。

〔二五〕**沉香**　見第四卷“水沉”注。

〔二六〕**浮瓠**　《莊子》：今子有五石之瓠，何不慮以爲大樽而浮於江湖，而憂其瓠落無所容，則夫子猶有蓬之心也夫。

〔二七〕**江花**　梁簡文帝詩：江花玉面兩相似。

〔二八〕**石竹**　《圖史》：石竹，草品，莖如細竹，枝葉如苕，其花紫色，類剪碎者。叢生，高尺許，五月開花，冬間分栽。八月中收子，種之即出。石竹纖細而青翠，花有五色，狀似金錢。此《吳郡志》《西湖遊覽》所載也。今石竹多葉，不類金錢，其色惟紫，有子成房，刈去再生，至秋仍如春盛。亦有野生者。

〔二九〕**蔓菁**　《齊民要術》：蔓菁，種不求多，惟須良地，故墟新糞壞墻乃佳。七月初種之，一畝用子三升。

〔三〇〕**薄地**　《齊民要術》：良地一畝用子五升，薄地三升。

桐花落

　　宏景曰：桐樹有四種，青桐葉皮青，似梧而無子；梧桐皮白，葉似青桐而有子，子肥可食；白桐一名奇桐，人家多植之，與崗桐無異，二月開花，黃紫色。

　　莎草徧桐陰，桐花滿莎落。蓋覆相團圓，可憐無厚薄。昔歲幽院中，深堂下簾幕。同在後門前，因論花好惡。君誇沉檀樣，云是指撝作。暗澹滅紫花，拗連蹙金萼。都繡六七枝，鬭成雙孔雀〔一〕。尾上稠疊花，又將

---

①　此注原置“浮瓠”注下，今依原詩移此。

金解絡。我愛看不已，君煩睡先着。我作繡桐詩，繫君裙帶著。別來苦脩道，此意都蕭索。今日竟相牽，思量偶然錯。

〔一〕孔雀　《埤雅》：《博物志》云"孔雀尾多變色"，有金翠，初春乃生，三四月後復凋，與花蕚相衰榮。

夢昔時

閑窗結幽夢，此夢誰人知？夜半初得處，天明臨去時。山川已久隔，雲雨兩無期。何事來相感，又成新別離。

恨粧成

曉日穿隙明，開帷理粧點。傅粉貴重重，施朱〔一〕憐冉冉〔二〕。柔鬟背額垂，叢鬢隨釵歛。凝翠暈蛾眉，輕紅拂花臉〔三〕。滿頭行小梳〔四〕，當面施圓靨〔五〕。最恨落花時，粧成獨披掩。

〔一〕傅粉施朱　《留青日札》：美人粧面，既傅粉，復以臙脂調勻掌中，施之兩頰，濃者爲酒暈粧，淺者爲桃花粧。薄薄施朱，以粉罩之，爲飛霞粧。

〔二〕冉冉　見第二卷。

〔三〕花臉　徐賢妃詩：桃花臉上生。

〔四〕梳　《釋名》：梳，言其齒疏也。

〔五〕圓靨　《事物紀原》：近世婦人喜作粉靨，如月形，如錢樣。又或以朱若臙脂點者，唐人亦尚之。

古決絶詞三首

　　　　鈍吟云：微之棄雙文，只是疑他有別好，刻薄之極。○二人情事，
　　如在目前，細看只是元公負他。○此首代雙文説。

乍可爲天上牽牛織女〔一〕星，不願爲庭前紅槿花〔二〕①。七月七日一相見，相見故心〔三〕終不移〔四〕。那能朝開暮飛去，一任東西南北吹。分不兩相守，恨不兩相思。對面且如此，背面當可知。春風撩亂伯勞〔五〕語，況

---

①　花：《四部叢刊》本、垂雲堂本作"枝"，是。

是此時拋去時。握手苦相問，竟不言後期。_{鈍云：薄也。}君情既決絕，妾意已參差。借如死生別，安得長苦悲〔六〕。

　　　　默庵云：此章立詞頗傷忠厚。

　　　　鈍吟云：詩人以敦厚爲教，元公如此，宜其焚屍不成斂也。

〔一〕牽牛織女　《荊楚歲時記》：天河之東，有織女，天帝之子也。年年織杼勞役，織成雲錦天衣，天帝憐其獨處，許嫁河西牽牛郎。嫁後遂廢織紝，天帝怒，責令歸河東，但許其一年一度相會。

〔二〕紅槿花　《南方草木狀》：朱槿花，其花深紅色，朝開暮落。

〔三〕故心　謝玄暉詩：故人心尚爾，故心人不見。

〔四〕終不移　沈約詩：寸心終不移。

〔五〕伯勞　《酉陽雜俎》：百勞，博勞也。相傳伯奇所化，取其所踏枝鞭小兒，能令速語。

〔六〕長苦悲　甄皇后詩：念君常苦悲。

　　噫春冰之將泮，何余懷之獨結。有美一人，於焉曠絕。一日不見，比一日於三年，況三年之曠別。水得風兮小而已波，笋在苞兮高不見節。矧桃李之當春，競衆人而攀折。我自顧悠悠而若雲，又安能保君皚皚〔一〕之如雪。感破鏡〔二〕之分明，覩淚痕之餘血。幸他人之既不我先，又安能使他人之終不我奪。已焉哉，織女別黃姑〔三〕，一年一度暫相見，彼此隔河何事無。

　　　　鈍吟云：疑他有別好，又放他不下，忍心割捨，作此以決絕。至今讀之，猶使人傷心。

〔一〕皚皚　卓文君《白頭吟》：皚如山上雪①，皎若雲間月。

〔二〕破鏡　見第七卷“惆悵詞”注。

〔三〕黃姑　《天祿識餘》：《爾雅》：“河鼓，牽牛星也。”《荊楚歲時記》云：“黃姑織女時相見，黃姑即河鼓，聲之轉也。”太白詩：“黃姑與織女，相去不盈尺。”是皆以牽牛爲黃姑。按《爾雅》，“河鼓”作“何鼓”。

　　夜夜相抱眠，幽懷尚沉結。那堪一年事，長遣一宵說。但感久相思，何暇暫相悅。虹橋〔一〕薄夜成，龍駕〔二〕侵晨列。生憎野鵲〔三〕性遲廻，死恨天雞〔四〕識時節。曙色漸瞳曨，華星次明滅。一去又一年，一年何時徹。

----

　　①　上：原脫，據《風雅翼》卷一〇補。

有此迢遞期，不如死生別。天公隔是〔五〕 鈍云：隔是古語也，唐詩多用。妬相憐，何不便教相決絕。

　〔一〕虹橋　　盧思道詩：虹橋別有羊車路。

　〔二〕龍駕　　劉鑠《咏牽牛》：龍駕凌霄發。

　〔三〕憎野鵲　　《淮南子》：烏鵲填河成橋而渡織女，憎野鵲，以其填河之必俟七夕
　　　也。易“烏鵲”爲“野鵲”，欲與“天雞”對耳。此句承“虹橋”句説。

　〔四〕恨天雞　　郭氏《玄中記》：桃都山有大樹，曰桃都枝，相去三千里，上有天
　　　雞。日初出，照此樹，天雞即鳴，天下雞皆隨之。恨天雞，即名妓劉國容書
　　　“歡寢方濃，恨雞聲之斷愛”意。此句承“龍駕”句説。

　〔五〕隔是　　《容齋一筆》：隔是，猶言已是也。

櫻桃花

　　櫻桃花一枝，兩枝千萬朵。花塼曾立摘花人，窣〔一〕破羅裙紅似火。

　〔一〕窣　　“窣”字，詞中屢用。和凝詞“叢頭鞋子紅編細，裙窣金絲”，孫光憲詞
　　　“六幅羅裙窣地，微行曳碧波”是也。

曹十九舞綠鈿

　　　　《教坊曲》名有《綠鈿子》，以此曲爲節而舞。

　　急管清弄頻，舞衣纔攬結。含情獨搖手，雙袖參差列。骻裏柳牽絲，
炫轉風廻雪。凝眄嬌不移，往往度繁節。

閨　晚

　　紅裙委塼堦，玉瓜剹〔一〕朱橘。素臆光如研〔二〕，明瞳艷凝疑，當作“疑”
字。溢。調絃不成曲，學書徒弄筆。夜色侵洞房，香煙透簾出。

　〔一〕剹　　同“劙”。《廣韻》：“分破也。”周美成詞“纖手破新橙”，即此意。

　〔二〕研　　音訏。《玉篇》：“光石也。”

曉將別

　　風露曉淒淒，月下西牆西。行人帳中起，思婦枕前啼。屑屑〔一〕命僮

御，晨裝儼已齊。將去復攜手，日高方解攜。

〔一〕屑屑　《説文》：動作切切也。

薔薇架 清水驛

五色堦前架，一張籠上被。殷紅稠疊花，半緑鮮明地。風蔓羅裙帶，露英蓮臉淚。多逢走馬郎，可惜簾邊思。

月　暗

月暗燈殘面墙泣，羅纓斗〔一〕重知啼濕。真珠簾斷蝙蝠〔二〕飛，燕子巢空螢火入。深殿門重夜漏嚴，柔□□□□年急。君王掌上〔三〕容一人，更有輕身何處立。

〔一〕斗　同“陡”。《正韻》：“頓也。”韓愈詩：“斗覺霜毛一半加。”

〔二〕蝙蝠　《爾雅·釋鳥》作“伏翼”，一名仙鼠，似鼠而黑，棲屋簷中，又謂之簷鼠。夏月羣飛，捕蚊蚋食之。

〔三〕掌上　《獨異記》：趙飛燕身輕，能爲掌上舞。

新　秋

旦暮已淒凉，默云：新秋①。離人遠思忙。夏衣臨曉薄，秋影入簷長。前事風隨扇，歸心燕在梁。殷勤寄牛女，河漢正相望。

贈雙文

艷極翻含怨，憐多轉自嬌。有時還暫笑，閑坐愛無憀〔一〕。曉月行看墮〔二〕，春蘇〔三〕見欲消。何因肯垂手〔四〕，不敢望迴腰〔五〕。舞曲二名。

〔一〕憀②　音聊。《集韻》：“無憀賴也。”

〔二〕月墮　謝靈運《東陽谿中贈答二首》：可憐誰家婦，緣流灑素足。明月在雲

---

① 默云新秋：原無，據垂雲堂本補。

② 此注原在“迴腰”注下，今依原詩移此。

間，苕苕不可得。可憐誰家郎，緣流乘素舸。但問情若爲，月就雲間墮。

〔三〕蘇　丁靜山云：“蘇”與“酥”，唐人多通用。商隱詩：“玉液瓊蘇作壽杯。”

〔四〕垂手　《樂府雜綠》：舞有大垂手、小垂手，或象驚鴻，或如飛燕。

〔五〕迴腰　梁簡文帝詩：詎知長沙地，促舞不迴腰。

春　別

幽芳本未闌，君去蕙花殘。河漢秋期遠，關山世路難。雲屏〔一〕留粉絮，風幌〔二〕引香蘭。腸斷迴文錦〔三〕，春深獨自看。

〔一〕雲屏　《本草綱目》：《荆南志》云：“華容方臺山出雲母，土人候雲所出之處，于下掘取，無不大獲，有長五六尺，可爲屏風者。”

〔二〕風幌　宋謝莊《懷園引》云：風肅幌兮露濡庭。

〔三〕迴文錦　見第一卷“竇家妻”注。

和樂天示楊瓊

《白氏長慶集‧寄李蘇州兼示楊瓊》詩云：真娘墓頭春草碧，心奴鬢上秋霜白。爲問蘇臺酒席中，使君歌笑與誰同。就中猶有楊瓊在，堪上東山伴謝公。

我在江陵〔一〕少年日，知有楊瓊初喚出。腰身瘦小歌圓緊，依約年應十六七。去年十月過蘇州，瓊來拜問郎不識。青衫玉貌何處去，安得紅旗遮頭白。我語楊瓊瓊莫語，汝雖笑我我笑汝。汝今無復小腰身，不似江陵時好女。楊瓊爲我歌送酒，爾憶江陵縣中否。江陵王令骨爲灰，車來嫁作尚書婦。盧戡〔二〕及第嚴潤〔三〕在，其餘死者十八九。我今賀爾亦自多，爾得老成余白首。元注：楊瓊本名播，少爲江陵酒妓。去年姑蘇過瓊敘舊，及今見樂天此篇，因走筆追書此曲。

〔一〕江陵　《廣輿記》：荆州府江陵縣，秦郢地，漢江陵。

〔二〕盧戡　《元氏長慶集》有《誚盧戡與予數約遊三寺戡獨沉醉而不行》詩，又有《送盧戡》詩。

〔三〕嚴潤　《元氏長慶集》有《鄂州寓舘嚴潤宅》詩。

魚中素

王僧儒詩：“尺素在魚腸。”《稗史彙編》：試鶯以朝鮮厚繭紙作鯉魚函，兩面俱畫鱗甲，腹下令可藏書。此古尺素結魚之遺制，試鶯每以此遺遠。嘗有詩云：“花箋製葉寄郎邊，江上尋魚爲客傳。郎處斜陽三五樹，路中莫近釣魚船。”貞觀中事也。

　　重叠魚中素，幽緘手自開。斜紅餘淚跡[一]，知着臉邊來。

[一]紅淚　《謝氏詩源》：灼灼與河東人神通目授，不復可見，以軟絹帕裹紅淚寄之。後姚鶯《秋闈》詩曰：“菊花人共瘦，楓葉淚俱紅。”按：此可與元相詩參看。

代九九

　　昔年桃李月，顏色共花宜。迴臉蓮初破，低蛾柳並垂。望山多倚樹，弄水愛臨池。遠被登樓識，潛因倒影窺。隔林徒想像，上砌轉逶迤。謾擲庭中果[一]，虛攀牆外枝。強持文玉佩[二]，求結麝香縭[三]。阿母憐金重，親兄要馬騎。把將嬌小女，嫁與冶遊兒。自隱勤勤索，相要事事隨。每常同坐卧，不省暫參差。縱學羞兼妒，何言寵便移？青春來易皎，白日誓先虧。僻性嗔來見，邪行醉後知。別牀鋪枕席，當面指瑕疵。妾貌應猶在，君情遽若斯。的成終世恨，焉用此宵爲。鸞鏡[四]燈前撲，鴛衾[五]手下隳。參商[六]半夜起，琴瑟一聲離。努力新叢艷，狂風次第吹。

[一]擲果　見第二卷“潘郎”注。

[二]文玉珮　《西京雜記》：趙飛燕爲皇后，其女弟上襚有五色文玉環。

[三]香縭　縭，本作“褵”。《爾雅》注：“香纓也。”《禮記》：“女子許嫁纓。”《毛詩》：“親結其縭。”

[四]鸞鏡　見第二卷“鸞不住”注。

[五]鴛衾　《輟耕録》：孟蜀主一錦被，其闊猶今之三幅帛，而一梭織成，被頭作二穴，若雲版樣，蓋以叩於項下，如盤領狀。兩側餘錦，則擁覆於肩，此之謂“鴛衾”也。詩中所用鴛衾，當亦若是。

[六]參商　《左傳》：高辛氏有二子，伯曰閼伯，季曰實沈，日尋干戈。帝遷閼伯于商邱，主辰，故辰爲商星；遷實沈于大夏，主參，故參爲晉星。《法言》：“吾不覩參、辰之相比也。”宋衷曰：“辰，龍星；參，虎星。不見龍、虎俱見。”

盧十九子蒙吟盧七員外洛川懷古六韻命余和

　　《唐詩紀事》：盧貞字子蒙，會昌五年，爲河南尹。樂天九老會，貞年未七十，亦與焉。曹子建《洛神賦序》：“黄初三年，余朝京師，還濟洛川。古人有言，斯水之神，名曰宓妃。感宋玉對楚王神女之事，遂作斯賦。”

聞道盧明府，默云：盧員外。閑行咏洛神。洛川。浪圓疑靨笑[一]，洛川。波鬭憶眉嚬。蹀躞[二]橋頭馬，空濛水上塵[三]。草芽猶犯雪，冰岸欲消春。寓目終無限，通辭[四]未有因。子蒙將此曲，盧員外。吟似[五]獨眠人。

〔一〕靨笑　《洛神賦》“靨輔承權”注：輔，頰也。靨輔，言輔上有靨文也。權，兩頰。古樂府：“淚痕猶尚在，笑靨自然開。”

〔二〕蹀躞　沈佺期《紫騮馬》：蹀躞噴桑乾。

〔三〕水上塵　《洛神賦》：凌波微步，羅襪生塵。

〔四〕通辭　《洛神賦》：托微波而通辭。

〔五〕似　圓至云：似者，呈似之似，猶言向也。

劉阮妻二首

默云：妻，或作“山”。劉阮妻是借以説雙文。

仙洞千年一度開，等閑偷入又偷廻。桃花飛盡秋風起，何處消沉去不來。事見第四卷《大遊仙》詩注。

芙蓉脂肉緑雲鬟，罨畫[一]樓臺青黛山。千樹桃花萬年藥，不知何事憶人間。

〔一〕罨畫　郝天挺云：罨畫，丹青生色圖畫也。

桃　花

桃花淺深處，似匀深淺粧。春風肋膓斷，吹落白衣裳。

暮　秋

看著牆西日又沉，步廊[一]廻合戟門[二]深。棲烏滿樹聲聲絶，小玉[三]上牀鋪夜衾。

〔一〕步廊　《上林賦》“步櫩周流”注：步櫩，言其下可行步，即今步廊也。

〔二〕戟門　見第一卷。

〔三〕小玉　《玉臺新詠》有鮑令暉《代葛沙門妻郭小玉》詩。《長恨歌》："轉教小玉報雙文①。"

壓牆花

　　鈍吟云：此有所指也。却叙得蘊藉。

野性大都迷里巷，愛將高樹記人家。春來偏認平陽宅〔一〕，爲見牆頭拂面花。

〔一〕平陽宅　班固《漢武故事》：上幸平陽公主家，置酒作樂，子夫爲謳者，善歌能造曲。每歌挑上，上喜，起更衣。子夫因侍尚衣軒中，遂得幸。上見其美髮，悦之，遂納於宫中。

舞　腰

裙裾旋旋〔一〕手迢迢〔二〕，不趁音聲自趁嬌。未必諸郎知曲悮〔三〕，一時偷眼爲廻腰。

〔一〕旋　《集韻》：隨戀切，遠也。

〔二〕迢迢　吳均樂府：垂手忽迢迢，飛燕掌中嬌。

〔三〕曲悮　《三國志》：周瑜少精意于音樂，雖三爵之後，有闕悮必知之，知之必顧，故時人謡曰："曲有悮，周郎顧。"

白衣裳二首

　　此詩亦爲雙文作也。觀《會真記》，常服瘁容，不加新飾，蓋性愛雅淡，不喜艷服，而自有天然美麗者。

雨濕輕塵隔院香，玉人初著白衣裳。半含惆悵閑看繡，一朵梨花壓象牀。

藕絲衫子柳花裙，空着沉香慢火熏。閑倚屏風〔一〕笑周昉〔二〕，枉抛心力畫朝雲〔三〕。

----

①　雙文：《白氏長慶集》卷一二作"雙成"。

〔一〕屏風　《後漢書》：宋弘當讌見，御坐新屏風，圖畫列女。

〔二〕周昉　《唐朝名畫録》：周昉字仲朗，京兆人也。《宣和畫譜》：周昉畫婦女，多爲豐厚態度。故東坡詩云："書生老眼省見稀，畫圖但怪周昉肥。"笑周昉，亦笑其畫之肥也。此以反襯出"白衣裳"之雅淡。

〔三〕朝雲　《伽藍記》：河間王琛有婢朝雲，善吹箎，能爲《團扇歌》、《壟上聲》。

憶　事

夜深閑到戟門邊，却遶行廊又獨眠。明月滿庭池水渌，桐花垂在翠簾〔一〕前。

〔一〕翠簾　《洞冥記》：元鼎元年，起招靈閣，編翠羽麟毫爲簾。

寄舊詩與薛濤因成長句 序在別卷

《全唐詩話》：稹聞西蜀薛濤有辯辯，及爲監察吏蜀，以御使推鞫，難得見焉。嚴司空潛知其意，每遣薛往。洎登翰林，以詩寄曰："錦江滑膩蛾眉秀，生得文君與薛濤。言語巧偷鸚鵡舌，文章分得鳳凰毛。紛紛詞客多停筆，箇箇公卿欲夢刀。別後相思隔煙水，菖蒲花發五雲高。"

詩篇調態人皆有，細膩風光我獨知。月夜詠花憐暗澹，雨朝題柳爲欹垂。長教碧玉藏深處，總向紅牋寫自隨。老大不能收拾得，與君閑似好男兒。

友封體

《唐書》：元稹在越時，辟竇鞏。鞏天下工爲詩，與酬和，故鏡湖、秦望之奇益傳，時號"蘭亭絕唱"。按：竇鞏字友封。

雨送浮涼〔一〕夏簟清，小樓腰褥怕單輕。微風暗度香囊轉，朧月斜穿隔子明。樺燭〔二〕熘高黃耳〔三〕吠，柳堤風静紫騮〔四〕聲。頻頻聞動中門鑰，桃葉〔五〕知嗔未敢迎。

〔一〕浮涼　朱起道詩：浮涼帶雨來。

〔二〕樺燭　《國史補》：元日冬至，宰相朝賀，樺燭至數百炬，曰"火城"。按：樺燭者，以樺木皮捲松脂爲燭。

〔三〕黄耳　《晋書》：陸機有駿犬，名黄耳，甚愛之。

〔四〕紫騮　《南史·羊侃傳》：車駕幸樂遊苑，侃預宴時，新造兩刃稍成，帝賜侃
　　河南國紫騮，令試之。

〔五〕桃葉　見第一卷。

看　花

努力少年求好官，好花須是少年看。君看老大逢花樹，未折一枝心
已闌。

斑　竹 元注：得之湘流。

一枝斑竹〔一〕渡湘沅，萬里行人感別魂。知是娥皇廟前物，遠隨風雨
送啼痕。

〔一〕斑竹　見第一卷"瀟湘竹"注。

箏

《急就篇》注：箏，瑟類。本十二絃，今則十三。

莫愁〔一〕私地愛王昌〔二〕，夜夜箏聲怨隔牆。火鳳〔三〕有皇求不得，春鸎
無伴囀空長。急揮舞破〔四〕催飛燕，慢逐歌詞弄小娘〔五〕。死恨相如新索婦，
枉將心力爲他狂。

〔一〕莫愁　梁武帝《河中之水歌》：河中之水向東流，洛陽女兒名莫愁。十三能織
　　綺，十四採桑南陌頭。十五嫁爲盧家婦，十六生兒似阿侯。

〔二〕王昌　《襄陽耆舊傳》：王昌字公伯，爲東平相，散騎常侍，早卒。婦任城王
　　曹子文女也。

〔三〕火鳳　《孔演圖》：鳳，火精也。

〔四〕破①　《唐·五行志》：天寶後，曲遍繁聲，皆謂之入破。

〔五〕小娘　李賀詩：真珠小娘下清廓。

---

①　此注原在"小娘"條下，今移原詩前移。

春　曉

　　半欲天明半未明，醉聞花氣睡聞鶯。娃〔一〕兒撼起鐘聲動，二十年前曉寺情〔二〕①。

　〔一〕娃　《述異記》：美女曰娃。

　〔二〕曉寺情　《會真記》：張生遊於蒲，蒲之東十餘里，有普救寺，張生寓之。又寺鐘鳴，天將曉，紅娘促去，崔氏嬌啼宛轉，紅娘捧之而去。此詩正憶其情也。

春　詞

　　　《會真記》："立綴《春詞》二首，以投崔。"此其第二首也。

　　深院無人草樹光，嬌鶯不語趁陰藏。等閑弄水浮花片，流出門前賺阮郎。

所思二首

　　庾亮樓〔一〕中初見時，武昌春柳〔二〕似腰肢。相逢相失還如夢，爲雨爲雲今不知。

　〔一〕庾亮樓　見第二卷"南樓"注。

　〔二〕武昌春柳　《晋·陶侃傳》：侃鎮武昌，課諸營種柳，都尉夏拖盜官柳植之于己門。侃後見，問曰："此是武昌西門前柳，何因盜來此種？"《唐書·元稹傳》：太和三年，召爲尚書左丞，俄拜武昌節度使。

　　鄂渚〔一〕濛濛煙雨微，女郎〔二〕魂逐暮雲歸。只應長在漢陽渡〔三〕，化作鴛鴦一隻飛。

　〔一〕鄂渚　《寰宇記》：《輿地志》："雲夢之南，是爲鄂渚。"《楚小志》："暮登大別山，望對江鄂王城，林樾映蔚，煙霏黯霮，天然一幅梅道人畫。"

　〔二〕女郎　《楚小志》：女郎山在漢陽城西，上有神女廟，俗傳爲雲事，甚亡當，

***
　　① 紀昀評：艷體諸絕，此爲高調。

不如呼爲解佩人。然按《寰宇記》，陽臺廟在漢川縣南二十五里，有陽臺山。山在漢水之陽，形如臺，則以女郎爲陽臺神女，非無據也。

〔三〕漢陽渡　在漢陽府城東。見《一統志》。

離思六首

第一首，《會真記》作鶯鶯詩，直爲鶯賦。以下五詩，乃微之爲妻韋氏作者。韋字蕙叢，韋逝，爲詩悼之，曰“曾經滄海難爲水”云云，見《本事詩》。是五詩，明是悼妻之作，不可概以爲憶鶯也。

殷〔一〕紅淺碧舊衣裳，取次梳頭暗澹粧。夜合帶煙籠曉日，牡丹經雨泣殘陽。低迷隱笑〔二〕原無笑，散漫清香不似香。頻動橫波嗔阿母，等閑教見小兒郎。

《會真記》：鄭厚張之德，因餚饌宴之，命女鶯鶯出拜。久之辭疾，强而後至，常服悴容，不加新飾，垂鬟黛，接雙臉，斷紅而已。顏色艷異，光輝動人，張驚爲之禮，因坐鄭傍，以鄭之抑而見也。凝睇怨絶，若不勝其體，時生十七年矣。

〔一〕殷　音近煙。《韻會》：赤黑色。

〔二〕隱笑　何遜詩：相看獨隱笑。

自愛殘粧曉鏡中，環釵慢篸〔一〕綠絲叢。須臾日射臙脂頰〔二〕，一朵紅蘇旋欲融。

〔一〕篸　音讚，連綴也。

〔二〕日射臙脂頰　《雜事秘辛》：吳姁以詔書如瑩燕處，閉中閣子，時日晷薄辰，穿窗光著瑩面上，如朝霞和雪艷射，不能正視。

山泉散漫遶堦流，萬樹桃花映小樓。閑讀道書慵未起，水晶簾下看梳頭。

紅羅著壓逐時新，吉了〔一〕花紗嫩麴塵。默云：吉了，能言鳥，名黃黃。○宋本作“吉了”，後人妄改“杏子”，不知杏子紅色，如何又説麴塵。第一莫嫌材地弱，些些紕縵最宜人。

〔一〕吉了　《桂海虞衡志》：秦吉了，如鸜鴿，紺黑色，丹咮黃距，目下連項，有深黃文，頂毛有縫，如人分髮。能人言，比鸚鵡尤慧。大抵鸚鵡如兒女，吉了聲則如丈夫，出邕州溪洞中。

曾經滄海難爲水[一]，除却巫山不是雲。王右軍於從兄洽處，見張昶《華岳碑》，歎曰：“巫雲洛水外，雲水寧足貴哉？”元微之 “除却巫山不是雲”，亦本右軍，見《書影》。取次花叢嬾廻顧，半緣修道半緣君。

〔一〕難爲水　陸雲《爲顧彥先贈婦》詩：浮海難爲水，遊林難爲觀。

尋常百種花齊發，偏摘梨花與白人。今日江頭兩三樹，可憐和葉度殘春。

雜憶五首

今年寒食月無光，夜色纔侵已上床。憶得雙文通内裏[一]，玉櫳[二]深處暗聞香。

〔一〕通内裏　《會真記》所云 “朝隱而出，暮隱而入” 時也。

〔二〕玉櫳　張景陽詩：“房櫳無行跡。”《説文》：櫳，房室之疏也。玉櫳，以玉餝疏也。

花籠微月竹籠煙，百尺絲繩拂地懸。憶得雙文人静後，潛教桃葉[一]送鞦韆[二]。

〔一〕桃葉　侍兒也。見第一卷。

〔二〕送鞦韆　《荆楚歲時記》：春節懸長繩於高木，女子袨服立其上，推引之，名曰打鞦韆。

寒輕夜淺遶廻廊，不辨花叢暗辨香。憶得雙文朧月下，小樓前後捉迷藏[一]。

〔一〕捉迷藏　《瑯環記》：《致虛雜俎》：明皇與玉真恒於皎月下以錦帕裹目，在方丈之間互相捉戲。玉真輕捷，上每失之。一夕，玉真于袨服袖上多結流蘇香囊，與上戲，故以香囊惹之。上得香囊無數，謂之捉迷藏。

山榴[一]似火葉相兼，亞拂塼堦半拂簷。憶得雙文獨披掩，滿頭花草倚新簾。

〔一〕山榴　《本草綱目》：山躑躅，處處山谷有之，高者四五尺，低者一二尺。春
　　生苗，葉淺綠色，枝少而葉繁，一枝數蕚。二月始開花，如羊躑躅，而蒂似石
　　榴，一名紅躑躅，一名山石榴，一名映山紅，一名杜鵑花。

春冰消盡碧波湖，漾影殘霞似有無。憶得雙文衫子薄，鈿頭雲〔一〕映
退紅蘇〔二〕。

〔一〕鈿頭雲　而菴云：古婦人餙，挽髮爲髻，則用珠翠爲花以繞之，謂之鈿頭。
　　按此則鈿頭雲即雲髻也，言雲髻之光，與臉上之淡紅相映。

〔二〕退紅蘇　《老學庵筆記》：唐有一種色，謂之退紅。王建《牡丹》詩："粉光
　　深紫膩，肉色退紅嬌。"王貞白《娼樓行》："龍腦香調水，教人染退紅。"《花
　　間集》樂府："床上小薰籠，昭州新退紅。"蓋退紅若今之粉紅。詩意謂衣薄生
　　寒，臉紅淡淡，如退紅之蘇也。"蘇"與"酥"，唐人通用。

有所教

莫畫長眉畫短眉，斜紅〔一〕傷豎莫傷垂。人人總解争時勢，默云：時勢，
猶云時樣。都大須看各自宜。

〔一〕斜紅　《粧樓記》：斜紅繞臉，蓋古粧也。

襄陽爲盧竇紀事五首

《漢書》南郡襄陽縣，應邵曰：在襄水陽。

帝下真符召玉真〔一〕，偶逢遊女〔二〕暫相親。《素書》〔三〕三卷留爲贈，從
向人間説向人。

〔一〕玉真　李白《玉真仙人詞》：玉真之仙人，時往太華峰。

〔二〕遊女　《詩》：漢有遊女。

〔三〕素書　《列仙傳》：女丸者，沽酒婦人也。仙人過其家飲酒，以《素書》五卷
　　爲質。丸開視其書，乃養性交接之術。丸私寫其文要，更設房室，納諸年少，
　　飲美酒，與止宿，行文書之法。如此三十年，顏色更如二十時。

風弄花枝月照堦，醉和春睡倚香懷。依稀似覺雙鬟動，潛被蕭郎〔一〕
卸玉釵。

〔一〕蕭郎　見第二卷。

鶯聲撩亂曙燈殘，暗覓金釵動曉寒。猶帶春醒懶相送，櫻桃花下隔簾看。

琉璃波〔一〕面月籠煙，暫逐蕭郎走上天。今日歸時最腸斷，迴江還是夜來船。

〔一〕琉璃波　見第三卷。

花枝臨水復臨堤，閑照江流亦照泥。千萬春風好擡舉，夜來曾有鳳凰棲。

　　《詩話類編》：元微之過襄陽，夜召名妓劇飲。將別作詩，有"花枝臨
　　水"云云。謝師厚作襄倅，聞妓與二胥好此。妓乞扇，遂改下句云："寄語
　　春風好擡舉，夜來曾有老鴉棲。"按此則五詩，乃微之自叙其事，托名盧
　　實耳。

初除浙東，妻有沮色，因以四韻曉之

　　《唐·元稹傳》：罷宰相，出爲同州刺史。再期，徙浙東觀察使。
　　鈍吟云：何以選此詩？
嫁時五月歸巴地〔一〕，今日雙旌〔二〕上越州。興慶〔三〕首行千命婦，余在中
書日，妻以郡君朝太后於興慶宮，猥爲班首。會稽旁帶六諸侯〔四〕。海樓〔五〕翡翠閑相
逐，鏡水〔六〕鴛鴦暖共遊。我有主恩羞未報，君於此外更何求。

〔一〕歸巴地　《紀事》：稹先妻京兆韋氏，名蕙叢。後娶河東裴氏，字柔之。歸巴
　　地，當是參軍江陵時所娶，蓋裴氏也。江陵有巴東縣，縣有巴山，故曰巴地。
〔二〕雙旌　《唐·百官志》：節度使初授，具兵仗，詣兵部辭見，觀察使亦如之。
　　辭日，賜雙旌雙節。行則建節，樹六纛。
〔三〕興慶　《唐·地理志》：興慶宮在皇城東南，距京城之東，開元初置，至十四
　　年又增廣之，謂之南内。
〔四〕六諸侯　《後漢書》：左雄曰："今之墨綬，猶古之諸侯。"注：墨綬，謂令
　　長，即古子男之國也。按《唐·地理志》會稽郡會稽縣，縣旁有六縣，故曰六
　　諸侯，曰山陰，曰諸暨，曰餘姚，曰剡，曰蕭山，曰上虞。
〔五〕海樓　胡燮亭曰：越濱海，故曰海樓。李詩："玉樓巢翡翠。""海樓"句

本此。

〔六〕鏡水　《寰宇記》：鏡湖在會稽、山陰兩縣界。按《輿地志》云：山陰南湖，縈帶郊郭，白水翠巖，互相映發，若圖畫。故逸少云："山陰路上行，如在鏡中游。"

會真詩三十韻

鈍吟云：元相有古今艷體一集，本集不載。

微月透簾櫳，螢光度碧空。遥天初縹緲，低樹漸葱蘢。龍吹〔一〕過庭竹，鸞歌〔二〕拂井桐。羅綃垂薄霧，環珮響輕風。絳節〔三〕隨金母〔四〕，雲心〔五〕捧玉童〔六〕。更深人悄悄，晨會雨濛濛。珠瑩光文履〔七〕，花明隱繡籠。寶釵行彩鳳〔八〕，羅帔掩丹虹〔九〕。言自瑶華浦〔一〇〕，將朝碧帝宮〔一一〕。因遊李城北，偶向宋家東〔一二〕。《會真記》：紅捧崔而至，是夕旬有八日矣，斜月晶熒，幽輝半床，生飄飄然，且疑神仙之徒，不謂從人間至矣。戲調初微拒，柔情已暗通。低鬟蟬影〔一三〕動，迴步玉塵〔一四〕蒙。轉面流花雪，登床抱綺叢。鴛鴦交頸舞，翡翠合歡籠。眉黛羞偏聚，朱唇暖更融。氣清蘭蕊馥〔一五〕，膚潤玉肌豐〔一六〕。無力慵移腕，《會真記》：嬌羞慵冶，力不能運支體。多嬌愛欲躬。汗光珠點點，髮亂綠葱葱。方喜千年會，俄聞五夜〔一七〕窮。留連時有限，繾綣意難終。慢臉含愁態，芳詞誓素衷。贈環〔一八〕明運合，留結〔一九〕表心同。啼粉留清鏡，殘燈遶暗蟲。華光猶冉冉，旭日漸曈曈。警乘〔二〇〕還歸洛，《會真記》：寺鐘鳴，天將曉，紅娘促去。崔氏嬌啼婉轉，紅娘捧之而去。吹簫亦止默云：止，原作"上"。嵩〔二一〕。衣香猶染麝，枕膩尚殘紅。《會真記》：及明，覩粧在臂，香在衣，淚光熒熒然猶瑩於枕席而已。羃羃〔二二〕臨塘草，飄飄思緒默云：緒，原作"渚"。蓬。素琴鳴怨鶴〔二三〕，清漢望歸鴻。海闊誠難度，天高不易冲。行雲無處所〔二四〕，簫史〔二五〕在樓中。

〔一〕龍吹　《長笛賦》：龍吟水中不見已，伐竹吹之聲相似。

〔二〕鸞歌　《山海經》：南海中有軒轅之丘，鸞自歌，鳳自舞。

〔三〕絳節　《漢武內傳》：王母至，乘紫雲之輦，駕九色斑麟。別有天僊，側近鸞輿，執彩旄之節。薛逢詩："絳節至今還入夢。"

〔四〕金母　桓驎《西王母傳》：西王母者，九靈太妙龜山金母也，一號太虛九光龜臺金母元君，乃西華之至妙，洞陰之極尊。戴華勝，佩虎章，左侍仙女，右侍羽童。

〔五〕雲心　《禮疏》：“日照雨滴則虹生。”蓋雲心漏日，日脚射雲，則虹特明耀
　　異常。

〔六〕玉童　《西王母傳》：漢初有小兒，於路中歌曰：“著青裙，入天門，揖金門，
　　拜木公。”張子房拜之，曰：“此東王公之玉童也。”

〔七〕珠履　《瑯環記》：《姚鸞尺牘》：馬嵬老嫗拾得太真襪以致富，其女名玉飛，
　　得雀頭履一隻，真珠餙口，以薄檀爲苴，僅三寸，玉飛奉爲至寶。北魏高允
　　《羅敷行》：“脚著花文履，耳穿明月珠。”

〔八〕彩鳳　李白詩：“仙人駕彩鳳。”今言鳳釵。

〔九〕丹虹　李嶠詩：“持節曳丹虹。”以喻紅帔。

〔一〇〕瑤華浦　按：崑崙山有瑤池、華池，瑤華浦或指二池。蓋此段以金母比雙
　　文也。

〔一一〕碧帝宮　帝，一作“玉”。《仙傳拾遺》：“東王公居東極大蘆中，有山焉，
　　以青玉爲室，深廣數里。九靈金母一歲再遊其宮，共校定男女真仙階品功行，
　　以昇降之。”

〔一二〕李城北宋家東　《史記·平原君傳》：“李同戰死，封其父爲李侯。”徐廣
　　曰：河内城皋有李城，宋玉《登徒子好色賦》：“玉曰：天下之佳人，莫若楚
　　國。楚國之麗者，莫若臣里。臣里之美者，莫若臣東家之子。”梁簡文帝《名
　　士悅傾城》詩：“雖居李城北，住在宋家東。”

〔一三〕蟬影　見第一卷“蟬鬢”注。

〔一四〕玉塵　《玄怪録》：巴邛人家園有兩大橘，剖開，每橘有二叟，相對象戲。
　　一叟曰：“君輸我瀛州玉塵九斛，後日於青城草堂還我耳。”

〔一五〕蘭馥　馥，香也。詳第二卷“幽蘭”注。

〔一六〕肌豐　《趙飛燕外傳》：帝擁飛燕，三夕不能接，曰：“豐若有餘，柔若無
　　骨，遷延謙畏，若遠若近，禮義人也。”

〔一七〕五夜　見第三卷“子夜歌”注。

〔一八〕贈環　《郭翰傳》：織女以七寶枕一枚留贈，翰答以玉環一雙。

〔一九〕留結　《趙后外傳》：婕妤上二十六物，有五色同心大結一盤。

〔二〇〕警乘　《洛神賦》：騰文魚以警乘，鳴玉鸞以偕逝。

〔二一〕止嵩　《列仙傳》：王子喬好吹笙，作鳳鳴。遊伊洛之間，道士浮丘公接以
　　上嵩高山。

〔二二〕羃羃　賈至詩：江南春草初羃羃。

〔二三〕怨鶴　《別鶴操》曰：“將乖比翼隔天端，山川幽遠路漫漫，攬衣不寐食忘
　　餐。”後人因爲樂章。

〔二四〕無處所　《高唐賦》：風止雨霽，雲無處所。

〔二五〕簫史　見第四卷。

鄭　谷十一首

《全唐詩話》：谷字若愚，袁州人，故永州刺史之子。幼年，司空圖見而奇之，曰："曾吟得丈丈詩否？"曰："吟得。莫有病否？"曰："丈丈《曲江晚望》斷篇云：'村南斜日閒回首，一對鴛鴦落渡頭。'即深意矣。"司空嘆息撫背曰："當爲一代風騷主。"乾寧中，爲都官郎中，卒於家。

登杭州城

《唐・地理志》：杭州餘杭郡，屬江南道。

故國江天外，登臨返照間。潮來無別浦，木落見他山。沙鳥晴飛遠，漁人夜唱閑。歲窮歸未得，心逐片帆還。

曲江春草

何義門云：草盛水深，皆刺小人得志。

花落江堤簇暖煙，雨餘草色遠相連。香輪莫碾〔一〕青青破，留與愁人一醉眠。

〔一〕碾　與"輾"同，所以轢物器也。

此因不第而作也。

何義門云：得意者看花去矣，我欲醉眠芳草，情緒可閔。

十日菊

十日，九月十日，謂菊已過重陽節，比人之過時也。

何義門云：言輕薄侮易老成，智不如微蟲也。

節去蜂愁蝶不知，曉庭還遶折殘枝。自緣今日人心別，未必秋香一夜衰。

淮上漁者

白頭波上白頭翁，家逐船移浦浦風。一尺鱸魚[一]新釣得，兒孫吹火荻花中。

〔一〕鱸魚　《談苑》：松江鱸魚，長橋南所出者四腮，天生鱠材也。味美肉緊，切之終日色不變。橋北近崑山，大江入海，所出者三腮，味帶鹹，肉稍慢，不及松江所出也。

弔故禮部韋員外序

《唐六典》：禮部員外郎中一人，從六品上。

臘雪初晴共舉盃，便期攜手上春臺[一]。高情唯怕酒不滿，長慟可悲花正開。曉奠鷙啼殘漏在，風幃燕覓舊巢來。杜陵[二]芳草年年綠，醉魄吟魂無復廻。

〔一〕春臺　見第四卷。

〔二〕杜陵　《三輔黃圖》：宣帝杜陵，在長安城南。帝在民間時，好遊鄠、杜間，故葬此。

席上貽歌者

花月樓臺近九衢[一]，清歌一曲倒金壺。座中亦有江南客，莫向春風唱鷓鴣[二]。

〔一〕衢　《爾雅》：四達謂之衢。

〔二〕鷓鴣　《禽經》：鷓鴣，晉安曰懷南。《異物記》：鷓鴣，其志懷南，不北徂。南人聞之，則思家，故云爾。餘見第三卷。

淮上與友人別

揚子江頭楊柳春，楊花愁殺渡江人。數聲風笛離亭[一]晚，君向瀟湘我向秦。

〔一〕離亭　《越絕書》："明日，使待於離亭。"《述異記》："灌、沘之間離別亭，古送別處。”

雪中偶題

默庵云：宛然是題。

亂飄僧舍茶煙濕，密灑歌樓酒力微。江上晚來堪畫處，漁人披得一蓑歸。

《唐詩紀事》：谷《詠雪》詩，有段贊善者善畫，因採其詩意，寫之成圖，曲盡瀟灑之意，持以贈谷。谷爲詩寄謝云：“愛余風雪句，幽絶寫漁簑。”

鷓　鴣

何義門云：守愚遊舉場十六年，此題正是下第南遊人語也。青草浪高，況復雨餘添新漲，如何可過。三、四正畫出“行不得也”。結句一意，作兩層寫耳。

暖戲平蕪錦翼齊，品流應得近山雞〔一〕。雨昏青草湖〔二〕邊過，花落黃陵廟〔三〕裏啼。遊子乍聞征袖濕，歌人纔唱翠眉低。相呼相喚〔四〕湘江浦，苦竹〔五〕叢深春日西。

〔一〕山雞　《禽經》：雉首有采毛曰山雞。

〔二〕青草湖　見第一卷、第四卷。

〔三〕黃陵廟　《水經注》：湖水西流，逕二妃廟南，世謂之黃陵廟。言大舜之陟方也，二妃從征，溺於湘江，神遊洞庭之淵，出入瀟湘之浦，故民立祠於水側焉。荊州牧劉表刊石立碑，樹之於廟，以旌不朽。

〔四〕相呼相喚①　《異識資諧》云：李太白詩云：“客有桂陽至，能吟山鷓鴣。清風動窗竹，越鳥起相呼。”鄭谷亦有“佳人纔唱翠眉低”，而繼之以相呼相應湘江浦，則知鷓鴣曲效鷓鴣之聲，而鳥聞即相呼矣。吳興鄭侯升和言：“鄭谷《鷓鴣》詩，既曰‘相呼’，又曰‘相喚’，既曰‘青草湖邊’‘黃陵廟裏’，又曰‘湘江曲’，亦欠變矣。”及觀本載此詩云“相呼相應湘江闊”，語既無病，更清曠。

〔五〕苦竹　《竹譜》：苦竹有白有紫，而味苦。

---

①　此注原在“苦竹”條後，今依原詩移此。

京師冬暮詠懷

　　覓句干名衹自勞，苦吟殊未補風騷。煙開水國^{〔一〕}花期近，雪滿長安酒價高^{〔二〕}。舊業已荒青藹^{〔三〕}逕，<small>默云：詠懷。</small>寒江空憶白雲濤。不知春到情何限，惟恐流年損鬢毛。

〔一〕水國　谷，江西袁州人，故思水國。

〔二〕酒價高　《南史·元帝紀》：長安酒食，於此價高。

〔三〕藹　《韻會》：藹，草叢雜貌。

趙璘郎中席上賦得蝴蝶

　　　　《太平廣記》：趙璘儀質瑣陋，成名後爲婿，薛能爲儐相，乃爲詩嘲謔，有
　　　　云"火爐床上平身立，便與夫人作鏡臺"。

　　尋艷復尋香，似閑還似忙。暖煙沉蕙徑，微雨宿花房。書幌輕隨夢^{〔一〕}，歌樓悮採粧^{〔二〕}。王孫深屬意，繡入舞衣裳。

〔一〕隨夢　用莊生夢爲蝴蝶事。

〔二〕採粧　《開元遺事》：都中名妓楚蓮香，國色無雙，時貴門子弟争詣之。蓮香
　　　　每出處之間，則蜂蝶相隨，蓋慕其香也。

秦韜玉<small>八首</small>

　　　　《全唐詩話》：韜玉字仲明，京兆人，出入田令孜之門。僖宗幸蜀，韜玉
　　　　以工部侍郎爲令孜神策判官。

長安書懷

　　涼風吹雨滴寒更，鄉思欺人撥不平。長有歸心懸馬首^{〔一〕}，可堪無寐枕蛩聲^{〔二〕}。嵐^{〔三〕}收楚岫和空碧，秋染湘江到底清。早晚身閑着蓑去，橘香深處釣船横。

〔一〕馬首　《左傳》：荀偃曰："惟余馬首是瞻。"

〔二〕枕蛩聲　《天寶遺事》：每至秋時，妃妾輩捉蟋蟀，闢於金籠中，置之枕函，

夜聽其聲，庶民之家皆效之。《爾雅》：“蟋蟀，蛬也。”蛬、蛩通。

〔三〕嵐　《韻會小補》：嵐，山氣也。

春　雪

鈍吟云：末句感慨。

雲重寒空思寂寥，玉塵〔一〕如糝〔二〕滿春朝。默云：春雪。片才著地輕輕陷，春雪。力不經風旋旋消。惹砌任他蝴蝶妬，春雪。縈叢自學小梅嬌。誰家醉卷朱簾看，雪。絃管堂深暖易調。春。

〔一〕玉塵　何遜《雪》詩：若逐微風起，誰言非玉塵。

〔二〕糝　《正字通》：糝，三上聲，米屑爲糝。

對　花

長共韶光暗有期，可憐蜂蝶却先知。誰家促席臨低樹，何處橫釵戴小枝。麗日多情疑曲照，和風得路合偏吹。向人雖道渾無語，幾勸王孫到醉時。

貧　女

蓬門未識綺羅香，擬托良媒益自傷。誰愛風流高格調，共憐時世儉梳粧〔一〕。敢將十指誇偏巧，不把雙眉鬪畫長。最恨年年壓金線〔二〕，爲他人作嫁衣裳。

〔一〕儉梳粧　《唐書·車服志》：禁高髻，儉粧，去眉開額。

〔二〕壓金線　白樂天詩：“裙腰銀線壓。”

鸚　鵡

每聞別雁競悲鳴，却向金籠〔一〕寄此生。盍是翠衿爭愛惜，可堪紅嘴〔二〕強分明。雲漫隴樹魂應斷，歌按秦樓〔三〕夢不成。幸是禰衡人不識①，

---

① 是、不：《四部叢刊》本、垂雲堂本作“自”“未”。

賺他爲賦〔四〕被時輕。

〔一〕金籠　唐武后畜白鸚鵡，名雪衣，性靈慧，能誦《心經》。后愛之，貯以金絲
　　籠，不離左右。見《堅瓠集》。
〔二〕翠衿紅嘴　禰衡《鸚鵡賦》：紺趾丹觜，綠衣翠衿。
〔三〕秦樓　李白詞：有秦樓月。
〔四〕鸚鵡賦　見第一卷。

織錦婦

桃花日日覓新奇，有鏡何曾及畫眉。祗恐輕梭難作疋，豈辭纖手遍生
胝。合蟬〔一〕巧間雙盤帶，聯雁〔二〕斜銜小折枝。豪貴大堆酬曲徹〔三〕，豈知
辛苦一絲絲。

〔一〕合蟬　《乾淳歲時記》：元夕節物，婦人皆帶珠翠、鬧蛾、玉梅、雪柳、菩提
　　葉、燈毬、銷金、合蟬、貂袖。詩中"合蟬"，乃言錦也。
〔二〕聯雁　陳後主詩："調弦繫爪雁相聯。"《蜀錦記》有雲雁錦。
〔三〕曲徹　胡燮亭云：樂之卒章曰徹章，今詩言歌終而賜錦。

獨坐吟

客愁不盡本如水，草色含情更無已。又覺春愁似草生，何人種在情
田〔一〕裏？

〔一〕情田　《禮運》：人情以爲田。

詠　手

一雙十指玉纖纖，不是風流物不拈。鸞鏡〔一〕巧梳勻翠黛，畫樓閑望
擘珠簾。金盃有喜輕輕點，默云：梁人詩云"酒中挑喜子"，意是酒面浮溢也。此云"金
盃有喜"，應同此意。今《玉臺新詠》"桃喜子"誤作"喜桃子"，愈不可解矣。銀鴨〔二〕無香
旋旋添。因把剪刀嫌道冷，泥〔三〕人呵了弄人髯。

〔一〕鸞鏡　見第二卷。
〔二〕銀鴨　李賀詩：深幃金鴨冷。
〔三〕泥　《秋林伐山》：俗謂柔言索物曰泥，乃計切，諺所謂軟纏也。

紀唐夫一首

贈溫庭筠

《唐詩紀事》：開成中，執政惡溫庭筠亂場屋，黜隨州縣尉，唐夫送以詩。

何事明時泣玉〔一〕頻，長安不見杏垣春。鳳凰詔〔二〕下雖霑命，鸚鵡才〔三〕高却累身。且盡綠醽〔四〕銷積恨，莫辭黃綬〔五〕拂行塵。方城若比長沙〔六〕路，猶隔千山與萬津。

〔一〕泣玉　見第一卷"荆山哭"注。

〔二〕鳳凰詔　《鄴中記》：石虎詔書，以五色紙著鳳雛口中。

〔三〕鸚鵡才　禰衡作賦事，見第一卷。

〔四〕綠醽　《湘中記》：衡陽縣東二十里，有酃湖，周二十里，深八尺，湛然綠色。土人取以釀酒，其味醇美。

〔五〕黃綬　《漢書·百官公卿表》："秩比二百石以上，皆銅印黃綬。"按：二百石爲尉。庭筠是時方謫方城尉，故云。

〔六〕長沙　《史記》：漢賈生爲長沙王太傅。

雍　陶一首

《全唐詩話》：陶字國鈞，大中八年，自國子毛詩博士出刺簡州。

鷺　鷥

《爾雅》"鷺春鉏"，郭注："白鷺也。頭翅背上皆有長翰毛，江東人取以爲睫攡，名之曰白鷺纕。"又《詩》"鷺羽"，鄭注云："亦曰鷺鷥。"

雙鷺應憐水滿池，風飄不動頂絲〔一〕垂。立當青草人先見，行傍白蓮魚未知。一足獨拳寒雨裏，數聲相叫蚤秋時。林塘得汝須增價，況與詩人物色宜。

〔一〕頂絲　《埤雅》：鷺涉淺水，好自低昂，狀似舂似鋤，故名。色潔白，頂上有毛，毿毿然，長尺餘，如絲。欲取魚，則弭之。《禽經》云："鷺啄則絲偃，鷹捕則角弭，藏殺機也。"

劉禹錫<small>十二首</small>

鈍云：再見。

鈍吟云：不甚取夢得^①。

自朗州至京戲贈看花諸君子

《本事詩》：劉尚書自屯田員外左遷朗州司馬，凡十年，始徵還。作《看花諸君子》詩，嫉者誣其怨憤，出爲連州刺史。

紫陌紅塵拂面來，無人不道看花回。玄都觀^{〔一〕}裏桃千樹，盡是劉郎去後栽。鈍云：托喻亦傷刻薄^②。

〔一〕玄都觀　《雍録》：玄都觀在朱雀街西之第一街，街之自北向南之第五坊也。

再遊玄都觀

自序云：貞元二十一年春，余爲屯田員外，時此觀未有花。貶朗州司馬，十年詔至京，人人言道士手植仙桃，滿觀盛如紅霞，遂有前篇，以紀一時之事。旋又出牧，於今十四年，始爲主客郎中。重遊玄都，蕩然無復一樹，惟兔葵燕麥搖動春風耳。因再題二十八字，以俟後再遊。時太和二年三月也。

百畝中庭半是苔，桃花淨盡菜花開。種桃道士歸何處，前度劉郎今復來。

聽舊宮人穆氏唱歌

曾隨織女渡天河，記得雲間第一歌。休唱正元^{〔一〕}供奉曲，當朝時士已無多。

〔一〕正元　丁靜山云：貞元，唐德宗年號，宋避仁宗諱禎，改稱正元。

---

① "夢得"下，紀昀評：夢得詩風骨頗高，與此書體例不合故也。

② "刻薄"下，紀昀評：此首不過感慨之詞，再遊則有傷忠厚，亦自露淺衷，殊乖詩品。

楊柳枝詞三首

花萼樓〔一〕前初種時，美人樓上鬬腰支。如今抛擲長街裏，露葉〔二〕如啼欲向誰。

〔一〕花萼樓　見第一卷“花樓”注。

〔二〕露葉　劉子緦《新論》：秋葉泫露如泣。

煬帝行宫〔一〕汴水〔二〕濱，數枝殘柳不勝春。晚來風起花如雪，飛入宫牆不見人。

〔一〕行宫　《大業雜記》：大業元年，發淮南諸州郡兵夫十餘萬，開邗溝，自山陽淮至於揚子江三百餘里，水面闊四十步，造龍舟。兩岸爲大道，種榆柳，自東都至江都二千餘里，樹蔭相交，每兩驛置一宫，爲停頓之所。自京師至江都，離宫四十餘所。《吴都賦》“行宫之基”注：“天子行所立，名曰行宫。”

〔二〕汴水　《開河記》：帝以河水經於卞，乃賜“卞”字加水。又麻叔謀開汴梁盈灌口，功既畢，上言於帝，决下口，注水入汴梁。

城外春風吹酒旗，行人揮袂日西時。長安陌上無窮樹，惟有垂楊管别離。

竹枝詞三首①

原序：余來建平，里中兒聯歌《竹枝》，吹短笛，擊鼓以赴節，歌者揚袂睢舞，以曲多爲賢。聆其音，中黄鐘之羽，卒章激越如吴聲。雖傖儜不可分，而含思宛轉，有淇、濮之艷。昔屈原居沅、湘間，其民迎神，詞多鄙陋，乃爲作《九歌》。故余亦作《竹枝詞》九篇，俾善歌者颺之，附於末。後之聆巴歈，知變風之自焉。

今集於九章中選二首，而另選一首附焉。

城西門前灔澦堆〔一〕，年年波浪不曾摧。懊惱人心不如石，少時東去復西來。

---

① 紀昀注：竹枝體與他詩小别，以不質不文，似謠似諺，天籟自鳴者爲佳。此調夢得所開，後人擬之，終不近。　大抵多從樂府《子夜》《讀曲》等脱出。

〔一〕灩澦堆　《入蜀記》：晚至瞿唐關，故夔州與白帝城相連，關西門正對灩澦
堆，堆碎石積成，出水數十丈。土人云，方夏秋水漲時，水又高於堆數十丈。

瞿塘〔一〕嘈嘈十二灘〔二〕，此中道路古來難。長恨人心不如水，等閒平
地起波瀾。

〔一〕瞿塘　《寰宇記》：瞿塘峽在夔州東一里，古西陵峽也。連崖千仞，奔流電
激，舟人爲之恐懼。《方輿勝覽》：瞿塘峽乃三峽之門，兩崖對峙，中貫長江，
望之如門。

〔二〕十二灘　按《入蜀記》《吳船録》歷叙峽中名灘，有無義灘、鹿角灘、史君
灘、達洞灘、東灊灘、新灘、虎頭灘、叱灘、業灘、黑石灘、東奔灘、白狗
灘，共十二灘。

楊柳青青江水平，聞郎江上唱歌聲。東邊日出西邊雨，道是無晴還有
晴〔一〕①。

〔一〕晴　詩意以“晴”字隱“情”字。

寄樂天②

莫嗟華髮與無兒，却是人生久遠期。雪裏高山頭白蚤，海中仙果子生
遲。于公必有高門慶〔一〕，默云：兩“高”字有自高、使之高之別。當時若不自注，後人
亦不曉。謝守何煩曉鏡悲〔二〕。幸免如新〔三〕分非淺，祝君長詠夢熊〔四〕詩。

〔一〕高門慶　《漢·于定國傳》：父于公，其閭門壞，父老方共治之。于公謂曰：
“少高大閭門，令容駟馬高車，蓋我治獄多陰德，子孫必有興者。”

〔二〕曉鏡悲　謝朓詩：“清鏡悲曉髮。”朓爲宣城太守，故稱“謝守”。

〔三〕如新　鄒陽獄中上書自明語曰“白頭如新”，《漢書音義》曰：“或初不相識相
知，至白頭不相知。”

〔四〕夢熊　《詩》：吉夢維何，維熊維羆，維虺維蛇，大人占之。維熊維羆，男子
之祥。維虺維蛇，女子之祥。

---

① “道是無晴還有晴”下，紀昀評：借晴爲情，《讀曲歌》體也。
② 《劉夢得文集》外集卷一題作《蘇州白舍人寄新詩有歎早白無兒之句因以贈之》。

鸚　鵡①

隴西鸚鵡到江東，養得經年嘴漸紅。常恐思歸先翦翅，每因餧食暫開籠。人憐巧語情雖重，鳥憶高飛意不同。全似貴門歌舞妓，_{默云：應。}深藏牢閉在房中。

和樂天送鶴

昨日看成送鶴詩，高雲提出白雲司〔一〕。朱門乍入應迷路，玉樹〔二〕容棲莫揀枝。雙舞庭中花落處，數聲池上月明時。三山〔三〕碧海〔四〕未歸去，且向人間呈羽儀。

〔一〕白雲司　《漢·百官公卿表》注：應劭曰："黃帝受命有雲瑞，故以雲紀官，春官爲青雲，夏官爲縉雲，秋官爲白雲，冬官爲黑雲，中官爲黃雲。"胡燮亭云：是樂天以刑部侍郎分司，而加刑部尚書致仕時耳。

〔二〕玉樹　《漢武故事》：上起神屋，前庭植玉樹，珊瑚爲枝，碧玉爲葉。又《三輔黃圖》：甘泉宮北有槐樹，今謂玉樹。

〔三〕三山　《史記》：蓬萊、方丈、瀛洲，此三山在渤海中，諸仙人不死藥皆在焉，其禽獸盡白。

〔四〕碧海　見第四卷。

白居易 _{八首}

鈍云：再見。

鈍吟云：此又選小律詩，却甚略。

送鶴上裴相公②

裴相公，詳第九卷注。

---

① 此爲白居易詩，見《白氏長慶集》卷五四。傅璇琮《唐人選唐詩新編》："此係誤抄《又玄集》所致。"

② 《白氏長慶集》卷五六題作《送鶴與裴相臨別贈詩》。

司空憐爾爾須知，不信聽吟乞鶴詩。羽翼勢高寧惜別，稻粱[一]恩厚莫愁飢。夜棲少共雞爭樹[二]，曉浴先饒鳳占池[三]。穩上青雲莫廻顧，的應勝在白家時。

[一]稻粱　《西京雜記》：路喬如《鶴賦》：飲清流而不舉，食稻粱而不安。

[二]雞樹　陸士衡詩：雞鳴高樹巔。

[三]鳳池　李白詩：爭池奪鳳凰。

王昭君

《後漢書·南匈奴傳》：昭君字嬙，南郡人也。初，元帝時以良家選入掖庭，時呼韓邪來朝，帝敕以宮女五人賜之。昭君入宮數歲，不得見御，積悲怨，乃求行。呼韓邪臨辭大會，帝召五女示之。昭君豐容靚餙，光明漢宮，顧景裴回，竦動左右。帝見大驚，意欲留之，而難於失信，遂與匈奴。

鈍吟云：終是小兒語。

漢使却回憑寄語，黃門何日贖蛾眉①。君王若問妾顏色，莫道不如宮裏時。

邯鄲至除夜思家

《唐·地理志》：河北道惠州有邯鄲縣。

《老學庵筆記》：唐人冬至前一日，亦謂之除夜。

邯鄲驛裏逢冬至，抱膝燈前影伴身。想得家中深夜坐，還應說著遠行人②。

題王侍御池亭

朱門深鎖春池滿，岸落薔薇水浸莎。畢竟林塘誰是主，主人來少客來多。

---

① 門：《四部叢刊》本、垂雲堂本作“金”。

② 紀昀評：格自未高，然善以文言道俗情。　亦是對面寫法。

藍橋驛見元九詩

《廣輿記》：藍橋在藍田縣，即裴航得玉杵臼，娶雲英，尾生期女子，抱柱而死之處。

藍橋春雪君歸日，秦嶺〔一〕秋風我去時。每去驛亭先下馬，循牆繞柱覓君詩。

〔一〕秦嶺　《一統志》：秦嶺在藍田縣界。唐韓愈所謂“雲橫秦嶺家何在”，即此。

聞龜兒詠詩

龜兒，樂天之姪。《長慶集》有《見小姪龜兒詠燈》詩。

憐渠已解詠詩章，搖膝支頤學二郎。莫學二郎吟太苦，纔年四十鬢如霜。

同李十一解元憶元九①

李十一，見第一卷，即李建。《本事詩》：元相稹爲御史，鞫獄梓潼。時白尚書在京，與名輩遊慈恩，小酌花下，爲詩寄元公云云。元果及褒城，亦寄《夢遊》詩曰：“夢君兄弟曲江頭，也向慈恩院裏遊。驛吏喚人排馬去，忽驚身在古梁州。”千里神交，合若符契。

花時同醉破春愁，醉折花枝當酒籌。忽憶故人天際去，計程今日到梁州〔一〕②。

〔一〕梁州　《唐·地理志》：劍南道，古梁州之域。

憶晦叔

《唐詩紀事》：崔元亮字晦叔，大和中，爲諫議大夫，名重朝廷。頃之，移疾東都，召爲虢州刺史，卒。又元亮與微之、樂天皆貞元初同年生也。

———————

① 《白氏長慶集》卷一四題作《同李十一醉憶元九》。《删正二馮評閱才調集》卷上紀昀注：“集作《同李十一醉憶元九》，‘解’字蓋‘醉’字之訛，又衍一‘元’字。

② “計程今日到梁州”下，紀昀評：住得恰好。

遊山弄水攜詩卷，看月尋花把酒[一]盃。六事盡思君作伴，幾時歸到洛陽[二]來。本集詩自注："晦叔亭臺在依仁。"按：洛陽有依仁里，時白公分司東都，故望其早歸來也。

〔一〕攜詩把酒　《唐詩紀事》：元亮《在湖州寄三癖》詩："劉夢得言，癖在詩與琴酒。"夢得和之曰："視事畫屏中，自稱三癖翁。"其性情風流可知。

〔二〕洛陽　《廣輿記》：河南府洛陽縣，古周南地。

武元衡二首①

郝天挺注：字伯蒼，河南人。建中四年進士，元和三年，以門下侍郎、平章事爲劍南西川節度使，封臨淮郡公。秉政早朝，遇盜從暗中射殺之。有《臨淮集》傳世。

荆　帥

《唐詩紀事》題作《酬嚴司空荆南見寄》。

《舊唐書》：嚴綬，蜀人。大曆中登進士第。楊惠琳叛於夏州，劉闢叛於成都，綬表請出師討伐。綬悉精甲，付牙將李光顏兄弟，光顏累立戰功。蜀、夏平，加綬檢校尚書左僕射，尋拜司空，進階金紫，封扶風郡公。四年，入拜尚書右僕射，尋出鎮荆南，進封鄭國公。有漵州蠻首叛，綬盡招降之，拜太子少保，尋校檢司空。久之，進位太傅。

金貂[一]再入三公[二]府，玉帳[三]連封萬户侯。簾捲青山巫峽[四]曉，雲凝碧岫渚宮[五]秋。劉琨坐嘯[六]風生浦，謝朓裁詩月滿樓[七]。白雪[八]調高歌不得，美人南國翠蛾愁。

〔一〕金貂　《唐六典》注：董巴《輿服志》：侍中冠曰惠文冠，加金璫，附蟬爲文，貂尾爲餙。侍郎則左貂，常侍則右貂。金取堅剛，百鍊不耗，蟬取居高飲清，貂取内勁悍，外温潤。

〔二〕三公　《唐六典》：太尉一人，正一品；司徒一人，正一品；司空一人，正一品。三公，論道之官。

〔三〕玉帳　《雲谷雜記》：按袁卓《遁甲專征賦》"或倚直使之遊宫，或居貴神之玉帳"，蓋玉帳乃兵家厭勝之方位，主將於其方置軍帳，則堅不可犯，如玉帳

---

① 二首：原脱，據《四部叢刊》本、垂雲堂本、光緒本補。

〔四〕**巫峽**　見第二卷。

〔五〕**渚宮**　《郡縣志》：渚宮，楚別宮也。《一統志》：在江陵故城東南，梁元帝"即位渚宮"，即此。

〔六〕**劉琨嘯**　《晋·劉琨傳》：字越石，在晋陽，爲胡騎所圍數重，琨乃乘月登樓清嘯，賊聞之，凄然長嘆。中夜奏胡笳，賊又歔欷懷土。向曉復吹之，賊並棄圍而走。

〔七〕**謝朓樓**　李白有《秋登宣城謝朓北樓》詩。《一統志》：北樓在寧國府治北，南齊守謝朓建。

〔八〕**白雪**　宋玉《對楚王問》：客有歌於郢中者，其始曰《下里》《巴人》，和者數千人；其爲《陽阿》《薤露》，和者數百人；其爲《陽春》《白雪》，和者不過數十人。是其曲彌高，其和彌寡。

送張諫議赴闕

《唐·百官志》：左諫議大夫四人，正四品以下，掌諫議得失，侍從贊相。

詔書前日下丹霄〔一〕，頭帶儒冠脱皂貂。笛怨柳營〔二〕煙漠漠，雲愁江館雨瀟瀟。鴛鴻得路爭先翥，松栢凌霜貴後凋。歸去朝端如有問，玉關門外老班超〔三〕。

〔一〕**丹霄**　見三卷"九霄"注。

〔二〕**柳營**　借用細柳營。

〔三〕**老班超**　《後漢·班超傳》：超自以久在絶域，年老思土，上疏曰："臣不敢望到酒泉郡，但願生入玉門關。"注："玉門關在敦煌郡。"

才調集補注卷六

古律雜歌詩一百首

鈍吟云：此書多以一家壓卷。此卷太白後，又有李玉溪，此有微意，讀者參之①。

李 白二十八首

《唐書·李白傳》：字太白。十歲能通詩書，既長，隱岷山。天寶初，入會稽，與吳筠善，筠被召，故白亦至長安。賀知章見其文，嘆曰："子謫仙人也。"言于玄宗，召見金鑾殿，論當世事，奏頌一篇。帝賜食，親爲調羹，有詔供奉翰林。帝坐沉香亭，意有所感，欲得白樂章。召入，而白已醉，左右以水類面，稍解，援筆成文，婉麗精切。帝愛其才，數宴見。白嘗使力士脫靴，力士恥之，摘其詩以激楊貴妃。帝欲官白，妃輒沮止，白自知不容，懇求還山，帝賜金放還。永王璘辟爲府僚佐，璘敗，長流夜郎。會赦，還尋陽。代宗立，以左拾遺召，而白已卒，年六十餘。

鈍吟云：序言李、杜、元、白，今選太白，不選子美，杜不可選也②。選李亦只就此書體裁而已，非以去取爲工拙也③。

長干行二首④

《六朝事迹》：長干是秣陵縣東里巷名。江東謂山隴之間曰干。建康南五里有山岡，其間平地，庶民雜居，有大長干、小長干、東長干，並是地名。

---

① "讀者參之"下，紀昀評：此似有意，然以太白居第六，又是何意？
② "不可選也"下，紀昀評：杜亦非不可選，但與此書門徑不合耳。此語未免聽聲之見。
③ "工拙也"下，紀昀評：諸家皆然，不獨太白如此論，方是平心。
④ 長干行二首：《分類補注李太白詩》卷四：士贇曰："宋山谷先生黃魯直云：太白集中《長干行》二篇，'妾髮初覆額'，真太白作也，'憶妾深閨裏'，李益尚書作也，所謂'癡如尚書李十郎'者也。詞意亦清麗可喜，亂之太白詩中，亦不甚遠。大儒曾子固刊定，亦不能別也。太白豪放，人中鳳凰麒麟，譬如生富貴人，雖醉着瞑暗噴嚏中，作無義語，終不作寒乞聲耳。今太白詩中謬入他人作者，略有十之二三，欲刪正者，當用吾言考之。"

《樂府遺聲》都邑三十四曲，有《長干行》。

默庵云：此等詩，俱元氣所陶冶，未可以大曆後詩法論之。

胡震亨云：長干在金陵，賈客所聚。篇中長風沙，在池陽，金陵上流地也。清商，吳聲，《長干曲》乃男女弄潮往來之詞，而此詠賈人婦望夫情，其源自出清商西曲，與吳聲《長干曲》不同。

鈍吟云：句句有本①。

妾髮初覆額，折花門前劇〔一〕。郎騎竹馬〔二〕來，遶牀弄青梅。同居長干里，兩小無嫌猜。十四爲君婦，羞顏未嘗開。低頭向暗壁，千喚不一廻。十五始展眉，願同塵與灰。常存抱柱信〔三〕，豈上望夫臺〔四〕。十六君遠行，瞿唐灧澦堆〔五〕。五月不可觸〔六〕，猿聲天上哀。門前遲—作"舊"。行跡，一一生綠苔。苔深不能掃②，落葉秋風蚤。八月蝴蝶來③，雙飛西園草。感此傷妾心，坐見—作"愁"。紅顏老④。蚤晚下三巴〔七〕，預將書報家。相迎不道遠，直至長風沙〔八〕。

〔一〕劇　《韻府羣玉》：劇，戲劇也。

〔二〕竹馬　《後漢•郭伋傳》：行部到西河美稷，有童兒數百，各騎竹馬，道次迎拜。

〔三〕抱柱信　《莊子》：尾生與女子期于梁下，女子不來，水至不去，抱梁柱而死。古詩："安得抱柱信。"

〔四〕望夫臺　在忠州南十里，見《圖經》。

〔五〕瞿唐灧澦堆　俱見第五卷。

〔六〕不可觸　《唐國史補》：蜀之三峽，四月、五月爲尤險，故曰："灧澦大如馬，瞿唐不可下。灧澦大如牛，瞿唐不可留。灧澦大如襆，瞿唐不可觸。"蓋以灧澦堆冬出二十餘丈，至夏而没，故以其所見之小，徵水勢之險。

〔七〕三巴　《華陽國志•巴志》：劉璋改永寧爲巴郡，以固陵爲巴東，徙龐羲爲巴西太守，是爲三巴。按：龐羲本爲巴郡太守。

〔八〕長風沙　《寰宇記》：長風沙在懷寧縣東一百九十里，置在江界，以防寇盗。

○《入蜀記》：自金陵至此七百里，而室家來迎其夫，甚言其遠也。

---

① "有本"下，紀昀評：此種詩又不如此論。

② 深：宋本注："一作'淚'。"

③ "來"字下，《删正二馮評閲才調集》卷下紀昀注：來，一作"黄"。"黄"字是，楊升庵有辯。

④ "紅顏老"下，紀昀評：興象之妙，不可言傳，此太白獨有千古處。其一切豪放之詞，猶可以客氣僞冒之。

憶妾—作"昔"。深閨裏，煙塵不曾識。嫁與長干人，沙頭⁽一⁾候風色。五月南風興，思君下巴陵⁽二⁾。八月西風起，想君發揚子⁽三⁾。去來悲如何，見少別離多。湘潭⁽四⁾幾日到，妾夢越風波。昨夜狂風度，吹折江梟樹①。森森暗無邊，行人在何處②？好乘浮雲驄⁽五⁾，佳期蘭渚東。鴛鴦綠蒲上，翡翠錦屏中。自憐十五餘，顏色桃李⁽六⁾紅③。那作商人婦，愁水復愁風④。

〔一〕**沙頭**　《方輿勝覽》：沙頭市去江陵十五里。又《丹鉛總錄》：水邊地可耕曰沙。

〔二〕**巴陵**　見第二卷。

〔三〕**揚子**　《九域志》：揚子縣，真州所治。

〔四〕**湘潭**　湘潭縣在潭州，見《寰宇記》。

〔五〕**浮雲驄**　《西京雜記》：文帝有良馬九匹，一名浮雲，一名赤電，一名絕羣，一名逸驃，一名紫燕騮，一名綠螭驄，一名龍子，一名麟駒，一名絕塵，號爲九逸。

〔六〕**桃李**　《南史》：南嶽鄧先生隱居衡山，神仙魏夫人來臨，從少嫗三十人，色艷桃李，質勝瓊瑤。

古風三首⑤

默庵云：此真《國風》。

泣與親友別⑥，欲語再三咽。勗君青松心⁽一⁾，努力保霜雪。世路多險

---

① 梟：宋本注："一作'頭'。"

② "行人在何處"下，紀昀評：此真太白語。

③ "桃李紅"下，紀昀注：李不可言紅，當從別本作"如花紅"。

④ "愁水復愁風"下，紀昀評：此首一作李益詩，然益他作不至此。

⑤ 紀昀評：錄第一首、第三首。　古風二卷，取此三首，不可解。

⑥ 《李太白詩集注》卷二：此詩古本，"昔我遊齊都"以下五韻作一首，"泣與親友別"以下四韻作一首，"在世復幾時"以下六韻作一首，蕭本合作一首，而解之曰："此遊仙詩意分三節，第一節謂從仙人以遠遊，第二節謂別親友而嗚咽，第三節是泣別之際，忽翻然自悟而笑曰：沉吟泣別者，爲誰故哉？在世幾時，不過爲名利煎熬耳。于己分上事，初何所益！於是決意遠遊，終當高舉，但留遺跡於人間，雖帝王求之且不可得，豈更復爲親友之戀哉！"琦按：中節語意，與上下全不相類，當棄世遠遊，何事猶作兒女子態，與親友泣別，至于欲語再三咽耶？韋縠《才調集》只選中四韻作一首，而前後不錄，是知古本似未失真，蕭本未免誤合。但首章語意似未完，或有缺文未可知。朱子謂太白詩多爲人所亂，有一篇分爲三篇者，有二篇合爲一篇者，豈指此章而言耶？

艱，白日欺紅顏。分手各千里，去去何時還。

〔一〕青松心　《禮器》：禮在人，如竹箭之有筠也，如松柏之有心也。二者居天下之大端矣，故貫四時而不改柯易葉。

秋露如白玉，團圓下庭綠〔一〕。我行忽見之，寒草悲歲促。人生鳥過目〔二〕，胡乃自結束。景公一何愚，牛山淚相續。物苦不知足，登隴又望蜀〔三〕。人心若波瀾，世路有屈曲。三萬六千日，夜夜當秉燭〔四〕。

〔一〕庭綠　見第二卷。

〔二〕鳥過目　張景陽詩：人生瀛海內，忽如鳥過目。

〔三〕登隴望蜀　《後漢·岑彭傳》：帝勅彭書：人苦不知足，既平隴，復望蜀。

〔四〕秉燭　古詩：晝短苦夜長，何不秉燭遊。

燕趙〔一〕有秀色，綺樓〔二〕青雲端〔三〕。眉目艷皎月，一笑傾城〔四〕歡。常恐碧草晚，坐泣秋風寒。纖手怨玉琴，清晨起長歎。焉得偶君子，共乘雙飛鸞①。

〔一〕燕趙　古詩：燕趙多佳人，美者顏如玉。

〔二〕綺樓　隋盧思道樂府：初月正如鈎，懸光入綺樓。

〔三〕雲端　古詩：美人青雲端。

〔四〕傾城　李延年歌：北方有佳人，絕世而獨立。一顧傾人城，再顧傾人國。寧不知傾城與傾國，佳人難再得。

長相思

古詩："客從遠方來，遺我一書札。上言長相思，下言久離別。"六朝人始以《長相思》命篇。

默庵云：廓古人而大之。

日色已盡花含煙，月明欲來愁不眠②。趙瑟〔一〕初停鳳凰柱〔二〕，蜀琴〔三〕欲奏鴛鴦絃〔四〕。此曲有意無人傳③，願隨春風寄燕然〔五〕。憶君迢迢

---

① "共乘雙飛鸞"下，紀昀評：此寓遇合之感，怨而不怒，思而不淫，視義山《無題》諸作，直是神思不同，不但面目有別。

② "不眠"下，紀昀評：開口有神。

③ "無人傳"下，紀昀評：節奏天成，不容湊泊。

隔青天，昔日橫波目〔六〕，今爲流淚泉。不信妾腸斷，歸來看取明鏡前。

〔一〕趙瑟　《漢書》：楊惲書：「婦，趙女也，雅善鼓瑟。」

〔二〕鳳凰柱　吳均詩：趙瑟鳳凰柱，吳醳金罍樽。

〔三〕蜀琴　鮑照詩「蜀琴抽白雪」，李善注：相如工琴而處蜀，故曰蜀琴。

〔四〕鴛鴦絃　齊賢曰：鴛鴦絃，以雌雄也。

〔五〕燕然　《後漢·竇憲傳》：憲登燕然山，刻石勒功。

〔六〕橫波目　王筠詩：淚滿橫波目。

烏夜啼

《樂府古題要解》：《烏夜啼》，宋臨川王義慶造也。元嘉中，徙彭城王義康于豫章郡。義康時爲江州相，見而哭，文帝怪之，召還宅，義慶大懼。妓妾聞烏夜啼，叩齋閣，云：「明日應有赦。」及旦，改南兗州刺史，因此作歌。今太白歌辭，非義慶本旨。

胡震亨云：此清商曲。

庾信有《烏夜啼》云：「御史府中何處宿，洛陽城頭那得棲。彈琴蜀郡卓家女，織錦秦川竇氏妻。詎不自驚長淚落，到頭啼烏恒夜啼。」白詩似本此。

默庵云：此太白本色①。

黃雲〔一〕城邊烏〔二〕欲棲，歸飛啞啞〔三〕枝上啼。機中織錦秦川女〔四〕，碧紗〔五〕如煙隔窗語。停梭悵然憶遠人，獨宿孤房淚如雨②。一作「停梭向人問故夫，知在流沙淚如雨」。

〔一〕黃雲　見第二卷。

〔二〕城烏　《後漢·五行志》：桓帝之初，京師童謠曰：「城上烏，尾畢逋。」

〔三〕啞啞　《世說》：支道林入東，見王子猷兄弟還，人問諸王何如，答曰：「見一羣白頸烏，但聞喚啞啞聲。」

〔四〕秦川女　庾信《烏夜啼》：織錦秦川竇氏妻。

〔五〕碧紗　李嶠詩：雲窗網碧紗。

白頭吟

《西京雜記》：相如將聘茂陵人女爲妾，文君作《白頭吟》以自絕，相如

---

① 「本色」下，紀昀評：此語最是。後人以粗豪學太白，失之遠矣。

② 紀昀評：不深不淺，妙造自然。

乃止。

　　沈約《宋書》：古辭《白頭吟》曰："淒淒重淒淒，嫁娶不須啼。願得一心人，白頭不相離。"

　　默庵云：天際鸞吟，非復人間凡響。

　　鈍吟云：奇絕。

　　錦水東流碧，波蕩雙鴛〔一〕鴦。雄飛漢宮樹，雌弄〔二〕秦草芳。相如去蜀謁武皇，赤車駟馬生輝光。一朝再覽大人作，萬壽〔三〕忽欲凌雲〔四〕翔①。聞道阿嬌失恩寵，千金買賦〔五〕要君王。相如不憶貧賤日，官高金多聘私室。茂陵姝子皆見求，文君歡愛從此畢。淚如雙〔六〕泉水，行墮紫羅襟。五起〔七〕雞三唱〔八〕，清晨白頭吟。長吁不整綠雲鬢，仰訴青天哀怨深。城崩〔九〕杞梁妻，誰道土無情②。東流不作西歸〔一〇〕水，落花辭枝羞故林〔一一〕。頭上玉燕釵〔一二〕，是妾嫁時物。贈君表相思，羅袖幸時拂〔一三〕。莫卷龍鬚席〔一四〕，從他生網絲。且留琥珀枕〔一五〕，還有夢來時③。鸂鶒裘〔一六〕在錦屏上，自君一掛無由披。妾有秦樓鏡〔一七〕，照心勝照井。願持照新人，雙對可憐影。覆水却收〔一八〕不滿盃，相如還謝文君廻。古來得意不相負，祇今唯有青陵臺〔一九〕④。

　　〔一〕錦水鴛　卓文君《與相如書》：錦水有鴛，漢宮有木。

　　〔二〕雄飛雌弄　言相如被召入宮，文君隨至京師。

　　〔三〕萬壽　《詩》：天子萬壽。

　　〔四〕凌雲　見第四卷。

　　〔五〕阿嬌買賦　見第一卷"長門怨"注。

　　〔六〕雙淚　劉孝威詩：淚如雙玉筯，流面復流襟。

----

①　"壽"字下，《删正二馮評閱才調集》卷下紀昀注：當作"敢"。

②　情：《四部叢刊》本、垂雲堂本作"心"。

③　"還有夢來時"下，紀昀評：一往纏綿，風人本旨，較原詩決絕之言，勝之萬里矣。此在性情學問，非徒恃仙才。

④　"青陵臺"下，紀昀注：本集載此篇曰："錦水東北流，波蕩雙鴛鴦。雄巢漢宮樹，雌弄秦草芳。寧同萬死碎綺翼，不忍雲間兩分張。此時阿嬌正嬌妒，獨坐長門愁日暮。但願君恩顧妾深，豈惜黃金買詞賦。相如作賦得黃金，丈夫好新多異心。一朝將聘茂陵女，文君因贈白頭吟。東流不作西歸水，落花辭條羞故林。兔絲固無情，隨風任傾倒。誰使女蘿枝，而來強縈抱。兩草猶一心，人心不如草。莫卷龍鬚席，從他生網絲。且留琥珀枕，或有夢來時。覆水再收豈滿杯，棄妾已去難重回。古來得意不相負，只今惟見青陵臺。"與此迴異。然此特四句，突出無緒，亦開文蔓衍"一朝"二句，出《白頭吟》字太率，當以此本爲是。惟"相如還謝文君回"句，不如"去妾"句之順適，宜從集本。

〔七〕五起　本集注：五起者，五更而起也。

〔八〕三唱　《漢書》：雞三唱，天平明。

〔九〕城崩　《列女傳》：杞梁戰死，其妻無子，內外皆無五屬之親，既無所歸，乃枕其夫之屍于城下，而哭十日，而城爲之崩。

〔一〇〕東流西歸　《子夜歌》：不見東流水，何時復西歸。

〔一一〕故林　孔紹安《落葉》詩：翻飛未肯下，猶言惜故林。

〔一二〕玉燕釵　見第二卷。

〔一三〕時拂　王融詩：芳袖幸時拂。

〔一四〕龍鬚席　《東宮舊事》：太子納妃，有獨坐龍鬚席。○《爾雅》注：龍須艸，生山谷，可爲席。

〔一五〕琥珀枕　《西京雜記》：趙飛燕爲皇后，其女弟上襚三十五條，有琥珀枕。○《寰宇記》：松脂淪入地，千歲爲茯苓，又千歲爲琥珀。

〔一六〕鷫鸘裘　《西京雜記》：司馬相如初與文君還成都，居貧愁懣，以所着鷫鸘裘就市人陽昌貰酒，與文君爲懽。按：鷫鸘，鳥名，其羽可爲裘。

〔一七〕秦樓鏡　《西京雜記》：高祖入咸陽宮，有方鏡，廣四尺，高五尺九寸，表裏有明，人直來照之，影則倒見。以手捫心而來，則見腸胃五臟。又女子有邪心，則膽張心動。

〔一八〕覆水却收　《後漢·何進傳》：何苗謂進曰：“覆水不收，宜深思之。”

〔一九〕青陵臺　《誠齋雜記》：韓憑爲宋康王舍人，妻何氏美，王欲之，捕舍人，築青陵臺。何氏作《烏鵲歌》曰：“烏鵲雙飛，不樂鳳凰。妾是庶人，不樂宋王。”餘詳第二卷“相思樹”注。

贈漢陽輔録事

　　《唐·地理志》：鄂州江夏郡有漢陽縣，今爲府。按《唐六典》，門下省錄事，從七品。其餘錄事，或從九品，或從八品不等。

鸚鵡洲〔一〕横漢陽渡，水引寒煙沒江樹。南浦〔二〕登樓不見君，君今罷官在何處？漢口雙魚〔三〕白錦鱗，令傳尺素報情人。其中字數無多少，只是相思秋復春。

〔一〕鸚鵡洲　《潛確類書》：鸚鵡洲在湖廣漢陽渡之上，禰衡嘗賦鸚鵡，後埋玉于此，故名。洲雖跨漢江，而尾連黄鶴，故《圖經》屬武昌云。

〔二〕南浦　《寰宇記》：南浦在江夏縣南三里。《九歌》：“送美人兮南浦。”其源出京首山，西入大江，春冬涸竭，秋夏泛漲。商旅往來，皆于浦停泊。以其在郭之南，故稱南浦。

〔三〕**雙魚**　《飲馬長城窟行》：客從遠方來，遺我雙鯉魚。呼童烹鯉魚，中有尺素書。長跪讀素書，書中竟何如？上有加餐食，下有長相憶。

擣衣篇

閨裏佳人年十餘，嚬蛾對影恨離居。忽逢江上春歸燕，銜得雲中尺素書〔一〕。玉手開緘長歎息，狂夫猶戍交河〔二〕北。萬里交河水北流，願爲雙鳥泛中洲。君邊雲擁青絲騎〔三〕，妾處苔生紅粉樓〔四〕。樓上春風日將歇，誰能攬鏡看愁髮？曉吹員管隨落花，夜擣戎衣向明月。明月高高刻漏長，真珠簾箔掩蘭堂。橫垂寶幄〔五〕同心結，半拂瓊筵〔六〕蘇合香〔七〕。瓊筵寶幄連枝錦〔八〕，燈燭熒熒照孤寢。有使憑將金翦刀，<small>使，一作"便"。</small>爲君留下相思枕〔九〕。摘盡庭蘭不見君，紅巾拭淚生氤氳。明年更若征邊塞，願作陽臺一段雲〔一〇〕。<small>本集注：意謂滔滔不歸，則惟有托夢，以從其夫于四方上下耳。</small>

〔一〕**燕銜書**　見第二卷。

〔二〕**交河**　《唐·地理志》：西州交河郡，貞觀十四年，平高昌，以其地置交河。自縣北八十里有龍泉館，又北入谷口百三十里，經柳谷金沙嶺，百六十里會漢戌，至北庭都督府。水皆北流入磧，及入夷播海。

〔三〕**青絲騎**　梁元帝詩：宛轉青絲鞚。

〔四〕**紅粉樓**　古詩：盈盈樓上女，皎皎當牕牖。娥娥紅粉妝，纖纖出素手。

〔五〕**寶幄**　幄，帳也。《西京雜記》：武帝爲七寶牀、雜寶按、廁寶、屏風列寶帳，設于桂宮，時人謂之四寶宮。

〔六〕**瓊筵**　謝玄暉詩：復酌瓊筵醴。

〔七〕**蘇合香**　《梁書·海南傳》：蘇合是合諸香汁煎之。又云：大秦人採蘇合，先笮其汁以爲香膏，乃賣其滓與諸國賈人。

〔八〕**連枝錦**　吳均詩：錦腰連枝滴，繡領合歡斜。

〔九〕**相思枕**　鮑令暉詩：臨當欲去時，復留相思枕。

〔一〇〕**一段雲**　《教坊記》曲名有《巫山一段雲》。

大堤曲

《古今樂録》：《大堤曲》，隋王誕爲襄州時作①，其辭云："朝發襄陽城，

---

① 隋：原作"隨"，據《分類補注李太白詩》卷五《大堤曲》注改。

暮至大堤宿。大堤諸女兒，花艷驚郎目。"按：襄陽在漢水之陰。大堤，漢水之
堤也。

　　　胡震亨云：此賈人婦思夫之辭。

漢水橫襄陽，花開大堤暖。佳期大堤下，淚向南雲〔一〕滿。春風〔二〕復
無情，吹我魂夢亂。不見眼中人〔三〕，天長音信斷。

〔一〕南雲　陸機《思親賦》：指南雲而寄歎，望歸風而效誠。

〔二〕春風　謝混詩：春風復多情，吹我羅裙開。

〔三〕眼中人　陸士龍詩：髣髴眼中人。

青山獨酌

　　　李詩道作"對酒"，注：相和曲《對酒歌太平》，白所擬爲情語，與本辭異。

蒲萄酒〔一〕，金叵羅〔二〕①，吳姬十五〔三〕細馬〔四〕駄。青黛〔五〕畫眉紅錦
靴〔六〕，道字不正嬌唱歌。玳瑁筵〔七〕中懷裏醉，芙蓉帳〔八〕底奈君何。

〔一〕蒲萄酒　《史記》：大宛以蒲萄爲酒。

〔二〕金叵羅　《北齊·祖珽傳》：神武宴寮屬於坐，失金叵羅。竇太后令飲酒者皆
　　脫帽，于珽髻上得之。

〔三〕吳姬十五　辛延年詩：胡姬年十五，春日獨當壚。

〔四〕細馬　《唐六典》注：隴右諸牧監使，每年簡細馬五十匹進。

〔五〕青黛　《通俗文》：染青石謂之點黛。《增韻》：青黛似空青而色深。

〔六〕紅錦靴　《圖畫見聞志》：唐代宗朝，令官人侍左右者穿紅錦鞾。當太白時，
　　妓女已有此製。

〔七〕玳瑁筵　劉楨《瓜賦》：布象牙之席，薰玳瑁之筵。

〔八〕芙蓉帳　鮑照詩：七彩芙蓉之羽帳。

久別離

　　　胡震亨云：江淹擬古，始有《古別離》，後乃有長別離、生別離等名。
　　此《久別離》及《遠別離》，皆白爲之名，其源則出於《古別離》也。

別來幾春未還家，玉窗五見櫻桃花。況有錦字〔一〕書，開緘使人嗟。

_____

① 叵：宋本注："一作'破'。"

此腸斷，彼心絶，雲鬢綠鬢罷梳結①，愁如廻飈〔二〕亂白雪。去年寄書報陽臺，今年寄書重相催。東風兮東風②，爲我吹行雲使西來。待來竟不來，落花寂寂委青苔③。

〔一〕錦字　用竇滔妻織錦作回文詩寄夫事，詳第一卷"竇家妻"注。

〔二〕廻飈　曹植詩：何意回飈舉。

紫騮馬

《古今樂録》：《紫騮馬》，蓋從軍遠戍懷歸而作，横吹曲。六朝人擬作，皆咏馬。白咏馬，兼及從軍。

紫騮〔一〕行且嘶，雙翻碧玉蹄。臨流不肯渡，似惜錦障泥〔二〕。白雪關山遠，黃雲海樹迷。揮鞭萬里去，安得念春閨。

〔一〕紫騮　見第五卷。

〔二〕錦障泥　《晋・王濟傳》：濟善解馬性，嘗乘一馬，着連乾鄣泥，前有水，終不肯渡。濟曰："此必是惜障泥。"使人解去便渡。餘見第三卷注。

宮中行樂三首④

《本事詩》：玄宗嘗因宮人行樂，謂高力士曰："對此良辰美景，豈可獨以聲伎爲娱？儻得逸才詞人吟咏之，可以誇輝于後。"遂命召白。時寧王邀白飲酒，已醉。既至，拜舞頹然，上命爲《宮中行樂》五言律詩十首。白取筆抒思，略不停綴，十篇立就，更無加點，筆跡遒利，鳳時龍拏，律度對屬，無不精絶。

盧橘〔一〕爲秦樹，蒲桃〔二〕出漢宮。煙花宜落日，絲管醉春風。笛奏龍鳴水〔三〕，簫吟鳳下空〔四〕。君王多樂事，何必向回中〔五〕⑤。默云：緊粘宮中。

〔一〕盧橘　《上林賦》："盧橘夏熟。"《説略》：按魏王《花木志》曰：盧橘，蜀土有給客橙，似橘而非，若柚而香，冬夏華實相繼。或如彈丸，或如拳。通歲食之，亦名盧橘。蜀土移栽上林，固易耳。

---

① 梳：宋本注："一作'攬'。"

② 東風兮：宋本注："一本云'胡爲乎'。"

③ "委青苔"下，紀昀評：言盛年不再也，語特藴藉。

④ 《李太白集》卷五題作《宮中行樂詞八首》，此選其第三、第七、第八首。餘五首，析作《紫宮樂五首》置後。

⑤ 何必向回中：《李太白集》卷五原注："一作'還與萬方同'。"

〔二〕蒲萄　《史記·大宛傳》：宛蒲萄爲酒，俗嗜酒，馬嗜苜蓿。漢使取其實來，於是天子始種苜蓿、蒲萄肥饒地。

〔三〕龍鳴水　盧思道詩："笛奏水中龍。"詳見五卷"龍吹"注。

〔四〕鳳下空　見四卷《大遊仙》詩注。

〔五〕回中　《史·秦始皇本紀》："始皇巡隴西北地，出雞頭山，過回中。"應邵曰："回中，在安定。"師古曰："其中有宫。"

寒雪梅中盡，春風柳上歸。宮鶯嬌欲醉，簷燕語還飛。遲日〔一〕明歌席，新花艷舞衣。晚來移綵仗，行樂好光輝①。

〔一〕遲日　《詩》：春日遲遲。

水淥南薰殿〔一〕，花紅北闕樓〔二〕。鶯歌聞太液〔三〕，鳳吹〔四〕遶瀛洲。素女〔五〕鳴珠珮〔六〕，天人〔七〕弄綵毬〔八〕。今朝風日好〔九〕，宜入未央〔一〇〕遊②。

〔一〕南薰殿　《唐六典》：瀛洲門內曰南薰殿。

〔二〕北闕樓　《西京雜記》：哀帝爲董賢起大第于北闕下，樓間臺榭，轉相連注。

〔三〕太液瀛洲　《史》：武帝作建章宫，其北治大池漸臺，高二十餘丈，名曰太液池。中有篷萊、方丈、瀛洲，象海中神山。

〔四〕鳳吹　邱遲詩：馳道聞鳳吹。

〔五〕素女　《淮南子》："素女，黃帝時方術女。"邊讓《章華臺賦》注：黃帝軒轅氏得房中之術於素女，握固吸氣，還精補腦，留年益齡，長生忘老。

〔六〕珠珮　見第一卷"漢卑珮"注。

〔七〕天人　《列仙傳》：陽都女眉生而連，耳細而長，衆皆曰："此天人也。"

〔八〕綵毬　武平一詩："令節重遨遊，分鑣戲綵毬。"《盧氏雜記》：寒食，賜近臣貼繡綵毬。

〔九〕今朝風日好　庚信詩。

〔一〇〕未央　《史·高祖本紀》：八年，蕭丞相營未央宫，立東闕、北闕、前殿、武庫、太倉。

---

① 好：宋本注："一作'泥'。"

② 紀昀評：別是天人姿澤，雖了無深意，而使人流連不置。此種惟太白能之，溫、李效之，終不近。

愁陽春賦

鈍云：此是賦，不知何以入選？

東風歸來，見碧草而知春。蕩瀁[一]惚恍，何垂楊旖旎之愁人。天光清而妍和，海氣綠而芳新。野綵翠而芊綿[二]，雲飄飄而相鮮。演漾[三]兮黿緣[四]，窺青苔[五]之生泉。縹緲兮翩綿[六]，見遊絲之縈煙。魂與此兮俱斷，醉風光兮悽然。若乃隴水[七]秦聲，江猿巴吟，本集注：此言隴水之鳴咽如秦聲，江上之猿啼如巴人之吟也。明妃[八]玉塞[九]，楚客[一〇]楓林[一一]。試登高而望遠，痛切骨而傷心。春心蕩兮如波，春愁亂兮如雪。兼萬情之悲歡，茲一感於芳節①。我所思兮湘水[一二]濱，隔雲霓而見無因。灑別淚於尺波，寄東流於情親。若使春光可攬而不滅兮，吾欲贈天涯之佳人。

〔一〕蕩瀁　江淹詩："北渚有帝子，蕩瀁不可期。"瀁，古文"漾"字。

〔二〕芊綿　《楚辭》："遠望兮阡綿。"陸機詩："林薄杳阡綿。"呂延濟曰：阡綿，原野之色。阡、芊同。

〔三〕演漾　顏延年"衍漾觀綠疇"，衍，同"演"。

〔四〕黿緣　《吳都賦》：黿緣山岳之岊。

〔五〕青苔　《別賦》：春宮閉此青苔色。

〔六〕翩綿　嵇叔夜《琴賦》：翩綿飄逸。

〔七〕隴水　見第一卷"隴頭吟"注。

〔八〕明妃　《恨賦》：明妃去時，仰天嘆息。

〔九〕玉塞　本集注：漢邊玉門、陽關，故曰玉塞。

〔一〇〕楚客　江淹詩"楚客心悠哉"，張銑注：楚客，屈原也。

〔一一〕楓林　見第一卷"江楓"注。

〔一二〕湘水　張衡詩：我所思兮在桂林，欲往從之湘水深。

寒女吟

曹植賦：願同衾于寒女。

昔君布衣時，與妾同辛苦。一拜五官郎[一]，便索邯鄲女。妾欲辭君

---

① 茲：宋本注："一作'紛'。"

去，君心便相許。妾讀蘼蕪書[二]，悲歌淚如雨。憶昔嫁君時，曾無一夜樂。不是妾無堪，君家婦難作。起來強歌舞，縱好君嫌惡。下堂辭君去，去後悔遮莫[三]。

[一] 五官郎　《唐六典》：初，秦置郎中令，其屬官有五官中郎將、左右中郎將，秩皆二千石，是爲三署。

[二] 蘼蕪書　古詩：上山采蘼蕪，下山逢故夫。

[三] 遮莫　《鶴林玉露》：詩家用“遮莫”字，今俗語所謂“儘教”者是也。

相逢行

王僧虔《技錄》相和歌清調六曲，有《相逢狹路行》，亦曰《長安有狹邪行》，亦曰《相逢行》。

相逢紅塵內，高揖黃金鞭。萬户垂楊裏，君家[一]阿那[二]邊。

[一] 君家　古詩：不知何年少，夾轂問君家。

[二] 阿那　《唐音癸籤》：遯叟云：李郢“知入笙歌阿那明”，阿那，猶言“若個”也。

紫宮樂五首

《西京賦》“正紫宮於未央”注：天有紫微宮，王者象之。善注：《辛氏三秦記》曰：未央宮，一名紫微宮。然未央爲總稱，紫宮其中別名。

本傳云：玄宗坐沉香亭子，意有所感，欲得白爲樂章，召入而白已醉，左右以水頮面，稍解，援筆成文，婉麗清切無留思。

《本事詩》指爲此詩。

默庵云：澄沈、宋而清之①，彌見新麗②。○真正陰鏗，但面目較和緩③。

鈍吟云：此法庾信、陰鏗也。○杜學庾，得其老健。李學庾，得其清

---

① “清之”下，紀昀評：仍是沈、宋之體，但天姿超逸，覺氣韻生動耳。“澄”字“清”字亦不的，沈、宋原不濃濁。

② “新麗”下，紀昀評：他人有此種麗詞，無此鮮色，人人熟誦，而光景常新。此種乃以才論，不由學問所成。

③ “和緩”下，紀昀評：陰鏗實不及太白。“往往似陰鏗”，子美一時興到語耳。

新。〇猶帶梁、陳舊習①。

小小生金屋〔一〕，盈盈〔二〕在紫微。山花插寶髻，石竹〔三〕繡羅衣。每出深宮裏，常隨步輦〔四〕歸。只愁歌舞散，化作綵雲飛②。

〔一〕**金屋**　見第五卷。

〔二〕**盈盈**　古詩：盈盈樓上女。

〔三〕**石竹**　見第一卷。

〔四〕**步輦**　《松牕錄》：開元中，禁中初重木芍藥，即今牡丹也。得四本，紅、紫、淺紅、通白者，上因移植于興慶池東沉香亭前。會花方繁開，上乘照夜白，太真妃以步輦從。《天錄識餘》："王朝步自周。"黃公紹曰：步，步輦也，謂人荷而行，不駕馬也。

玉樹〔一〕春歸日，金宮〔二〕樂事多。後庭朝未入，輕輦夜相過。笑出花間語，嬌來燭下歌。莫教明月去，留着醉姮娥〔三〕。

〔一〕**玉樹**　見第五卷。

〔二〕**金宮**　《列子》：周穆王時，西極之國，有化人來。王執化人之袪，騰而上者中天，及化人之宮，搆以金銀，絡以珠玉。

〔三〕**姮娥**　《淮南子》："羿請不死之藥於西王母，姮娥竊以奔月。"高誘注：姮娥，羿妻。羿請不死之藥于西王母，未及服之，姮娥盜食之得仙，奔月中。

柳色黃金〔一〕嫩，梨花白雪〔二〕香。玉樓〔三〕巢翡翠〔四〕，珠殿〔五〕鎖鴛鴦〔六〕。選妓隨雕輦〔七〕，徵歌出洞房〔八〕。宮中誰第一，飛燕〔九〕在昭陽〔一〇〕。

〔一〕**柳色黃金**　見第二卷"金穗"注。

〔二〕**梨花白雪**　蕭子顯《燕歌行》：洛陽梨花落知雪。

〔三〕**玉樓**　《十洲記》：北戶山承淵山，有墉城金臺玉樓相鮮。

〔四〕**翡翠**　崔湜詩：草綠鴛鴦殿，花明翡翠樓。

〔五〕**珠殿**　王融詩：珠殿秋風廻。

〔六〕**鴛鴦**　徐陵《雜曲》：宮中本造鴛鴦殿。

〔七〕**雕輦**　《東京賦》：下雕輦于東廂。

〔八〕**洞房**　宋玉《風賦》：經於洞房。

---

① "舊習"下，紀昀評：梁、陳如金碧界畫，此如高手寫生，設色處俱有活趣。鈍吟但以字句論耳。

② "綵雲飛"下，紀昀評：結用巫山事，無迹。

〔九〕飛燕　《漢書》：孝成趙皇后本長安宮人，屬陽阿主家，學歌舞，號曰飛燕。成帝嘗微行出過陽阿主作樂，見飛燕，悅之，召入宮，大幸。許后廢，立爲皇后。

〔一〇〕昭陽　孝成皇后弟，絕幸，爲昭儀，居昭陽舍。

繡户香風暖，紗窗曙色新。宮花争笑日〔一〕，池草暗生春〔二〕。緑樹聞歌鳥〔三〕，青樓見舞人。昭陽桃李月〔四〕，羅綺自相親。

〔一〕花笑日　劉子驥《新論》：春葩含日似笑。

〔二〕草生春　謝靈運詩：池塘生春草。

〔三〕歌鳥　《南史》：天監元年，交州獻能歌鸚鵡。○庾信《望美人山銘》：樹裏聞歌，枝中見舞。

〔四〕桃李月　鮑照詩：艷陽桃李節。

今日明光〔一〕裏，還須結伴遊。春風開紫殿〔二〕，天樂下珠樓〔三〕。艷舞全知巧，嬌歌半欲羞。更憐花月夜，宮女笑藏鈎〔四〕。

〔一〕明光　《雍録》：漢有明光宮三，一在北宮南，與長樂相連者，武帝太初四年起。別有明光宮，在甘泉宮中，亦武帝所起，發燕趙美女三千人充之。至尚書郎主作文章起草，更值於建禮門內，則近明光殿矣。此明光殿，必在未央正宮殿中，不與北宮、甘泉設爲奇玩者比，則臣下奏事之地也。

〔二〕紫殿　《三輔黄圖》：武帝起紫殿，雕文刻鏤黼黻，以玉飾之。

〔三〕珠樓　《開元遺事》：明皇于正月望夜移仗上陽宮，建燈樓十二間，懸以珠玉金銀，微風一至，鏘然成韻。宣律師住持《感應篇》：“造真珠樓觀及白銀臺。”

〔四〕藏鈎　《荆楚歲時記》：“歲前爲藏彄之戲。”彄，同“鈎”。《風土記》：“藏鈎之戲，分二曹以校勝負，若人耦則敵對，若奇則使一人爲遊附，或屬上曹，或屬下曹，名爲飛鳥。”

會別離①

默庵云：絢爛之極，但見平淡②。

---

① 此首誤入，《篋中集》作孟雲卿詩，題作《今別離》。參傅璇琮《唐人選唐詩新編》。《删正二馮評閱才調集》卷下紀昀注：“此詩元結《篋中集》作孟雲卿詩，題曰《今別離》。次山選友朋之作，不應有悮，知《才調集》悮作太白。又以‘今’字近草書‘會’字，訛爲會別離也。”

② “平淡”下，紀昀評：此猶誤以爲太白作。《篋中集》只取平淡爲宗，語之質而實綺，淡而實腴則可矣。

結髮〔一〕生別離〔二〕，相思復相保。如何日已遠，五變庭中草。渺渺天海途，悠悠漢江島。但恐不出門，出門無遠道。道遠行寄難，家貧衣復單。嚴風吹雨雪，晨起鼻何酸。人生各有志，豈不懷所安。分明天上日，生死誓〔三〕同歡①。

〔一〕結髮　蘇武詩"結髮爲夫婦"注：結髮，始成人也，謂男年二十，女年十五時，取笄冠爲義也②。

〔二〕生別離　《楚辭》：悲莫悲兮生別離。

〔三〕生死誓　《詩》：穀則異室，死則同穴。謂予不信，有如皦日。

江夏行

胡震亨云：此篇及前《長干行》篇，並爲商人婦咏，而其源似出西曲。蓋古者吳俗好賈，荆、郢、樊、鄧間尤盛。男女怨曠，哀吟清商，諸西曲所由作也。第其辭五言二韻，節短而情有未盡。白往來襄、漢、金陵，悉其土俗人情，因采而演之爲長什，一從長干上巴峽，一從江夏下揚州，以盡乎行賈者之程，而言其家人失身誤嫁之恨，盼歸怨望之傷，使夫謳吟之者，足動其逐末輕離之悔，回積習而裨王風。雖其才思足以發之，而踵事以增華，自從西曲本辭得來，取材固有在也。凡白樂府，皆非汎然獨造，必參觀本曲之辭，與所借用之曲之辭，始知其源流之自，點化奪胎之妙要。不獨此一篇爲始，聊發凡，資讀者觸解云。

江夏，見第二卷"武昌樓"注。

憶昔嬌小姿，春心亦自持。爲言嫁夫壻，得免長相思。誰知嫁商賈，令人却愁苦。自從爲夫妻，何曾在鄉土。去年下揚州〔一〕，相送黃鶴樓〔二〕。眼看帆去遠，心逐江水流。只言期一載，誰謂歷三秋。使妾腸欲斷，恨君情悠悠。東家西舍同時發，北去南來不逾月。未知行李遊何方，作箇音書能斷絶〔三〕。適來往南浦，欲問西江船。正見當壚女，紅粧二八年。一種爲人妻，獨自多悲悽。對鏡便垂淚，逢人只欲啼。不如輕薄兒，且暮長追隨。悔作商人婦，青春長別離。如今正好同歡樂，君去容華誰得知？

〔一〕下揚州　《莫愁樂》："聞歡下揚州，相送楚山頭。探手抱腰看，江水斷不流。"又《三州曲》："送歡板橋灣，相待三山頭。遥見千幅帆，知是逐風流。"

---

① "歡"字下，紀昀注：《篋中集》作"觀"，是。

② 笄：原作"丼"，據光緒本及《文選》卷二九改。

○《估客樂》："大艑珂峨頭，何處發揚州。借問艑上郎，見儂所歡不？"儂，吾也，吳音。

〔二〕**黃鶴樓**　《一統志》：黃鶴樓在武昌府城西南隅黃鶴磯上，世傳仙人子安乘黃鶴過此，又云費文褘登仙，駕黃鶴返，憩於此。

〔三〕**能斷絕**　能，善也，吳音。

相逢行

胡震亨云：相和歌本辭，言相逢少年，問知其家之豪盛。此則言相逢其人，仍不得相親，恐失佳期，回環致望不已，較古辭用意尤深。

默庵云：秋月揚輝，雲來生彩，豈曰人工。

朝騎五花馬〔一〕，謁帝出銀臺〔二〕。秀色誰家子，雲車珠箔開。金鞭遙指點，玉勒近遲廻。夾轂相借問，知—作"疑"。從天上來。邀入青綺門〔三〕，當歌共銜盃。銜盃映歌扇，似月雲中見。相見不得親，不如不相見。相見情已深，未語可知心。胡爲返空閨①，孤眠愁錦衾。錦衾與羅帷②，纏綿〔四〕會有時。春風正澹蕩，暮雨來何遲。願因三青鳥〔五〕③，更報長相思④。光景不待人，須臾髮成絲。當年失行樂，老去徒傷悲。持此道密意，無令曠佳期⑤。

〔一〕**五花馬**　蕭士贇云：五花馬，言其毛色也，如九花三花之類。隋丹元子《步天歌》曰"五個吐花王良星"，注曰：王良五星，其四星曰天駟，旁一星曰王良，亦曰天馬，其星動爲策馬，故曰王良策馬。車騎滿野，謂馬之紋上應星宿也。

〔二〕**出銀臺**　《舊唐書·職官志》：翰林院在右銀臺門內。《雍錄》：李肇記曰：學士下直出門，謂之小三昧。出銀臺乘馬，謂之大三昧。三昧者，釋氏語言，其去纏縛而自在也。

〔三〕**青綺門**　《洞冥記》：有青雀羣飛于霸城門，乃改爲青雀門。刻木爲綺橑，雀

---

①　返：宋本注："一作'守'。"

②　與：宋本作"語"，注："一作'與'。"

③　願：宋本注："一作'後'。"青：宋本作"春"，注："一作'青'。"

④　"長相思"下，紀昀注：原本此下有"光景不待人，須臾髮成絲。當年失行樂，老去徒傷悲。持此道密意，無令曠佳期"，馮氏注曰"一本無此六句"。按：此六句實爲蛇足，本集亦無之，今從集本。

⑤　宋本注："一本無此六句。"

去，因名青綺門。

〔四〕**纏綿** 《洛陽伽藍記》：王肅在江南之日，聘謝氏女爲妻。及至京師，復尚公主，謝作五言詩以贈之。其詩曰："本爲簿上蠶，今作機上絲。得路逐勝去，頗憶纏綿時。"

〔五〕**三青鳥** 陶潛詩："翩翩三青鳥，毛色奇可憐。朝爲王母使，暮歸三危山。我欲因此鳥，具向王母言。在世無所需，惟酒與長年。"餘見第二卷"王母"注。

李商隱四十首①

《唐書》：李商隱字義山，懷州河內人。令狐楚帥河陽，奇其文，使與諸子遊。楚鎮天平汴州，從爲巡官，歲給資裝，令隨計上都。開成二年，擢進士第，調弘農尉，以活獄忤觀察使孫簡，將罷去。會姚合代簡，諭使還官。又試拔萃，中選。王茂元鎮河陽，愛其才，表掌書記，以子妻之，得侍御史。茂元善李德裕，而牛、李黨人蚩謫之後，綯當國，商隱歸窮自解，陶憾不置。柳仲郢辟爲節度判官，檢校工部員外郎。府罷，客滎陽，卒。商隱爲文繁縟，時溫廷筠、段成式俱用是相夸，號三十六體。

默庵云：此公詩多不可解，所謂見其詩如見西施，不必知名而後美也②。

鈍吟云：選玉溪次謫仙後，乃是重他，非以太白壓之也。○義山自謂杜詩韓文。王荆公言："學杜當自義山入。"余初得荆公此論，心不謂然。後讀《山谷集》，粗硬槎牙，殊不耐看，始知荆公此言，正以救江西派之病也。若從義山入，便都無此病③。○山谷用事瑣碎，更甚于崑體。然溫、李、楊、劉用事，皆有古法，比物連類，妥貼深穩。山谷疎硬，如食生物未化，如吳人作漢語，讀書不熟之病也④。○崑體諸人，甚有壯偉可敬處，沈、宋不過也⑤。

---

① 紀昀評：義山詩在飛卿上，高處有逼老杜者。選本多不盡所長，此尤選其不佳者。

② "後美也"下，紀昀評：此語似是而非，世無不解而知其工者。二馮但以字句穠麗賞之，實不知其比興深微，自有根柢。

③ "此病"下，紀昀評：義山詩，不善學之，亦有浮艷之病，有晦曲之病，有刻薄纖佻之病。

④ "不熟之病"下，紀昀評：楊、劉非溫、李之比。山谷只求奇太過，非坐韻書不熟。

⑤ "不過也"下，紀昀評：以壯偉論溫、李未是，以壯偉論沈、宋亦未是，此皆皮相之言。大抵二馮只於字句用工夫，不求作者源本。

錦　檻^①

《漢·董賢傳》：哀帝詔將作大匠爲賢起大第北闕下，土木之工，窮極技巧，柱檻衣以綈錦。

鈍吟云：此首頗直，内用事有未詳處。

錦檻芙蓉入，香臺〔一〕翡翠過。撥絃驚火鳳〔二〕，交扇〔三〕拂天鵞〔四〕。隱忍陽城笑〔五〕，喧傳郢市歌〔六〕。仙眉〔七〕瓊作葉〔八〕，鈍云：未知所出。佛髻〔九〕鈿爲螺〔一〇〕。五里無因霧〔一一〕，三秋只見河〔一二〕。月中供藥剩〔一三〕，海上得綃多〔一四〕。玉集胡沙〔一五〕割〔一六〕，犀〔一七〕留聖水〔一八〕磨。斜門穿戲蝶〔一九〕，小閣鎖飛蛾〔二〇〕。騎襜〔二一〕侵轡〔二二〕卷，車帷約幰〔二三〕釽〔二四〕。傳書兩行雁，取酒一封駝〔二五〕。橋迥涼風壓，溝横夕照和。待烏〔二六〕燕太子，駐馬〔二七〕魏東阿。想像鋪芳縟，依稀解醉羅。散時簾隔露，卧後幕生波。梯穩從攀桂〔二八〕，弓調任射莎〔二九〕。鈍云：未詳。豈能抛斷夢，聽鼓事朝珂。

〔一〕**香臺**　《雍録》：《漢書》元鼎元年，起柏梁臺。《三輔舊事》云，以香柏爲之，香聞數十里。《拾遺記》：石虎春雜寶異香爲屑，使數百人於樓上吹散之，名曰"芳塵臺"。

〔二〕**火鳳**　《唐會要》：貞觀中，有裴神符者，妙解琵琶，作《勝蠻奴》《火鳳》《傾盃樂》三曲，聲度清美，太宗深愛之。

〔三〕**交扇**　庾肩吾詩：避日交長扇。

〔四〕**天鵞**　《搜採異聞録》：雁之最大者，爲天鵞。天鵞羽可爲扇，故曰"交扇拂天鵞"也。

〔五〕**陽城笑**　見第一卷"下蔡"注。

〔六〕**郢市歌**　見第五卷"白雪"注。

〔七〕**仙眉**　《真仙通鑑》：老君眉如北斗，其色翠緑。○《墉城集仙録》：神姑者，盧眉娘是也。生而眉長且緑，因以爲名。

〔八〕**瓊葉**　梁元帝詩："柳葉生眉上。"李德裕詩："瓊葉潤不凋。"按本集詩"雙童捧上緑瓊輈"，則瓊亦有緑色者，故可擬葉，即可擬眉也。

〔九〕**佛髻**　《華嚴經》："佛髻肉如青螺。"蘇軾詩"回觀佛骨青螺髻"是也。《桂海虞衡志》："青螺狀如田螺，其大兩拳，揩摩去粗皮，如翡翠色，雕琢爲酒器。"

---

① 錦：《玉溪生詩詳注》卷一作"鏡"。下同。

〔一〇〕鈿螺　《正字通》：螺鈿，婦人首飾，用翡翠丹粉爲之。

〔一一〕五里霧　《仙傳拾遺》：張楷居華山谷中，能爲五里霧。學其術者，填門如市，故云"霧市"。

〔一二〕三秋河　杜甫《天河》詩：常時任顯晦，秋至最分明。

〔一三〕月中藥　見前"姮娥"注。傅玄《擬天問》："月中何有，白兔搗藥。"

〔一四〕海上綃　《北夢瑣言》：張建章爲幽州司馬，往渤海，至一大島，樓臺巋然，中有女仙，蒙遺絞綃，夏天清暑，展開滿室凜然。

〔一五〕胡沙　《爾雅翼》：鮫出南海，今謂之沙魚。大而長，喙如鋸者，名胡沙；小而麄者，名白沙。

〔一六〕割　《孔叢子》：秦王得西戎利刀，割玉如割木。

〔一七〕犀　通天犀能殺毒，出《抱朴子》。

〔一八〕聖水　《舊唐書》：寶曆二年，亳州言出聖水，飲之者愈疾。

〔一九〕戲蝶　劉令嫻詩：戲蝶枝邊鶩。

〔二〇〕飛蛾　崔豹《古今注》：飛蛾善拂燈，一名火花，一名慕光。

〔二一〕襜　《爾雅》：衣蔽前謂之襜。

〔二二〕韉　《集韻》：韉，馬被具。

〔二三〕幰　《説文》：幰，車幔也。

〔二四〕鉹　《廣韻》：去角也。

〔二五〕一封駝　《漢書》"大月支國出一封駝"，師古曰：脊上有一封也。封言其隆高，若封土也。

〔二六〕待烏　《藝文類聚》：燕丹子曰：秦止燕太子丹爲質，曰："烏頭白，乃可歸。"丹仰天歎，烏即白頭。

〔二七〕駐馬　《洛神賦》：税駕乎蘅皋，秣駟乎芝田。

〔二八〕攀桂　劉安《招隱士》："攀援桂枝兮聊淹留。"《酉陽雜俎》："月中有桂，高五百丈。"

〔二九〕射莎　《北周書·豆盧寧傳》：於百步懸莎草以射之，七發五中。

曉坐

一云"後閣"。

後閣罷朝眠，前墀思黯然。梅應未假雪，柳自不勝煙。淚續淺深綆〔一〕，腸危高下絃〔二〕。紅顏無定所，得失在當年。

〔一〕綆　《説文》：綆，汲井綆也。《莊子・至樂篇》："綆短不可汲深。"

〔二〕危絃　邢子才詩"危絃斷客心"，道源注：絃急則絕，以比愁腸易斷。

碧城三首

碧城，見第四卷"碧霞"注。

《戊籤》箋：此似詠其時貴主事。唐初公主，多自請出家，與二教人
褻近。商隱同時，如文安、潯陽、平恩、鄖陽、永嘉、永安、義昌、安
康諸主，皆先後丐爲道士，築館在外。史即不言他醜于防閑，復行召入，
頗著微辭。詠詩中"簫史"一聯及引用董偃水晶盤故事，大指已明，非
止爲尋常閨閣寫艷也。

碧城十二曲闌干〔一〕，犀辟塵〔二〕埃玉辟寒〔三〕。閬苑〔四〕有書多附鶴〔五〕，
女牀〔六〕無樹不棲鸞。星沉海底當窗見，雨過河源隔座看。若是曉珠〔七〕明
又定，一生長對水晶盤〔八〕。

〔一〕十二曲闌干　《古辭西洲曲》：闌干十二曲，垂手明如玉。

〔二〕犀辟塵　《嶺表錄異》：辟塵犀爲婦人簪梳，塵埃不着髮。

〔三〕玉辟寒　《開元遺事》：岐王有玉鞍一面，天氣嚴寒，此鞍在上坐，如溫火
之氣。

〔四〕閬苑　《西王母傳》：王母所居，在崑崙之圃，閬風之苑。

〔五〕書附鶴　《錦帶補注》：西王母有三鳥，一曰青鐘，二曰鶴，三曰燕子，常令
三鳥送書于漢武帝。

〔六〕女牀　《山海經》：女牀之山，有鳥焉，其狀如翟，而五彩文，名曰鸞鳥。

〔七〕曉珠　《雲笈七籤》："東華真人呼日爲紫曜明，或曰圓珠。"郝天挺云：曉
珠，謂日也。

〔八〕水晶盤　《三輔黃圖》：董偃以玉晶爲盤，置冰于膝前，玉晶與冰相潔。侍者
謂冰無盤必融濕席，乃拂玉盤墜，冰玉俱碎。按《山海經》"堂庭之山多水玉"
注："水精也。"則水精亦可名玉精矣。

《戊籤》箋：起四句甚貴舍主第，即孫壽貫夫人家未易副。○曉珠，
日也。曉珠不定，是以有星沉雨過之惆悵，合冥過藩來，向曉開門去，
天上人亦何必與讀曲小家女大異。

李有斐云：曉珠，啓明也，極切曉字，而與《戊籤》所謂"曉珠不
定是以有星沉雨過之惆悵"意尤順。"明又定"則既無陰雨以阻其來，又
不嚮晨以促其去，可永遂綢繆之樂矣。故云"一生長對水晶盤"也。

對影聞聲已可憐，玉池〔一〕荷葉正田田〔二〕。不逢蕭史〔三〕休回首，莫見洪崖〔四〕又拍肩。紫鳳〔五〕放嬌銜楚佩〔六〕，赤鱗〔七〕狂舞撥湘絃〔八〕。鄂君〔九〕悵望舟中夜，繡被焚香獨自眠。

〔一〕玉池　梁武帝《歡聞歌》：艷艷金樓女。心如玉池蓮。

〔二〕田田　《江南曲·古辭》：江南可採蓮，蓮葉何田田。

〔三〕蕭史　見第四卷。

〔四〕洪崖　《東方朔傳》：“洪崖先生堯時年已三千歲。”郭璞詩：“右拍洪崖肩。”

〔五〕紫鳳　《禽經》：紫鳳謂之鷟。

〔六〕楚佩　指漢皐佩，詳第一卷。

〔七〕赤鱗　江淹《別賦》：聳淵魚之赤鱗。

〔八〕湘絃　謂湘靈鼓瑟之絃。道源曰：此句暗用“瓠巴鼓瑟，遊魚出聽”語。

〔九〕鄂君　見第二卷“翠被”注。

　　《戊籤》箋：如金仙玉真之師事道士史崇元，皆不逢蕭史而拍洪崖肩者也。○心悅君兮君不知，自恨不得爲洪崖也。

七夕來時先有期〔一〕，洞房簾箔至今垂。玉輪〔二〕顧兔〔三〕初生魄〔四〕，鐵網珊瑚〔五〕未有枝。檢與神方教駐景〔六〕，收將鳳紙〔七〕寫相思〔八〕。《武皇內傳》〔九〕分明在，莫道人間總不知。

　　結句是戒之言，莫謂深居縱欲，無人得知，固已昭然難掩也。甚得《國風》刺淫之旨。

〔一〕七夕來期　《漢武內傳》：帝閑居承華殿，忽見一女子美麗非常，曰：“我墉宮玉女王子登也，爲王母所使，從今清齋，不閑人事。七月七日，王母暫來。”

〔二〕玉輪　李賀詩：玉輪軋露濕團光。

〔三〕顧兔　《離騷·天問》：“夜光何德，死而又育。厥利維何，而顧兔在腹。”注：夜光，月也。顧兔，顧望之兔。

〔四〕初生魄　《書·顧命》“惟四月哉生魄”注：“始生魄，十六日。”

〔五〕鐵網珊瑚　《唐書·西域傳》：海中有珊瑚洲，海人乘大舶，墮鐵網水底。珊瑚初生磐石上，白如菌，一歲而黃，三歲赤，枝格交錯，高三四尺。鐵發其根，繫網舶上，絞而出之。

〔六〕駐景　《漢武內傳》：上元夫人命侍女紀離容徑到扶廣山，勅青真小童出六甲左右靈飛致神之方十二事，以授劉徹曰：“夫五帝者，方面之天精，六甲六位之通靈，佩而尊之，可致長生。”

〔七〕鳳紙　元和中，元稹使蜀，嘗妓薛濤造十色彩箋以寄稹，有龍鳳紙。

〔八〕相思　《漢武内傳》：王母遣侍女郭密香與上元夫人相問曰：“王九光之母敬謝，但不相見，四千餘年矣。天事勞我，致以愆面。劉徹好道，恐非仙才。夫人可暫來否？若能屈駕，當停相須。”上元夫人遣一侍女答問曰：“阿環再拜上問起居。”

〔九〕武皇内傳　班固作。

《戊籤》箋：此篇蓋爲私其侍婢而作。三、四爲初瓜寫嫩。

飲席代官妓贈兩從事

鈍吟云：太褻。

新人橋上着春衫〔一〕，舊主江邊側帽〔二〕簽。元注：隋獨孤信舉止風流，曾風吹帽簽側，觀者塞路。願得化爲紅綬〔三〕帶，許教雙鳳一時銜。

〔一〕春衫　陳賀徹《採桑》云：度水春衫綠。

〔二〕側帽　《北周書》：獨孤信在秦州，嘗因獵日暮馳馬入城，其帽微側。詰旦而吏民有戴帽者，咸慕信而側帽焉。

〔三〕紅綬　白居易詩：鶻銜紅綬繞身飛。

代元城吳令暗爲答

《魏略》：吳質字季重，以才學通博，爲五官將及諸侯所禮愛，出爲朝歌長，後遷元城令。

背闕歸藩〔一〕路欲分，水邊風物半西曛〔二〕。荆王枕上元無夢，莫枉陽臺〔三〕一片雲。

〔一〕背闕歸藩　《洛神賦》：背伊闕，越轘轅。又曰：余從京師，言歸東藩。

〔二〕西曛　《洛神賦》曰：既西傾車殆馬煩。儲光羲詩：此去亦何極，但言西日曛。

〔三〕陽臺　《寰宇記》：巫山縣西有陽臺古城，即襄王所遊之地，亦曰陽雲臺。

朱長孺曰：《西谿叢語》：“楚襄王與宋玉遊高唐之上，見雲氣之異，問宋玉，玉曰：‘昔先王夢遊高唐，與神女遇。’玉爲《高唐賦》，先王謂懷王也。玉是夜夢見神女，寤而白王，王使爲《神女賦》。後人遂言襄王夢神女，非也。"愚按：宋玉作賦，本假夢爲詞，即懷王亦豈真有夢乎？西谿此辨。尚是囈語。此詩爲洛神辨誣，明思王感甄之説，未足深信。

杏　花

上國昔相值，亭亭〔一〕如欲言。異鄉今暫賞，脈脈〔二〕豈無恩。援少風多力，牆高月有痕。爲含無限思，遂對不勝繁。仙子玉京〔三〕路，主人金谷〔四〕園。幾時辭碧落〔五〕，誰伴過黃昏〔六〕。鏡拂鉛華〔七〕膩，鑪藏桂爐〔八〕溫。終應催竹葉〔九〕，先擬詠桃根〔一〇〕。莫學啼成血〔一一〕，從教夢寄魂。吳王採香逕〔一二〕，失路入煙村。

〔一〕亭亭　劉越石詩：亭亭孤幹，獨生無伴。

〔二〕脈脈　古詩：盈盈一水間，脈脈不得語。

〔三〕玉京　見第三卷。

〔四〕金谷　石崇園名，詳第七卷。

〔五〕碧落　見第一卷。

〔六〕黃昏　《淮南子》：日至于虞淵，是謂黃昏。

〔七〕鉛華　《洛神賦》"鉛華弗御"注："鉛華，粉也。"《博物志》："燒鉛成胡粉。"

〔八〕桂爐　張協詩：尺爐重尋桂。

〔九〕竹葉　見第三卷。

〔一〇〕桃根　見第一卷"桃葉"注。

〔一一〕啼成血　見第二卷"杜鵑血"注。

〔一二〕採香逕①　《方輿勝覽》：姑蘇靈嵒山有西施採香徑。

　　首句用杏園探花事。義山，開成二年進士，爲令狐所屏，流落終身，官不掛朝籍，故借杏花以寄慨。

燈

皎潔終無倦，煎熬〔一〕亦自求。花時隨酒遠，雨夜背窗休。冷暗黃茅屋②，暄明紫桂樓〔二〕。錦囊〔三〕名畫掩，玉局〔四〕敗碁收。何處無佳夢，誰

---

① 逕：原作"徑"，據正文改。
② 屋：《四部叢刊》本、垂雲堂本作"驛"。

人不隱憂。影隨簾押[五]轉，光信篆文[六]流。客自勝潘岳[七]，儂今定莫愁[八]。固應留半焰[九]，迴照下帷羞。

〔一〕煎熬　阮籍詩：膏火自煎熬。

〔二〕桂樓　鮑照詩：鳳樓十二重，四戶八綺窗。繡桷金蓮花，桂柱玉盤龍。

〔三〕錦囊　見第二卷。

〔四〕玉局　《瑣言》：唐宣宗朝，日本國王子來朝，善圍棋，帝命待詔顧師言與之對手。王子出本國楸玉棋局、冷煖玉棋子。蓋玉之蒼者如楸木色，冷煖者冬煖而夏冷。

〔五〕簾押　見第二卷“玳瑁鈎”注。

〔六〕篆文　梁簡文帝詩：篆文生玉腕，香汗浸紅紗。

〔七〕潘岳　見第二卷。

〔八〕莫愁　見第三卷。

〔九〕半焰　紀少瑜《詠殘燈》詩：惟餘一兩焰，纔得解羅衣。

代魏宮私贈

元注：黃初三年，已隔存没，追代其意，何必同時，亦廣子夜鬼歌之流。

默云：子夜鬼歌，事出《宋書·樂志》。

來時西館[一]阻佳期，去後漳河[二]隔夢思。知有宓妃[三]無限意，春松_{一作“蘭”。}秋菊可同時。鈍云：容耀、秋菊、華茂、春松，改“蘭”字便不通矣。

〔一〕西館　《三國志·陳思王傳》：黃初二年，植貶爵安鄉侯，改封鄄城侯。四年，朝京都，至止之日，僻處西館。

〔二〕漳河　《水經注》：魏武引漳流自城西東入，逕銅雀臺下。

〔三〕宓妃　《洛神賦》善注：記曰：魏東阿王漢末求甄逸女，既不遂，太祖回，與五官中郎將。植殊不平，晝思夜想，廢寢與食。黃初中入朝，帝示植甄后玉鏤金帶枕。植見之，不覺泣。時已爲郭后讒死，帝意亦尋悟，因令太子留宴飲，仍以枕賚植。植還，度轘轅少許，時將息洛水上，思甄后，忽見女來，自云：“我本托心君王，其心不遂。此枕是在我家時從嫁前，與五官中郎將。今與君王。”言訖不復見所在，遂作《感甄賦》。後明帝見之，改爲《洛神賦》。按：洛神名宓妃，詩故托言宓妃。

齊宮詞

鈍吟云：咏史俱妙在不議論①。

永壽〔一〕兵來夜不扃，金蓮〔二〕無復印中庭。梁臺〔三〕歌管三更罷，猶自風搖九子鈴〔四〕。

〔一〕永壽　《齊書》：廢帝寶卷別爲潘妃起神仙、永壽、玉壽三殿，皆币飾以金璧。蕭衍兵入建康，王珍國、張稷引兵入殿，御刀豐勇之爲內應。寶卷方在含德殿作笙歌，兵入，斬之。

〔二〕金蓮　《齊書》：東昏侯鑿金爲蓮花貼地，令潘妃行其上，曰："此步步生蓮花也。"

〔三〕梁臺　《容齋隨筆》：晋、宋後，謂朝廷禁省爲臺，故稱禁城爲臺城。

〔四〕九子鈴　《齊書》：莊嚴寺有玉九子鈴，外國寺佛面有光相，禪靈寺塔諸寶珥，皆剝取以施潘妃殿飾。

銀河吹笙

《樂府雜錄》：笙者，女媧造也。象鳳翼，亦名參差。

悵望銀河吹玉笙〔一〕，樓寒院冷接平明。重衾〔二〕幽夢他年斷，別樹羈雌〔三〕昨夜驚。月榭〔四〕故香因雨發，風簾〔五〕殘燭隔霜清。不須浪作緱山〔六〕意，湘瑟秦簫自有情。

〔一〕玉笙　李後主"細雨夢回雞塞遠，小樓吹徹玉笙寒"，本此詩。

〔二〕重衾　劉孝威詩：重衾猶覺寒。

〔三〕羈雌　枚乘《七發》：暮則羈雌，迷鳥宿焉。

〔四〕月榭　榭，《説文》作"樹，臺有屋也。"沈約《郊居賦》曰："風臺累翼，月榭重栭。"

〔五〕風簾　謝朓詩：風簾入雙燕。

〔六〕緱山　《列仙傳》：王子喬好吹笙作鳳鳴，道士浮邱公接以上嵩山。後見桓良，曰："告吾家，七月七日，待我于緱氏山。"果乘白鶴，駐山頭，望之不得到，舉手謝時人而去。

---

① "議論"下，紀昀評：亦有議論而佳者，不以一例概之，大抵要抑揚唱嘆，弦外有音，不得作十成死句，如周曇、胡曾一流。

胡燮亭曰：銀河是牛、女隔河難相接，徒聞其吹笙而悵望，以致樓寒院冷，直至天明。重衾之夢，昔年久斷；別樹之雌，昨夜聞驚。雨發故香，動舊日之思；霜前殘燭，歎今宵之寂。爾吹笙者，不須猛浪，作意登仙，遠離情愛，如湘靈之瑟，弄玉之簫，皆成匹偶，另有一種情思耳。

題後重有戲贈任秀才

鈍吟云：太刻薄。

一丈紅薔[一]擁翠筠，羅窗不識繞街塵。峽中尋覓長逢雨，月裏依稀更有人。虛爲錯刀[二]留遠客，枉緣書札損文鱗[三]。遙知小閣還斜照，羨殺烏龍[四]臥錦茵。

[一] 紅薔　《吳郡志》：薔薇花有紅白雜色，陸龜蒙詩所謂"綺墻當戶一端晴"，綺者，紅薔薇也。皮日休《泛舟》詩所謂"淺深還看白薔薇"，則是野薔薇耳。

[二] 錯刀　《漢書·王莽傳》：更造錯刀一，直五千。

[三] 文鱗　《上林賦》"玢齒文鱗"注：玢齒，文理貌。今詩用雙魚寄書事，見第五卷"魚中素"注。

[四] 烏龍　見第五卷。

春　雨①

悵臥新春白袷[一]衣，白門寥落意多違②。紅樓隔雨相望冷，珠箔飄燈獨自歸。遠路應悲春晼晚，殘宵猶得夢依稀③。玉璫[二]緘札何由達④，萬里雲羅一雁飛。

[一] 白袷　李賀樂府："白袷玉郎寄桃葉。"《說文》：袷，夾衣無絮，亦作"裌"。

[二] 玉璫　《釋名》：穿耳施珠曰璫，此本出于蠻夷所爲也。蠻夷婦女輕淫好走，故以此琅璫錘之也。今中國人傚之耳。張正見樂府："誰論白玉璫。""玉璫緘札"，猶今所云侑緘。

----

① 紀昀評：此因春雨感懷，非咏春雨。

② "白門寥落意多違"下，紀昀評：下六句從此句生出。

③ "依稀"下，紀昀評：四句所謂"寥落"。

④ "何由達"下，紀昀評：此所謂"意多違"。

富平侯

《漢書》張安世封富平侯，薨。子延壽嗣，數上書讓減戶邑，乃徙封平原，薨。子勃嗣，薨。子臨嗣，薨，子放嗣。放以公主子開敏得幸，與上臥起，寵愛殊絕。

七國〔一〕三邊〔二〕未到憂，十三身襲富平侯。不收金彈〔三〕拋林外，却惜銀牀〔四〕在井頭。綵樹轉燈〔五〕珠錯落，繡檀廻枕〔六〕玉雕鎪。當關〔七〕莫報侵晨客，新得佳人字莫愁〔八〕。

〔一〕七國　朱長孺曰：謂漢景時七國。

〔二〕三邊　隋明餘慶詩：三邊烽亂驚。

〔三〕金彈　《西京雜記》：韓嫣好彈，以金為丸，所失者日有十餘。

〔四〕銀牀　《樂府·淮南王篇》：後園鑿井銀作牀，金瓶素綆汲寒漿。

〔五〕綵樹轉燈　《朝野僉載》：唐睿宗先天二年正月十四、十五、十六夜，于京師安福門外作燈輪，高二十丈，被以錦綺，飾以金銀，五萬盞燈，竪之如花樹。

〔六〕繡檀廻枕　《洞冥記》：東方朔曰：臣小時掘井，陷地下，其國人邀臣入雲端之幕，設元珉雕枕，刻黑玉銅鎪，為日月雲雷之狀，亦曰縷雲枕。徐陵樂府云："覓釧枕檀邊。"

〔七〕當關　嵇康書云："晝眠喜晚起，當關呼之不置。"注：漢有當關之職，曉至呼門。〇劉孝穆詩：當關好留客。

〔八〕莫愁　見第三卷。

促　漏

程湘蘅云：此與深宮詩同意，故用向月為雲事，謂止宜向月，更不得為雲也。落句似暗用甄后"蒲生我池中"詩語。

促漏遙鐘動靜聞，報章〔一〕重疊杳難分。舞鸞鏡〔二〕匣收殘黛，睡鴨〔三〕香鑪換夕薰。歸去定知還向月，夢來何處更為雲。南塘漸暖蒲堪結〔四〕，兩兩鴛鴦護水紋①。

---

① "水紋"下，紀昀評：五六跌宕，七八對面，結有味。　高廷禮以為深宮怨女之詞，於五六句有礙。沈巖壽書以為悼亡之詞，於第二句尤未安。只作有懷不遂詩解之，詞意為順。

〔一〕報章 《詩》："雖則七襄，不成報章。""杳難分"，即本集"書長爲報晚"
意也。

〔二〕鸞鏡 見第二卷"鸞不住"注。

〔三〕睡鴨 見第五卷"銀鴨"注。

〔四〕蒲堪結 見第一卷"柳帶"注。

江　東

驚魚撥剌〔一〕燕翩翾〔二〕，獨自江東上釣船。今日春光太飄蕩，謝家輕
絮〔三〕沈郎錢〔四〕。

〔一〕撥剌 《野客叢談》：杜子美詩："跳魚撥剌鳴。"按張衡《思玄賦》注：撥剌
者，劃烈震激之聲。

〔二〕翩翾 張華《鷦鷯賦》：育翩翾之陋體。

〔三〕謝家絮 見第四卷"咏絮"注。

〔四〕沈郎錢 《晋·食貨志》：吳興沈充鑄小錢，謂之"沈郎錢"。此以比榆莢也，
漢有小錢，名"榆莢錢"。

七　夕

事詳第四卷及第五卷。

鸞扇〔一〕初分鳳幄〔二〕開，星橋〔三〕橫過鵲飛廻。爭將世上無期別，換得
年年一度來。

〔一〕鸞扇 見第一卷"紅鸞扇"注。

〔二〕鳳幄 《五行志》：張易之爲母臧作七寶帳，有魚龍鸞鳳之形。

〔三〕星橋 庾信《七夕》詩：星橋通漢使。

可　歎

幸會東城宴未廻，年華憂共水相催。默云：可歎。梁家宅裏秦宮〔一〕入，
趙氏樓中赤鳳〔二〕來。冰簟〔三〕且眠金鏤枕〔四〕，瓊筵不醉玉交杯〔五〕。宓妃愁
坐芝田〔六〕館，用盡陳王八斗才〔七〕。

〔一〕秦宮 《後漢·梁冀傳》：冀愛監奴秦宮，官至太倉令，得出入妻孫壽所。壽

見宮，輒屏御者，託以言事，因與私焉。

〔二〕赤鳳　《飛燕外傳》：后所通宮奴燕赤鳳，雄健能超觀閣，兼通昭儀。赤鳳始
出少嬪館，后適來幸，是日連臂蹋地，歌《赤鳳來》曲。后謂昭儀曰："赤鳳
爲誰來？"昭儀曰："赤鳳自爲姊來，寧爲他人乎？"

〔三〕冰簟　見第二卷。

〔四〕金鏤枕　見前"宓妃"注。

〔五〕玉交杯　黃滔詩："煙樹廻垂連蒂杏，綵童交捧合歡杯。"陸龜蒙賦："杯形連
理而終在，扇樣合歡而可學。"玉交盃當是合歡連理之盃。

〔六〕芝田　《洛神賦》：秣駟乎芝田。

〔七〕八斗才　謝靈運云：天下才共一石，曹子建獨得八斗，我得一斗，自古及今
共用一斗。奇才博識，安足繼之？

曉　起

擬杯當曉氣，呵鏡有微寒。隔箔山櫻〔一〕發，褰幃桂燭〔二〕殘。書長爲
報晚，鈍云：書長語多，所以難報，故曰"爲報晚"也。夢好更尋難。影響輸雙蝶，
偏過舊畹蘭〔三〕。

〔一〕山櫻　《急就篇》注：棠棣子正熟時，正赤色，可啗，俗呼爲山櫻。○沈約
詩：山櫻發欲然。

〔二〕桂燭　《拾遺記》："王母取綠桂之膏，燃以照夜。"庾信《對燭賦》："剌取燈
花持桂燭。"

〔三〕畹蘭　《離騷》：余既滋蘭之九畹兮，又樹蕙之百畝。

腸

有懷非惜恨，不奈寸腸何。即夕廻彌久，前時斷固多。熱應翻急燒，
冷欲徹空波。隔樹澌澌〔一〕雨，通池點點荷。倦程山向背〔二〕，望國闕嵾
嵯〔三〕。故念飛書及，新歡借夢過。染筠〔四〕休伴淚，繞雪莫追歌〔五〕。擬問
陽臺事〔六〕，年深楚語訛。鈍云：結妙。

〔一〕澌　《說文》：澌，水索也。

〔二〕山向背　《湘中記》：衡山如陣雲，九向九背，乃復不見。

〔三〕闕嵾嵯　鄧德明《南康記》：南康縣歸義山，去縣七百里，下有石城，高峻

焉，遠望嵯峨，靈闕騰空，謂之神闕。

〔四〕染筠　見第一卷"瀟湘竹"注。

〔五〕繞雪　杜甫詩：哀絃繞白雪。

〔六〕陽臺事　見第三卷。

獨居有懷

麝重愁風逼，羅疎畏月侵。怨魂迷恐斷，嬌喘細疑沉。數急芙蓉帶〔一〕，頻抽翡翠簪〔二〕。柔情終未達，遥妬已先深。浦冷鴛鴦去，園空蛺蝶尋。蠟花長遞淚〔三〕，箏柱〔四〕鎮移心。覓使嵩雲暮〔五〕，回頭灞岸陰。只聞涼葉院，露井近寒砧。

〔一〕芙蓉帶　梁元帝《烏棲曲》：芙蓉爲帶石榴裙。

〔二〕翡翠簪　梁費昶詩：日照茱萸領，風搖翡翠簪。

〔三〕蠟淚　庾信《對燭賦》：銅荷承淚蠟。

〔四〕箏柱　見第一卷。

〔五〕覓使嵩雲　《漢武外傳》：武帝夜夢與李少君俱上嵩高山，半道有繡衣使者，乘龍持節從雲中下，言太乙君召請少君。

代贈二首

樓上黃昏望欲休，玉梯〔一〕橫絕月中鈎〔二〕。芭蕉不展丁香〔三〕結，同向春風各自愁。

〔一〕玉梯　畢耀詩：玉梯不得踏。

〔二〕月中鈎　中，一作"如"。公孫乘《月賦》：隱懸巖而似鈎。

〔三〕丁香　見第四卷。

東南日出照高樓〔一〕，樓上離人唱石州〔二〕。總把春山掃眉黛〔三〕，不知供得幾多愁？

〔一〕日照高樓　《陌上桑》古詞：日出東南隅，照我秦氏樓。

〔二〕石州　《樂府》：《石州詞》，角調曲也。

〔三〕山黛　《飛燕外傳》：合德新沐，膏九曲沉香水；爲卷髮，號新髻；爲薄眉，號遠山黛；施小朱，號慵來粧。《烟花記》：煬帝日給宮人螺子黛五斛。

宮　辭

君恩如水向東流，得寵憂移失寵愁。莫向尊前奏花落〔一〕，涼風只在殿西頭。

〔一〕花落　《樂府》有《梅花落》。

追代盧家人嘲堂內

道却橫波〔一〕字，人前莫謾羞。只應同楚水，長短入淮流。

〔一〕橫波　傅毅《舞賦》：目流睇而橫波。

　　道源云：橫波同楚水，喻其情之長也。以"淮"代懷，乃隱語，如古樂府石闕銜碑之類。勳按：《讀曲歌》"石闕生口中，銜悲不得語"，石闕，漢碑名，隱言悲也。

訪人不遇留題別館

卿卿不惜瑣窗春，去作長楸〔一〕走馬身。閒倚繡簾吹柳絮，日高深院斷無人。

〔一〕長楸　曹植《名都篇》："走馬長楸間。"翰曰：古種楸于道，故曰長楸。

代　應

本來銀漢是紅牆〔一〕，隔得盧家白玉堂〔二〕。誰與王昌〔三〕報消息，盡知三十六鴛鴦〔四〕。默云：古樂府鴛鴦七十二，合雌雄而言之也。分言之，則三十六矣。

〔一〕紅牆　宋玉《招魂》："紅壁沙版，玄玉之梁些。"《女紅餘志》：尚衣多病，文帝以硃砂塗四壁以辟邪，故謂之紅壁。

〔二〕白玉堂　《相逢行》古辭："白玉爲君堂。"本集詩："又入盧家妭玉堂。"

〔三〕王昌　見第五卷。

〔四〕三十六鴛鴦　《謝氏詩源》：霍光園中鑿大池，植五色睡蓮，養鴛鴦三十六對，望之爛若舒錦。

楚　吟

山上離宮宮上樓，樓前宮畔暮江流。楚天長短黃昏雨，宋玉[一]無愁亦自愁。

〔一〕宋玉　《史記》：楚有宋玉、唐勒、景差之徒，皆好辭，而以賦見稱。王逸《楚辭序》：“宋玉，屈原弟子。”

龍　池

《雍録》：明皇爲諸王時故宅，在京城東南角隆慶坊。宅有井，井溢成池。中宗時，數有雲龍之祥。後引龍首堰水注池，池面益廣，即龍池也。開元二年七月，以宅爲宮，是爲興慶宮。

龍池賜酒敞雲屏[一]，羯鼓[二]聲高衆樂停。夜半宴歸宮漏永，薛王[三]沉醉壽王[四]醒。

〔一〕雲屏　見第五卷。

〔二〕羯鼓　《唐志》：玄宗好羯鼓，常稱：“羯鼓，八音之領袖，諸樂不可方也。”蓋本戎羯之樂。其音太簇一均，其聲焦殺，特異衆樂。

〔三〕薛王　朱長孺注：《容齋續筆》：“唐岐、薛諸王，俱薨于開元中，而太真以天寶二載方入宮。此篇與元稹‘百官隊伎避岐薛’，俱失之。”愚按：史云睿宗六子，王德妃生業，始王趙，降封中山王，進王薛。開元二十二年薨，子珵嗣。此詩與微之詞，豈俱指嗣王歟？要之，作者微文刺譏，不必一一核實。

〔四〕壽王　《唐書》：玄宗第十八子瑁，封壽王。《后妃傳》：貴妃楊氏，始爲壽王妃。開元二十四年，武惠妃薨，後宮無當意者，或言妃姿質天挺，宜充掖庭，遂召納禁中，匄籍女冠，號太真。天寶四年，立爲貴妃，更爲壽王聘韋昭訓女。

淚

默庵云：句句是淚，不是哭。

鈍吟云：平叙八句，律詩變體。○詩有起承轉合，訓蒙之法也。如此詩八句七事，《三體詩》《瀛奎律髓》全用不著矣。

永巷[一]長年怨綺羅，離情終日思風波。湘江竹[二]上痕無限，峴首碑〔三〕前灑幾多。人去紫臺〔四〕秋入塞，兵殘楚帳夜聞歌〔五〕。朝來灞水橋〔六〕邊問，未抵青袍〔七〕送玉珂。

〔一〕永巷　《三輔黃圖》：永巷，宮之長巷，幽閉宮女之有罪者。

〔二〕湘江竹　見第一卷"瀟湘竹"注。

〔三〕峴首碑　沈炯《歸魂賦》："映峴首之沉碑。"詳第一卷"峴山碑"注。

〔四〕紫臺　《恨賦》"紫臺稍遠，關山無極"注："紫臺，猶紫宮也。"事詳第五卷"王昭君"注。

〔五〕楚帳聞歌　《漢書·項羽傳》：羽夜聞漢軍四面皆楚歌，廼驚起，飲帳中，悲歌慷慨，泣下數行。

〔六〕灞橋　見第三卷。

〔七〕青袍　古詩：青袍似春草。

即　目

地寬樓已迥，人更迥於樓。細意經春物，傷醒屬暮秋①。望賒殊易斷，恨久欲難收。大執"勢"同。真無利，多情豈自由。空園兼樹廢②，敗港擁花流。書去青楓驛〔一〕，鴻歸杜若洲〔二〕。單棲應分定，辭疾索誰憂。更替林鴉恨，驚頻去不休。

〔一〕青楓驛　杜甫《雙楓浦》詩：輒掉青楓浦，雙楓舊已摧。

〔二〕杜若洲　《楚詞》：採芳洲兮杜若。

水天閒話舊事

鈍云：此題集本誤也。

程湘蘅云：疑主家有安樂太平之行，故云爾。

月姊〔一〕曾逢下彩蟾〔二〕，默云：俱說舊事。傾城消息隔重簾③。已聞環響知腰細④，更辨絃聲覺指纖。暮雨自歸山峭峭，秋河不動夜厭厭。王昌且在

---

①　秋：《四部叢刊》本、垂雲堂本作"愁"。

②　園：《四部叢刊》本、垂雲堂本作"垣"。

③　"隔重簾"下，紀昀評：下俱從此三字生出。

④　環：《四部叢刊》本、垂雲堂本作"珮"。

牆東〔三〕住，未必金堂〔四〕得免嫌①。

〔一〕月姊　蔡邕《獨斷》：天子父事天，母事地，兄事日，姊事月。

〔二〕彩蟾　《五經通義》：“月中有兔與蟾蜍，何也？月，陰也；蟾蜍，陽也，而與兔並明陰繫於陽也。”吴淑賦：“顧兔騰精而夜逸，蟾蜍絢彩而宵奔。”

〔三〕牆東　樂府：人生富貴何所望，恨不早嫁東家王。

〔四〕金堂　陳啓源曰：東家王爲盧莫愁咏也，金堂疑指盧家鬱金堂。

漢宮詞

　　　　鈍吟云：刺好仙事虛無，而賢才不得志也②。○諷刺清婉。

青雀〔一〕西飛竟未廻，君王長在集靈臺〔二〕。侍臣最有相如渴〔三〕，不賜金莖露〔四〕一杯。

〔一〕青雀　《洞冥記》：有一女人愛悦于帝，名曰巨靈。帝傍有青珉唾壺，巨靈乍出入其中，或戲笑帝前，東方朔目之巨靈，因而飛去，化成青雀，帝乃起青雀臺。

〔二〕集靈臺　《三輔黄圖》：集靈宮在華陰縣界，武帝宮觀名。此云臺，疑即集靈宮中之臺也。

〔三〕相如渴　《西京雜記》：長卿素有消渴疾，及還成都，悦文君之色，遂以發痼疾。

〔四〕金莖露　《漢武故事》：帝作金莖檠玉杯，承雲表露，和玉屑服之以求仙。

席上作　一云：予爲桂州從事，故鄭公出家妓，令賦高唐詩

澹雲輕雨拂高唐〔一〕，玉殿〔二〕秋來夜正長。料得也應憐宋玉，一生惟事楚襄王。鈍云：大露。

〔一〕高唐　宋玉《高唐賦》：“昔者楚襄王與宋玉遊于雲夢之臺，望高唐之觀。”詳第一卷“巫峽雲”注。

〔二〕玉殿　沈約詩：玉殿下趨蹌。

---

① “得免嫌”下，紀昀評：不曰及亂，而曰未必免嫌，敦厚之旨。

② “不得志也”下，紀昀評：露若能醫消渴，猶可希冀延年，何不賜相如一杯試之，刺求仙無益也。鈍吟此解，上下畫爲兩撥，殊失語妙。

留贈畏之〔一〕 元注：時將赴職梓潼，遇韓朝覲三首

《唐書》：劍南道梓州梓潼郡。按：乾元後分東西川，梓州爲東川節度治所，時義山爲梓州節度判官。

默庵云：是贈同年，所以意深味旨。俗本改作無題詩，誤甚①。

待得郎來月已低，寒暄不道醉如泥〔二〕。五更又欲向何處，騎馬出門烏夜啼。

〔一〕畏之　韓瞻也。《唐詩紀事》：韓瞻，開成二年李義山同年。

〔二〕醉如泥　《後漢·周澤傳》：澤爲太常，以妻犯齋禁送獄，時人爲之語曰："生世不諧，作太常妻。一歲三百六十日，三百五十九日齋。"注：《漢官儀》此下云："一日不齋醉如泥。"

馬　嵬

《雍錄》：馬嵬故城，在興平縣西北二十三里，雍都西九十里。城本是馬嵬，築以避難。馬嵬者，姓名也。有驛，楊妃死于驛。

鈍吟云：工甚。

海外徒聞更九州〔一〕，他生未卜此生休。空聞虎旅〔二〕鳴宵柝，無復雞人〔三〕報曉籌。此日六軍同駐馬〔四〕，當時七夕笑牽牛〔五〕。如何四紀〔六〕爲天子，不及盧家有莫愁〔七〕。

〔一〕海外九州　原注：鄒衍云："九州之外，復有九州。"《長恨傳》：道士旁求四虛上下，東極大海，跨蓬壺，見最高山上多樓閣。西廂下有洞戶，東向，其門署曰"玉妃太真院"。方士扣扉，有碧衣侍女詰所從來，方士稱"唐天子使者"，碧衣云："玉妃方寢。"于時雲海沉沉，洞天日晚，瓊戶重闔，悄然無聲。久之而碧衣延入，且曰："玉妃出見。"一人冠金蓮，披紫綃，珮紅玉，曳鳳舄，侍者七八人。

〔二〕虎旅　《西京賦》"陳虎旅於飛廉"，善曰：《周禮》：虎賁，下大夫；旅賁，中士也。

〔三〕雞人　《周禮》："雞人夜呼旦以嘂百官。"王維詩："絳幘雞人報曉籌。"

---

① "誤甚"下，紀昀評：改作無題固妄，然實是失去贈韓詩二首，又失去此二首之題，誤連爲一。默庵強爲作解，甚謬。程午橋又祖其說，愈用穿鑿。此或可因前首"侍女吹笙"句，云代作閨情爲戲。第二首"瀟湘岸上"之語，與韓何涉？

〔四〕同駐馬　《長恨傳》：祿山引兵向闕，翠華南幸，道次馬嵬亭，六軍徘徊，持
　　戟不進。詳見第二卷《過華清宮》詩注。

〔五〕笑牽牛　《長恨傳》：玉妃曰：“昔天寶十年，侍輦避暑驪山宮。秋七月，牽
　　牛、織女相見之夕，時夜始半，獨侍上。上憑肩而立，因仰感牛、女事，密相
　　誓心，願世世爲夫婦。言畢，執手各鳴咽。此獨君王知之耳。”

〔六〕四紀　《舊唐書・玄宗紀》：詔曰：“聿來四紀，人亦小康。”

〔七〕盧家莫愁　《容齋三筆》：莫愁者，洛陽人，梁武帝《河中之水歌》“洛陽女
　　兒名莫愁，十五嫁爲盧家婦。盧家蘭室桂爲梁，中有鬱金蘇合香”者是也。
　　按：此非石城之莫愁。

離亭賦得折楊柳二首

暫憑樽酒送無憀，莫損愁眉與細腰。人世死前惟有別，春風爭擬惜
長條。

含煙惹霧每依依①，萬緒千條拂落暉。爲報行人休盡折，半留相送半
迎歸②。

深　宮

程湘蘅云：唐自肅、代以後，天子制于奄豎，代不立后，至易世始
追稱之。敬、文之間，享國日淺，先朝嬪御，疑有失德，故詩言如此。
結謂陽臺雲雨，祇堪形諸夢寐，不謂人間乃有薦枕解珮事也。其諷警
深矣！

金殿銷香閉綺櫳，玉壺傳點咽銅龍〔一〕。狂飈不惜蘿陰薄，清露偏知
桂葉濃。斑竹嶺邊無限淚，景陽宮裏及時鐘〔二〕。豈知爲雨爲雲處，祇有
高唐十二峯〔三〕。

〔一〕銅龍　殷夔《漏刻法》：爲器三重，圓皆徑尺，于器下爲金龍，口吐漏水
　　轉注。

〔二〕景陽鐘　見第二卷。

---

① 霧：《四部叢刊》本、垂雲堂本作“露”。
② “迎歸”下，紀昀評：第一首太竭，此方有致。

〔三〕高唐十二峯　《吴船記》：下巫峽，三十五里至神女廟，十二峯在北岸，所謂陽臺高唐觀，在來鶴峯上。

李　涉十五首

《唐詩紀事》：涉，渤之兄，早從陳許辟。憲宗時，爲太子通事舍人，投匭言吐突承璀冤狀。孔戣知匭事，表其姦，逐爲峽州司户參軍。太和中，爲太學博士。自號清谿子。

鈍吟云：此君諸篇，亦是太白之餘①。

寄荆娘寫真

鈍吟云：長篇叙事，亦歌行一體，集中惟此，五言則元相《夢游春》一篇。○唐詩如此者多矣，白樂天《琵琶行》、劉夢得《泰娘》、杜牧之《張好好》，皆過于此，何以獨選此篇？李博士絶句，佳者不少，所選亦不可解。

章華臺〔一〕南莎草齊，長河柳色連金堤。青樓曈曨曙光蚤，梨花滿巷鸎新啼。章臺玉顔年十六，小來能唱西梁曲〔二〕。教坊大使〔三〕久知名，郢上詞人歌〔四〕不足。少年才子心相許，夜夜高唐夢雲雨。五銖〔五〕香帔結同心，三寸紅箋替傳語。綠池並戲雙鴛鴦，田田翠葉紅蓮香。百年恩愛兩相許，一夕不見生愁腸。上清仙女徵遊伴，欲從湘靈〔六〕住河漢。只愁陵谷〔七〕變人寰，空歎桑田〔八〕歸海岸。願分精魄〔九〕定形影，永似銀壺〔一〇〕挂金井〔一一〕。召得丹青絶世工，寫真與身真相同。忽然相對兩不語，疑是妝成來鏡中。豈期人願天不違，雲軿却駐從山歸。畫圖封裹寄箱篋，洞房艷艷生光輝。良人翻作東飛翼，却遣江頭問消息。經年不得一封書，翠幕雲屏遶空壁。結客有少年，名總身姓王。征帆三千里，前月發豫章。知我別時言，識我馬上郎〔一二〕。黙云：又頂姓王。恨無羽翼飛，使我徒怨滄波長。開篋取畫圖，寄我形影與客將。如今憔悴不相似，恐君重見生悲傷。蒼梧〔一三〕九疑〔一四〕在何處，斑斑竹淚連瀟湘〔一五〕。

〔一〕章華臺　《左傳》：楚子成章華之臺，願與諸侯落之。

〔二〕西梁曲　丁静山云：梁，當作"凉"。《唐書·禮樂志》：《凉州曲》，本西凉所

---

① "太白之餘"下，紀昀評：絶句自佳。

獻也。

〔三〕**教坊使**　《唐·百官志》：武德後①，置内教坊于禁中。開元二年，又置内教坊于蓬萊殿側，京都置左右教坊，掌優俳雜技，以中官爲教坊使。

〔四〕**郢上歌**　見第五卷"白雪"注。

〔五〕**五銖**　《博異記》：岑文本山亭避暑，有叩門者報云：上清童子，衣服輕細如霧。問何土所出。對曰："此是上清五銖服。"出門數步，于牆下瞥然不見。掘至古墓，唯得古錢一枚。

〔六〕**湘靈**　見十卷"湘水佳人"注。

〔七〕**陵谷**　《詩》：高岸爲谷，深谷爲陵。

〔八〕**桑田**　《神仙傳》：麻姑云："接待以來，已見東海三爲桑田②。"

〔九〕**分精魄**　荆娘欲分己之精魄，寄于畫圖，以定其形影也。

〔一〇〕**銀壺**　即金瓶。見前注。

〔一一〕**金井**　《寰宇記》：戴延之《西征記》云："符秦築宫于長安東城中，有太極殿，殿上有金井焉。"

〔一二〕**馬上郎**　《南史·陳後主紀》：梁末，童謡云："不見馬上郎，但見黄塵起。"及僧辯滅，羣臣以謡言奏聞曰："馬上郎，王字也。"馮注云"又頂姓王"者，本此。然細玩辭意，直謂王姓之少年乃識我郎者，故取畫圖托之，使寄我郎耳。恐未可强爲附會也。右，丁静山云。

〔一三〕**蒼梧**　《檀弓》：舜崩於蒼梧之野，三妃未之從也。

〔一四〕**九疑**　見第四卷。

〔一五〕**瀟湘竹**　見第一卷。

與李渤新羅劍歌

　　　　《唐書》：渤與仲兄涉偕隱廬山，徵起，以峭直觸大臣意，謝病歸。穆宗立，召拜考功員外郎。歲終考校，自宰相以下升黜之。杜元穎劾奏渤賣直售名，出爲虔州刺史，遷江州刺史。

　　　　《梁書》：新羅者，其地東濱大海，南北與句驪、百濟接。

　　我有神劍異人與，暗中往往精靈語。識者知從東海來，來時一夜因風雨。長河臨曉北斗殘，秋水露背青螭〔一〕寒。昨夜大梁城下宿，不借趹跌

---

① 後：原無，據《新唐書》卷四八補。
② 已見：原作"見已"，據《神仙傳》卷三乙。

光顏⁽二⁾看。刃邊颯颯塵沙缺，瘢痕半是鮫龍⁽三⁾血。雷煥張華⁽四⁾久已無，沉冤知向何人說？原云：未解。我有愛弟都九江⁽五⁾，一條直氣今無雙。青光好去莫惆悵，必斬長鯨須少壯。

〔一〕青螭　王勃賦：想青螭及碧鸞。

〔二〕跌跌光顏　《集韻》：跌，音纈，姓也。跌跌即阿跌。《唐書·李光進傳》：其先河曲諸部，姓阿跌氏。弟光顏，從河東軍爲裨將。節度使馬燧謂曰："若有奇相，終必光大。"解所佩劍贈之。

〔三〕鮫龍　"水截蛟龍，陸剸犀革"，見《聖主得賢臣頌》。

〔四〕雷煥張華　《晉書》：斗牛之間，常有紫氣。張華與雷煥登樓仰觀，曰："是何祥也?"煥曰："寶劍之氣，上徹于天耳。"曰："在何郡?"曰："豫章豐城。"華即補煥爲豐城令。煥到郡，掘獄屋基，得一石函，光氣非常，中有雙劍，刻文一曰龍泉，一曰太阿。其夕，斗牛間氣不復見。

〔五〕都九江　《韻會小補》：都，居也。《東方朔傳》："都卿相之位。"《唐·地理志》：江州潯陽郡，本九江郡，天寶元年更名渤，爲江州刺史，故曰"都九江"。

六　歎　只書兩首

綺羅香風翡翠車⁽一⁾，晴明獨傍芙蓉渠。上有雲鬟洞仙女，垂羅掩縠煙中語。風月頻驚桃李時，滄波久別鴛鴦侶。欲傳一札孤飛翼，山長水遠無消息。却鎖重門一院深，半夜空庭明月色。

〔一〕翡翠車　唐太宗詩：新豐停翠輦。

深院梧桐夾金井，上有轆轤⁽一⁾青絲索。美人清晝汲寒泉，寒泉欲上銀瓶落⁽二⁾。迢迢碧甃⁽三⁾千餘尺，竟日倚闌空歎息。惆悵不來照明鏡，却掩洞房花寂寂。

〔一〕轆轤　見第二卷。

〔二〕銀瓶落　《玉臺新詠·估客樂》：莫作瓶落井，一去無消息。

〔三〕甃　《易》"井甃无咎"疏：以塼壘井，脩井之壞，謂之甃。

重過文上人院

南隨越鳥⁽一⁾北燕鴻⁽二⁾，松月三年別遠公⁽三⁾。無限心中不平事，一宵清話又成空。

〔一〕越鳥　古詩：越鳥巢南枝。

〔二〕燕鴻　陳帆曰：《廣絶交論》“軼歸鴻于碣石”，碣石，燕地也，故曰“燕鴻”。

〔三〕遠公　《蓮社高賢傳》：法師慧遠，見廬山閑曠，可以息心，乃立精舍。

潤州聽角

《唐·地理志》：潤州丹陽郡，武德三年，以江都郡之延陵縣地置，取潤浦爲州名。

江城吹角水茫茫，曲引邊聲怨思長。驚起暮天沙上雁，海門〔一〕斜去兩三行。

〔一〕海門　《廣輿記》：揚州府海門島，在通州海中。

再宿武關

《寰宇記》：武關在商洛縣東南九十里。

遠別秦城〔一〕萬里遊，亂山高下出商州〔二〕。關門不鎖寒溪水，一夜潺潺送客愁①。

〔一〕秦城　《一統志》：秦城在鳳翔府隴州南三里，秦非子養馬于此。

〔二〕商州　《寰宇記》：商州商洛縣，漢爲商縣，屬弘農郡。隋開皇四年，改商縣爲商洛縣。武德二年，自故城移于今理。又商州地勢險隘，有七盤十二綍。

鷓鴣詞二首

湘江煙水深，沙岸隔楓林。何處鷓鴣飛，日斜斑竹陰。二女〔一〕虛垂淚，三閭〔二〕枉自沉。唯有鷓鴣啼，獨傷行客心。

〔一〕二女　見第四卷。

〔二〕三閭　《楚辭》：子非三閭大夫歟？何故至于斯？

越岡連越井〔一〕，越鳥更南飛。何處鷓鴣啼，夕煙東嶺歸。嶺外行人

---

① “送客愁”下，紀昀評：只愁人一夜不眠耳，説來蘊藉。

少，天涯北客稀。鷗鴣啼別處，相對淚霑衣。

〔一〕越岡越井　《寰宇記》：天井岡在南海縣北四里。《南越志》：天井岡下有越王井，深百餘尺，云是趙陀所鑿。

牧童詞

朝牧牛，牧牛下江曲。暮牧牛，牧牛度村谷。荷蓑出林春雨細，蘆管臥吹莎草綠。亂插蓬蒿箭滿腰，不怕猛虎欺黃犢。

竹枝詞四首

杜詩"竹枝歌未好"自注云：《竹枝歌》，巴渝之遺音也，惟峽人善唱。

荆門〔一〕灘急水潺潺，兩岸猿啼〔二〕煙滿山。渡頭年少應官去，月落西陵〔三〕望不還。

〔一〕荆門　《水經注》：荆門上合下開，闇徹山南。有門像虎牙，在北，石壁色紅，間有白文，類牙形。此楚之西塞也，水勢急峻。

〔二〕兩岸猿啼　《水經注》：《宜都記》曰："自黃牛灘東入西陵界，至峽口一百許里，山水紆曲，而兩岸高山重障，非日中夜半，不見日月。絕壁或千許丈，其石彩色，形容多所像類，林木高茂，略盡冬春。猿鳴至清，山谷傳響，泠泠不絕。所謂三峽，此其一也。"

〔三〕西陵　《一統志》：西陵峽在夷陵，三峽之一。

巫峽雲開神女祠〔一〕，綠潭紅樹影參差。不勞戍〔二〕口初相問①，無義灘〔三〕頭剩別離。

〔一〕神女祠　《入蜀記》：二十三日，過巫山凝真觀，謁妙用真人，即世所謂巫山神女也。祠正對巫山，峰巒上入霄漢，山脚直插江中。十二峰者，惟神女峯最爲纖麗奇峭，宜爲仙真所托。

〔二〕不勞戍　楊慎《唐絕增奇》《品彙》俱作下牢戍，爲是。《入蜀記》：八日，過下牢關。夾江千峰萬嶂，初冬草木，皆青蒼不彫。西望重山如闕，江出其間，則所謂下牢谿。

〔三〕無義灘　《入蜀記》：黃牛廟下，即無義灘。

---

① "不勞"下，紀昀注：當作"下牢"。

石壁千重樹萬重，白雲斜掩碧芙蓉〔一〕。昭君溪〔二〕上年年月，獨自嬋
娟色最濃。

〔一〕碧芙蓉　《入蜀記》：過東瀼灘，入馬肝峽。其旁有獅子巖，巖中有小石，蹲
　　踞張頤，碧草被之，如青獅子。泉泠泠自巖中出。溪上又有一峯，孤起秀麗，
　　略如小孤。"碧芙蓉"，言其秀麗也。

〔二〕昭君溪　《入蜀記》：過白狗峽，泊舟興山口，肩輿遊玉虛洞。去江岸五里
　　許，隔一溪，所謂香溪也。源出昭君村，水味美①，色碧如黛。

十二峯〔一〕頭月欲低，空泠灘〔二〕上子規啼。孤舟一夜東歸客，泣向春
風憶建溪〔三〕②。

〔一〕十二峯　詳第二卷。

〔二〕空泠灘　泠，一作"舲"。何義門云：《水經注》："湘水縣北有空舲峽，驚浪
　　雷奔，濬同三峽。"此云十二峰頭，謂此峽也。在宜都、建平二郡界者，又一
　　空舲峽。

〔三〕建溪　《寰宇記》：建溪在建陽縣東一百步，源從武夷山下，西北來縣界也。

寄贈妓人

兩行客淚愁中落，萬樹山花雨後殘。君到揚州見桃葉〔一〕，爲傳風雨
過江難。

〔一〕桃葉　見第一卷。

唐彥謙十七首

　　《舊唐書》：彥謙字茂業，咸通末應進士，才高負氣，十餘年不第。乾符
末，河南盜起，兩都覆沒，以其家避地漢南。王重榮鎮河中，累奏至河中節度
副使，歷晉、絳二州刺史。重榮爲部下所害，彥謙貶漢中掾。曹守亮鎮興元，
署爲判官，累官閬、壁二州刺史，卒。有詩數百篇，號《鹿門先生集》。

　　鈍吟云：此君全法飛卿。時有玉溪之體，皆西崑所祖也。

---

① 美：原脫，據《入蜀記》卷六補。

② "建溪"下，紀昀評：四首皆夢得之亞，殆欲亂真。此首尤不減龍標。

柳

惹絆風光別有情，世間誰敢鬪輕盈。楚王江畔無端種，餓損宮娥〔一〕學不成。

〔一〕餓損宮娥　《漢書·馬廖傳》：楚王好細腰，宮中多餓死。

牡　丹

鈍吟云：不刻畫，却自然是牡丹詩，唐人所以勝宋人也。○鹿門諸詩，詠物最爲可法。

真宰多情巧思新，固將能事送殘春。爲雲爲雨徒虛語，傾國傾城不在人。開日綺霞應失色，默云：必是牡丹方可當。落時青帝〔一〕合傷神。嫦娥〔二〕婺女〔三〕曾相送，留下鴉黃〔四〕作蕊塵。

〔一〕青帝　見第三卷。

〔二〕嫦娥　嫦娥小字純狐，出《緯書》。

〔三〕婺女　《左傳》“有星出于婺女”，林注：星占婺女，爲既嫁之女。

〔四〕鴉黃　虞世南《贈袁寶兒》詩：學畫鴉黃半未成。

春　雨

默庵云：首二句提出題面，已下八韻，俱從第二句生下，落句收得殺。

鈍吟云：結句真義山。

綺陌〔一〕夜來雨，春樓寒望迷。遠容迎燕戲，亂響隔鶯啼。有恨開蘭室，無言對李蹊〔二〕。花歆渾拂檻，柳重欲垂堤。燈檠〔三〕昏魚目〔四〕，熏爐咽麝臍〔五〕。別輕天北鶴〔六〕，夢怯汝南雞〔七〕。入户侵羅幌〔八〕，梢〔九〕簷潤繡題。新豐樹〔一〇〕已失，長信草〔一一〕初齊。亂蝶寒猶舞，驚烏暝不棲。庾郎盤馬〔一二〕地，却怕有春泥〔一三〕。

〔一〕綺陌　韓集孟郊句“鵶行參綺陌”，言阡陌相錯如綺綉。

〔二〕蘭室李蹊　俱見第一卷。

〔三〕燈檠　《集韻》：檠，渠耿切，有四足，似几。

〔四〕**魚目** 丁静山云：魚目無光，喻燈之昏暗。《参同契》："魚目豈爲珠，蓬蒿不成檟。"

〔五〕**麝臍** 見第一卷"麝氣"注。

〔六〕**天北鶴** 沈約詩：愍海上之驚鳬，傷雲間之離鶴。離鶴昔未離，近發天北垂。

〔七〕**汝南雞** 《漢舊儀》：汝南出長鳴雞。

〔八〕**羅幌** 鮑照詩：羅幌不勝風。

〔九〕**梢** 音宵。《考工記》注：水漱齧之爲梢。

〔一〇〕**新豐樹** 《西京雜記》：高祖少時，常祭枌榆之社。及移新豐，亦還立焉。庾肩吾謂"遙識新豐樹"。

〔一一〕**長信草** "長信"見第二卷。庾肩吾有《詠長信宮中草》詩。

〔一二〕**庾郎盤馬** 《世説》：庾小征西，嘗出未還。婦母阮與女上安陵城樓上，俄頃翼歸，策良馬，盛輿衛。阮語女："聞庾郎能騎，我何由得見?"婦告翼，翼便爲于道開鹵簿盤馬，始兩轉，墜馬墮地，意氣自若。

〔一三〕**春泥** 杜甫詩：春泥百草生。

秋晚高樓

松拂疎窗竹映闌，素琴幽怨不成彈。清霄霽極雲離岫，_{默云：秋晚。}紫禁風高露滿盤〔一〕。晚蝶飄零經宿雨，暮鴉凌亂報秋寒。高樓瞪目歸鴻遠，_{默云：又出題。}始信嵇康欲畫難〔二〕。

〔一〕**露滿盤** 見前"金莖露"注。

〔二〕**嵇康欲畫難** 《世説》：顧長康《論畫》："手揮五弦易，目送歸鴻難。"按：二語本嵇康《送兄入軍》詩也。作者乃合用二人語。

寄難八

鈍云：難姓僻，妄人改爲"韓"字，不可從。

上巳〔一〕接寒食〔二〕，罵花寥落辰。微微潑火雨〔三〕，_{默云：上巳、寒食。}草草踏青〔四〕人。涼似三秋景，清無九陌塵。伯輿〔五〕同病者，_{默云：寄。}對此合傷神。

〔一〕**上巳** 《韓詩章句》：鄭國之俗，三月上巳，之溱、洧兩水之上，執蘭招魂續魄，祓除不祥。

〔二〕寒食　見第三卷。

〔三〕潑火雨　《退齋雅聞》：河朔人謂清明雨爲"潑火雨"。

〔四〕踏青　李綽《歲時記》：上巳，錫宴曲江，都人于江頭禊飲，踐踏青草，曰
　　　"踏青"。

〔五〕伯輿　《世説》：王長史登茅山，大慟哭，曰："琅邪王伯輿，終當爲情死。"

長溪秋望

柳暗沙長溪水流①，雨微煙暝立溪頭。寒鴉閃閃前山去，杜曲〔一〕黃昏
人自愁。去，宋本作"遠"。

〔一〕杜曲　《雍録》：杜曲在啓夏門外，向西即少陵原也。

離　鸞

《西京雜記》：慶安世年十五，善鼓琴，能爲《雙鳳》《離鸞》之曲。

聞道離鸞思故鄉，也知情願嫁王昌〔一〕。塵埃一别楊朱路〔二〕，風月三
年宋玉牆〔三〕。下疾不成雙點淚，斷多難到九廻腸。庭前佳樹名栀子，試
結同心〔四〕寄謝娘。

〔一〕嫁王昌　崔顥詩：十五嫁王昌。

〔二〕楊朱路　《列子》：楊子之鄰人亡羊，既率其黨，又請楊子之豎追之。楊子
　　　曰："嘻！亡一羊，何追者之衆？"鄰人曰："多歧路。"既反，問："獲羊乎？"
　　　曰："亡之矣。歧路之中，又有歧焉，吾不知其所之也。"

〔三〕宋玉牆　宋玉《登徒子好色賦》：此女登牆闚臣三年，至今未許也。

〔四〕栀子同心　徐悱妻劉令嫻《摘同心栀子贈謝娘》詩曰：兩葉雖爲贈，交情永
　　　未因。同心何處恨，栀子最關人。

曲江春望

曲江，見第一卷。

杏艷桃嬌奪晚霞，樂遊〔一〕無廟有年華。漢朝冠蓋皆陵墓，十里宜春

---

① 暗：宋本注："一作'短'。"

下苑〔二〕花。

〔一〕樂遊　《三輔黃圖》：宣帝廟號樂遊，在杜陵西北。神爵三年，宣帝立廟于曲
池之北，號樂遊。按其處，則今呼“樂遊闕”是也，因樂遊苑得名。

〔二〕宜春下苑　《雍録》：宜春苑者，地屬下杜，有曰宜春宮者，即下杜苑中之
宮也，皆秦創也。《上林賦》曰“息宜春”，師古曰：“宮名，在杜縣東。”即唐
曲江也。《貢禹傳》：“元帝用禹言，罷宜春下苑，以假貧民。”此下杜之苑。

柳

春思春愁一萬枝，遠村遥岸寄相思。西園〔一〕有雨和苔長，南内〔二〕無
人拂檻垂。遊客寂寥緘遠恨，暮鶯啼叫惜芳時。晚來飛絮如霜鬢，恐爲多
情管別離。

〔一〕西園　見第三卷。

〔二〕南内　見第五卷“興慶”注。

春　陰

一寸廻腸百慮侵，旅愁危涕兩争禁。天涯已有銷魂别，_{默云：春陰。}樓上
寧無擁鼻吟〔一〕。感事不關河裏笛〔二〕，傷心應倍雍門琴〔三〕。春雲更覺愁於
我，閒蓋低村作暝陰①。

〔一〕擁鼻吟　《晋書》：謝安能爲洛下書生詠，有鼻疾，故音濁，名流或手掩鼻以
斅之。

〔二〕河裏笛　向秀《思舊賦序》：“余與嵇康、吕安居止接近，嵇、吕後各以事見
法。余逝將西邁，經其舊廬，于時日薄虞淵，寒冰凄然，鄰人有善吹笛者，發
聲寥亮，追思曩昔遊宴之好，感音而歎，故作賦云。”按注：嵇、吕舊居在河
内郡山陽縣。

〔三〕雍門琴　《説苑》：雍門子周以琴見孟嘗君，孟嘗君曰：“先生鼓琴，亦能令
文悲乎？”雍門子周曰：“臣之所爲足下悲者，千秋萬歲之後，高臺既以壞，曲
池既以漸，墳墓既以下而青廷矣。嬰兒豎子，樵採薪蕘者，蹢躅而歌其上，見
之無不愀然，曰：‘孟嘗君尊貴，乃若此乎！’”於是孟嘗君泫然泣涕，承睫而
未殞。雍門子周引琴而鼓之，徐動宫徵，微揮羽角，孟嘗君歔欷而就之。

---

① “暝陰”下，紀昀評：前六句無一字露春陰，而句句是春陰意境，末一句乃倒點，奇絶。

春深獨行馬上有作

日烈風高野草香，戴云：春深。百花狼籍柳披猖。連天瑞靄千門遠，夾道新陰九陌長。衆飲不歡逃席酒，獨行無味放游韁[一]。年來與問閒遊者，戴云：獨行。若个傷春向路旁？

[一]游韁　《宋書·五行志》：海西公太和中民歌曰：青青御路楊，白馬紫游韁。

寄蔣二十四

鳥囀蜂飛日漸長，旅人情味悔思量。禪門澹泊無心地，世事生疎欲面牆[一]。二月雲煙迷柳色，九衢風土帶花香。大一作"亦"。知高士禁愁寂，試倚闌干莫斷腸。

[一]面牆　貫珠注：欲入禪門，覺淡泊而無心地工夫，涉世則世事生疎，有面牆難行之勢。○潘岳賦：誦六經以飾姦，焚詩書而面牆。

漢　代

鈍吟云：全似温，差狹耳。

漢代金爲屋[一]，吳宮綺作寮[二]。艷詞傳静婉，新曲定嬌饒[三]。箭[四]響猶殘夢，籤[五]聲報早朝。鮮明臨曉日，廻轉度春宵。半袖籠清鏡[六]，前絲壓翠翹[七]。静多如有待，閒極似無憀。梓澤花[八]猶滿，靈和柳[九]未彫。障昏巫峽雨[一〇]，屏掩浙江潮[一一]。未信潘名岳，應疑史姓蕭。漏因歌暫斷，燈爲雨頻挑。飲酒闌三雅[一二]，投壺賽百嬌[一三]。鈿蟬[一四]新翅重，金鴨[一五]舊香焦。水净疑澄練[一六]，霞孤欲建標[一七]。別隨秦柱促[一八]，愁爲蜀絃么[一九]。玄晏難瘳瘵[二〇]，臨邛但發痟[二一]。聯詩徵弱絮[二二]，思友咏甘蕉[二三]。王氏憐諸謝[二四]，周郎[二五]定小喬。驫幰[二六]翹綵雉[二七]，波扇畫文鰩[二八]。荇密妨垂釣，荷欹欲度橋。不因衣帶水[二九]，誰覺路迢迢。

[一]金屋　見第五卷。

[二]綺寮　張平子《西京賦》"交綺豁以疏寮"，薛注："疏，刻穿之也。"善注："交結綺文，豁然穿以爲寮也。"《蒼頡篇》："寮，小窗也。"按此則綺疏即綺寮

也。王元長《三月三日曲水詩序》：“鏡文虹於綺疏。”此序武帝宮殿屬吳地，故詩云“吳宮綺作寮”也。

〔三〕**静婉嬌饒**　俱見第二卷。

〔四〕**箭**　謂漏箭也。

〔五〕**籤**　謂更籤也。

〔六〕**清鏡**　見第五卷注。

〔七〕**翠翹**　曹植《七啓》：揚翠羽之雙翹。

〔八〕**梓澤花**　《晋書》：石崇有别館，在河陽之金谷，一名梓澤。唐人試帖有“金谷園花”發題。

〔九〕**靈和柳**　《南史》：劉悛之爲益州刺史，獻蜀柳數株，枝條狀如絲縷。武帝植于靈和殿前，嘗賞玩咨嗟，曰：“此楊柳風流可愛，似張緒當年。”

〔一○〕**巫峽雨**　見第一卷“巫峽雲”注。

〔一一〕**浙江潮**　《四季須知》：四海之潮皆暗漲，惟浙有明潮。八月十八日，杭人謂之潮生日，偕候江干斜陽，風色陡寒，海門潮起，遠若白練，橫江而下，瞬息千里。近觀則勢若山嶽，奮若雷霆，吼風噴雪，移岸捲雲，一段奇景，即畫工莫能描其盛。

〔一二〕**三雅**　《曲論》：劉表有酒器三，曰伯雅、仲雅、季雅。

〔一三〕**百嬌**　徐陵《玉臺新詠序》：“投壺玉女，爲歡盡于百嬌。”劉侯《華山畿夜相思》：“投壺不得箭，憶歡作嬌時。”○《西京雜記》：武帝時，郭舍人善投壺，以竹爲矢。古之投壺，取中而不求還，故實小豆，惡其矢躍而出也。郭舍人別激矢令還，一矢百餘反，謂之爲驍。言如博之擊梟于掌中，爲驍傑也。驍、嬌音近，故劉侯《華山畿》借作“嬌”字用，徐陵因之爲“百嬌”。

〔一四〕**鈿蟬**　見第二卷。

〔一五〕**金鴨**　見第四卷。

〔一六〕**澄練**　見第三卷“謝公”注。

〔一七〕**建標**　《遊天台賦》：赤城霞起而建標。

〔一八〕**秦柱促**　《通典》：秦蒙恬始作筝，故謂筝柱曰“秦柱”。顧野王《筝賦》：“調宮商于促柱。”

〔一九〕**蜀絃么**　《玉臺新詠》有《皇太子蜀國絃歌篇》十韻。《説文》：“么，小也。”《文賦》：“猶絃么而徽急。”

〔二○〕**痺**　《晋·皇甫謐傳》：謐自號玄晏先生，得風痺疾。

〔二一〕**痟**　同消。見前“相如渴”注。

〔二二〕**弱絮**　見四卷“咏絮”注。

〔二三〕咏甘蕉　徐悱妻劉令嫻《題甘蕉葉寄人》：夕泣已非疎，夢啼真太數。唯當夜枕知，過此無人覺。

〔二四〕憐諸謝　《世説》：王右軍郗夫人謂二弟司空中郎曰：“王家見二謝來，傾筐倒庋；見汝輩來，平平爾。汝可無煩復往。”

〔二五〕周郎　見第四卷。

〔二六〕蕭幬　《西都賦》“袪蕭帷”，袪，舉也。

〔二七〕綵雉　傅玄《雉賦》：播五彩之繁縟。

〔二八〕文鰩　《山海經》：泰器之山，觀水出焉，西流注于流沙，是多文鰩魚。

〔二九〕衣帶水　隋楊素等獻平江南策，隋主曰：“我爲民父母，豈可限一衣帶水①，不拯之乎？”

春　殘

景爲春時短，愁隨別夜長。暫碁寧號隱〔一〕，輕醉不成鄉〔二〕。風雨曾通夕，莓苔有衆芳②。落花如便去，樓上即河梁〔三〕③。

〔一〕碁隱　《世説》：王中郎以圍碁是坐隱。

〔二〕醉鄉　見第二卷。

〔三〕河梁　李陵《别蘇武》詩：携手上河梁，遊子暮何之。

小　院

小院無人夜，煙斜月轉明。清宵易惆悵，不必有離情④。

寄　懷

有客傷春復怨離，夕陽亭畔草青時。淚隨紅蠟無由制，腸比朱絃〔一〕恐更危。梅向好風惟是笑，柳因微雨不勝垂。雙溪〔二〕未去饒歸夢，夜夜孤眠枕獨欹。

---

① 帶：原脱，據《南史》卷一○、《太平御覽》卷一三四補。

② “莓苔有衆芳”下，紀昀評：花落則在莓苔上矣。

③ 紀昀評：雖未深微，然非俗艷。

④ 紀昀評：真情新語，此乃妙於言情。

〔一〕朱絃　《禮記》：清廟之瑟，朱絃而疏越。

〔二〕雙溪　《文選》詩：“明月雙溪水，清風八詠樓。”按：茂業，并州人，以兩都覆没，避地漢南。所云“雙溪”，未知在何處。

玫　瑰

　　麝炷騰清燎，鮫紗〔一〕覆緑蒙〔二〕。宮妝臨曉日，錦段〔三〕落東風。_{鈍云：領聯用意，腹聯便可稍鬆。}無力春煙裏，多愁暮雨中。不知何事意，深淺兩般紅。

〔一〕鮫紗　《述異記》：“南海出鮫綃紗，泉先潛織，一名龍紗。以爲服，入水不濡。”按：“泉先”即鮫人。

〔二〕緑蒙　李賀詩“單羅掛緑蒙”注：羅輕薄，色如緑草蒙蒙。

〔三〕錦段　張衡《四愁詩》：美人贈我錦繡段。

才調集補注卷七

古律雜歌詩一百首

鈍吟云：此卷無壓卷，李玉溪已在前也①。

李宣古 一首

《雲溪友議》：李宣古，會昌二年，王起侍郎下上第。

《唐詩紀事》：宣古字垂後。

聽蜀道士琴歌

至道不可見，正聲難得聞。忽逢羽客〔一〕抱綠綺〔二〕，西別峨嵋〔三〕峯頂雲。初排桐面躡輕響，似擲細珠鳴玉上。忽揮素爪畫七絃〔四〕，蒼崖劈烈进碎泉。憤聲高，怨聲咽，屈原叫天〔五〕兩妃〔六〕絕。朝雉飛〔七〕，雙鶴離〔八〕，屬玉〔九〕夜啼獨鷟悲。吹我神飛碧霄裏，牽我心靈入秋水。有如驅逐太古來，邪淫辟蕩貞心開。孝為子，忠為臣，不獨語言能教人。前弄嘯，後弄嗊，一舒一慘非冬春。從朝至暮聽不足，相將直説瀛洲〔一〇〕宿。更深彈罷背孤燈，窗雪蕭蕭打寒竹。人間豈合值仙蹤，此別多應不再逢。抱琴却上瀛洲去，一片白雲千萬峯。

〔一〕羽客　《山海經》："有羽人之國，不死之民。"羽客即羽人也。○庾信賦：待羽客以相貽。

〔二〕綠綺　琴名。見第三卷。

〔三〕峨嵋　西蜀山名。見第三卷。

〔四〕七絃　《廣雅》：神農氏琴五絃，曰宮、商、角、徵、羽。文王增二絃，曰少宮、商。

———————————

① "在前也"下，紀昀評：此等究是強生附會。

〔五〕**屈原叫天**　原作《楚辭》有《天問》。

〔六〕**兩妃**　《洛神賦》：“從南湘之二妃。”《琴操》有《湘妃怨》。

〔七〕**朝雉飛**　崔豹《古今注》：雉朝飛者，牧犢子所作也。五十無妻，出薪于野，見雉雄雌相隨而飛，意動心悲，乃作《朝飛》之操，以自傷焉。

〔八〕**雙鶴離**　鮑照《別鶴操》曰：“雙鶴俱起時，徘徊滄海間。”又：“有願而不遂，無怨而生離。”

〔九〕**屬玉**　《三輔黃圖》：屬玉，水鳥，似鴨而大，長頸赤目，紫紺色。

〔一〇〕**瀛洲**　《列子》：渤海之東有大壑，其中有五山，四曰瀛洲。

王　渙 十三首

《全唐詩話》：渙字羣吉，大順二年①，侍郎裴贄下登第。

惆悵詩

　　鈍吟云：與羅虬《比紅兒》詩一例，羅練句有極工處。

　　八蠶〔一〕薄絮鴛鴦綺〔二〕，半夜佳期〔三〕並枕眠。鐘動紅娘喚歸去，對人勻淚拾金鈿②。

〔一〕**八蠶**　《吳都賦》“鄉貢八蠶之縣”注：一歲八蠶繭，出日南。

〔二〕**鴛鴦綺**　古詩：“客從遠方來，遺我一端綺。”又：“文綵雙鴛鴦，我為合歡被。”

〔三〕**半夜佳期**　見第五卷“會真”注。

　　李夫人〔一〕病已經秋，漢武看來不舉頭。得所濃華銷歇盡，楚魂湘血一生休③。

〔一〕**李夫人**　《漢書》：李夫人病篤，上自臨候之，蒙被謝曰：“妾久寢病，形毀不可以見帝，願以王及兄弟為託。”上曰：“夫人病甚，殆將不起，一見我屬託王及兄弟，豈不快哉！”夫人曰：“婦人貌不修飾，不見君父。妾不敢以燕媠見帝。”上復言：“必欲見之。”夫人遂轉鄉歔欷，而不復言。　《楊升菴文集》：

---

①　二：原作“一”，據《唐詩紀事》卷六六、《全唐詩話》卷五改。

②　篇末汲古閣本、《四庫全書》本題注“鴛鴦”。

③　篇末汲古閣本、《四庫全書》本題注“李夫人”。

"王渙《李夫人歌》'修嫮穠華銷歇盡',' 修嫮' 訛作'得所'。"按：嫮，胡去聲，美容貌。張平子《七辨》："西施之徒，姿容修嫮。"

謝家〔一〕池館花籠月，蕭寺〔二〕房廊竹颭風。夜半酒醒憑檻立，所思〔三〕多在別離中。

〔一〕謝家　《晉書》：謝安於土山營墅，樓館林竹甚盛。每携中外子姪往來游集，肴饌亦屢費百金。桓玄嘗欲以安宅爲營，謝混曰："召伯之仁，猶惠及甘棠；文靖之德，更不保五畝之宅耶？"玄聞，慙而止。

〔二〕蕭寺　《唐國史補》：梁武帝造寺，令蕭子雲飛白大書"蕭寺"，至今一"蕭"字在焉。李約竭産買，而揭于小亭以翫之，號爲蕭齋。今詩指普救寺。

〔三〕所思　詳第五卷元稹詩。

隋師戰艦〔一〕欲亡陳，國破應難保此身。訣別徐郎〔二〕淚如雨，鑑鸞分後屬何人①。

〔一〕戰艦　《南史》：隋文帝命大作戰船，使投柹于江，以晉王廣爲元帥，督八十總管致討。丙戌，晉王入據臺，送後主于東宮。

〔二〕徐郎　《本事詩》：陳太子舍人徐德言之妻，後主之妹，封樂昌公主，才色冠絶。時陳政亂，德言知不相保，謂其妻曰："以君之才容，國亡必入權豪之家，斯永絶矣。儻情緣未斷，猶冀相見，宜有以信之。"乃破一鏡，各執其半，約曰："他日必以正月望日賣於都市，我當在。"及陳亡，其妻果入楊素家。德言流離辛苦，僅能至京，遂以正月望日，訪于都市。有蒼頭賣半鏡者，大高其價，德言引至其居，設食具言其故，出半鏡以合之。仍題詩曰："鏡與人俱去，鏡歸人不歸。無復嫦娥影，空留明月輝。"陳氏得詩，涕泣不食。素知之，即召德言，還其妻。

七夕瓊筵隨事陳，蓼花〔一〕連蒂共傷神。蜀王〔二〕殿裏三更月，不見驪山私語〔三〕人②。

〔一〕蓼花　《古今注》：紫色者荼也，青色者蓼也，食之明目。

〔二〕蜀王　唐人多以蜀王指明皇者，李賀《過華清宮》云"蜀王無近信，泉上有芹芽"是也。

――――――――――――

① 篇末汲古閣本、《四庫全書》本題注"樂昌"。
② 篇末汲古閣本、《四庫全書》本題注"楊妃"。

〔三〕驪山私語　見第六卷“笑牽牛”注。

夜寒春病不勝懷，玉瘦花啼萬事乖。薄倖檀郎斷芳信〔一〕，驚嗟猶夢合歡鞋〔二〕①。

〔一〕檀郎斷信　檀郎，見第二卷。此指李十郎。○《霍小玉傳》：故霍王小女，字小玉，姿質穠艷，李十郎與之婉孌相愛。後生以書判拔萃登科，別婚盧氏。生自以孤負盟言，寂不知聞。玉懷憂抱恨，周歲有餘，贏臥空閨，遂成沉疾。

〔二〕合歡鞋　《霍小玉傳》：玉夢黃衫丈夫抱生來至席，使玉脫鞋，驚悟而告母，因自悟曰：“鞋者，諧也，夫婦再合。脫者，解也，既合而解。由此徵之，必遂相見，相見之後，當死矣。”

嗚咽離聲管吹秋，妾身今日爲君休〔一〕。齊奴〔二〕不説平生事，忍看花枝謝玉樓②。

〔一〕爲君休　《晋書》：石崇有妓，曰綠珠，美而艷，善吹笛。孫秀使人求之，崇不許，秀怒，矯詔收崇。崇正宴于樓上，介士到門，崇謂綠珠曰：“我爲爾得罪。”綠珠泣曰：“當效死于官前。”因自投于樓下而死。

〔二〕齊奴　《石崇傳》：崇生于青州，故小名齊奴。崇在荆州，劫遠使商客，致富不貲。又諂事賈謐，廣城君每出，崇望塵而拜。及賈謐誅，以黨與免官。即其生平事，宜及于難，故詩云爾。

青絲一路墮雲鬟〔一〕，金剪刀鳴不忍看。持謝君王寄幽怨，可能從此住人間③。

〔一〕墮雲鬟　《太真外傳》：妃子忤旨，令中使張韜光送妃至宅。妃泣謂韜光曰：“請奏妾罪合萬死。衣服之外，皆聖恩所賜，惟髮膚是父母所生，今當即死，無以謝上。”乃引刀剪其髮一縷，附韜光以獻。妃既出，上悵然。至是，韜光以髮搭于肩上以奏，上大驚愕，遽使力士就召以歸，自後益嬖焉。

陳宮興廢事難期，三閣〔一〕空餘綠草基。狎客〔二〕淪亡麗華〔三〕死，他年江令〔四〕獨來時④。

----

① 篇末汲古閣本、《四庫全書》本題注“小玉”。
② 篇末汲古閣本、《四庫全書》本題注“綠珠”。
③ 篇末汲古閣本、《四庫全書》本題注“楊妃”。
④ 篇末汲古閣本、《四庫全書》本題注“麗華”。

〔一〕三閣　見第一卷《臺城》詩注。

〔二〕狎客　《南史》：孔範與江總等並爲狎客，與王瑳、王儀、沈瓘至長安。隋文帝並暴其過惡，名爲四罪人，流之遠裔。

〔三〕麗華　《南史》：張貴妃名麗華，髮長七尺，鬢黑，其光可鑑。進止閑華，容色端麗，每瞻視眄睞，光彩溢目，照映左右。才辨強記，善候人主顔色，寵冠後庭。及隋軍剋臺城，斬於青溪中。

〔四〕江令　詳第一卷。

　　晨肇〔一〕重來路已迷，碧桃花謝武陵溪〔二〕。仙山目斷無尋處，流水潺湲日漸西①。

〔一〕晨肇　見第四卷。

〔二〕武陵溪　《四明山志》：昔劉晨、阮肇遇仙女于此，是時此山但名天台，故云劉、阮入天台。其後分之爲四明，以此歸之天台。又云：“武陵山，舊傳劉、阮采藥于此，有桃花萬樹。”按：此會稽餘姚縣自有武陵溪，非悮用湖廣常德府之武陵溪也。

　　少卿〔一〕降北子卿〔二〕還，朔野離觴〔三〕慘別顔。却到茂陵〔四〕唯一慟，節毛〔五〕零落鬢毛斑〔六〕②。

〔一〕少卿　《漢書》：李陵字少卿。

〔二〕子卿　《漢書》：蘇武字子卿。

〔三〕離觴　《漢書·蘇武傳》：李陵置酒賀武曰：“足下還歸，揚名於匈奴，功顯於漢室。陵雖駑怯，令漢全其老母，庶幾曹柯之盟。收族陵家，尚復何顧乎！異域之人，一別長絕。”陵泣下數行，因與武決。

〔四〕茂陵　《漢武内傳》：元狩二年二月丁卯，帝崩，入殯未央宫前殿。三月，葬茂陵。《漢書》：武至京師，詔武奉一太牢，謁武帝園廟。

〔五〕節毛　見第一卷。

〔六〕鬢毛斑　《漢書》：武在匈奴，凡十九年，始以強壯出，及還，須髮盡白。

　　夢裏分明入漢宫，覺來燈背錦屏〔一〕空。紫臺〔二〕月落關山曉，腸斷君

---

① 篇末汲古閣本、《四庫全書》本題注“劉阮”。

② 篇末汲古閣本、《四庫全書》本題注“蘇李”。

恩信畫工〔三〕①。

〔一〕錦屏　《西京雜記》：羊勝爲《屏風賦》曰：“飾以文錦，映以流黃。”范靖妻
　　　　沈氏詩：“月落錦屏空。”

〔二〕紫臺　見第六卷。

〔三〕信畫工　《西京雜記》：元帝後宮既多，不得常見，乃使畫工圖形，案圖召
　　　　幸。諸宮人皆賂畫工，獨王嬙不肯，遂不得見。匈奴入朝，求美人爲閼氏，于
　　　　是上案圖以昭君行。及去，召見，貌爲後宮第一。善應對，舉止閒雅，帝悔
　　　　之，而名籍已定，故不復更人。

悼　亡

　　春來得病夏來加，深掩粧牕卧碧紗。爲怯暗藏秦女扇〔一〕，怕驚愁度
阿香車〔二〕。腰肢暗想風欺柳，粉態難忘露洗花。今日青門〔三〕葬君處，亂
蟬衰草夕陽斜。

〔一〕秦女扇　江淹《雜體》詩：紈扇如團月，出自機中素。畫作秦王女，乘鸞向
　　　　煙霧。

〔二〕阿香車　《續搜神記》：義興人姓周，出都日暮，道邊有一新草小屋。一女子
　　　　出門，周求寄宿一更。中聞外有小兒呼“阿香”聲，云：“官喚汝推雷車。”女
　　　　乃辭去，遂大雷雨。向曉，周看所宿處，止見一新冢。

〔三〕青門　見第一卷。

岑　參 四首

　　　《唐詩紀事》：參，南陽人。天寶進士，累爲安西、關西節度判官，後爲
嘉州刺史。杜鴻漸表公兼侍御史，列于幕府。使罷，寓于蜀，卒。

苜蓿峯寄家人

　　　唐三藏《西域志》：塞上無驛亭，又無山嶺，止以烽火爲識。玉門關外有五
烽，苜蓿烽其一也。按此，“峯”當作“烽”。
　　苜蓿峯邊逢立春，葫蘆河〔一〕上淚沾巾。閨中只是〔二〕空相憶，不見沙

---

① 篇末汲古閣本、《四庫全書》本題注“明妃”。

場愁殺人。

〔一〕葫蘆河　《西域志》：葫蘆河上狹下廣，迴波甚急，不可渡。上置玉門關，西域之襟喉也。

〔二〕占是　占，章艷切。《廣韻》：固也。一作"只是"。

玉關寄長安李主簿

玉關，見第五卷。

《通典》：主簿謂主諸簿目，漢有之，唐赤縣二人，他縣一人，掌勾稽省署抄目，糺正縣内非違。

東去長沙萬里餘，故人何惜一行書。玉關西望腸堪斷，況復明朝是歲除。

逢入京使

故園東望路漫漫，雙袖龍鍾〔一〕淚不乾。馬上相逢無紙筆，憑君傳語報平安。

〔一〕龍鍾　按："龍鍾"二字，有作老憊解者，有作蹭蹬解者，有作下淚解者。杜詩云"何太龍鍾極"，高適詩云"龍鍾還忝二千石"，則老憊之狀也。元載《入關別妻》詩云"年來誰不似龍鍾，雖在侯門不見容"，蘇頲詩云"龍鍾踏澗泥"，《品彙》注："龍鍾，行不動貌。"《述異記》有"龍鍾石"，皆蹭蹬之狀也。王褒書云"援筆攬紙，龍鍾橫集"，李端詩云"龍鍾相見誰能免"，及此詩"雙袖龍鍾淚不乾"，則下淚之狀也。

春　夢

洞房昨夜春風起，遙憶美人湘江水。枕上片時春夢中，行盡江南數千里①。

賈　曾—首

《文苑傳》：洛陽人。少知名，景雲中，爲吏部員外郎。開元初，拜中書

---

①　"數千里"下，紀昀評：妙語可思，嘉州難得此情致語。

舍人，與蘇晋同掌制誥，皆以詞學見知，時稱"蘇、賈"。遷禮部侍郎，卒。

有所思

王僧虔《技録》相和歌瑟調三十八曲，内有《有所思》。又漢短簫鐃歌二十二曲，其一曰《有所思》。

鈍吟云：節略舊章，殊不成文。

洛陽[一]城東桃李花，飛來飛去落誰家。幽閨女兒愛顔色，坐見落花長歎息。今歲花開君不待，明年花開復誰在。故人不共洛陽東，今來空對落花風。年年歲歲花相似，歲歲年年人不同。

[一]洛陽 《唐·地理志》：東都，隋武德四年廢。貞觀六年，號洛陽宫。

許　渾二十首

《全唐詩話》：渾，潤州人，字用晦，圉詩之後。大中三年，任監察御史，以疾乞東歸，終郢、睦二州刺史。

鈍吟云：此人亦堪壓卷①。然調啞，與此書不合。○工夫亦太細②。○選用晦詩，去取不可解③。

金谷園桃花

《寰宇記》：金谷，谷也。地有金水，自太白原南流，經此谷，晋衛尉石崇因即川阜而制園館。崇《金谷詩序》云："予以元康六年，從太僕卿出爲征虜將軍，有別廬在河南縣界金谷澗。澗中有清泉茂樹，衆果竹柏，藥物備具，又有水碓魚池焉。時與諸賢登高臨下，列坐水湄，遂各賦詩，感性命之不永，懼凋落之無期云。

花在舞樓空，默云：金谷園。年年一番[一]紅。淚光停曉露，愁態倚春風。

---

① "壓卷"下，紀昀評：丁卯詩最俗最濫，所謂"許渾詩，李遠賦，不如不作"，唐人已有厭薄之，不但方虛谷崇尚江西派始排之也。馮氏喜與江西爲難，遂並用晦而庇之，務與相反，不爲公論。

② "太細"下，紀昀評：渾詩病在滑調浮聲，如馬首之絡，處處可用，不病於啞，又病於填用熟調，自落窠臼，正是工夫粗處，非太細也。

③ "不可解"下，紀昀評：不可解處不止此，故余謂此書只一時隨手排成。

開日妾先死，金谷園。落時君亦終〔二〕。東流三兩片，金谷園。應到夜泉中。

　〔一〕一番　《韻會》：番，音販，與音翻義同。李幼卿詩："近日霜毛一翻新。"

　〔二〕妾死君終　見前"爲君休"注。

洛陽道中

　　《唐·地理志》：河南府有洛陽縣。

　洛陽多舊跡，一日幾人愁。風起禁花晚，月明宮樹秋。興亡不可問，默云：結舊跡。自古水東流。

塞下曲

　　《樂府遺聲》征戍十五曲中，有《塞下曲》。

　夜戰桑乾〔一〕雪，默云：集本"雪"作"北"，不如"雪"字佳。若桑乾北，則塞外矣①。秦兵半不歸。朝來有鄉信，猶自寄征衣②。

　〔一〕桑乾　《水經注》：代城北九十里，有桑乾城。城西渡桑乾水，魏任城王伐烏丸，入涿郡，遂逐北至桑乾，止于此也。《唐書》：王忠嗣北討奚契丹，戰桑乾河。

放　猿

　殷勤解金鎖，默云：直破題。別夜雨淒淒。山淺憶巫峽〔一〕，水寒思建溪〔二〕。遠尋紅樹宿，深入白雲啼。好覓南歸路，煙蘿莫自迷。默云：後六句不言猿，而非猨不可。

　〔一〕巫峽　見第二卷。

　〔一〕建溪　見第六卷。

郊園秋日寄洛中友

　　《一統志》：丁卯橋，在鎮江府城南三里，許渾嘗築別墅于其側。宋陸游

---

　① "塞外矣"下，紀昀注：唐時奚界至墨斗嶺，今廣仁嶺也。契丹界白狼河，今老花木倫也。皆距薊門二百餘里，則桑乾北正是塞下，不必改爲"雪"字，默庵蓋未詳考。

　② 紀昀評：此首却渾健，即猶是深閨夢裏人意。

詩："裴相功名冠四朝，許渾身世老漁樵。若論風月江山主，丁卯橋應勝午橋。"

默庵云："郊園""秋日"四字，不汲汲出，勻作中間二聯。

楚水西來天際流，感時傷別思悠悠。默云：寄字出。一尊酒盡青山暮，千里書廻碧樹秋〔一〕。日落遠波驚宿雁，風吹輕浪起眠鷗。嵩陽〔二〕親友誰相問①，默云：洛友結。潘岳閒居欲白頭〔三〕。

〔一〕碧樹秋　江文通詩：涼風盪芳氣，碧樹先秋落。

〔二〕嵩陽　《唐·地理志》：河南登封縣，本嵩陽。

〔三〕閒居白頭　潘岳作《閒居賦》。又《秋興賦序》："余春秋三十有二，始見二毛。"

《杜詩補注》："一尊酒盡"聯，本脫胎杜詩"高鳥黃雲暮，寒蟬碧樹秋"，而殷勤惜別之情，眷戀懷思之意，皆在於中。風流蘊藉，三復謳吟，意趣正自無窮也。

春　望

南樓春一望，雲水共昏昏。默云：下七句只一"望"字。野店歸山路，危橋帶郭村。晴煙和柳色，夜雨漲溪痕。下岸誰家住，殘陽半掩門。

潁州從事西湖亭讌餞

《舊唐書·地理志》：武德四年，於汝陰縣西北十里置信州。六年，改爲潁州。按：潁州，唐屬河南道，今屬江南鳳陽府。《廣輿記》：鳳陽府潁州有西湖，清潁亭在其上，蘇軾嘗與弟轍別此，有"別淚滴清潁"之句。

西湖清讌不知廻，默云：直出題面。一曲離歌酒一盃。出餞。城帶夕陽聞鼓角，寺臨秋水見樓臺。蘭堂〔一〕客醉蟬猶噪，桂檝〔二〕人稀鳥自來。西湖。獨想征帆去鞏洛〔三〕，讌餞結。此中霜菊正花開。

〔一〕蘭堂　見第二卷。

〔二〕桂檝　《詩》：桂楫松舟。

〔三〕鞏洛　《漢書》：潁川北近鞏洛。《郡國志》：河南鞏縣，故鞏伯國。河南，周公所城洛邑也，春秋之王城。

---

① 問：《四部叢刊》本、垂雲堂本作"念"。

南遊泊船江驛

漠漠故宮地，_{默云：南江驛。}月涼雲水幽。雞鳴荒戍曉，雁過古城秋。楊柳北歸路，蒹葭南渡舟。去鄉今已遠，更上望京樓^{〔一〕}。_{南遊結。}

〔一〕望京樓　《一統志》：望京樓在秦州郡圃。宋曾致堯詩：“望京樓上望，望久思踟躕。境上連江徼，人家匝海隅。”按：秦州在揚州府城東一百二十里。

經段太尉廟

《舊唐書·段秀實傳》：朱泚盜據宮闕，遣其將韓旻疾趨奉天，追駕秀實，乃倒用司農印印符以追兵。旻得符，軍人亦莫辨其印文，惶遽而廻。秀實擊泚中顙，兇黨羣至，遂遇害。詔贈太尉，諡曰忠烈。

徒想追兵緩翠華^{〔一〕}，古碑荒廟閉松花。_{默云：題面。}紀生^{〔二〕}不向滎陽死，可有山河屬漢家。

〔一〕翠華　《上林賦》“建翠華之旗”，張揖曰：以翠羽爲葆也。

〔二〕紀生　《史記》：漢王軍滎陽，絕食，乃夜出女子東門二千餘人，被甲，楚因擊之。紀信乃乘王駕，詐爲漢王誑楚，楚皆呼萬歲，之城東觀，以故漢王得出西門遁。今詩以紀信比太尉。

寓　懷

默庵云：比也。

南國浣紗^{〔一〕}伴，盈盈天下姝。盤金明繡帶，動珮響羅襦。素手怨瑤瑟^{〔二〕}，清心悲玉壺^{〔三〕}。春花坐搖落，爭忍嫁狂夫。

〔一〕浣紗　《寰宇記》：諸暨縣紵羅山，山下有石跡水，是西施浣紗之所，今浣紗石猶在。

〔二〕瑤瑟　見第二卷。

〔三〕玉壺　鮑照《代白頭吟》：清如玉壺冰。

題潼關西蘭若

《唐·地理志》：華州華陰縣有潼關。

《桃源手聽》：薩波多論西天以閒散處爲蘭若。若，音惹。

來往幾經過，默云：潼關。前山枕大河。遠帆春水闊，默云：大河生下。高寺夕陽多。蝶影下紅藥，默云：緊粘蘭若。鳥聲喧綠蘿。故鄉歸未得，徒詠《採芝歌》[一]。

[一] 採芝歌　四皓《採芝操》：曄曄紫芝，可以療飢。

虞元長者，永興公之後。工書屬文，近從軍河中，奉使宣歙，因贈

《唐書·虞世南傳》：秦王踐祚，世南封永興縣子。貞觀八年，進封縣公。

《唐·地理志》：河中府河東郡，本蒲州上輔。義寧元年，治桑泉。武德三年，徙治河東郡。又宣州宣城郡、歙州新安郡。

默庵云：本集此詩題云"贈河東虞押衙二首"，注云："永興公孫亦善書。"其第一首云"舊工鳥篆諳書體"，故此首不再述，非直置題面也。○初疑此篇都不醒永興後人及工書屬文，檢集方知其故。

吳門風水各萍流，月滿花開嬾獨遊。萬里山川分曉夢，四鄰歌管送春愁。昔年顧我長青眼，今日逢君欲白頭。莫向尊前悲易水[一]，古來投筆盡封侯[二]。默云：從軍工書屬文一句，總結。

[一] 悲易水　《國策》：荆軻歌："風蕭蕭兮易水寒，壯士一去兮不復還。"

[二] 投筆封侯　《後漢書》：班超與母隨至洛陽，家貧，嘗爲官傭書以供養，久勞苦，嘗投筆嘆曰："大丈夫無他志略，猶當效傅介子、張騫立功異域，以取封侯。安能久事筆硯間乎！"

凌歊臺

《一統志》：凌歊臺，在太平府城北黃山之巔。劉宋孝武帝南遊，登此臺，建離宮。

宋祖凌高樂未回，三千歌舞宿層臺。湘潭[一]雲盡暮山出，巴蜀[二]雪消春水來。行殿[三]有基荒薺合，寢園[四]無主野棠開。百年便作萬年計，巖畔古碑空綠苔[五]。

[一] 湘潭　《唐·地理志》：潭州長沙郡縣湘潭。

[二] 巴蜀　《唐·地理志》：劍南道，漢蜀郡、廣漢、犍爲、越嶲、益州、牂柯、巴郡之地。

〔三〕行殿　行宮之殿也。非宇文愷所造觀風行殿，可推移者比。

〔四〕寢園　《獨斷》：孝明遺詔：毋起寢廟，藏主于世祖廟。是後遵承，皆如孝明之禮，而園陵皆自起寢廟。

〔五〕古碑臺　李白《凌歊臺》詩：欲覽碑上文，苔侵豈堪讀？

《唐音癸籤》：渾《凌歊臺》詩："湘潭雲盡暮山出，巴蜀雪消春水來"，以地理考之，"湘潭"當作"江潭"。按：凌歊臺在今當塗黃山，且踞大江之上，西望大江，上源則博望山，與梁山稱爲天門者，兩崖中谺，楚、蜀遠通，其水真有從巴蜀雪消而來之勢。稍東直瞰牛渚磯，磯水深黑不測，是云江潭。而潭上諸山，疊疊環峙。薄暮嵐消山見，則暮山雲盡而出，尤對岸真景之的的者。宋人郭功甫《姑熟》詩："牛渚對峙凌歊臺，長江倒掛天門開。"從來題咏者，大都不出此二景，而渾獨善寫之，最爲工盡。若湘潭，去此甚遠矣。可因字之偶誤，遂謂渾詩果爾乎？昔賢如用修、弇州，並不疑"湘"字爲譌，欲改"暮山"山字從煙，那有是處？用修又襲方回之説，以宋祖裕節儉渾"三千歌舞"句爲誣，譏渾無史學，不知宋二武皆稱祖。《地志》稱孝武登此臺，置離宮，而《本紀》亦載其幸南豫州者，再校獵姑熟者，一與《地志》合，是嘗嗤高祖裕爲田舍翁者，"三千歌舞"宜有之，"無史學"竟屬何人耶？"百年便作萬年計"，又似約略孝武後人，借南苑三百年癡想概入之，以盡宋事，要使寬展耳。古作者使事，別有深會在，未可輕議。

咸陽城東樓

咸陽，見第三卷。

一上高城萬里愁，蒹葭楊柳似汀洲。溪雲初起日沉閣〔一〕，山雨欲來風滿樓。鳥下綠蕪秦苑夕，蟬鳴黃葉漢宮〔二〕秋。行人莫問當年事，故國東來渭水〔三〕流。一作"行人莫問前朝事，清水寒光畫夜流"。

〔一〕溪閣　咸陽城東樓，南近磻谿，兩對慈福寺閣。

〔二〕秦苑漢宮　俱見第三卷。

〔三〕渭水　《方輿紀要》：渭水出南谷山，在鳥鼠西五里。其別源出鳥鼠同穴山，渭水合流焉。渭水逾隴阪而東，則灃水先會焉，次則涇水會焉，又東則漆沮水入焉，又東注于大河也。

姑熟官舍

《寰宇記》：太平府當塗縣，本漢丹陽縣地。晋分丹陽置于湖縣。成帝時，以江北當塗流人過江在于湖者，僑立當塗縣，屬淮南郡。隋初改豫州爲宣州，因廢于湖縣，徙當塗于姑熟，屬丹陽郡。

按：許渾曾爲當塗縣令，故作此詩。

草生官舍似閒居，雪照南牕滿素書。貧後始知爲吏拙，病來還喜識人疏。青雲豈有窺梁燕，濁水應無避釣魚。不待秋風便歸去，紫陽山[一]下是吾廬。

〔一〕紫陽山　《一統志》：紫陽山在鳳陽盱眙縣西八十里。又《福地記》：茅山有紫陽觀，乃許長史宅。按：茅山在潤州延陵、句容二縣界，渾，潤州人，紫陽山應指此。

淩歊臺送韋秀才

雲起高臺日未沉，默云：臺起。數村殘照半巖陰。野蠶[一]成繭桑柘[二]盡，溪鳥引雛蒲稗[三]深。帆勢依依投極浦，鐘聲杳杳隔前林。故山迢遞故人去，默云：送結。一夜月明千里心。

〔一〕野蠶　《後漢書》：建武二年，野蠶成繭，被于山阜。

〔二〕桑柘　《爾雅》"蠰桑繭"，疏：食桑作繭者名蠰，即今蠶也。《本草》：棘、欒蠶皆以所食之葉命名。今之柘蠶與桑蠶並育，即棘蠶是也。

〔三〕蒲稗　謝靈運詩：蒲稗相因依。

南庭夜坐貽開元禪定二道者

春暮焚香何處宿，默云：夜坐。西巖一室映疏藤。夜坐。光陰難駐跡如客[一]，寒暑不驚心是僧。高樹有風聞夜磬，夜坐。遠山無月見秋燈。身閒境静日爲樂，若問自餘非我能。

〔一〕光陰如客　李白《春夜宴桃李園序》：光陰者，百代之過客。

秋日早朝

《鼓吹》作"秋日候扇"。

宵衣應待絶更籌，默云：早朝。環珮鏘鏘月下樓。井轉轆轤[一]千樹曉，鎖開閶闔[二]萬山秋。龍旗[三]盡列趨金殿，早朝。雉扇[四]纔分拜玉旒[五]。虛戴鐵冠〔六〕無一事，滄江歸去老漁舟。

〔一〕轆轤　費昶《行路難》：至尊離宮百餘處，千門萬戶不知曙。惟聞啞啞城上烏，玉欄金井牽鹿盧。

〔二〕閶闔　《三輔黃圖》：建章宮正門曰閶闔門，高二十五丈。

〔三〕龍旗　《唐·儀衞志》：有青龍旗、黃龍負圖旗、應龍旗。

〔四〕雉扇　《唐·儀衞志》：雉尾障扇四、小團雉尾扇四、方雉尾扇十一。○《唐音癸籤》：《武后記》：御殿日，宰相兩省官闢班于香案前，俟扇開，通事贊拜，左右合，爲闢班。《唐·百官志》：尚輦局大朝會，扇一百五十六，常朝不全設，惟左右扇三。

〔五〕玉旒　《禮記》"天子玉藻十有二旒"注：玉，前後垂旒之玉。

〔六〕鐵冠　《後漢·輿服志》："法冠，一曰柱後，高五寸，以纚爲展筩，鐵柱卷，執法者服之。"注：鐵柱，言其屬直不曲撓。渾曾任監察御史，故用鐵冠。

題勤尊師歷陽山居　并序

《輿地記》：歷陽山在和州，孫吳天璽初，歷陽山石文成字。

師即思齊之孫，頃爲故相國蕭公錄用。相國致政，尊師亦自邊將入道，因贈是詩。《舊唐書》：蕭俛字思謙，穆宗即位，拜中書侍郎平章事。俛性嫉惡，言王播纖邪納賄，喧于中外，不可以汙台司。帝不之省，俛三上章求罷相。長慶元年，罷知政事。

二十知兵在羽林，殿云：將。中年潛識子房心〔一〕。入道。蒼鷹〔二〕出塞胡塵滅，邊將。白鶴〔三〕還鄉楚水深。入道。春圻酒瓶浮藥氣，晚携碁局帶松陰。雞籠山〔四〕上雲深處①，山居②。自劚黃精〔五〕不可尋。

〔一〕子房心　《史記》：留侯曰："以三寸舌爲帝者師，封萬戶，位列侯，此布衣之極，於良足矣。願棄人間事，欲從赤松子遊耳。"乃學辟穀，道引輕身。

〔二〕蒼鷹　《漢書》：郅都行法，不避貴戚，號曰蒼鷹。景帝拜都爲雁門太守，匈奴竟都死，不近雁門。

〔三〕白鶴　《神仙傳》：蘇仙公，桂陽人，得道昇雲漢而去。後有白鶴來止郡城東北樓上，人或挾彈彈之，鶴以爪攫樓板，似漆書，云："城郭是，人民非，三百甲子一來歸，我是蘇君彈何爲？"

〔四〕雞籠山　《寰宇記》：雞籠山在和州歷陽縣三十五里。《淮南子》云，麻湖初

---

① 深：《四部叢刊》本、垂雲堂本作"多"。

② 山居：原無，據垂雲堂本補。

陷之時，有一老母提雞籠以登此山，因化爲石。今山有石，狀如雞籠，因
名之。

〔五〕黄精　《博物志》：天老曰：“太陽之草，名曰黄精，餌而食之，可以長生。”
《抱朴子》：黄精，一名兔竹，一名救窮，一名垂珠。服其花，勝其實；服其
實，勝其根。

淮陰阻風寄楚州韋中丞

《唐·地理志》：楚州淮陰郡，本江都郡之山陽安宜縣地。縣四，山陽、鹽
城、寶應、淮陰。

《唐·百官志》：御史臺大夫一人，正三品，中丞三人，正四品下。大夫以
刑濾典章糾正百官之罪惡，中丞爲之貳。

垂釣京江欲白頭，江魚堪釣却西遊。劉伶臺〔一〕下稻花晚，歇云：淮陰。
韓信廟〔二〕前楓葉秋。淮月未明先倚檻，海雲初起更維舟。阻風。河橋有酒
無人醉，寄結。獨上高城望庾樓〔三〕。楚州。

〔一〕劉伶臺　《一統志》：劉伶臺在山陽縣治東北，邊淮。
〔二〕韓信廟　《一統志》：淮陰侯廟在山陽縣西四十里。
〔三〕庾樓　見第三卷。

油　蔚一首

贈別營妓卿卿　時爲淮南幕職，奉使塞北。

憐君無那是多情，枕上相看直到明。日照綠牕〔一〕人去住，歇云：將別。
鴉啼紅粉淚縱橫。別。愁腸只向金閨斷，白髮應從玉塞〔二〕生。奉使塞北。爲報
花時少惆悵，此生終不負卿卿〔三〕。

〔一〕綠牕　見第一卷。
〔二〕玉塞　見第六卷。
〔三〕卿卿　《世説》：王安豐婦，常卿安豐。安豐曰：“婦人卿婿，於禮爲不敬，
後勿復爾。”婦曰：“親卿愛卿，是以卿卿。我不卿卿，誰當卿卿？”遂恒聽之。

張 祜 六首

祜字承吉，清河人。陸龜蒙序略云："承吉元和中作宮體小詩，辭曲絶麗。老大稍窺建安風格，誦樂府録，知作者本意，短章大篇，往往間出，盡題目佳境，言不可刊置別處，此爲才子之最也。"

觀杭州柘枝

《樂苑》羽調有《柘枝曲》，商調有《掘柘枝》，此舞因曲爲名，用二女童，帽施金鈴，抃轉有聲。其來也，於二蓮花中藏之，花拆而後見。對舞相呈，實舞中之雅妙者也。

舞停歌罷鼓連催，軟骨纖蛾暫起來。紅罨畫[一]衫纏腕出，碧排方[二]胯[三]背腰廻。傍收拍拍金鈴擺，却踏聲聲錦䘿[四]摧[五]。看著遍頭香袖摺[六]，粉屏香帕又重隈[七]。

[一] 罨畫　見第二卷。

[二] 排方　見第一卷。

[三] 胯　同銙，帶飾也。《白孔六帖》：李靖破蕭銑，賜于闐玉帶十三胯，七方六刓，胯各附鐶，以金固之。白居易詩："帶垂鈿胯花腰重。"

[四] 錦䘿　《唐國史補》：玄宗幸蜀，至馬嵬驛，命力士縊貴妃于佛堂前梨樹下。馬嵬店嫗收得錦䘿一隻，過客每一借觀，必須百錢，前後獲利極多，嫗因至富。《類篇》：䘿，韈頭也。

[五] 摧　當作"推"，是推移之推。

[六] 摺　音懾，叠也。

[七] 隈　當作"偎"。

胡燮亭云：此詩從舞者蹲身說起，故不歌不舞，惟聽鼓聲之催，而舞者纔起來也。初起立，先伸手上舉腕，纏畫衫之袖而出，背尚曲躬，但見碧胯磬折而來，金鈴垂于身旁，舉起一足，獨以一足那步。踏足之聲，與鈴應節和響而搖擺耳。䘿韈因舉足而見。舞時以袖覆頭，舞罷去袖。又倚屏而近蘭帕，似不欲見人耳。

畫鼓拖環錦臂攘，小娥雙換舞衣裳。金絲蹙[一]霧紅衫薄，銀蔓垂花紫帶長。鷺影乍廻頭對舉，鳳聲[二]初歇翅齊張。一時欹腕[三]招殘拍，斜歛輕身拜玉郎。

〔一〕金蹙　盧肇《柘枝舞賦》：韡瑞錦以雲匝，袍蹙金而雁欹。

〔二〕鶯影鳳聲　《杜陽雜編》：寶曆二年，渤東國貢舞女二人，一曰飛鸞，一曰輕鳳。上琢玉芙蓉，以爲二女歌舞臺。每歌聲一發，如鸞鳳之音，舞態艷逸，更非人間所有。

〔三〕欻腕　欻，音忽，風有所吹起也。

　　胡嬰亭云：臨罷，以玉腕如颽風相攪，似招殘之聲，蓋腕舞愈急，拍聲愈促，至此以拜而歌，似拜玉郎者，指主人。○此首題作《周員外席上觀柘枝》，原本。

觀楊瑗柘枝

促叠蠻鼉〔一〕引柘枝，卷簷虛帽帶交垂。紫羅衫宛〔二〕蹲身處，紅錦靴柔〔三〕踏節時。微動翠蛾拋舊態，緩遮檀口唱新詞〔四〕。看看舞罷輕雲起，却赴襄王夢裏期。

〔一〕蠻鼉　丁靜山云：蠻鼉，鼓也。《詩》：“鼉鼓逢逢。”《海錄碎事》：“南蠻鑄銅爲大鼓。”

〔二〕衫宛　胡嬰亭云：身蹲則衫曲曰宛。

〔三〕靴柔　胡嬰亭云：踏節那步，見靴之柔，不柔則步不能中節。

〔四〕拋舊態唱新詞　胡嬰亭云：舞時另是一家，必有矜莊之意。及至欲歌，則翠眉一展，拋去舊態，而遮檀口以發新聲也。

感王將軍柘枝妓歿

寂寞春風舊柘枝，美人休舞曲停吹。鴛鴦鈿帶〔一〕拋何處，孔雀羅〔二〕衫付阿誰。畫鼓不聞招節拍，錦靴虛想挫腰肢。今來座上翻如醉，曾見梨園〔三〕教徹時。

〔一〕鴛鴦帶　江總詩：合懽錦帶鴛鴦鳥。

〔二〕孔雀羅　丁六孃《十索曲》：裙裁孔雀羅。

〔三〕梨園　《唐·禮樂志》：玄宗選坐部伎子弟三百，教于梨園，號皇帝梨園子弟。

貴家郎

二十便封侯，名居第一流。緑鬢深小院，清管下高樓。醉把金船〔一〕擲，閑敲玉鐙〔二〕遊。帶盤紅鼲鼠〔三〕，袍研紫犀牛〔四〕。碧瓦〔五〕坊墻上，朱橋〔六〕柳巷〔七〕頭。眼前長少貴，誰信有春愁？

〔一〕金船　庾信詩："金船代酒巵。"詳第四卷。

〔二〕玉鐙　李賀詩：霜乾玉鐙空。

〔三〕紅鼲鼠　詳第二卷。

〔四〕紫犀牛　《白孔六帖》：諸衛大將軍中郎以下給袍者，皆易其繡文，千牛衛以瑞牛，左右衛以瑞馬。兹云"紫犀牛"，應是繡紫色犀牛于袍上也。

〔五〕碧瓦　劉駒騄詩：縹碧以爲瓦。

〔六〕朱橋　盧綸詩：朱橋夜掩津。

〔七〕柳巷　高適詩：門前種柳深成巷。

病宮人①

佳人卧病動經秋，簾幕緂縿〔一〕不掛鈎。四體强扶藤夾膝〔二〕，雙鬟慵插玉搔頭〔三〕。花顔有幸君王問，藥餌無徵待詔〔四〕愁。惆悵近來銷瘦盡，淚珠時傍枕函流。

〔一〕緂縿　一作"襤襂"。揚子《方言》："無緣之衣謂之襤。"《韻會》："縿，音森。縿襹，衣裳羽毛垂貌。"此借以言簾幕。

〔二〕藤夾膝　《天禄識餘》：竹夫人，唐人謂之竹夾膝。藤夾膝當是以藤爲之也。

〔三〕玉搔頭　《西京雜記》：武帝過李夫人，就取玉簪搔頭。自此後，宮人搔頭皆用玉，玉價倍貴焉。

〔四〕待詔　《漢書》"公孫弘待詔金馬門"注：以才伎召，未有正官者，自漢至唐有此。

來　鵬二首

《唐詩紀事》：鵬詩思清麗，福建韋尚書岫愛其才，欲以子妻之，而不果。後遊蜀，夏課卷中有詩云："一夜緑荷風剪破，賺他秋雨不成珠。"識者以爲不祥。是歲隨秋賦而卒。

---

① 人：原脱，據《四部叢刊》本、垂雲堂本補。此篇又見本書卷本九袁不約名下。

宛陵送李明府罷任歸江州

宛陵，見第四卷。《賓退録》：“唐人稱縣令曰明府。”江州，見第六卷“都九江”注。

菊花村晚雁來天，共把離盃向水邊。官滿便尋垂釣侶，<small>歇云：罷任。</small>家貧已用賣琴錢。浪生溢浦^{〔一〕}千層雪，<small>歇云：歸江州。</small>雲起爐峯^{〔二〕}一炷煙。儻見吾鄉舊知己，爲言憔悴過年年。

〔一〕溢浦　《寰宇記》：江州德化縣盆浦水。按《郡國志》云：“有人此處洗銅盆①，忽水暴漲，乃失盆。投水取之，見一龍唧盆，奪之而出，故曰盆水。”又云：“源出青盆山。因以爲名。”

〔二〕爐峯　晋僧慧遠《廬山記》：山在江州潯陽南，東南有香爐山，孤峯獨秀起，游氣籠其上，則氤氲若香煙，白雲映其外，則炳然與衆峯殊別。

清明日與友人遊玉塘莊

幾宿春山逐陸郎^{〔一〕}，清明時節好風光。歸穿緑荇船頭滑，醉踏殘花屐齒^{〔二〕}香。風急嶺雲飄迥野，雨餘田水落方塘^{〔三〕}。不堪吟罷東回首，滿耳蛙聲正夕陽。

〔一〕陸郎　《明下童曲》：陳孔驕赭白，陸郎乘斑騅。

〔二〕屐齒　《南史》：謝靈運尋山陟嶺，常著木屐，上山則去其前齒，下山去其後齒。

〔三〕方塘　劉公幹詩：方塘含白水。

施肩吾<small>四首　再見。</small>

夜宴詞^②

鈍云：重見。

---

① 人：原脱，據《太平寰宇記》卷一一一補。

② 此篇重收，已見卷四施肩吾名下，題作《夜讌曲》。

蘭缸如晝買不眠，玉堂夜起沉香煙。青娥一行十二仙，欲笑不笑桃花然。碧窗弄粧梳洗_{宋本作"弄嬌敉洗"。}晚，户外不知銀漢轉。被郎嗔罰琉璃盞，酒入四支紅玉軟。

效古詞

姊妹無多兄弟少，舉家鍾愛年最小。有時繞樹山鵲〔一〕飛，貪看不待畫眉了。

〔一〕山鵲　《爾雅》"鸒山鵲"，郭注：似鵲而有文彩，長尾，觜、脚赤。

山中得劉秀才京書

自笑家窮客到疎，滿庭煙草不能鋤。今朝誰料三千里，忽得劉京一紙書。

望夫詞

手蕟寒燈向影頻，回文機上暗生塵。自家夫壻無消息，却恨橋頭賣卜人。

劉得仁一首

《全唐詩話》：得仁，貴主之子。自開成至大中三朝，昆弟皆歷貴仕，而得仁苦于詩，出入舉場三十年，卒無成。常自述曰："外家雖是帝，當路且無親。"既終，詩人競爲詩弔之。

悲老宫人

默庵云：比也。

白髮宫娃不解悲，滿頭猶自插花枝。曾緣玉貌〔一〕君王寵，準擬人看似舊時。

〔一〕玉貌　宋玉《笛賦》：頳顔臻，玉貌起。

高　駢①四首

郝天挺注：駢字千里，幽州人，崇文之孫。初爲府司馬，遷侍御史、西川節度使，仕至平章事，封渤海郡王。時巢賊大亂，駢擁重兵，以誤任吕用之等誅。詩一卷，傳于世。

步虚詞

見第三卷。

清溪道士〔一〕人不識，上天下地鶴一隻。洞門深鎖碧窗寒，滴露研朱點《周易》。

〔一〕清溪道士　《寰宇記》：清溪山，其山高峻。庾仲雍《荆州記》：臨沮縣有清溪山，山東有泉。晋郭璞爲臨沮長，常遊此，賦《遊仙》詩云：“青溪千餘仞，中有一道士。”即此也。

寫懷二首

漁竿銷日酒銷愁，一醉忘情萬事休。却恨韓彭興漢〔一〕室，功成不向五湖遊〔二〕。

〔一〕韓彭興漢　漢使韓信擊魏，禽魏王豹；又與張耳俱破代兵，禽代相夏説；擊趙，殺成安君泜水上，禽趙王歇；又降燕，又襲破齊，殺楚將龍且，虜齊王田廣；後與彭越共引兵來會，破項羽垓下。此其興漢大略也。卒以人告信欲反，爲吕后所詐，斬于長樂鐘室，夷三族。彭越佐高祖，燒盡楚之積聚，又掠米十餘萬斛以給漢，項王因此食盡而敗，蓋大有功于漢也。以人告謀反，不察情實，夷其三族，醢其肉。

〔二〕五湖遊　見第四卷“范蠡”注。

花滿西園月滿池，笙歌摇曳畫船移。如今暗與心相約，不動征旗動酒旗〔一〕。

---

① 高駢：“駢”原作“軿”，諸本同，據《舊唐書》卷一八二《高駢傳》、《三體唐詩》卷二改。下同。

〔一〕酒旗　見第四卷。

風　箏

　　《丹鉛錄》：古人殿閣簷稜間，有風琴、風箏，皆因風動成音，自叶宮商。

夜靜絃聲響碧空，宮商信任往來風。依稀似曲纔堪聽，又被風吹別
調中。

　　《北夢瑣言》：駢鎮蜀日，以南蠻侵暴，築羅城四十里。朝廷雖加恩賞，
亦疑其固護。一日，聞奏樂聲，知有改移，乃題《風箏》寄意云云。旬日，果
移鎮渚宮。

李　端一首　再見。

代棄婦答賈客

　　玉疊城邊爭走馬，銅堤〔一〕市裏共乘舟。鳴環動珮恩能盡，掩袖低巾
淚不流。疇昔將歌邀客醉，如今欲舞對君羞。忍懷賤妾〔二〕平生好，獨上
襄陽〔三〕舊酒樓。
　　〔一〕銅堤　《廣輿記》：銅鞮坊在襄陽府城南。楚人好唱《白銅鞮》詞，因以名
　　　　坊。詞乃梁武帝作，沈約和。鞮，一作“堤”。
　　〔二〕賤妾　《史記》：驪姬泣曰：奈何以賤妾之故，廢嫡立庶。
　　〔三〕襄陽　見第五卷。

趙　嘏十一首

　　嘏字承祐，山陽人。《唐詩紀事》[①]：開成五年，樂和侍郎下三十一人及第。
嘏曾有詩曰：“早晚粗酬身事了，水邊歸去一閒人。”果卒於渭南尉。

長安秋望

　　雲物〔一〕淒清拂曙流，默云：秋。漢家宮闕動高秋。長安。　秋。殘星幾點雁

――――――――

　　①　詩：原作“書”，據光緒本及《唐詩紀事》卷五六改。

橫塞，長笛一聲人倚樓。望。紫艷半開籬菊靜，秋。紅衣〔二〕落盡渚蓮愁。鱸魚〔三〕正美不歸去，長安。空戴南冠學楚囚〔四〕①。

〔一〕雲物　《左傳》：凡分至啓閉，必書雲物爲備故也。

〔二〕紅衣　庾信詩：蓮浦落紅衣。

〔三〕鱸魚　見第一卷"張翰"注。

〔四〕楚囚　見第一卷"鍾儀"注。

長安月夜與友生話故山

宅邊秋水浸苔磯，默云：話故山。日日持竿去不歸。楊柳風多潮未落，蒹葭霜在雁初飛。重嘶匹馬吟紅葉，却聽疎鐘憶翠微〔一〕。今夜秦城〔二〕滿樓月，默云：長安。故人相見一沾衣。默云：與友生。

〔一〕翠微　見第四卷。

〔二〕秦城　《三輔黃圖》：長安故城，漢之故都。高祖七年，方脩長安宮城，自櫟陽徙居此城，本秦離宮也。杜甫詩："秦城近斗杓。"

汾上宴別

《詩》："彼汾沮洳。"水出太原晋陽山，西南入河。

默庵云：鬆美緊峭②，四十字備之。

雲物如故鄉，山川知異路。年來未歸客，馬上春色暮。一尊花下酒，殘日水西樹。不待管絃終，搖鞭背花去。

曲江春望懷江南故人

杜若洲〔一〕邊人未歸③，水寒煙暖想柴扉。默云：春懷。故園何處風吹柳，一雁南來雪滿衣④。目極思隨原草遍，默云：春望懷人。浪高書到海門〔二〕稀。江

---

① 紀昀評：前四句長安秋望之景，後四句長安秋望之感。

② "鬆美緊峭"下，紀昀評：佳處在此四字，薄處狹處亦在此四字。

③ "人未歸"下，紀昀評：通首從此句生出。

④ "雪滿衣"下，紀昀評：暗入懷人無迹。

南①。此時愁望情多少，望。萬里春流遶釣磯。春懷江南。

〔一〕杜若洲　見第六卷。

〔二〕海門　《稗史彙編》：登吳山，望海門二峰，隱然如天關，嘲來喧喧，如瀉天潢，大舶高檣，往來出没，如泛天槎。詳見第六卷。

自　遣

晚樹疎蟬起別愁，遠人回首憶滄洲〔一〕。江邊故國無窮恨，日帶殘雲一片秋。久客轉諳時態薄，多情只共酒淹留。默云：對似不整。到頭生長煙霞者，須向煙霞老始休。默云：自遣。

〔一〕滄洲　謝玄暉詩：既歡懷禄情，復協滄洲趣。

新　月

玉鈎〔一〕斜傍畫簷生，雲匣初開一寸明。何事最能傷少婦，夜來依約落邊城。

〔一〕玉鈎　鮑照詩：始出西南樓，纖纖如玉鈎。

東　望

楚江横在草堂前，默云：望。楊柳洲邊載酒船〔一〕。兩見梨花歸不得，每逢寒食一潸然。斜陽映閣山當寺，微緑含風樹滿川。同郡故人攀桂盡，把詩吟向沇寥天〔二〕。

〔一〕載酒船　《晋書》：畢卓嘗曰："得酒滿數百斛船，四時甘味置兩頭，右手持酒盃，左手持蟹螯，拍浮酒船中，便足了一生矣。

〔二〕沇寥天　宋玉《悲秋》"沇寥兮天高而氣清"注：沇寥，曠蕩而虚静也。沇，音血。

寄　歸

三年踏盡化衣塵〔一〕，只見長戈不見春。馬過雪街天未曙，客迷關路

---

① 江南：原無，據垂雲堂本補。下"望"字同。

淚空頻。一作"鄉遙雲樹淚空頻"。桃花塢〔二〕接啼猿寺，野竹亭〔三〕通畫鷁〔四〕津。早晚粗酬身事了，水邊歸去一閒人。

〔一〕化衣塵　陸機詩："京洛多風塵，素衣化爲緇。"化衣塵，言化衣之塵也。

〔二〕桃花塢　《六朝事迹》：桃花塢在蔣山寶公塔之西北，舊有桃花甚盛，今不復存。

〔三〕竹亭　白居易詩：竹亭陰合偏宜夏。

〔四〕畫鷁　《淮南子》注：鷁，大鳥也。畫其象著船頭，故曰畫鷁。

寒食新豐別友人

一百五日〔一〕家未歸，默云：寒食。新豐雞犬〔二〕獨依依。滿樓春色傍人醉，半夜雨聲前計非。繚繞溝塍〔三〕含綠晚，荒涼樹石向川微。東風吹淚對花落，寒食。鬇鬡故交相見稀。結別字意更遠。

〔一〕一百五日　見第三卷"寒食"注。

〔二〕新豐雞犬　《西京雜記》：太上皇徙長安，居深宮，悽愴不樂。高祖既作新豐，移諸故人實之，衢巷棟宇物色惟舊。士女老幼相攜路首，各知其室；放犬羊雞鴨于通塗，亦競識其家。

〔三〕溝塍　《西都賦》"溝塍刻鏤"，善注：《周禮》"十夫有溝"，《說文》：塍，稻田之畦也。音繩。

感　懷

獨上江樓思眇默云：眇，或作"峭"，然不如"眇"字，與下句相應。然，默云：題。月光如水水如天。同來看月人何在，題。風景依稀似去年。

茅山道中

《南史·隱逸傳》：句容之句曲山，山下是第八洞宮，名金陵華陽之天，周廻一百五十里。昔漢有咸陽三茅君，得道來掌此山，故謂之茅山。

煙樹重重水亂流，馬嘶殘雨晚程秋。默云：道中。門前便是仙山路，目送歸鴻不得游。

朱 絳 一首

春 女 怨

《樂府遺聲》怨思二十五曲，有《春女怨》。

獨坐紗牕刺繡遲，紫荆〔一〕花下囀黃鸝〔二〕。欲知無限傷春意，盡在停針不語時。

〔一〕紫荆　《南方草木狀》：荆，寧浦有三種，金荆可作枕，紫荆堪作牀，白荆堪作履。

〔二〕黃鸝　《韻會》：黃鸝，倉庚也，一名黃鶯。郭璞云：其色黧黑而黃，因名之。

姚 倫 一首

《唐詩紀事》：倫終揚州大都府曹參軍。

感 秋

試向疎林望，默云：感。方知節侯殊。亂聲千葉下，默云：秋。寒影一巢孤。不蔽秋天雁，驚飛夜月烏。霜風與春日，幾度遣榮枯。

劉方平 二首 ①

《唐詩紀事》：方平與元魯山善，不仕，蓋邢襄公政會之後也。蕭穎士云：山東茂異，有河南劉方平。

《歷代名畫記》：劉方平工山水樹石，汧國公李勉甚重之。

---

① 二首：原脫，據《四部叢刊》本、垂雲堂本、光緒本補。

秋夜泛舟

林塘夜泛舟，蟲響荻颼颼。萬影皆因月，千聲各爲秋①。歲華空復晚，鄉思不堪愁。西北浮雲外，伊川〔一〕何處流。

〔一〕伊川　《山海經》：熊耳之山，伊水出焉。北至洛陽縣南，北入于洛。按：方平，河南人，故結句云爾。

春　怨

紗牕日落漸黃昏，金屋無人見淚痕。寂寞閒庭春欲晚，梨花滿院不開門。

陳　羽一首

郝天挺云：江東人。貞元八年，陸贄下第二人登科，歷東宮尉佐。有詩集傳于世。

長安臥病秋夜言懷

九重門〔一〕鎖禁城秋，戰云：長安夜。月過南宮漸映樓。夜。紫陌〔二〕夜深槐露滴，二聯俱長安秋。碧空雲盡火星流〔三〕。風清刻漏傳三殿〔四〕，甲第歌鐘樂五侯〔五〕。楚客病來鄉思苦，臥病言懷。寂寥燈下不勝愁。夜言懷。

〔一〕九重門　《楚詞》："君之門兮九重。"詳第三卷。

〔二〕紫陌　見第一卷。

〔三〕火星流　《詩》：七月流火。

〔四〕三殿　《雍錄》：三殿者，麟德殿也。一殿而有三面，故名三殿也。

〔五〕五侯　見第三卷。

---

① "千聲各爲秋"下，紀昀評：三四清脱，然前人渾厚之氣，至此變盡矣。　或謂"千聲"頂第二句"萬影"，似乎落空，亦是未密處。然泛舟夜遊，必是月夜，此二句蓋分頂也。

薛 能三首

鈍云：再見。

遊嘉州後溪

《唐·地理志》：劍南道嘉州犍爲郡，本眉山郡，天寶元年更名。能嘗攝嘉
州刺史。

山屐經過落逶蹤，隔溪遥見夕陽春〔一〕。當時諸葛成何事，只合終身
作卧龍〔二〕。

何義門云：屐蹤滿徑，經過非一，有終焉雲卧此山之志矣。第二亦
托意唐祚方盡，言雖武侯不能輔之久全也。要與別篇風話殊。

〔一〕夕陽春　《淮南子》："日至淵隅，是謂高春。至連石，是謂下春。"注：未暝
時，上蒙先春，曰高春；欲暝時，下蒙悉春，曰下春。豈晚日近昏之
候乎？

〔二〕卧龍　《三國志》：徐庶謂先主曰：諸葛孔明者，卧龍也。將軍豈願見之乎？

老圃堂①

邵平〔一〕瓜地接吾廬，默云：老圃。穀雨乾時偶自鋤。昨日春風欺不在，默
云：堂。就牀吹落讀殘書。

〔一〕邵平　《史記·蕭相國世家》：邵平者，故秦東陵侯。秦破，爲布衣，貧，種
瓜於長安城東，瓜美，故世俗謂之東陵瓜。召，與"邵"同。

銅雀臺

見第一卷。

魏帝當時銅雀臺，黄花深映棘叢開。人生富貴須回首，此地豈無歌
舞來？

---

① 此詩見《又玄集》卷中曹鄴名下，此爲誤抄。參傅璇琮《唐人選唐詩新編》。

李郢一首

《全唐詩話》：郢字楚望。大中進士，終于御史。其《七夕》云："莫嫌天上稀相見，猶勝人間去不回。"最爲警絶。

江上逢王將軍

虬鬚[一]憔悴羽林郎[二]，<small>戲云：將軍。</small>曾入甘泉[三]侍武皇[四]。鶻没夜雲知御苑[五]，馬隨春仗識天香[六]。五湖歸[七]去孤舟月，六國平[八]來兩鬢霜。惟有桓伊江上笛[九]，卧吹[一○]三弄送殘陽。

[一]虬鬚　《魏志》：崔炎對客虬鬚直視。

[二]羽林郎　見第二卷。

[三]甘泉　按《天録識餘》：甘泉宫有三，秦在渭南，隋在鄠縣，漢在雲陽。此言漢之甘泉也。

[四]武皇　唐人詩多借武皇言玄宗。

[五]鶻知御苑　何義門云：此言其戀主，不以既夜而不歸御苑。

[六]馬識天香　《三體詩》原注：言馬習於隨仗而識香也。蓋仗前必以香引輦，如隋煬帝每駕則擎香爐在輦前行是也。

[七]五湖歸　此比范蠡之身退。詳見第四卷。

[八]六國平　此比王翦之功成。按《史記》，秦始皇二十六年，盡并天下，王氏功爲多，名施於後世。

[九]桓伊笛　《世説》：王子猷出都，尚在渚下，遇桓伊于岸上，遇王令人，與相聞云："聞君善吹笛，爲我一奏。"桓便下車，踞胡床，爲作三調。弄畢，便上車去。客主不交一言。

[一○]卧吹　《唐書》：漢中王瑀知音，嘗早朝過永興里，聞笛，顧左右曰："是太常工乎？"曰："然。"它日識之，曰："何故卧吹？"笛工驚謝。

薛逢二首　再見。

開元後樂

《唐會要》：開元二年，上以天下無事，聽政之暇，于梨園自教法曲，必盡其妙，謂之皇帝梨園弟子。

《明皇雜録》：天寶中，上命宮中女子數百人爲梨園弟子，皆居宜春北院。其後李龜年流廢江南，每遇良辰美景，常爲人歌，歌闋，座上聞之，莫不掩泣。

莫奏開元舊樂章，樂中高曲斷人腸。邠王玉笛〔一〕三更咽，虢國金車〔二〕十里香。一自犬戎〔三〕生薊北，便從征戰老汾陽〔四〕。中原駿馬搜求盡，沙苑〔五〕年來草又芳。

〔一〕邠王玉笛　《太真外傳》：“妃子取寧王紫玉笛吹之。”舊注遂謂“邠”當作“寧”，然張祜詩：“虢國潛行韓國隨，宜春小院映花枝。金輿遠幸無人見，偷把邠王小管吹。”蓋謂虢國竊邠王笛。逢詩本此，正與下句一片。

〔二〕虢國金車　《楊妃外傳》：妃有三姨，韓國、虢國、秦國。又虢國夫人不施朱粉，自有美艷，常素面朝天。《舊唐書》：貴妃姊妹競飾車服，各爲一犢車，飾以金銀，間以珠翠。《樂史外傳》：曾有人俯窺其車，香氣數日不絕。

〔三〕犬戎　《山海經·犬封國》曰：“犬戎國狀如犬。”此指安禄山。

〔四〕汾陽　《唐書》：上元初，郭子儀進封汾陽郡王。

〔五〕沙苑　見第二卷。

漢武宮詞

武帝清齋〔一〕夜築壇，自斟明水〔二〕醮〔三〕仙官。殿前童女移香案，雲際金人捧露盤〔四〕。絳節〔五〕有時還入夢，碧桃〔六〕何處更驂鸞。茂陵〔七〕煙雨埋冠劍〔八〕，石馬〔九〕無聲蔓草寒①。

〔一〕清齋　《漢武内傳》：帝登延靈之臺，盛齋存道。

〔二〕明水　《禮記》“明水”注：司烜以陰鑑所取于月之水也。

〔三〕醮　《廣韻》：醮，祭也。

〔四〕露盤　見第六卷“金莖露”注。

〔五〕絳節　見第五卷。

〔六〕碧桃　《漢武内傳》：母上殿，東向坐，以玉盤盛仙桃七顆，形圓色青。

〔七〕茂陵　見前。

〔八〕埋冠劍　《史記·封禪書》：上北巡還，祭黃帝冢橋山上，曰：“吾聞黃帝不

---

① 紀昀評：意亦猶人，語自沉着。

死，今有冢，何也？”或對曰：“黃帝已僊上天，群臣葬其衣冠。”《列仙傳》：軒轅自擇亡日，與羣臣辭，卒葬橋山。山崩，棺空無尸，唯劍舃在焉。今借以言漢武帝。

〔九〕**石馬** 杜甫詩：“當時侍金輿，故物獨石馬。”注云：梁隱過茂陵，欲訪遺跡，了無故舊碑文，獨二石馬在草中而已。

崔　塗一首　再見。

讀庾信集

《北史》：庾信幼而俊邁，博覽群書。與徐陵文並綺艷，故世號“徐庾體”焉。

四朝十帝〔一〕盡風流，建業長安〔二〕兩醉游。唯有一篇楊柳曲〔三〕，江南江北爲君愁。

〔一〕**四朝十帝** 庾信字子山，梁人。歷事梁武帝、簡文帝、元帝，後聘于西魏，見留。歷事魏恭帝、周孝閔帝、明帝、武帝、宣帝、靜帝、隋文帝。以開皇元年卒①，故云四朝十帝。

〔二〕**建業長安** 梁都建業，魏、周、隋俱都長安。

〔三〕**楊柳曲** 庾信集有《楊柳歌》曰：河邊楊柳百丈枝，別有長條踠地垂。河水衝激根株危，倏忽河中風浪吹。可憐巢裏鳳凰兒，無故當年生別離。

項　斯一首　再見。

蒼梧雲氣

謝玄暉詩：“雲去蒼梧野，水還江漢流。”注：《歸藏啓筮》曰：有白雲出自蒼梧，入于大梁。

何年化作愁，漠漠便難收。數點山能遠，平鋪水不流。溼連湘竹暮，濃蓋舜墳〔一〕秋。亦有思歸客，看來盡白頭。

---

① 元年：原作“元帝”，據《北史》卷八三《庾信傳》改。

〔一〕湘竹舜墳　見第一卷"瀟湘竹"注。

崔　峒一首

《唐詩紀事》：峒登進士第，爲拾遺，入集賢爲學士，後終州刺史，或云終元武令，《文藝傳》云終右補闕。

江上書懷

骨肉天涯別，默云：題。江山日落時。淚流襟上血，髮白鏡中絲。胡越書難到，默云：書懷。存亡夢豈知。登高廻首罷，形影自相隨。

李宣遠一首

《全唐詩話》：宣遠，貞元進士登第。

塞下作

秋日并州〔一〕路，黄榆〔二〕落故關。孤城吹角罷，數騎射鵰〔三〕還①。帳幕遥臨水，牛羊自下山。征人正垂淚，烽火起雲間。

〔一〕并州　《唐·地理志》：太原府太原郡，本并州，開元十一年爲府。

〔二〕黄榆　《史記·項羽紀》"蒙恬開榆中地數千里"注：蒙恬樹榆爲塞。

〔三〕射鵰　《李廣傳》：中貴人將騎數十，見匈奴三人，與戰。三人還射，傷中貴人。中貴人走廣，廣曰："是必射鵰者也。"

陶　翰二首

《唐詩紀事》：翰，潤州人。開元中，爲禮部員外郎。以《冰壺賦》得名。

---

① "數騎射鵰還"下，紀昀評：三四點淡，如在目前。

從軍行

鈍吟云：落句劣。

進軍飛狐〔一〕北，鈍云：名句。窮寇勢將變。日落沙塵昏，背河更一戰。騂〔二〕馬黃金勒〔三〕，雕弓〔四〕白羽箭〔五〕。射殺左賢王〔六〕，歸奏未央〔七〕殿。欲言塞下事，天子不詔見。西出咸陽〔八〕門，哀哀淚如霰。

〔一〕飛狐　《史記‧酈生傳》“距蜚狐之口”，如淳曰：“上黨壺關也。”按：蜚狐在代郡西南，蜚，一作“飛”。

〔二〕騂　《魯頌》注：赤黃曰騂。

〔三〕黃金勒　何遜詩：白馬黃金勒。

〔四〕雕弓　《詩》“敦弓既堅”，毛萇曰：敦，與“雕”同。

〔五〕白羽箭　《國語》：“吳素甲白羽之矰。”矰，箭名。

〔六〕左賢王　《史記‧匈奴傳》：至冒頓，而匈奴最強大，置左右賢王。

〔七〕未央　見第六卷。

〔八〕咸陽　見第三卷。

新安江林①

《唐‧地理志》：江南道有歙州新安郡。

江源〔一〕南去永，野飯暫維梢〔二〕。古戍懸漁網，空林露鳥巢。雪晴山脊見，沙淺浪痕交。自笑無媒鈍云：媒，一作“謀”。者，逢人作《解嘲》〔三〕。

〔一〕江源　《寰宇記》：三天子都山。《山海經》郭璞注云，在新安歙縣東，今謂之玉山，浙江出其邊也。

〔二〕梢　一作“綃”，《海賦》“維長綃”，善曰：綃，帆網也。以長木爲之，所以挂帆。

〔三〕解嘲　揚子雲作。

溫 憲 三首

《全唐詩話》：溫憲，庭筠子也。僖、昭之間，就試有司，值鄭相延昌掌

---

① 此詩《中興間氣集》卷上署作章八元《新安江行》，《又玄集》卷中章八元名下題作《新安江村》。此誤抄《又玄集》，並誤“村”爲“林”。參傅璇琮《唐人選唐詩新編》。

邦貢，以其父傲毀朝士，抑而不録。既不第，題一絶于崇慶寺壁。後滎陽公因國忌行香見之，憫然動容，於是成名。詩曰："十口溝隍待一身，半年千里絶音塵。鬢毛如雪心如死，猶作長安下第人。"

《唐詩紀事》：憲光啓中爲山南從事。

春 鳩

《月令》：季春之月，鳴鳩拂其羽，戴勝降于桑。

村南微雨新，平緑浄無塵。散睡春條暖，默云：春鳩。閒鳴屋脊春。遠聞和曉夢，相應在諸鄰。行樂花時節，春鳩結。追飛見亦頻①。

郊 居

村前村後樹，寓賞有餘情。青麥路初斷，紫花田未耕。雉聲聞不到，山勢望猶横。寂寞春風裏，吟酣信馬行。

杏 花

團雪上晴梢，紅明映碧寥。店香風起夜，村白雨休朝。静落猶和蒂，繁開正蔽條。澹然閒賞久，無以那鈍云："那"作"破"。嬌饒。那，宋本缺。

李 頻 六首

《唐書》：頻字德新，睦州壽昌人。大中八年進士第，官至建州刺史。以禮法治下，更布條教，建賴以安。卒官，父老爲立廟黎山，歲祠之。

湖口送友人

中流欲暮見湘煙，默云：湖口。葦岸無窮接楚天。去雁遠衝雲夢〔一〕雪，離人獨上洞庭〔二〕船。風波盡日依山轉，星漢通宵向水連。零落梅花過殘

---

① 紀昀評：多用烘染之筆。

臘，故園歸去醉新年。默云：送友人結。

〔一〕雲夢　見第一卷。

〔二〕洞庭　見第四卷。

送友人往太原

太原，見前"并州"注。

離亭聊把酒[1]，默云：送。此路徹邊頭。太原。草白雁來盡，時清人去遊。送往。汾河流晋地，太原。塞雪滿并州。明日相思起，蕭條上北樓。

寄　　遠

槐欲成陰分袂時，君期十日復金扉。槐今落葉已將盡，君向遠鄉猶未歸。化石〔一〕早曾聞節婦，沉湘何必獨靈妃〔二〕。須知此意同生死，不學他人空寄衣。

〔一〕化石　《幽明録》：武昌北山上，有望夫石，狀如人立。俗傳云，古者有貞婦，其夫從役遠征，餞送此山，立望夫而死，化爲石，因名焉。

〔二〕靈妃　《述異記》：湘中有靈妃步，吳、楚間謂浦爲步。按此靈妃，當是湘妃也。本有湘靈之稱，若《岳陽風土記》所載孝烈靈妃，乃爲其父羅君川溺水死，尋屍不獲，赴水死。與頻詩意殊不合。且孝烈靈妃之封，至宋元豐中始賜。李頻時，未必豫有靈妃之稱也。

鄂州頭陀寺上方

鄂州，見第二卷。陀，同"陁"。《文選·頭陁寺碑文》注：天竺言頭陁，此言斗藪。斗藪，煩惱，故曰"頭陁"。杜甫詩："上方重閣晚。"

高寺上方無不見，天涯行客思迢迢。默云：鄂州。西江〔一〕帆掛東風急，夏口〔二〕城銜楚塞遥。沙渚漁歸多溼網，桑林蠶後盡空條。感時歎物尋僧語，默云：上方。誰向禪心得寂寥。

〔一〕西江　見第二卷。

---

① 亭：《四部叢刊》本作"人"。

〔二〕夏口　見第一卷。

辭夏口崔尚書

《唐六典》：尚書都省，尚書令一人，正二品，掌總領百官。其屬有六尚書，一曰吏部，二曰户部，三曰禮部，四曰兵部，五曰刑部，六曰工部。

一飯仍難受，淹留已二年①。終期身可報，不擬骨空鐫。城晚風高角，江春浪起船。曾同棲止地，獨去塞鴻前。

古　意

白馬遊何處，青樓日正長。鳳簫〔一〕拋舊曲，鸞鏡〔二〕嬾新妝。玄鳥〔三〕空巢語，飛花入户香。雖非竇滔婦〔四〕，錦字已成章。

〔一〕鳳簫　《真仙通鑑》：上帝授茅君以鳳鸞之簫。

〔二〕鸞鏡　見第二卷"鸞不住"注。

〔三〕玄鳥　《詩》"天命玄鳥，降而生商"注：玄鳥，鳦也。

〔四〕竇滔婦　見第一卷"竇家妻"注。

王　駕一首

《唐詩紀事》：駕字大用，河中人。登大順進士，仕至尚書禮部員外郎。自稱守素先生，與圖、谷爲詩友。

古　意

按：《見聞搜玉》以爲王駕戍邊，其妻玉蘭製衣，并此詩寄之。

夫戍蕭關〔一〕妾在吳，西風吹妾妾憂夫。一行書信千行淚，寒到君邊衣到無②？

〔一〕蕭關　《雍録》：蕭關在原州高平縣東南二十里。

---

① 二：《四部叢刊》本作"半"。

② 紀昀評：淡語渾成。

于　鵠三首

《全唐詩話》：鵠，大曆、貞元間詩人也。爲諸府從事。

送客游塞

若到并州北，誰人不憶家。塞深無去伴，路盡有平沙。磧冷唯逢雁，天春不見花。莫隨邊將意，垂老事輕車[一]。

〔一〕輕車　《史記·衞將軍傳》：代相李蔡爲輕車將軍。《後漢書·輿服志》：輕車，古之戰車也。

江南曲

《樂府正聲》相和歌三十曲，有《江南曲》。柳惲《江南曲》云：“汀州采白蘋，日落江南春。洞庭有歸客，瀟湘逢故人。故人何不返，春花復應晚。不道新知樂，且言行路遠。”

偶向江邊採白蘋[一]，閒隨女伴賽江神。衆中不敢分明語，暗擲金錢卜遠人。

〔一〕白蘋　《唐本草》：萍有三種，大者名蘋，中者名荇，葉皆相似而圓。其小者，即水上浮萍也。蘋，一作“薲”，《楚詞》“登白薠分騁望”。

題美人

秦女窺人不解羞，攀花趁蝶出牆頭。胸前空帶宜男草[一]，嫁得蕭郎[二]愛遠遊。

〔一〕宜男草　《南方草木狀》：水葱，花、葉皆如鹿葱。婦人懷姙，佩其花生男者，即此花，非鹿葱也。庾信賦：“風無少女，草不宜男。”
〔二〕蕭郎　郎，蕭史也。後世女夫通稱。

徐　寅一首

《叩彈集》注：字昭夢，莆田人。乾寧進士，官秘書正字，依王審知幕府，歸老延壽溪。

初夏戲題

長養薰風拂曉吹，漸開荷芰落薔薇。青蟲也學莊周夢，化作南園蛺蝶〔一〕飛。

〔一〕**蟲化蝶**　《南方草木狀》：媚草上有蟲，老蛻爲蝶，赤黃色。女子藏之，謂之媚蝶，能致其夫憐愛。

才調集補注卷八

古律雜歌詩一百首

羅　隱十七首

《全唐詩話》：羅隱字昭諫，餘杭人。隱池之梅根浦，自號江東生。爲唐相鄭畋所知，畋女覽詩，諷誦不已。畋疑有慕才意，隱貌寢陋，女一日簾窺之，自此不詠其詩。光啓中，錢鏐辟從事節度判官副使。魏博羅紹威推爲叔父，表授給事中。年八十餘，終餘杭。

偶　懷①

一作“中元甲子，以辛丑駕幸蜀”，共四首，此其末首。

杜紫綸云：僖宗中和元年辛丑正月，幸成都，避黃巢之難。詩爲僖宗作也。

白丁〔一〕攘臂犯長安，翠輦蒼黃〔二〕路屈盤〔三〕。丹鳳〔四〕有懷雲外遠②，玉龍〔五〕無主渡頭寒③。靜思貴族謀身易，危覺文皇創業難。不將不侯何計是④，默云：偶懷。釣魚船上淚闌干〔六〕。懷，一作“情”；雲，一作“塵”；主，一作“迹”。

〔一〕白丁　《漢書·鄒陽傳》“毆白徒之衆”，師古曰：白徒，言素非軍旅之人，若今言白丁。

〔二〕蒼黃　同“倉皇”，急遽失措貌。《風土記》：大雪被南越，犬皆蒼黃吠噬。

〔三〕路屈盤　杜庭珠曰：七盤嶺在今漢中府襃城，自長安入蜀所經也。

---

① 紀昀注：集作《中元甲子以辛丑駕幸蜀四首》，此其第四首。《全唐詩》注曰“第四首，一本題曰《偶懷》”，蓋即指此，疑韋氏諱而改之。

② “丹鳳有懷雲外遠”下，紀昀注：此丹鳳指丹鳳闕。

③ “玉龍無主渡頭寒”下，紀昀注：此用玉龍子事。

④ “不將不侯何計是”下，紀昀評：七句從五六生下。

〔四〕丹鳳　見第三卷。

〔五〕玉龍　杜庭珠曰：李賀詩"提携玉龍爲君死"，玉龍謂劍也。雷焕子佩劍渡
　　　津，劍忽躍入水，化爲龍無迹。"渡頭寒"正用此事。

〔六〕闌干　《吳越春秋》：越王掩面，涕泣闌干。○曹子建："月落參橫，北斗闌
　　　干。"《韻書》：闌干，橫斜貌，象斗之將没也。又"玉容寂寞淚闌
　　　干"，亦當以橫斜爲解，而淚之闌干，不但言其橫流，更有借用汜瀾之意。

　　　杜詔云："起二語，指僖宗幸蜀，已懷憂國之情，而遠居局外，抱逢
　　　時之器，而淪落泥途。丹鳳、玉龍，皆自況也。"愚謂丹鳳當是指君恩外
　　　遠，所謂"浮雲蔽白日"也。懷君而見蔽，是以抱逢時之器，而終於無
　　　主耳。

桃　花

　　暖觸衣襟漠漠香，間梅遮柳不勝芳①。數枝艷拂文君酒〔一〕，半里紅欹
宋玉牆〔二〕②。盡日無人疑怨望，有時經雨乍凄涼。舊山山下還如此，回首
東風一斷腸。

〔一〕文君酒　李百藥詩：始酌文君酒，新吹弄玉簫。

〔二〕宋玉牆　見第六卷。

中元夜泊淮口

　　　《潛確類書》"正月上元、七月中元、十月下元"注：三元，俱望日。

　　木葉迎飆水面平，偶停孤棹已三更。秋涼霧露侵燈下，夜静魚龍逼岸
行③。欹枕正牽題柱〔一〕思④，隔樓誰轉遶梁〔二〕聲。錦帆天子〔三〕狂魂魄，默
云：淮口結。應過揚州看月明。中元。

〔一〕題柱　《一統志》：昇仙橋在成都府城北七里。漢司馬相如嘗題柱云："大丈
　　　夫不乘駟馬車，不復過此橋。"

〔二〕遶梁　《列子》：韓娥過雍門，鬻歌假食。既去，而餘音繞梁，三日不絶。

────────────────

①　"間梅"下，紀昀注：梅與桃花不相見。

②　"半里紅欹宋玉牆"下，紀昀評：此句勝於出句，蓋"紅欹"含"得窺"字意，"艷拂"
與"文君酒"不連。

③　"夜静魚龍逼岸行"下，紀昀評：二句狀出清寒蕭寂之景。

④　"欹枕正牽題柱思"下，紀昀評：此句嫌笨。

〔三〕**錦帆天子** 指隋煬帝。

所　思

　　西指青雲未有期，東歸滄海一何遲。酒闌夢覺不稱意，花落月明空所思。長恐病侵多事日，可堪貧過少年時。鬥雞走狗〔一〕五陵〔二〕道，惆悵輸他輕薄兒。

〔一〕**鬥雞走狗**　《史記·蘇秦傳》：臨菑甚富，其民無不吹竽鼓瑟、彈琴擊筑、鬥雞走狗、六博蹹鞠者。○《漢書》：宣帝高材好學，然亦喜游俠，鬥雞走狗，周徧三輔①，尤樂鄠、杜之間。

〔二〕**五陵**　見第二卷。

梅　花

　　吳王醉處十餘里〔一〕，照野拂衣今正繁。經雨不隨山鳥散，倚風疑共路人言。愁憐粉艷飄歌席，静愛寒香撲酒尊。欲寄所思〔二〕無好信〔三〕，爲君惆悵又黃昏。

〔一〕**十餘里**　《吳縣志》：鄧尉山在光福里錦峰山西南，去城七十里。袁中郎記云：“山人以圃爲業，尤多樹梅花，時一望如雪，行數十里，香風不絶，此吳中絶景也。”

〔二〕**寄所思**　《荊州記》：陸凱與范曄相善，自江南寄梅花一枝，詣長安與曄，并贈詩曰：“折梅逢驛使，寄與隴頭人。江南無所有，聊贈一枝春。”

〔三〕**信**　《南史》：“劉穆之晨出陌頭，屬與信會。”古者謂使者曰信。古樂府“有信數寄書，無信心相憶”可證。

登夏州城樓

　　《唐·地理志》：關内道夏州朔方郡，中都督府，領縣三。長慶四年，節度使李祐築烏、延、宥州，臨塞、陰河、陶子等城于蘆子關北，以護塞外。

　　鈍吟云：並不椎琢，慷慨可愛。○夏州在邊，故云“萬里山川唐土地”；是赫連勃勃所都，故云“千年魂魄晋英雄”。

---

　　① 徧：原作“編”，據光緒本及《漢書》卷八《宣帝紀》改。

寒雲獵獵〔一〕戍旗風，默云：城。獨倚危闌悵望中。登樓。萬里山川唐土地，從“悵望”落下。千年魂魄晉英雄〔二〕。離心不忍聽邊馬〔三〕，往事應須問塞鴻〔四〕。好脫儒冠從校尉〔五〕，一枝長戟六鈞弓〔六〕。

〔一〕獵獵　鮑照詩：獵獵曉風道。

〔二〕晉英雄　《晉書》：赫連勃勃鎮朔方，僭稱天王大單于，國稱大夏。

〔三〕邊馬　王正長詩：邊馬有歸心。

〔四〕塞鴻　鮑明遠詩：霜歌落塞鴻。

〔五〕校尉　《漢·百官公卿表》：八校尉，皆武帝初置。

〔六〕六鈞弓　《左傳》：公侵齊，門于陽州。士皆坐列，曰：“顏高之弓六鈞。”皆取而傳觀之。杜注：三十斤爲鈞，六鈞百八十斤。

曲江春感

曲江，見第一卷。

郝天挺曰：隱以諷刺久困場屋。友人劉贊贈詩云：“人皆言子屈，我獨謂君非。明主既難謁，青山何不歸？”隱見之，遂起歸與之興，故作此詩。

江頭日暖花正開，江東行客心悠哉。高陽酒徒〔一〕半零落，終南山〔二〕色空崔嵬。聖代也知無棄物，侯門未必用非才。一船明月一竿竹，家在五湖歸去來。

〔一〕高陽酒徒　《史記》：酈生瞋目按劍，叱使者曰：“走！”復入言：“沛公，吾高陽酒徒也，非儒人也。”

〔二〕終南山　見第三卷。

西川與蔡十九同別子超

《舊唐書》：玄宗改蜀郡爲都府，長史爲尹，又分爲劍南東川、西川，各置節度使。嚴武爲成都尹，併東西爲一節度。自崔寧鎮蜀後，分爲西川，自後不改。

相歡雖則不多時，相別那能不斂眉。蜀客〔一〕賦高君解愛，楚宮腰細〔二〕我還知。百年恩愛無終始，萬里因緣有夢思。腸斷門前舊行處，不堪全屬五陵兒。

〔一〕蜀客　謂司馬相如。

〔二〕楚宮腰細　劉禹錫詩：爲是襄王故宮地，至今猶是細腰多。

春日題禪智寺

《苕溪漁隱》：《茶譜》云：揚州禪智寺，隋之故宮。

樹遠連天水接空，黙云：春日。幾年行樂舊隋宮。禪智寺。花開花謝長如此，人去人來自不同。楚鳳〔一〕調高何處酒，吳牛〔二〕蹄健滿車風。思量只合騰騰醉〔三〕，煮海〔四〕平陳〔五〕盡夢中。

〔一〕楚鳳　郝天挺注：《論語》："楚狂接輿歌鳳兮。"程湘蘅謂此句言賢才隱逸。

〔二〕吳牛　《世説》：滿奮曰："臣如吳牛，見月而喘。"注："今之水牛，唯生江、淮間，故謂之吳牛。"程湘蘅謂此句言屠沽得志。

〔三〕騰騰醉　《續仙傳》：許宣平隱於城陽山，顏色若四十許人。時或負薪以賣，擔常掛一花瓠及曲竹杖，每醉騰騰，柱之以歸。

〔四〕煮海　《史記》：吳王濞即山鑄錢，煮海爲鹽。

〔五〕平陳　《隋書·煬帝紀》：大舉伐陳，以上爲行軍元帥。及陳平，封府庫資財無所取，天下稱賢。

綿谷迴寄蔡氏昆仲①

《唐·地理志》：山南道利州益昌郡，有綿谷縣。

一年兩度錦城〔一〕遊，黙云：綿谷迴。前值東風後值秋。芳草有情皆礙馬，好雲無處不遮樓。山將別恨和心斷，水帶離聲入夢流。今日不堪迴首望，古煙高木隔綿州〔二〕②。

〔一〕錦城　見第二卷。

〔二〕綿州　《唐·地理志》：劍南道綿州巴西郡，本金山郡，天寶元年更名。

憶夏口

夏口，見第一卷。

---

① 紀昀注：本集作《魏城逢故人》，與詩意不相應，似誤。

② "古煙高木隔綿州"下，紀昀評：後四句寄蔡氏昆仲。　情韻絶佳。

默庵云：八句俱洗憶字。

漢江[一]渡口蘭爲舟[二]，默云：憶。漢江城下多酒樓。芳年不得盡一醉，別夢有時還重遊。襟帶可憐吞楚塞，默云：夏口。風煙只好狎江鷗。月明更想曾行處[①]，吹笛橋邊木葉秋。

[一] 漢江　《一統志》：漢江源出隴西嶓冢山，由漢中流經均州光化，至襄陽府城北。

[二] 蘭舟　《述異記》：七里洲中，有魯班刻木蘭爲舟。

龍邱東下却寄孫員外

《後漢·任延傳》："吳有龍邱萇者，隱居太末。"注：太末縣屬會稽郡，今婺州龍邱縣也。

《東觀記》曰：秦時改爲太末，有龍邱山，在東九石，特秀色丹，遠望如蓮花。

穀江[一]東下幾多程，每泊孤舟即有情。山色已隨遊子遠，水紋猶認主人清。恩如海岳何時報，恨似煙花觸處生。百尺風帆兩行淚，不堪廻首望崢嶸[二]。

[一] 穀江　《水經注》：穀水源西出太末縣，東逕獨松故塚下，又東逕長山縣，南與永康水合。

[二] 崢嶸　《説文》：崢嶸，山峻貌。

金陵夜泊

金陵，見第一卷。

冷煙輕淡傍衰叢，此夕秦淮駐斷蓬。默云：金陵夜泊。棲雁遠驚沽酒火，亂鴉高避落帆風。地銷王氣[一]波聲急，山帶秋陰樹影空。數代精靈人不見，思量應在月明中。默云：夜。

[一] 銷王氣　庾信《哀江南賦》：將非江表王氣，終於三百年乎？

寄前宣州賫尚書

宣州，見第四卷。

---

① "月明更想曾行處"下，紀昀評：着一"更"字，便令上六句俱有"憶"字。

往年西謁謝玄暉〔一〕，默云：宣州。尊酒留歡醉始歸。曲檻柳濃鶯未老，小園花暖蝶初飛。噴香瑞獸〔二〕金三尺，舞雪佳人玉一圍。今日亂離尋不得，滿簑風雨釣漁磯。

〔一〕謝玄暉　《謝玄暉本傳》：謝朓字玄暉，少好學，有美名，文章清麗。曾爲宣城太守。

〔二〕瑞獸　《杜詩釋義》：麒麟，瑞獸，御爐所鑄也。《香譜》：香獸，以塗金爲狻猊、麒麟、鳧鴨之狀，空中以然香，使煙自口出，以爲玩好。

牡　丹

見第一卷。

艷多煙重欲開難，紅藥當心一抹檀〔一〕。公子醉歸燈下見，美人朝插鏡中看。當庭始覺春風貴，帶雨方知國色〔二〕寒。日晚更將何所似，太真無力憑闌干〔三〕。

〔一〕一抹檀　《洛陽牡丹記》：倒暈檀心者，多葉，紅花。凡華，近蕚色深，至其末漸淺。此華自外深色，近蕚反淺白，而深檀點其心，此尤可愛。

〔二〕國色　《全唐詩話》：文皇賞牡丹，謂陳修己曰：“今京邑人傳牡丹，誰詩爲首?”修己對曰：“中書舍人李正封詩：‘天香夜染衣，國色朝酣酒。’”時楊妃侍上，曰：“粧臺前宜飲一紫金盞酒，則正封之詩見矣。”

〔三〕憑闌干　李白《木芍藥》詩：“解釋春風無限恨，沉香亭北倚闌干。”按：此借牡丹美楊太真也。

柳

灞岸晴來送別〔一〕頻，相偎相倚不勝春。自家飛絮猶無定，爭解垂絲絆得人。

〔一〕灞岸送別　見第四卷“灞上”注。

煬帝陵

《隋書》：宇文化及作亂，上崩于温室。蕭后令宮人撤牀簀爲棺以埋之。化及發後，陳稜奉梓宮于成象殿，葬吳公臺下。發歛之始，容貌若生。唐平江南之後，改葬雷塘。

入郭登橋出郭船，紅樓日日柳年年。君王忍把平陳業，只博雷塘〔一〕數畝田。

〔一〕雷塘　《寰宇記》：雷塘在江都縣東北十里，煬帝葬於其地。

李　頎一首

《唐詩紀事》：頎，開元進士也。王摩詰贈詩云："聞君餌丹砂，甚有好顏色。不知從今去，幾時生羽翼？王母翳華芝，望爾崑崙側。文螭從赤豹，萬里方走息。悲哉世上人，甘此羶腥食。"

放歌行答從弟墨卿

王僧虔《技錄》相和歌瑟調三十八曲，有《孤子生行》，亦曰《放歌行》。

小來好文恥學武，世上功名不解取。雖沾寸祿已後時①，徒欲出身事明主。柏梁賦詩〔一〕不及宴，長楸走馬〔二〕誰相數。歛跡俛眉心自甘，高歌擊節聲半苦。由是蹉跎一老夫，養雞牧豕東城隅。空歌漢代蕭相國〔三〕，肯事霍家馮子都〔四〕。徒爾當年聲籍籍〔五〕，濫作詞林兩京〔六〕客。故人斗酒安陵橋，黃鳥春風浴陽陌〔七〕。吾家令弟〔八〕才不羈，五言破的〔九〕人共推。興來逸氣如濤湧，千里長江歸海時。別離短景何蕭索，佳句相思能間作。舉頭遙望魯陽山〔一〇〕，木葉紛紛向人落。

〔一〕柏梁賦詩　見第一卷"柏殿"注。

〔二〕長楸走馬　見第六卷。

〔三〕蕭相國　《史記》：蕭相國何。

〔四〕馮子都　辛延年詩：昔有霍家奴，姓馮名子都。

〔五〕籍籍　語聲也。前漢江都易王傳，國中口語籍籍。

〔六〕兩京　唐兩京並建，西京長安，東京洛陽。

〔七〕安陵橋洛陽陌　《後漢志》：右扶風槐里，周曰大邱，高帝改安陵。又河南雒陽，周時號成周。《樂府遺聲》都邑三十四曲，有《洛陽陌》。"故人"二句，承明"兩京客"也。

---

① 沾：《四部叢刊》本作"沾"。

〔八〕令弟 《説略》：稱人弟曰令弟，古以自稱弟。謝靈運《酬從弟惠連》詩：
　　“末路值令弟。”

〔九〕破的 《北史》：賀若弼曰：臣若赤誠奉國，當一發破的。

〔一〇〕魯陽山 《漢書·地理志》：南陽郡魯陽，有魯山。又《寰宇記》：平壤城
　　東北有魯陽山，魯城在其上。

崔　顥一首

《唐書》：崔顥擢進士第，有文無行，終司勳員外郎。

黃鶴樓

　　閻伯理《黃鶴樓記》：州城西南隅有黃鶴樓者，《圖經》云：“費禕登仙，嘗
駕黃鶴返憩於此，遂以名樓。”觀其聳構巍峩，高標巃嵸，上倚河漢①，下臨江
流，重簷翼舒，四闥霞敞，坐窺井邑，俯拍雲煙，亦荊、吳形勝之最也。餘見
第六卷。

　　　鈍吟云：氣勢闊宕②。

　　昔人已乘白雲③一作“黃鶴”。去，此地空餘黃鶴樓④。黃鶴一去不復返，
白雲千載空悠悠。晴川〔一〕歷歷漢陽樹〔二〕，春草萋萋鸚鵡洲〔三〕。日暮鄉關
何處是，煙波江上使人愁⑤。

〔一〕晴川 袁嶠之詩：俯仰晴川煥。

〔二〕漢陽樹 《登南樓記》：登石鏡亭，訪黃鶴樓故址。石鏡亭者，石城山一隅，
　　正枕大江，其西與漢陽相對，止隔一水，人物草木可數。唐沔州治漢陽縣，其
　　後沔州廢，漢陽以縣隸鄂州。

〔三〕鸚鵡洲 《登南樓記》：黃鶴樓在石鏡亭、南樓之間，正對鸚鵡洲。《入蜀
　　記》：“洲上有茂林神祠，遠望如小山。”

---

① 河：原作“江”，據《文苑英華》卷八一〇引閻伯理《黃鶴樓記》改，光緒本改作“霄”。

② “闊宕”下，紀昀評：二字確評，“宕”字尤妙。

③ “白雲”下，紀昀注：白雲，應從別本作“黃鶴”。

④ 餘：《四部叢刊》本作“作”。

⑤ 紀昀評：氣勢自是巨手，必以爲唐人七律第一，則明人主持之過，詩不宜如此論。

于武陵 九首

《唐詩紀事》①：武陵，會昌時詩人也。

夜與故人別

白日去難駐，故人非舊容。今宵一別後，默云：夜別。何處更相逢。過楚水千里，到秦山幾重。話來天未曉，夜。月落滿城鐘。

洛陽道

《樂府解題》漢橫吹曲，有《洛陽道》。

浮世若浮雲，千廻故復新。旋添青草冢，更有白頭人。歲暮客將老，雪晴山欲春。行行車馬客，不盡洛陽塵。

別友人

行子與秋葉，默云：別②。各隨南北風。雖非千里別，還阻一歡同。過盡少年日，尚如長路蓬。猶爲布衣客，羞入故關中。

寄北客

窮邊足風慘，何處醉樓臺。家去幾千里，月圓十二廻。寒阡隨日遠，雪路向城開。遊子久無信，年年空雁來。

洛陽晴望

九陌盡風塵，囂瞷晝復昏。默云：洛陽望。古今人不斷，南北路長存。葉

---

① 詩：原作“時”，據光緒本及《唐詩紀事》卷五八改。
② 默云別：原無，據垂雲堂本補。

落上陽樹^{〔一〕}，<small>洛陽。</small>草衰金谷園^{〔二〕}。亂鴉來未已，殘日半前軒。

〔一〕上陽樹　《雍錄》：洛陽有上陽宫，在洛城外。杜牧《洛陽》詩："上陽煙樹
　　正秋風。"

〔二〕金谷園　見第七卷。

東門路

《樂府正聲》相和歌有《東門行》。

《三輔黄圖》：長安城東，出第二門，曰清明門。《漢宫殿疏》：第二門
名城東門。

東門車馬路，此路有浮沉。白日不西落，紅塵應更深。從來名利地，
皆起是非心。所以青青草，年年生漢陰^{〔一〕}。

〔一〕漢陰　《莊子》：子貢遊楚，反晉過漢陰，見一丈人方將爲圃，抱甕而灌，子
　　貢曰："有械於此，用力少而見功多，其名曰槔。"丈人曰："有機械者，必有
　　機事。有機事者，必有機心。吾非不知，羞而不爲也。"《唐·地理志》：山南
　　道金州，有漢陰縣。

長信愁

《漢書·外戚傳》：趙氏姊弟嬌妒班倢伃，恐久見危，求共養太后長信宫，
上許焉。倢伃作賦自傷。

簟涼秋夜初，長信恨何如。拂黛月生指，理鬢雲滿梳。<small>鈍云：二語恨不稱
題。</small>一從悲畫扇^{〔一〕}，幾度泣前魚^{〔二〕}。<small>默云：前魚，六朝人已借用。</small>坐聽南宫^{〔三〕}
樂，清風搖翠裙^{〔四〕}。

〔一〕悲畫扇　見第一卷"團扇"注及第七卷"秦女扇"注。

〔二〕泣前魚　《戰國策》：魏王與龍陽君釣，龍陽君得十餘魚而涕下，曰："臣之
　　始得魚也，臣甚喜。後得又大，臣欲棄前之所得魚矣。今以臣之凶惡，而得爲
　　王拂枕席。四海之美人亦甚多矣，聞臣之得幸於王，必褰裳而趨大王矣。臣亦
　　猶臣前所得魚也，亦將棄矣，安能無出涕乎？"○《國策》吳師道正曰：龍陽，
　　幸姬也。以《策》言美人及拂枕席爲証，愚意美男亦可稱美人，而拂枕席正外
　　寵之恒事。武陵終是借用，不然何以稱臣，而不稱妾？

〔三〕南宫　王昌齡《長信秋詞》："卧聽南宫清漏長。"長信爲西宫，南宫是成帝幸
　　飛燕處。劉令嫻《班倢伃》云："況復朝陽近，風傳歌吹聲。"

〔四〕翠裙　王筠《楚妃吟》：裊裊輕風入翠裙。

有　感

青山長寂寞，南望獨高歌。四海故人盡，九原青冢多。西沉浮世日，東注逝川波。不使年華駐，此生看幾何？

勸　酒①

勸君金屈卮〔一〕，滿酌〔二〕不須辭。花發多風雨，人生足〔三〕別離。

〔一〕金屈卮　鮑照《行路難》："奉君金卮之美酒。"《東京夢華錄》：御筵酒盞皆屈卮，如菜盌而有手把子。

〔二〕滿酌　徐君蒨詩：滿酌蘭英酒。

〔三〕足　庾信詩：園苑足芳菲。

李　涉 一首 再見。

山　中

無奈牧童何，放牛喫我竹。隔林呼不膺〔一〕，默云：山中。叫笑如生鹿。欲報田舍翁，更深不歸屋。

〔一〕膺　《說文》：膺，以言對也，於證切。

戎　昱 四首

《唐詩紀事》：昱在零陵，于襄陽聞有妓善歌，取之，昱以詩遺行，曰："寶鈿香娥翡翠裙，粧成掩泣欲行雲。慇懃好取襄王意，莫向陽臺夢使君。"于遂遣還。昱登進士第，衛伯玉鎮荊南，辟爲從事。後爲辰、虔二州刺史。

---

① 此詩載《又玄集》卷中武瓘名下，此係誤入。參傅璇琮《唐人選唐詩新編》。

中秋感懷

八月更漏長，愁人起常早。閉門寂無事，滿院生秋草。昨宵北窗夢，夢入荆南道。遠客歸去來，_{默云：感懷結。}在家貧亦好。

聞　笛

入夜思歸切，笛聲寒更哀。愁人不願聽，_{默云：聞。}自到枕前來。風起塞雲斷，夜深關月開。平明獨惆悵，_{默云：緊結入夜。}飛盡一庭梅〔一〕。

〔一〕飛盡庭梅　用落梅花意，見第一卷。

客堂秋夕

隔窗螢影滅復流，_{默云：題。}北風微雨虛堂秋。蟲聲竟夜引鄉淚，_{秋。客。}蟋蟀何自知人愁。四時不得一日樂，以此方知客遊惡。寂寂江城何所聞，梧桐葉上偏蕭索。_{秋夕。}

霽　雪

風捲殘雲暮雪晴，_{默云：霽。}江煙洗盡柳條輕。簷前幾片無人掃，_{霽①。}又得書窗一夜明。

韓　琮 _{六首}

《唐詩紀事》：字代封。大中中，爲湖南觀察使。

春　愁

金烏〔一〕長飛玉兔〔二〕走，青鬢長青古無有。秦娥〔三〕十六語如弦，未解

---

① 霽：原無，據垂雲堂本補。

貪花惜楊柳。吳魚嶺雁無消息，水盼蘭情〔四〕別來久。勸君年少莫遊春，暖風遲日濃於酒。

〔一〕金烏　見第二卷。

〔二〕玉兔　《白孔六帖》：《明水賦》：“桂花吐曜，玉兔騰精。”

〔三〕秦娥　《方言》：秦、晉之間，凡好而輕者謂之娥。江淹賦：“秦娥吳娃。”

〔四〕水盼蘭情　二馮本缺“盼”字，今依《唐文粹》補入。周美成《拜星月慢》詞：“水盼蘭情，總平生稀見。”草堂注引此詩：水盼，言秋波流盼也。

暮春滻水送別

《水經》：滻水出京兆藍田谷，北入於灞。

綠暗紅稀出鳳城〔一〕，暮雲樓閣古今情。行人莫聽宮前水，流盡年光是此聲。

〔一〕鳳城　見第三卷。

駱谷晚望

《雍錄》：駱谷關在盩厔縣西南一百二十里，有路可通梁州。

秦川如畫渭如絲，默云：駱谷望。去國還家一望時。公子王孫莫來好，嶺花多是斷腸枝〔一〕。絲，宋本缺。

〔一〕斷腸枝　陶弘景《仙方注》曰：斷腸草不可食，其花美好，名芙蓉。此詩所云，非必斷腸草，蓋以傷心人看花，則凡花俱可濺淚，故云“多是斷腸枝”也。

公子行

《樂府遺聲》游俠二十一曲，有《公子行》。

紫袖長衫色，銀蟬半臂〔一〕花。帶裝盤水玉〔二〕，鞍繡坐雲霞。別殿承恩澤，飛龍〔三〕賜渥洼〔四〕。控羅青裹〔五〕轡，縷象碧重葩〔六〕。意氣傾歌舞，闌珊〔七〕走鈿車。袖彰雲縹緲，釵轉鳳欹斜。珠卷迎歸箔，紅籠晃醉紗。唯無難夜日，不得似仙家。

〔一〕半臂　《事原實錄》：隋大業中，內官多服半除，即今之長袖也。唐高祖減其袖，謂之“半臂”。

〔二〕**水玉**　《山海經》“堂庭之山多水玉”注：水玉，水精也。○《唐詩紀事》：
文宗延李訓講《周易》，時方盛夏，命取水玉腰帶、辟暑犀如意以賜訓。

〔三〕**飛龍**　《唐•百官志》：仗内六閑，一曰飛龍。李白詩：“敕賜飛龍内廄馬。”

〔四〕**渥洼**　見第四卷。

〔五〕**褭**　《説文》：褭，以組帶馬也。

〔六〕**重葩**　竟陵王《七要》：綺井縷而重葩。

〔七〕**闌珊**　李後主詞：“簾外雨潺潺，春意闌珊。”詩意謂歌舞極樂，直至遊興闌
珊，乃走鈿車而歸也。

二月二日遊洛源

《唐•地理志》：關内道慶州縣洛源。

舊苑新晴草似苔，人還香在〔一〕踏青廻。今朝此地成惆悵，已後逢春
更莫來。

〔一〕**人還香在**　蘇雲溪《繡鞋》詩：“南陌踏青春有跡，西廂立月夜無聲。”“人
還香在”謂蓮步留痕，餘香未散也。

題商山店

商山驛路幾經過，未到仙娥見謝娥〔一〕。紅錦機頭抛皓腕〔二〕，緑雲
鬟〔三〕下送橫波〔四〕。佯嗔阿母留行客①，暗爲王孫换綺羅。默云：兩聯備極肆中
婦光景。碧澗〔五〕門前一條水，豈知平地有天河。

〔一〕**謝娥**　見第二卷“謝女”注。

〔二〕**皓腕**　《洛神賦》：攘皓腕於神滸兮，採湍瀨之明珠。

〔三〕**緑雲鬟**　嚴休復詩：惟有無情枝上雪，好風吹綴緑雲鬟。

〔四〕**送橫波**　湯惠休詩：“流目送笑不敢言。”傅毅《舞賦》“目流睇而橫波”，善
注：橫波，言目邪視，如水之橫流也。

〔五〕**碧澗**　梁簡文帝樂府：垂花臨碧澗。

---

①　行：《四部叢刊》本、垂雲堂本作“賓”。

李德裕一首

德裕字文饒，拜監察御史，召入翰林，充學士。未幾，爲御史中丞。武宗即位，授門下侍郎，同平章事，進位司空。平澤、潞，以功兼太尉，進封衛國公。後貶崖州司户，卒。見《舊唐書》。

長安秋夜

内官傳詔問戎機，載筆金鑾[一]夜始歸。萬户千門皆寂寂，月中清露點朝衣。

[一]載筆金鑾　《雍錄》：金鑾殿在學士院之左，近寢殿，宣對多在金鑾。《舊唐書·李德裕傳》：自開成五年冬回紇至天德，至會昌四年八月平澤、潞，首尾五年，其籌度機宜，選用將帥，軍中書詔，奏請雲合，起草指蹤，皆獨決於德裕，諸相無預焉。

高　蟾二首

《唐詩紀事》：蟾初落第詩云云，時謂蟾無躁心。後登第乾符中，爲中丞。

下第後上永崇高侍郎

《舊唐書》：正四品上階有黄門侍郎、中書侍郎、吏部侍郎，正四品下階有諸司侍郎。

天上碧桃[一]和露種，日邊紅杏倚雲栽。芙蓉生在秋江上，不向東風怨未開。

[一]碧桃　《尹喜傳》：老子西游，省太真王母，共食碧桃紫梨。

金陵晚眺

曾伴浮雲歸晚翠，旋陪落日泛秋聲。世間無限丹青[一]手，一片傷心畫不成。

[一]丹青　《漢書》：丹青所畫。

高　適二首　再見。

封邱作

《唐·地理志》：河南道汴州陳留郡，縣封邱。

我本漁樵孟諸[一]野，一生自是悠悠者。乍事狂歌草澤中，寧堪作吏風塵下。秖言小邑無所爲，公門百事皆有期。拜迎官長心欲破，鞭撻黎庶令人悲。悲來向家問妻子，舉家盡笑今如此。生事應須南畝田，世情付與東流水。夢想舊山安在哉，爲啣君命日遲回。乃知梅福[二]徒爲爾，轉憶陶潛歸去來[三]。

[一] 孟諸　《周禮·職方氏》"青州，其藪澤曰望諸"疏：即宋之孟諸也。適，渤海人，故云。

[二] 梅福　《漢書》：梅福字子真，九江壽春人也。補南昌尉，去官歸。數上言變事，求假軺傳，詣行在所條對急政，輒報罷。至王莽顓政，福一朝棄妻子，去九江，變名姓，爲吳市門卒云。

[三] 歸去來　《晋書》：陶潛字元亮。爲彭澤令，郡遣督郵至縣，吏白應束帶見之。潛嘆曰："吾不能爲五斗米折腰，拳拳事鄉里小人。"義熙三年，解印去縣，乃賦《歸去來》。

九月九日酬顔少府

《容齋隨筆》：縣尉爲少公，亦謂之少府。

簷前白日應可惜，籬下黃花爲誰有。行子迎霜未授衣，主人得錢喜沽酒。蘇秦[一]顦頷時多厭，蔡澤[二]恓惶世看醜。縱使登高[三]秖斷腸①，不如獨坐空搔首。

[一] 蘇秦　《國策》：蘇秦歸至家，妻不下紝，嫂不爲炊，父母不與言。

[二] 蔡澤　《史記》：蔡澤從唐舉相，唐舉熟視而笑，曰："先生曷鼻、巨肩、魋顏、蹙齃、膝攣，吾聞聖人不相，殆先生乎？"

[三] 登高　《續齊諧記》：桓景隨費長房遊學累年，長房謂曰："九月九日，汝家當有災。宜令家人各作絳囊，盛茱萸以繫臂，登高飲菊花酒，此禍可除。"景

---

① 縱：原作"結"，據《四部叢刊》本、垂雲堂本改。

如言。夕還，見雞犬牛羊，一時暴死。長房曰："此可代也。"今人九日登高，
始于此。

朱慶餘一首

《唐詩紀事》：慶餘名可久，以字行。登寶應進士第。

惆悵詩^①

夢裏分明入漢宮，覺來燈背錦屏空。紫臺月落關山曉，腸斷君恩信
畫工。

曹　松三首

《唐詩紀事》：天復初，杜德祥主文，放松及王希羽、劉象、柯崇、鄭希
顏等及第，年皆七十餘，時號"五老牓"，詔各授校書郎。松字夢徵，舒州人
也，學賈司倉爲詩。

長安春日書事

浩浩看花晨，默云：春日。六街〔一〕楊遠塵。長安。塵中一丈日，誰是晏眠
人？御柳舞著水，野鶯啼破春。徒云還楚計，猶是惜離秦。
〔一〕六街　見第三卷。

九江暮春書事

九江，見第六卷。
楊柳城初鎖，歸愁不記重。春流無舊岸，夜色失諸峯。影動漁邊火，
聲遲語後鐘。明朝廻去雁，誰向北郊逢？

_____

① 此詩已入卷四王渙名下，此誤收。汲古閣本、《四庫全書》本改錄朱慶餘《宮詞》："寂寂
花時閉院門，美人相並立瓊軒。含情欲說宮中事，鸚鵡前頭不敢言。"

古　塚

代遠已難問，累累次古城。民田侵不盡，客路踏還平。作穴蛇分蟄，依岡鹿遠行。唯應風雨夕，鬼火[一]出林明。

〔一〕鬼火　《淮南子》“人血爲燐”，高誘注：血精在地，暴露百日，則爲燐。遥望炯炯然，若燃火也。許愼云：“兵死之血，爲鬼火。燐者，鬼火。”

錢　起一首

《唐書》：錢起，吳興人。天寶中舉進士，與郎士元齊名，時語曰：“前有沈、宋，後有錢、郎。”終考功郎中。

闕下贈裴舍人

《唐六典》：中書舍人六人，正五品以上。起居舍人二人，通事舍人十六人，從六品上。

春城紫陌曉陰陰，二月黄鸝飛上林[一]①。長樂鐘[二]聲花外盡，鈍云：名句。龍池[三]柳色雨中深。陽和不散窮途恨，霄漢長懸捧日[四]心。獻賦十年猶未遇，羞將白髮對華簪[五]②。

〔一〕上林　見第二卷。

〔二〕長樂鐘　《三輔黄圖》：長樂宫，本秦之興樂宫也。高皇帝始居櫟陽，七年，長樂宫成，徙居長安城。沈佺期詩：“長樂宵鐘盡。”

〔三〕龍池　見第六卷。

〔四〕捧日　《三國志》注：《魏書》：“程昱少時，常夢上泰山，兩手捧日。”

〔五〕華簪　陶潛詩：聊用忘華簪。

羅　鄴九首

《全唐詩話》：鄴，餘杭人。父爲鹽鐵小吏，有二子，俱以文學干進。鄴尤長七言詩。

---

① “二月黄鸝飛上林”下，紀昀評：興也。　本集“二月”句在“春城”句前，覺有興象，蓋後人以失粘改之，唐人原不忌失粘。

② “羞將白髮對華簪”下，紀昀評：贈裴舍人。

牡　丹

鈍吟云：諷刺。

落盡春紅始見花，花時比屋事豪奢。買栽池館恐無地，看到子孫能幾家？門倚長衢攢繡轂，幄籠輕日護香霞。歌鐘對此爭歡賞，誰信流年鬢有華？

巴南旅舍言懷

巴南，見第二卷。

萬浪千巖首未回，無憀相倚上高臺。山家如畫不歸去①，默云：旅舍言懷②。客舍似讐誰遣來？紅淚罷窺連曉燭，碧波休引向風盃〔一〕。後時若有青雲望，何事偏教羽翼摧？

〔一〕碧波引盃　《續齊諧記》：周公成洛邑，因流水泛酒，故《逸詩》曰"羽觴隨波流"。

下第呈友人

清世誰能便陸沉〔一〕，相逢休作憶山吟。若教仙桂〔二〕在平地，更有何人肯苦心。去國漢妃〔三〕還似玉，亡家石氏〔四〕豈無金？且安懷抱莫惆悵，瑤瑟調高罇酒深。

〔一〕陸沉　《莊子》："方且與世違，而心不屑與之俱，是陸沉者也。"郭注：人中隱者，譬無水而沉也。

〔二〕仙桂　《酉陽雜俎》：月中有桂，高五百丈。下有一人常斫之，樹創隨合。其人姓吳，名剛，學仙有過，謫令伐樹。宋曾端伯謂桂"仙友"。

〔三〕漢妃　謂昭君。

〔四〕石氏　謂石崇。

---

①　山家：《四部叢刊》本、垂雲堂本作"家山"。
②　默云旅舍言懷：原無，據垂雲堂本補。

登凌歊臺

見第七卷。

高臺今古境長閑，因想興亡自慘顏。四海已歸新雨露，六朝空謁舊江山。槎枒獨鳥沙汀畔，風遞連檣雪浪間。好是輪蹄來往便，誰人不向此躋攀？

下　第

謾把青春酒一盃，愁襟寧信灑能開。江邊依舊空歸去，帝里還同不到來。門掩殘陽唯鳥雀，花飛何處好池臺？此時惆悵便堪老，何用人間歲月催。

東　歸

日日惟憂行役遲，東歸可是有家歸？都緣桂玉〔一〕無門住，不算山川去路非。秦樹夢魂春鳥囀，吳江釣憶錦鱗〔二〕肥。桃夭杏艷清明近，惆悵當年意盡違。

〔一〕桂玉　《戰國策》：蘇秦曰："楚國食貴於玉，薪貴於桂。"
〔二〕錦鱗　鮑照賦：獻錦鱗而夕映，曜繡羽以晨過。

僕射陂晚望

《唐·地理志》：鄭州管城縣僕射陂，後魏孝文帝賜僕射李冲，因以為名。

離人到此倍堪傷，默云：晚望。陂水蘆花似故鄉。身事未知何日了，馬啼唯覺到秋忙〔一〕。田園牢落東歸晚，道路辛勤北去長。却羨無愁是沙鳥，雙雙相趁下斜陽。晚望。

〔一〕到秋忙　《秦中歲時紀》：進士下第，當年七月後，復獻新文求拔解，故語曰："槐花黃，舉子忙。"

芳 草

廢苑牆南殘雨中，似袍顔色正蒙茸〔一〕。微香暗惹遊人步，遠綠纔分鬬雌蹤。三楚〔二〕渡頭長恨見，五侯〔三〕門外却難逢。年年縱有春風便，馬跡車輪一萬重①。

〔一〕蒙茸　《史記·晋世家》"狐裘蒙茸"注：蒙茸，亂貌。

〔二〕三楚　見第三卷。

〔三〕五侯　見第三卷。

聞子規

見第二卷。

蜀魄〔一〕千年尚怨誰，聲聲啼血向花枝。滿山明月東風夜，正是愁人不寐時。

〔一〕蜀魄　李義山詩：蜀魄寂寞有伴未？

章 碣一首

《全唐詩話》：碣，孝標之子，登乾符進士第。

焚書坑

《史記》：李斯曰："臣請史官，非秦記皆燒之，非博士官所職，天下敢有藏詩書百家語者，悉詣守尉雜燒之。令下三十日不燒，黥爲城旦。所不去者，醫藥卜筮種樹之書。"制曰可。

竹帛煙銷帝業虛，關河空鎖祖龍〔一〕居。坑灰未冷山東亂，劉、項〔二〕元來不讀書。

〔一〕祖龍　《史記》：使者從關東夜過華陰平舒道，有人持璧遮使者，曰："爲吾遺滈池君。"因言曰："今年祖龍死。"使者問其故，忽不見，置其璧去。使者

---

① 紀昀評：所録鄴詩多粗俗，此首差可。前四句雖卑，後四句自沉着。

奉璧以聞，始皇默然良久，曰：“山鬼固不過知一歲事也。”退言曰：“祖龍者，人之先也。”使御府視璧，乃二十八年渡江所沉璧也。

〔二〕劉項　《史記》：陸生時時前説稱《詩》《書》，高帝罵之曰：“廼公居馬上得之，安事《詩》《書》?”又：項籍少時，學書不成，曰：“書足記名姓而已。”

李　益一首

《唐詩》①：李益字君虞，於詩尤所長。每一篇成，樂工爭以賂求取之，被聲歌，供奉天子。至《征人》《早行》等篇，天下皆施之圖繪。憲宗聞其名，召爲秘書少監，集賢殿學士。太和初，以禮部尚書致仕，卒。

同崔頌登鸛雀樓

郝天挺曰：樓今在河中府。

鸛雀樓西百尺檣，汀洲雲樹共茫茫。漢家簫皷〔一〕空流水，魏國山河〔二〕半夕陽。事去千年猶恨速，愁來一日即爲長。風煙併是思鄉望②，遠目非春亦自傷。

〔一〕漢家簫皷　漢武帝幸河東，作《秋風辭》曰：“橫中流兮揚素波，簫歌鳴兮發棹歌。”

〔二〕魏國山河　《史記·吳起傳》：魏武侯曰：“美哉，山河之固，此魏國之寶也！”

王昌齡三首

《唐書》：王昌齡字少伯，江寧人。第進士，補秘書郎，又中宏辭，遷汜水尉。不護細行，貶龍標尉。以世亂還鄉，爲刺史閭邱曉所殺。張鎬按軍河南，曉後期，將戮之，辭曰：“有親，乞貸命。”鎬曰：“王昌齡之親，欲與誰養?”曉默然。

---

① 詩：似當作“書”。按以下傳記内容當掇拾新、舊《唐書》而成，而《唐詩紀事》所載不全。

② 鄉：《四部叢刊》本、垂雲堂本作“歸”。

長信愁^①

見前。

奉帚^{〔一〕}平明秋默云："秋"字映帶團扇，妙極。《品彙》改作"金"，可笑。殿開，且將團扇^{〔二〕}共徘徊^{〔三〕}。玉顔^{〔四〕}不及寒鴉色，猶帶昭陽^{〔五〕}日影來。

〔一〕奉帚　吴均樂府：班姬失寵顔不開，奉帚供養長信臺。

〔二〕團扇　見第一卷。

〔三〕共徘徊　共，一作"暫"。徐賢妃詩："朝來臨鏡臺，粧罷暫徘徊。"

〔四〕玉顔　《神女賦》：苞温潤之玉顔。

〔五〕昭陽　見第六卷。

王太冲曰：首二句分明畫出内家，有情有態，遺世獨立。"日影""寒鴉"，頓增感歎，轉憐失意之餘，即飛鳥之不若。下二句仍含蓄不盡。

採　蓮

越女作桂舟^{〔一〕}，還將桂爲楫^{〔二〕}。湖上水瀰漫，清江初可涉。摘取芙蓉花，莫摘芙蓉葉。將歸問夫壻^{〔三〕}，顔色何如妾？

〔一〕桂舟　《九歌》：沛我乘兮桂舟。

〔二〕桂楫　《詩》：桂楫松舟。

〔三〕夫壻　《陌上桑》：夫壻居上頭。

閨　怨

閨中少婦^{〔一〕}不曾愁^②，春日凝粧^{〔二〕}上翠樓^{〔三〕}。忽見陌頭^{〔四〕}楊柳色，悔教夫壻覓封侯^{〔五〕}。

〔一〕少婦　《史記》：東方朔用所賜錢帛，取少婦於長安中。

〔二〕凝粧　謝偃樂府：青樓綺閣已含春，凝粧艷粉復如神。

〔三〕翠樓　李尤賦：成岩堯之翠樓。

① 紀昀注：本集作《長信秋詞》。
② 曾：汲古閣本、《四庫全書》本作"知"。

〔四〕**陌頭**　梁武帝詩：陌頭征人去。

〔五〕**覓封侯**　王績詩：學劍覓封侯。

李嘉祐四首

《唐詩紀事》：李嘉祐字從一。上元中，嘗爲台州刺史。大曆中，刺袁州。

贈別嚴士元①

此詩是劉長卿作。《全唐詩話》：長卿爲吳仲孺所誣奏，貶播州南巴尉，道經閶闔城，因別嚴士元，賦此自嘆。

春風倚棹闔閭城〔一〕，一本云：別。水國春寒陰復晴。細雨濕衣看不見，閑花滿地落無聲。日斜江上孤帆影，贈別。草綠湖南萬里情。東道儻逢相識問，青袍今日誤儒生②。

〔一〕**閶閭城**　《越絶書》：吳大城周四十七里二百一十步，陸門八，水門八，闔閭所築也。閭，同"閭"。

赴南巴留別褚七少府

巴南見第二卷。

種田南郭傍春池，萬緒無情把釣絲。綠竹放侵行逕裏，青山常對卷簾時。紛紛花落門空閉，寂寂鶯啼日更遲。從此別君千萬里，白雲流水憶佳期。

送陸澧還吳中　六言

劉長卿有《送陸澧倉曹西上》詩。

---

①　此詩見《中興間氣集》卷下，署作劉長卿《送嚴士元》。

②　紀昀評：雖涉平調，尚不膚廓。中唐人詩，清婉中自有雅致。近時流派有獨標神韻爲宗者，名爲宗法盛唐，實與大曆十子之類氣息相通。蓋大曆追盛唐而不及，故規模雖在，而深厚不及。開元神韻一派，亦近盛唐而不及，故誦詠既深，而氣格遂成大曆，所謂取法乎上，僅得乎中。若徒依傍門墻，求盛唐於近人之賸馥，吾不知其流入何等矣！

瓜步〔一〕寒朝送客，楊花暮雨沾衣。故鄉南望何處？秋水連天獨歸。

〔一〕瓜步 《述異記》：瓜步在吳中，吳人賣瓜於河畔，用以名焉。

送王牧往吉州謁王使君叔

江南道吉州廬陵郡，見《唐·地理志》。

細草綠汀洲，王孫奈薄遊。年華初冠帶，文體舊純弓裘〔一〕。野渡花
爭發，春塘水亂流。使君憐小阮〔二〕，默云：王。應念倚門〔三〕愁。

〔一〕弓裘 《禮記》：良弓之子，必學爲箕；良冶之子，必學爲裘。

〔二〕小阮 李白詩：“我家小阮賢，剖竹赤城邊。”“小阮”謂阮咸，阮籍之姪也。

〔三〕倚門 《戰國策》：王孫賈年十五，事齊閔王。王出走，失王之處，其母曰：
“女朝出而晚來，則吾倚門而望。女暮出而不還，則吾倚閭而望。女今事王，
王出走，女不知其處，女尚何歸？”

鄭　準四首

《唐詩紀事》：準字不欺，登乾寧中進士第，有《渚宮集》一卷。

代寄邊人

君去不來久，悠悠昏又明。片心因卜解，殘夢過橋驚。聖澤如垂餌，
沙場會息兵。涼風當爲我，一一送砧聲。

題宛陵北樓

《一統志》：北樓在寧國府治北，南齊守謝朓建。

兩來風靜綠蕪鮮，憑着朱闌思浩然。人語獨耕燒〔一〕後嶺，鳥飛斜没
望中煙。松梢半露藏雲寺，灘勢橫流出浦船。若遣謝宣城〔二〕不死，必應
吟盡夕陽川。

〔一〕燒 《韻會》：野火曰燒。

〔二〕謝宣城 李白有《秋登宣城謝朓北樓》詩，詳見前“謝玄暉”注。

雲

片片飛來静又閑，樓頭江上復山前。飄零盡日不歸去，帖破清光萬里天。

寄進士崔魯範

《唐六典》：諸州每歳貢人，其三曰進士。

洛陽才子〔一〕舊交知，默云：寄。別後干戈積詠思。百戰市朝千里夢，三年風月幾篇詩。山高雁斷音書絶，谷背鶯寒〔二〕變代遲。會待路寧歸得去，酒樓漁浦重相期。

〔一〕洛陽才子　潘岳《西征賦》："賈生洛陽之才子。"詩以比崔魯範。

〔二〕谷背鶯寒　唐人試帖題有《鶯出谷》。"谷背鶯寒"言所處寒微，不得速化。

祖　詠一首

《唐詩紀事》：詠登開元進士第。商璠云："詠詩剪刻省净，用思尤苦。氣雖不高，調頗凌俗。至如霽日園林好，清明煙火新"，亦可稱爲才子也。"

七　夕①

鈍吟云：古甚②。

閨女求天女〔一〕，更闌意未闌。玉庭〔二〕開粉席〔三〕，羅袖捧金盤。向月穿針易，臨風整線〔四〕難。不知誰得巧〔五〕，明旦試看看③。

〔一〕求天女　《史記·天官書》："織女，天女孫也。"《荆楚歳時紀》：七月七日，爲牽牛織女聚會之夜。人家婦女結綵樓，穿七孔針，陳瓜果於庭中以乞巧。有喜子網於瓜上，則以爲符應。

---

① 紀昀評：此題最爲塵劫，寓情則膚，翻案則腐，古人俱已道完，今更無着手處。如此之類，惟應以不作爲高。

② "古甚"下，紀昀評：古在氣味，不以貌求。

③ "試看看"下，紀昀注：原作"試相看"，考《全唐詩》改。

〔二〕玉庭　見第三卷。

〔三〕粉席　《風土記》：七月七日，其夜洒掃於庭露，施几筵，設酒脯時果，散香粉於河鼓織女。

〔四〕穿針整線　見第二卷"七夕針"注。

〔五〕得巧　《天寶遺事》：七月七日夜，宮女各捉蜘蛛，於小盒中，至曉開視蛛網稀密，以爲得巧之多少。民間效之。

吉師老 四首

題春夢秋歸故里

宋本無"秋歸故里"四字。

故國歸路賒，春晚在天涯。明月夜來夢，碧山〔一〕秋到家。默云：春夢秋歸。開窗聞落葉，遠墅見晴鴉。驚起曉庭際，鶯啼桃杏花。春①。

〔一〕碧山　《梁書》：張襄，天監中爲學士，不供其職。御史欲彈劾之，襄曰："碧山不負吾。"乃焚章長嘯而去。

看蜀女轉昭君變

劉孝綽《三婦艷》："唯餘最小婦，窈窕舞昭君。"昭君，見第五卷。

妖姬未着石榴裙〔一〕，自道家連錦水〔二〕濆。檀口〔三〕解知千載事，清詞堪歎九秋文〔四〕。翠眉〔五〕嚬處楚邊月，畫卷〔六〕開時塞外雲。説盡綺羅當日恨，昭君傳意向文君〔七〕。

〔一〕石榴裙　梁元帝《烏棲曲》：芙蓉爲帶石榴裙。

〔二〕錦水　見第二卷。

〔三〕檀口　《清異錄》：僖、昭時，倡家妝唇，其名字有"聖檀心"等。

〔四〕九秋文　陸士衡樂府"丹唇含九秋"注：九秋，曲名。

〔五〕翠眉　《登徒子好色賦》：眉如翠羽。

〔六〕畫卷　杜甫詩：畫圖省識春風面，環珮空歸月夜魂。

〔七〕文君　卓文君，蜀人卓王孫女，故以指蜀女。

---

① 春：原無，據垂雲堂本補。

放　猿

放爾千山萬水身，野泉晴樹好爲鄰。啼時莫向瀟湘岸，明月清風有旅人。

駕　鴦

江島濛濛煙靄微，綠蕪深處刷毛衣。渡頭驚起一雙去，飛上文君舊錦機。

盧　弼 七首

郝天挺注：與李光遠同時人也。

薄命妾

《樂府》佳麗四十七曲中，有《妾薄命》。

君恩已斷盡成空，追想嬌歡恨莫窮。長爲蕣花[一]光曉日，誰知團扇送秋風[二]。黃金買賦[三]心徒切，清路飛塵[四]信莫通。閑凭玉闌思舊事，幾回春暮泣殘紅。

[一]蕣花　《詩》"有女同車，顏如舜華"，朱注：舜，木槿也。樹如李，其華朝生暮落。

[二]團扇送秋風　梁孔翁歸詩。

[三]黃金買賦　見第一卷"長門怨"注。

[四]清路飛塵　曹植詩：君若清路塵，妾若濁水泥。

聞　雁

秋風蕭瑟[一]静埃氛，邊雁迎風響咽羣。默云：聞。瀚海[二]應嫌霜下早，湘川偏愛草初薰[三]。蘆洲[四]宿處依沙岸，榆塞[五]飛時度晚雲。何處最添羈客恨，聞結。竹窗殘月酒醒聞。

〔一〕蕭瑟　《楚辭》："悲哉，秋之爲氣也，蕭瑟兮草木搖落而變衰。"魏文帝《燕
　　歌行》："秋風蕭瑟天氣凉。"

〔二〕瀚海　見第三卷。

〔三〕草薰　江淹《別賦》：陌上草薰。

〔四〕蘆洲　鮑照詩：今旦入蘆洲。

〔五〕榆塞　見第七卷"黄榆"注。

秋夕寓居精舍書事

《釋迦譜》：息心所棲曰精舍。

葉滿苔堦杵滿城，默云：秋夕①。此中多恨恨難平。疎簷看織蟏蛸〔一〕網，
暗隙愁聽蟋蟀〔二〕聲。醉臥欲拋羈客思，默云：寓居。夢歸偏動故鄉情。覺來
獨步長廊下，半夜西風吹月明。

〔一〕蟏蛸　《詩》：蟏蛸在户。

〔一〕蟋蟀　見第一卷。

答李秀才邊庭四時怨②

春

春風昨夜到榆關〔一〕，故國煙花想已殘③。少婦不知歸不得，朝朝應上
望夫山〔二〕。

〔一〕榆關　見第三卷。

〔二〕望夫山　《寰宇記》：望夫山在當塗縣北四十七里。昔人往楚，累歲不還，其
　　妻登此山望夫，乃化爲石。周廻五十里，高一百丈，臨江。

夏

盧龍塞〔一〕外草初肥，雁乳平蕪〔二〕曉不飛。鄉國近來音信斷，至今猶

---

① 默云秋夕：原無，據垂雲堂本補。下"默云寓居"同。

② 紀昀評：七律三首，味靡靡。此四首，居然開寶之音。

③ "故國煙花想已殘"下，紀昀評：此即張敬忠"即今河畔泳開日，正是長安花發時"意。
別本"春風"作"春衣"，非，且礙第二首語意。

自著寒衣。

〔一〕盧龍塞　《水經注》：盧龍塞道，自無終縣東出，渡濡水，向林蘭陘東至清
　　陘。盧龍之嶮，峻坂縈折，故有九絆之名矣。

〔二〕平蕪　王維詩：平蕪故郢城。

　秋

八月霜飛柳變黃，蓬根〔一〕吹斷雁南翔〔二〕。隴頭流水〔三〕關山月〔四〕，泣
上龍堆〔五〕望故鄉。

〔一〕蓬根　《晏子春秋》：猶秋蓬也。孤其根而美枝葉，秋風一至，根且拔矣。

〔二〕雁南翔　魏文帝《燕歌行》：羣燕辭歸雁南翔。

〔三〕隴頭流水　《古今樂錄》：梁鼓角橫吹曲有《隴頭流水》曰：“隴頭流水，流
　　離西下。念吾一身，飄然曠野”云云。

〔四〕關山月　《樂府解題》：《關山月》，傷離別也。

〔五〕龍堆　見第二卷。

　冬

朔風吹雪透刀瘢，飲馬長城窟〔一〕更寒。半夜火來知有敵，一時齊保
賀蘭山〔二〕①。

〔一〕長城窟　《水經注》：側帶長城，背山面澤，謂之白道。南谷口有城，自城北
　　出，有高坂，謂之白道嶺。沿路惟土穴出泉，挹之不窮。每讀《琴操》，見琴
　　慎《相和雅歌錄》云：飲馬長城窟，及其拔陟斯途，遠懷古事，始知信矣。

〔二〕賀蘭山　《一統志》：寧夏衛賀蘭山，丹崖翠峰，盤踞數百里，寧夏倚以為
　　固。故詩言有驚必守此。

竇　鞏一首

見第一卷及第五卷注。

寄南游兄弟

書來不報幾時還，知在三湘〔一〕五嶺〔二〕間。戴云：南遊。獨立衡門秋水闊，

---

① 紀昀評：後二首尤勝前二首。

寒鴉飛去日啣山。

〔一〕三湘　見第二卷。

〔二〕五嶺　《廣州記》：大庾、始安、臨賀、桂陽、揭陽，爲五嶺。

韓　偓五首

《唐詩紀事》：偓字致堯，今曰致光，誤矣。自號玉山樵人。天復初，入翰林。其年冬，駕幸鳳翔，偓有扈從之功，還正初，上面許偓爲相，奏云：“陛下運契中興，當用重德鎮風俗，右僕射趙崇可充是選。”翌日，制用崇暨兵部侍郎王贊爲相。梁太祖馳入，於上前言二公長短，上曰：“趙崇是偓薦。”時偓在側，梁主叱之，偓奏曰：“臣不敢與大臣争。”上曰：“韓偓出。”尋謫官入閩。

小　隱

晉王康琚《反招隱》：小隱隱陵藪，大隱隱朝市。

借得茅齋嶽麓〔一〕西，擬將身世老鋤犁〔二〕。清晨向市煙含郭，寒夜歸村月照溪。爐爲窗明僧偶坐，松因雪折鳥驚啼。靈椿〔三〕朝菌〔四〕由來事，却笑莊生始欲齊。

〔一〕嶽麓　《一統志》：嶽麓山在善化縣西南，即衡山七十二峰之一。上有嶽麓書院，山下有石方平，土人於此望拜南嶽，名拜嶽石。

〔二〕鋤犁　《玉篇》：犁，耕具。王仲宣詩：“相隨把鋤犁。”

〔三〕靈椿　《莊子》：楚之南有冥靈者，以五百歲爲春，五百歲爲秋。上古有大椿者，以八千歲爲春，八千歲爲秋。

〔四〕朝菌　《莊子》：“朝菌不知晦朔。”司馬云：菌，大芝也，生糞土，見日則死，一名日及。

贈易卜崔江處士

白首窮經通秘義，默云：易①。青山養老度危時。處士。門傳組綬身能退，家學樵漁跡更奇。四海盡聞龜策〔一〕妙，九霄堪歎鶴書〔二〕遲。壺中〔三〕日月將何用，借與閑人試一窺。

---

① 默云易：原無，據垂雲堂本補。

〔一〕龜策　《史記》有《龜策列傳》。

〔二〕鶴書　《古今篆隸文體》：鶴頭書與偃波書，俱詔版所用，漢謂之尺一簡，髣髴鵠頭，故有此稱。

〔三〕壺中　見第四卷。

殘春旅舍

旅舍殘春宿雨晴，恍然心地憶咸京。樹頭蜂抱花鬚落，池面魚吹柳絮行。禪伏詩魔〔一〕歸净域〔二〕，酒衝愁陣出奇兵〔三〕。兩梁〔四〕免被塵埃污，拂拭朝簪待眼明。

〔一〕詩魔　白樂天詩：唯有詩魔降未得，每逢風月一閑吟。

〔二〕净域　《法苑珠林》：西方常清净，自然無一切雜穢，故云净土。

〔三〕酒兵　《南史》：陳暄曰："江咨議有言，酒猶兵也。兵可千日而不用，不可一日而不備；酒可千日而不飲，不可一飲而不醉。"晋張協詩："何必操干戈，堂上有奇兵。"

〔四〕兩梁　蔡邕《獨斷》：進賢冠，文官服之，前高七寸，後三寸，長八寸。公侯三梁，卿大夫、尚書、博士兩梁。

夜　深

清江碧草兩悠悠，各自風流一種愁。正是落花寒食雨，夜深無伴倚空樓。

寄鄴莊道侣

聞説經旬不啓關，藥窗誰伴醉開顔。夜來雪壓前村竹，剩見溪南數尺山①。默云：數，一作"幾"。

杜荀鶴八首

《唐詩紀事》：荀鶴有詩名，號九華山人。大順初擢第，授翰林學士，主

---

① "數尺山"下，紀昀評：言不見其人也。

客外郎，知制誥。序其文爲《唐風集》。或曰：荀鶴，牧之微子也。牧之會昌末自齊安移守秋浦時，妾有妊，出嫁長林鄉正杜筠，而生荀鶴。

春宮怨

> 默庵云：奇妙在落句，得力在領聯。

早被嬋娟誤，欲粧臨鏡慵。默云：怨。承恩不在貌，教妾若爲[一]容。風煖鳥聲碎，春宮怨。日高花影重。年年越溪女[二]，相憶採芙蓉。

[一]若爲　陳後主后沈婺華詩：情知不肯住，教妾若爲留。

[二]越溪女　《風俗記》：“天下之女白，不如越溪之女肌皙①。”李白《越女詞》：“鏡湖水如月，耶溪女如雪。”

經九華費徵君墓

> 李白《九華山聯句詩序》：“青陽縣南有九子山，高數千丈。上有九峰，如蓮花，按圖徵名，無所依據。予乃削其舊號，加以九華之名。”《寰宇記》：費冠卿及第歸，後以不及榮養，遂絕跡不仕，隱九華山中。長慶中，三徵拾遺，不起。○《神仙感遇傳》：費冠卿，池州人。進士擢第，隱歸故鄉。至秋浦，投刺於劉令，劉引費入廳後對堂小閣子中。是夕月明，於門隙中窺其外，忽有異香之氣。劉恭立於庭，見雲冠紫衣仙人，長八九尺，數十人擁從而至。俄有筵席，羅列餚饌奇果，香溢閣中。費聞之，已覺神清氣爽。須臾奏樂飲酒，命劉令侍飲。樂之音調，非世間之曲。仙人命劉酌一杯酒，送閣子中，仙人與徒從乘雲而去。劉即與冠卿爲修道之友，卜居九華山。以左拾遺徵，竟不起。

凡弔先生者，多傷荊棘間。不知三尺墓，高却九華山。天地有何外，子孫無亦閑。當時若徵起，未必得身還。

冬末同友人泛瀟湘

> 見第二卷。

殘臘泛舟何處好，默云：冬末。最多吟興是瀟湘[一]。就船買得魚偏美，踏雪歸鈍云：“歸”字遠勝“沽”字。來酒倍香。猿到夜深啼嶽麓[二]，再醒瀟湘。雁

---

① 肌：原作“肥”，據《分門集注杜工部詩》卷一二《壯遊》詩注改。

知春近別衡陽〔三〕。與君剩採江山景，_{同友人結。}裁取新詩入帝鄉。

知春近別衡陽〔三〕。與君剩採江山景，同友人結。裁取新詩入帝鄉。

〔一〕瀟湘吟興　瀟湘八景，曰山市晴嵐、遠浦歸帆、漁村夕照、煙市晚鐘、瀟湘夜雨、平沙落雁、洞庭秋月、江天暮雪。凡此八景，皆足以發吟興也。

〔二〕嶽麓　《南岳記》：南岳周廻八百里，廻雁爲首，嶽麓爲足。《元和郡國志》：岳麓山在長沙縣西南，隔湘江水六里，蓋衡山之足。《方輿勝覽》：又名靈麓峯，乃岳山七十二峯之數，自湘西古渡登岸，夾徑喬松，泉澗盤繞，諸峰叠秀，下瞰湘江。岳麓寺在山上百餘級。

〔三〕衡陽　《禹貢》“荆及衡陽惟荆州”，孔氏曰：荆州以衡山之陽爲至者，蓋南方惟衡山爲大。今詩“衡陽”亦指衡山之陽。《水經注》：衡山東南二面，臨映湘水，自長沙至此，江湘七百里，中有九背，故漁者歌曰：“帆隨湘轉，望衡九面。”○《一統志》：回雁峯在衡州府城南，雁至衡陽則不過，遇春而回。

山中寄詩友

山深長恨少同人，_{默云：寄人。}覧景無時不憶君。庭果自從霜後熟，野猿頻向屋邊聞。琴臨秋水彈明月，酒就東山酌白雲。仙桂算攀攀合得，平生心力盡於文。

溪　興

山雨溪風卷釣絲，瓦甌蓬底獨斟時。_{默云：題①。}醉來睡着無人喚，流下前灘也不知。

馬上行

五里復五里，去時無住時。日將家漸遠，猶恨馬行遲。

春日閑居寄先達

野吟何處最相宜，春景暄和好入詩。高下麥苗新雨後，_{默云：春日。}淺深

---

① 默云題：原無，據垂雲堂本補。

山色晚晴時。半巖雲脚[一]風牽斷，平野花枝鳥踏垂。倒載干戈[二]是何日，近來麋鹿欲相隨。

[一]雲脚　李賀詩：雲脚天東頭。

[二]倒載干戈　《樂記》：倒載干戈，包之以虎皮。

旅館遇雨

月華星采坐來收，嶽色江聲暗結愁。半夜燈前十年事，一時隨雨到心頭。

張　喬 二首

《唐詩紀事》：喬，池州人。有詩名，與許棠、俞坦之等謂之“十哲”。巢寇爲亂，與伍喬之徒隱九華山。

荆楚道中

前程曾未到，默云：道中。岐路已奚爲。返照行人急，荒郊去鳥遲。春宵多旅夢，閏夏遠相期。處處牽愁緒，道中。無窮是柳絲。

遊終南山白鶴觀

終南山，見第三卷。《後山詩話》：唐高宗東封，有鶴一馬，乃詔諸州爲老氏築宮，名以“白鶴”。終南在帝都，宜其首建也。

上徹煉丹峰，默云：遊。求玄意未窮。古壇青草合，往事白雲空。仙境日月外，帝鄉[一]煙霧中。人間足煩暑，欲去戀清風。

[一]帝鄉　《莊子》：華封人謂堯曰：“乘彼白雲，至於帝鄉。”

崔　魯 一首

魯，一作“櫓”。《唐詩紀事》：櫓慕杜紫微爲詩，才情麗而近蕩。有《無機集》。大中時進士也。

暮春對花

病香無力被風欺，多在青苔少在枝。馬上行人莫回首，斷君腸是欲
殘時。

才調集補注卷九

古律雜歌詩一百首

劉　商一首

《續仙傳》：劉商，彭城人。好學强記攻文。進士擢第，歷臺省爲郎中。性耽道術，每嘆光景甚促，筋骸漸衰，浮榮世宦，何益於己，是以託病免官入道。遊及廣陵，逢一道士賣藥，見商目之，甚相異，乃罷藥，攜手登樓，以酒爲歡。道士所談，自秦、漢歷代，皆如目視。翌日，又于街市訪之，道士見商愈喜，復挈上酒樓，劇談歡醉，出一小藥囊贈商，暮乃別去。商開囊得九粒藥，依道士口訣吞之，頓覺神爽，不飢身輕。飄然過江，遊茅山，復往宜興張公洞，愛菴畫溪之景，乃入胡父渚葺居，隱於山中。近樵者猶見之，曰："我劉郎中也。"莫知所止，蓋已爲地仙矣。

秋夜聽嚴紳巴童唱竹枝歌

《竹枝歌》，見第五卷、第六卷。

巴人遠從荆江客，殷云：直叙起。回首荆山〔一〕楚雲隔。思歸夜唱《竹枝歌》，庭槐葉落秋風多。曲中歷歷叙鄉思，鄉思綿綿楚詞古。身騎吳牛〔二〕不畏虎，手提簑笠欺風雨。猿啼日暮江岸邊，緑林連山水連天。來時十三今十五，一成新衣已再補。鴻雁南飛報鄰伍，在家歡樂辭家苦。天晴露白鐘漏遲，淚痕滿面看竹枝。曲終寒竹風裹裹，西方月落東方曉①。

〔一〕荆山　見第一卷。

〔二〕吳牛　見第八卷。

---

① 月：垂雲堂本注："宋本作'日'。"

長孫佐輔二首

《唐詩紀事》：德宗時，弟公輔爲吉州刺史，佐輔往依焉。

尋山家①

獨訪山家歇還涉，茅屋斜連隔松葉。主人聞語未開門，繞籬野菜飛黃蝶。

南中客舍對雨送故人歸北

猿聲啾啾雁聲苦，卷簾相對愁不語。幾年客吳君在楚，況送君歸我猶阻。默云：客舍送人。家書作得不忍封，北風吹斷階前雨。

朱放二首

《唐詩紀事》：放字長通，襄州人，隱居剡溪。嗣曹王皋鎮江西，辟節度參謀。貞元中，召爲左拾遺，不就。

秣陵送客入京

《後漢·郡國志》：丹陽郡秣陵，其地本名金陵，秦始皇改。

秣陵春已至，君去學歸鴻。綠水〔一〕琴聲切，青袍〔二〕草色同。鳥喧金谷〔三〕樹，花滿夕陽宮〔四〕。日日相思處，江邊楊柳風。默云：秣陵。

〔一〕綠水　庾信《春賦》：陽春綠水之曲。

〔二〕青袍　見第六卷。

〔三〕金谷　見第七卷。

〔四〕夕陽宮　《一統志》：夕陽亭在河南府城西南。賈充出鎮長安，百僚餞送於此，自旦及暮，故名。玩上句"金谷樹"，則入京是入東京，"夕陽宮"或即指

---

① 此詩《唐詩紀事》卷四三作羊士諤詩。

夕陽亭。

江上送別

浦邊新見柳搖時，_{默云：江上別。}北客相逢只自悲。惆悵空知思後會，艱難不敢料前期。行看漢月^{〔一〕}愁征戰，共折江花怨別離。_{江上。}向夕孤城分首處，_{送別。}寂寥橫笛爲君吹。

〔一〕漢月　李賀《金銅仙人辭漢歌》：空將漢月出宮門。

王　表二首

《唐詩紀事》：表，大曆十四年，潘炎下登第。

清明日登城春望寄大夫使君

春城^{〔一〕}閑望愛晴天，何處風光不眼前。寒食^{〔二〕}花開千樹雪，_{默云：登城春望。}清明日出萬家煙^{〔三〕}。興來促席唯同舍，醉後狂歌盡少年。聞說鶯啼却惆悵，_{默云：春。}詩成不見謝臨川^{〔四〕}。_{寄。}

〔一〕春城　吳邁遠詩：春城起風色。

〔二〕寒食　見第三卷。

〔三〕萬家煙　唐《輦下歲時紀》：清明日，取榆柳之火以賜近臣。蓋寒食禁火，至清明則火可用，故登城一望，而見萬家之煙也。

〔四〕謝臨川　《南史》：謝靈運少好學，博覽羣書，文章之美，江左第一。文帝以爲臨川內史。

成德樂

吳吳山曰：唐樂府。

趙女^{〔一〕}乘春上畫樓，一聲歌發滿城秋^{〔二〕}。無端更唱關山曲，不是征人亦淚流。

〔一〕趙女　張平子《南都賦》：齊僮唱兮列趙女。

〔二〕滿城秋　趙女歌聲悲切，當春聞之，凄兮其似秋也。

張安石二首

《戊籤》：張安石，字里無考，有《涪江詩集》一卷，今存二篇。

玉女詞

《漢武内傳》：西王母降漢宫，命諸玉女作樂。又上元夫人統十萬玉女名籙。此詞詠神女廟宇神像之荒凉淒寂，而因借以諷刺也。○《龜臺琬炎》：葭萌縣有石穴，名玉女房。房前修竹數竿，下覆青石壇，每因風自掃此壇。女每遇明月夜，即於壇上閑步徘徊，復入此房。

綺薦銀屏空積塵，柳眉桃臉暗銷春。不須更學陽臺女[一]，爲雨爲雲趁惱人。

[一]陽臺女　見第三卷。

苦　別

向前不信別離苦，而今自到別離處。兩行粉淚紅闌干，一朵芙蕖帶殘露。默云：妙在如此而止。

張　諤一首

《唐詩紀事》：諤登景龍進士第。

還　京①

朱紱[一]臨秦望[二]，默云：還京起。皇華[三]赴洛橋[四]。文章南渡越，書奏北歸朝。樹入江雲晚，鈍云：名句。城銜海月遥。秋風將客思，川上晚蕭蕭。

[一]朱紱　見第一卷。

————————————

① 此詩《文苑英華》卷二六八署作韋述《廣陵送別宋員外佐越鄭舍人還京》。傅璇琮《唐人選唐詩新編》認爲《文苑英華》爲是。《删正二馮評閲才調集》卷下紀昀注："一作《廣陵送別宋員外佐越鄭舍人還京》，以詩語考之，良是，蓋《才調集》脱誤也。"

〔二〕秦望 《水經注》：吳有秦望山，在州城正南，爲衆峰之傑，陟境便見。《史記》云：秦始皇登之，以望南海。懸嶝孤危，徑路險絶。

〔三〕皇華 《詩》：皇皇者華，于彼原隰。

〔四〕洛橋 《水經注》：朱超石《與兄書》曰：橋去洛陽宮六七里，悉用大石，下員以通水，可受大舫過。

于濆三首

《唐詩紀事》：濆字子漪，咸通進士，終泗州判官。

古宴曲

雉扇〔一〕合蓬萊〔二〕，朝車回紫陌〔三〕。重門集嘶馬，言宴金張〔四〕宅。燕娥奉巵酒，低鬟若無力。十戶手胼胝，鳳凰釵〔五〕一隻。高樓齊下視，日照羅衣色。笑指負薪人，不信生中國。

〔一〕雉扇 見第七卷。

〔二〕蓬萊 《長安志》：大明宮，龍朔三年，號蓬萊宮。

〔三〕紫陌 見第一卷。

〔四〕金張 《漢書·蓋寬饒傳》"下無金張之托"，應劭曰：金，金日磾也；張，張安世也。金氏、張氏自托，在于狎近也。

〔五〕鳳凰釵 《拾遺記》：石崇使翔風縈金爲鳳冠之釵，言鑄金釵象鳳凰之冠。

思歸引

《樂府古題要解》：《思歸引》，舊説衛有賢女，邵王聞其美，聘之未至而王薨。太子留之，不聽，拘于深宮。思歸不得，援琴而歌，曲終，縊而死。石崇亦有《思歸引》，但歸河陽所居。

不耕南畝田，爲愛東堂桂〔一〕。身同樹上花，一落又經歲。交親日相薄，一作：思歸。知己恩潛替。日開十二門〔二〕，自是無歸計。

〔一〕東堂桂 《晉書》：武帝于東堂送郗詵，詵曰："臣對策第一，猶桂林之一枝，崑山之片玉。"

〔二〕十二門 《西都賦》："立十二之通門。"詳見第一卷"九逵"注。

苦辛吟

《樂苑》清調曲，有《塘上苦辛篇》。

壠上扶犂[一]兒，手種腹長飢。窗下擲梭女，手織身無衣。我願燕趙姝，化爲嫫母[二]姿。一笑不直錢，自然家國肥。

[一]犂　同“犁”。見第八卷。

[二]嫫母　《楚詞》：“嫫母勃屑而日侍。”王逸曰：“嫫母，醜女也。”《韻會》：嫫，音模。嫫母，黄帝四妃。

胡　曾 九首

《唐詩紀事》：高駢鎮蜀，南蠻時飛一木，夾有“借錦江飲馬”之句。曾時爲書記，以檄破之，兼有詩云：“殘霜敢冒高懸日，秋葉争禁大段風？”曾有《詠史》詩百篇行於世。

寒食都門作

默庵云：中二聯俱從“寓目”生下。

二年寒食住京華，默云：題。寓目春風萬萬家。金絡[一]馬銜原上草，玉顏[二]人折路傍花。軒車竟出紅塵外，冠蓋争回白日斜。誰念都門兩行淚，故園寥落在長沙[三]。

[一]金絡　見第四卷。

[二]玉顏　《玉臺新詠》歌辭：女兒年幾十五六，窈窕無雙顏如玉。

[三]長沙　《廣輿記》：長沙府，《禹貢》荆州之域，天文翼軫分野。軫旁有小星曰長沙，應其地。周曰星沙，春秋、戰國楚黔中地，秦、漢曰長沙。

薄命妾

太白有《妾薄命》，爲漢武陳皇后而作。此篇與太白同意。

鈍吟云：七言律作樂府。

阿嬌[一]初失漢皇恩，舊賜羅衣亦罷熏。欹枕夜悲金屋[二]雨，卷簾朝泣玉樓〔三〕雲。宮前葉落鴛鴦瓦〔四〕，架上塵生翡翠裙〔五〕。龍騎〔六〕不巡時漸久，長門空掩綠苔紋。

〔一〕阿嬌　事詳第一卷"長門怨"注。

〔二〕金屋　見第五卷。

〔三〕玉樓　見第六卷。

〔四〕鴛鴦瓦　見第二卷。

〔五〕翡翠裙　見第八卷"戎昱"注。

〔六〕龍騎　《北齊·郊樂歌》：龍陳萬騎，鳳動千乘。

獨不見

《樂府古題要解》：《獨不見》，言思而不得見也。

玉關〔一〕一自有氛埃，年少從軍竟未回。門外塵凝張樂〔二〕樹，水邊香滅按歌臺〔三〕。窗殘夜月人何處，簾捲春風燕復來。萬里寂寥音信絶，寸心爭忍不成灰〔四〕。

〔一〕玉關　見第五卷"老班超"注。

〔二〕張樂　《莊子》：北門成問於黃帝曰："帝張《咸池》之樂於洞庭之野。"

〔三〕按歌臺　《雍錄》：按歌臺在鬭雞殿之南。此詩概言之耳。

〔四〕成灰　李義山詩："蠟燭成灰淚始乾。"落句説至"成灰"，較甘心首疾更深。

交河塞下曲

《漢書·西域傳》：車師前國王治交河城，河水分流，繞城下，故號交河。去長安八千一百五十里。

交河冰薄日遲遲，漢將思家感別離。塞北草生〔一〕蘇武泣，隴西雲起〔二〕李陵悲。曉侵雉堞烏先覺，春入關山雁獨知。何處疲兵心最苦，夕陽樓上笛聲時。

〔一〕塞北草生　溫庭筠《蘇武廟》詩：雲邊雁斷胡天月，隴上羊歸塞草煙。

〔二〕隴西雲起　按《史記》：李將軍廣，隴西成紀人。陵係廣孫，是以望故鄉之雲起而生悲也。

車遙遙

《樂府古題要解》：傅休奕有《車遙遙》。

自從車馬出門朝，便入空房守寂寥。玉枕[一]夜殘魚信[二]絕，金鈿[三]秋盡雁書[四]遙。臉邊楚雨臨風落，頭上春雲向日銷。芳草又衰還不至，碧天霜冷轉無憀。

[一]玉枕　《長樂佳曲》：玉枕龍鬚席，郎眠何處樓。

[二]魚信　《玄散堂詩話》：昔宗羨思桑娣不見，候月徘徊于川上，見一大魚浮于水面，戲囑曰：“汝能爲某通一問于桑氏乎？”魚遂仰首奮鱗，開口作人語曰：“諾。”宗羨出袖中書一首納其中，魚若吐狀，即躍去。是夜，桑娣聞叩閨聲，從門隙視之，見一小龍，驚而入。旦開户視之，惟見彤霞一幅。

[三]金鈿　胡爕亭曰：金鈿，亦花朵之流。故秋盡花彫，念及塞雁南來之書。

[四]雁書　見第三卷。

早發潛水驛謁郎中員外

《水經注》：潛水，蓋漢水枝分潛出，故受其稱耳。今爰有大穴，潛水入焉。通罝山下，西南潛出，謂之伏水，或以爲古之潛水。

半牀秋月一聲雞，默云：早發①。萬里行人費馬蹄。青野霧銷凝晋洞，碧山煙散避秦溪[一]。樓臺稍辨烏城[二]外，更漏微聞鶴柱[三]西。已是大仙憐後進，默云：謁。不應來向武陵迷[四]。

[一]避秦溪　陶淵明《桃花源記》：晋太康中，武陵人捕魚爲業，緣溪行，忽逢桃花夾岸，林盡水源，便得一山。山有小口，捨舟，從口入數十步，豁然開朗，屋舍儼然。黄髮垂髫，並怡然自樂，自云：“先世避秦難至此，遂與外隔。”問今是何世，乃不知有漢，無論魏、晋。

[二]烏城　李白《烏棲曲》：姑蘇城外烏棲時。

[三]鶴柱　見第一卷。

[四]武陵迷　《桃花源記》：此人停數日，辭去。此中人語云，不足爲外人道也。既出，得其船，便扶向路，處處誌之。及郡下，詣太守，説如此，太守即遣人隨其往，尋向所誌，遂迷，不復得路。

贈漁者

不愧人間萬户侯，子孫相斷老扁舟。往來南越諳蛟室[一]，生長東吳

---

① 默云早發：原無，據垂雲堂本補。

識蜃樓〔二〕。自爲釣竿能遣悶，不因萱草〔三〕解銷憂。羨君獨得逃名趣，身外無機任白頭。

〔一〕蛟室　《海賦》：其垠則有天琛水怪，鮫人之室。

〔二〕蜃樓　宋林景熙《蜃記》：登聚遠樓東望，第見滄溟浩渺中，蠢如奇峰，聯如疊巘，隱見不常。移時城郭臺榭忽起，中有浮圖老子之宮，三門嵯峨，鐘鼓樓翼其左右，簷牙歷歷，極公輸巧不能過。日近晡，冉冉漫滅，向之有者安在，而海自若也。

〔三〕萱草　見第二卷。

自嶺下泛鸂到清遠峽作

鸂，見第七卷。《寰宇記》：中宿峽在廣州清遠縣東三十五里。譚子和修《海嶠志》云：二月、五月、八月，有潮上二禺峽，逐浪返五羊，一宿而至，故曰"中宿峽"。

乘船浮鸂下韶水〔一〕，絕境方知在嶺南。薜荔〔二〕雨餘山似黛，蒹葭〔三〕煙盡島如藍。旦遊蕭帝〔四〕新松寺，夜宿嫦娥桂影潭〔五〕。不爲篋中書未獻，便來茲地結茅庵。

〔一〕韶水　《寰宇記》：嶺南道韶州曲江縣，以貞水屈曲爲名。滇水又西南與翁水合，又西入貞陽縣界。陳于此置清遠郡。

〔二〕薜荔　《離騷》"貫薜荔之落藥"注云：薜荔，香草，緣木而生。

〔三〕蒹葭　《詩》注：蒹，似萑而細，高數尺。葭，蘆也。

〔四〕蕭帝　謂梁武帝，好建佛寺。詳第七卷。

〔五〕桂影潭　虞喜《安天論》：月中有仙人、桂樹、桂影，潭言月影入潭中也。

題周瑜將軍廟

《寰宇記》：周瑜祠在懷寧縣東南一里。《吳書》云：周瑜，廬江舒人也。有功於吳，鄉人仰其威德，爲立祠。又望江縣周瑜廟，《水經注》：江水對雷水之地，側有周瑜廟，呼爲"大雷神"。

共說前生國步難，山川龍戰〔一〕血漫漫。交鋒魏帝旌旄退，委質吳王社稷安〔二〕。庭際雨餘春草長，廟前風起晚花殘。功勳碑碣今何在，不得當時一字看。

〔一〕龍戰　《易》：龍戰于野。

〔二〕旌旄退社稷安　諸葛瑾疏曰：瑜見寵任，入作心膂，出爲爪牙。摧曹操於烏
林，走曹仁於郢都。揚國威德，華夏是震。蠢爾蠻荆，莫不賓服。

李羣玉二首

《全唐詩話》：羣玉字文山，澧州人。裴休觀察湖南，厚延致之。及爲相，
以詩論薦，授校書郎。

同鄭相并歌姬小飮因以贈獻

《唐詩紀事》題作《杜丞相悰筵中贈美人》。

《舊唐書》：杜悰字永裕，尚憲宗女岐陽公主。會昌四年七月，拜中書侍郎，
同中書門下平章事，尋加左僕射。

鈍吟云：不褻又不板，最得體。

裙拖八幅〔一〕湘〔二〕江水，鬢聳巫山一片雲。風格只應天上有，
歌聲豈合世間聞？胸前瑞雪〔三〕燈斜照，眼底桃花〔四〕酒半醺。不是
相如憐賦客，肯教容易見文君。

〔一〕八幅　梁簡文帝詩：八幅兩鴛鴦。

〔二〕湘裙　范靜妻沈氏詩：含芳出珠被，耀彩接湘裙。

〔三〕瑞雪　謝惠連《雪賦》："盈尺則呈瑞於豐年。"溫庭筠詞："雪胸鸞
　　鏡裏。"

〔四〕桃花　《粧臺記》：隋文帝宮中，梳九真髻，紅妝，謂之桃花面。

戲贈姬人賦尖字韻①

骰子〔一〕巡拋裏手拈，無因得見玉纖纖。但知誑道金釵落，圖向人前
露指尖。

〔一〕骰子　《正韻》：骰，音頭，骰子，博陸采具。

---

① 此詩四部叢刊景宋本《李羣玉詩集》後集卷五題作《戲贈姬人》。傅璇琮《唐人選唐詩新
編》據《唐摭言》卷一三定爲杜牧、張祜聯句詩。

顧非熊一首

《唐詩紀事》：非熊好淩轢，在舉場垂三十年，長慶中登第。大中時，自盱貽尉棄官，隱茅山。非熊，況之子。

秋日陝州道中作

《唐·地理志》：河南道陝州，本弘農郡，義寧元年置，武德元年曰陝州。

孤客秋風裏，驅車出陝西。默云：陝州道中。關河午時路，村落一聲雞。
樹勢標秦遠，天形到岳低。誰知我名姓，來往自淒淒。一作"栖栖"。

袁不約二首

《經籍考》：陳氏曰："袁不約字還朴，長慶三年進士。其年試《麗龜賦》。"

長安夜遊

鳳城[一]連夜九門[二]通，帝女皇妃出漢宮。千乘寶車[三]珠箔捲，萬條
銀燭[四]碧紗籠。歌聲緩過青樓[五]月，香靄潛來紫陌[六]風。長樂曉鐘[七]歸
騎後，遺簪墮珥[八]滿街中。

[一]鳳城　見第三卷。
[二]九門　見第三卷。
[三]寶車　《飛燕外傳》：帝令宮人呂延福，以百寶鳳毛步輦迎合德。
[四]銀燭　見第二卷。
[五]青樓　見第二卷。
[六]紫陌　見第一卷。
[七]長樂鐘　見第八卷。
[八]遺簪墮珥　淳于髡《酒諷》：前有墮珥，後有遺簪。○《唐書》：每十月，帝
　　幸華清宮，貴妃姊妹五家皆從，家別爲一隊三色。五家合，爛若萬花，川谷成
　　錦繡。遺鈿墜舄，瑟瑟璣珂，狼藉于道，香聞數十里。

病宮人

默云：已見七卷"張祜"。

佳人臥病動經秋，簾幕縿縿不挂鈎。四體强扶藤夾膝，雙鬟慵插玉搔頭。花顏有幸君王問，藥餌無徵待詔愁。惆悵近來銷瘦盡，淚珠時傍枕函流。

吳商浩 八首

巫峽聽猿

《水經注》：大巫山，其間首尾一百里，謂之巫峽。每至晴初霜旦，林寒澗肅，常有高猿長嘯，屬引凄異，空谷傳響，哀轉久絶，故漁者歌曰："巴東三峽巫峽長，猿鳴三聲淚沾裳。"

巴江猿嘯苦，響入客舟中。孤枕破殘夢，三聲隨曉風。連雲波澹澹，和霧雨濛濛。巫峽去家遠，不堪魂斷空。

秋塘曉望

鐘盡疎桐散曙鴉，默云：晚 秋。故山煙樹隔天涯。西風一夜秋塘晚，零落幾多紅藕花。

水樓感事

高柳蜻〔一〕啼雨後秋，年光空感淚如流。滿湖菱荇〔二〕東歸晚，閑倚南軒盡日愁。

〔一〕蜻 《方言》郭注：寒蜩，蜻也。似小蟬而色青。

〔二〕菱荇 《酉陽雜俎》："《武陵記》言：四角三角曰芰，兩角曰菱。今蘇州折腰菱多兩脚。成式曾于荆州，有僧遺一斗郍城菱，三角而無刺。"荇，見第三卷。

長安春贈友人

繁華堪泣帝城春，默云：長安春。粉堞[一]青樓[二]勢礙雲。花對玉鈎簾外發，歌飄塵土[三]路邊聞。幾多遠客魂空斷，何處王孫酒自醺。各有歸程千萬里，東風時節恨離羣[四]。

〔一〕粉堞　杜甫詩：山樓粉堞隱悲笳。

〔二〕青樓　見第三卷。

〔三〕歌飄塵土　見第一卷"歌梁"注。

〔四〕離羣　《檀弓》：子夏曰："吾過矣，吾離羣而索居，亦已久矣。"

宿山驛

文戰何堪功未圖，又驅羸馬指天衢。露華凝夜渚蓮盡，月彩滿輪山驛孤。岐路[一]辛勤終日有，鄉關音信隔年無。好同范蠡[二]扁舟興，高挂一帆歸五湖。

〔一〕岐路　《列子》：楊朱之鄰人亡羊，既率其黨，又謂楊子之豎追之。楊子曰："嘻，亡一羊，何追之者衆？"鄰人曰："多岐。"既返，問："獲羊乎？"曰："亡之矣。岐路之中，又有岐焉，吾不知所之，是以返也。"

〔二〕范蠡　見第四卷。

塞上即事

身似星流跡似蓬，玉關[一]孤望杳溟濛。寒沙萬里平鋪月，默云：即事。曉角一聲高繞風。戰士歿邊魂尚哭，單于[二]獵處燒猶紅。分明更想殘宵夢，故國依然到甬東[三]。

〔一〕玉關　見第五卷。

〔二〕單于　見第一卷。

〔三〕甬東　《左傳》："越滅吳，請使吳王居甬東。"杜注：甬東，越地，會稽句章縣，東海中洲也。

北邙山

《寰宇記》：北邙山在洛陽縣北二里。張載詩："北邙何壘壘，高陵有四五。"

北邙山草又青青，今日銷魂事可明。綠酒〔一〕醉默云：原缺。來春未歇①，白楊〔二〕風起柳初晴。岡原旋葬松新長，年代無人闕半平。堪取金爐九還藥〔三〕，不能隨夢向浮生。

〔一〕綠酒　見第一卷"盃中醁"及第五卷"綠醽"注。

〔二〕白楊　古詩：白楊多悲風，蕭蕭愁殺人。

〔三〕九還藥　《抱朴子》：第一丹名丹華，第二丹名神符，第三丹名神丹，第四丹名還丹，第五丹名餌丹，第六丹名鍊丹，第七丹名柔丹，第八丹名伏丹，第九丹名寒丹。又一轉之丹，服之三年仙。二轉之丹，服之二年仙。三轉之丹，服之一年仙。四轉之丹，服之半年仙。五轉之丹，服之百日仙。六轉之丹，服之四十日仙。七轉之丹，服之三十日仙。八轉之丹，服之十日仙。九轉之丹，服之三日仙。其轉數多，則藥力成，故服之而得仙速。

泊　舟

身逐煙波魂自驚，木蘭舟〔一〕上一帆輕。雲中有寺在何處，山底宿時聞磬聲。默云：泊舟。

〔一〕木蘭舟　見第八卷"蘭舟"注。

梁　鍠一首

《全唐詩話》：鍠《詠木老人》云："刻木牽絲作老翁，雞皮鶴髮與真同。須臾弄罷寂無事，還似人生一夢中。"明皇還西內，每詠此詩。

代征人妻喜夫還

狂夫走馬發漁陽〔一〕②，少婦含嬌開洞房。千日廢臺還挂鏡，數年空面

---

① 醉：原闕，據汲古閣本及《全唐詩》卷七七四補。

② 狂：《四部叢刊》本作"征"。

再新妝。春風喜出今朝户，明月虛眠昨夜牀。莫道幽閨音信隔，還衣總是舊時香。"音信隔"三字原缺，今依汲古閣補入。

〔一〕漁陽　《史記‧陳涉世家》：發閭左適戍漁陽九百人。《廣輿記》：順天府，秦爲上谷漁陽地。

賀知章 一首①

《新唐書》云：字季真，越州永興人。證聖初擢進士，累遷太常博士。開元初，遷禮部侍郎，兼集賢院學士，後授秘書監。晚節誕放，自號四明狂客及秘書外監。天寶初病，夢游帝居數日，寤乃請爲道士，以宅爲千秋觀，求周宫湖數頃爲放生池。有詔賜鏡湖剡川一曲，擢其子僧子爲會稽郡司馬，賜緋魚，使侍養，年八十六卒。

柳枝詞②

碧玉裝成一樹高，萬條垂下緑絲縧。不知細葉誰裁出，二月春風似剪刀。

周德華，劉采春女也。春時喜踏青郊外，見楊柳垂垂，則採其枝，結爲同心，隨流放之。每放一枝，則歌此詞。

張　蠙 四首

《全唐詩話》：蠙字象文。唐末登第，尉櫟陽，避亂入蜀。蜀王時，爲金堂令。徐后游大慈寺，見壁間題云："墻頭細雨垂纖草，水面回風聚落花。"問寺僧，僧以蠙對，乃賜霞光牋，令寫詩以進。蠙進二百首，衍善之，召爲知制誥。宋光嗣以蠙輕忽傲物，遂止。卒於官。

---

① 紀昀評：此詩運意遣詞，與開寶時人皆不類，頗疑非季真作。劉采春女唱此詩事，殆當時好事者飾之，韋氏不察也。又非楊柳，雖樂府舊題而翻爲柳枝，則盛於中唐劉、白，季真時未有此名。韋氏題曰《柳枝詞》，亦誤。

② 此詩《唐詩紀事》卷一七題作《詠柳》，《四庫全書總目》卷六〇《賀監紀略提要》云："韋縠《才調集》所載《楊柳枝詞》，標題誤增'枝'字，遂以天寶以前之絶句，爲長慶以後之樂府。"

錢塘夜宴留別郡守

錢塘，見第二卷。

四方騷動一州安，夜列罇罍伴客歡。觱栗[一]調高山閣迥，蝦蟇更[二]促海城寒①。屛間佩響藏歌妓[三]，幕外刀光立從官②。沉醉不愁歸棹遠，^默云：留別。曉帆吹上子陵灘[四]③。

[一] 觱栗　《舊唐書》：篳篥，本名悲篥，出于胡中。其聲悲，胡人吹之以驚馬。

[二] 蝦蟇更　《事物紀原》：《説文》："㯓，夜行所擊。"今擊木爲聲，以代更籌者，是俗曰"蝦蟇更"。㯓，同"柝"。

[三] 藏歌妓　《開元遺事》：寧王宮有樂妓寵姐者，美姿色，善謳唱。李白侍酒，戲曰："白久聞王有寵姐善歌，今酒殽醉飽，羣公宴倦，王何恡此女？"王笑謂左右設七寶花幛，召寵姐於幛後歌之。白起謝，曰："雖不許見面，聞其聲，亦幸矣。"

[四] 子陵灘　《後漢書·逸民傳》注：《輿地志》曰七里瀬在東陽江下，與嚴陵瀬相接，有嚴山。桐廬縣南有嚴子陵漁釣處。今山邊有石臨水，名爲嚴陵釣壇也。

長安春望

明時不敢臥煙霞，又見秦城換物華。^默云：題。殘雪未銷雙鳳闕[一]，新春已發五侯[二]家。甘貧秪擬長緘酒，忍病猶期強採花。故國別來桑柘盡，十年兵踐海西艖[三]。

[一] 雙鳳闕　繁欽賦："築雙鳳之崇闕。"陳阮卓詩："殘雲鎖鳳闕。"

[二] 五侯　見第三卷。

[三] 艖　揚子《方言》：南楚江湘，凡船大者謂之舸，小舸謂之艖。

叙　懷

月裏路從何處上，^默云：題。江邊身合幾時歸。十年九陌寒風夜，夢掃

---

① "蝦蟇更促海城寒"下，紀昀評：用語適建，晚唐所難。

② "幕外刀光立從官"下，紀昀評：二句欠工夫。

③ "曉帆吹上子陵灘"下，紀昀評：結亦脱灑。

蘆花絮〔一〕客衣。

〔一〕絮　丁靜山云：“絮”字用力，黃庚詩“短褐怯風綿未絮”是也。

題嘉陵驛

《一統志》：嘉陵驛在廣元縣西。

嘉陵路惡石和泥，行到長亭日已西。默云：驛。獨倚闌干正惆悵，海棠〔一〕花裏鷓鴣〔二〕啼。

〔一〕海棠　《海棠譜》：蜀花稱美者，有海棠焉。真宗御製《後苑雜花》十題，以“海棠”爲首章，賜近臣唱和，則知海棠足與牡丹抗衡，而可獨步于西川矣。

〔二〕鷓鴣　見第一卷。

劉　象七首

《唐詩紀事》：象，京兆人。天復元年，與曹松輩同登五老牓。〇象《詠仙掌》詩，時號“劉仙掌”。

春夜二首

幾處兵戈阻路岐，憶山心切與山違。時難何處披懷抱，日日日斜空醉歸。

一別杜陵〔一〕歸未期，祇憑魂夢接親知。近來欲睡兼難睡，夜夜夜深聞子規〔二〕。

〔一〕杜陵　見第五卷。

〔二〕子規　見第二卷。

曉登迎春閣

未櫛憑欄眺錦城，默云：曉。煙籠萬井二江〔一〕明。香風滿閣花盈户，樹樹樹梢啼曉鶯。

〔一〕二江　《史記·河渠書》：蜀守冰鑿離碓，辟沫水之害，穿二江成都之中。

早春池亭獨遊三首

春意送殘臘，默云：早春。春情融小洲。池。蒲茸纔簇岸，早春。柳頰已遮樓。便有盃觴興，可攄羈旅愁。鳧鷖亦相狎，池亭。盡日戲清流①。

清流環綠篠[一]②，清景媚虹橋[二]。鶯刷初遷羽[三]，默云：早春。莎拳擬拆苗。細砂摧煖岸，淑景動和飆。倍憶同袍侶，獨游。相歡倒一瓢③。拳，宋本缺。

〔一〕綠篠　謝靈運詩：綠篠媚清漣。

〔二〕虹橋　《風土記》：陽羨縣前有大橋，南北七十二丈，橋中高起，有似虹形。

〔三〕鶯羽　李白詞：禁庭春晝，鶯羽披新繡。

一瓢歡自足，一日興偏多。幽意人先賞，默云：早春。疎叢蝶未過。知音新句苦，窺沼醉顏酡[一]。萬慮從相擬，今朝欲奈何④。

〔一〕醉顏酡　見第一卷。

白　髭

到處逢人求至藥，幾回染了又成絲。素絲易染髭難染，墨翟[一]當時合笑髭。默云："笑"字妙。"絲易染"可哭，"髭難染"應笑，今改"哭"，非。○笑，宋本作"泣"。

〔一〕墨翟　《淮南子》：墨子見練絲而泣之，爲其可以黃，可以黑。

戴司顏 二首

《唐詩紀事》：司顏登大順進士第。

---

① 紀昀評：此首以鳧鷖相狎暗點獨遊。

② 紀昀評：蟬聯而下是子建《贈白馬王》格。

③ 紀昀評：此首以倍憶同袍明點獨遊。

④ 紀昀評：此首暢發獨遊之意。　三首皆略近武功，然閒雅無粗俗之氣，則非武功所及。

江上雨

非不欲前去，此情非自由。星辰照何處，風雨送凉秋。寒鎖空江夢，聲隨黃葉愁。蕭蕭猶未已，早晚出蘋洲〔一〕。

〔一〕蘋洲　《詩律武庫》：白蘋洲在吳州吳興，前輩稱賞之地。

塞　上

空蹟畫蒼茫，默云：塞上。沙腥古戰場。逢春多霰雪，生計在牛羊。冷角吹鄉淚，乾榆〔一〕落夢牀〔二〕。從來山水客，誰謂到漁陽〔三〕。

〔一〕乾榆　《齊民要術》：崔寔曰：“二月，榆莢成，及青收，乾以爲旨蓄。色變白，將落，可作督齝。督，音牟。齝，音頭，榆醬。

〔二〕夢牀　《淮南子》：行者思於道，而居者夢于牀。

〔三〕漁陽　見前。

沈　彬 一首

《全唐詩話》：彬字子文，高安人也。天性狂逸，好神仙之事。少孤，西游，以三舉爲約。常夢着錦衣，貼月而飛，識者言：雖有虛名，不入月矣。乾符中，值駕遷三峯，四方多事，南游嶺表，二十餘年，回吳中。江南偽命吏部郎中，致仕。

秋　日

秋含砧杵搗斜陽，笛引西風顥氣凉。薜荔惹煙籠蟋蟀，默云：秋。芰荷翻雨潑鴛鴦。當年酒賤何妨醉，今日時難不易狂。腸斷舊遊從一別，潘安惆悵滿頭霜〔一〕。

〔一〕潘安　名岳。滿頭霜，見第七卷“閒居白頭”注。

李　賀 一首

《唐書》：李賀，字長吉，七歲能辭章。爲人纖瘦，通眉，能疾書。每旦日出，騎馬，從小奚奴，背古錦囊，所得書投囊中，未始先立題然後爲詩，及暮歸，足成之。母使婢探囊中，見所書多，即怒曰：”是兒要嘔出心乃已耳！”以父名晉肅，不肯舉進士。樂府數十篇，雲韶諸工，皆合之絃管。爲協律郎，卒，年二十七。

鈍吟云：李長吉只一首，又是五言。

七　夕

別浦今朝暗，羅帷午夜〔一〕愁。鵲〔二〕辭穿線月〔三〕，<small>鈍云：瑩秀。</small>花入曝衣樓〔四〕。天上分金鏡〔五〕，人間望玉鈎〔六〕。錢塘蘇小〔七〕小，更值一年秋。

〔一〕午夜　見第三卷“子夜歌”注。

〔二〕鵲　鵲向天上填橋，故辭而去。

〔三〕穿線月　見第二卷“七夕針”注。

〔四〕曝衣樓　崔寔《四民月令》：“七月七日，曝經書及衣裳。”《景龍記》：太液池西，有漢武帝曝衣樓，常至七月七日，宮女出后衣，登樓曝之。

〔五〕分金鏡　古樂府：“藁砧今何在，山上復有山。何日大刀頭，破鏡飛上天。”劉憲詩：“星暉幸得承金鏡。”

〔六〕玉鈎　言七夕之月，如玉鈎也。見第六卷。

〔七〕蘇小　《侍兒小名録拾遺》：本朝賢良馬樗，嘗夢一美人謂曰：“妾幼以姿色名冠天下，而身無所依，輒有小詞浣瀆，其詞有“妾本錢塘江上住”之句。及後得錢塘幕官，而蘇小墓乃見公宇之後。按此可見蘇小情多，地下亦悲秋也。

嚴　維<small>一首</small>

《全唐詩話》：維字正文，越州人，與劉長卿善。按：維曾作越之諸暨尉及河南尉，終校書郎。

秋夜船行

扁舟時屬暝，月上有餘輝。海燕〔一〕秋還去①，漁人夜不歸。中流何寂寂，孤棹也依依。一點前村火，<small>歌云：夜。</small>誰家未掩扉？

────────────

① “燕”字下，紀昀注：燕不夜飛，應是“雁”字之訛。

〔一〕海燕　王維賦：海燕呈祥。

韓　翃 —首

《唐書》：韓翃字君平，南陽人。侯希逸表佐淄青幕府，府罷，十年不出。李勉在宣武辟之，俄以駕部郎中知制誥。時有兩韓翃，其一爲刺史。宰相請孰與，德宗曰：“與詩人韓翃。”終中書舍人。

寒　食

見第三卷。

春城無處不飛花①，寒食東風御柳斜。日暮漢宮傳蠟燭〔一〕，青煙散入五侯〔二〕家②。

〔一〕傳蠟燭　《三體詩》注：燭所以傳火，元稹所謂“特勅宮中許燃燭”是也。詳見三卷“清明火”注。

〔二〕五侯　《後漢·宦者傳》：桓帝封單超新豐侯、徐璜武原侯、具瑗東陽侯、左悺上蔡侯、唐衡汝陽侯，五人同日封，故世謂之“五侯”。自是權歸宦官。圓至云：唐自肅、代以來，宦者權盛，政之衰亂，猶漢矣。蓋漢桓帝同日封五宦爲侯，此詩刺之也。

熊　皎 —首

《晚唐詩鈔》：學詩于陳沆，自稱九華山人。有《南金集》。

早　梅

江南近臘時，已亞雪中枝。一夜欲開盡，百花猶未知。人情皆共惜，天意不教遲。莫訝無濃艷，芳筵正好吹。

---

① “飛”字下，紀昀注：原作“開花”。考本集改“飛”字活，“開”字死。

② 紀昀評：言外寓貧賤之感興，龍標“昨夜風開露井桃”一首，同一運意。

張　喬三首　再見。

楊花落

北斗南回〔一〕春物老，紅英落花綠尚早。韶風澹蕩無所依，偏惜垂楊作春好。此時可憐楊柳花，縈盈艷曳滿人家。人家女兒出羅幕，净掃玉除〔二〕看花落。寶環纖手〔三〕捧更飛，翠羽輕裙〔四〕承不着。歷歷瑶琴舞袖陳，飛紅拂黛憐玉人。東園桃李芳已歇，猶有楊花嬌暮春。

〔一〕北斗南回　《鶡冠子》：斗柄東指，天下皆春；斗柄南指，天下皆夏；斗柄西指，天下皆秋；斗柄北指，天下皆冬。暮春，則斗柄將自東轉而指南矣。《月令》："星回于天。"

〔二〕玉除　曹植詩：凝霜依玉除。

〔三〕寶環纖手　《五經要義》：古者后妃羣妾御于君所，當御者以銀鐶進之，娠則以金環退之。進者着右手，退者着左手，本三代之制，即今之戒指也。隋丁六娘詩："欲呈纖纖手，從郎索指環。"

〔四〕翠羽輕裙　以翡翠鳥羽爲裙也。王融散曲云："輕裙中山麗。"

送友人歸宜春

《唐·地理志》：江南道袁州宜春郡宜春縣，有宜春泉，醖酒入貢。

落花兼柳絮，無處不紛紛①。遠道空歸去②，流鶯獨自聞。默云：歸。野橋喧碓水〔一〕，山郭入樓雲。故里南陵〔二〕曲，秋期更送君。

〔一〕碓水　白居易詩：雲碓無人水自春。

〔二〕南陵　圓至云：南陵屬宣州，喬初隱九華，後寓居長安延興門外。意謂我亦思歸故里，況值送君乎？

送進士許棠

《唐詩紀事》：棠字文化，宣州涇縣人。登咸通十二年進士第。有《洞庭》

---

① "無處不紛紛"下，紀昀評：起筆有興象。

② "遠道空歸去"下，紀昀評：觀末句"秋期更送"及此句"空"字，其友蓋下第而歸。

詩爲工，時號“許洞庭”。《洞庭》詩有“四顧疑無地，中流忽有山”之句，人以題扇。

離鄉積歲年，歸路遠依然。夜火山頭市，_{鈍云：名句，亦新。}春江樹杪船。干戈愁鬢改，瘴癘喜家全。何處營甘旨，潮濤浸薄田。

陳　陶_{一首}

馬令《南唐書》：陶世居嶺表，以儒業名家。陶挾册長安，聲詩曆象，無不精究，常以台鉉之器自負。昇元中，至南昌，將詣建康，聞宋齊邱秉政，自料不合，乃築室西山，日以詩酒爲事。開寶中，嘗見一叟與老嫗貨藥於市，獲錢即市鮓對飲，旁若無人。既醉，行舞而歌，疑爲陶之夫婦云。

寄兵部任畹郎中①

陳陶本傳：陶少與水部員外郎任畹相善，嘗以詩貽之，云云。《唐詩紀事》：畹登元和十年進士第，歷官臺省。

常思劍浦[一]別清塵，荳蔻[二]花紅十二春。崑玉[三]已成廊廟器，澗松猶是薜蘿身[四]。雖同橘柚[五]依南土，終仰魁罡[六]近北辰[七]。好向昌時薦遺逸，_{默云：寄。}莫教千古弔靈均[八]。

[一]劍浦　《寰宇記》：南劍州劍浦郡，今理劍浦縣。按《晋書》云：延平津，昔寶劍化龍之地。唐置延平爲軍。

[二]荳蔻　見第四卷。

[三]崑玉　《書》：“火炎崑岡，玉石俱焚。”傳：崑山出玉。

[四]薜蘿身　《九歌》：“若有人兮山之阿，被薜荔兮帶女蘿。”《詩》：“蔦與女蘿，施于松上。”

[五]橘柚　《禹貢》：“厥包橘柚錫貢。”傳：小曰橘，大曰柚。

[六]魁罡　丁靜山云：《史記·天官書》“魁枕參首”注：魁，北斗第一星也。《唐書·李泌傳》：德宗除巫祝，宣政廊壞，太卜言：“孟冬魁罡，不可營繕。”帝曰：“春秋啓塞從時，何魁罡爲？”

[七]北辰　《爾雅》“北極謂之北辰”注：北極，天之中，以正四時。

[八]靈均　屈原。《離騷》：“名余曰正則兮，字余曰靈均。”

---

① 此詩作於唐會昌年間，乃唐末詩人陳陶之作，非南唐陳陶也。《補注》誤引馬令《南唐書》，而於兩陳陶事失考。參見陶敏《全唐詩人名彙考》、劉文宙《晚唐陶詩歌論稿》。

張　謂一首

謂字正言。《唐詩紀事》：謂登天寶二年進士第，奉使長沙，嘗作《長沙風土記》。大曆間，爲禮部侍郎。

杜侍御送貢物戲贈

銅柱〔一〕朱崖〔二〕道路難，伏波〔三〕橫海〔四〕舊登壇〔五〕。越人自貢珊瑚樹〔六〕，戲云：戲贈。滿使何勞獬豸〔七〕冠。疲馬〔八〕山中愁日晚，孤舟江上畏春寒。由來此貨稱難得〔九〕，多恐君王不忍看①。

〔一〕銅柱　《廣州記》：馬援到交趾，立銅柱，爲漢之極界。

〔二〕朱崖　《唐·地理志》：嶺南道崖州珠崖郡。

〔三〕伏波　《漢書·兩粵傳》：路博德爲伏波將軍。《後漢書》：援拜伏波將軍，南擊交趾。

〔四〕橫海　《漢書·韓王信傳》：韓說以待詔爲橫海將軍，擊破東越，封按道侯。

〔五〕登壇　袁宏《三國名臣贊》：登壇受譏。

〔六〕珊瑚樹　《三輔黃圖》：積草池中有珊瑚樹，南越王趙佗所獻，號爲絳火樹。

〔七〕獬豸　見第一卷。

〔八〕疲馬　鮑照詩：疲馬戀君軒。

〔九〕難得　《老子》：不貴難得之貨，使民不爲盜。

鄭　常一首

《唐詩紀事》：有《謫居漁陽至白沙阻雨題驛》詩及《送頭陀上人自廬山歸東溪》詩。

寄常逸人

羨君無外事，日與世情違。戲云：逸。地僻人難到，溪深鳥自飛②。儒衣荷〔一〕葉老，戲云：逸人。野飯藥苗肥。疇昔江湖意，而今憶共歸。"寄"字結，又不

---

① 紀昀評：題有"戲"字，故不嫌直遂。

② "溪深鳥自飛"下，紀昀評：對法好。

脫逸人。

〔一〕荷衣　《離騷》：製芰荷以爲衣。

崔　峒一首　再見。

題崇福寺禪師院

《歷代名畫録》：崇福寺在上都，武后題額，有牛昭、王陁子畫山水。

僧家競何事，掃地與焚香。清磬度山翠，閑雲來竹房。身心塵外遠，歲月坐中長。向晚禪堂閉，無人空夕陽。

李　洞一首　再見。

喜鸞公自蜀歸

禁院閉生臺〔一〕，尋師別緑槐。寺高猿看講，鐘動鳥知齋。掃石月盈箒，濾〔二〕泉花滿篩。歸來逢聖節，吟步上堯階〔三〕。

〔一〕生臺　丁静山云：生臺乃浮屠施食之處。袁桷詩"哀猿依講席，飢鳥下生臺"是也。

〔二〕濾　《玉篇》：濾，濾水也。唐白行簡有《濾水賦》：羅者，濾水具，用輕沙粗葛爲之，滓在上，水在下，則水潔清。

〔三〕堯階　《帝王世紀》：堯之階三尺，茅茨不剪。

李　端一首　再見。

巫山高 ①

《樂府古題要解》：《巫山高》，其詞大略言"江淮水深，無梁可度，臨水思

---

① 紀昀注：《巫山高》本漢鐃歌曲，齊、梁變爲五言，唐人諧以聲律，遂專用以詠神女，非其本也。其他如《驄馬行》《關山月》等，率皆此例。雖乖創始之意，亦可見樂府失傳，古人已不襲其貌，今人無事效顰。

歸”而已。若齊王融“想像巫山高”，梁范雲“巫山高不極”，雜以陽臺神女之事，無復遠望思歸之意也。

默庵云：四十字，累累如貫珠，泠泠如叩玉，初澄開寶而緊之，詩體如是[①]。

鈍吟云：名作。

巫山十二重[一]，皆在碧虛中。廻合雲藏日，霏微雨帶風[②]。猿聲寒度水，樹色暮連空。愁向高唐[二]去，千秋見楚宮。

〔一〕十二重　見第二卷“十二峰”注。

〔二〕高唐　見第三卷。

江　爲 一首

馬令《南唐書》[③]：江爲，建陽人。遊廬山白鹿洞，師事處士陳貺。居二十年，有風人之體。嘗吟《隋堤柳》云：“錦纜龍舟萬里來，醉鄉繁盛忽塵埃。空餘兩岸千株柳，雨葉風花作恨媒。”盛傳於時。

江　行

越信隔年稀，孤舟幾夢歸。月寒花露重，江晚水煙微。峯直帆相望，沙空鳥自飛。何時洞庭上，春雨滿蓑衣。

裴　度 一首

《唐書》：裴度字中立，河東聞喜人。貞元初，擢進士第。王師討蔡，以度視行營，詣軍，還奏攻取策，與帝意合，拜中書侍郎，同中書門下平章事。十二年，度身督戰。李愬夜入縣瓠城，縛吳元濟以報，度持節撫定其人，策勳封晉國公。

---

① “如是”下，紀昀評：緊字最確，然邊幅少狹亦在此。此自時會使然，究是不及開寶處。以爲詩體如是，則所見陋矣。

② “霏微雨帶風”下，紀昀評：用雲雨事無痕。

③ 書：原作“詩”，據光緒本及馬令《南唐書》卷一四改。

中書即事

《唐·百官志》：中書省中書令二人，正二品，掌佐天子執大政，而總判省事。

鈍吟云：氣魄宏厚，真大人君子之文。

有意效承平，無功益聖明。默云：非中書所稱①。灰心緣忍事，霜鬢爲論兵。道直身還在，恩深命轉輕。鹽梅〔一〕非擬議，葵藿〔二〕是平生。白日〔三〕長懸照，蒼蠅〔四〕謾發聲。即事。嵩陽〔五〕舊田地，終使謝歸耕②。

〔一〕鹽梅　《書》：若作和羹，爾惟鹽梅。

〔二〕葵藿　曹植表：葵藿之傾葉太陽，雖不回光，然向之者誠也。

〔三〕白日　指君。《唐書》本傳：寶慶二年，度請入朝，逢吉黨大懼，作僞謠以傾度。天子獨能明其誣，復使之輔政。

〔四〕蒼蠅　《埤雅》：“青蠅亂色，蒼蠅亂聲。”此指讒人。

〔五〕嵩陽　河南地名。《唐書》本傳：時閹豎擅威，天子擁虛器，搢紳道喪，度不復有經濟意，乃治第東都集賢里，沼石林叢，岑綠幽勝。午橋作別墅，具燠館涼臺，號綠野堂，激波其下。度野服蕭散，與居易、禹錫爲文章，把酒相歡，不問人間事。

陳上美一首

《唐詩紀事》：上美登開成進士第。

咸陽有懷

咸陽，見第三卷。

山連河水碧氛氳，瑞氣東移擁聖君。秦苑有花空笑日，漢陵無主自侵雲。古槐堤上鴉千囀，遠渚沙中鷺一羣。賴與淵明同把菊〔一〕，煙郊西望夕陽曛。

〔一〕淵明把菊　昭明太子《陶淵明傳》：淵明字元亮，或云潛，字淵明，尋陽柴桑人。少有高趣，九月九日，出宅邊菊叢中坐，久之滿手把菊。忽值王宏送酒

---

① 默云非中書所稱：原無，據垂雲堂本補。下“即事”同。

② 紀昀評：此等詩直是氣象不同，不以文字論。

至，即起就酌，醉而歸。

姚 合 七首

《唐詩紀事》：合，宰相崇曾孫。登元和進士第，調武功主簿，又爲富平萬年尉。寶應中，歷監察御史，户部外郎，出爲荆、杭二州刺史，爲給事中，陝、虢觀察使，終秘書監。

遊宣義池亭

春入池亭好，風光煖更鮮。尋芳行不困，逐勝坐還遷。細草亂如髮，幽禽鳴似弦。苔文翻古篆，石色學秋天。花落能漂酒，萍開解避船。暫來還差疾，久住合成仙。迸筍撑階起，垂藤壓樹偏。此生應借看，自計買無錢。默云：落句酸甚。

遊陽河岸

《廣輿記》：池州府貴池縣有陽河驛，未知是否。

終日遊山困，今朝始傍河。尋芳愁路盡，逢景畏人多。鳥語催沽酒[一]，魚來似聽歌[二]。默云：陽河岸。醉時眠石上，肢體自婆娑[三]。

[一]鳥催沽酒　見第一卷。

[二]魚似聽歌　杜甫詩：燈前往往大魚出，聽曲低昂如有求。

[三]婆娑　《詩》：市也婆娑。

窮邊詞二首

將軍作鎮古汧州[一]，水膩山春節氣柔。清夜滿城絲管散，行人不信是邊頭。

[一]汧州　《後漢書·光武傳》“進幸汧”注：縣名，屬右扶風，故城在今隴州汧源縣。

箭利弓調四鎮[一]兵，蕃人不敢近東行。沿邊千里渾無事，唯見平安

卷九　陳上美　姚合 / 389

火^{〔二〕}入城。

〔一〕四鎮　《唐書·龜茲傳》：徙安西都護于其都，統于闐、碎葉、疏勒，號
四鎮。

〔二〕平安火　鎮戍每日初夜放煙一炬，謂之平安火，見《唐六典》

寄王度

鈍吟云：詩意縱放，有狂態，可愛。

顚領王居士，默云：直起。顚狂不稱時。天公與貧病，時輩復輕欺。茅屋
隨年賃，盤餐逐日移。棄嫌官似夢，珍重酒如師。無竹栽蘆看，思山疊石
爲。靜窗留客話，古寺覓僧棋。瘦馬寒來死，羸童餓得癡。唯應留阮
籍^{〔一〕}，心事遠相知。

〔一〕阮籍　《晋書》：阮籍字嗣宗，陳留人也。容貌瓌傑，志氣宏放，傲然獨得，
任性不羈，而喜怒不形于色。

寄王玄伯

夜歸曉出滿衣塵，轉覺才名帶累身。莫覓舊來終日醉，世間杯酒屬
閑人。

聞　蟬

未秋吟便苦，半咽半隨風。禪客心應亂，默云：閒。愁人耳願聾。雨晴
煙樹裏，日晚古城中。遠思應難盡，誰當與我同。

楊　牢_{一首}

《唐詩紀事》：牢，宏農人。登大中二年進士第，最有詩名。

贈舍弟

秦雲蜀浪兩堪愁，爾養晨昏我遠憂。千里客心難寄夢，兩行鄉淚爲君

流。早驅風雨知龍聖，饑食魚蝦覺虎羞。袖裏鏌鋣〔一〕光似水，丈夫不合等閑休。

〔一〕鏌鋣 《吳越春秋》：干將作劍，陽曰干將，陰曰莫邪。陽作龜文，陰作漫理。

王昌齡 二首 再見。

塞上行

《樂府·塞上曲》，古征戍十五曲之一也。

秦時明月漢時關，默云：大約邊塞之截然爲兩界限，實始於秦，則塞上之月可稱秦時矣。原無深意，何不可解？萬里長征人未還。但使龍城〔一〕飛將〔二〕在，不教胡馬渡陰山〔三〕①。

〔一〕龍城 《史記》：歲正月，諸長小會單于庭祠。五月，大會籠城。《索隱》曰："《漢書》作'龍城'。"崔浩曰："西方胡皆事鬼神，故名大會處爲龍城。《後漢書》云：匈奴歲有三龍祠祭天神。"

〔二〕飛將 見第一卷。

〔三〕陰山 《漢書》：遼東外有陰山，東西千餘里，草木茂盛，多禽獸。單于依阻其中，治作弓矢。至孝武斥奪此地，築外城，設屯戍以守之。

少年行

走馬遠相尋，西樓下夕陰。結交期一劍，留意贈千金。高閣歌聲遠，重關柳色深。夜閑須盡醉，莫負百年心。

于 鵠 二首 再見。

送唐中丞入道②

杜氏《通典》：唐高宗即位，以國諱故，改持書御史爲御史中丞。

---

① 紀昀評：明人以爲唐絕第一，亦未見必然。
② 此詩《文苑英華》卷二七四題作《送唐大夫讓節度使歸山》。

年老功臣乞罷兵①，玉階匍匐進雙旌〔一〕。朱門鴛瓦〔二〕爲仙觀，白領狐裘〔三〕出帝城。侍婢休梳宮樣髻，閽童新改道家名。到時浸髮春泉裏，猶夢紅樓簫管聲。

〔一〕雙旌　見第五卷。

〔二〕鴛瓦　見第二卷。

〔三〕白狐裘　《晏子春秋》：景公被狐白之裘，坐堂側陛。

送宮人入道

十載吹簫入漢宮，看修水殿〔一〕種芙蓉。自傷白髮辭金屋，喜戴黃冠向雪峰〔二〕。解語老猿開曉户，引雛飛鶴下高松。定知別後宮中伴，遙聽緱山〔三〕半夜鐘〔四〕。

〔一〕水殿　《述異記》：漢武帝於昆明池中，作豫章水殿。

〔二〕雪峰　郝天挺曰：太白山有雪峰。

〔三〕緱山　見第四卷。

〔四〕半夜鐘　張繼詩：夜半鐘聲到客船。

白樂天有《上陽白髮人曲》注：天寶五載以後，楊妃專寵，後宮人無復進幸矣。六宮有美色者，輒置別所，上陽是其一也。貞元中，尚存焉。于鵠是大曆、貞元間詩人，此宮人應以積怨入道者，鵠親見其事而詠之，故多感愴之意。上陽是洛陽宮名，故落句用“緱山”，則“雪峯”亦不必粘然太白山。按《廣輿記》，嵩山東曰太室，西曰少室，有少林寺，在少室之北麓。後魏時，建講堂，後立雪亭，即惠可侍達磨，雪深至腰處也。“雪峰”或借用此。總之，雪峰非一所，不必拘也。

陳　羽一首　再見。

冬晚送友人使西蕃

驛使向天西，默云：使西蕃。巡羌復入氐〔一〕。玉關〔二〕晴有雪，默云：冬。砂

---

① 功臣：《文苑英華》卷二七四作“成功”。

磧〔三〕雨無泥。落淚軍中笛，驚眠塞上雞。逢春鄉思苦，萬里草萋萋。

〔一〕羌氐　《詩》：自彼氐羌。

〔二〕玉關　別見。

〔三〕砂磧　《北邊備對》：大漠，言沙磧廣莫，望之漠漠然也。漢以後史家變稱爲磧，磧者，沙積也，其義一也。

僧貫休三首

《全唐詩話》：姓姜氏，字德隱，婺州蘭溪人。與齊己齊名，有《西岳集》十卷，吳融爲之序。死于蜀。

野田黃雀行

王僧虔《技録》相和歌瑟調三十八曲，内有《野田黃雀行》。

高樹風多，吹爾巢落。深蒿葉煖，宜爾依泊。莫近鴉類，蛛網亦惡。飲野田之清水，食野田之黃粟。深花中睡，垏〔一〕土裏浴。如此即全，勝啄太倉之穀，而更穿人屋〔二〕。

〔一〕垏　音孛。《博雅》：塵也。

〔二〕穿屋　《詩》：誰謂雀無角，何以穿我屋？

夜夜曲

《樂府解題》：《夜夜曲》，傷獨處也。

蟪蛄〔一〕切切風騷騷，芙蓉噴香蟾蜍〔二〕高。孤煙耿耿征婦勞，更深撲落金錯刀〔三〕。

〔一〕蟪蛄　《楚辭》：“歲暮兮不自聊，蟪蛄鳴兮啾啾。”《莊子音義》：蟪蛄，即寒螿。

〔二〕蟾蜍　謂月，見第六卷“彩蟾”注。

〔三〕金錯刀　張衡《四愁詩》：美人贈我金錯刀。

行路難

見第二卷。

君不見山高海深人不測，古往今來轉清碧。淺近輕清莫與交，地卑只解生荊棘。誰道黃金如糞土，張耳陳餘[一]斷消息。行路難，行路難，君自看。

[一] 張耳陳餘　《史記》：張耳、陳餘始居約時，相然信以死，豈顧問哉。及據國爭權，卒相滅亡。何向者相慕用之誠，後相背之戾也！豈非以利哉？

僧尚顏二首

《唐詩紀事》：僧虛中遊瀟湘山水，與齊己、尚顏、栖蟾爲詩友。按：尚顏有《懷陸龜蒙處士》《寄方干處士》《送陸肱入關》《寄劉逸士》《寄陳陶處士》數詩，所交皆一時名士。

秋夜吟

梧桐雨畔夜秋吟，斗藪[一]衣裾蘚色侵。枉道一生無繫着，湘南山水別人尋。

[一] 斗藪　《方言》郭注：謂斗藪舉索物也。《唐韻》：抖擻，舉也。

贈村公

袖衣木突[一]此鄉尊，白盡鬚眉眼未昏。醉舞神筵隨鼓笛，閑歌聖代和兒孫。黍苗一頃垂秋日，茅棟三間映古原。也笑長安名利處，紅塵半是馬蹄翻。

[一] 袖衣木突　丁靜山云："袖衣"難解，或是"褒"字之譌。"褒"與"褎"，形易淆也。"木突"亦未知何物。林逋詩："乘興醉來拖木突，翠苔蒼蘚石磷磷。"當是杖頭。

僧護國一首

《唐詩紀事》[①]：護國，江南人。攻詞。

---

① 詩：原作"時"，據《唐詩紀事》卷七四改。

許州趙使君孩子

《唐·地理志》：河南道許州潁川郡。

毛骨貴天生，肌膚片玉明。見人空解笑，弄物不知名。國器嗟猶小，門風望益清。抱來芳樹下，時引鳳雛聲[一]。

[一]鳳雛聲 《洞冥記》：東方朔曰："臣游萬林之野，獲九色鳳雛。"何遜詩："寶瑟鳳雛聲。"

僧棲白二首

按：《唐詩紀事》有曹松《薦福贈白上人》詩、李洞《贈白上人》詩。及棲白卒，洞以詩哭之。

八月十五夜月

尋常三五夜，豈是不嬋娟？及至中秋半，還勝別夜圓。清光凝有露，皓色爽無煙。自古人皆望，鈍云：好結。年來復一年。

哭劉得仁

見第七卷。

爲愛詩名吟到此，風魂雪魄去難招。直教桂子落墳土，生得一枝冤始銷。

僧無可二首

《經籍考》：唐僧賈無可，島弟也。

金州陪姚員外遊南池

《唐·地理志》：山南道金州漢陰郡，天寶元年曰安康郡，至德二載更名。

柳暗清波漲，_{默云：南池。}衝萍復漱苔。張筵白鳥下，掃岸使君來。洲島秋應没，荷花晚盡開。高城吹角絶，_{遊。}驪馭尚徘徊。

夏日送田中丞赴蔡州

河南道蔡州汝南郡，本豫州，寶應元年更名，見《唐·地理志》。

出守汝南城，應多戀闕情。地遥人久望，風起斾初行。楚廟[一]繁蟬斷，淮田[二]細雨生。賞心知有處，蔣宅古松[三]平。

[一]楚廟　《一統志》：楚王廟在信陽州北七十里。按：信陽州屬汝寧府，即唐蔡州。

[二]淮田　《一統志》：淮水出桐柏山，自西南來，東流入境，經碻山、信陽、息縣，入潁州界。淮田，淮水邊之田也。

[三]古松　李白詩：願學秋胡婦，貞心比古松。

僧清江一首

贈淮西賈兵馬使

《唐·百官志》：有前軍兵馬使、中軍兵馬使、後軍兵馬使。

破虜功成百戰場，天書親拜漢中郎。映門斾旆春風起，對客弦歌白日長。階下鬭雞花乍折，營南試馬柳初黃。猶來楚蜀多同調，感激逢君共異鄉。

僧法照一首

寄錢郎中

閉門深樹裏，閑足爲經過。馴馬不爲貴，一僧誰奈何。藥苗家自有，香飯[一]乞時多。寄語嬋娟客，將心向薜蘿。

[一]香飯　《詩律武庫》：維摩居士遣化菩薩往衆香國，禮彼佛足，言願得世尊所

食之餘，欲以婆娑世界施作佛事，于是香積如來，以眾香鉢盛飯與之。《智度論》：阿羅漢常入龍宮，食已，以鉢授與沙彌令洗。鉢中有殘飯數粒，沙彌嗅之大香，食之甚美。

僧太易二首

贈司空拾遺

《唐六典》"拾遺，從八品上"注：皇朝所置，言國家有遺事，拾而論之，故以名官。

侍臣何事辭雲陛，默云：拾遺。江上微吟見雪花。望閣未承丹鳳詔[一]，掩門空對楚人家。陳琳草奏[二]才還在，王粲登樓[三]興尚賒。高館更容塵外客，仍令歸路奉瑤華[四]。

[一]丹鳳詔　見第五卷。

[二]陳琳草奏　《三國志》：太祖以琳管記室，軍國書檄多所作。

[三]王粲登樓　《文選》有王仲宣《登樓賦》。

[四]瑤華　《海錄碎事》：謝玄暉詩"惠而能好我，問以瑤華音"，言遺我玉音，謂詩也。

宿天柱觀①

《名勝志》：大滌山在杭州府餘杭縣西南，兩旁崖石，委曲夾道，中一石若柱倒懸。唐宏道元年，有潘先生者，建天柱觀於洞下，禁樵採，爲長生林。

石室初投宿，仙翁喜暫容。花原隔水見，洞府過山逢。泉湧階前地，雲生戶外峰。中宵人自定，不是欲降龍[一]。

[一]降龍　《法苑珠林》：西方山中有池，毒龍居之。昔五百商人止宿池側，龍怒，汎殺商人。榮陀王學婆羅門呪，就池呪龍，龍悔過向王，王乃捨之。詩中"降龍"，乃借以言降伏其心，此心自定，非有意制之，高甚。

————————

① 此詩《中興間氣集》卷下題作《宿靈洞觀》，當爲道人靈一作，《唐四僧詩》卷二亦載靈一名下。此係抄《又玄集》致誤。

僧惟審一首

賦得聞黃鳥啼

《禽經》：倉鶊鵹黃，黃鳥也，亦曰楚雀，亦曰商庚。《世説》：戴融字仲若，春日攜雙柑斗酒，人問何之，答曰："往聽黃鸝聲。"此俗耳鍼砭，詩腸鼓吹。

捲簾清夢後，芳樹隱流鶯。隔葉傳春意，穿花送曉聲。未調雲路[一]翼，空負桂林[二]情。莫盡關關興，羈愁正厭生。

[一]雲路　李義山詩：雲路招邀廻彩鳳。

[二]桂林　《山海經》：桂林八樹，在番隅東。

僧滄浩一首

留別嘉興知己

《唐·地理志》：江南道蘇州吳郡嘉興縣，武德七年置。

一坐東林寺[一]，從來未下山。不因尋長者，無事到人間。宿雨愁爲客，寒禽散未還。空懷舊山月，童子誦經閑。

[一]東林寺　《蓮社高賢傳》：晋惠遠居廬山東林寺。

僧皎然二首

《唐詩紀事》：皎然姓謝，字清晝，吳興人，靈運十世孫，居杼山。顏真卿爲刺史，集文士撰《韻海》，皎然預其論著。貞元中，集賢院取其集藏之，于頔爲序。鈍吟云：大手自然不同①。

---

① "不同"下，紀昀評：唐詩僧以齊己爲第一，皎然名聲過之，實不及也。推爲大手，似未細看《白蓮集》。

訓崔御史見贈

買得東山⁽一⁾後，逢君小隱時。五湖⁽二⁾遊未足，柏樹⁽三⁾跡如遺①。儒服何妨道，禪心不廢詩。一從居士説，長破小乘⁽四⁾疑②。

〔一〕東山　《廣輿記》：東山在臨安，相傳謝安高卧東山，即此。《晉書》云：安坐石室，臨濬谷，悠然歎曰："此與伯夷何遠？"

〔二〕五湖　見第一卷。

〔三〕柏樹　見第一卷"烏府"注。

〔四〕小乘　丁静山云：《滄浪詩話》："禪家者流，乘有大小，宗有南北，道有邪正。學者須從最上乘，具正法眼，悟第一義。若小乘禪，聲聞辟支果，皆非也。"

尋陸鴻漸不遇

《唐國史補》：陸羽字鴻漸，有文學，多意思，恥一物不盡其妙。茶術尤著于江湖，稱"竟陵子"；於南越，稱"桑苧翁"。

移家雖帶郭，默云：尋。野徑入桑麻。近種籬邊菊，秋來未著花。叩門無犬吠，不遇。欲去問西家。報道山中去，歸來每日斜。

僧無本二首

無本，即賈島也。見第一卷。

行次漢上

《廣輿記》：襄陽府漢江，源出隴西嶓冢山，經均州光化，至府城北，有漢江驛。

習家池沼⁽一⁾草萋萋，嵐樹光中信馬蹄。漢主廟⁽二⁾前湘水⁽三⁾碧，一聲風角夕陽低。

---

① "柏樹跡如遺"下，紀昀評：五湖、柏樹，借對法。

② 紀昀評：清而不薄。　已開宋格。

〔一〕**習家池沼**　《水經注》：侍中襄陽侯習郁，魚池中起釣臺①，池北亭，郁墓所也。列植松篁於池側沔水上，郁所居也。又逗引大池水於宅北，作小魚池，楸竹夾植，蓮芡覆水，是遊宴之名處也。山季倫之鎮襄陽，每臨此池，未嘗不大醉，恒言："此是我高陽池。"

〔二〕**漢主廟**　《水經注》：漢元帝分白水、上唐二鄉爲春陵縣。光武即帝位，改爲章陵縣，置園廟焉。

〔三〕**湘水**　《廣輿記》：襄陽府南極湖、湘，北控關、洛。

馬　嵬

見第六卷。

長川幾處樹青青，孤驛危樓對翠屏〔一〕。一自上皇惆悵後，至今來往馬蹄腥。

〔一〕**翠屏**　《詩律武庫》：唐羊元居山，當戶峰奇秀，每據筇床，終日嘯傲，或偃卧看山。客至，則語曰："此翠屏宜晚對，爽人心目。"故顏魯公名其所居爲"翠屏"。

---

① 魚：原作"漁"，據《水經注》卷二八改。

才調集補注卷十

古律雜歌詩一百首

張夫人 二首

戶部侍郎吉中孚妻。

拜新月

《教坊記》曲名有《拜新月》。

拜新月，拜月出堂前。暗魄[一]初籠桂[二]，虛弓未引弦[三]。拜新月，拜月粧樓上。鸞鏡[四]始安臺[五]，蛾眉[六]已相向。拜月不勝情，庭花風露清。月臨人自老，人望月長生。東家阿母亦拜月，一拜一悲聲斷絕。昔年拜月騁容輝，如今拜月雙淚垂。回看衆女拜新月，却憶紅閨年少時。

[一] 暗魄　《易乾鑿度》：月三日成魄，八日成光。

[二] 桂　見第九卷。

[三] 未引弦　《詩》"如月之恒"注：恒，弦也。月上弦而就盈，此初月則未引弦也。

[四] 鸞鏡　見第二卷"鸞不住"注。

[五] 安臺　梁簡文帝詩：雪花無有蔕，冰鏡不安臺。

[六] 蛾眉　鮑照詩：始出西南樓，纖纖如玉鈎。末映東北墀，娟娟似蛾眉。

拾得韋氏花鈿以詩寄贈

庾肩吾樂府：小婦多妖艷，花鈿繁石榴。

今朝粧閣前，拾得舊花鈿。鈍云：八句直下。粉污痕猶在，塵侵色尚鮮。曾經纖手裏，帖向翠眉邊[一]。能助千金笑[二]，如何忍棄捐？

〔一〕帖眉邊　《續幽怪録》：韋固旅次宋城，遇異人檢書，因問囊中赤繩，答曰："以繫夫婦足，雖仇家異域，此繩繫不可易。君妻乃此店北賣菜陳姬之女。"固見抱二歲女陋，刺女于稠人中，傷眉間。後十四年，參相州軍事，王泰妻以次女，容貌端麗，眉間常帖花鈿。逼問之，曰："妾，郡守之猶子。父卒于宋城，幼時乳母抱以鬻菜，爲賊所刺，痕尚在。"宋城宰聞之，名其店曰"定昏店"。

〔二〕千金笑　徐賢妃《粧殿答太宗》詩：千金始一笑，一召詎能來。

劉　媛一首

長門怨

《樂府正聲》相和歌楚調十曲，有《長門怨》，亦曰《阿嬌怨》。

雨滴梧桐秋夜長，愁心和雨到昭陽。淚痕不學君恩斷，拭却千行更萬行。

女道士李冶九首①

字季蘭。《唐詩紀事》：季蘭五六歲，其父抱於庭，作詩詠薔薇云："經時未架却，心緒亂縱橫。"父恚曰："此必爲失行婦也。"後竟如其言。劉長卿謂季蘭爲女中詩豪。

從蕭叔子聽彈琴賦得三峽流泉歌

《琴曲譜録》有《三峽流泉操》。按：此伯牙製。《龍女傳》：甄后曰："妾爲袁家新婦時，性好鼓琴，每彈至《悲風》及《三峽流泉》，未嘗不盡夕而止。

妾家本住巫山〔一〕雲，巫山流泉常自聞。玉琴彈出轉寥夐，真是當時夢裏聽。三峽〔二〕迢迢幾千里，一時流入幽閨裏。巨石崩崖指下生，飛泉走浪弦中起。切疑憤怒含雷風，又似嗚咽流不通。廻湍曲瀨勢將盡，時復滴瀝〔三〕平沙中。憶昔阮公〔四〕爲此曲，能使仲容〔五〕聽不足。一彈既罷復一彈，願作流泉鎮相續。

①　紀昀評：唐女子詩，無出季蘭右者，高處欲出大曆上。

〔一〕巫山　《漢書》注：巫山在南郡巫縣。

〔二〕三峽　《寰宇記》：三峽者，即明月峽、巫山峽、廣遂峽。其有瞿唐、艷預、鷰子、屏風之類，皆不預三峽之數。

〔三〕滴瀝　《説文》：滴瀝，水下滴瀝也。

〔四〕阮公　《晉書・阮籍傳》：籍好莊老，嗜酒能嘯，善彈琴。

〔五〕仲容　《阮咸傳》：咸字仲容，與叔父籍爲竹林之游。荀勗每與咸論音律，自以爲遠不及也。

送閻伯均往江州

江州，見第六卷“九江”注。

相招折楊柳，默云：送。別恨轉依依。萬里西江水，孤舟何處歸。默云：江州。溢城〔一〕潮不到，夏口〔二〕信應稀。唯有隨陽雁〔三〕，年年來去飛。

〔一〕溢城　《唐・地理志》：江州潯陽縣，本溢城。圓至云：潮至潯陽而回。

〔二〕夏口　見第一卷。

〔三〕隨陽雁　《尚書》：“彭蠡既豬，陽鳥攸居。”蔡傳：陽鳥，隨陽之鳥，謂雁也。今唯彭蠡洲渚之間，千百爲羣。《唐・地理志》：潯陽縣有彭蠡湖。

相思怨

人道海水深，不抵相思半。海水尚有涯，相思眇無畔。携琴上酒樓，樓虛月華滿。彈著相思曲〔一〕，弦腸一時斷。

〔一〕相思曲　《懊儂歌》：晉石崇妾綠珠所作也。宋少帝廣爲新聲三十六曲，齊太祖謂之《中朝散》，梁武帝敕法雲改爲《相思曲》，見《選詩拾遺》。

感　興

朝雲暮雨鎮相隨，去雁來人有返期。玉枕〔一〕秖知長下淚，銀燈〔二〕空照不眠時。仰看明月翻含意，俯昒流波欲寄詞。却憶初聞鳳樓曲〔三〕，教人寂寞復相思。

〔一〕玉枕　《拾遺記》：魏明帝檢寶庫中，得一玉虎頭枕，其頷下有篆書云：“帝辛之枕。”嘗與妲己同枕之，是殷時遺物也。

〔二〕銀燈　《東宮舊事》：太子納妃，有金塗四尺長燈，銀塗二尺連盤燈。

〔三〕鳳樓曲　《教坊記》曲名有《鳳樓春》。

恩命追入留別廣陵故人

《唐·地理志》：淮南道揚州廣陵郡大都府，本南兗州江都郡，武德七年曰刊州，九年更置揚州。天寶元年更郡名。

無才多病分龍鍾〔一〕，不料虛名達九重。仰愧彈冠〔二〕上華髮，多慚拂鏡理衰容。馳心北闕隨芳草，極目南山望舊峰。桂樹〔三〕不能留野客，沙鷗〔四〕出浦謾相逢。

〔一〕龍鍾　詳見第七卷。

〔二〕彈冠　《漢書》：王吉與貢禹爲友，世稱“王陽在位，貢禹彈冠”。

〔三〕桂樹　劉安《招隱士》：“桂樹叢生兮山之幽，偃蹇連卷兮枝相繚。”結云：“王孫兮歸來，山中兮不可以久留。”

〔四〕沙鷗　《列子》：海上之人有好鷗者，每旦之海上，從鷗鳥游，鷗鳥之至者百數。

八　至

至近至遠東西，至深至淺清谿。至高至明日月，至親至疏夫妻。

送閻二十六赴剡縣

江南道越州有剡縣，見《唐·地理志》。

流水閶門〔一〕外，孤舟日復西。離情遍芳草，無處不淒淒。妾夢經吳苑〔二〕，君行到剡溪。歸來重相訪，莫學阮郎迷〔三〕。

〔一〕閶門　《吳地記》：閶門亦號破楚門。吳伐楚，大軍從此門出。

〔二〕吳苑　《吳地記》：長州縣，貞觀七年，分吳縣界，以苑爲名，地名茂苑。

〔三〕阮郎迷　《幽明錄》：阮肇，剡縣人，與劉晨共入天台山。事詳第四卷“大游仙”注。《教坊記》曲名有《阮郎迷》。

寄朱放

望遠試登山，山高湖又闊。相思無曉夕，相望經年月。鬱鬱山木春，綿綿野花發。別後無限情，相逢一時説。

得閻伯均書

　　情來對鏡懶梳頭，暮雨蕭蕭庭樹秋。莫怪闌干〔一〕垂玉箸〔二〕，只緣惆
悵對銀鈎〔三〕。

　　〔一〕闌干　　見第八卷。
　　〔二〕玉箸　　《記事珠》：鮫人之淚，圓者成明珠，長者成玉箸。
　　〔三〕銀鈎　　《晋書》：索靖《草書狀》曰：“婉若銀鈎，漂若驚鸞。”

劉　雲二首

有所思

　　　　《玉臺新詠》有沈約《有所思》。

　　朝亦有所思，暮亦有所思。登樓望君處，靄靄蕭關〔一〕道。掩淚向浮
雲，誰知妾懷抱。玉井〔二〕蒼苔春院深，桐花落盡無人掃。

　　〔一〕蕭關　　見第四卷。
　　〔二〕玉井　　《伽藍記》：河間王琛置玉井金幹，以五色續爲繩。

婕妤怨

　　《樂府古題要解》：《婕妤怨》，爲漢成帝班婕妤作也。婕妤美而能文，
初爲帝所寵愛，後幸趙飛燕姊娣，冠於後宫。婕妤自知恩薄，懼得罪，求
供養太后於長信宫，因爲賦及《紈扇》詩以自傷。後人傷之，爲《婕妤
怨》。

　　君恩不可見，妾豈如秋扇。秋扇尚有時，妾身永微賤。莫言朝花不復
落，嬌容幾奪昭陽〔一〕殿。

　　〔一〕昭陽　　見第六卷。

鮑君徽一首

《彤管新編》：鮑君徽，字文姬。

惜花吟

　　枝上花，花下人，可憐顏色俱青春。昨日看花花灼灼，今日看花花欲落。不如盡此花下歡，莫待春風總吹却。鶯歌蝶舞韶景長，□煙煮茗松花香。粧成曲罷恣遊樂，獨把花枝歸洞房。"煙"字上原缺一字，汲古閣作"紅爐煨茗松花香"。

崔仲容二首

贈所思

　　所居幸接隣，相見不相親。一似雲間月，何殊鏡裏人。丹成空有恨，腸斷不禁春。願作梁間燕，無由變此身。

贈歌姬

　　水翦雙眸〔一〕霧翦衣〔二〕，當筵一曲媚春暉。瀟湘夜瑟〔三〕怨猶在，巫峽曉雲〔四〕愁不晞。皓齒〔五〕乍分寒玉〔六〕細，黛眉輕蹙遠山〔七〕微。渭陽朝雨休重唱，滿眼陽關客未歸。

　　〔一〕水翦雙眸　白居易詩：雙眸翦秋水，十指剥春葱。
　　〔二〕霧翦衣　《神女賦》："動霧縠以徐步兮，拂墀聲之珊珊。"注：縠，今之輕紗，薄如霧也。
　　〔三〕瀟湘瑟　見第三卷。
　　〔四〕巫峽雲　見第一卷。
　　〔五〕皓齒　枚乘《七發》：皓齒蛾眉。
　　〔六〕寒玉　昭明太子《七契》：啓玉齒而安歌。

〔七〕遠山　見第六卷“山黛”注。

張文姬二首

鮑參軍妻。

溪上雲

溶溶溪口雲，纔向溪中吐。不復歸溪中，還作溪中雨①。

沙上鷺

沙頭一水禽，鼓翼揚清音。只待高風便，非無雲漢心。

女道士元淳二首

《名媛詩歸》云：洛中人。

寄洛中諸妹

舊國經年別，關河萬里思。題書憑雁翼，望月想蛾眉。白髮愁偏覺，歸心夢獨知。誰堪離亂處，掩淚向南枝〔一〕。

〔一〕南枝　《白帖》：大庾嶺上梅，南枝落，北枝開。

秦中春望

鳳樓春望好，宮闕一重重。上苑雨中樹，終南霽後峯。落花行處徧，佳氣晚來濃。喜見休明代，霓裳躡道蹤。

---

① 紀昀評：妙造自然。

蔣 蘊 二首

《唐詩紀事》：女郎蔣蘊，彥輔之孫。

贈鄭氏妹

艷陽灼灼〔一〕河洛神〔二〕，珠簾繡戶青樓春。能彈箜篌〔三〕弄纖指，愁殺門前少年子。笑開一面紅粉粧，東園幾樹桃花死。朝理曲，暮理曲，獨坐窗前一片玉。行也嬌，坐也嬌，見則令人魂魄消。堂前錦褥紅地鑪〔四〕，綠沉香榼〔五〕傾屠蘇〔六〕。解佩〔七〕時時歇歌管，芙蓉帳〔八〕裏蘭麝〔九〕滿。晚起羅衣香不斷，滅燭每嫌秋夜短。

〔一〕灼灼　《洛神賦》：遠而望之，皎若太陽升朝霞；迫而察之，灼若芙蕖出綠波。

〔二〕河洛神　《洛神賦》：覩一麗人于巖之畔，援御者而告之，曰："彼何人斯，若此之艷也？"御者對曰："臣聞河洛之神，名曰宓妃，君王所見，無乃是乎？"

〔三〕箜篌　杜氏《通典》：箜篌，漢武帝使樂人侯調所造，以祀太乙。或云侯暉所作。其聲坎坎應節，謂之坎侯，聲誤爲箜篌者，因樂工人姓耳。或謂師延靡靡之樂，非也。

〔四〕紅地鑪　鑪，酒盆。或作"爐"，火牀。岑參《玉門關蓋將軍歌》："暖屋繡簾紅地鑪。"

〔五〕綠沉榼　《續齊諧記》云：王敬伯夜見一女，命婢取酒，提一綠沉漆榼。綠沉，調綠漆之，其色深沉，故謂之"綠沉"。

〔六〕屠蘇　《廣雅》云：屠蘇，平屋也。唐孫思邈有屠蘇酒方，蓋取庵名以名酒。

〔七〕解佩　見第一卷。

〔八〕芙蓉帳　見第六卷。

〔九〕蘭麝　柳惲詩：淒淒合歡袖，苒苒蘭麝芬。

古 意

昨夜巫山雲，失却陽臺女。今朝粧閣前，鈍云：前，一作"中"。獨伴楚王語。

崔公達①一首

獨夜詞

晴天霜落寒風急，錦帳羅幃羞更入。秦箏〔一〕不復續斷絃，廻身掩淚挑燈立。

〔一〕秦箏　《舊唐書‧音樂志》：箏本秦聲也。相傳云，蒙恬所造，非也。制與瑟同，而弦少。曹植詩："秦箏何慷慨。"

女道士魚玄機九首

《北夢瑣言》：唐女道士魚玄機，字蕙蘭，甚有才思。咸通中，爲李億補闕執箕帚。後愛衰下山，隸咸宜觀爲女道士。以殺侍婢，爲京兆尹温璋所殺。有集行世。

隔漢江寄子安　六言

江南江北愁望，相思相憶空吟。鴛鴦煖臥沙浦，鸂鶒閑飛橘林。煙裏歌聲隱隱，渡頭月色沉沉。含情咫尺千里，況聽家家遠砧。

寓　言　六言

《莊子》"寓言十九"，郭注：寄之他人，則十言而九見信。

紅桃處處春色，碧柳家家月明。樓上新粧待夜，閨中獨坐含情。芙蓉葉下魚戲，蟙蝀〔一〕天邊雀聲。默云：蟙蝀，淫氣也。天有蟙蝀而聞雀聲，此境可想。今本改"雀"作"鶴"，何謂？人世悲歡一夢，如何得作雙成〔二〕？

〔一〕蟙蝀　蟙，一作"螮"。《詩》："蝃蝀在東，莫之敢指。"注：蝃蝀，虹也。日

---

① 達：《四部叢刊》本、垂雲堂本並作"達"，而《又玄集》《唐詩紀事》《唐詩品彙》等多作"達"，汲古閣本及《全唐詩》均作"遠"，而《吟窗雜録》卷三〇仍作"達"，並録其《遠意》《獨夜詞》《寄遠》諸作。

與雨交，倏然成質，似有血氣之類，乃陰陽之氣不當交而交者，蓋天地之滛氣也。

〔二〕雙成　見第三卷"雲和"注。

江陵愁望寄子安

《唐·地理志》：山南道江陵府江陵郡，本荆州南郡，天寶元年更郡名。

楓葉千枝復萬枝，江橋掩映暮帆遲。憶君心似西江水，日夜東流無歇時。

寄子安

按《北夢瑣言》，此詩係怨其故夫李億之作。

鈍吟云：名作。○領聯之妙，雖風人無以過之，不以人廢言可也。

醉別千巵不浣愁，離腸百結解無由。蕙蘭銷歇歸春圃，楊柳東西絆客舟。鈍云：二句托興，真詩人也。聚散已愁雲不定，恩情須學水長流。有花時節知難遇，未肯厭厭醉玉樓。

寄李億員外　一作"寄隣女"。

鈍吟云：太用意。

羞日障羅袖，愁春懶起粧。易求無價寶，難得有心郎。默云：名句。枕上潛垂淚，花間暗斷腸。自能窺宋玉〔一〕，何必恨王昌〔二〕。

〔一〕宋玉　見第六卷。

〔二〕王昌　見第五卷。

送別二首

層城〔一〕幾夜愜心期，不料仙鄉有別離。睡覺莫言雲去處，殘燈一盞野蛾〔二〕飛。

〔一〕層城　《淮南子》：崑崙有層城九重。

〔二〕野蛾　《古今注》：蛺蝶一名野蛾。

水柔逐器知難定，雲出無心肯再歸。惆悵春風楚江暮，鴛鴦一隻失群飛。

迎李近仁員外

今日喜時聞喜鵲〔一〕，昨宵燈下拜燈花〔二〕。焚香出户迎潘岳〔三〕，不羡牽牛織女〔四〕家。

〔一〕喜鵲　見第一卷。

〔二〕燈花　《西京雜記》：陸賈曰：“目瞤得酒食，燈火花得錢財，乾鵲噪而行人至，蜘蛛集而百事喜。故目瞤則呪之，火華則拜之，乾鵲噪則餧之，蜘蛛集則放之。”

〔三〕潘岳　見第二卷。

〔四〕牽牛織女　見第四卷。

賦得江邊樹

草色迷荒岸，煙姿入遠樓。葉鋪秋水面，花落釣人頭。根老藏魚窟，枝低繫客舟。蕭蕭風雨夜，驚夢復添愁。

張窈窕二首

　　張窈窕，一作姜窈窕。《瑯環記》本傳：張叔良，大曆中，與姜窈窕相悦。姜贈以鬢髮，藏於枕傍，蘭膏芳烈，因寄以詩云：“几上博山静不焚，匡床愁卧對斜曛。犀梳寶鏡人何處，半枕蘭香空緑雲。”又姜思張，不得數見，藏其指甲，著闍婆錦囊中，佩之裙帶，時私啓視，恍如握手。一日，覺錦囊差重，視之有物，若南蕃石榴子，私心異之。尋有老僧識其家有寶氣，借觀之，言：“藥中用一釐，便可延年起死，謂之純情舍利。反此爲想，便可升天。反想入無，便爲佛菩薩也。”又窈窕以相思子兩枚，書名其上，與叔良互藏一枚，謂之留情石。又作鴛鵲錦囊盛之，繡銘于上，曰：“兩心如石，萬載靡斁。”

寄故人

淡澹春風花落時，不堪愁坐更相思。無金可買《長門賦》，有恨空吟

《團扇》詩〔一〕。

〔一〕長門賦團扇詩 俱見第一卷。

春 思

《淮南子》"春女思，秋士悲"，高誘注："春女感陽則思，秋士見陰而悲。"
《姜窈窕傳》：窈窕《寄叔艮春思》詩云云，張于是愈不能忘情矣。

門前梅柳爛春輝，閉妾深閨繡舞衣。雙燕不知腸欲斷，銜泥〔一〕故故傍人飛。

〔一〕銜泥 梁庾肩吾詩：不及銜泥燕，從來相逐飛。

張 琰 二首

春詞二首

垂柳鳴黃鸝，關關若求友。春情不可耐，愁殺閨中婦。日暮登高樓，誰憐小垂手〔一〕。

〔一〕小垂手 《樂府雜錄》：舞者，樂之容也。有大垂手，小垂手，或如驚鴻，或如飛燕。

昨日桃花飛，今朝梨花吐。春色能幾時，那堪此愁緒。蕩子遊不歸，春來淚如雨。

趙 氏 二首

《名媛詩歸》注：貞元時人，善屬文辭。夫羔至孝，父死河北，母不知所之，羔終日憂號。趙勸夫求訪，後竟得其母。又不知其父墓處，求得其父墓於佛相柱下。後登貞元進士，終工部尚書，贈右僕射。

雜言寄杜羔

君從淮海〔一〕遊，再過蘭杜秋。歸來未須臾，又欲向梁州。梁州〔二〕秦嶺西〔三〕，棧道〔四〕與雲齊。羌蠻萬餘落，矛戟自高低。已念寡儔侶，復慮勞攀躋。丈夫重志氣，兒女空悲啼。臨邛〔五〕滯遊地，肯顧濁水泥〔六〕。人生賦命有厚薄，君但遨遊我寂寞。<small>歌云：收得然。</small>

〔一〕淮海　《禹貢》：淮海惟揚州。

〔二〕梁州　見第五卷。

〔三〕秦嶺西　按：陝西西安府有秦嶺，雍、梁接壤，故詩云“梁州秦嶺西”也。

〔四〕棧道　《通志》：棧道在褒斜谷中飛仙閣，即今武曲關北棧閣五十三間也，總名連雲棧。

〔五〕臨邛　《唐·地理志》：劍南道邛州臨邛郡，武德元年析雅州置，顯慶二年徙治臨邛。

〔六〕濁水泥　見第八卷“清路塵”注。

聞夫杜羔登第

長安此去無多地，鬱鬱忽忽佳氣浮。良人得意正年少，今夜醉眠何處樓。

程長文<small>三首</small>

書情上使君

妾家本住鄱陽曲〔一〕，一片真心比孤竹。當年二八盛容輝，紅綫草隸恰如飛。盡日閑窗刺繡罷，有時極浦採蓮歸。誰道居貧守都邑，幽閨寂寞無人入。海燕朝歸衾枕寒，山花夜落階墀濕。強暴之男何所爲，手持白刃向簾帷。一命任從刀下死，千金不受暗中欺。我心匪石情難轉，志奪秋霜意不移。血濺羅衣終不恨，瘡粘錦袖亦何辭。縣僚曾未知情緒，即便教人縶囹圄。朱脣滴瀝獨銜冤，玉筯〔二〕闌干〔三〕歎非所。十月寒更堪思人，一聞擊柝一傷神。高髻不梳雲已散，蛾眉罷掃月仍新。三尺〔四〕嚴章難可越，百年心事向誰說。但看洗雪出圓扉〔五〕，始信白珪〔六〕無玷缺。

〔一〕鄱陽曲　《唐·地理志》：江南道饒州鄱陽郡。又鄱陽湖，即《禹貢》彭蠡，跨豫章、饒州、南康三府之地。豫章，今南昌府。

〔二〕玉筯　見第一卷。

〔三〕闌干　見第八卷。

〔四〕三尺　《漢書》：客謂杜周曰：“君爲天下決平，不循三人法。”孟康曰：以三尺竹簡書法律也。

〔五〕圓扉　王融《三月三日曲水詩序》：鞠茂草於圓扉。

〔六〕白珪　《詩》：白珪之玷，尚可磨也。

銅雀臺怨

《樂府古題要解》：銅雀臺，魏武帝遺命，令其子曰：“吾婕好妓人，皆著銅雀臺中，于臺上施八尺繐帳，朝晡上酒脯粻糒之屬。每月朝十五，輒向帳作妓樂。汝等時時登銅雀臺，望吾西陵墓田。”後人悲其意，而爲之詠也。

君王去後行人絕，簫竽不響歌喉咽。雄劍〔一〕無威光彩沉，寶琴〔二〕零落金星〔三〕滅。玉階〔四〕寂寞墜秋露，月照當時歌舞處。當時歌舞人不迴，化爲今日西陵灰。

〔一〕雄劍　江淹《銅雀妓》：雄劍頓無光。

〔二〕寶琴　束晳《發蒙記》：琴以七寶飾之，名璠璵之樂。

〔三〕金星　丁静山云：謂琴徽。

〔四〕玉階　班婕妤《自傷賦》曰：華殿塵兮玉階苔。

春閨怨

綺陌〔一〕香飄柳如線，時光瞬息如流電。良人何處事功名，十載相思不相見〔二〕。

〔一〕綺陌　見第六卷。

〔二〕相思不相見　湘東王詩：花朝月夜動春心，誰忍相思不相見。

梁 瓊 三首

昭君怨

《琴操》：昭君，齊國王穰女，端正閑麗，年十七，獻之元帝。帝以其地遠，不之幸。積五六年後，單于遣使朝賀，帝宴之，盡召後宮，昭君乃盛餙而至。帝問："欲以一女賜單于，能者行。"昭君乃越席請行，時單于使在旁，帝驚恨不及。昭君至匈奴，單于大悦。昭君恨帝始不見遇，乃作怨思之歌。

自古無和親，貽災到妾身。朔風嘶去馬，漢月〔一〕出行輪。衣薄狼山雪〔二〕，粧成虜塞春〔三〕。迴看父母國，生死畢胡塵。

〔一〕漢月　張正見《明君詞》：塞樹暗胡塵，霜樓明漢月。

〔二〕狼山雪　陳後主《明君詞》：狼山聚雲暗，龍沙飛雪輕。

〔三〕虜塞春　孫逖詩①：美人天上落，龍塞始應春。

銅雀臺

歌扇〔一〕向陵開，齊行奠玉杯。舞時飛燕列，夢裏片雲來。月色空餘恨，松聲暮更哀。誰憐未死妾〔二〕，掩袂〔三〕下銅臺。

〔一〕歌扇　庾肩吾《賦得轉歌扇》詩：開紗映似月，蟬翼笙如空。迴持掩曲態，轉作送聲風。

〔二〕未死妾　即《左傳》息嬀所稱未亡人也。

〔三〕掩袂　劉孝綽《銅雀妓》云：誰言留客袂，翻掩望陵悲。

宿巫山寄遠人

巫山雲，巫山雨〔一〕，朝雲暮雨無定所。南峰忽暗北峯晴，空裏仙人語笑聲。曾侍荊王枕席〔二〕處，直至如今如有靈〔三〕。春風澹澹白雲閑，驚湍流水響千山。一夜此中對明月，憶得此中與君別。感物情懷如舊時，今君渺渺在天涯。曉看襟上淚流處，點點血痕猶在衣。

〔一〕巫山雲雨　見第三卷《謁巫山廟》注。

〔二〕荊王枕席　宋玉《高唐賦序》：昔者先王嘗遊高唐，夢一婦人曰："妾，巫山之女也，願薦枕席。"王因幸之。

〔三〕如有靈　《入蜀記》：過巫山凝真觀，謁妙用真人祠。真人即世所謂巫山神女也。十二峯者，惟神女峯最爲纖麗奇峭。祝史云："每八月十五夜月明，有絲竹之音，往來峯頂上，峯頂之猿皆鳴，達旦方漸止。"是日天宇晴霽，四顧無

---

① 孫逖：原作"遜狄"，據光緒本及《萬首唐人絕句詩》卷第二五、《全唐詩》卷一一八孫逖《同洛陽李少府觀永樂公主入蕃》改。

纖翳，惟神女峯上有白雲數片，如鸞鵠翔舞，徘徊久之不散，亦可異也。

廉 氏二首

《唐詩紀事》：女郎廉氏有《峽中即事》云："清秋三峽此中去，鳴鳥孤狖不可聞。一道水聲多亂石，四時天色少晴雲。日暮泛舟溪潊口，那堪夜永思氛氳。"

懷 遠

隙塵何微微，朝夕通其輝。人生各有託，君去獨不歸。青林有蟬響，赤日無鳥飛。徘徊東南望，雙淚空沾衣。

寄征人

淒淒北風吹鴛被〔一〕，娟娟西月生蛾眉〔二〕。誰知獨夜相思處，淚滴寒塘蕙草〔三〕時。

〔一〕鴛被　見第五卷。

〔二〕蛾眉　見前。

〔三〕蕙草　《南方草木狀》：蕙草，一名薰草，葉如麻，兩兩相對，氣如靡蕪，出南海。

薛 濤三首

濤字洪度，本長安良家女，父鄖，因官寓蜀。濤八九歲，知聲律。父卒母孀，養濤及笄，以詩聞外，又能掃眉塗粉，士俗不侔，客有竊與之燕語。時韋皋鎮蜀，召令侍酒賦詩，僚佐多士爲之改觀。期歲，皋議以校書郎奏請之護軍，不可而止。濤出入幕府，自皋至李德裕，凡歷事十一鎮，皆以詩名受知。卒年七十二。見《蜀牋譜》。

送友人

水國蒹葭〔一〕夜有霜，默云：名句。月寒山色共蒼蒼。誰言千里自今夕，離夢杳如關路長。

〔一〕蒹葭　《詩》：蒹葭蒼蒼，白露爲霜。

題竹郎廟

《華陽國志》：竹王，興于遯水。有一女子浣於水濱，有三節大竹流入女子足間，聞有兒聲，剖之得一男兒，長養有才武，遂雄夷狄，以竹爲姓。武帝開牂牁，斬竹王，夷濮訴竹王非血氣所生，求立後嗣。封其三子列侯，死，配食父祠。今竹王三郎神是也。

竹郎廟前多古木，夕陽沉沉山更綠。何處江村有笛聲，聲聲盡是迎郎曲。

柳絮詠

二月楊花輕復微，春風搖蕩惹人衣。他家本是無情物，一向南飛又北飛。

姚月華二首

《琅環記》：姚氏女月華，與楊子名達者相愛。月華少失母，隨父寓于揚子江。江上端午，有龍舟之戲。月華出游，達見其素腕褰簾，結五色絲跳脫，鬒髮如漆，玉鳳斜簪，巧笑美盼，容色艷異。達神魂飛蕩，然非敢望也。每日懷思，因製曲，序其邂逅，名曰《泛龍舟》。一日，月華見達《昭君怨》詩，愛其"匣中縱有菱花鏡，羞見單于照舊顏"語，情不能已，私命侍兒乞其舊稿。楊出于非望，樂不可言，立綴艷體詩，以致其情。自後遂各以尺牘往來，然終不易近。月華有寄達詩，題曰《古怨》云。

古怨二首①

春水悠悠春草綠，對此思君淚相續。羞將離恨向東風，理盡秦箏〔一〕不成曲。

---

① 二首：原作"云"，據垂雲堂本改。

〔一〕秦箏　見前。

與君形影分胡越，玉枕終年對離別。登臺北望煙雨深，廻身泣向寥天〔一〕月。

〔一〕寥天　見第七卷。

裴羽仙二首

原注：其夫征匈奴，輕行入，爲利鹿生擒帳下。自爾一往，音信斷絕。

邊將二首

羽仙夫裴悅征匈奴不歸，羽仙思慕悲切，賦邊將詩，以寫其意。

風捲平沙日欲曛，狼煙〔一〕遥認大羊羣。李陵〔二〕一戰無歸日，望斷胡天哭塞雲。宋本作“塵”。

〔一〕狼煙　《酉陽雜俎》：狼糞煙直上。烽火用之。

〔二〕李陵　《漢書》：李陵字少卿，少時爲侍中建章監。善射，愛人。降匈奴，爲右校王，病死。

良人平昔逐蕃渾〔一〕，力戰輕行出塞門。從此不歸成萬古，空留賤妾怨黄昏。

〔一〕蕃渾　丁静山云：蕃謂吐蕃，渾謂吐谷渾，詳《唐書·西戎》諸傳。

劉　瑶三首

暗別離

白居易有《潛別離》云：“不得哭，潛別離。不得語，暗相思，兩心之外無人知。深籠夜鏁獨棲鳥，利劍春斷連理枝。河水雖渾有清日，烏頭雖黑有白時。惟有潛離與暗別，彼此甘心無後期。”

槐花結子桐葉焦，單飛越鳥〔一〕啼青霄。翠軒〔二〕輾雲輕遥遥，燕脂淚迸紅線條。瑶草〔三〕歇芳心耿耿〔四〕，玉佩無聲畫屏冷〔五〕。朱弦暗斷〔六〕不見人，風動花枝月中影。青鸞〔七〕脉脉西飛去，海闊天高不知處。

〔一〕越鳥　古詩：越鳥巢南枝。

〔二〕翠軒　《左傳》：“歸夫人魚軒。”盧照隣詩：“遥遥翠幰没金堤。”

〔三〕瑶草　《別賦》：君結綬于千里，惜瑶草之徒芳。

〔四〕耿耿　《詩》：耿耿不寐。

〔五〕畫屏冷　杜牧之詩：銀燭秋光冷畫屏。

〔六〕朱弦暗斷　朱弦，見第六卷。《北史·馮淑妃傳》：周以淑妃賜代王達，甚嬖之。淑妃彈琵琶，因弦斷，作詩曰：“雖蒙今日寵，猶憶昔時憐。欲知心斷絶，應看膝上弦。”

〔七〕青鸞　《洽聞記》：後漢時，有鳥頭長五尺，雞首燕頷，備五色而多青，咸以爲鳳。太史令蔡衡曰：“此鳥多青，乃鸞非鳳也。”

古雅意曲

　　　　李有裴云：思而不滛，所以爲雅。

　　梧桐階下月團團，洞房如水秋夜闌。吴刀〔一〕翦破機頭錦，茱萸〔二〕花墜相思枕〔三〕。緑窗〔四〕寂寞背燈時，暗數寒更不成寢。

〔一〕吴刀　蕭子顯《燕歌行》：吴刀鄭縣絡。

〔二〕茱萸　《風土記》：“九月九日，折茱萸房以插頭。”《鄴中記》：“錦有大茱萸、小茱萸。”詩意言頭上茱萸墜枕，如以吴刀翦破茱萸錦也。

〔三〕相思枕　見第六卷。

〔四〕緑窗　見第一卷。

閶閭城懷古

　　　　《吴郡圖經》：吴王闔廬，伍子胥相土嘗水，象天法地，築爲大城四十里，開八門以象風，即今蘇州城也。詳見第八卷。

　　五湖〔一〕春水接遥天，國破君亡不記年。唯有妖娥曾舞處〔二〕，古臺寂寞起愁煙。

〔一〕五湖　《越絶書》：西施亡吴後，歸范蠡，同泛五湖而去。

〔二〕妖娥舞處　《述異記》：夫差築姑蘇臺，横亘五里，上別立春宵宫，作天池，日與西施爲水嬉。李白詩：“風動荷花水殿香，姑蘇臺上宴吴王。西施醉舞嬌無力，笑倚東窗白玉床。"

常　浩二首

《唐詩紀事》云：倡妓常浩。

贈盧夫人

佳人惜顏色，恐逐芳菲歇。日暮出畫堂〔一〕，下堦拜新月。拜月如有詞，傍人那得知。歸來投玉枕，始覺淚痕垂。

〔一〕畫堂　《三輔黃圖》：《漢宮殿疏》：未央宮有麒麟閣、天祿閣，有朱鳥堂、畫堂。

寄　遠

年年二月時，十年期別期。春風不知信，軒蓋獨遲遲。今日無端捲珠箔，始見庭花復見落。人心一往不復歸，歲月來時未嘗錯。可憐熒熒玉鏡臺〔一〕，塵飛冪冪幾時開。卻念容華非昔好，畫眉〔二〕猶自待君來。

〔一〕玉鏡臺　《世說》：溫公從姑劉氏女，甚有姿慧，姑以屬公覓婚，答云："佳壻難得，但如嶠比云何？"姑云："何敢希汝比。"少日報云："已覓得。"因下玉鏡臺一枚。既婚交禮，女以手披紗扇，撫掌大笑曰："我因疑是老奴，果如所卜。"玉鏡臺，公北征劉聰所得。

〔二〕畫眉　《漢書》：張敞爲京兆，爲婦畫眉，長安中傳張京兆眉憮。

葛鴉兒一首

懷良人

《本事詩》：朱滔括兵，不擇士族，悉令赴軍。自閲于毬場，有士子容止可觀，進趨淹雅，滔召問所業，曰："學爲詩。"問："有妻否？"曰："有。"即令作《寄內》詩，援筆立成。又令代妻作詩，答曰"蓬鬢"云云、滔遺以束帛放歸。

蓬鬢荆釵世所稀，布裙猶是嫁時衣。胡麻好種無人種，默云：《本草》注
"胡麻"引此詩，言胡麻^{〔一〕}必夫婦同種始茂。正是歸時底^{〔二〕}不歸。

〔一〕胡麻　《夢溪筆談》：胡麻是今油麻，其角有六稜者，有八稜者。中國之麻，
　　　今謂之大麻。張騫始自大宛得麻油之種，亦謂之麻，故以胡麻別之，謂漢麻爲
　　　大麻也。

〔二〕底　《言鯖》：唐方言底字作何字解。

薛　媛_{一首}

寫真寄夫南楚材

《雲溪友議》：濠梁南楚材旅游陳穎，穎守慕其儀範，欲以子妻之。楚材家
有妻，以受穎牧之眷深，忽不思義，而輒已諾之，似無返舊之心。其妻薛媛對
鏡自圖其形，并詩四韻寄之。楚材懷恧，遽有儁不疑之讓，夫婦遂偕老焉。

欲下丹青筆，先拈寶鏡端。已驚顔索寞，漸覺鬢凋殘。淚眼描將易，
愁腸寫出難。恐君渾忘却，時展畫圖看。

盼　盼_{一首}

白樂天有《和燕子樓》詩，其序云："徐州張尚書有愛妓盼盼，善歌舞，
雅多風態。予爲校書郎時，游淮、泗間，張尚書宴予，酒酣，出盼盼佐歡。予
因贈詩句云：'醉嬌勝不得，風嫋牡丹花。'一歡而去。爾後絶不復知，兹一紀
矣。昨日，司勳員外郎張仲素繪之訪余，因吟詩有《燕子樓》詩三首，辭甚婉
麗。詰其由，乃盼盼所作也。繪之云：'張尚書既没，彭城有張氏，舊第中有小
樓，名燕子。盼盼念舊不嫁，居之，于今尚在。'余愛其新作，乃和之云云。"
又贈之絶句云："歌舞教成心力盡，一朝身去不相隨。"後仲素以詩示盼盼，反
覆讀之，泣曰："自公薨背，妾非不能死，恐百載之後，以我公重色，有從死之
妾，是玷我公清範也。所以偷生耳。"乃和公詩曰："自守空閨斂恨眉，形同春
後牡丹枝。舍人不會人深意，諷道泉臺不去隨。"盼盼得詩後，怏怏旬日，不食
而卒。但吟云："兒童不識冲天物，謾把青泥汙雪毫。"見《全唐詩話》。

燕子樓

樓上殘燈伴曉霜，獨眠^{〔一〕}人起合歡牀^{〔二〕}。相思一夜情多少，地角天

涯〔三〕不是長。

〔一〕獨眠　江總詩：燈火無情照獨眠。

〔二〕合歡牀　《留青日札》：古人因合歡花有夜合之義，遂有合歡扇、合歡帶、合歡被、合歡牀、合歡枕、合歡綵索與香囊之類。

〔三〕地角天涯　賓王《疇昔篇》：“地角天涯渺難測。”晏同叔《玉樓春》詞：“天涯地角有窮時，只有相思無盡處。”本盼盼詩。

其二云：北邙松栢鎖愁烟，燕子樓中思悄然。自理劍履歌塵絕，紅袖香消一十年。

其三云：適看鴻雁岳陽回，又觀元禽逼社來。瑶瑟玉簫無意緒，任從蛛網任從灰。

蘇東坡《夜登燕子樓夢盼盼》詞：“燕子樓空，佳人何在，空鎖樓中燕。”三句見稱晁無咎。

崔鶯鶯 一首

按王性之《傳奇辨證》：鶯鶯者，永寧尉崔鵬之女。其母鄭氏，於微之爲中表。詳見第五卷。

答張生

元微之《會真記》：張緻《春詞》二首以投崔，是夕，紅娘復至，持綵箋以授張，曰：“崔所命也。”題其篇曰：“月明三五夜。”

待月西廂下，迎風戶半開。拂墻花影動，默云：“拂”妙于“隔”。疑是故人來。

無名氏 三十七首

鈍吟云：不取長吉，却取此等，正以其差平易近人耳。

春二首

裊裊東風吹水國，金鴉〔一〕影煖南山北。蒲抽小劍〔二〕割湘波，柳拂長眉〔三〕舞春色。白銅堤〔四〕下煙蒼蒼，林端細蘂參差香。綠桑枝下見桃葉〔五〕，廻看青雲空斷腸。

〔一〕金鴉　丁靜山云：金鴉，日也。韓愈詩：“金鴉既騰翥，六合俄清新。”

〔二〕蒲劍　李賀《二月樂》詞：蒲如交劍風如薰。

〔三〕柳眉　見第一卷。

〔四〕白銅堤　見第七卷。

〔五〕桃葉　見第一卷。此指採桑之女。

烏足〔一〕遲遲日宮裏，天門擊鼓〔二〕龍蛇起〔三〕。風師〔四〕翦翠換枯條，青帝〔五〕挼〔六〕藍染江水。蜂蝶繽紛抱香蘂，錦鱗跳擲紅雲尾。繡衣白馬不歸來，雙成〔七〕倚檻春心醉。默云：“醉”字原缺。無，上聲。鈍云：恐是“死”字。

〔一〕烏足　《春秋元命苞》：日中有三足烏。

〔二〕天門擊鼓　《史記》：“蒼帝行惠，天門爲之開。”《閑窗括異志》：雷州西有
　　雷公廟，百姓歲納雷鼓車。

〔三〕龍蛇起　所謂“雷驚天地龍蛇蟄”也。

〔四〕風師　《風俗通》：按《周禮》以柳燎祭風師，風師者，箕星也。箕主簸揚，
　　能致風氣。

〔五〕青帝　見第二卷。

〔六〕挼　同挼，音那，摩挼也，兩手相切摩。

〔七〕雙成　見第三卷“雲和”注。

夏

赤帝〔一〕旗迎火雲起，南山石裂吳牛〔二〕死。繡楹〔三〕夜夜箔鰕鬚〔四〕，象榻重重簟湘水〔五〕。彤彤日腳〔六〕燒冰井〔七〕，古陌塵飛野煙靜。漢帝高堂汗若珠，班姬明月〔八〕無停影。

〔一〕赤帝　《月令》注：炎帝爲赤精之君。

〔二〕吳牛　見第八卷。又《世説》注：吳牛畏熱，見月疑是日，故喘。

〔三〕繡楹　李白詩：金作蛟龍盤繡楹。

〔四〕箔鰕鬚　《方言》：“自關而西，謂之箔。”陸暢《詠簾》詩：“勞將素手捲
　　鰕鬚。”

〔五〕簟湘水　丁靜山云：以湘竹爲簟也。

〔六〕日腳　陳後主詩：日腳沉雲外。

〔七〕**冰井**　《水經注》：魏武冰井臺高八尺，上有冰室，室有數井，藏冰及石墨焉。

〔八〕**班姬明月**　班姬，漢成帝婕妤。明月似團扇，見第一卷。言漢帝汗若珠，故班姬爲之揮扇，不能停也。

秋

鈍吟云：二首勝前。

月色驅秋下穹昊〔一〕，梁間燕語辭巢蚤。古苔凝紫貼瑤階，露槿啼紅墮江草。越客艤魂挂長道，西風欲揭南山倒。粉娥恨骨不勝衣，映門楚碧〔二〕蟬聲老。

〔一〕**穹昊**　司馬相如《封禪文》：伊上古之初，肇自昊穹生民。

〔二〕**楚碧**　謝脁詩：“平楚正蒼然。”楚，木名。江淹詩：“涼風盪芳氣，碧樹先秋落。”楚碧，猶言碧樹也。

冬

蒼茫枯磧陰雲滿，古木號空晝光短。雲擁三峰〔一〕嶽色低，冰堅九曲〔二〕河聲斷。浩汗霜風刮天地，溫泉〔三〕火井〔四〕無生意。澤國龍蛇凍不伸，南山瘦柏銷殘翠。

〔一〕**三峰**　《述征記》：華山有三峰直上。

〔二〕**九曲**　《河圖》：河水九曲，長九千里，入于渤海。

〔三〕**溫泉**　《墨莊漫錄》：溫泉有處甚多，大熱而氣烈，乃硫黄湯也。唯利州褒禪山相近平磵鎮，湯泉溫溫可探，而不作火氣，云是朱砂湯也。人傳昔有兩美人來浴，既去，異香郁郁，累日不散。

〔四〕**火井**　《博物志》：臨邛火井，從廣五尺，深二三丈許，在縣南百里，昔人以竹木投以取火，諸葛丞相往視之，後火轉盛。

雞　頭

《方言》：北燕謂之菠，青、徐、淮、泗謂之芡，南楚、江、湘之間謂之雞頭。

默庵云：妙極形相。

湖浪參差疊寒玉，水仙曉展鉢盤〔一〕緑。淡黄根老栗皺圓，染青刺短金罌〔二〕熟。紫羅小囊光緊蹙，一掬真珠藏蝟腹〔三〕。叢叢引觜傍蓮洲，滿川恐作天雞哭。

〔一〕鉢盤　《圖經本草》：雞頭生水澤中，其葉俗名雞頭盤，花下結實。

〔二〕金罌　按《本草綱目》，金罌一名山雞頭子。丁静山云：金罌，木名，結實，狀如瓶，味極甘，可煎爲膏，今江南山中多有之。

〔三〕真珠藏蝟腹　《爾雅翼》：葉如荷而大，實有芒刺，有觜，若雞雁頭，然内有米，圓白如珠，久食宜人。姜梅山詩："蝟腹出波烹芡實。"

紅薔薇①

見第六卷。

九天〔一〕碎霞明澤國，造化功夫潛翦刻。淺碧眉長約細枝，深紅刺短〔二〕鈎春色。晴日當樓曉香歇，錦帶〔三〕盤空欲成結。謝豹〔四〕聲催麥隴秋〔五〕，春風吹落腥腥血。

〔一〕九天　王逸《楚辭注》：東方皞天，東南方陽天，南方赤天，西南方朱天，西方成天，西北方幽天，北方玄天，東北方變天，中央鈞天。

〔二〕深紅刺短　薔薇，藤身，莖青多刺，一名刺紅。

〔三〕錦帶　《禮記》：居士錦帶。

〔四〕謝豹　見第四卷。

〔五〕麥秋　《月令》："孟夏之月，靡草死，麥秋至。"按：百穀各以初生爲春，熟爲秋。麥以四月熟，故以四月爲麥秋。

斑竹簟

龍鱗〔一〕滿牀波浪濕，血光點點湘娥泣〔二〕。一片晴霞凍不飛，深沉盡訝鮫人〔三〕立。百朶排花蜀纈〔四〕明，珊瑚枕〔五〕滑葛衣輕。閑窗獨卧曉不起，冷浸羈魂錦江裏。

〔一〕龍鱗　《杜陽雜編》：宣宗迎佛骨入内，道場設龍鱗之席。

① 此篇《全唐詩》卷七八五注"一作莊南傑詩"。

〔二〕湘娥泣　見第一卷"瀟湘竹"注。

〔三〕鮫人　《博物志》：南海外有鮫人，水居如魚，不廢織績，其眼能泣珠。

〔四〕蜀纈　《唐書》：韋綬爲翰林，帝嘗至其院，韋妃從。會綬方寢，時大寒，帝
以妃蜀纈袍覆之而去。

〔五〕珊瑚枕　李賀《賈公閭貴婿曲》：珊瑚澁難枕。

聽　琴

六律〔一〕鏗鏘閒宮徵，伶倫〔二〕寫入梧桐尾〔三〕。七條瘦玉〔四〕叩寒星〔五〕，
萬派流泉〔六〕哭纖指。空山雨脚隨雲起，古木燈青〔七〕嘯山鬼〔八〕。田文墮
淚〔九〕曲未終，子規啼血哀猿死。

〔一〕六律　《書》：予欲聞六律五聲八音。

〔二〕伶倫　《呂氏春秋》：黃帝令伶倫作爲律。

〔三〕梧桐尾　《後漢·蔡邕傳》：吳人有燒桐以爨者，邕聞火烈之音，知其良木，
因請而裁爲琴，果有美音，而其尾猶焦，故時人名曰"焦尾琴"焉。

〔四〕瘦玉　《女紅餘志》：女丸以黎洞寶香爲琴，以崑山碧玉爲絃，故曰碧絃。

〔五〕寒星　猶金星，琴徽也。

〔六〕流泉　見前。

〔七〕古木燈青　《淮南子》：老槐生火。《物類相感志》：山林藪澤，晦明之夜，
則野火生焉，散布如人秉燭，其色青。

〔八〕山鬼　白樂天詩："山鬼跳踉惟一足。"一足鬼，正《記》所謂夔也。

〔九〕田文墮淚　見第六卷"雍門琴"注。

石　榴

《齊民要術》：陸機曰："張騫爲漢使外國，得塗林。"塗林，安石榴也。

蟬嘯秋雲槐葉齊，石榴香老庭枝低。流霞色染紫罌粟〔一〕，黃躑紙苞
紅瓠犀〔二〕。鈍云：似元人。玉刻冰壺含露濕，斒斑似帶湘娥泣。蕭娘〔三〕初嫁
嗜甘酸〔四〕，嚼破水精千萬粒。

〔一〕罌粟　《圖經本草》：罌粟花有紅白二種，其實形如餅子，有米粒極細。

〔二〕紅瓠犀　《詩》："齒如瓠犀。"按《事類合璧》：榴大如盂，赤色，有黑斑點，
皮中如蜂窠子，形如人齒，淡紅色。

〔三〕蕭娘　范静妻沈氏有《戲簫娘》詩。

〔四〕甘酸　《廣志》：安石榴有甜酸二等。

秦家行

　　彗孛〔一〕飛光照天地，九天〔二〕瓦裂屯冤氣。鬼哭聲聲怨趙高〔三〕，宮花滴盡扶蘇〔四〕淚。禍起蕭墻不知戢，羽書催築長城〔五〕急。劍上忠臣血未乾，沛公已向函關入〔六〕。

〔一〕彗孛　《史記・始皇本紀》："七年，彗星先出東方，見北方。五月，見西方。"按《爾雅》郭注：彗星亦謂之孛。

〔二〕九天　見前。

〔三〕鬼怨趙高　《史記》：羣臣諸公子有罪，輒下趙高，令鞠治之，殺大臣蒙毅等，公子十二人僇死咸陽市，十公主矺死于杜，相連坐者不可勝數。

〔四〕扶蘇　《史記》：始皇崩，趙高與公子胡亥、丞相斯詐爲書，賜公子扶蘇、蒙恬，數以罪，賜死。

〔五〕築長城　賈誼《過秦論》：乃使蒙恬北築長城，而守藩籬。

〔六〕沛公入關　《史記》：子嬰爲秦王四十六日，楚將沛公破秦軍，入武關，至霸上。

小蘇家

　　見第二卷。

　　雙月〔一〕謳謳輾秋碧〔二〕，細風斜掩神仙宅。麥門冬〔三〕長馬鬣青，茱萸蘽〔四〕綻蠅頭赤。流蘇斗帳〔五〕懸高壁，綵鳳〔六〕盤龍〔七〕繳香額。堂內月娥橫翦波〔八〕，倚門腸斷鰕鬚隔。

〔一〕雙月　《考工記》："輪輻三十，以象日月也。"《後漢・輿服志》注：輪象日月者，以其運行也，日月三十日而合宿。今詩中"雙月"，言車之雙輪也。

〔二〕秋碧　謂秋草。鄭谷詩："香輪莫輾青青破。"

〔三〕麥門冬　《名醫別錄》：麥門冬，葉如韭，冬夏長生。

〔四〕茱萸蘽　《圖經本草》：吳茱萸木，高丈餘，皮青色，葉似椿而闊厚，紫色，三月開紅紫細花。

〔五〕流蘇帳　見第二卷。

〔六〕綵鳳　見第四卷。

〔七〕盤龍　《中華古今注》：殷后服盤龍步搖。

〔八〕橫翦波　李賀《唐兒歌》：一雙瞳人翦秋水。

斑　竹

見第一卷"瀟湘竹"注。

濃綠疎莖透湘水，春風抽出蛟龍尾〔一〕。色抱霜花粉〔二〕黛光，枝撐蜀錦紅霞〔三〕起。交夏敲欹無俗聲，滿林風曳刀槍橫。斑痕苦雨洗不落，猶帶湘娥淚血腥。嫋娜梢頭掃秋月，影穿林下凝殘雪。我今慙愧子猷〔四〕心，解愛此君名不滅。

〔一〕蛟龍尾　《爾雅》："筍，竹萌。"《筍譜》："俗呼筍爲龍孫。"

〔二〕霜粉　《竹譜》：篁竹①，堅而促節，體圓而質堅，皮白如霜粉。

〔三〕紅霞　《竹譜》：箈篛，竹將成林，而筍皮未落，輒有細蟲齧之。隕籜之後，蟲齧處往往成赤文，頗似繡畫可愛。

〔四〕子猷　《晋·王徽之傳》：字子猷，嘗寄居空宅中，便令種竹。或問其故，指竹曰："何可一日無此君？"

宴李家宅

畫屏深掩瑞雲光，羅綺花飛白玉堂。銀橰〔一〕酒傾魚尾〔二〕倒，金爐〔三〕灰滿鴨心香〔四〕。輕搖綠水青蛾〔五〕飲，亂觸紅絲皓腕〔六〕狂。今日恩榮許同聽，不辭沉醉一千觴。

〔一〕銀橰　《北里志》：授以金花銀橰，可二斤許。

〔二〕魚尾　卓文君《白頭吟》："魚尾何離筵。"《雲溪友議》：楊尚書召柳棠飲，斟三器酒，内一巨魚杯。白居易詩："何如家醞雙魚橰，雪夜花時常在前。"

〔三〕金爐　司馬相如《美人賦》："金爐薰香，黼帳周垂。"魏武《上雜物疏》："御物三十種，有純金香爐。"

〔四〕鴨心香　《香譜》：以塗金爲鳬鴨之狀，空中以燃香。

〔五〕青蛾　劉鑠詩：佳人舉袖曜青蛾。

---

①　篁：原作"簹"，據《竹譜》改。

〔六〕皓腕　曹植《美人篇》：攘袖見素手，皓腕約金環。

長信宮

見第八卷“長信愁”注。

細草侵堦〔一〕亂碧鮮，宮門深鎖緑楊天。珠簾欲捲檻秋水〔二〕，羅幌〔三〕微開動冷煙。風引漏聲過枕上，月遷花影到窗前。獨挑殘熘魂堪斷，却恨青蛾誤〔四〕少年。

〔一〕細草侵堦　班婕好《自悼賦》：華殿塵兮玉階菭，中庭萋兮緑草生。

〔二〕水簾　《西京雜記》：漢諸陵寢以竹爲簾，皆爲水文及龍鳳像。

〔三〕煙幌　李商隱詩：煙幌自應憐白紵。

〔四〕青蛾誤　青蛾指眉黛也。施榮泰詩：“蛾眉誤殺人。”

驪山感懷

《一統志》：驪山在臨潼縣東南二里，因驪戎所居，故名。山之麓，溫泉所出，唐玄宗改名昭應，詳二卷《過華清宮》詩注。

武帝尋仙〔一〕駕海遊，禁門高閉水空流。深宮帶日年年色，翠柏凝煙夜夜愁。鸞鳳影沉歸萬古，歌鐘聲斷夢千秋。晚來惆悵無人會，雲雨能飛傍玉樓。

〔一〕武帝尋仙　《史記·孝武本紀》：上東巡海上，行禮祠八神，益發船，令言海中神山者數千人，求蓬萊神人。此殆借以言明皇之西幸耳。

聽唱鷓鴣①

見第三卷“歌爲曲”注。

金谷〔一〕歌傳第一流，鷓鴣清怨碧雲愁〔二〕。夜來省得曾聞處，萬里月明湘水流。

〔一〕金谷　見第七卷。

〔二〕碧雲愁　言聲怨而雲亦爲之愁，從“響遏行雲”意化出。

---

① 此爲許渾詩，見《丁卯集》卷上，題作《聽吹鷓鴣》。

遊朱坡故少保杜公林亭①

《唐書·杜佑傳》：佑字君卿，京兆萬年人。拜光禄大夫，守太保致仕。朱坡樊川，頗治亭觀林荗，鑿山疏泉，與賓客置酒爲樂。

默庵云：第二聯寫得蕭颯。"故"字可思。

杜陵池館〔一〕洛城〔二〕東②，孤島廻汀路不窮。高岫乍疑三峽〔三〕近，遠波初似五湖〔四〕通。梧桐葉暗蕭蕭雨，菱荇花香澹澹風。還有昔時巢燕在，默云：故林亭。飛來飛去畫堂空。

〔一〕杜陵池館　《舊唐書·杜式方傳》：時父作鎮揚州，家財鉅萬，甲第在安仁里，杜城有別墅，亭觀林池，爲城南之最。

〔二〕洛城　《三輔黃圖》：長安城北出東頭第一門，曰洛城門。

〔三〕三峽　見前。

〔四〕五湖　見第一卷。

留贈偃師主人③

《唐·地理志》：河南道河南府縣偃師。

孤城漏未殘，徒侶拂征鞍。洛北去愁遠，淮南歸夢闌。曉燈廻壁暗，晴雪卷簾寒。更盡主人酒，出門行路難。

長　門

見第一卷。

悵望黃金屋〔一〕，恩衰似越逃。花生針眼刺〔二〕，月送〔三〕剪腸刀。地近歡娛遠，天低雨露高。時看廻輦處，淚臉濕夭桃。

〔一〕金屋　見第五卷。

〔二〕針眼刺　杜甫詩：藤枝刺眼新。

〔三〕月送　梁簡文詩：月送可憐光。

---

① 此爲許渾詩，見《丁卯集》卷上，題作《朱坡故少保杜公池亭》。

② 此句《丁卯集》作"杜陵池榭綺城東"。

③ 此爲許渾詩，見《丁卯集》卷下。

三五七言詩^①

秋風清，秋月明。落葉還聚散，寒鴉棲復驚。相思相見知何日，此時此夜難爲情。

客有新豐館題怨別之詞因詰傳吏盡得其實偶作四韻嘲之^②

春風白馬紫絲韁〔一〕，正值蠶眠〔二〕未採桑。五夜〔三〕有心隨暮雨，百年無節待秋霜。重尋繡帶朱藤〔四〕合，更認羅裙碧草〔五〕長。爲報西遊減離恨，阮郎纔去嫁劉郎。

〔一〕**白馬紫絲韁** 古樂府：青驄白馬紫絲韁。

〔二〕**蠶眠** 《荀子·賦篇》曰：“三俯三起，事乃大已，夫是之謂蠶理。”注：俯謂臥而不食，乃三眠也。

〔三〕**五夜** 見第三卷“子夜歌”注。

〔四〕**朱藤** 《補筆談》：黃環，即今之朱藤也。枝下皆有葉如槐，其花穗懸紫色如葛花，京師人家作大架種之，謂紫藤花者是也。

〔五〕**碧草** 白樂天詩：草綠裙腰一道斜。

《雲溪友議》：房千里初上第，《遊嶺徼詩序》云：“有進士韋滂者，自南海邀趙氏而來，十九歲，爲余妾。余將爲天水之別，尚有數秋之期，趙屢對余潸然恨恨者，未得偕行，即泛輕舟，暫爲南北之夢。歌陳所契，詩以寄情云云。房君至襄州，逢許渾侍御赴宏農公番禺之命，千里以情相托，許具諾焉。纔到府邸，遣人訪之，擬持薪粟之給，曰：‘趙氏却從韋秀才矣。’許與房、韋俱有布衣之分，欲陳之，慮傷韋義，不述之，似負房言，素欸難名，爲詩代報。”今按此詩，即寄房秀才者也，而題有不同，豈不便顯言，故謬其辭耶？

———————————

① 此爲李白詩，見《李太白集》卷二三。《刪正二馮評閱才調集》卷下紀昀評：“此首吳氏鈔本在第一卷，題曰《秋思》。”

② 此詩《雲溪友議》卷上謂爲許渾《寄房秀才》詩，《丁卯集》卷上有《途經敷水》詩，中間四句與此同，首二句作“脩蛾顰翠倚柔桑，遙謝春風白面郎”，末二句作“何處野花何處水，下峯流出一渠香”。

經漢武泉

《長安志》：敦化坊曲江西有泉，俗謂之漢武帝泉。時旱或造，祈禱有應焉。

芙蓉池苑起清秋，漢武泉〔一〕聲落御溝〔二〕。千里江山映蓬鬢，二年楊柳別漁舟。竹間駐馬題詩去，物外何人識醉遊。盡把歸心付紅葉〔三〕，晚來隨水向東流。

〔一〕漢武泉　《唐音癸籤》：遯叟云：漢武泉者，即曲江之源，在長安城南，東滙爲曲江。隋惡曲之名，稱芙蓉池。至唐引黃渠之水派曲江，復故名，別于其南起芙蓉苑。

〔二〕御溝　崔豹《古今注》：長安御溝，謂之楊溝，謂植高楊於其上也。

〔三〕紅葉　《雲溪友議》：盧渥應舉之歲，偶臨御溝，見一紅葉，搴來，乃有一絕，置于巾箱。及宣宗既省宮人，渥所獲宮人，覩紅葉而吁嗟久之，曰："當時偶題，不謂即君收藏。"驗其書跡，無不訝焉。詩曰："流水何太急，深宮盡日閑。殷勤謝紅葉，好去到人間。"

雜詩十首

近寒食雨草萋萋，著麥苗風柳映堤①。早是有家歸未得，杜鵑〔一〕休向耳邊啼。

〔一〕杜鵑　一名子規，以其聲似"不如歸去"，故云"休向耳邊啼"也。

春光冉冉歸何處②，更向罇前把一盃。盡日問花花不語，爲誰零落爲誰開。

水紋珍簟〔一〕思悠悠③，千里佳期一夕休。從此無心愛良夜，任他明月下西樓。

〔一〕水紋珍簟　《楊妃外傳》：妃進見初，帝授以玉竹水紋簟。韓愈詩："水紋浮

---

① 著：《四部叢刊》本作"看"。
② 此首爲嚴惲詩，見《松陵集》卷八皮日休《傷進士嚴子重詩并序》。
③ 此首爲李益詩，見《李尚書詩集》，題作《寫情》。

枕簟。"《子夜歌》："珍簟鏤玉牀。"

數日相隨兩不忘，郎心如妾妾如郎。出門便是東西路，把取紅箋各斷腸。

無定河^{〔一〕}邊暮角聲，赫連臺^{〔二〕}畔旅人情。函關^{〔三〕}歸路千餘里，一夕秋風白髮生^①。

〔一〕**無定河**　《一統志》：無定河在延安府青澗縣東六十里，南入黄河，即圖水也。後人因潰沙急流，深淺不定，故更今名。

〔二〕**赫連臺**　赫連臺，今寧夏衛城東南河岸側，晋時赫連勃勃所築。

〔三〕**函關**　《東觀漢記》：隗囂將王元曰："爲大王東封函谷關。"

花落長川草色青，暮山重疊雨冥冥。逢春漸覺飄蓬苦，今日分飛一涕零。

洛陽才子隣簫恨，湘水佳人^{〔一〕}錦瑟愁。今昔兩成惆悵事，臨邛春盡水東流。

〔一〕**湘水佳人**　《杜詩錢箋》：《遠遊》：二女御九韶歌，使湘靈鼓瑟兮。《補注》：上言二女，則此湘靈乃湘水之神，非湘夫人也。

　　"今昔"句總承上二句，今承"隣簫恨"，昔指"錦瑟愁"，則"隣簫恨"應是作者時事，而不可考矣。

浙江^{〔一〕}輕浪去悠悠，望海樓^{〔二〕}吹望海愁。莫怪鄉心隨魄斷，十年爲客在他州。

〔一〕**浙江**　《一統志》：浙江在杭州府城西三里，出歙縣玉山。其水經建德，合婺溪，過富春，爲浙江，入于海。江口有山，居江中，潮水投山，十折而曲，故云浙江。

〔二〕**望海樓**　白居易《杭州春望》詩"望海樓明照曙霞"自注：城東樓，名望海樓。

---

①　紀昀評：此首獨爲高調，餘皆靡靡之音。

　　鸞飛遠樹遊何處①，鳳得新巢有去心。紅粉尚留香幕幕，碧雲初斷信沉沉。那堪點污沉泥玉〔一〕，猶自經營買笑金〔二〕。從此山頭似人石，丈夫形狀淚痕深。

〔一〕沉泥玉　石崇《王明君》詩：“昔爲匣中玉，今爲糞上英。”《通典》“上”作“土”。

〔二〕買笑金　見第一卷“千金笑”注。

　　玉釵重合〔一〕兩無緣②，魚在深潭月在天。得意紫鸞辭舞鏡〔二〕，能言青鳥〔三〕斷銜牋〔四〕。金瓶永覆難收水〔五〕，玉軫長拋不續弦〔六〕。若到蘼蕪山〔七〕下過，空將狂淚滴黄泉。

〔一〕玉釵重合　見第三卷。

〔二〕舞鏡　見第二卷“鸞不住”注。

〔三〕能言青鳥　《墉城集仙錄》：緱仙姑入道，居衡山，年八十餘，容色甚少。有一青鳥，形如鳩鴿，紅頂長尾，飛來所居，自語曰：“我南嶽夫人使也，以姑修道精苦，獨棲窮林，令我爲伴耳。”

〔四〕銜牋　《漢武故事》：王母至，有二青鳥夾侍王母傍。沈約詩：“銜書必青鳥。”

〔五〕覆水難收　《野客叢談》：姜太公妻馬氏，不堪其貧而去。及太公貴，再來，太公取一壺水傾於地，令妻收之，乃語之曰：“若言離更合，覆水定難收。”光武詔亦嘗引此。

〔六〕續弦　《海內十洲記》：鳳麟洲，在海之中央。洲上多鳳麟，煮鳳喙及麟角，合煎作膏，名之曰“續弦膠”。

〔七〕蘼蕪山　古詩：上山採蘼蕪，下山逢故交。

　　《本事詩》：李丞相逢吉爲居守，劉禹錫有妓甚麗，李陰以計奪之，約曰：“某日皇城中堂前，致宴朝賢，寵嬖並請早赴境會。”稍可觀者，如期雲集，敕閽吏先收劉家妓，從門入。劉惶惑吞聲。翌日謁之，並不言境會之所以然者，揖而退。劉無可奈何，遂憤懣而作四章，以擬《四愁》。此選其二首。

────────────

　　① “鸞飛遠樹遊何處”及下首“玉釵重合兩無緣”，《劉夢得文集》外集卷八錄作《懷妓四首》之前二首，明楊慎《升庵詩話》卷四“呂用之”條則謂商人劉損作，《全唐詩》卷五九七據以錄作劉損《憤惋詩三首》之前二首，與劉禹錫《懷妓四首》兩存之（卷三六一）。

　　② 玉釵重合：《四部叢刊》本、垂雲堂本作“折釵破鏡”。

天竺國胡僧水精念珠

《急就篇》注：天竺即身毒也，亦謂之捐毒。

天竺胡僧踏雲立，紅精素貫鮫人泣。細影疑隨爛火銷，圓光恐滴袈裟[一]濕。夜梵西天千佛聲，指輪次第驅寒星。若非葉下滴秋露，則是井底圓春冰。淒清妙麗應難並，眼界真如[二]意珠[三]静。碧蓮花下獨提攜，堅潔何如幻泡影[四]。

[一]袈裟　《内典》"袈裟"字作"毳毟"，蓋西域以毛爲之，一名逍遥服，又名無塵衣，又名壞色衣，言非五方正色也。

[二]真如　《圓覺經略疏》：圓覺自性，本無偽妄變易，即是真如。真謂真實，顯非虛妄。如謂如常，表無變易。

[三]意珠　丁静山云：意珠，即如意珠，繫之所願從心。劉禹錫《曹溪六祖大鑒禪師碑》："自達磨六傳至鑒，如貫意珠，有先後而無異同。"

[四]幻泡影　《金剛經》：一切有爲法，如夢幻泡影，如露復如電，應作如是觀。

白雪歌

見第五卷。

皇穹何處飛瓊屑，散下人間作春雪。五花馬[一]踏白雪衢，七香車[二]碾瑤階月。蘇嵒乳洞[三]擁山家，澗藤古栗盤銀虵。寒郊複疊鋪柳絮，古磧爛熳吹蘆花。流泉不下孤汀咽，斷臂老猿聲欲絶。鳥啄冰潭玉鏡開，風敲簷溜水精折。拂户初疑粉蝶飛，看山又訝白鷗歸。孫康[四]凍死讀書闈，火井不煖温泉[五]微。

[一]五花馬　見第六卷。

[二]七香車　魏武帝《與楊文先書》：謹贈足下四望通幰七香車一乘，青牸牛二頭。

[三]乳洞　《北户録》："盤龍山有乳洞。"《酉陽雜俎》：有人遊南山乳洞，深數里，乳泉滴瀝，成飛仙狀。洞中已有數十，眉目衣服，形製精巧。一處滴至腰以上，其人手承漱之。經年再往，見所承滴像已成矣，乳不復滴。當手承處，衣缺二寸不就。

[四]孫康　孫康家貧，嘗映雪讀書，見《孫氏世録》。

〔五〕火井温泉　見前。

琵　琶

見第二卷。

粉胸繡臆〔一〕誰家女，香撥〔二〕星星〔三〕共春語。七盤嶺〔四〕上走鸞鈴〔五〕，十二峯〔六〕頭弄雲雨。千悲萬恨四五弦，弦中甲馬聲駢闐。山僧撲破瑠璃鉢〔七〕，壯士擊折珊瑚鞭〔八〕。珊瑚鞭折聲交憂，玉盤傾瀉真珠〔九〕滑。海神驅趁夜濤回，江蛾蠍踏春冰裂。滿坐紅粧盡淚垂，望鄉之客不勝悲。曲終調絕忽飛去，洞庭月落孤雲歸。

〔一〕粉胸繡臆　粉胸，見第一卷"拂胸粉絮"注。臆，胸骨也。繡臆，刺胸臆間，爲繡花紋也。

〔二〕香撥　《津陽門》詩"玉奴琵琶龍香撥"注：龍香爲拍撥。

〔三〕星星　猶點點也。謝靈運詩："星星白髮垂。"

〔四〕七盤嶺　《一統志》：七盤山在藍田縣南二十里。

〔五〕鸞鈴　《詩》"和鸞雝雝"傳：和鸞，皆鈴也，在軾曰和，在鑣曰鸞。

〔六〕十二峯　見第二卷。

〔七〕瑠璃鉢　《法苑珠林》：《大盆經》云："瓶沙王造五百瑠璃鉢，盛滿千色紫金香。"

〔八〕珊瑚鞭　見第一卷。

〔九〕玉盤瀉珠　白居易《琵琶行》：大珠小珠落玉盤。

傷哉行①

兔走烏飛〔一〕不相見，人事依稀速如電。王母夭桃〔二〕一度開，玉樓紅粉千回變。車馳馬走咸陽道，石家舊宅空荒草。秋雨無情不惜花，芙蓉一一驚香倒。勸君莫謾栽荆棘，秦王虛費驅山〔三〕力②。英風一去更無言，白骨沉埋暮山碧。

〔一〕兔走烏飛　見第三卷。

---

① 此篇《全唐詩》卷二四作莊南傑《傷歌行》。

② 王：《四部叢刊》本、垂雲堂本作"皇"。

〔二〕王母夭桃　　《漢武故事》：東郡獻一短人，長五寸，東方朔呼曰"巨靈"。短人因指謂上："王母種桃，三千年一結子，此兒不良，已三過偷之，故被謫來。"

〔三〕秦皇驅山　　《玉堂閑話》：宜春界鐘山，有硤數十里，其水即宜春江也。廻環澄澈，深不可測。曾有漁人垂釣，得一金鏁，引之數百尺，而獲一鐘，又如鐸形。漁人舉之，有聲如霹靂，天晝晦，山川振動，鐘山一面，崩摧五百餘丈，漁人皆沉舟落水。識者曰："此秦始皇驅山之鐸也。"

　　鈍吟云：起承轉合，律詩之定法也，然只是初學簡板上事。以此法看《才調集》，如以尺量天也。○《律髓》之詩，大曆以後之法也。大略有是題則有是詩，起伏照應，不差毫髮，清緊蔥蒨，峭而有骨者，大曆也。加以駘宕，姿媚于骨，體勢微闊者，元和、長慶也。儷事櫛句，如錦江濯彩，慶雲麗霄者，開成以後也。清慘入骨，哀思動魂，令人不樂者，廣明、龍紀也。代各不同，文章體法則一。大曆以前，則如元氣之化生，賦物成形而已①。今人初不知文章之法，謂詩可作八句讀，或一首取一句，或一句取一二字，互相神聖，豈不可哀②！曾讀《律髓》，以此法讀之。今純以此法讀此詩，信筆書此。且詩之爲物，無不可解。《關雎》《鹿鳴》，首尾通暢，只因誤解"秦時明月"四字，遂生多少夢寐。學詩者不可不看破此關③，不可以自落鬼域。鈍吟老人識。

---

①　"而已"下，紀昀評：自然化生之中，亦有不差毫髮處，但無雕鏤鉤帶痕耳，鹵莽者不得藉口。

②　"可哀"下，紀昀評：此真切中膏盲語，此處一差，愈工愈謬。

③　詩：原脱，據垂雲堂本補。

附　録

題　跋

二馮評閱才調集凡例

　　先世父默庵、鈍吟兩先生，承先大父嗣宗公博物洽聞之緒，學無不該，尤深於詩賦。默庵先生名舒，字已蒼，以杜樊川爲宗，而廣其道於香山、微之。鈍吟先生名班，字定遠，以溫、李爲宗，而溯其源於《騷》《選》、漢魏六朝①，雖徑路不同，其修詞立格，必謹飭雅馴②，於先民矩矱，不敢少有逾軼，則一也。

　　趙宋呂文清，名本中，字居仁，作《江西詩派圖》，推山谷老人爲第一，列陳無己等二十五人爲法嗣，上溯韓文公爲鼻祖③，一以生硬放軼爲新奇④。楊大年名億、錢文僖名惟演、晏元獻名殊、劉子儀名筠諸公，爲西崑體，推尚溫助教庭筠、李玉溪商隱、段太常成式爲西崑三十六，以三人各行十六也⑤，唐彥謙、曹唐董佐之。其爲詩，以細潤爲主，取材騷雅，玉質金相，豐中秀外⑥。兩先生俱右西崑而闢江西，誠恐後來學者不能文而但求異，則易入魔道，卒至於牛鬼蛇神而莫可底止也⑦。

　　唐、宋選本，無慮數十，如元次山之《篋中集》、高仲武之《中興間

---

①　“漢魏六朝”下，紀昀評：鈍吟但由溫、李以溯齊梁。

②　“謹飭雅馴”下，紀昀評：此四字從江西詩對面生出，其實二馮所尚，只纖穠一派。

③　“鼻祖”下，紀昀評：江西詩乃從杜變出，漸成別派，無鼻祖昌黎之説。

④　“新奇”下，紀昀評：當由刻意新奇而流爲生硬放軼。

⑤　“十六也”下，紀昀評：《唐書》但云三十六體，無西崑字。楊大年《西崑唱酬集序》曰“取玉山册府之義。名曰《西崑唱酬集》”，則西崑之名，實始於宋。又《唐書》所云三十六體，乃指章表誄奠之詞，亦不指詩，此語未考。

⑥　“豐中秀外”下，紀昀評：李本旁分杜派，溫亦自有本原，但縟麗處多耳。楊、劉觀摹形似，遂成剪彩之花。江西諸公正需其弊而起，優人撏撦之戲，其未之聞耶？

⑦　“底止也”下，紀昀評：江西之弊在粗俚，西崑之弊在纖俗，不善學之，同一魔道，不必論甘而忌辛。

氣》、殷璠之《河岳英靈》、芮挺章之《國秀》、武功之《極玄》、無名氏之《搜玉》，皆各自成書①，不可以立教②。其《文苑英華》詩則博而不精，姚鉉《文粹》詩文又高古不恒③；《歲時雜詠》惟以多爲貴，趙紫芝《衆妙集》但選名句④，而不論才⑤；趙孟奎《分類唐詩》苦無全書⑥，洪忠惠邁《萬首唐人絕句》止取一體；郭茂倩《樂府》但取歌行、樂府而今體不具⑦，王荆公《唐人百家詩選》但就宋次道所藏選成，此外所遺良多⑧。方虛谷《瀛奎律髓》，如“初唐四杰”、“元和三舍人”、“大曆十才子”、“四靈九僧”之類皆有全書⑨，惜所尚是江西派，議論偏僻，未合中道⑩。令狐楚之《御覽詩》專取醇正⑪，不涉才氣，韋端己之《又玄》則書亡久矣，今所刻者僞本也。惟韋縠《才調集》才情橫溢，聲調宣暢，不入於風雅頌者不收，不合於賦比興者不取，猶近選體氣韻，不失《三百》遺意，爲易知易從也⑫。

《才調》一選，非專取西崑體也。蓋詩之爲道，固所以言志，然必有美辭秀致，而後其意始出。若無字句襯墊，雖有美意，亦寫不出⑬。于是唐人必先學修辭而後論命意，其取材又必揀擇取捨，從幼熟讀《文選》《騷》《雅》、漢魏六朝，然後出言吐氣，自然有得於溫柔敦厚之旨，而不

---

① “各自成書”下，紀昀評：《才調集》亦各自成書。

② “立教”下，紀昀評：各立一家之教，聽人就所近取之，必欲無美不該，則世無此書。

③ “高古不恒”下，紀昀評：此四字可品《篋中集》。《文粹》但不收近體，亦不盡高古。

④ “名句”下，紀昀評：四靈大抵有句無篇，故所選如是。又此五言律一種，亦不該備。

⑤ “論才”下，紀昀評：詩亦不但論才，此語不可諷。

⑥ “全書”下，紀昀評：《櫟園書影》載此書近五百門，錢牧齋鈔得天文等一二門，後亦燬於絳雲樓。

⑦ “今體不具”下，紀昀評：《樂府詩集》全收歷代樂歌，乃備考之書，不當厠之於選本，其中今體亦不少。

⑧ “所遺良多”下，紀昀評：《百家詩》去取最乖剌。

⑨ “全書”下，紀昀評：亦非全書。

⑩ “未合中道”下，紀昀評：《律髓》中極有好詩，但蕪雜太甚，如披沙揀金，議論亦多僻陋。詩眼之說，尤誤人，初學最忌看之。

⑪ “醇正”下，紀昀評：二字不確，當曰整贍。

⑫ “易從也”下，紀昀評：《才調集》亦一家之格，必欲駕之諸選之上，則非公論。不入四語，譽之亦太過情。韋氏所錄，多晚唐下下之格，與雅詩已南轅北轍，《三百》遺意，又談何容易耳。

⑬ “寫不出”下，紀昀評：自是如此，然亦有揀擇太甚，轉使本意不明者。

失《三百篇》之遺意也①。韋君所取以此，故其爲書也，以白太傅壓通部，取其昌明博大，有關風教諸篇，而不取其閒適小篇也；以溫助教領第二卷，取其比興邃密，新麗可歌也；以韋端己領第三卷，取其氣宇高曠，辭調整贍也；以杜樊川領第四卷，取其才情橫放，有符《風》《雅》也；以元相領第五卷，取其語發乎情，風人之義也；以太白領第六、第七卷，而以玉溪生次之，所以重太白而尊商隱也；以羅江東領第八、第九卷，取其才調兼擅也②。其他如司空表聖非不超逸，而不取，以其取材不文也；李長吉歌行非不峭媚，而不取，以其著意險怪，性情少也；韓退之非不協《雅》《頌》，而不取，以其調不穩也；柳柳州非不細麗，而不取，以其氣不揚而聲不暢也；高達夫、孟浩然非不高古，而所取僅一二篇，以其堅意不同也③；韓致光《香奩》非不艷冶，而不取，以其發乎情而不能止乎禮義也；襄陽④、東野非不奇，而所取亦僅一二，以其艱澀也。餘不可殫述⑤。要之，韋君此書，非謂可盡一代之人，亦非謂所選可盡一人之能事，合者取之，不合者棄之，亦自成韋氏之書云爾⑥。

兩先生教後學，皆喜用此書，非謂此外皆無可取也。蓋從此而入，則蹈矩循規，擇言擇行，縱有紈綺氣習，然不過失之乎文⑦。若徑從江西派入，則不免草野倨侮，失之乎野。往往生硬拙俗，詰屈槎牙⑧，遺笑天下後世而不可救。今學者多謂印板唐詩不可學，喜從宋、元入手。蓋江西詩可以枵腹而爲之，西崑則必要多讀經史《騷》《選》，此非可以日月計也⑨。況詩發乎情，不真則情偽，所以從外至者雖眩目悅耳，而比之雛狗衣冠；從肺腑流出者雖近里巷鄙俚，而或有可取，然亦須善爲之。

---

① "遺意也"下，紀昀評：究竟要先論命意，後學修詞，斷無梁壁不具而丹堊能施者。唐人云云，尤爲依託，唐人未見有此語。

② "兼擅也"下，紀昀評：諸家先後次序，有絕不可解者，恐亦隨手排編，未必盡有義例，此所解多附會。

③ "不同也"下，紀昀評：句不可解。

④ "襄陽"下，紀昀評：孟襄陽已論於前，此當是賈島之誤。

⑤ "殫述"下，紀昀評：韋亦偶就所見排比成書。一代之詩，浩如烟海，安能一一推其不選之故？所論諸家，尤多不確。

⑥ "云爾"下，紀昀評：此乃平情之論，何必多生分別，務於伸此而抑彼。

⑦ "失之乎文"下，紀昀評：浮艷之弊，亦不勝言，此語偏祖太甚。

⑧ "詰屈槎牙"下，紀昀評：此則公論，如《瀛奎律髓》所收，實多弊病。

⑨ "計也"下，紀昀評：西崑須胸有卷軸，江西亦須胎息古人，皆不可枵腹爲也。如以粗野爲江西，以剽竊爲西崑，則皆可以枵腹爲之。

鈍吟有云，圖驥裊之形，極其神駿，若求伏轅，不免駕款段之駑；寫西施之貌，極其美麗，若須薦枕，不如求里門之嫗。萬曆間，王、李盛學盛唐、漢魏之詩，只求之聲兒之間，所謂圖驥裊、寫西施者也。牧齋謂詩人如有悟解處，即看宋人亦好，所謂款段之駑、里門之嫗也。遂謂里門之嫗勝於西施，款段之駑勝於驥裊，豈其然乎？若今詩人專以里俗語爲能事，是圖款段之馬，寫里門之嫗矣，其能免於千古姍笑乎？噫，此言真爲好言宋詩者藥石矣①。

默庵日拈是編，閱凡五次，皆自首訖尾，但書不盡存。鈍吟所閱，多屬友人藏本，旁行側理，或丹或墨，行草不類，而其定本藏毛氏汲古閣。尤喜默庵，批評圈點，一一附載，今特會萃合成一集，俾詩家獲覩是書，而詩宗正傳，昭然大白，可無素絲岐路之憂，有深幸焉。

兩筆合刊，頗易蒙混，今將默庵"○""△""｜"俱用粗筆，點用"、"。鈍吟"○""△""｜"俱用細筆，點用"·"，其無圈點處悉仍之。

凡所下語，俱用"默云""鈍云"分別。

凡說詩法者，列在每卷第二行後；凡說詩人者，列在人名後；凡說全篇者，列在詩題後；凡評注，列在各句旁；集中舊有原注，悉依宋本。

宋本原缺字句，沈刻本雖補，今亦注明"宋缺"；原本不缺，兩先生或疑其非，則字旁加"□"記，出駁正；舊注誤處，亦用"□"記。

凡默庵圈點，加鈍吟之上，鈍吟圈點，列默庵之下。或默取鈍不取，鈍取默不取，各出己見，所有圈點亦分別粗細，概用單行。

兩先生所好同，所學同，所窮年矻矻，丹黃兩豪，不省去手亦同，而其論詩法，則微有不合處。默庵得詩法於清江范德機，有《詩學禁臠》一編，立十五格以教人，謂起聯必用破，頷聯則承，腹聯則轉，落句則或緊結或遠結②。鈍吟謂詩意必顧題，固爲喫緊，然高妙處正脫盡起承轉合，但看韋君所取，何嘗拘拘成法，圓熟極則自然變化無窮爾③。

是書幾亡久矣。沈雨若刻本，舛錯紕繆，不可窮詰。幸錢求赤多方購求影宋鈔本，歷三處而得全。中間幾經錢功甫輩明眼校讎，始得復見本來

① "藥石矣"下，紀昀評：此論極爲分明。觀此知二馮之尚崑體，蓋亦有激而然，而主持太過，遂使浮靡之弊，視俚俗者爲加厲，則門戶之習，奪其是非之心也。
② "遠結"下，紀昀評：起承轉合，雖李、杜亦不能廢，但運用不同，不煩繩削自合耳。默庵此語，病在拘定起聯、頷聯、腹聯、落句四處，便落入鈍機。
③ "變化無窮爾"下，紀昀評：二說相參乃得之，然必先知起承轉合，而後能脫起承轉合。

面目。然宋刻不免實有誤處，沈氏刻時，想亦曾見原本，意爲更易，未可知也。虞山七十八老人簡緣馮武識。　清康熙四十三年垂雲堂刻本《才調集》卷首。

垂雲堂刻本《才調集》跋

　　蜀韋縠《才調集》十卷，本朝所未刊，諸名公所未覩者也。先君文敏公素有此書，蓋宋刻佳本。惜分授之時，匆忙失簡，逸去其半。後逾三十年，幸文符君望雲獲聞其親錢復正氏有鈔本家藏，因而假歸，特浼知舊馬公佐照其款制摹以配之，共計一百十有六幅，凡二千七十三行，裝池甫畢，展卷煥然，頓還舊觀矣。後之人勿視爲尋常物也。萬曆甲申臘月十日，華亭徐玄佐記。

　　萬曆三十五年，借得研北翁孫氏本，即沈氏所刻之原本也。沈本爲俗子所竄譌處，不可勝乙。崇禎壬申，嚴文靖曾孫翼館於余家，攜宋本至，前五卷爲臨安陳解元宗之家刻，後五卷爲徐玄佐録本，始爲是正。又從錢宗伯假得焦狀元本，亦從陳書橅寫，與孫本不殊。焦本盡改“嬌饒”爲“妖嬈”，可當一笑。今悉正之。乙亥夏，屠守居士記。

　　崇禎壬申，假別本於宗伯錢公，蓋華亭徐氏舊物也。卷末有跋語云：“失後五卷，借鈔本於錢伏正氏寫補之。”戊寅，洞庭葉君奕示余鈔本，首尾缺損，聊爲裝之。綫縫中有題記云：“萬曆丙戌，錢伏正重裝。”始知即徐氏所借也，中脱一葉，徐亦仍之。是歲十月，得趙清常録本，爲補完。馮班記。

　　是歲冬，江右朱文進中尉寓吳，有宋本，介郡人邵生借之，不可得。攜本就勘，頗草草。朱本亦殘缺，却有第九、第十卷，唯第八卷全失。而葉本第六卷獨完好，惜第七卷“薛逢”以下不復存。參以鈔本始具，命工重寫，因記。馮班。

　　沈刻原本，係邑人研北孫翁家藏，沈與善，因假此，並《弘秀集》合梓之。按：二書俱本臨安刻版，乃孫先世西川公得之楊君謙者也。余善翁之孫江，因得其始末，記之如左。陸貽典。以上諸家藏本原跋。

　　右，沈氏所刻《才調集》。原本不甚譌，爲不知書人剟改，殆不可讀。今爲改定千餘字，重梓者廿餘葉，皆以臨安陳本爲正。凡得別本六，徐本得前五卷，葉本得第六卷，朱本得第九、第十卷，焦狀元、錢復正、孫研北三鈔本，皆完具無缺。第八卷未有宋板，取以補之，鈔本行墨如一，皆出於臨安。又趙清常本僅後四卷，不知所自，亦舊物。凡此數家，大略相類，始知此書更無異本，而沈刻爲信而有徵云。沈名春澤，字雨若。祖應科，隆慶辛未張元忭榜進士。沈平生好事，喜爲詩，此是概見。是書成，爲附著之。鱸鄉漁父夕公記。

　　余素不知詩，即有志而未逮。顧自幼頗好《才調集》，今年春，友人子重馮君從他氏購得萬曆間刻本歸余，毀敗既多，譌謬亦甚。輒命工人補其殘缺，兼以諸君子之力，得廣核諸家，翻改詳審，然後此書得以復完。昔人所謂因人成書者，庶幾近之矣。刻成附記，鮮民赤復氏書，時歲在疆圉大淵獻朱明之皋月。以上錢校沈本原跋。

　　近日詩家尚韋縠《才調集》，爭購海虞二馮先生閱本，爲學者指南，轉相橅寫，往往以不得致爲憾。甲申春，余獲交鈍吟次君服之馮丈，始知汲古閣毛氏收藏鈍吟手閱定本，默庵評閱即附載其中。丹黃甲乙，各有原委，其從子簡緣先生實能道其所以然。因托友人假汲古所藏，並借影寫宋刻，取沈刻本暨錢校本，重加校讎，而乞例言於簡緣，遂謀登梓。庶同志者佩兩先生嘉惠後學之德，且不慮橅寫之難云。康熙甲申七月，新安後學汪文珍書城氏謹識。　　垂雲堂刻本《才調集》卷末。

錢允治跋

　　《才調集》向少刻本，萬曆間，邑中沈氏始付之梓，惜爲俗子所竄，譌謬實甚。今取沈氏原刻，一仍宋本，並集狀元徐玄佐鈔本校正，凡汰去譌字二千二百餘字，重經新刻者三十二板，此本庶爲完書矣。識者拜上。
　　明天啓四年刻《才調集正本》附。

毛晉跋

憶戊午偕雨若於十五松下，日焚香讀異書。每思倡調，因而覓句相賞也。時雨若纔購是集，不亞鴻寶。第惡煤墨瀋，無可著筆椠處，稍稍點次，遂投諸梓，意殊未愜。十年來，偶於故楮中覓得舊本，不覺爽然。隨刻燭研露，互參唐名賢舊集，標格無不印合，遂訂爲完書以行，斯無憾於作者，益有洽於撰人。當世説詩者，見海虞刻有二種，以此。戊辰端陽前一日，湖南毛晉記。　明崇禎元年汲古閣彙刊《唐人選唐詩八種》。

才調集選序

孟蜀監察御史韋縠撰《才調集》，詩凡若干首，大抵以風調爲宗。先是韋莊在前蜀嘗撰《又玄集》，縠書晚出，實爲過之，然而雅鄭雜陳，如侏儒倡優與《雲門》《咸池》並列堂上，君子譏之。又如太白《愁陽春賦》，王建《宮中調笑詞》亦載卷中，尤非體例。余少時喜觀是集，亦未嘗不病其猥雜，因芟薙蕪莽，定爲三卷，去俗存雅，可以傳矣。唐代諸選，殷璠、元結之流，以風骨相高，最爲傑出。獨令狐氏《御覽詩》暨是集專尚風調，而縠殊短於持擇，爲識者所少。余之有是刪，殆亦韋氏之諍臣歟？是集舊與唐釋子《弘秀集》合刻，常熟毛子晉取列唐選之末。予又益以《又玄集》，唐賢之選，庶幾備焉。王士禎跋。　明崇禎元年汲古閣彙刊《唐人選唐詩八種》。

趙秋谷先生評才調集序

宮贊秋谷先生宗虞山二馮，學有間世鍾期之契，當時名卿妬之，不顧也。文孫六泉明府以名孝廉來仕吳中，攝虞山令，于是訪二馮墓，酹以酒，勒碑墓側，夙世瓣香，若有數然。馮氏何以得此于趙氏哉？蓋二馮先生以沉博絕麗之學，爲詩法少陵、義山，專以神智才情啓發後輩。其所選《才調》一集，見詩家標旨。宮贊嗜其學，更爲選其集，匪徒去繁就簡，實于其中窺得旨趣，盡以金鍼度與人也。

夫詩之爲道，詭譎平庸，俱無是處，才調庶幾酌其可焉。雖少陵大篇不甚收，多收元、白、温、李之作，然有才調以運學，有風藻以騁才，抒寫性情，流連比興，于詩之爲道，思過半矣。或者謂宮贊《餉山全集》，筆雋思深，町畦獨闢，意致憂然自遠，與《才調集》若異軌。嗚呼！此則先生之深于《才調》而進焉者也。先生融冶其才，自加變化，取材者唐詩，未嘗鑿空梯險，如宋人爲也。

六泉以選本屬爲之序，竊爲推其曠代相契之故，以明古來作詩之旨如此。他日者婁江一權，與六泉面爲論定，或不以鄙言爲謬也夫。　顧宗泰《月滿樓詩文集》卷九。

重刻才調集補注序

唐人選唐詩，至今存者纔十數種，求其宜風宜雅，可歌可誦，衆長畢具者蓋鮮。如《御覽詩》，則令狐學士取妍麗短章以進御，而不及長篇；元次山《篋中集》，則意在顯微闡幽，所存者僅七人，類多歡寡愁殷之語，因其性之所近，用以自喻，不諧於時；芮侯撮初唐九十人之詩，謂成一家之言，名曰《國秀集》，所錄未盡其人之佳構，掛漏殊多，且篇帙不全，非復芮侯原本；至若專取其人風標挺特，超軼羣倫，第因人而錄詩，則《河岳英靈集》是也。凡此皆有偏見，有謂而爲，未覯昌明博大之觀，有非温柔敦厚之旨。惟韋御史此集，取詩千首，無體不備，無美不臻。韋生五代文敝之後，特擷初、盛、晚唐之菁華而甄錄之，故所採尤爲精審。其自序云"韻高而桂魄爭光，詞麗而春色鬪美"，二語已括此編之全，於以示後學之津梁，勣詩人之逸興。後得殷君于上箋注，宋司農補注，爲之輔翼，使題之根據，典之奧僻，煥然冰釋，豁然雲開，令人展卷心曠神怡，誠案頭唫諷不可無之書也。爰屬書局諸君，詳加讎校，亟付梓人，以爲學詩者之讀本云爾。

光緒二十年，歲次甲午孟夏，江蘇布政使嶺南鄧華熙。

傅增湘跋

余自壬子季春，由滬還津，家居奉親，歲月寬閑，日以丹鉛自課。尤篤好唐賢吟詠，偶見善本，輒奮筆點勘，喜其情韻兼美，可以悅性怡情也。嘗謁德化李椒微夫子，遍觀藏書，適有影宋本《才調集》，楮墨精麗，審爲述古堂舊物。因假得，以汲古本對勘，是爲手校《唐選八種》之始。

校述古堂影宋本。原本椒微師所藏，字畫精雅，半葉十行，行十八字。有"虞山錢曾遵王藏書""述古堂圖書記""錢曾之印""遵王錢氏校本""求赤讀書記""錢孫保印""毛晉私印""子晉""汲古主人""雪苑宋氏蘭揮藏書記""友竹軒""筠"各印記。

按：此影宋本見《述古堂書目》，據《讀書敏求記》所述，則錢氏藏《才調集》三，一爲陳解元書棚宋槧本，一爲錢復真家舊鈔本，一爲影寫陳解元書棚本。知椒微師所得正其第三帙也。此書宋以後傳本甚稀，隆慶時沈雨若始刻以行，萬曆時又有覆刻，然爲俗人竄易，謬誤至不可讀。毛子晉彙刊唐選時，覓得善本，參考唐賢舊集，更訂重刊，然未覯宋槧，榛蕪滿幅，未能淨掃也。同時海虞馮已蒼及定遠，篤嗜此集，與葉石君、陸勅先諸人尋求舊本，匡繆正譌，俾臻完善。康熙甲申，新安汪文珍訪諸後人，獲其遺蹟，爲之授梓，並附刊二馮評點，以示學詩之準的。記其先後訪得者，華亭徐文敏家、江右朱文進中尉家宋刊殘本，錢復真、焦弱侯、趙清常、孫研北四家鈔本，改正沈刻至千餘字，其所據依，皆出臨安書棚本也。三百年來，古籍散亡，以余所聞見，並世未嘗存有宋槧，則此述古摹本殆已孤行於天壤間，而余幸得手披而目翫之，不可謂非奇緣盛福矣！第摹本亦有差失，如卷一薛能詩題《黃蜀葵》，作"蜀黃葵"；劉長卿詩題《赴潤州留別鮑侍御》，無"別"字；《次秋浦界青谿館》，無"谿"字。似皆顯然奪誤，而馮校一遵之不改，要未爲允愜。是在善讀者之領悟，未可刻舟以求劍也。又聞之椒微師言，義門亦有評校本，惜當時所得祇此七種，未識分析之後，流落何歸。附誌於此，以冀有鏡合珠還之日耳。

《藏園羣書題記》卷五《校唐人選唐詩八種》（節錄）。

著　錄

《崇文總目》卷一一　《才調集》十卷。

《遂初堂書目》　唐《才調集》。

《通志》卷七〇　《才調集》《天歸集》十卷。

《直齋書錄解題》卷一五　《才調集》十卷，後蜀韋縠集唐人詩。

《文獻通考》卷二四八　《才調集》十卷，陳氏曰：後蜀韋縠集唐人詩。

《國史經籍志》卷五　　《才調集》十卷，唐韋縠集。

《蜀中廣記》卷一〇〇　　《才調集》十卷，後蜀韋縠選唐人詩，以李青蓮、白樂天居首，海虞趙玄度有抄本。

《季滄葦藏書目》　　《才調集》十卷，四本，元板抄補。

《錢遵王述古堂藏書目錄》卷七　　《才調集》十卷，四本，宋本影抄。

《讀書敏求記》卷四　　《才調集》十卷。余藏《才調集》三：一是陳解元書棚宋槧本，一是錢復真家藏舊鈔本，一是影寫陳解元書棚本。閒嘗論之，韋縠選此集，每卷簡端題“古律雜歌詩一百首”，槪絕句于律詩中，南宋人不復解此。今之詩家，并不知絕句是律矣。格律之間，溯流窮源，未免有詩亡之歎。

《四庫全書總目》卷一八六　　《才調集》十卷，江蘇巡撫採進本。蜀韋縠編。縠仕王建爲監察御史，其里貫事迹皆未詳。是集每卷錄詩一百首，共一千首。自序稱觀李、杜集，元、白詩，而集中無杜詩。馮舒評此集，謂崇重老杜，不欲芟擇。然實以杜詩高古，與其書體例不同，故不采錄。舒所說非也。其中頗有舛誤，如李白錄《愁陽春賦》是賦非詩，王建錄《宮中調笑詞》，是詞非詩，皆乖體例。賀知章錄《柳枝詞》，乃劉采春女所歌，非知章作。其曲起於中唐，知章時亦未有。劉禹錫錄《別蕩子怨》，乃隋薛道衡《昔昔鹽》；王之渙錄《惆悵詞》，所詠乃崔鶯鶯、霍小玉事，之渙不及見，實王渙作，皆姓名訛異。然頗有諸家遺篇，如白居易《江南贈蕭十九》詩、賈島《贈杜駙馬》詩，皆本集所無。又沈佺期《古意》，高棅竄改成律詩；王維《渭城曲》“客舍青青楊柳春”句，俗本改爲“柳色新”；賈島《贈劍客》詩“誰爲不平事”句，俗本改爲“誰有”。如斯之類，此書皆獨存其舊，亦足資考證也。縠生於五代文敝之際，故所選取法晚唐，以穠麗宏敞爲宗，救粗疎淺弱之習，未爲無見。至馮舒、馮班意欲排斥宋詩，遂引其書於崑體，推爲正宗。不知李商隱等，《唐書》但有三十六體之目，所謂西崑體者，實始於宋之楊億等，唐人無此名也。

又卷一九一　　《二馮評點才調集》十卷，內府藏本，國朝馮舒、馮班所評點，其猶子武合刊之。班有《鈍吟雜錄》，已著錄。此書去取大旨，具見武所作《凡例》中。凡所持論，具有淵源，非明代公安、竟陵諸家所可比擬，故趙執信祖述其說。然韋縠之選是集，其途頗寬，原不專主晚唐。故上至李白、王維，以至元、白長慶之體，無不具錄。二馮乃以國初風氣矯太倉、歷城之習，競尚宋詩，遂借以排斥江西，尊崇崑體。黃、陳、溫、李，斷斷爲門戶之爭。不知學江西者，其弊易流於粗獷，學崑體者，其弊亦易流於纖穠。除一弊而生一弊，楚固失之，齊亦未爲得也。王士禎謂趙執信崇信是書，鑄金呼佛，殊不可解。杭世駿《榕城詩話》亦曰："戚進士牧言，德清人，每爲二馮左袒。予跋其《才調集》點本後曰：'固哉，馮叟之言詩也！承轉開合，提唱不已，乃村夫子長技。緣情綺靡，寧或在斯？古人容有細心通才，必不當爲此迂論，右西崑而黜西江。夫西崑盛於晚唐，<small>案：晚唐無西崑之名，此語失考。</small>西江盛於南宋，今將禁晋、宋之不爲齊、梁，禁齊、梁之不爲開元、大曆，此必不得之數。風會流轉，人聲因之，合三千年之人爲一朝之詩，有是理乎？'二馮可謂能持詩之正，未可謂遂盡其變也"云云。其論頗當。惟謂承轉開合乃村夫子長技，則又主持太過。孟子曰："梓匠輪輿能與人規矩，不能使人巧。巧在規矩之外，而亦不能出乎規矩之中。"故詩必從承轉開合入，而後不爲泛駕之馬。久而神明變化，無復承轉開合之迹，而承轉開合自行乎其間。譬如毛嬙、西子，明眸纖步，百態橫生，要其四體五官之位置，不能與人有異也。豈有眉生目下、足著臂旁者哉？王士禎《蠡勺亭觀海》詩曰："春浪護魚龍，驚濤與漢通。石華秋散雪，海扇夜乘風。"竟不知士禎斯游爲在春、在秋、在晝、在夜，豈非但標神韻，不講承轉開合之故哉？世駿斯言，徒欲張新城之門戶，而不知又流於一偏也。

又卷一九四　《十種唐詩選》十七卷，山東巡撫採進本。國朝王士禎編，取唐人總集八家，及摘宋姚鉉《唐文粹》所載諸詩，各爲删汰。……其去取一以神韻爲宗，猶其本法。惟《才調集》《唐文粹》删汰未精，門徑叢雜，而《文粹》尤甚。如盧仝《月蝕》詩、陸龜蒙《江湖散人歌》，皆不能謂之盛唐格也。又韋莊《又玄集》，原書已佚，今所傳者乃贋本。馮氏《才調集凡例》言之，而士禎仍爲選錄，亦失別裁。

《四庫全書簡明目録》卷一九　《才調集》十卷，蜀韋縠編，凡一千首。縠生五代文敝之際，故所錄多取晚唐，以穠麗秀發爲宗，救當時粗俚之習，不爲無益。馮舒、馮班引其書合於西崑體，以爲詩家軌式，則一隅之見矣。

《清文獻通考》卷二三七　《二馮評點才調集》十卷，馮舒、馮班同輯。班見子類。王士禎跋曰："趙執信崇信是書，鑄金呼佛，殊不可解。"杭世駿《榕城詩話》曰："戚進士牧言，德清人，每爲二馮左袒。予跋其

《才調集》點本後曰：'固哉，馮舒之言詩也！承轉開合，提唱不已，乃村夫子長技。緣情綺靡，寧或在斯？古人容有細心通才，必不當爲此迂論，右西崑而黜西江。夫西崑盛於晚唐，西江盛於南宋，今將禁晋、宋之不爲齊、梁，禁齊、梁之不爲開元、大曆，此必不得之數。風會流轉，人聲因之，合三千年之人爲一朝之詩，有是理乎？'二馮可謂能持詩之正，未可謂遂盡其變也。"

《清通志》卷一〇四　《二馮評點才調集》十卷，馮舒、馮班同評。

《八千卷樓書目》卷一九　《才調集》十卷，蜀韋縠編，垂雲堂刊本。

《才調集補注》十卷，國朝殷元勳、宋邦綏同撰刊本。

顧廣圻《思適齋集》卷一《百宋一廛賦》　《才調集》十卷，每半葉十行，每行十八字。卷二至卷五爲宋槧，餘鈔補。第一卷有季振宜藏書一印。合諸延令目云"《才調集》十卷，四本，宋本鈔補"，知其即此。

《日本訪書志》卷一二　《才調集》十卷，舊鈔本。首題"才調集叙，蜀監御史韋縠集"，次目錄，每人幾首，不錄詩題。每卷首題"古律雜歌詩一百首"。以汲古閣刻本照之，汲古本每卷首目錄有詩題，每卷首無"古律雜歌一百首"，總題卷中，字句往往不同，而詩題尤多參差。大抵汲古閣題下注或刻作某者，即此本也。如白居易《三月三日被禊洛濱》，汲古本序二百五十三字，注云"序與舊刻不同"，而此本則題爲"被禊日遊於斗門亭"，夾注只二十二字。《四庫提要》著錄本有劉禹錫《別蕩子》詩，今按汲古本及此本，此首皆在劉長卿詩内。王之渙《惆悵詞》，本王涣詩，今按汲古本作王之渙，此本實作王涣，不誤。賈島《贈劍客》詩"誰有不平事"，《提要》本作"誰爲"，今按汲古本、此本並作"誰有"，是《提要》著錄，非此二本。據毛氏跋，稱其刻此書有二種。四庫著錄，或其前一種與？至此本筆誤，亦時有之。其款式則視汲古爲舊矣。日本文政八年有官刊本，即從此出。

《書林清話》卷八《顏色套印書始於明季盛於清道咸以後》　虞山二馮評點《才調集》，其從子武刻之，以重圈、細圈分別，又以三角、尖點、劃明，是亦節省工貲之道。但一經翻刻，則易混淆，固不如套印之易於區別也。

《藏園羣書經眼錄》卷一二　《才調集》十卷，蜀韋縠編。明刊本。有張宗松跋，錄後：

　　是集萬曆間沈雨若所刻，錢功甫董復校勘修板，汰去沈刻譌字極多，洵善本也。校汲古閣本，中間字句同異，約計二千字，與二馮批本的合。乾隆乙酉年，古鹽張宗松寒坪氏志。

此本亦録有評語，不知爲何人筆。鈐有查嗣瑮印。

  又　《才調集》十卷，蜀韋縠編。舊寫本。録馮默安_舒、德鈍吟_班、馮簡緣_式、錢牧齋_{謙益}、葉石君_{樹廉}諸家評點。康熙戊戌，許爕堂寶君手臨。（己未）

  又卷一八　《才調集》十卷，五代蜀韋縠編。汲古閣刊本。目後有徐玄佐、屠守居士馮班、陸貽典、鱸鄉漁父、夕公、鮮民赤復各跋，密行細字，十四行，凡一葉，各本未見。何義門_焯手校並批。（葉定侯藏，甲戌四月閱。）

  又　《才調集》十卷，五代蜀韋縠編。汲古閣影寫宋刊本，十行十八字。鈐印録後："宋本"_{朱橢}、"甲"_{朱方}、"毛晋私印"_{朱方}、"子晋"_{朱方}、"汲古主人"_{朱方}、"大布衣"_{白方}、"錢曾"_{朱橢}、"述古堂圖書記"_{朱長方}、"錢曾之印"_{白方}、"遵王"_{朱方}、"錢氏校本"_{朱長}、"虞山錢曾遵王藏書"_{朱長}、"賢者而後樂此"_{白長}、"求赤讀書記"_{白長}、"錢孫保印"_{朱方}、"友竹軒"_{朱橢}、"筠"_{朱圓}、"雪苑宋氏蘭揮藏書記"_{朱長}。（李木齋先生藏書。壬子）

評　述

  《能改齋漫録》卷四《空梁落燕泥》　唐劉餗《隋唐嘉話》載，隋煬帝爲《燕歌行》，群臣皆以爲莫及，王胄獨不下帝，因此被害。帝誦其句云："'庭草無人隨意緑'，能復道耶？"又唐潘遠《紀聞》載，隋煬帝作詩有押"泥"字者，群臣皆以爲難和，薛道衡後至，詩成有"空梁落燕泥"之句，帝惡其出己上，因事誅之。臨刑，問："復能道得'空梁落燕泥'否？"予考二事相似，然小説可信者少。及觀五代韋縠所編《唐賢才調集》詩，其中載劉長卿一詩《別宕子怨》，凡十韻，有一聯云："暗牖懸蛛網，空梁落燕泥。"與潘遠所載道衡詩無異，何耶？以《隋書》考之，煬帝嗣位，道衡自襄州總管轉潘州刺史，歲餘上表求致仕，帝許以秘書監待之。道衡既至，上《高祖頌》，帝覽之不悅，拜司隸大夫，將置之罪。道衡不悟，遂因議新令事，付執法勘之。帝令自盡，憲司縊殺之。然則道衡貽怒煬帝，因獻頌所致。況又《才調集》以爲長卿詩，遠説甚可疑也。又據《道衡集》亦有此，但名爲《昔昔鹽》，當是道衡自作，不緣和韻耳。

《容齋續筆》卷七　薛道衡以"空梁落燕泥"之句爲隋煬帝所嫉，考其詩名《昔昔鹽》，凡十韻。……唐趙嘏廣之爲二十章，其"燕泥"一章云："春至今朝燕……"韋縠編《唐才調詩》，以趙詩爲劉長卿，而題爲《別宕子怨》，誤矣。

《文苑英華辨證》卷五　劉長卿《宕子怨》詩……此篇長卿集不載，而郭氏《樂府》及洪氏《容齋續筆》並以爲薛道衡《昔昔鹽》。按《隋書》《通鑑》，隋煬帝誅道衡，曰："更能作'空梁落燕泥'否？"趙嘏有《廣道衡詩》二十首，每一句作一篇，即用前詩句也。《文苑》殆因韋縠編《唐才調集》作劉長卿而誤耶？

《艇齋詩話》　唐詩人《小長干行》全篇皆佳，其首云"憶昔深閨裏，煙塵不曾識。嫁與長干人，沙頭候風色"是也。《才調集》載兩首，其一"妾髮初覆額，折花門前劇。郎騎竹馬來，繞牀弄青梅"是也，與前一首同載一處，皆作李太白作。惟顧陶《唐詩選》並載，而分兩處，"妾髮初覆額"一篇李白作，"憶昔深閨裏"一篇張潮作，二者未知孰是？然顧陶選恐得其實也。又二詩所載各不同，"妾髮初覆額"一篇內，"十五始展眉，願同塵與灰"，《才調集》又有兩句云"恒存抱柱信，豈上望夫臺"，方至"十六君遠行，瞿唐灩澦堆"。顧況《詩選》即無"臺"字一韻。又"憶妾深閨裏"篇內，"森森暗無邊，行人在何處"下，有四句云"好乘浮雲驄，佳期蘭渚東。鴛鴦綠蒲上，翡翠錦屏中"。《才調集》卻云："北客眞王公，朱衣滿汀中。日暮來投宿，數朝不肯東。"與顧況本不同。以予觀前一篇，《才調集》有"臺"字一韻，不如顧況刪去。後一篇顧況四句，不如《才調集》四句，二本互有得失也。

又　《才調集》唐人詩有"樓晚風高角，江春浪起船"兩句，甚佳。張文潛喜誦。

又　唐人李涉善爲歌行，如《才調集》所載《雞鳴曲》，荆公大喜，選載"燕王好賢築金臺"詩之類，皆全篇有思致，而詞近古。

《唐音癸籤》卷三一　《名賢才調集》，蜀監察御史韋縠編唐人詩一千首，每一百首爲一卷，隨手成編，無倫次。其所宗者雖李青蓮及元、白，而晚唐人詩十居其七八。

《焦氏澹園續集》卷九《題錦研齋集》　昔以唐人選唐詩者，不啻數家，唯《才調集》稱焉。爲其一本才情，盡鏟支蔓，成一家之言，致足術也。取君之作，雜是集中，不復可辨。

《十國春秋》卷五六　韋穀少有文藻，夢中得軟羅纈巾，由是才思益進。仕高祖父子，累遷監察御史，已又陞□部尚書。穀常輯唐人詩千首，爲《才調集》十卷，其書盛行當世。

《詩源辯體》卷一三　古人爲詩，不憚改削，故多可傳。杜子美有"新詩改罷自長吟"，韋端已有"臥對南山改舊詩"之句是也。嘗觀唐人諸選，字有不同，句有增損，正由前後竄削不一故耳。如沈佺期"盧家少婦鬱金堂"，《搜玉集》較金本但"少婦"作"小婦"，"音書"作"軍書"。《才調集》則"盧家少婦"作"織錦少婦"，"白狼"作"白駒"，"誰謂"作"誰知"，"更教"作"使妾"，不但工拙不侔，其乖調竟似梁、陳。然《才調集》乃唐末人選，而猶未從改本者，蓋彼但見初本，尚未見改本故也。

又卷三六　韋穀《才調集》，唐末人所選唐人古、律、歌、詩凡一千首。中如元稹、李商隱、溫庭筠、韋莊各五六十篇，而佳者多遺。高、岑、王、孟諸公，僅見一二，而又非所長。至不知名者，十居二三。晚唐怪惡，亦每每而見。自題曰："暇日因閱李、杜集，元、白詩，其間大海混茫，風流挺特，遂采摭奧妙并諸賢達章句"云云。今所選，杜又不錄，豈以元、白爲有調，杜反爲無調耶？若太白《長干行》，乃晚唐人詩。劉長卿"垂柳拂金堤"，乃薛道衡詩也。

《桂山堂詩文選》卷七《書杜工部集後》　唐人選詩，六家而外，有《才調集》，大約宗尚元、白輩，而中、晚以來，概以近體多不入選，至有目爲村夫子者。

《柳南隨筆》續筆卷一《宋人論文》　宋人論文，有照應、波瀾、起伏等語。馮鈍吟謂："若着一字于胸中，便看不得《史記》。"馮已蒼批《才調集》，頗斤斤于起承轉合之法，何義門謂若着四字在胸中，便看不得大曆以前詩。

又續筆卷二《唐詩選本》　《才調集》一書，係韋穀所選。韋官於蜀，而蜀僻在一隅，典籍未備，此必就蜀中所有之詩，爲之詮次者。自馮已蒼兄弟加以批點，後人取而刻之，而此書亦盛行於世。後學作詩，以此二詩爲始基，汩沒靈臺，蔽錮識藏，近俗近腐，大率由此。鍾、譚《詩歸》，或疑其寡陋無稽，錯繆雜出，此誠有所不免。然以此洗滌塵俗，掃除熟爛，實爲對症之藥，猶非《鼓吹》《才調》兩書可比也。

《春在堂雜文》續編卷三《小滄洲詩鈔序》　昔蜀韋縠選唐詩《才調集》十卷，所取多晚唐人詩，專以穠麗秀發爲宗。

《雅倫》卷二《才調體》　唐韋縠選元、白、温、李諸公之詩。　韋縠自序曰：或閒牕展玩，或月榭行吟，韻高而桂魄爭光，辭麗而春色鬭美。　馮定遠曰：趙宋吕文清名本中，字居仁，作《江西詩派圖》，推山谷老人爲第一，列陳無己等二十五人爲法嗣，上溯韓文公爲鼻祖，一以生硬放軼爲新奇。楊大年名億，錢文僖名惟演，晏元獻名殊，劉子儀名筠，諸公爲西崑體，推尚温助教庭筠、李玉溪商隱、段太常成式爲西崑三十六，以三人各行十六也。唐彦謙、曹唐輩佐之。其爲詩以細潤爲主，取材騷雅，玉質金相，豐中秀外，兩先生俱右西崑而闢江西，誠恐後來學者不能文，而但求異，則易入魔道，卒至於牛鬼蛇神而莫可底止也。　費經虞曰：才調體亦類西崑，以輕倩纖細爲主。宋初盛行，近日有遵奉此書以爲準的者，承學者往往流入浮薄，亦大雅之憂也。　錫璜按：奉江西宗派易入於寬，而奉才調易入於妖，均非正宗也。

《竹林答問》　問《篋中集》《極玄集》《才調集》所選何如？三書惟《才調集》曾見之。唐人所選，大抵各視其才地之所近耳。國朝如《甬上耆舊集》《唐賢三昧集》《別裁集》亦然。

《清文獻通考》卷二三四　《馮定遠集》十一卷，馮班撰。班見子類。臣等謹按，班與其兄舒皆以詩名，稱“海虞二馮”。然舒之論詩，講起承轉合最嚴。班則欲化去此法，微有不同。要其所作，俱淵源於《才調集》《玉臺新咏》二書，則其風格猶未能進而益上也。

《訂訛類編》卷四《王渙》　王渙，唐末人，字羣吉，有《惆悵詞》六首。《才調集》譌作“王之渙”，不知之渙是開元人，何以預詠霍小玉、崔鶯鶯事？且盛晚詩格，亦大相懸絕，不難辨也。

《樵香小記》卷下《賀知章柳枝詞》　《柳枝詞》起于中唐，故白香山詩稱“聽取新翻《楊柳枝》”也。《才調集》乃有賀知章《柳枝詞》，考何光遠《鑑戒錄》稱是篇爲賀秘監知章《咏柳》，是《才調集》悮。

《香石詩話》卷一　余嘗評漁洋《三昧集》，或謂視二馮評《才調集》進一格。門人輩往往以爲枕中秘。

又卷三　趙秋谷自言好用馮氏法攻人之短。按二馮評《才調集》，所託本不高，而秋谷主之，可知矣。秋谷固自有佳處，然其不能及阮亭，似不待知者而辨。

《紀文達公遺集》卷一一《書八唐人集後》　二馮《才調集》，海內風行，雖自偏鋒，要亦精詣，其苦心不可没也。第主張太過，欲舉一切而廢之，是其病耳。此八家詩，是小馮手迹，與《才調集》看法正合。著語不多，當是几硯間隨筆所就者。

雍正《浙江通志》卷一八〇《傅性喆傳》　所選《古今文才調集》，準唐賢韋縠論詩之義以論文，大抵斂才於法，而不欲以一往馳騁爲才，其持論甚竣，學者皆受範焉。

《貞一齋詩説》　問：唐人選唐詩，今存數種，體製各不相侔，何者爲善？曰：唐人雖各有真傳，就數種論之，俱屬偏僻好尚。竹垞先生謂《才調集》便于初學，取其清俊，不涉陳腐耳。究竟《才調集》，便是崑體，陳腐氣悉除，妖艷氣亦復不少。

又　《才調集》乃西崑門户，《瀛奎律髓》則西江皮毛。較其短長，《才調集》未至誤人；《瀛奎律髓》無論其他。只此四字名目，已足貽笑無窮。歌詩一百首，古者，五言古也；律者，五、七言律也；雜者，雜體也；歌者，歌行也。此是五代時書，故所題如此，最爲得之，今亦鮮知者矣。

又卷三　沈雲卿《龍池篇》，後人以爲初唐之冠冕者也。《國秀集》《才調集》却不收，可知唐人眼光固别嫌死句也。

《漁洋詩話》卷上　今日善學西崑者，無如常熟吳殳脩齡，學《才調集》，無如江都宗元鼎定九、建昌楊思本因之、太原趙瑾懿侯。

又卷下　門人宗元鼎梅岑詩，以風調爲主，酷學《才調集》。

《池北偶談》卷一二　《才調集》載賈島詩"妻是九重天子女，身爲一品令公孫。鴛鴦殿裏參皇后，龍鳳樓前拜至尊"，其俚已甚。予嘗合《文粹》及《唐人選唐詩》，删爲一集，今刻於崑山。

《分甘餘話》卷二　余門人廣陵宗梅岑，名元鼎，居東原。其詩本《才調集》，風華婉媚，自成一家。常題吳江顧樵小畫寄余京師云："青山野寺紅楓樹，黄草人家白酒篘。日莫江南堪畫處，數聲漁笛起汀洲。"余賦絶句報之云："東原佳句紅楓樹，付與丹青顧愷之。把玩居然成兩絶，詩中有畫畫中詩。"顧字樵水，亦名士。

又卷四　萬楚《五日觀伎》詩，最爲惡劣。滄溟持格律極嚴，而獨取此首，殊不可解。盧綸，大曆十才子之冠冕，而其《贈駙馬都尉》詩云：

"鴛鴦殿裏參皇后，龍鳳樓前拜至尊"，《才調集》顧取之，尤是笑柄。

《古夫于亭雜錄》卷四　順治初，有太原進士趙瑾字懿侯，官長洲知縣。江西新城進士楊思本，字因之。其詩皆似《才調集》，非一時噉名者所及，而世罕知之。

又卷五　王渙字羣吉，唐末人。常作《惆悵詩》者，載在《唐詩紀事》。而《才調集》譌作王之渙，洪容齋亦仍之。勿論詩之氣格相去霄壤，而開元間人預詠霍小玉、崔鶯鶯事，豈非千古笑柄？余選《才調集》《萬首絕句》，乃爲正之。

又　常熟馮班字定遠，著《鈍吟雜錄》，極詆空同、滄溟，於弘正、嘉靖諸名家，多所訾謷。其自爲詩，但沿香籢一體耳。教人則以《才調集》爲法。余見其兄弟，兄名舒，所評《才調集》亦卑之，無甚高論，乃有飯依頂禮，不啻鑄金呼佛者，何也？

《寄庵詩文鈔》詩鈔續卷七《題唐二南詩後》　《才調集》中千首詩，每於壓卷輒稱奇。專家有技原非小，名士無情不敢癡。未到窮愁已如此，將來成就豈能知。平生縱使輕餘子，也自逢人説項斯。

《宋詩紀事補遺》卷七九《春閨怨效唐才調集體》　楊柳和烟翠不分，東風吹雨上離樽。鵾絃調急難藏恨，燕子樓高易斷魂。錦字書成春夢遠，玉壺淚滿夜燈昏。馬蹄想過長亭路，細與蕭郎認去痕。

《冷廬雜識》卷三《朱笠亭説詩》　其從《瀛奎律髓》入手者，多學山谷江西一派，或失之俚；從二馮所批《才調集》入手者，多學晚唐纖麗一派，或失之浮。是皆不能無偏。且《律髓》止載律詩，《才調集》第及中、晚，亦頗未備。

《綠漪草堂集》卷一六　選家好立主見，每卷或以名家冠首。唐蜀韋縠《才調集》以百首爲卷，十卷爲集。開卷首白傅，次卷首飛卿，三卷首韋端己，四卷首小杜，五卷首元相，六卷首太白，馮氏以爲皆有至當之意。翁鈔於北宋，首王介甫爲一卷，次東坡一卷，次山谷一卷，宋初至南渡諸人共爲一卷，亦猶《才調》之見，而世次則紊矣。世次紊則宗派遞變之故，不可得而見也。

《射鷹樓詩話》卷七　唐人《才調集》題云"古律雜歌詩"，案《文選》，王仲宣、劉公幹、魏文帝、陳思王、嵇叔夜、傅休奕、張茂先、棗道彦、左太沖、張季鷹、張景陽、陶淵明、王景玄皆有雜詩，李善云："雜者，不拘流例，遇物即言，故云雜也。"

《衍石齋記事稾》續稾卷五《李子沆于潢方雅堂詩集序》　子沆之詩，有唐人《才調集》之遺風。

《蘿藦亭札記》卷四　韋縠《才調集》，格卑詞陋。七律内如"妻是九重天子女，身爲一品令公孫"，七絶内如"莫學二郎吟太苦，年纔三十鬢成霜""無端鬭草輸鄰女，更被拈將金步摇"等句，惡劣不堪。此等選本，彼時風尚所趨，譬猶今人選時文，阿世好耳。得漁洋簡汰，乃可讀。

《説詩晬語》卷下　韋縠《才調集》，選固多明麗之篇，然如《會真詩》及"隔墻花影動"等作，亦采入太白、摩詰之後，未免雅、鄭同奏矣。奈何闡揚其體，以教當世耶？

《西圃詩説》　韋縠《才調集》，未免雅、鄭同陳，而馮定遠批本又近於拘俗，幸漁洋先生删爲善本，誠韋氏之功臣也。

《小招隱館談藝録初編》卷三　定遠終身徇人所守者，韋縠《才調集》尚昧於所選之旨意，牧齋謂其出入温、李、小杜之間，實則去小杜尚遠。阮亭認爲差長《香奩》，其胸中所激賞，正自有在，此語誠爲照妖之鏡，韋縠不專重《香奩》也。

《石洲詩話》卷二　李廓樂府視張、王大減，不知《才調集》何以捨仲初而獨取之？此自是好惡各別，而阮亭先生《十選》，以應付彼十家則有餘，不可以概三唐作者也。

《敬孚類稾》卷六《跋盧抱經手校賈閬仙集》　何氏云：浪仙身没遠外，又無子嗣，莫能收拾其遺文，雖孤絶之句，流傳人口，然散逸多矣。蜀本出於後人掇拾，反雜以他人之作，如《才調集》中所載《早行》《老將》諸篇，足爲出格，顧在所遺，他可知矣。《寄遠》一篇，亦《才調集》所載者勝，荆公《百家詩選》則就蜀本録之。

《茶餘客話》卷一一　唐詩自嚴儀卿始有初、盛、中、晚之分。前人選擇哀集，初不囿于此限。其見于唐人選唐詩者，如芮挺章之《國秀集》，共九十人，人數章而已。元結之《篋中集》，其友人沈千運、趙微明等二十四首耳。殷璠之《河岳英靈集》，前人有龐雜不倫之譏，且于七言亦太畧。令狐楚之《御覽詩》，妍豔短章耳。《搜玉小集》詩多雜訛。姚合之《極玄集》，自謂皆射鵰手，而止五言百篇。韋莊之《又玄集》，止收晚近。韋縠之《才調集》，共詩千首，頗爲後人宗法，二馮評本，近來尤風行，然其體頗近于西崑。周伯弼之《三體詩》，具有規則，而惜其體裁不備。此皆唐人自選其本朝之詩，或拘一人之聞見，或僅採一時之善手，未能極大觀而無憾。

《人間詞話》卷下　讀《花間》《尊前集》，令人回想徐陵《玉臺新詠》。讀《草堂詩餘》，令人回想韋縠《才調集》。

《雪橋詩話》續集卷六　章丘劉松嵐兵備初在嶺外，學詩於李子喬，子喬謂其爲《才調集》所誤，三十後從新作起。

參考文獻

周易　《十三經注疏》本

詩經　《十三經注疏》本

禮記　《十三經注疏》本

尚書　《十三經注疏》本

釋名　（漢）劉熙　《四部叢刊》景明翻宋書棚本

説文解字　（漢）許慎　文淵閣《四庫全書》本

方言疏證　（漢）揚雄著　（清）戴震疏　乾隆孔繼涵刻微波榭叢書本

廣雅　（三國）張揖　明刻本

宋本廣韻　（宋）陳彭年　江蘇教育出版社 2008 年

埤雅　（宋）陸佃　明成化刻嘉靖重修本

集韻　（宋）丁度　文淵閣《四庫全書》本

六書故　（元）戴侗　文淵閣《四庫全書》本

史記　（漢）司馬遷　中華書局校點本

漢書　（漢）班固　中華書局校點本

後漢書　（劉宋）范曄　中華書局校點本

三國志　（晋）陳壽　中華書局校點本

宋書　（梁）沈約　中華書局校點本

南齊書　（梁）蕭子顯　中華書局校點本

魏書　（北齊）魏收　中華書局校點本

晋書　（唐）房玄齡等　中華書局校點本

北齊書　（唐）李百藥　中華書局校點本

梁書　（唐）姚思廉　中華書局校點本

陳書　（唐）姚思廉　中華書局校點本

周書　（唐）令狐德棻　中華書局校點本

隋書　（唐）魏徵　中華書局校點本

舊唐書　（宋）劉昫等　中華書局校點本

新唐書　（宋）歐陽修等　中華書局校點本
舊五代史　（宋）薛居正等　中華書局校點本
新五代史　（宋）歐陽修　中華書局校點本
資治通鑑　（宋）司馬光　中華書局校點本
唐鑑　（宋）范祖禹　《叢書集成初編》本

東觀漢記　（漢）劉珍　《武英殿聚珍版叢書》本
風俗通義　（漢）應劭　明萬曆《兩京遺編》本
雜事秘辛　（漢）佚名　《漢魏叢書》本
南方草木狀　（晋）嵇含　宋《百川學海》本
拾遺記　（南北朝）王嘉　明《漢魏叢書》本
唐國史補　（唐）李肇　明《津逮秘書》本
朝野僉載　（唐）張鷟　《畿輔叢書》本
事物紀原　（宋）高承　明弘治十八年重刻正統本
山海經校注　袁珂　上海古籍出版社 1980 年
唐會要　（宋）王溥　清《武英殿聚珍版叢書》本
通志　（宋）鄭樵　文淵閣《四庫全書》本
唐才子傳　（元）辛文房　清《佚存叢書》本
唐六典　（唐）李林甫　明刻本
宣和畫譜　（宋）佚名　明《津逮秘書》本
蜀檮杌　（宋）張唐英　清鈔本
六朝事迹編類　（宋）張敦頤　明《古今逸史》本
南唐書　（宋）馬令　清嘉慶《墨海金壺》本
南唐書　（宋）陸游　《四部叢刊續編》景明鈔本
蜀中廣記　（明）曹學佺　文淵閣《四庫全書》本
十國春秋　（清）吳任臣　文淵閣《四庫全書》本

三輔黃圖　（漢）佚名　《四部叢刊三編》景元本
水經注　（南北朝）酈道元　清《武英殿聚珍版叢書》本
洛陽伽藍記　（後魏）楊衒之　文淵閣《四庫全書》本
元和郡縣志　（唐）李吉甫　中華書局 1983 年
長安志　（宋）宋敏求纂修　《經訓堂叢書》本

河南志　（宋）宋敏求纂修　清光緒三十四年《藕香零拾》本

吳郡志　（宋）范成大纂修　汪泰亨等增訂　吳興張氏《擇是居叢書》景
　　宋刻本

太平寰宇記　（宋）樂史　文淵閣《四庫全書》本

元豐九域志　（宋）王存　中華書局 1984 年

方輿勝覽　（宋）祝穆　中華書局 2003 年

岳陽風土記　（宋）范致明　明刻《百川學海》本

桂海虞衡志　（宋）范成大　清《知不足齋叢書》本

金華遊錄　（宋）謝翱（《說郛》題“方鳳”）　康熙刻《晞髮遺集》
　　卷下

雲南志　（明）周季鳳纂修　明嘉靖三十二年翻刻正德五年本

明一統志　（明）李賢　文淵閣《四庫全書》本

古今遊名山記　（明）何鏜　明嘉靖四十四年廬陵吳炳刻本

廣輿記　（明）陸應陽　清康熙刻本

浙江通志　（清）李衛修　沈翼機纂　文淵閣《四庫全書》本

東晉疆域志　（清）洪亮吉　清《廣雅書局叢書》本

辛氏三秦記　（清）張澍　清《二酉堂叢書》本

蘇州府志　（清）馮桂芬　清光緒九年刊本

遂初堂藏書目　（宋）尤袤　文淵閣《四庫全書》本

郡齋讀書志　（宋）晁公武　《四部叢刊三編》景宋淳祐本

直齋書錄解題　（宋）陳振孫　上海古籍出版社 1987 年

國史經籍志　（明）焦竑　明徐象橒刻本

季滄葦藏書目　（清）季振宜　清嘉慶十年黃氏士禮居刻本

錢遵王述古堂藏書目錄　（清）錢曾　清錢氏述古堂鈔本

讀書敏求記　（清）錢曾　清雍正四年松雪齋刻本

四庫全書總目　（清）永瑢等　中華書局 1965 年

日本訪書志　（清）楊守敬　清光緒刻本

書林清話　（民國）葉德輝　民國《郋園先生全書》本

藏園羣書經眼錄　（民國）傅增湘　中華書局 1983 年

藏園羣書題記　（民國）傅增湘　《國家圖書館藏古籍題跋叢刊》本，北
　　京圖書館出版社 2002 年

禽經　（周）師曠　宋《百川學海》本

列子　（春秋）列禦寇　《四部叢刊》景北宋本

莊子注釋　（春秋）莊周　（晋）成玄英等注　中華書局 2011 年

韓非子　（戰國）韓非　《四部叢刊》景清景宋鈔校本

海内十洲記　（漢）東方朔　明《顧氏文房小説》本

獨斷　（漢）蔡邕　《四部叢刊三編》景明弘治本

漢武帝内傳　（漢）班固　明《正統道藏》本

淮南鴻烈解　（漢）劉安　《四部叢刊》景鈔北宋本

漢武洞冥記　（漢）郭憲　明《顧氏文房小説》本

趙飛燕外傳　（漢）伶玄　明《顧氏文房小説》本

秘傳天禄閣寓言外史　（漢）黄憲　明嘉靖二年刻本

搜神後記　（晋）陶潛　明《津逮秘書》本

古今注　（晋）崔豹　《四部叢刊三編》景宋本

穆天子傳　（晋）郭璞　《四部叢刊》景明天一閣本

西京雜記　（晋）葛洪　《四部叢刊》景明嘉靖本

抱朴子　（晋）葛洪　《四部叢刊》景明本

搜神記　（晋）干寶　明《津逮秘書》本

博物志　（晋）張華　清《指海》本

高士傳　（晋）皇甫謐　明《古今逸史》本

竹譜　（晋）戴凱之　宋《百川學海》本

述異記　（南北朝）任昉　《漢魏叢書》本

世説新語　（南北朝）劉義慶　《四部叢刊》景明袁氏嘉趣堂本

荆楚歲時記　（南北朝）宗懍　民國景明《寶顔堂秘笈》本

齊民要術　（南北朝）賈思勰　《四部叢刊》景明鈔本

觀象玩占　（唐）李淳風　明鈔本

大業拾遺記　（唐）顔師古　《香豔叢書》本

白氏六帖事類集　（唐）白居易　民國景宋本

北里志　（唐）孫棨　《香豔叢書》本

教坊記　（唐）崔令欽　明《古今逸史》本

因話録　（唐）趙璘　文淵閣《四庫全書》本

雲溪友議　（唐）范攄　《四部叢刊續編》景明本

劇談録　（唐）康駢　文淵閣《四庫全書》本

獨異志　（唐）李冗　明《稗海》本

酉陽雜俎　（唐）段成式　《四部叢刊》景明本

資暇集　（唐）李匡文　明《顧氏文房小説》本

博異記　（唐）谷神子　明《顧氏文房小説》本

杜陽雜編　（唐）蘇鶚　文淵閣《四庫全書》本

羯鼓録　（唐）南卓　《守山閣叢書》本

東城老父傳　（唐）陳鴻祖　《太平廣記》卷四八五

唐朝名畫録　（唐）朱景玄　文淵閣《四庫全書》本

法苑珠林　（唐）釋道世　《四部叢刊》景明萬曆本

中華古今注　（五代）馬縞　宋《百川學海》本

開元天寶遺事　（五代）王仁裕　明《顧氏文房小説》本

初學記　（唐）徐堅　清光緒孔氏三十三萬卷堂本

藝文類聚　（唐）歐陽詢　文淵閣《四庫全書》本

太平廣記　（宋）李昉　明嘉靖談愷刻本

太平御覽　（宋）李昉　《四部叢刊三編》景宋本

事文類聚　（宋）祝穆　文淵閣《四庫全書》本

册府元龜　（宋）王欽若等　明刻初印本

清異録　（宋）陶穀　《寶顔堂秘笈》本

北夢瑣言　（宋）孫光憲　明《稗海》本

洛陽牡丹記　（宋）歐陽修　宋《百川學海》本

楊太真外傳　（宋）樂史　明《顧氏文房小説》本

夢溪筆談　（宋）沈括　《四部叢刊續編》景明本

南部新書　（宋）錢易　文淵閣《四庫全書》本

唐語林　（宋）王讜　清《惜陰軒叢書》本

桐譜　（宋）陳翥　明《唐宋叢書》本

金石録　（宋）趙明誠　《四部叢刊續編》景舊鈔本

能改齋漫録　（宋）吴曾　文淵閣《四庫全書》本

續博物志　（宋）李石　明《古今逸史》本

墨莊漫録　（宋）張邦基　《四部叢刊三編》景明鈔本

容齋隨筆　（宋）洪邁　上海古籍出版社 1978 年

入蜀記　（宋）陸遊　景鈔宋本

野客叢書 　（宋）王楙　明刻本

西溪叢語 　（宋）姚寬　明嘉靖俞憲崑鳴館刻本

海録碎事 　（宋）葉廷珪　文淵閣《四庫全書》本

雲笈七籤 　（宋）張君房　四部叢刊景明《正統道藏》本

閑窗括異志 　（宋）魯應龍　明刻《鹽邑志林》本

鶴林玉露 　（宋）羅大經　明刻本

證類本草 　（宋）唐慎微　《四部叢刊》景金泰和晦明軒本

本草衍義 　（宋）寇宗奭　《十萬卷樓叢書》本

酒譜 　（宋）竇苹　明《唐宋叢書》本

歷世真仙體道通鑒 　（元）趙道一　明《正統道藏》本

瑯嬛記 　（元）伊世珍　明萬曆刻本

秇林伐山 　（明）楊慎　明嘉靖三十五年王詢刻本

丹鉛總録 　（明）楊慎　文淵閣《四庫全書》本

説略 　（明）顧起元　文淵閣《四庫全書》本

留青日札 　（明）田藝蘅　明萬曆重刻本

潛確居類書 　（明）陳仁錫　《四庫禁毀書叢刊》影印明崇禎刻本

本草綱目 　（明）李時珍　文淵閣《四庫全書》本

古今説海 　（明）陸楫　文淵閣《四庫全書》本

閑情小品 　（明）華淑　明末刊本

汝南圃史 　（明）周文華　明萬曆書帶齋刻本

盦史 　（清）王初桐　清嘉慶刻本

天禄識餘 　（清）高士奇　清康熙二十九年刻本

廣群芳譜 　（清）汪灝等　清康熙刻本

子史精華 　（清）吳襄　文淵閣《四庫全書》本

訂訛類編 　（清）杭世駿　民國《嘉業堂叢書》本

樵香小記 　（清）何琇　清《守山閣叢書》本

冷廬雜識 　（清）陸以湉　清咸豐六年刻本

蘿摩亭札記 　（清）喬松年　清同治刻本

柳南隨筆 　（清）王應奎　清借月山房彙鈔本

小招隱館談藝録初編 　（清）王禮培　民國本

池北偶談 　（清）王士禎　文淵閣《四庫全書》本

分甘餘話 　（清）王士禎　文淵閣《四庫全書》本

茶餘客話　（清）阮葵生　清光緒十四年本

謝宣城詩集　（南北朝）謝朓　毛氏汲古閣景寫宋刻本

徐孝穆集　（南北朝）徐陵　《四部叢刊》景明屠隆本

庾子山集注　（南北朝）庾信　文淵閣《四庫全書》本

鮑明遠集　（南北朝）鮑照　《四部叢刊》景宋本

李太白集　（唐）李白　宋刻本

杜工部集　（唐）杜甫　《續古逸叢書》景宋本

分門集注杜工部詩　（唐）杜甫　《四部叢刊》景宋刊本

高常侍集　（唐）高適　《四部叢刊》景明活字本

孟浩然集　（唐）孟浩然　《四部叢刊》景明本

王右丞集箋注　（唐）王維　（清）趙殿成　文淵閣《四庫全書》本

李賀歌詩集　（唐）李賀　《四部叢刊》景金刊本

昌谷集句解　（唐）李賀　清初丘象隨西軒刻本

白氏長慶集　（唐）白居易　《四部叢刊》景日本翻宋大字本

元氏長慶集　（唐）元稹　《四部叢刊》景明嘉靖本

樊川文集　（唐）杜牧　《四部叢刊》景明翻宋本

樊川詩集注　（唐）杜牧　（清）馮集梧　清嘉慶德裕堂刻本

韋刺史詩集　（唐）韋應物　《四部叢刊》景明嘉靖本

劉夢得文集　（唐）劉禹錫　《四部叢刊》景宋本

甫里先生文集　（唐）陸龜蒙　《四部叢刊》景黃丕烈校明鈔本

張文昌文集　（唐）張籍　《續古逸叢書》本景宋蜀本

李嶠雜咏　（唐）李嶠　日本寬政至文化間本

長江集　（唐）賈島　《四部叢刊》景明翻宋本

孟東野詩集　（唐）孟郊　宋刻本

丁卯集　（唐）許渾　宋刻本

李尚書詩集　（唐）李益　清《二酉堂叢書》本

曹祠部集　（唐）曹鄴　文淵閣《四庫全書》本

常建詩集　（唐）常建　《天祿琳琅叢書》景宋本

溫飛卿詩集箋注　（唐）溫庭筠　（明）曾益　文淵閣《四庫全書》本

玉溪生詩詳注　（唐）李商隱　（清）馮浩　清乾隆德聚堂刻本

華陽集　（唐）顧況　文淵閣《四庫全書》本

王司馬集　（唐）王建　文淵閣《四庫全書》本

浣花集　（五代）韋莊　《四部叢刊》景明本

歐陽文忠公集　（宋）歐陽修　《四部叢刊》景元本

晞髮遺集　（宋）謝翱　清康熙四十一年刻本

焦氏澹園續集　（明）焦竑　明萬曆三十九年朱汝鰲刻本

思適齋集　（清）顧廣圻　清道光二十九年徐渭仁刻本

春在堂雜文　（清）俞樾　清光緒二十五年刻《春在堂全書》本

月滿樓詩文集　（清）顧宗泰　清嘉慶八年刻本

紀文達公遺集　（清）紀昀　清嘉慶十七年紀樹馨刻本

寄庵詩文鈔　（清）劉大紳　民國《雲南叢書》本

綠漪草堂集　（清）羅汝懷　清光緒九年羅式常刻本

衎石齋記事槀　（清）錢儀吉　清道光刻光緒印本

敬孚類稿　（清）蕭穆　清光緒三十三年刻本

楚辭　（漢）王逸　《四部叢刊》景明翻宋本

文選　（梁）蕭統　中華書局 1977 年影印清胡克家校刻本

河嶽英靈集　（唐）殷璠　《四部叢刊》景明翻宋本

唐四僧詩　（唐）釋靈澈　文淵閣《四庫全書》本

松陵集　（唐）陸龜蒙　文淵閣《四庫全書》本

極玄集　（唐）姚合　明崇禎元年刻本

又玄集　（五代）韋莊　古典文學出版社 1958 年影印本

才調集　（五代）韋縠　《四部叢刊》景清錢曾述古堂景宋鈔本

才調集　（五代）韋縠　（清）馮舒、馮班評　清康熙四十三年刻本

才調集選　（清）王士禎　《叢書集成三編》影印廣文書局本

删正二馮評閱才調集　（清）紀昀　《叢書集成三編》影印清鏡煙堂刻本

才調集補注　（五代）韋縠　（清）殷元勳、宋邦綏　清乾隆五十八年宋
　　思仁刻本

文苑英華　（宋）李昉　明刻本

樂府詩集　（宋）郭茂倩　《四部叢刊》景汲古閣本

萬首唐人絕句詩　（宋）洪邁　明嘉靖刻本

風雅翼　（元）劉履　文淵閣《四庫全書》本

漢魏六朝百三家集　（明）張溥　文淵閣《四庫全書》本

唐音癸籤　　（明）胡震亨　　文淵閣《四庫全書》本

全唐詩　　（清）彭定求等　　中華書局 1960 年

唐詩貫珠　　（清）胡以梅　　清康熙五十四年刻本

全五代詩　　（清）李調元　　《函海》本

唐人選唐詩新編　　傅璇琮　　中華書局 2015 年

樂府雜録　　（唐）段安節　　清《守山閣叢書》本

樂府古題要解　　（唐）吳兢　　明《津逮秘書》本

本事詩　　（唐）孟棨　　明《顧氏文房小説》本

唐詩紀事　　（宋）計有功　　上海古籍出版社 2013 年

三體唐詩　　（宋）周弼　　文淵閣《四庫全書》本

東萊先生分門詩律武庫　　（宋）呂祖謙　　《續修四庫全書》影印本

全唐詩話　　（舊題宋）尤袤　　明《津逮秘書》本

吟窗雜録　　（宋）陳應行　　明嘉靖二十七年崇文書堂刻本

艇齋詩話　　（宋）曾季貍　　清光緒《琳琅秘室叢書》本

唐詩鼓吹　　（金）元好問　　清順治十六年陸貽典錢朝鼎等刻本

詞品　　（明）楊慎　　明刻本

唐詩品彙　　（明）高棅　　文淵閣《四庫全書》本

唐詩紀　　（明）黃德水、吳琯　　明萬曆十三年刻本

唐詩鏡　　（明）陸時雍　　文淵閣《四庫全書》本

删補唐詩選脈箋釋會通評林　　（明）周珽　　明崇禎八年刻本

石倉歷代詩選　　（明）曹學佺　　文淵閣《四庫全書》本

詩源辯體　　（明）許學夷　　明崇禎十五年陳所學刻本

雅倫　　（清）費經虞　　清康熙四十九年刻本

竹林答問　　（清）陳僅　　清鏡濱草堂鈔本

桂山堂詩文選　　（清）王嗣槐　　清康熙青筠閣刻本

香石詩話　　（清）黃培芳　　清嘉慶十五年嶺海樓刻本

貞一齋詩説　　（清）李重華　　清《昭代叢書》本

西圃詩説　　（清）田同之　　清乾隆刻本

圍爐詩話　　（清）吳喬　　清借月山房彙鈔本

説詩晬語　　（清）沈德潛　　清乾隆刻《沈歸愚詩文全集》本

射鷹樓詩話　　（清）林昌彝　　清咸豐元年刻本

宋詩紀事補遺　　（清）陸心源　　清光緒刻本

漁洋詩話　　（清）王士禎　　文淵閣《四庫全書》本

石洲詩話　　（清）翁方綱　　《粵雅堂叢書》本

人間詞話　　（民國）王國維　　民國十六年《王忠慤公遺書》本

雪橋詩話　　（民國）楊鍾羲　　民國《求恕齋叢書》本

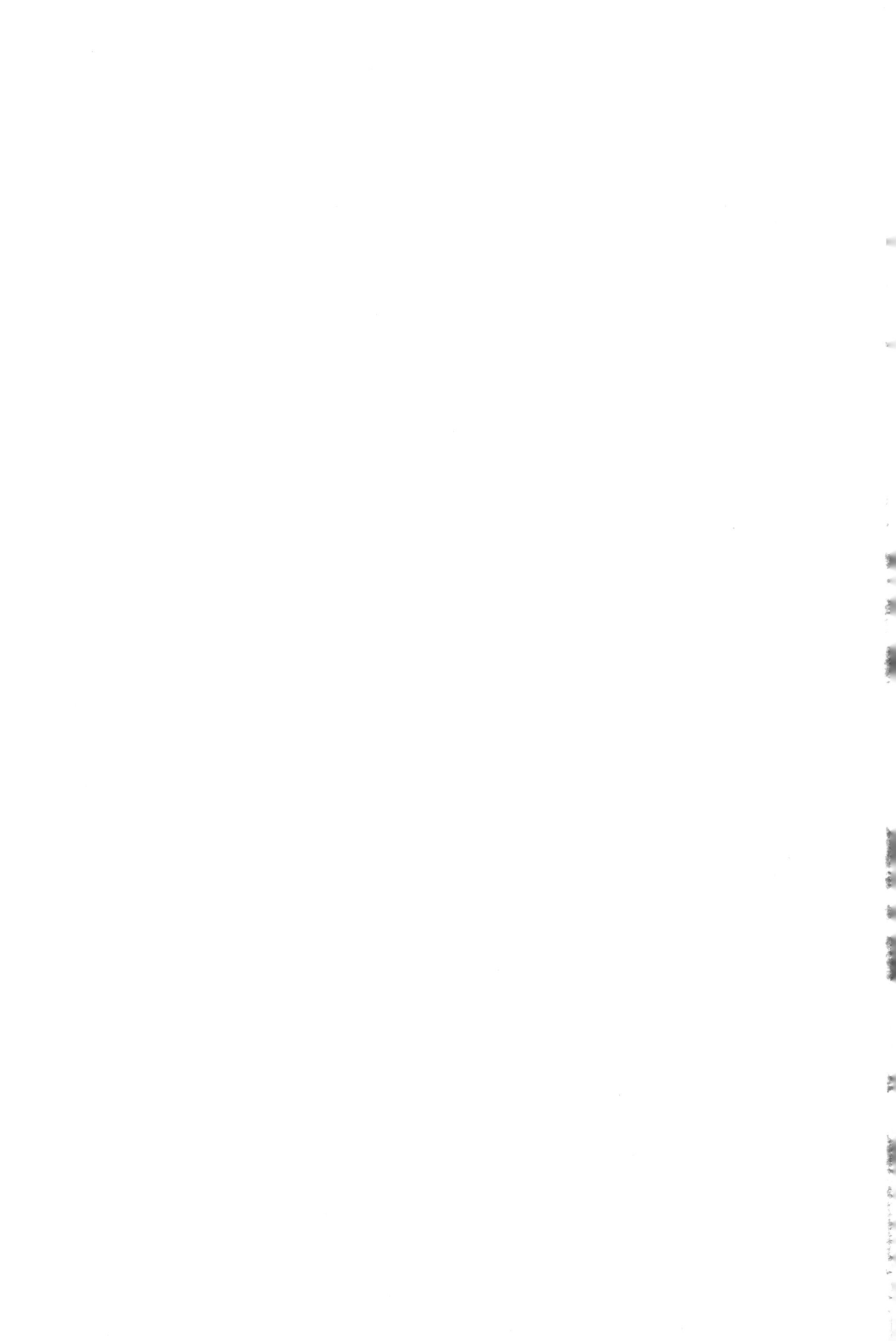